Evelyn Holst
Verdammte Gefühle

Evelyn Holst

Verdammte Gefühle

Roman

Droemer

Die Folie des Schutzumschlags sowie die Einschweißfolie
sind PE-Folien und biologisch abbaubar.
Dieses Buch wurde auf chlor- und säurefreiem Papier gedruckt.

Besuchen Sie uns im Internet:
www.droemer-weltbild.de

Umschlaggestaltung: Agentur Zero, München
Umschlagabbildung: Tony Stone (Lorne Resnick)
Satz: Ventura Publisher im Verlag
Druck und Bindung: Franz Spiegel Buch, Ulm
Printed in Germany
ISBN 3-426-19468-6

5 4 3 2 1

1

Der Verleger Mario Benedikt stand nackt vor dem Spiegel und machte eine kritische Bestandsaufnahme. Kühl, ohne Begeisterung musterte er seinen noch immer breiten, muskulösen Oberkörper, die großen, fast schaufelartigen Bauarbeiterhände, so ganz ungeeignet für seinen Beruf, den leichten Bauchansatz, er hatte in den letzten Jahren sein Tennis sträflich vernachlässigt, die langen, harten Oberschenkel, die dazu nicht passenden, fast weiblichen, leicht behaarten Waden. Neuerdings entdeckte er Haare, wo früher keine gewesen waren. Im Ohrläppchen ein wuscheliges Gestrüpp, an den Brustwarzen zwei lange graue Haare, auch der obere Teil der rechten Kniekehle war ohne seine Einwilligung zugewachsen. Was dachte sich die Natur dabei? Vielleicht ein Wärmeschutz für den Herbst des Lebens? Er schaute an sich hinunter. Zum Glück verwehrte ihm das Bäuchlein nicht den Blick auf seine Füße. Sie waren riesig, die Zehen lang, mit zweimal monatlich pedikürten Fußnägeln.

Ich bin fünfzig geworden, dachte Mario Benedikt, ein alter Mann! Mit dem heutigen Tag beginne ich meine sechste Lebensdekade. Wo war die Zeit geblieben? Er fühlte sich wie fünfunddreißig. An guten Tagen jedenfalls. Doch bald würde er eine Seniorenkarte im Schwimmbad beantragen können. Wie kam er nur auf diesen absurden Gedanken? Er ging nie in öffentliche Schwimmbäder. Beginn einer altersgemäßen Infantilität?

Die Vorstellung amüsierte und deprimierte ihn zugleich.

»Na, alter Mann«, sagte er zu seinem Spiegelbild und dimmte unwillkürlich das Licht, »gewöhn dich dran. Übrigens, herzlichen Glückwunsch zum Geburtstag.«

Neben dem Badezimmerspiegel, auf einem stummen Diener, hatte Uschi, die Haushälterin, seine Abendgarderobe bereitgelegt. Während der Verleger in die handwarme Unterwäsche stieg, sein Smokinghemd zuknöpfte und dann die Beine zwischen die akkuraten Bügelfalten seiner Hose schob, dachte er mit Grauen an die bevorstehende Geburtstagsfeier.

Ich will gar nichts, hatte er gesagt, vergeßt den Tag, laßt mich in

Ruhe, aber natürlich hatten sie gelacht. Nur Camilla hatte schmal gelächelt: »Nach der statistischen Lebenserwartung stehen dir noch rund fünfundzwanzig Jahre zu. Bei deiner Lebensweise vermutlich nur noch fünfzehn. Wahrhaftig kein Grund zum Feiern. Zumindest nicht für dich.«

Er hatte ihr Lächeln erwidert: »Aber für dich, mein Schatz, nicht wahr?«

Sie hatte auf diese Frage nicht reagiert, aber das leicht mokante Hochziehen ihrer perfekten, sichelförmig gezupften Augenbrauen, der kühle Blick aus den gletscherblauen Augen war Antwort genug.

Mario Benedikt bemühte sich, sowenig wie möglich an seine Ehe zu denken.

Auch berufliche Mißerfolge verdrängte er, so gut es ging. Eine Geschäftspolitik, die sich ausgezahlt hatte. Sein Handy vibrierte in der Hosentasche. Er fluchte, weil er vergessen hatte, auf Mailbox umzuschalten. »Ja?«

»Herr Benedikt?« Die männliche Stimme klang vorsorglich bedauernd. »Tut mir leid, Sie an Ihrem großen Tag stören zu müssen.« Kein großer Tag, ein alter Tag, du Depp, dachte der Verleger und wartete. »Hier ist Möller von der Verleger-Inkassostelle. Wir sind bei Europa leider nicht erfolgreich gewesen. Sie baten um persönliche Benachrichtigung, deshalb …«

»Schon gut«, knurrte Benedikt, »ich melde mich.« Er stellte das Handy ab. Ärgerte sich. Mario galt als großzügig. Aber ein Jahr war zu lang. Jetzt mußten schärfere Geschütze her. Er griff wieder zum Handy. »Falko? Ich bin's. Es geht um Europa. Nein, nicht den Euro, die Buchhandlung. Dreihundert. Natürlich Tausend. Ich weiß, du verhandelst nur Scheidungen. Mach für mich 'ne Ausnahme. Danke. Wir sehen uns heute abend.«

Als er danach an das Balkonfenster trat und auf den großen Garten blickte, sah er, wie seine Gattin aus ihrem Jeep stieg. Von weitem war sie noch immer dreißig, eine große, schlanke Frau mit streng aus dem Gesicht gegeltem, weißblondem Haar und vollen roten Lippen. Auch die Furchen, die ihr zweiundfünfzigjähriges Leben in ihr makellos geformtes Gesicht mit der hohen Stirn und den hohen Wangenknochen und einer aristokratischen, aber nicht überlangen Nase gegerbt hatten, waren bei wohlwollender Beleuchtung und dank der raffinierten Arbeit eines brasilianischen Schönheitschirurgen kaum zu erkennen. Sie war eine auffallend attraktive Frau, und auf dieselbe leidenschaftslose Art, mit der er vorhin seinen eigenen, fünfzigjährigen Körper betrachtet hatte, zollte er nun dem ihren Tribut. Sie sieht wirklich toll aus, dachte Mario, aber der Gedanke verflüchtigte sich sofort, als er vom Fenster zurücktrat und zum Eau de Cologne griff.

Jetzt hörte er sie auf der Treppe, sie rief der Haushälterin schnelle, kurze Anweisungen zu, ihr Schritt war leicht und federnd. Sie hatte vor kurzem das Rauchen endgültig aufgegeben und war seitdem fanatisch wie viele spätberufene Nichtraucher.

Vor seiner Tür hielt sie inne. Unwillkürlich warf er einen prüfenden Blick in sein Ankleidezimmer, ob es dort etwas gäbe, das die von ihr geforderte Makellosigkeit ihres Zuhauses störte, ein zerknautschtes Hemd, ein Söckchenball, ein Aschenbecher, womöglich mit einer noch glimmenden Zigarette!

Die Tür ging auf, Mario zuckte zusammen.

»Du bist schon fertig?« Noch nie hatte sich Camilla mit zeitraubenden Höflichkeitsfloskeln wie Begrüßungen unter Eheleuten aufgehalten, sie kam immer direkt zur Sache. »Der Kummerbund sitzt zu eng. Du ißt zuviel, mein Lieber. In deinem Alter braucht der Körper nicht mehr soviel.«

Mario Benedikt sah seine Frau an, und für einen kurzen Augenblick wurde ihm das Herz schwer. Nicht weil diese Bemerkung ungewöhnlich war, sondern weil sie es eben nicht war. Sie entsprach dem Alltagsgrundton ihrer Ehe, deren silbernes Jubiläum sie im Vorjahr mit einem ebenfalls rauschenden Fest begangen hatten. Ein Grundton von ironischer Höflichkeit und Gleichgültigkeit, der von Jahr zu Jahr mehr erstarrte. Und er war machtlos dagegen, der einzige Bereich in seinem Leben, in dem er es war.

Meist gelang es ihm, seine Ehe zu verdrängen und in den wenigen Stunden, in denen er Camilla sah, die zusammengezimmerte Fassade von zivilisierter Freundlichkeit aufrechtzuerhalten. Selbst wenn sie ab zu noch miteinander schliefen, schaffte er es, ein kurz andauerndes Gefühl von Lust zu erzeugen, das ausreichte, um sie halbwegs zu befriedigen. Glaubte er. Hoffte er. Und bis jetzt war es ihm auch gelungen, seinen Körper in die dazu notwendige Verfassung zu zwingen. Aber jetzt war er fünfzig. Viagratime! Verdammt, es hatte auch ihn erwischt.

Er lächelte Camilla an, die an ihm vorbei zu ihrem eigenen Ankleidezimmer gegangen war und ungeduldig ihre noch im Reinigungszellophan geschützten Kleider hin- und herschob. »Was wirst du heute Aufreizendes für mich tragen?« fragte er und trat hinter sie, streichelte abwesend ihre alabasterschimmernde Schulter. Eine kurze, verblüffte Sekunde lang glaubte er, sie erschauern zu fühlen.

Dann drehte sie sich um. »Mach mir mal den Reißverschluß auf«, sagte sie. Sie ignorierte seine Frage, die sie zu Recht als lediglich höflich erkannt hatte, und stieg aus ihrem kurzen schwarzen Kleid. »Wir müssen uns beeilen, der Bürgermeister wird wie immer pünktlich sein, die Kultursenatorin kommt, wie du weißt, zu jeder Veranstaltung, die promigeile Schnepfe, wenn du Pech hast, auch der Polizeipräsident, laß mal sehen, was fehlt noch an dir?«

Sie stellte sich vor ihn, sah ihn prüfend an. Über ihrer Nasenwurzel bildete sich eine kleine Falte. »Für dein Alter siehst du nicht schlecht aus«, sagte sie dann, ganz ruhig, so als mustere sie ein antikes Sofa oder einen Rassehund, »nimm ein bißchen von meiner getönten Augencreme, man sieht sonst die Tränensäcke, wenn du fotografiert wirst.«

Er sah ihr nach, wie sie, ein langes, samtrotes Abendkleid über dem Arm, aus seinem Schlafzimmer in ihres ging, auf langen, tennistrainierten Beinen, zwischen denen ein ebenfalls trainierter und, wie er sich zu erinnern glaubte, auch noch erfreulich gerundeter Po wippte, und er stellte sich vor, wie es wohl sei, in diese Frau verliebt zu sein. Heiß-kalt, rasend, kniekehlenweich verliebt. So wie er es nie in sie gewesen war. So wie er es nur ein einziges Mal in seinem an Frauen wahrlich überreichen Leben erlebt hatte. Damals vor … waren es wirklich schon fast dreißig Jahre?

»Seh ich präsentabel aus? Werde ich dir zu Ruhm und Ehre gereichen?« Camilla war zurückgekehrt, stand jetzt in einem tief ausgeschnittenen Kleid vor ihm und steckte sich eine Kreole ins

Ohr. Nur in eins. Sie liebte den Hauch von Asymmetrie, die winzige optische Verblüffung. »Du siehst phantastisch aus«, antwortete er ehrlich. »Alle Männer werden mit dir schlafen wollen.«

»Davon geh ich aus«, meinte sie, kühl und kurz, und schlüpfte in ihre Stilettos, »alle, bis auf einen.«

Im Auto überlegte Camilla Benedikt, ob sie die Zeit des Ankleidens nicht besser für eine kurze eheliche Begegnung hätte nutzen sollen. Sie hatte es sich zur Angewohnheit gemacht, immer wenn sie von einem Liebhaber kam, sich gleich danach kurz und knapp ihrem Ehemann zuzuwenden. Nichts haßte sie mehr, als wenn sie in ihrem Bett lag, die Küsse und Liebkosungen von fremder Hand genüßlich nachschmeckte und Mario dann seine Forderungen anmeldete. Wobei sie ihm unterstellte, daß er es auch nur um des lieben Ehefriedens tat, was die Sache nicht besser machte. Früher hatte sie sich perverserweise gewünscht, er würde sich neben sie legen, den Geruch eines anderen Mannes riechen und vor Eifersucht rasend werden. Ach, ihn nur ein einziges Mal außer sich zu erleben, leidenschaftlich! Voller Gefühl für sie, auch wenn es nur Wut oder gekränkte Eitelkeit gewesen wäre!

Nur einmal, ein einziges Mal in seinen Augen etwas anderes zu sehen als diese kühle Freundlichkeit, als diese höfliche Beherrschung.

In ihren ersten Ehejahren hatte sie ihn so geliebt, daß sie ihn immer hartnäckiger provoziert hatte. Sie hatte sich Rosen schicken lassen, Telefonnummern auf Streichholzschachteln geschrieben und sie auf seinem Schreibtisch »vergessen«. Ihren Fitneßtrainer anrufen und, wenn Mario sich meldete, demonstrativ auflegen lassen. Aber nichts berührte, nichts bewegte ihn.

Sie betrachtete ihn von der Seite, musterte sein konzentriertes Profil, wußte nicht, woran er dachte, wußte nur eins: nicht an sie. Einmal hatte sie sexuell so gesättigte Stunden mit einem Mann verbracht, daß sie seinen Geruch mit nach Hause trug. Sie hatte Marios Arbeitszimmer betreten. Ihr Herz hatte geklopft. »Ich war unterwegs.« Ihre Stimme hatte leicht gezittert, trotz allem. Er hatte nicht einmal hochgesehen, hatte einfach weitergeschrieben.

»Bin gleich fertig«, hatte er gemurmelt. Da war sie hinter ihn getreten und hatte ihm ihre Hände aufs Gesicht gelegt. Jetzt, hatte sie gedacht, mit fiebriger Angst und Genugtuung, jetzt …

Doch es war nichts passiert. »Bringst du mir einen Whisky?« Er hatte sich nicht mal umgedreht.

Danach hatte sie ihn aufgegeben. Es war fast eine Erleichterung. Aber nur fast.

Sie saßen im Auto und schwiegen. Wenigstens das konnten sie gut zusammen.

»Wer wird eigentlich alles dasein?« fragte er in die Stille, und seine Stimme klang so ergeben, daß er ihr fast ein bißchen leid tat. Sie wußte genau, wie sehr er große Feste haßte. Meist feierten sie deshalb ihre Geburtstage zu zweit in einem teuren Restaurant, gelegentlich begleitet von Maria, ihrem einzigen Kind, wenn diese nicht gerade irgendwo auf der Welt einer obskuren Aus-, Fort- oder Weiterbildung nachging. Im Augenblick saß sie in Arizona einem Indianer namens Joe Aptana zu Füßen, zumindest die monatlichen Schecks kamen dort immer an.

»Wie geht's unserer Tochter?« fragte Mario jetzt. »Das Geld fürs Ticket scheint sie eingelöst zu haben. Feiert sie doch mit uns?«

Camilla seufzte. Was wußte sie von den Irrungen und Wirrungen ihrer nunmehr fünfundzwanzigjährigen Tochter Maria? Am Vortag ihres sechzehnten Geburtstages hatte sie morgens am Frühstückstisch verkündet: »So, ihr Süßen, ich betrachte mich ab heute als volljährig. Eure Erziehung war so gut, daß ihr sie hiermit als beendet betrachten dürft.«

Eine Woche später war sie ausgezogen. Vorher hatte sie ein h an ihren spießigen Vornamen gehängt, mußte ihn dann bei jeder Gelegenheit mehrfach buchstabieren, aber das nahm sie lächelnd in Kauf. »Mariah«, lächelte sie, »Ma-ri-ah.« Nach drei Jahren war sie zur Erleichterung ihrer Eltern wieder Maria. Sie war eben gerne etwas Besonderes. »Meine Oma ist aus Rußland und mein Opa aus Amerika«, hatte sie schon im Kindergarten verkündet. »Mama war beim Zirkus, und eines Tages ist sie vom Seil gefallen, und da hat Papa sie aufgefangen, und sie haben sich ganz doll verliebt.« Marias Spielkameraden staunten, Marias

Eltern auch. Woher hatte dieses Mädchen eine solche blühende Phantasie?

Camilla lächelte, als sie an ihre Tochter dachte. Auch wenn es ihr zunehmend schwerer fiel, ein fast dreißig Jahre jüngeres Ebenbild von sich zu erleben, derselbe schlanke, harte Körper mit den langen, geraden Beinen, dieselben dicken blonden Haare, die eisblauen Augen. Sie in jung, doch das Leben noch vor sich. Wenn sie mit ihrer Tochter ein Restaurant betrat, teilte sich das Rote Meer, aber nicht mehr für Camilla Benedikt. Sie war unsichtbar neben Maria. Nur allein war sie noch sichtbar. Sie seufzte und griff ins Handschuhfach. Dort hatte sie, wie in jedem ihrer insgesamt fünf Automobile, ein scharfes Mundspray deponiert. Sie öffnete den Mund und sprayte, reichte dann ungefragt das Döschen weiter. »Du hast Mundgeruch«, sagte sie, was nicht stimmte, sondern nur eine ihrer kindischen kleinen Rachen war. Er sprayte wortlos.

Camilla sah aus dem Fenster. Sie fuhren an der Alster entlang, an deren Ufer die hellerleuchteten Fenster der feinen Jugendstilvillen blinkten wie riesengroße Glühwürmchen. Ein Anblick, der sie, obwohl in der Hansestadt geboren, immer noch erfreute. So schön ist mein Hamburg, dachte sie zärtlich, die schönste Stadt der Welt. Das konnte ihr keiner wegnehmen.

»Ich kann dir nicht sagen, ob unsere Tochter kommt«, sagte sie zu Mario. »Du kennst sie doch. Nichts haßt sie mehr, als sich festzulegen.«

In einer seltenen Anwandlung von Freundlichkeit legte sie die Hand auf seine Schulter, er drehte sich zu ihr und sagte ebenfalls freundlich: »Tut mir leid, daß mein fünfzigster Geburtstag nicht in die Reisepläne unserer Tochter paßt. Aber was soll's. Leute werden ja genug dasein.«

Camilla zog ihre Hand zurück. Gern hätte sie jetzt doch eine Zigarette geraucht, aber da sie vor sechs Monaten in aller Öffentlichkeit damit aufgehört hatte und sich jetzt nur noch in fremden Betten eine postcoitale genehmigte, verzichtete sie wohlweislich darauf.

»Das will ich meinen«, murmelte sie statt dessen und musterte sich im Autospiegel, »wenn der Verlagschef des Göhlen Verlages ein halbes Jahrhundert wird, dann ist das wahrlich Grund genug für ein großes Fest.«

Mario Benedikt wußte, was nun unweigerlich kam. Und es kam.

»Auch wenn er in den Verlag nur eingeheiratet hat«, fuhr sie fort und zog sich die Lippen nach, »auch wenn es diesem Verlag im Augenblick nicht besonders gut geht.«

Sie schraubte den Stift wieder zu, klappte den Spiegel zurück und sah aus dem Fenster. »Hast du mich eigentlich je geliebt«, ihre Stimme klang urplötzlich rauh, ungeschützt, »oder warst du lediglich auf den Verlag scharf?«

Er seufzte nur.

2

In der großen Küche des »Hamburger Renaissance Hotel« herrschte eine Stimmung von kollektivem Streßinfarkt, größter Anspannung und Konzentration. Zwanzig Köche und vierzehn Lehrlinge waren damit beschäftigt, den insgesamt zweihundertfünfzig Gästen des Göhlen Verlags ein Geburtstagsmenü vorzubereiten. Gundel Groth, die Chefköchin, ging zwischen den Herdreihen auf und ab und inspizierte ihre Mannschaft. Sie war erst seit vier Wochen im »Hamburger Renaissance Hotel« und mußte sich als erste Frau in dieser Männerbastion noch schwer beweisen. Dies tat sie gern.

»Rüdiger, nicht soviel Gelatine ans Kürbismousse!« Der schmale Küchenlehrling zuckte zusammen, als ihm Gundel den Rührbesen aus der Hand nahm und etwas Wasser in den großen Stahltopf schüttete. »Achte drauf, daß das Wasser kalt bleibt.« Zur Probe stiebte sie ihren Zeigefinger in die Flüssigkeit. »Immer noch zu warm, verdammt.«

Sie ging weiter, nahm die Parade der stumm arbeitenden, schwitzenden Männer ab. Sie war die einzige Frau in der Küche. Was sie wunderbar fand. Sie liebte Männer, hatte deshalb instinktsicher einen Beruf gewählt, wo es einen satten männlichen Überschuß gab. »Sind die Garnelen frisch?« schrie sie jetzt über den Lärm von unsanft abgestellten Töpfen, zischenden

Kesseln und einander zubrüllenden Köchen hinweg und hielt die rosa schimmernden Krabben unters Licht. »Von heute morgen«, rief ein Koch, »frisch und feucht wie das Hamburger Wetter.«

»Oder wie die Muschi meiner Freundin«, murmelte Ollie, der zweite Lehrling, in den Topf, in dem er gerade den geschälten, entkernten Kürbis mit etwas Kürbisöl kurz anbriet. »Kurze Hitze, paß doch auf.« Gundel hatte ihn aus den Augenwinkeln beobachtet. Man nannte sie, in Unkenntnis griechischer Mythologie, die Zyklopin, doch sie hatte keineswegs ein Riesenauge, sondern ihre Augen überall. Jetzt riß sie den Topf vom Herd. »Milde Hitze, wo ist der Zitronensaft zum Ablöschen?«

Ollie flitzte, um den Zitronensaft zu holen. Seine heißumkämpfte Lehrstelle hatte er nur seinem Vater zu verdanken, der zwanzig Jahre lang als Souschef im Hotel gearbeitet hatte, bevor er sich mit einem Fischlokal im Hafen selbständig gemacht hatte. Er hatte seinem Ältesten ein Empfehlungsschreiben mitgegeben. Dies und sein guter Name gaben den Ausschlag.

Unter dem prüfenden Blick seiner anspruchsvollen Chefin tröpfelte Ollie jetzt vorsichtig ein paar Spritzer Saft auf die Kürbisstücke. »Nicht so jungfrauenhaft, junger Mann.« Energisch ergriff Gundel die Flasche, schüttete Saft in den Topf. »Wo ist der Fond, die Sahne?«

Sie verrührte die bereitgestellten Flüssigkeiten mit dem Kürbis, sah auf die große Uhr an der gegenüberliegenden Wand.

»Noch eine Stunde bis zur Vorspeise.« Jetzt brüllte sie. »Beeilung, Männer, keine falsche Bewegung.«

Während Gundel ihre Mannschaft zu Höchstleistungen antrieb, schritt Jochen Waldherr, Chef der Abteilung »Gäste und Catering«, den großen Festsaal ab, in welchem Stammgast Mario Benedikt im Kreise von »zweihundertfünfzig engen Freunden«, so formulierte es die Einladung, seinen fünfzigsten Geburtstag begehen wollte. Nichts durfte also schiefgehen. Verlegergattin Camilla Benedikt war als gnadenlos bekannt, wenn etwas nicht ihren Erwartungen entsprach. Sie hatte das »Hamburger Renaissance Hotel« ein Jahr lang nicht betreten, nachdem einem Aushilfskellner der Teller mit dem Schokoladenmousse auf ihren Jil-Sander-bekleideten Schoß gerutscht war.

»Schön, schön, schön«, murmelte Waldherr erleichtert und strich mit dem Finger über die Tischkante. Keine Falte. Alles war perfekt.

Die langen Tafeln, hufeisenförmig, damastschwer, silberleuchtend, strahlten den Glanz gediegener Festlichkeit aus, der dem Anlaß angemessen war. Gieselher, der Oberkellner, polierte gerade die letzten Gläser, das Silber blitzte, die roten und weißen Gladiolen, auf denen Camilla Benedikt bestanden hatte, gaben der Tafel einen leicht dramatischen, sehr eleganten Touch.

»Haben wir uns nicht wieder selbst übertroffen?« sagte Jochen Waldherr, eigentlich zu sich selbst, aber Gieselher drehte sich trotzdem um. »Wie immer«, bestätigte dieser, und die Männer lächelten sich an. Sie arbeiteten seit fünfzehn Jahren zusammen, harmonisch und streßfrei, was man von ihren jeweiligen Ehen nicht behaupten konnte. Beide hatten deshalb zusammen rund zwei Jahre Resturlaub, den sie nie anzutreten gedachten.

In der angrenzenden Bar, in der ein großer Kamin flackerte, trafen gerade die ersten Gäste ein. »Wichtig, Tüchtig und Co.«, stellte Jochen Waldherr fest, was nicht ganz stimmte, denn die wirklich Wichtigen kamen auf die Sekunde oder etwas zu spät. Er rückte eine Dessertgabel gerade und warf einen Blick auf die festlich schimmernden Damen – Camilla hatte Schwarz ausdrücklich untersagt – und ihre Partner. Alle natürlich im Smoking. Manche, fand Waldherr, sahen darin wie dicke Pinguine aus. Wie seiner Frau wohl dieses Nichts aus Silber stehen würde, das eine große, rothaarige Frau in einem der Spiegel musterte? Sie würde vermutlich gar nicht hineinpassen, aber wenn? Er schob die Gedanken beiseite. Das waren andere Welten, andere Sonnensysteme.

»Ob sie wohl ihren Lover mitbringt?« fragte die Rothaarige ihren Mann, der hinter ihr stand und sie auf die Schulter küßte, »so wie beim letzten Mal, als sie ihren Fitneßtrainer eingeladen hatte, diesen Brasilero, und seine Platzkarte ihrer gegenüberstellte, damit sie den ganzen Abend mit ihm füßeln konnte.« Sie lächelte verklärt.

Der Mann nahm seinen Mund von ihrer Schulter, musterte sich jetzt seinerseits im Spiegel. »An seinem Fünfzigsten?« fragte er gelangweilt und strich sich mit dem angespuckten rechten Zeigefinger die buschigen Augenbrauen glatt. »So geschmacklos wird doch selbst sie nicht sein.«

Der einzige Ort, wo Camilla Benedikt ungestört telefonieren konnte, war das Damenklo, auf dem sie jetzt hockte und hastig die Tastatur ihres winzigen Handys drückte. Sie hatte ihre Lesebrille nicht dabei und konnte nur hoffen, daß sie die richtige Nummer erwischte.

»Hallo, ich bin's«, sie überlegte kurz, ob sie dabei, ganz diskret natürlich, pinkeln sollte, entschloß sich dann dagegen, »tut mir leid, daß ich so früh gehen mußte. Eine Familienfeier. Ja, wir sehen uns morgen.«

Sie klappte das Handy zusammen und verließ die Toilette.

»Meine Schöne!« Mit ausgebreiteten Armen eilte Falko Fuhrmann auf sie zu, Hamburgs erfolgreichster Scheidungsanwalt und Marios Internatsfreund. Ein breitschultriger, raumverdrängender Mann, an dem alles groß war – Hände, Mund, Ohren … und … aber das war lange her. Jetzt stand er vor ihr, und sie sank ihm wie selbstverständlich an die breite Brust. »Wie geht's?« fragte er, denn er kannte sie gut.

»Muß ja«, lächelte sie, »ich hab's ja zum Glück schon hinter mir.« Er lachte. »Den Fünfzigsten? Mach dir nichts draus. Du siehst keinen Tag älter aus als sechsunddreißig.« Sie reckte sich, küßte ihn auf die glattrasierte Wange: »Ach Falko, warum hab ich damals nicht dich geheiratet?«

»Weil du mich nicht geliebt hast«, sagte er nüchtern und schob sie von sich, »und jetzt muß ich mal für kleine Jungs. Auch eine Altersfrage.«

Camilla sah ihm nach und rückte ihr Lächeln zurecht. Das Lächeln einer glücklichen Frau, deren erfolgreicher Ehemann seinen fünfzigsten Geburtstag feierte.

3 Der Anruf ihrer Freundin Gundel erreichte Jette Glücklich auf dem Sofa, auf dem sie ausgestreckt lag, während Waltraud, ihre Fußreflexzonenmasseuse, kundig und mit Blick auf den laufenden Fernseher, in dem eine dieser versabbelten Talkshows lief, ihre Füße knetete. »Ich geh nicht ran«, flüsterte Jette mit geschlossenen Augen, die sie auch nicht öffnete, als der Anrufbeantworter ansprang: »Ich bin's, Gundel, ich bin in höchster Todesnot.« Jette kannte die Dramatik ihrer besten Freundin, sie streckte Waltraud deshalb genüßlich ihren anderen Fuß hin. »... mein Küchenjunge hat die Kürbismousse versaut, sie ist ein Stein, ein fetter Stein, ungenießbar ...«

»Ja, ich bin's.« Jette setzte sich seufzend auf und sprach ins Telefon. Mit einer Kopfbewegung bedeutete sie Waltraud, ihre Waden bitte etwas kräftiger zu massieren. »Ob ich Ersatz für deinen fetten Kürbisstein habe? Bist du vom Hahn gehackt? Für zweihundertfünfzig Leute?«

Sie knallte den Hörer auf. »Bitte noch ein bißchen was für meine verspannten Schultern, Walli«, sagte sie. Das Telefon klingelte wieder. Gundel mußte panisch sein. Jette überlegte. In einem der Kühlschränke ihres Partyservice *SLOW FOOD* lag eine fast fertige Entenleberpraline, die sie, in Riesling-Gelee eingebettet, für das zehnjährige Jubiläum einer Werbeagentur geplant hatte.

Es klingelte noch immer. »Ich bin in einer halben Stunde da«, rief Jette ins Telefon, »aber es werden kleine Portionen, winzige. Liliput.«

In der Hotelküche klappte Gundel ihr Handy zusammen und musterte ihre Männerschar mit schmalen Augen. »Noch mal Glück gehabt, Jungs. Meine Freundin bringt Ersatz. Tja, auf Frauen ist Verlaß.«

Sie warf einen Blick auf die Uhr. Noch fünfundvierzig Minuten bis zum Countdown. Dann mußten zweihundertfünfzig Portionen Vorspeise auf zweihundertfünfzig Tellern vor zweihundertfünfzig verwöhnten Gästen liegen. Sie spürte, wie sich ihr Magen zu einer schmerzhaften, harten Kugel krampfte. Wenn sie diese Feier in den Sand bzw. vor leere Teller setzte, konnte sie gleich ihren Hut nehmen. Alles hing jetzt von Jette ab.

»Papsilein!« Marias durchdringende Stimme ließ die Gäste zusammenschrecken. Ein großes blondes Mädchen bahnte sich den Weg durch die Menge, unbeeindruckt von dem Aufsehen, das sie erregte. Das tat sie regelmäßig, sie war es gewöhnt. Mario, der gerade den subtilen Annäherungsversuchen der Kultursenatorin »Ich würde gern über ein Buchprojekt mit Ihnen plaudern, bei einem Glas Wein?« lauschte, drehte sich um. Sie war also doch gekommen! Zum ersten Mal an diesem Abend wurde sein Herz weit.

»Maria, Mädchen, laß dich umarmen!« Mario fing seine einzige Tochter mit weit ausgebreiteten Armen auf, drückte sie fest an sich. Wie gut sie roch, immer noch, daran hatte sich nichts geändert, seit er sie als rosig zerknitterten Säugling auf der Wöchnerinnenstation erstmals vorsichtig aus den Armen ihrer Mutter hob. »Du bist das schönste Mädchen der Welt«, flüsterte er ihr jetzt ins Ohr, »nie zuvor und nie danach ...«

»... wird ein anderes Mädchen meinen Grad von Vollkommenheit erreichen«, unterbrach sie ihn lachend, »das sagst du immer, wenn du mich siehst ...«

»Weil es immer stimmt«, erwiderte Mario, »laß mich noch einmal an dir schnuppern ...«

Sie schaute auf zu ihm, und für einen Augenblick versank die Welt.

»Sie sehen aus wie ein Liebespaar«, raunte die Rothaarige ihrem Begleiter zu, der warnend seinen Kopf in Richtung Camilla reckte, die sich ihnen mit Gastgeberinnenlächeln näherte ...

»Hi, Camillchen, ein tolles Fest. Deine Tochter ist dir ja wirklich wie aus dem Gesicht ...«

Camilla unterdrückte das sekundenlange, heftige Bedürfnis, ihre Hände um den langen, plissierten Hals dieser Frau zu legen und einmal lächelnd zuzudrücken, einfach nur so, aus Daffke. »... geschnitten, ich weiß, Dorothee ...«, sagte sie statt dessen und folgte ihrem Blick. »Die beiden sind ein Herz und eine Seele.«

Schnell drehte sie sich um, weil unerwartete, ärgerliche Tränen in ihre Augen stiegen. Sie war heute ganz unerfreulich sentimental. »Maria wird immer schöner«, Falko Fuhrmann legte seinen Arm um ihre Taille, »das habt ihr gut hingekriegt, ihr beiden.«

»Neidisch?« fragte sie und bereute ihre Worte, als sie die Wehmut in seinen Augen sah. »Ach Ca ...«, begann er, »da kommt meine Frau.« Er lächelte und ging auf Gina Fuhrmann zu, die ihn unterhakte und davonzog. Camilla drückte die Schultern durch und ging strahlend auf ihre Familie zu.

»Genug geschnüffelt, Papsilein?« fragte Maria gerade. Der Verleger lachte etwas verlegen. Und schnüffelte noch einmal. Ein anderer Duft stieg in ihm auf, einer nach Weihnachten, nach Gewürzen, nach Pfeffer ... Er schob die Erinnerung beiseite.

Seit Marias Babyzeit war er süchtig nach ihrem Geruch. Immer noch hatte sie diese unverwechselbare Mischung aus Babyöl, Kamille, seit einigen Jahren jedoch leicht untermischt mit Nikotin. Was ihn, im Gegensatz zu Camilla, nie gestört hatte.

»Gut riechst du«, sagte er und küßte sie auf die Stelle, auf die er sie immer geküßt hatte, das kleine Grübchen an ihrer rechten Schulter, »schön, daß du es geschafft hast. Ich dachte schon, du hättest dein Ticket eingelöst.«

Empört sah sie ihn an, vage bewußt, daß aller Augen, vor allem die männlichen, sehnsüchtig auf ihr ruhten. »Und dein halbes Jahrhundert verpassen«, rief sie, »niemals. Ich will mit dir anstoßen. Mit dem attraktivsten Junggreis der nördlichen Hemisphäre.«

Alle lachten, am lautesten Mario Benedikt, auch wenn er innerlich zusammenzuckte. Die Hälfte meines Lebens ist vorbei, dachte er, die Hälfte?

Eher zwei Drittel. Besser nicht weiter drüber nachdenken.

»Störe ich die traute Zweisamkeit?« Camilla schaffte es nicht, den leisen Ton von Eifersucht aus ihrer Stimme zu verscheuchen, als sie ihrer Tochter auf die Schulter tippte. »Mami, du siehst mal wieder phantastisch aus!« Maria umarmte sie, schlang dann ihre Arme rechts und links um ihre Eltern. »Ich sterbe vor Hunger«, lachte sie, »hoffentlich sind die Reden nicht so lang.«

4

Jette parkte ihren Kleinlaster direkt vor dem Service-Eingang des »Hamburger Renaissance Hotel«. Sofort trat eine Hoteluniform aus dem Dunkel: »Sie parken direkt ...« Jette hatte ihre Nase bereits im Kofferraum, tauchte nur kurz hoch: »Sie sind schlauer, als Ihre Uniform vermuten läßt, junger Mann, und jetzt helfen Sie mir mal mit den Platten.«

Ehe der Mann sich versah, hatte er zwei alufolienumwickelte Porzellanplatten auf dem Arm. Jette öffnete ihm die Tür zum Eingang, sie kannte sich hier aus. »In die Küche damit«, sagte sie nur, »ich komm mit dem Rest nach.«

Sie stellte die Warnblinkanlage an und hievte sich die drei restlichen Platten auf die Arme. Ihre Wildpastete war köstlich, das wußte sie, aber für zweihundertfünfzig Personen reichte sie nie und nimmer. Aber wahrscheinlich war der weibliche Teil der Gäste auf Dauerdiät und nippte eh nur an den Gängen. Was Jette, die eine Genießerin war mit immer ein paar Pfunden zuviel, völlig unbegreiflich war. »Wenn einer nicht gut ißt und trinkt, dann ist er meist auch eine Niete im Bett«, pflegte sie zu sagen. Und dachte kurz an den arbeitslosen Lehrer, der seinen Wein mit Selterwasser ruiniert hatte und zu allem Elend überzeugter Vegetarier war. Seine Liebestechnik entpuppte sich dann auch als dementsprechend fleischlos.

In der Hotelküche hatte Gundels Gesicht inzwischen die Farbe roter Beete angenommen. Sie riß Jette die Platten geradezu aus der Hand, danach die Alufolie ab und musterte besorgt die sehr überschaubare Minimenge.

»Mit wieviel Broten hat Jesus die fünftausend Hungrigen in der Wüste gespeist?« fragte sie und erwartete keine Antwort. »Laß uns beten, Busenfreundin.«

Jette zuckte die Schultern. »Mehr war nicht«, sagte sie, »jetzt muß ich morgen etwas Neues zaubern. Für wen bring ich eigentlich dieses Opfer?« Gundel war bereits dabei, auf die mit üppigem Salatarrangement dekorierten Teller ein winziges Stück Wildparfait zu drapieren. »Irgend so ein blöder Verleger«, murmelte sie und schnitt die Stücke noch kleiner, »er wird fünfzig.«

Mario Benedikt hatte die Augen halb geschlossen und wünschte sich ganz weit weg. In ein kleines französisches Fischerdorf am Atlantik, Austernschlürfen, Weißweintrinken, barfuß. Neben ihm eine Frau mit wehenden Haaren, lachenden Augen. Und dann ins Hotel, zur blauen Stunde, während die Möwen in der Ferne kreischten und die Laken langsam zerknitterten unter ihren heißen, verschwitzten Körpern ... am anderen Tischende hielt sein Internatsfreund Falko Fuhrmann gerade eine launige Laudatio, die trotz ihrer Launigkeit, von der Mario wußte, wie mühsam sein Freund an ihr gefeilt hatte, wie ein Wolkengeschwader an ihm vorüberzog.

»... nur wenige Männer, von denen man wirklich sagen kann: Er ist mein Freund«, sagte Falko Fuhrmann in diesem Augenblick, »und es ist ein Privileg, das ich fast noch höher schätze als meine dritte Ehefrau ...«

Gina Fuhrmann lächelte mit ihren fünfundzwanzigjährigen, collagengepolsterten Lippen trotzdem schmallippig in die Runde, »mehr als meinen Porsche Cabriolet, mehr als meine Kanzlei, daß ich diesen Mann da ...«, er zeigte mit dramatischer Geste auf den Jubilar, der wie ertappt zusammenzuckte, weil er sich gerade überlegt hatte, welche Haarfarbe die Frau eigentlich hatte, mit der er dieses kleine Hotelzimmer zur blauen Stunde teilen wollte – rot vielleicht? »... meinen besten Freund nennen darf. Mario, komm, steh mal auf, laß dich feiern.«

Mario lächelte und erhob sich. Fünfzig, plötzlich hatte diese Zahl ein unheimliches Gewicht. Ein fast gelebtes Leben. WAR es denn ein gelebtes? Oder trotz allen Reichtums, aller Erfolge, aller verlegten Bestseller dennoch ein ungelebtes? Weil das wirklich Lebenswerte fehlte? Die Liebe? Das Glück?

Wie durch einen Nebel sah er die lachenden Gesichter seiner zweihundertfünfzig Freunde, die jetzt die Champagnerkelche hoben, ihm zunickten. Er mußte ein paar Worte sagen. Das wurde erwartet. Etwas Lustiges, nicht zu Langes, trotzdem Tiefes.

Zu seinem Schrecken fiel ihm ein, daß er nichts vorbereitet hatte. Er hatte seinen Geburtstag einfach verdrängt.

Er verneigte sich: »Meine Damen und Herren, liebe Freunde und Kollegen, liebe Gattin und liebe Tochter«, vage lächelte er in die entsprechenden Richtungen, »wenn ich so in diese fröhliche Runde blicke, in all Ihre jugendlichen, faltenfreien Gesichter«, alle lachten, so war es auch geplant, »also dann weiß, daß ich wieder einmal der Älteste bin, zumindest der Gesichtsälteste, dann lassen Sie alle sich von mir beruhigen: Fünfzig mag nicht mehr die

Mitte des Lebens sein, denn wer von uns wird oder will auch nur hundert werden. Aber es liegen wunderbare Jahre hinter mir, in denen ich den Verlag meines Schwiegervaters zu dem gemacht habe, was er trotz aller Schwierigkeiten noch ist, Jahre, in denen ich meine Ehefrau Camilla zumindest so glücklich gemacht habe, daß sie noch immer mit mir verheiratet ist, und daß es an Gegenangeboten nicht gefehlt hat, werden Sie alle nicht bezweifeln ...«

Da hast du recht, dachte Falko Fuhrmann und hob sein Glas in Richtung Camilla.

Die zweihundertfünfzig Teller mit dem Minihappen Wildpastete waren fertig und sahen im Schatten kunstvoll drapierter Salatblätter, einer Cocktailtomate und zwei Cornichons »richtig überzeugend« aus, meinte Gundel und küßte Jette auf die Stirn. »Du hast mich gerettet, mein Mädel. Wünsch dir was.«

Jette lachte. »Ich wünsch mir einen Kerl«, sagte sie, »nicht bemackt, nicht pervers, nicht scheintot und daß ich die Platten noch in diesem Jahrtausend wiederkriege, weil ich sie spätestens morgen nachmittag für eine Jubiläumsfeier brauche. Und tschüs.«

Sie verließ die Küche, und warum sie nicht wie sonst durch den Service-Eingang direkt auf die Straße zu ihrem Auto ging und nach Hause fuhr, sondern die andere Tür nahm, die zur Hotellobby führte, hätte sie nicht zu sagen gewußt. Es war kein bewußter Entschluß, es war reiner Zufall, würde sie später sagen. Später, als sich alles in ihrem so mühsam geordneten Leben für immer und ewig verändert hatte.

5

Müde, bettreif ging Jette Glücklich die Treppe hoch, in die Lobby, an der Garderobe vorbei, spürte eine menschliche Regung und betrat die Damentoilette. Wie immer in sehr eleganten Hotels fühlte sie sich seltsam beklommen, seltsam fehlbesetzt, so als würde jeden Augenblick eine strenge Uniform herbeieilen, sie an Schlips und Kragen packen und mit den Worten: »Was macht denn eine Frau wie *sie* in einem so vornehmen Hotel? Raus mit Ihnen!« auf die Straße setzen. Ich bin halt eben Bratkartoffel, dachte sie, auch wenn ich mein Leben mit Morchelschaum an Kaviarmousse verdiene. Sie betrat das Foyer.

Das elegante, hochpolierte Interieur dieses Hamburger Renommierhotels faszinierte sie und schüchterte sie gleichermaßen ein. Die Antiquitäten, die Kronleuchter an den hohen Decken, die mannshohen Vasen. Aus einer offenen Doppeltür drang die gedämpfte Stimme eines Mannes. Dann lautes Gelächter. Offensichtlich hatte er etwas Komisches gesagt. Unwillkürlich blieb sie stehen.

Der Concierge, ein freundlicher alter Mann mit kleinem Lokkenkränzchen, sah ihren Blick und sagte: »Die einen feiern, die andern müssen arbeiten, was, junge Frau?«

Jette lächelte ihn an. Sie liebte es, junge Frau genannt zu werden. In ihrem Alter, mit sechsundvierzig, war diese Anrede für sie ein Kompliment, genauso wie das Pfeifen aus der Baugrube.

»Ein Fünfzigster, sagt meine Freundin«, bemerkte sie und nahm eine Zigarette aus der Schachtel, die ihr der Concierge entgegenhielt. »Eigentlich geb ich's gerade auf«, sie inhalierte tief. »Man gönnt sich ja sonst nix«, meinte der Mann, »und solange mein Raucherbein noch mitmacht ...«

Nie würde Jette diesen Mann vergessen und nie den albernen Satz über sein Raucherbein, denn in diesem Augenblick drang aus dem großen Saal wieder lautes Gelächter, dem noch lauteres Klatschen folgte. Wie aufs Stichwort war Gundel aufgetaucht mit einer Armada von Kellnern und dirigierte ihre Truppe mit kleinen Bewegungen in den Saal. Sie sah ihre rauchende Freundin nicht, achtete auch nicht auf den hochgewachsenen Mann, der jetzt mit großen Schritten aus dem Saal in Richtung Herrentoilette eilte. Aber Jette sah ihn. Und ihr Herz blieb stehen. Er war es. Einfach so. Ohne Vorwarnung.

Mario Benedikt. Mario. Es konnte nicht wahr sein. Was für ein blödsinniger Zufall. Nach fast dreißig Jahren! Ihr Herz klopfte laut und schmerzhaft, Zigarettenrauch blieb in ihrer Lunge stekken, sie fing an zu husten, ihre Augen tränten. Schnell wandte sie sich ab. Als sie mit nassen Augen vorsichtig hochblickte, eilte er an ihr vorbei, nur fünf Meter Luft trennten sie. Merkte er denn nichts, spürte er sie nicht? Hörte er das laute Klopfen ihres Herzens nicht?

Sie sah ihm nach, seine hohe, gerade Gestalt, den stolzen Kopf, rechts und links schlenkerten die langen Arme – er war immer in Eile gewesen, immer ungeduldig –, sah, wie er die Toilettentür öffnete und hinter sich schloß, und sie wußte genau, wie er noch immer riechen und sich anfühlen würde. Sie hatte seinen Duft noch immer in der Nase, sie waren beide fanatische Geruchsmenschen. Auf einmal fiel ihr auf, daß sie nach ihm nie wieder einen Mann so gut hatte riechen können. Auch seinen Körper kannte sie genau. Die beiden Leberflecke hinterm linken Ohr und am Steißbein, den Knubbel mitten auf dem Rücken. Mario. Mario. Ihr wurde schwindelig, sie mußte sich festhalten.

»Ist Ihnen nicht gut, junge Frau?« Der Concierge musterte sie besorgt, sie rang sich ein gequältes Lächeln ab. »Danke, es geht schon wieder.« Aber es ging gar nichts mehr.

Alles war wieder da, alles, so als hätten sie sich nicht vor sechsundzwanzig Jahren getrennt, an einem ungewöhnlich heißen Apriltag 1973, sondern vor zwei Stunden.

Nicht *SIE* hatten sich getrennt, *ER* hatte sich von *IHR* getrennt. Dieser Mann, der jetzt vermutlich vor dem Urinal stand, hatte fast ihr Leben zerstört. Plötzlich spürte sie dieses sorgsam verschüttete Gefühl von damals wieder, wie ein kleines, angriffsbereites Tier mit spitzen Stacheln. Damals war der Schmerz so ungeheuerlich gewesen, daß sie fast ein Jahr gebraucht hatte, um nicht mehr jede Stunde, jede Minute an ihn zu denken. Eine ganze Minute Mario-freie Zeit war schon fast ein kleiner Sieg gewesen.

Energisch schob sie die Erinnerungen weg. Zwei Frauen gingen an ihr vorbei, mit den selbstbewußten Schritten, die frau sich nur auf sehr hohen Hacken leisten konnte. Eine große Blonde von kühler, selbstbewußter Schönheit und eine kleine Rothaarige.

»Camillchen«, sagte die Rothaarige und hinterließ eine schwere Duftwolke von Guccis »Envy«, als sie Jette fast streiften, »und Maria hat keine Lust, den Verlag zu übernehmen?« Die Blondhaarige zuckte die Schultern. »Es gibt leider keinen männlichen Erben, meine Liebe. Ein großes Problem. Und dein Sohn kommt ja auch nicht als Schwiegersohn in Betracht. Der ist ja so warm, daß er mit der flachen Hand bügeln kann.«

Was für eine grausame Frau! Jette zuckte bei ihren Worten unwillkürlich zusammen. Das konnte nur sie sein. Camilla Benedikt. Die weidwunden Augen der Rothaarigen waren das letzte, was sie sah, bevor sich die Tür der Damentoilette hinter den beiden schloß.

Camilla Benedikt. Die Frau, die ihr das Glück genommen hatte.

»Was machst du denn noch hier?« Gundel stand mit zwei leeren Tabletts hinter ihr und strahlte sie an: »Deine Pastete war der große Knüller. Kein Krümel ist übriggeblieben.«

»Das wär ja auch ein Wunder bei der Menge«, meinte Jette, »ich geh dann mal.« Aber sie ging noch nicht.

Gundel war wieder Richtung Küche verschwunden.

Ich warte noch eine Minute, dachte Jette und stellte sich hinter die Säule, von der aus sie die Tür der Herrentoilette im Blick hatte. Sie zündete sich eine Zigarette an und zählte ... achtundvierzig, siebenundvierzig, sechsund ...

Die Tür ging auf, und er kam heraus. Er ging leicht vornübergebeugt, das hatte er damals schon getan. Dann hob er plötzlich das Gesicht und sah direkt an ihr vorbei. Seine Haare, früher fast flachsgold, waren jetzt graugesprenkelt, seine Augen umkränzten viele Fältchen, was bei einer Frau vielleicht verlebt, bei ihm jedoch so attraktiv wirkte wie ein gut eingesessenes Ledersofa. Die Welt war ungerecht.

Verdammt, sieht er noch gut aus, dachte Jette, und nichts hätte sie lieber getan in dieser einen heißen Sekunde, die es dauerte, bis er sich wieder abwandte, als mit ihren Händen durch seine Haare zu fahren.

Ich will's nicht wieder, dachte sie in einer bittersüßen Mischung aus Aufregung und Wut und legte die Hand wie schützend auf ihr wild klopfendes Herz, ich will es einfach nicht. Einmal hat gereicht.

»Warte.« Mario und Jette drehten sich beide um. Camilla trat auf ihn zu, zupfte an seinem Smokinghemd, um ihm dann etwas ins Ohr zu raunen. Zu ihrem Ärger reichte der Anblick von Camillas Mund an seinem Ohr, um Jettes Puls eifersüchtig in die Höhe zu treiben. »*Ich will es nicht*«, flüsterte sie wütend und verzweifelt, »es soll wieder weggehen.« Aber es blieb.

Auf langen Beinen stöckelte Camilla an ihr vorbei in den Festsaal, Mario sah ihr nach. Sein Blick war unergründlich. Ob er sie noch immer liebt, dachte Jette, mehr als mich damals?

Sie verbot sich, diesen nutzlosen Gedanken zu Ende zu denken.

Sie ging zur Hoteldrehtür, dann zu ihrem Auto. Fuhr durch die leeren, nachtdunklen Straßen nach Hause. Drehte die Musik so laut, daß sie alle Fenster öffnen mußte.

»Mario«, schrie sie in die Nacht, »du Schuft, du Scheißkerl. Warum bist du wieder aufgetaucht? Ich hasse dich. *Ich hasse dich*.«

6 Zur selben Zeit saß Cleo Braake an ihrem Computer und tippte gelangweilt den ersten Satz des siebten Kapitels ihres neunten Romans in die Tasten. Er sollte *Sag mir, wo die Männer sind?* heißen. Gute Frage. Cleo hätte dies selbst gerne gewußt.

Sie gähnte. Ihr Verlag hatte wieder einmal auf einer 3F-Beziehungskomödie – frech, frivol, fröhlich – bestanden, weil diese Puddingepen trotz Hera Lind immer noch gut liefen. Die Zielgruppe – Hausfrau mit Realschulabschluß – konnte offensichtlich nicht genug kriegen von jungen, knackigen Superweibern, die derart massiv von bescheuerten Männern mit ständig erigierten Pimmeln bedrängt wurden, daß sie sich impotente Kerle wünschten, während sie, Laptop und Handy unter einem, ein kreischendes Baby unter dem anderen Arm, auf dem Weg zur Superfrau-Karriere waren. Daß diese Art von Schwachsinn meist von Frauen gelesen wurde, deren aus der Form gegangene Gatten oft schon vor der *Tagesschau* einschnarchten, während der nervige Nachwuchs im Etagenbett herumsprang, denn für zwei einzelne Kinderbetten war das Kinderzimmer zu klein, war eine Tatsache, der sich Cleo Braake so selten wie möglich stellte.

Sie lebte gut von ihren Büchern, obwohl sie beim Schreiben vor lauter Langeweile oft in Depressionen verfiel. Besonders die Sexszenen deprimierten sie.

Erstens war sie der Meinung, daß sich Menschen über dreißig, und das war sie selbst seit mehr als fünfzehn Jahren, nicht mehr zu etwas äußern sollten, das sie selbst nur noch sehr sporadisch ausübten, und zweitens gab es kaum deutschsprachige Schriftsteller, die erotisch fabulieren konnten. Der englische oder französische Sprachraum hatte es da wesentlich leichter. Faire l'amour, da kam Vorfreude auf. Let's make love, gern, Liebling. Laß uns bitte Liebe machen. Gähn. Schnarch. Alle deutschen Worte klangen hölzern. Miteinander schlafen? Vögeln? Ficken? Pimpern? Rumrödeln? Rhabarber, Rhabarber machen?

Cleo Braake rettete sich deshalb schon seit Jahren in vage Andeutungen, gefolgt von beziehungsreichen Pünktchen. Sollte sich doch die deutsche Hausfrau am Bügelbrett gefälligst auch mal was ausdenken …

Und so versank die Welt um sie herum …

Und alles andere wurde unwichtig, als sie seine weichen Lippen spürte …

Riß er sie in einen Strudel der Leidenschaft, aus dem sie nie wieder auftauchen wollte …

Immer öfter ertappte sich Cleo dabei, daß sie während des Schreibens völlig andere Dinge machte. Fernsehen, nachdenken, träumen, Musik hören. Wenn sie dann abends die Ergüsse des Tages las, war sie oft selbst erstaunt, was sie da im Halbkoma unlustig zusammengeschrieben hatte.

Diese Ergüsse reichten immerhin für eine Fünfzimmereigentumswohnung in Hamburg-Winterhude, was ihrer Mutter nicht genug war.

»Es ist leider keine Gehirnchirurgie, mein Kind.« Diesen mütterlichen Satz konnte Cleo singen. Als wenn sie das nicht selber am besten wüßte. Wie oft schon hatte sie die Tatsache verflucht, daß sie nichts Richtiges gelernt hatte.

Studium der Germanistik und Geschichte, mit der Note »befriedigend« abgeschlossen, keine Glanzleistung, aber sie hatte gut gelebt während ihrer Studienzeit in den siebziger Jahren. Vor allem gut und vielseitig geliebt. Doch auch Ende der Siebziger war der Horizont für eine einunddreißigjährige Hochschulabsolventin mit Gesamtnote »Drei« nicht grenzenlos, und deshalb war Cleo Braake froh, als Volontärin beim *Hamburger Anzeiger* unterschlüpfen zu können, und schrieb statt über Frauenfiguren bei Goethe über Schäferhundevereine in Neu-Wulmstorf.

Wenn einer ihrer ehemaligen Kommilitonen, die meisten waren im Lehramt gelandet, sie nach ihrer Berufstätigkeit fragte, dann antwortete sie meist mit »Ich bin Stadtchronistin« – eine Formulierung, die viele Fragen und Deutungsmöglichkeiten ganz bewußt offenließ. Und so sah sie sich auch: nicht als popelige Schreiberelse, die unwichtige Terminchen hochschreiben mußte, damit die Leute zufrieden waren, weil eh nichts Spannendes passierte in Hamburg-Harburg, dem Stadtteil jenseits der Elbe, Wohnort von Rentnern, Arbeitslosen und Ausländern. Sie sah sich als Schriftstellerin der »Binnenexotik«, ein schönes Wort, das sich ihr Chefredakteur Dr. Hermann Funke, ein ebenfalls gescheiterter Akademiker, für die Redaktion ausgedacht hatte, um ihnen die Tatsache schmackhaft zu machen, daß ihre weiteste Dienstreise, wenn überhaupt, an der Landesgrenze zu Schleswig-Holstein endete. »Ich möchte aber auch mal Außenexotik«, hatte der Nachrichtenchef einmal protestiert und war sofort unter dem bitterbösen Blick des Lokalchefs zusammengeschmolzen. »Dafür haben wir die Nachrichtendienste«, hatte der nur gesagt, »und wenn's bei dir für mehr gereicht hätte, dann wärest du jetzt beim *Stern* oder *Spiegel*.«

Dafür hatte es auch bei Cleo Braake nicht gereicht, und im Laufe der Jahre wurde auch ihr privater Horizont immer enger. Männer kamen und gingen, meist schon nach kurzer Zeit, weil Cleo eine Frau war, deren Ansprüche und Erwartungen an Männer im gleichen Maße zunahmen wie die kleinen und größeren Fältchen um Nase, Mund und Augen. »Ich biete mehr als früher, ich fordere mehr als früher«, hatte sie kürzlich zu ihrer Freundin Viola-Renate gesagt, einer gestreßten Mutter von zwei anstrengenden Teenagern, deren Ehemann Rainer es sich auch nach einundzwanzig Ehejahren noch am liebsten jede Nacht »gemütlich« machen wollte und in deren Gästeklo ein Cartoon aus der *Brigitte* hing, auf dem ein Ehepaar im Bett liegt, über ihnen eine Sprechblase: »Ist es nicht schön, wenn's mal wieder vorbei ist?«

»Dann wirst du als alte, vertrocknete Jungfer enden«, hatte Viola-Renate nur geantwortet, während sie den Milchschaum ihres Cappuccinos lustvoll aus der Tasse züngelte, was ihr viel mehr Spaß machte, als diese Zunge woanders züngeln zu lassen ... egal. »Als alte Frau mußt du pflegeleichter werden, weil dein Marktwert sinkt. Nur junge Frauen können sich Zickigkeit leisten, bei dir wird's mit den Wechseljahren gleichgesetzt und ist nur noch peinlich.«

Cleo seufzte und schob vorsichtig Mirko, ihren fetten, kastrierten Kater von ihrem eingeschlafenen rechten Fuß, wo er sich schnurrend zur Ruhe gebettet hatte. Das einzige männliche Wesen, das mich nicht verläßt, ist kastriert, dachte sie und hob die Weinflasche hoch, um zu sehen, ob sie sich noch ein Glas genehmigen durfte. Sie durfte nicht. Zwei leere, zerknüllte Zigarettenschachteln gemahnten sie daran, daß in ihrem Alter die Kombination von Alkohol und Nikotin eine nicht empfehlenswerte war. »Da scheiß ich doch jetzt drauf«, murmelte Cleo und schenkte nach. Dann überlegte sie, ob sie *ihn* anrufen sollte oder nicht.

Es war eine Minute vor Mitternacht, die Feier würde vorbei und er wahrscheinlich im Auto auf dem Weg nach Hause sein. Es störte Cleo nicht, daß seine Ehefrau, diese blonde, verwöhnte Superzicke, neben ihm sitzen würde, im Gegenteil.

Schließlich war sie Hausautorin, der Göhlen Verlag verdiente viel Geld an ihr. Sehr viel Geld. Ihre Bücher liefen so gut, daß sie ständig von anderen Verlagen umschmeichelt wurde, die sie abwerben wollten. Bis jetzt hatte sie widerstanden. Seinetwegen. Der Verlag brauchte sie. Ob der Verleger dies tat, dessen war sie nicht so sicher.

Cleo schüttelte die Weinflasche, war sie eigentlich zu Beginn des Abends halb leer oder halb voll gewesen? Sie goß den Rest in das Glas, damit die liebe Seele Ruh' hatte, außerdem schrieb sie leicht betäubt am besten.

»Frauchen dichtet noch einen Absatz, dann gönnt sie sich ihren Anruf«, ließ sie Mirko wissen, der inzwischen auf ihrem linken Fuß Platz genommen hatte.

Sie gähnte, riß die Augen auf, um sich auf das Geflimmer auf dem Computerschirm konzentrieren zu können, und hackte:

»Ich will alles von einem Mann, alles«, schrie Gabrielle und stampfte mit ihren rotgelackten Highheels auf den teuren Parkettboden (jede Superfrau, die auf sich hielt, trug Highheels), »und wenn du mir das nicht geben willst, hier ist die Haustür, bitte mach keine Flecken auf der Politur!« Boris sah seine blutjunge Geliebte an und spürte zu seinem lustvollen Erschrecken, daß sich eine hartnäckige Erektion …

Schluß für heute. Cleo klickte den Computer aus. Es deprimierte sie, über die Erektionen von ausgedachten Männern zu schreiben. Sie ging zum Telefon und wählte. Sie wollte eine nicht ausgedachte Stimme hören … Seine …

7 »Na, war's schlimm?« Camilla hatte die Beine hochgezogen und musterte das Profil ihres seit drei Stunden und siebzehn Minuten fünfzigjährigen Ehemannes. Er gähnte nur und schwieg. Sie kannte seine präzise Geburtsminute, seit sie ihm vor Jahren einmal ein Horoskop, ausgestellt von der stadtbekannten Hamburger Hexe Attis Beyn, geschenkt hatte. Doch die Tatsache, daß bei ihm Jupiter 4 im achten Haus stand, daß deshalb Sexualität seine große Stärke war, er eine innige Beziehung zu Tod und Loslassen hatte, schien ihn nicht besonders zu interessieren. Er hatte das Horoskop jedenfalls nie gelesen. Deswegen kannte er auch seine Geburtsminute nicht.

Es erfüllte Camilla Benedikt mit klammheimlicher Genugtuung, daß sie jetzt endlich im selben Lebensjahrzehnt waren. So fielen die lächerlichen zwei Jahre, die sie älter war als er, nicht mehr so auf. Zumal sie seit geraumer Zeit, genauer gesagt, seit ihrem neununddreißigsten Geburtstag, auf die unhöfliche Frage nach ihrem Alter nur noch mit der Aufforderung »Schätzen Sie mich« reagierte. Die meisten waren verlegen, wechselten das Thema. Oder schätzten viel zu jung, wonach sie sich noch älter vorkam. Wenn sie sich dagegen richtig jung fühlen wollte, rief sie die Taxizentrale an und verlangte ausdrücklich einen schwarzafrikanischen Fahrer. Dann ließ sie sich herumfahren und fragte: »Was schätzen Sie, wie alt ich bin?« Die Männer lachten dann, betrachteten sie im Rückspiegel und sagten: »Du bist zwanzig. Vielleicht zweiundzwanzig.« Aus irgendeinem ethnologischen Grund konnten Pechschwarze das Alter von Schneeweißen nicht schätzen und umgekehrt.

Manchmal trieb Camilla das Spielchen auch ein bißchen weiter. Kondome hatte sie ja immer dabei.

»Ich bin froh, daß es vorbei ist.« Mario lächelte seine Frau an. Er war erleichtert, daß er die Feier überstanden hatte. Der wahre Katzenjammer über seinen Eintritt ins sechste Lebensjahrzehnt würde noch kommen, hatte ihm Falko prophezeit, wahrscheinlich morgen, und dann rund zwei Wochen dauern. »Dann hast du dich eingerichtet und bist froh, daß du noch nicht sechzig bist.« Na danke, dachte Mario und nahm sich vor, heute nacht mal wieder mit seiner eigenen Frau zu schlafen. »Wen gedenkt unsere Tochter eigentlich diese Nacht zu beglücken? Sie ist nach dem Dessert so schnell verschwunden.«

Camilla seufzte: »Keine Ahnung. Sie war noch nicht müde. Einen Hausschlüssel hat sie ja.«

Beiden Eltern war es lieber, wenn sie über die nächtlichen Aktivitäten ihrer lebenshungrigen Tochter im unklaren gelassen wurden. »Gott, ich freu mich auf mein Bett«, gähnte Mario. »Schlafen ist die Erotik des Alters.«

Das Autotelefon klingelte. Automatisch sah er auf die Uhr, während er den Hörer abnahm. Viertel nach zwölf, wer rief ihn um diese Zeit an?

»Ja?« Vorsichtshalber legte er soviel Ungeduld wie möglich in seine Stimme, denn er spürte Camillas forschenden Blick. »Geschäfte, mein Lieber, um diese Zeit?« fragte sie süffisant und verfluchte inständig, daß sie sich so öffentlich und penetrant das Rauchen abgewöhnt hatte. Jetzt eine Zigarette und sich dann genüßlich an seiner Verlegenheit weiden. Das Tüpfelchen auf dem Geburtstags-i. Denn daß es sich bei dem Anrufer um eine Frau handelte, war Camilla völlig klar. Sie kannte die Spielchen eifersüchtiger Weiber, spielte sie häufig genug selbst.

»Ich hab Sehnsucht nach dir«, hauchte Cleo ins Telefon, während sie sich in der Küche ein spätes Käsebrot bestrich und mümmelnd weitersprach, »und wenn ich Sehnsucht hab und du bist nicht da, dann kann ich nicht dichten. Also komm und befruchte deine Lieblingsautorin!«

Da es in der Leitung rauschte und knackte, wußte sie genau, wo er war. Im Auto, neben ihm die Alte. Herrlich. Als sie vor zwölf Jahren ihren ersten und bislang erfolgreichsten Roman *Der nächste Mann, dieselbe Dame* im Göhlen Verlag veröffentlichte, hatte sie bei einer Feier nur einen einzigen Blick auf ihn geworfen und sofort beschlossen: »Der ist fällig.«

Da sie selbst eine kleine, zur Fülle neigende Mittvierzigerin mit leicht nachgeholfenem Rothaar war, waren ihr die Männer am liebsten, die groß, blond oder blondgrau und so attraktiv waren, daß sich andere Frauen neidisch fragten: Wie hat sie *den* denn geschafft?

Cleo schaffte es durch eine sexuelle Unermüdlichkeit und Leidenschaft, die im Gegensatz zu anderen Frauen nicht vorgetäuscht war. Sie war eine der wenigen Frauen, die wirklich Spaß im Bett hatten. Das wirkte ansteckend, besonders bei Ehemännern mit jahrzehntelang angetrauten Migränegattinnen. Und Mario, das wußte Cleo bereits in der ersten Nacht, war so ein Zukurzgekommener. Also führte ihn Cleo in ihre gesamte Palette ein, zeigte ihm ihre Tricks, wann immer er sich Zeit für ein Schäferstündchen nahm.

Das war Cleos zweites Geheimnis – sie drängte sich nicht auf, sie machte sich rar, zumindest in der Anfangszeit. So trieb sie ihre Männer, meist zur Mittagszeit, weil sie dann eh nicht gut arbeiten konnte, zur absoluten Raserei, schickte sie dann, ausgepumpt und happy wieder zu Mutti. Danach stellte sie ihren Anrufbeantworter an und ließ sie zappeln.

Bei Mario waren diese Spielchen nicht möglich gewesen. Er war ein Mann des öffentlichen Lebens mit sehr wenig außerhäusiger Spielzeit, also gab er die Zeiten vor, und sie folgte. Und leider war etwas passiert, mit dem sie nicht gerechnet hatte – sie hatte sich in ihn verliebt.

»Sie müssen die falsche Nummer gewählt haben«, sagte Mario

und legte den Hörer auf. »Eine neue Dame?« fragte Camilla nonchalant, aber er wußte, daß diese Lässigkeit vermutlich vorgetäuscht war. Schon vor Jahren hatten sie zwar beschlossen, eine »offene«, aber zivile Ehe zu führen, trotzdem gab es immer wieder Momente wie diesen, in denen er ahnte, daß sich hinter der glattgestrafften Stirn seiner Frau vermutlich sehr unzivile Gedanken abspielten. Er beschloß, diese Gedanken nicht zu vertiefen.

»Nein, eine alte«, meinte Mario nur, als es wieder klingelte. »Ich glaub dir kein Wort«, meinte Camilla spitz, »so schnell, wie du dich langweilst.«

Wortlos nahm er den Hörer ab und reichte ihn seiner Frau: »Überzeug dich selbst«, seine Stimme klang völlig unbeteiligt, »und grüß sie schön.«

Camilla nahm den Hörer und legte ihn gleich wieder auf. Unerwartet war er da, der Druck auf ihrem Herzen, als ihr klar wurde, wie unwiderruflich kaputt ihre Ehe war. Was sie sich gegenseitig antaten. Was für ein Leben sie lebten, dieses reiche, erfolgreiche Ehepaar in ihrem Mercedes der Luxusklasse, auf dem Weg in ihre opulente Stadtvilla.

Wer hatte damit angefangen? War sie es gewesen, als sie begriff, daß er sie seinerzeit ohne Liebe nur aus Berechnung geheiratet hatte? Als sie das Foto dieses rothaarigen Mädchens in seiner Aktentasche gefunden und er rote Ohren bekommen hatte, obwohl sie angeblich nur eine Jugendliebe war, längst vergessen? Sie erinnerte sich an dieses schneidende Gefühl von Wut und Eifersucht, als sei es gestern gewesen.

Wie hatte sie ihn einmal geliebt – diesen spröden blonden Mann mit den graublauen Augen! Der ihr nie wirklich gehört, den sie deshalb verletzt, betrogen und gedemütigt, dem sie trotz allem eine Tochter geschenkt hatte und den Verlag ihres Vaters. Maria jedenfalls hatte ihn glücklich gemacht, was den Verlag betraf, war sie nicht so sicher. Sie wußte von dem Millionenvorschuß an einen geschaßten Politiker, der sich kurz danach in der Elbe ertränkte. Seine Witwe verschwand nach dem Begräbnis und mit ihr die Millionen. Heute morgen hatte sie in der Zeitung von dramatischen Umsatzeinbußen des Buchhandels gelesen.

Betrifft uns nicht, hatte er abgewehrt. Was betrifft uns überhaupt noch, hatte sie fragen wollen, aber er hatte das Haus schon verlassen.

»Warum tun wir uns das an, Mario?« Die Frage war herausgerutscht, ehe sie es verhindern konnte. »Warum quälen wir uns so?«

Ihre Stimme klang ruhig, traurig. Er nahm seine rechte Hand vom Steuerrad und legte sie auf ihre linke. Sie zog sie nicht zurück.

»Entschuldigung«, sagte er, während seine Finger ihre Hand streichelten, »das war geschmacklos von mir. Die Frau ist völlig unwichtig.« Er lächelte. »So unwichtig wie dein brasilianischer Fitneßtrainer.«

»Eine deiner Autorinnen?« fragte sie beiläufig.

»Ja«, sagte er einsilbig.

Sie bogen in die stille Seitenstraße ein, in der ihre Villa lag. Nur die Straßenlampen warfen ihr mondgelbes Licht auf das Kopfsteinpflaster, sonst war alles dunkel.

»Bestseller?« fragte Camilla weiter. So als mache dies einen Unterschied.

»Ja.« Mario wollte das Thema abschließen.

Er fuhr den Wagen durch das große Tor, hielt an, stieg aus und half seiner Frau aus dem Auto. Diese kleinen Gesten der Höflichkeit hatten sie sich bewahrt.

Sie gingen auf das Haus zu. In der Tür drehte Camilla sich um.

»Willst du heute nacht mit mir schlafen?« fragte sie. Er konnte ihren Blick nicht deuten. Nie würde er erfahren, wie wichtig ihr trotz allem seine Antwort war.

Mario lächelte. »Gern. Was für ein schönes Geburtstagsgeschenk«, sagte er und ging ins Haus. Seine Stimme klang so freundlich-unbeteiligt, als habe sie ihm ein Pfefferminz angeboten.

8

Als Cleo den Hörer auflegte, verspürte sie genau diese Mischung aus Wut und Adrenalin, von der sie wußte, daß sie ihr ein paar kreative Stunden bescheren würde. Das mußte ausgenutzt werden. Sie schrieb am besten in Wallung – Ärger, Verliebtheit, Trauer, egal –, wenn sie wallte, dann tanzten ihre Finger über die

Tasten, dann formten sich Gedanken und Wörter zu wunderbaren Sätzen und Paragraphen. Dann schenkte sie sich hinterher einen Champagner ein, las ihr soeben Geschriebenes und fragte sich: Warst du das wirklich, Cleo? Du schreibst ja richtig super.

Sie ahnte, daß Marios Leidenschaft, so sie denn jemals über den Bettpfosten hinausgereicht hatte, abgekühlt, kühl bis kalt geworden war. Er hatte sich ihrer sowieso nur bedient, weil sie sich ihm angeboten hatte, so wie man sich, eigentlich des Süßen überdrüssig, einen Pralinentrüffel zwischen die Lippen schiebt, weil man zu höflich ist, ihn abzulehnen. Und daß sie sich so verfügbar, so billig gemacht hatte, woran lag das? Trotz aller Vorsätze doch an der Demut einer mittelalterlichen Frau, deren Marktwert gesunken war?

»Ich bin unausgefüllt«, murmelte Cleo vor sich hin, während sie die Milch für einen zusätzlich aufputschenden Milchkaffee aufschäumte, »ich hab keinen festen Kerl, keine Kinder, keine Kollegen. Ich hab nur meine Bücher und meine Katze.«

Sie führte oft Selbstgespräche, das beruhigte sie. Am liebsten unter der Dusche oder beim Spazierengehen, wo sie manchmal verwunderte Blicke auf sich zog, was sie nicht kratzte. Sie war Schriftstellerin und nahm sich das Recht auf eine gewisse Schrulligkeit.

Sie ging mit der Milchschale zu ihrem Schreibtisch, stellte sie ab, setzte sich vor den Computer. Las den letzten Satz: »Und als er sich leidenschaftlich über sie beugte und mit seiner Zunge zärtlich ihre Lippen auseinanderdrückte, dachte sie nur: Sein Mundgeruch ist auch nicht besser geworden.«

Cleo las diesen Satz. Einmal. Zweimal. Das ist also mein Leben, dachte sie, ganz ruhig, ganz nüchtern. Ich bin die Verfasserin solcher Sätze. Ich schreibe über Frauen, die von Männern mit Mundgeruch geküßt werden. Oder die schon so verkorkst sind, daß sie beim Küssen nicht an Liebe, sondern an Mundhygiene denken.

Sie wußte, daß Mario Benedikt sie als Autorin sehr schätzte, was, das war ihr selbstkritisch klar, nicht an ihrem literarischen Können lag, sondern an dem vielen Geld, das sie für ihn verdiente. Jedes Baby landete auf der Bestsellerliste, wo es wochen-, manchmal monatelang stand. Keines verkaufte sich unter zweihundertfünfzigtausend Exemplaren.Das war richtig viel. Fünf ihrer Bücher waren verfilmt worden und hatten beachtliche Quoten eingefahren. In einem hatte sogar Iris Berben die weibliche Hauptrolle gespielt. Cleos Mutter Martha Braake, die zur Ausstrahlung ihre Doppelkopfrunde einlud, hatte sich nur über ein Castingversäumnis geärgert: »Warum gibt es denn keine gute Rolle für Inge Meysel in deinen Filmen?«

»Weil Frau Meysel scheintot und bisexuell ist«, hätte Cleo fast geantwortet, aber sie wußte, daß ihre Mutter dann wochenlang nicht mit ihr sprechen würde.

Und während Cleo Braake mit Milchbart vor ihrem Computer sinnierte und danach in die Tasten griff, um ihren Helden ans Waschbecken zum gründlichen Zähneputzen zu schicken, wußte sie, daß es so mit ihrem Leben nicht weiterging. Sollte denn in vierzig Jahren auf ihrem Grabstein stehen:

»Sie kam, sie schrieb Scheiße, sie starb«?

Oder: »Sie küßte viele Frösche, aber alle waren verheiratet«?

Etwas mußte passieren. Aber was?

9

Als Jette nach Hause kam, war Waltraud auf ihrem Sofa eingeschlummert. Knirschende, röchelnde Schnarchtöne sanken dabei in die abgeschabten Polster. Das Sofa war riesig, häßlich, aber sehr gemütlich. Die Gute, dachte Jette, holte eine Wolldecke und breitete sie vorsichtig über der Schlafenden aus, so wie sie es früher bei ihrem Sohn Benedikt gemacht hatte. Leider befand der sich seit seinem Abitur im Zustand permanenter Unauffindbarkeit. Vor zwei Wochen hatte sie das letzte Mal mit ihm gesprochen, aber die Leitung hatte so gerauscht, daß sie nicht verstanden hatte, von wo aus er anrief. Das war nichts Neues, er reiste gern, hatte die Freuden eines geregelten Arbeitslebens noch nicht entdeckt, probierte sich aus. »Ich unterstütze dich bis siebenundzwanzig, dann ist Schluß.« Dies waren Jettes Worte auf seiner rauschenden Party zum Abitur (Notendurchschnitt 3,6) gewesen, und sie gedachte, sich daran zu halten. Er war gerade fünfundzwanzig geworden, zwei finanzielle Streßjahre lagen also noch vor ihr. Sie schenkte sich einen Wein ein, ließ sich neben Waltraud aufs Sofa plumpsen, griff nach deren Fuß und knetete ihn. »Hmmm, mach weiter«, knurrte diese und vergrub ihren Kopf im Sofakissen. Jette trank noch einen Schluck und dachte an ihren Sohn. Intensiv und konzentriert, um jeden anderen Gedanken zu verdrängen. Sie spürte, wie dieses heiße, vorwitzige, wiedererwachte Gefühl in ihr herumtanzte wie ein frecher Kobold, aber sie ließ es nicht zu. Sie war stark. Sie wußte: Starke Gefühle schwächten nur.

Benedikt also. Ihr heißgeliebter Sohn, der sie mehr schlaflose Nächte gekostet hatte als jeder Liebhaber. Besonders nach dem Abitur. Nach einer kurzen, aber heftigen Attacke von Umweltgewissen, während der er sich auf den Robbenretterbooten von Greenpeace vor Alaska bei stürmischer See die Seele aus dem Leib kotzte, hatte er sich kurzfristig in Berlin als Schamhaarfriseur niedergelassen. Er liebte Kontraste. Auf die Frage »Und – was macht der Benedikt denn so?« hatte sie kurz und bündig mit »Er frisiert Muschihaare« geantwortet. »Oh, er arbeitet jetzt im Tiersalon?« Jette lächelte dann nur. So ungefähr sah sie es auch.

Benedikt. Ein Vierteljahrhundert Liebe und Angst und Mutterstolz. Sie hatte ihn allein großgezogen, mit Oma Gertrud. Ein Frauensohn. Viel gestreichelt, viel geschimpft, viel allein, alles viel. Trotzdem war er nicht schwul geworden, wie Gundel ihr prophezeit hatte. »Vielleicht auch nur ein Transi, mach dich auf alles gefaßt.« Jette wußte, daß ihr nach dem ersten Schock überhaupt nichts Besseres hätte passieren können als ein schwuler Sohn. Liebevoll, dankbar, Geschmack in Kleider- und Einrichtungsfragen. Und das Allerbeste – keine Schwiegertochter.

Benedikts Ausflug in die Welt der Schamhaarfrisuren war kurz, aber intensiv gewesen. Nach einem Besuch des Nacktbadestrandes auf Sylt war ihm aufgefallen, daß »die meisten Leute untenrum irgendwie Scheiße aussehen, findest du nicht auch, Mami?«

»Wirklich?« hatte Jette interessiert zurückgefragt. Aus Erfahrung wußte sie, daß jede Form von Empörung oder Kritik an ihrem sonnigen, dickfelligen Sohn abprallen würde wie ein Wassertropfen auf dem Butterfaß. »Darüber hab ich noch nie richtig nachgedacht. Was genau kann man denn da machen?«

Hätte sie doch nicht gefragt! Die Vorstellung, was ihr Sohn da machte, verfolgte sie noch wochenlang. Er rasierte seine Kunden »untenrum« in gewünschte Formen, er flocht Perlen und Federn ins gekräuselte Haar, er färbte es. Sein Lieblingskunde, ein Schlachtermeister aus Husum, einer der wenigen Heterosexuellen, hatte immer ganz bestimmte Vorstellungen. »Unten fast alle Haare ab, nur oberhalb des Penis eine Art Pinsel, gold gefärbt, der Penis dann blutrot, der Rest schwarz – die deutsche Flagge sozusagen.«

»Ein Nazi?« hatte Jette angeekelt gefragt und gleich abgewunken. »Laß mal, ich muß das gar nicht wissen.«

Doch nachdem ihm beim Rasieren einmal das Messer ausgerutscht und an einer sehr empfindlichen Stelle des Kunden gelandet war – der Verletzte konnte nur mühsam mit einem von Jette umsonst ausgerichteten Schlemmerbuffet beschwichtigt werden –, hatte Benedikt diesen Erwerbszweig wieder aufgegeben. Im Augenblick »floatete« er, wie er es nannte. Sie nannte es herumdaddeln.

Der kleine Kobold erwies sich als hartnäckig. Mario. Er sah noch immer verdammt gut aus, aber nicht glücklich. Seine Ehe? Bei dieser Vorstellung empfand sie ein, wie sie fand, berechtigtes Gefühl der Genugtuung. Aber wahrscheinlich gab es einen beruflichen Grund. Männer hatten selten so traurige Augen, wenn es nur um ihre Ehe ging. Kürzlich hatte sie im *Handelsblatt* gelesen, daß alle deutschsprachigen Verlage Umsatzeinbußen von zwanzig Prozent hatten hinnehmen müssen. Die Deutschen lasen immer weniger.

Nicht ihr Problem.

Benedikt war ihr Problem. Vom Sofakissen hörte sie Waltrauds Schnarchen, diesmal in kurzen, abgehackten Stößen, die in lange Seufzer mündeten. Waltraud war sehr einfallsreich beim Schnarchen.

Benedikt war so ein süßes Baby gewesen, ein winziges Marzipanschweinchen mit blonden Kringellöckchen, und als sie ihn nach der langen, schweren Geburt zum ersten Mal sah – er war ein

Kaiserschnittskind, mit Betonung auf Kaiser, wie sie immer sagte –, ihren Zeigefinger in seine winzige Faust schmuggelte, die er sofort, fast gierig zusammendrückte, da dachte sie: Er ist alles wert. Alles. So mußte sich eine Löwin beim Anblick ihres Jungen fühlen, diese absolute Gewißheit, daß sie ohne Bedenken zur Mörderin würde, wenn ihrem Kind Gefahr drohte.

Benedikt war ein süßes Kind, aber eins, das keinen Schlaf brauchte. Die ersten drei Jahre verbrachte Jette schlaflos. Morgens taumelte sie, schlafdefizitgefoltert, in die Küche, um Benedikt sein Fläschchen und für eine Feier die bestellte Gulaschsuppe aufzusetzen. Er saß, erst im Kinderbett, dann im Hochstuhl, dann auf dem Küchentisch, während Jette ihrem Beruf als Partyköchin nachging. Abends, wenn sie in fremder Leute Küche stand und kalte Platten dekorierte, stand der Kinderwagen in Reichweite, denn einen Babysitter konnte sie sich nicht leisten. Dafür einen Schnuller, den sie, wenn auch mit sehr schlechtem Gewissen, mit Zucker und ein paar Tropfen jamaikanischem Rum präpariert hatte. Nur so schlief Benedikt wie ein Engelchen.

Jette ging zum Telefon, der Anrufbeantworter blinkte. Eine kurze, irrwitzige Sekunde lang dachte sie, er wäre es. Hallo, Jette, long time no see, wie geht es dir? Und sie wäre cool und nonchalant, von leicht sardonischem Witz. Und er wäre überwältigt und würde sich sofort ins Auto setzen …

Stop sofort, Jette, rief sie sich zur Ordnung und drückte auf die Antworttaste.

Zweimal aufgelegt. Also doch. Also Quatsch.

Die Stimme ihrer Mutter. »Habe ich noch eine Tochter? Wenn ja, wäre es nett, wenn diese sich mal wieder bei ihrer Mutter melden würde. Solang es diese noch gibt.«

Jette seufzte. Gertrud war einundsiebzig Jahre alt, kerngesund, wenn auch, wie sie seit dem Tod ihres Mannes Hermann immer wieder betonte, »mit einem Bein bereits im Grab«. Sie mußte sehr gelenkig sein, um diese Stellung schon so lange auszuhalten, dachte Jette oft, aber sie liebte die alte Dame sehr. Zumal sie zu der Spezies Oma gehörte, die vermutlich bald aussterben würde. Eine Dauerwelle wie aus den fünfziger Jahren, lilagraue, kleine

Schweinekringel, durch die rosa Kopfhaut schimmerte, Kleidung – das totale Beige mit dicken Stützstrümpfen. Eigentlich richtig altmodisch, aber zu Gertrud paßte es. Auch der kleine Witwenbuckel, der jedoch Jette eine so panische Angst einjagte, daß sie jeden Tag zwei Liter Milch trank, obwohl sie Milch haßte.

Die Stimme ihres Sohnes. »Hallo, Mami, ich komm dich mal wieder besuchen. Ich dachte an sehr bald. Bin auf der Durchreise. Ist mein Zimmer gemacht? Meine Wohnung ist im Augenblick leider an einen Kumpel vermietet. Genug Fleisch in der Tiefkühltruhe? Love you. Bennie.«

Jette nahm sich vor, ernsthaft mit ihm zu reden. So konnte es nicht weitergehen. In fünf Jahren wurde er dreißig. Er mußte seinem floatigen Leben eine Form geben. Einen Beruf.

Noch ein Anruf. Gundels Stimme. »Fühl dich nochmals aufs extremste abgeknutscht, meine Süße. Die Feier war ein Riesenerfolg. Dieser Verlagsheini kam übrigens selbst in die Küche, um sich zu bedanken. Ich bekam ganz weiche Knie, so eine Sahneschnitte, mein Gott. Natürlich verheiratet, die Alte war sich zu schade, zu uns Fußvolk herabzusteigen. Aber er hat allen Köchen die Hand geschüttelt. Und jedem einen Fuffi Trinkgeld gegeben. Der Mann hat Klasse. Bis bald.«

Jettes Herz sprang an wie ein stotternder Automotor.

Der Kobold tanzte. Alles, alles kam wieder hoch. Als wär's gestern gewesen.

10

Klasse. Ja, die hatte er wahrlich bewiesen, damals in jener Sommernacht, als er sie mit den dürren Worten »Wir müssen reden« hinter die Büsche zog. Ausgerechnet auf der Riesenfeier zu ihrem einundzwanzigsten Geburtstag. Tagelang hatte sie mit Gertrud und ihren Freundinnen das Buffet vorbereitet, Kartoffeln und Eier gepellt, Schweinehack zu insgesamt einhundertfünfzig kleinen Frikadellen geformt, drei Buttercremetorten gebacken. Und immer auf den Wetterbericht gelauscht, denn es sollte eine Gartenparty werden, am 21. Juni, Sommeranfang, aber das war ja leider keine Garantie für gutes Wetter.

Aber sie hatte Glück, es war ein warmer, sonniger Tag, die Tapeziertische im Schatten der Ahornbäume bogen sich unter den schweren Schüsseln, eine leichte Brise umfächelte den roten Heringssalat und sorgte dafür, daß die Mayonnaise nicht ranzig wurde. Jette rannte hin und her mit fliegendem Pferdeschwanz. Heute war ihr letzter Tag zu Hause, morgen würde sie ausziehen, zu Mario. Er hatte eine kleine Wohnung gemietet, unterm Dach. Gertrud hatte anfangs geweint und ihnen dann Vorhänge für alle Fenster genäht, einschließlich die der Vorratskammer.

Die Gäste waren alle schon da und tanzten unter den Girlanden, als er endlich auch auftauchte. »Spät kommst du, Schwiegersohn in spe«, Gertrud eilte mit einem vollen Gläsertablett an ihm vorbei, »mach dich gleich mal nützlich. Der Kartoffelsalat ist schon wieder alle.«

Sie wußte noch genau, wie er damals aussah, an jenem schicksalshaften Sommerabend. Groß, leicht gebeugt, sein ohnehin verwirbeltes Haar fiel ihm wirr und unordentlich in die Stirn, seine Augen funkelten unruhig. Obwohl es kein offizielles Warnzeichen gab, nichts auf das Kommende hindeutete, hatte sich ihr Herz plötzlich und schmerzhaft zusammengekrampft. Er sah anders aus. Weit weg. Abweisend. Fremd.

»Warum kommst du erst jetzt?« Ihre Stimme hatte atemlos geklungen. »Ist etwas passiert?«

»Wir müssen reden«, hatte er geantwortet, und heute noch, nach all den Jahren fühlte Jette die kalte Angst wieder, die damals in ihr hochkroch. Sie hatte lange nicht mehr daran gedacht, nachdem sie dann fast ein Jahr lang jeden Tag, jede Nacht daran gedacht hatte. Während sie sich langsam auszog, in ihr Oversized T-Shirt schlüpfte, einer der Vorteile, wenn man allein lebte, und sich ins Bett legte, wußte sie, daß dies leider eine schlaflose Nacht werden würde. Wurde sie ihn denn nie wieder los, diesen Schmerz, diese Wut, diese Liebe?

Er hatte es ihr gesagt, mitten im Garten, neben dem Lautsprecher, aus dem, auch das fiel ihr wieder ein, die Mungo Jerrys schallten – *In the summertime when the weather is high …*

Er würde sie verlassen, er mußte es tun, weil, weil eine andere

Frau ein Kind von ihm erwartete. Sie waren nur ein einziges Mal zusammengewesen, damals nach diesem albernen Streit, er hatte sich betrunken, und die andere war zufällig auch in der Kneipe gewesen, hatte sich unaufgefordert neben ihn gesetzt, so war eins zum anderen gekommen …

»Du hast eine andere Frau geschwängert?« Sie hatte diese Frage herausgeschrien, was im allgemeinen Partylärm nicht aufgefallen war. »Wie konntest du nur? Ich denk, du liebst mich.«

Sie war ins Haus gelaufen, blind vor Wut und Tränen, und er war ihr nicht gefolgt. Er war einfach gegangen.

Drei Wochen später war ein Brief gekommen, eine wirre, beschwörende Entschuldigung, die sie gelesen, zerfetzt und ins Klo gespült hatte.

Danach hatte sie vor dem Toilettenbecken gestanden und in den Strudel geschaut. Ein Stück schwamm weiterhin in der Schüssel, sie griff hinein und las die verwischten Buchstaben …

»Ich lie …«, stand auf dem feuchten Zettel. Sie hatte nie erfahren, wen er damit gemeint hatte – sie oder die zukünftige Mutter seines Kindes.

Gegen Morgengrauen schlief sie ein.

11

Das Verlagsgebäude, eine Gründerzeitvilla, nur fünf Minuten von der Alster entfernt, war das ehemalige Geburtshaus des 1981 verstorbenen Verlagsgründers Erwin Emmanuel Göhlen. Da es inzwischen nicht mehr ausreichte für die insgesamt hundertdreiundzwanzig große Verlagsmannschaft, hatte man hinten angebaut, modern und scheußlich, zum Glück von der Straße aus kaum zu sehen. Dort waren Vertrieb, Buchhaltung und Technik untergebracht, vorn, im Jugendstil, residierten Verlagschef, Presseabteilung und Lektorat, das sich mit drei kleinen Räumen im dritten Stock begnügen mußte, dennoch ein Privileg, das die Cheflektorin, Frau Dr. Breithuhn, gegen jeden Übergriff verteidigte. Nie, so sagte sie gern zu ihrer Assistentin Frau Dr. Boysen, einer nach achtundzwanzig Semestern und zwei gescheiterten Lehramtsexamina abgebrochenen Germanistin, würde sie ihre

Bücher in asbestverseuchten Sechziger-Jahre-Wänden lektorieren, »fruchtbarer Geist braucht stilvolle Umgebung«.

Da waren sich die Damen einig und darin, daß ihr intellektuelles Niveau, obwohl im Hochschulrahmen leider nicht gebührend gewürdigt, eigentlich weit über dem der von ihnen zu lektorierenden Bücher lag. Sie litten, sie lektorierten, sie aßen viel Schokolade, es blieb ihnen nichts anderes übrig. Die Miete mußte bezahlt, Katzen mußten gefüttert werden. Und der alljährliche Töpferkurs in der Toskana war auch nicht billig.

An diesem Morgen nach der Geburtstagsfeier, zu ihrer beider Ingrimm hatten sie nicht auf der Gästeliste gestanden, brachte der Bürobote die übliche Ladung UEMs, sogenannte Ümms, wie sie die unverlangt eingesandten Manuskripte nannten, die ihnen Krethi und Plethi schickten, schreibwütige Rentner, mitteilungsbedürftige Hausfrauen mit dem Drang zum Bestseller, einfach jeder, der sich gern zwischen zwei Buchdeckeln wiederfinden wollte, und das, so der Eindruck der geplagten Lektorinnen, wollte ein Großteil der Menschheit.

»Wieviel diesmal, Juppi?« fragte Frau Dr. Boysen resigniert und zündete sich die siebte Zigarette des vor einer Stunde begonnenen Arbeitstages an – Nikotin oder Süßigkeiten, sonst konnte sie nicht arbeiten. Nach einem Blick auf die Waage hatte sie sich gleich eine neue Stange Zigaretten gekauft.

Der Bote wuchtete einen dicken Stapel neben den noch dikkeren vom Vortag.

»So zwanzig, zweiundzwanzig Pi mal Daumen«, nuschelte er, ging zur Tür, blieb stehen. »Ich hätte übrigens auch eine gute Idee für ein Buch …«, begann er, als aus zwei Lektorinnenkehlen ein schriller Protestschrei kam: »*Nein*, bitte nicht. Kein Buch.«

»Ich mein ja bloß.« Juppi verschwand kopfschüttelnd. Weiber. Seine Erika benahm sich manchmal auch so komisch. Der Wechsel, meinte sie, der macht mich gereizt. In drei Jahren bin ich wieder normal. Dann würde er sein Buch – *Die erotischen Memoiren eines Büroboten* – eben woanders anbieten.

Frau Dr. Boysen, streng bebrillte fünfunddreißig, Kontaktlinsen konnte sie wegen zu trockener Augenschleimhäute nicht vertragen, blätterte lustlos in einem umfangreichen Manuskript – alle Ümms waren umfangreich – einer bayrischen Volkschullehrerin, die ihre Ferien in der Toskana verbracht und darüber ein Tagebuch verfaßt hatte. »Italienische Reize« hatte sie es genannt, und genauso las es sich. Frau Dr. Boysen las den ersten Satz und seufzte. »Als ich in Pagino ankam und die Schafe hörte, fing mein Herz an zu singen.« Wenigstens ließ die Autorin nicht die »Seele baumeln«. Dieses Zitat von Morgenstern – oder war's Ringelnatz? – hatte sie so oft lesen müssen, daß ihre Seele jedesmal aufschrie. Aber danach fragte keiner. Am wenigsten der Verlagschef.

Mario Benedikt hatte den Roman auf der letzten Buchmesse gekauft, weil er sich davon einen Erfolg à la Peter Mayle versprach. »Machen Sie was draus.« Damit war die Lektorin entlassen.

Frau Dr. Boysen zückte den Filzstift und ergab sich.

»Schafe machen mich einfach glücklich«, las sie Frau Dr. Breithuhn vor, die von *Sie war Wachs in meinen Händen – Bekenntnisse des königlichen Masseurs von Lady Diana* – aufblickte. Sie räusperte sich genervt.

»Schafe machen mich glücklich?« wiederholte diese. »In welcher Form? In erotischer?« Sie lachte hoch und spitz. Wenn ich nicht bald mal wieder glücklich gemacht werde, dachte sie plötzlich, dann hol ich mir vielleicht auch ein Schaf. Manchmal ertappte sie sich bei geradezu jugendgefährdenden Gedanken.

Frau Dr. Boysen runzelte die Stirn. Bei der Arbeit verstand sie keinen Spaß.

»Der Satz geht weiter – denn sie erinnern mich an meine Kindheit. Ihr Fell, ihr Geruch, ihre Seele. Deshalb kann ich hier, in den sinnlichen, schafbetupften Hügeln der Toskana, einfach kein Lammfleisch essen.«

Frau Dr. Boysen verstummte. Manchmal war es einfach schrecklich, Lektorin zu sein. All dieser Wortmüll, all diese uneleganten Formulierungen, die konnten richtig weh tun, körperlich weh. Seelisch sowieso. Wenn sie nach so einer Tortur nach Hause kam, in ihre kleine, sparsam möblierte, penibel aufgeräumte Zweizimmerwohnung, dann hatte sie das überwältigende Bedürfnis, sich äußerlich und innerlich zu reinigen. Sie duschte, sie cremte, sie rührte sich eine große Schüssel Quark, stellte eine Flasche

Mineralwasser daneben – und las Johann Wolfgang von Goethe. Laut, auf dem Balkon, in die Nacht hinaus.

> Wär nicht das Auge sonnenhaft,
> Wie könnten wir das Licht erblicken?
> Lebt nicht in uns des Gottes eigne Kraft,
> Wie könnt uns Göttliches entzücken?

Ja, das war noch Sprache. Das ging auch einer abgehärteten Lektorin wie ihr noch ins Blut. Warum schrieb heute keiner mehr so? Warum gab es keinen Johann Wolfgang mehr, für den sie die Christiane Vulpius sein konnte? Ihm hätte sie liebend gern »Umarmung und Kuß bald gelehrig« zurückgegeben, wie er es über seine Geliebte in den *Römischen Elegien* formuliert hatte. Oder sich wie seine letzte Geliebte Ulrike von Levetzow schwärmerisch in der *Marienbader Elegie* andichten lassen:

> Vor ihrem Blick, wie vor der Sonne Walten,
> Vor ihrem Atem, wie vor Frühlingslüften,
> Zerschmilzt, so längst sich eisig starr gehalten,
> Der Selbstsinn tief in winterlichen Grüften,
> Kein Eigenutz, kein Eigenwille dauert,
> Vor ihrem Kommen sind sie weggeschauert.

Was Sprache betraf, war Frau Dr. Boysen durchaus als besessen zu bezeichnen. Jedes noch so kleine grammatikalische Versehen korrigierte sie, auch privat.

Ihre jüngste Liebschaft zu einem sehr netten, sogar bindungswilligen Einkaufsleiter war an seiner Grammatik gescheitert. Er hatte Schwierigkeiten mit dem Dativ. Sagte »wegen den« statt »dessentwegen«, wie es Frau Dr. Boysen erwartete. Daß er dagegen keinerlei Schwierigkeiten hatte, sie im Bett glücklich zu machen, wog sein Dativproblem in ihren Augen nicht auf. Sie war einfach weggeschauert.

»Lektoratskonferenz in fünf Minuten«, rief Doro Tuschmann, die junge Volontärin, die den begehrten Volontariatsplatz einem sehr ansprechenden Bewerbungsfoto verdankte, steckte den blondlockigen Kopf in die Tür. »Herr Benedikt muß in einer Stunde zum Flughafen, also Beeilung bitte.«

Die Damen sahen ihr stirnrunzelnd nach. Das Vorhandensein von immer jüngeren, immer selbstbewußteren Mädchen im Verlag, denn von erwachsenen Frauen konnte man ja wirklich noch nicht reden, stimmte die beiden ärgerlich und besorgt. Da wurden schamlos Waffen gezückt, über die sie einfach nicht mehr verfügten beziehungsweise nicht mehr verfügen wollten. Hatte denn Alice Schwarzer ganz umsonst gekämpft?

Die Lektorinnen sahen sich fragend an.

»Haben Sie was Gutes?« fragte Frau Dr. Breithuhn. Es war ihr als Chefin wichtig, daß ihre Untergebenen etwas Gutes, sie selbst aber das Beste anzubieten hatte. Sonst käme Mario Benedikt womöglich auf dumme Gedanken. Sie war mit ihren achtundvierzig Jahren leider auch nicht mehr die Jüngste.

Frau Dr. Boysen zuckte die Schultern und ging, ihren Papierhaufen unter den Arm geklemmt, bereits zur Tür. »Keine Hera, keine Gaby«, sagte sie.

Mario Benedikt saß bereits am Kopfende des Konferenztisches, als Frau Dr. Breithuhn leicht errötend ihm schräg gegenüber Platz nahm. Nie hätte sie es jemandem eingestanden, aber sie fand ihn unwiderstehlich. Wenn sie nachts ihre Nachttischlampe löschte, dann begleitete er sie regelmäßig in ihre Träume. Und was sie dort miteinander taten, vertiefte ihre Röte, wann immer sie ihn sah. Wenn er wüßte!

Er war sich seiner Unruhe stiftenden Ausstrahlung überhaupt nicht bewußt, und das machte ihn noch unwiderstehlicher. Wie viele von ihren Frauen angestrengte und schlecht behandelte Ehemänner kannte er seine Wirkung offenbar nicht. Das Wort Ehemann kam von entmannt. Das jedenfalls war die These von Frau Dr. Breithuhn.

Er nickte ihr kurz zu, während er über den Tisch blickte und im Geist die Anwesenden durchzählte. »Alle da? Gut, wir können anfangen. Frau Dr. Boysen, Sie machen so ein zufriedenes Gesicht. Welche zukünftigen Bestseller haben Sie heute für mich? Wieder ein Liebesmelodram, das *Vom Winde verweht* in den Schatten stellt?«

Frau Dr. Boysen errötete. *Der Preis der Liebe* war im letzten Frühjahr ihr Waterloo als Lektorin gewesen. Das literarische Debüt einer Rentnerin namens Inge Fink, »nur fünf Jahre älter als Rosamunde Pilcher«, wie die alte Dame sich munter angepriesen hatte, »aber ich schreibe besser«. Das fand Frau Dr. Boysen auch, als sie das sechshundert Seiten und zwei Weltkriege umspannende Epos von zwei Liebenden, er ein verheirateter Pastor, sie seine ledig gebliebene Konfirmandin, nachts verschlungen hatte. Kein Goethe, aber das erwartete sie schon längst nicht mehr.

Der Preis der Liebe war der Spitzentitel des Verlages gewesen, das heißt, sie hatten rund dreihunderttausend Mark in die Werbung gesteckt – und alle Welt machte sich lustig. Was nicht, darauf bestand Frau Dr. Boysen, am durchaus sozialkritisch zu nennenden Inhalt lag, schließlich war die Konfirmandin Halbjüdin und der mutige Pastor konfirmierte sie trotzdem, sondern an den Talkshowauftritten der Autorin Inge Fink.

Es war, als würde sie der Teufel reiten. Der späte Sexteufel. Sie erschien in knappen Miniröcken, outete sich mehrfach als »bisexuelle Großmutter«, kniff den männlichen Talkshowteilnehmern neckisch in die Schenkel, bestand darauf, ausgerechnet die Passage im Buch vorzulesen, in der sich der Pastor seiner Konfirmandin zuliebe beschneiden läßt, diese Operation leider schiefgeht, weil er einen betrunkenen Beschneider erwischt hat. Die Menschen lachten, trotzdem kaufte keiner das Buch. Das heißt dreizehntausendvierhunderteinundzwanzig kauften es, ein Flop, jetzt hoffte man aufs Taschenbuch.

»Das Taschenbuch wird sicher sehr gut laufen, auch ohne großen Presserummel«, Frau Dr. Boysen gab ihrer Stimme einen energischen Unterton, »und dann ist Eva Esche endlich mit ihrem neuen Roman fertig.«

»Titel?«

»*Das Tier in mir.*«

»Gefällt mir«, sagte der Verleger.

Eva Esche war Spezialistin für Erotikthriller, eine ehemalige Polizistin, die sich im Milieu gut auskannte. Man munkelte, sie habe als junge Frau mal »angeschafft«, was nie bestätigt wurde, den Verkauf ihrer Bücher aber erfreulich ankurbelte.

»Gut, gut, das wird unser Spitzentitel für den Herbst«, sagte Mario Benedikt mit Blick zur Uhr.

»Was ist mit dem Erfahrungsbericht dieses jungen Türken über deutsche Gefängnisse? Dr. Breithuhn, reden Sie.«

Die Runde lachte, obwohl der Scherz ein alter war. Die Cheflektorin verzichtete deshalb darauf, ihn zu korrigieren. Sie blätterte in ihren Unterlagen. Dann blickte sie hoch, direkt in seine kühlen Augen. Nachts sah er sie ganz anders an. Sie räusperte sich: »Wir haben recherchiert und leider herausfinden müssen, daß Kumül Hertegün ein Wiederholungstäter ist, der schon mit zwölf Jahren als Drogenkurier auffällig wurde. Ihn als politisch Verfolgten zu verkaufen könnte ins Auge gehen.«

»Ins Auge gehen, spinnt ihr denn?« Pressechef Kurt Kammfeld schob erregt seinen Stuhl nach hinten.

»Endlich mal eine Vita, mit der ich arbeiten kann. Junger Türke, zwischen den Welten, diskriminiert, Gefängnis, vielleicht sogar eine leckere, kleine Vergewaltigung unter Knastbrüdern. Das wär doch endlich mal was.«

Er lächelte. Wunderbar würde sich das verkaufen, er sah sie direkt vor sich, die vor Betroffenheit triefenden Schreiberlinge, diese verhinderten Sozialarbeiter, die immer noch die Welt verbessern wollten. Nichts war mühsamer, als der Presse Geschichten über Autoren zu verkaufen. Die meisten Journalisten waren verhinderte Dichter mit einem angefangenen Weltbestseller in der Schreibtischschublade und deshalb geradezu angewidert von der Aussicht, einem »Kollegen« mit einem womöglich positiven Artikel zu Ruhm und Ehre zu verhelfen. Loserneid, nannte Kurt Kammfeld diese Attitüde, die ihm seine Berufsausübung so erschwerte. Das einzige Thema, das sich, zumal bei ausländischen Autoren, als Story gut verkaufen ließ, waren Sex und Juden. Am besten in Kombination. Eine sexbesessene Jüdin. Lecker. Aber so was durfte man natürlich nie laut sagen.

»Ich will den Türken haben«, sagte er jetzt, ein bißchen trotzig, »im Notfall schreib ich das Buch selber.«

Mario Benedikt schlug mit der flachen Hand auf den Tisch. Seine Entscheidung stand fest. »Wir machen den Türken, aber nur im Taschenbuch, und der Vorschuß nicht über zehntausend Mark.«

Kurt Kammfeld und Frau Dr. Breithuhn wechselten einen giftigen triumphierenden Blick.

»Haben wir noch ein schönes Bügelbuch?« fragte der Verleger mit Blick auf die Uhr, womit er eine neue Hausfrauensuperweibentdeckung meinte, die am Küchentisch, um den drei kleine Kinder herumtobten, ein Nurderpuddinghörtmeinseufzen-Buch herunterklimpern konnte. Denn allen Unkenrufen und seinem eigenen Überdruß zum Trotz waren Taschenbücher mit witzig-frivolen Titeln, in denen immer Männer vorkamen, bei einem Großteil der weiblichen Bevölkerung weiterhin sehr beliebt.

»Was Lindiges nicht, aber was Braakiges.« Frau Dr. Breithuhn erlaubte sich einen beziehungsreichen Blick in Richtung Verlagschef, den dieser jedoch geflissentlich ignorierte. Obwohl er die Liaison mit seiner Autorin äußerst vorsichtig geführt hatte, war diese weniger diskret gewesen.

So hatte sie bei ihrem letzten Taschenbuch auf einem seidenen Lesebändchen bestanden, ein teures Extra, das der Verlag nur sehr erfolgreichen Hardcover-Autoren spendierte. »Ich bin sicher, daß Herr Benedikt mir diesen Gefallen tun möchte«, hatte sie nur gesagt, und Hugo Bätge, der kaufmännische Geschäftsführer, hatte zähneknirschend zugestimmt. Cleo Braake war sein schmerzendes Hühnerauge, aber ihre Bücher und deren Nebenrechte brachten Geld, man wollte sie ungern an einen anderen Verlag verlieren. Deshalb erlaubte er sich nur eine kleine Rache – er bestand auf einem aktuellen Umschlagfoto der Autorin. Ihr altes war zwölf Jahre alt.

»Wie weit ist denn die Braake?« fragte der Verleger scheinbar unbeteiligt und dachte mit Unbehagen an das abgewürgte Telefongespräch im Auto. Er mußte diese Geschichte beenden. Sie hatte ihm nie viel bedeutet, aber jetzt war sie nur noch lästig. Und Sex, auch wenn er so heiß und wild und unkonventionell war wie mit Cleo, war schließlich nicht das Wichtigste.

Sex nicht, dachte Mario, aber Liebe. Und ganz tief innen, so tief, daß er genau hinfühlen mußte, was er jetzt für eine kleine, verwunderte Sekunde auch tat, regte sich eine Erinnerung, an ein junges Mädchen, an einen Garten, an ein nasses, trauriges, wütendes Gesicht. An …

»Sie sagt, sie sei in drei Wochen fertig. Also wird sie in spätestens sechs Wochen liefern. Vielleicht sollten Sie sich mal bei ihr melden. Verlegerinteresse tut manchen Autoren ungeheuer gut.« Frau Dr. Breithuhn lächelte.

Die alte Krähe läßt den Knochen heute nicht los, fast regte sich im Verleger ein Gefühl von Belustigung. Es war ihm völlig gleichgültig, ob und was seine Cheflektorin ahnte. Hauptsache, Cleo lieferte ihr jährliches Taschenbuch pünktlich und relativ druckreif, auf ihre chaotische Zeichensetzung war man gefaßt. Das Lektorat brauchte im Durchschnitt eine Woche, um alle überflüssigen Kommas auszumerzen. »Ich werd sie anrufen«, versprach er und erhob sich.

In der Tür traf ihn Dr. Breithuhns sanfte Stimme.

»Ich leg Ihnen die Telefonnummer auf den Schreibtisch. Sie haben die Nummer sicher nicht parat.«

Er drehte sich kurz um. Ihre Augen trafen sich. Sie glotzt wie eine Kuh, dachte er ungalant.

»Danke.« Er lächelte.

Als er die Tür hinter sich geschlossen hatte, meldete sich Doro Tuschmann zu Wort. »Ich geb heute übrigens meinen Ausstand«, sagte sie, »morgen ist nämlich mein letzter Tag.«

12

Camilla ließ den Tag gemütlich angehen. In der Badewanne rief sie ihren Brasileiro an. »Vielleicht komm ich gleich«, sagte sie, denn sie war in außerehelicher Stimmung, wie meist, wenn ihre ehelichen Pflichten sich wie letzte Nacht fast wie Kür angefühlt hatten. Angewärmt sozusagen. Dann lauschte sie, und ihre Stirn runzelte sich: »Dein Hund hat was …?«

Sie senkte die Stimme, denn die Haushälterin war mit einem Glas frischgepreßtem Orangensaft hereingekommen. »Danke, Uschi, ich brauch im Augenblick nichts. Dein Hund hat Durchfall? Und hat überallhin … danke, erspar mir die Details …«

Die Badezimmertür öffnete sich wieder, und Maria kam herein. Mit einem Anflug von Neid und Resignation stellte Camilla fest, daß ihre fünfundzwanzigjährige Tochter auch nach einer langen Nacht und der größten kosmetischen Todsünde des Unabgeschminkt-ins-Bett-Gehens wie eine taufrische Rose aussah. Sie dagegen brauchte immer länger, um ihr Gesicht so zu restaurieren, daß es dem ihrer Tochter auch nur annähernd glich. Sie war die ältere Generation, keiner erinnerte sie schmerzlicher daran als ihre eigene Tochter. Manchmal haßte sie sie dafür.

»Eine junge Frau riecht einfach anders«, hatte vor rund zehn Jahren ein sehr erfolgreicher Geschäftsmann, mit dem sie gelegentlich ein Tageszimmer gemietet hatte, zu ihr gesagt. »Alte Haut, ob Frau oder Mann, hat schon diesen Geruch nach Moder, nach Verfall.«

Er hatte sie damit – noch – nicht gemeint, sie hatte sich als vierunddreißig ausgegeben, trotzdem war ihre Stimmung nachhaltig zerstört gewesen. Unter einem Vorwand war sie aufgestanden, ins Bad gegangen und hatte an sich herumgeschnüffelt. Roch sie schon nach Grab, nach Verwesung? Roch ihre Haut alt?

Als sie ins Zimmer zurückgekommen war, hatte der Mann nackt und erwartungsfroh im Bett gelegen, und bei seinem Anblick hatte Camilla plötzlich einen solchen Haß empfunden, daß sie sich kaum bezähmen konnte. Sie hatte sich auf die Bettkante gesetzt, ihn angelächelt und ihm zärtlich zwischen die Beine gegriffen: »Dein Schwanz ist ein Wahnsinn«, hatte sie geflüstert, er schloß genießerisch die Augen, »aber kann es sein, daß er kleiner geworden ist? Ich hab mal gelesen, daß er im Alter …«

Erschrocken hatte er nach unten geblinzelt, wo sich nach ihren Worten in der Tat nichts Imponierendes mehr abspielte. »Meinst du wirklich? Ist mir noch nie aufgefallen.«

Camilla hatte sich vom Bett erhoben. Und während sie in ihre Kleider gestiegen war, hatte sie genüßlich weitere finale Giftpfeile abgeschossen. »Es ist eine Tatsache, daß die Erektionen bei einem Mann ab fünfzig immer weniger und weniger heftig werden. Testosterologie nennen die Forscher das, die Erforschung des männlichen Verfalls. Und während der Penis immer kleiner wird, rutschen die Hoden immer weiter nach unten. Irgendwann, so gegen siebzig, baumeln deine Eier dann zwischen den Knien.«

Er war totenstill geworden. Sie war, inzwischen vollständig bekleidet, zu ihm zurückgegangen und hatte ihn auf die lichte Stelle am Oberkopf geküßt. Er hatte erbärmlich ausgesehen. Unvorstellbar, daß dieser Mann einen Textilkonzern mit einem dreistelligen Millionenumsatz befehligte. Wahrscheinlich würde er nie wieder eine Erektion bekommen. Der Gedanke stimmte sie milde.

»Deine Haut riecht übrigens ganz phantastisch«, sagte sie und schloß die Tür hinter sich.

»Mami ... hej ... woran denkst du?« Maria war blitzschnell aus ihrem T-Shirt und zu ihrer Mutter in die Wanne geschlüpft. Camilla lächelte. »Ich hab gerade an das Gesicht deines Vaters gedacht, als der Bürgermeister ihm die Ehrenurkunde der Stadt Hamburg verliehen hat. Gott, wie er so was haßt. Als würden sie schon an meinem Grabstein meißeln, sagt er immer. Wo warst du übrigens vergangene Nacht?«

»Ein alter Freund. Nix Dolles«, Maria zuckte die Schultern. »Ich wünschte, man könnte Papi klonen. Solche wie ihn gibt's nicht mehr in meiner Generation. Alle Frauen beneiden dich, Mami.«

Camilla seufzte. Sie hatten immer versucht, den Zustand ihrer Ehe vor ihrer Tochter geheimzuhalten, ob es ihnen gelungen war, wußte sie nicht. Wollte sie auch nicht wissen.

»Ja, dein Vater sieht noch sehr gut aus«, sagte sie deshalb und rieb ihre Fußsohlen mit einer Peelingcreme glatt.

»Liebst du Papi eigentlich noch?« fragte Maria und schüttete Haarwaschmittel auf ihre kurzen blonden Haare.

»Natürlich liebe ich deinen Vater noch.« Camilla wurde es zu eng in der Wanne, sie stieg um in die Duschkabine und stellte den Strahl auf hot and heavy, weil sie keine Lust auf eine Fortführung des Gesprächs hatte. Ihre Tochter konnte sehr insistierend sein, sie wäre sicher eine gute Reporterin geworden. Eine bessere als ihre Mutter, bei der es nur zu einer kurzen, vorehelichen Karriere als Klatschkolumnistin bei einer Tageszeitung gereicht hatte.

Maria wusch sich nachdenklich die Haare. Ihre Eltern wirkten unzufrieden, jeder irgendwie eingesponnen in seine Privatwolke.

So als kreisten sie auf zwei verschiedenen Umlaufbahnen. Sie stieg aus der Badewanne, schaumgekrönt, und schob den Vorhang der Duschkabine zur Seite.

»Würdest du mir eine Frage ganz ehrlich beantworten?« Ihre Stimme klang ängstlicher, als ihr bewußt war.

»Kommt auf die Frage an«, meinte Camilla, stellte die Dusche ab, holte sich ein Handtuch.

»Eine persönliche, aber harmlose Frage«, meinte Maria, während sie ihrerseits unter die Dusche stieg, sich den Schaum aus den Haaren wusch. »Als Antwort reicht ein Wort. Ein einziges.«

Camilla rubbelte sich trocken und warf einen Blick auf den durchsichtigen Duschvorhang, hinter dem sich der Körper ihrer Tochter schemenhaft abzeichnete. »Also, dann schieß los. Wie lautet deine Frage?«

Hinter dem Duschvorhang blieb es still. Camilla wartete, während sie sich eincremte. Wenn schon Verfall, dann ein gut riechender, dachte sie, als ihre Tochter tröpfchensprühend neben ihr stand. Sie schüttelte sich wie ein junger Hund. »Also gut. Meine Frage ist: Wann habt ihr das letzte Mal zusammen geschlafen, Papi und du?«

Es kam Camilla vor, als hielte ihre Tochter bei dieser Frage den Atem an. Sie lachte laut. »Gestern nacht«, sagte sie in das nach einer Sekunde der Verblüffung erleichterte Gesicht ihrer Tochter hinein. »Was sagst du dazu?«

»Ich sage, alle Achtung«, grinste Maria, »ich hab übrigens einen neuen Mann kennengelernt. Heute beim Brötchenholen.«

»Muß ich mir seinen Vornamen merken?« fragte Camilla, denn die Gefährten ihrer Tochter wechselten so häufig wie das Hamburger Aprilwetter. Jetzt lachte Maria, laut und jung und unsterblich: »Nee, ich glaube nicht. Aber ich werde viel Spaß mit ihm haben.«

Wie aufs Stichwort klingelte Camillas Handy. Sie wußte, wer dran war, und wedelte ihre Tochter aus dem Badezimmer.

»Ja?«

Er war es, aber das Wissen, daß ihre Tochter in der Nähe war, dämpfte ihre erotische Vorfreude ein wenig. »Du hast ihm Tabletten gegeben? Nur noch jede halbe Stunde? Thanks but no thanks. Ruf mich an, wenn es ihm wieder bessergeht.« Sie legte auf, Maria stand im Türrahmen. Was hatte sie mitgehört?

»Das war meine Freundin Petra. Ihr Rottweiler hat Durchfall«, sagte Camilla und merkte selbst, wie unglaubwürdig es klang.

13

Benedikt stand vor Jettes Haustür und holte tief Luft. Er fühlte sich schlapp, leicht schwindelig. Die letzten Tage mit Maddai in New York waren lang gewesen. Lang und unerfreulich. Dann hatte sie ihn rausgeworfen. »Diesmal endgültig«, schrie sie und warf ihm die blauen Müllsäcke, in die er seine Sachen gestopft hatte, von der Feuerleiter auf die Straße. Zum Glück war nichts Zerbrechliches drin.

Es waren sechs leidenschaftliche Monate gewesen, aber er hatte Maddai nicht heiraten wollen. Sie war zehn Jahre älter als er, und ihre biologische Uhr machte *Tock Tock Tock*. So jedenfalls hatte sie die Tatsache begründet, daß er jedesmal die ganze Wohnung nach seinen verschwundenen Kondomen durchsuchen mußte, wenn sie in Stimmung war. Und das war sie immer zuverlässig zu ihrem genau berechneten Eisprung, wie er später, gottlob nicht zu spät, feststellte. Die Vorstellung, jetzt, mit fünfundzwanzig Jahren schon Vater zu werden, hatte ihn geradezu gewürgt. Als er ihr dies ganz ehrlich gestand, war sie zusammengebrochen. »Du mußt dich um gar nichts kümmern«, hatte sie an seiner Brust geschluchzt, »das versprech ich dir hoch und heilig. Nur bitte, bitte, bitte, mach mir ein Baby.«

Eine kleine, heiße Sekunde lang schwankte er. Sie fühlte sich so gut an, war so weich, warum sollte er nicht eine kinderbereite Frau vögeln und ihr ein süßes kleines rosa Baby machen? Und dann – hasta la vista, baby.

Aber die kleine, heiße Sekunde verging. Wie ein schwarzer Schatten tauchte plötzlich seine Kindheit vor ihm auf. Seine Mutter, immer müde, oft gereizt und überfordert. Die Sehnsucht nach einem Vater, dessen Nichtvorhandensein zunächst vage, später wenig präziser mit »Wir mochten uns, aber er hatte eine andere Frau. Keine Ahnung, wo er jetzt lebt« begründet wurde.

Deshalb hatte er Maddai von sich geschoben. »Bitte such dir einen anderen Kindsvater«, sagte er und fühlte sich sehr mies, »ich bin leider der falsche.«

Also checkte er mal wieder im »Hotel Mami« ein. Zum Glück hatte Wirtin Jette sein Jugendzimmer noch nicht zweckentfremdet. In seine kleine, ungemütliche Einzimmerwohnung wollte er im Augenblick nicht zurück. Außerdem machte sein arbeitsloser Kumpel, dem er die Wohnung überlassen hatte, sowieso keinerlei Anstalten, sie je wieder zu verlassen.

Benedikt klingelte, ihre Stimme kam leicht verzerrt durch die Gegensprechanlage: »Hallo?«

»Ich bin's«, sagte er, die Tür ging auf, wie ihm schien, mit einem leichten Seufzen. Er stieg die Treppen hoch, leichter Schweiß trat ihm auf die Stirn, sein Herz klopfte. Er nahm sich vor, endgültig mit dem Rauchen aufzuhören und wie früher jeden Morgen um die Alster zu joggen.

Er sah sie durch die Treppenstäbe, und wie schon als Kind ging ihm bei ihrem Anblick seine Sonne auf. Als er vor ihr stand, ging die Sonne unter. Sie wirkte nicht erfreut, im Gegenteil.

»Was ist jetzt wieder passiert? Komm rein.«

Ihre Stimme klang resigniert, während sie die Tür hinter ihnen schloß. Im Flur drehte sie sich um.

»Nicht stolpern«, sagte sie und deutete auf die Ansammlung von halbgepackten Kartons, »ich müll mal wieder aus.«

Benedikt lachte. »Krisenzeit, Mami?« fragte er, denn er kannte sie gut. Sie drehte sich nicht um. »Du kannst Kartoffeln pellen«, kam von ihr als Antwort. »Kartoffelsalat für zweihundert Leute. In drei Stunden muß ich fertig sein.«

»Ich liebe Kartoffelpellen«, lachte er und drückte sie an sich, »ich hab dich lieb.«

Sie schob ihn von sich. »Du siehst schlecht aus, hat sie dich verlassen?«

»Erwischt«, bemerkte er immer noch lachend, »bei der nächsten Frau wird alles anders.«

Schon entwaffnet, dachte Jette, halb ärgerlich, halb zärtlich. Das konnte dein Vater auch so gut.

Und plötzlich verspürte sie eine solche Sehnsucht und eine solche Wut, daß ihr fast schwindelig wurde. Ihn einmal noch sehen, ins Gesicht sehen, ihm ihre Verachtung ins Gesicht schleudern, die Wahrheit, die ganze Wahrheit.

Die Wahrheit?

»Du siehst auch nicht gerade Sahne aus, Mami.« Benedikt grinste von Ohr zu Ohr. »Ärgern sie dich? Soll ich sie hauen?«

Sie lächelte. Das hatte sie als Kind immer zu ihm gesagt, wenn er heulend vom Spielplatz kam, weil die großen Jungs ihn gepiesackt hatten. Hand in Hand betraten sie die Küche. Wortlos setzte er sich an den großen Küchentisch, griff zu einem Schälmesser und machte sich an den Kartoffelberg.

Er war geschickt in Koch- und Küchendingen, sie hatte ihn früh angelernt. Schon als Dreijähriger hatte er sich einen kleinen Schemel an den Herd geschoben und mit einem Holzlöffel in den Töpfen herumgerührt. »Mama popien«, hatte er gekreischt, den Löffel ins Essen getaucht, ihn genüßlich abgeleckt. Er war ein Feinschmecker, die üblichen Favoriten anderer Kinder – Spaghetti mit Tomatensauce, Pfannkuchen – hatte er immer abgelehnt. Mit fünf schlürfte er seine ersten Austern, mit sieben lutschte er die vom mütterlichen Partyservice übriggebliebenen Hummerscheren ratzeleer, mit zehn scheuchte sie ihn von der Magnumflasche Champagner weg, die noch halb voll war. Resultat seiner rumgetränkten Schnuller im Babyalter? Blödsinn.

»Hast du was Schönes da?«, fragte er jetzt wie aufs Stichwort, eine unsinnige Frage, denn ihre beiden Kühlschränke waren immer voll.

»Ich bin total ausgehungert.«

»Hat sie nicht gekocht für dich, deine neue Flamme?« fragte sie.

Er schüttelte den Kopf. »Frauen kochen heute nicht mehr«, seufzte er. »So was wie dich gibt's nicht mehr.«

Diese junge, kulinarisch ungeküßte Frauengeneration war Jette ein Rätsel. Für sie war Kochen nicht Beruf, sondern Berufung. Entspannung, Schöpfung, das totale Glück. Vor einem großen Herd mit acht Platten zu stehen, auf jeder Platte ein Topf, in dem es brodelte und brutzelte, sprudelte und spritzte – der Geruch von geschmolzener Butter und frischen Kräutern, die mit einer Senfkäsekruste auf dem Lammfilet und dem Muskat im Kartoffelgratin zu einer großen, kulinarischen Sinfonie verschmolzen, und sie war die Dirigentin, die mit ihrem Kochlöffel den Takt angab, die Topfmusiker zu Höchstleistungen anspornte –, das war für sie das größte Glück. Was gab es Schöneres, als Köchin zu sein?

Ärztin, und Patienten lebensbedrohliche Diagnosen stellen? Schauspielerin, und in sterbenslangweiligen Filmen mitspielen?

»Ich hab noch Johannisbeermost da«, sagte sie jetzt zu Benedikt, der mit flinken Fingern den Kartoffelberg bereits deutlich verkleinert hatte. Die gepellten Kartoffeln lagen in gleichmäßige Scheiben geschnitten in einer großen Schüssel. »Ich kann dir also einen Grießbrei mit Most anbieten, du bist eh zu dürr, Männer müssen …«

»Fleisch auf den Rippen haben, ich weiß«, sagte Benedikt, ohne aufzublicken, »würdest du es eigentlich im Prinzip gut finden, wenn ich dich zur Großmutter machen würde?«

»*WAS?*« Jette fiel fast die Johannisbeermostflasche aus der Hand. »Du hast doch nicht, deine neue Freundin ist doch nicht etwa … Ich weiß ja noch nicht mal ihren Nachnamen.«

Sie mußte sich setzen, Schweiß brach ihr aus. Streß oder die Vorboten der Wechseljahre? Ihr Frauenarzt hatte behauptet, sie habe noch ein paar Jahre Zeit, ihre Hormonlage sei gut, sie könne noch jederzeit schwanger werden, aber wußte man es genau? Ihre Freundin Lola war bereits seit zwei Jahren »wechselig«, wie sie es unter sich nannten, und hatte kürzlich im Schwimmbad ihr Hormonpflaster verloren. Es schwamm im Wasser, war nicht wieder aufzufinden, obwohl sie stundenlang danach getaucht hatten. Sie hatten sich vorgestellt, daß es an einem ahnungslosen Mann klebenblieb, der daraufhin einen kleinen Brustansatz entwickelte – wie kam sie jetzt darauf? Weil sie schwitzte. Weil Benedikt eine junge Frau geschwängert …

»Relax, Mami, kein Grund zur Panik, aber Maddai hat mich unheimlich unter Druck gesetzt.« Jette schwieg, weil sie die Eier trennte, das Eiweiß abfließen ließ, mit der Schalenhälfte sorgfältig das Gelb auffing und sich dabei konzentrieren mußte. Sie rührte die Mayonnaise für ihre Salate immer selbst, das war Ehrensache, obwohl andere Köche sie deswegen auslachten. »Keiner merkt den Unterschied, du Blödie«, hatte selbst Gundel gelästert, aber Jette blieb hartnäckig. Sie merkte ihn, das reichte.

»Wie alt ist Maddai?« fragte sie und fing an, das Eigelb schaumig zu quirlen.

»Alt«, meinte Benedikt. »Mitte Dreißig. Du weißt doch, ich habe einen Mamikomplex.«

»Soll ich geschmeichelt oder entsetzt sein«, murmelte Jette und griff zum Schneebesen.

»Sie ist Vergangenheit.« Benedikts Stimme klang nonchalant, unberührt, und obwohl sie es haßte, wenn Männer sich aus emotionalen Verwicklungen einfach so verdrückten, war sie in seinem Falle erleichtert. Ein Enkelkind aus Amerika, das hatte ihr gerade noch gefehlt.

»Schlag mal weiter«, sagte sie nur und schob ihm die Schüssel hin, »mein Handgelenk tut weh.«

Sie setzte sich ihm gegenüber und sah ihn an. Kurz überlegte sie, ob sie ihm von ihrer nächtlichen Begegnung erzählen sollte, entschied sich dann aber dagegen.

»Ich hab ihr vorgeschlagen, zu einer Samenbank zu gehen«, sagte Benedikt gerade. »In Amerika gibt es ja welche, wo man sich den Vater aus dem Katalog besorgen kann. Ich hab mal einen Artikel über eine Frau gelesen, die alle Männer in ihrem Leben zu einer Samencocktailparty eingeladen hat. Statt Blumen hat jeder ein Röhrchen mit garantiert frischem Sperma mitgebracht. Sie hat die Röhrchen zusammengekippt und sich mit dem Inhalt selbst geschwängert. Das Baby soll ausgesprochen niedlich geworden sein.« Er grinste. Dann legte er das Küchenmesser aus der Hand und kratzte sich am Kopf.

»Ich bin doch ganz normal entstanden, oder«, fragte er, plötzlich besorgt, »oder etwa auch auf einer deiner wilden Studentenorgien?«

Jette lachte und küßte ihren Sohn auf den Wirbel am Hinterkopf. Den hat sein Erzeuger auch, dachte sie plötzlich und kämpfte ein kleines, flattriges Gefühl nieder. »Mit so viel Zeugungsexotik kann ich leider nicht dienen«, murmelte sie in sein Haar, es roch so gut, er hatte sich einen Hauch von Kleinejungenduft bewahrt, »du bist ganz normal entstanden. Eine Frau, ein Mann ...«

Er schwieg. Dann: »Die Frau kenne ich. Aber ich weiß nichts über den Mann ... nichts über meinen Vater.«

Sie trat zurück und widmete sich wieder ihrer Mayonnaise, hackte Kräuter klein, wußte, daß sie reden mußte. Wollte nicht. »Er war meine große Liebe«, sagte sie endlich, »und er hat mich verlassen, weil eine andere Frau ...« Sie stockte, er mußte nicht alles wissen. »Aber das weißt du doch. Das hab ich dir doch tausendmal erzählt.«

»Ich find's ein bißchen dürftig«, erwiderte er heftig, »ich kenne zwar die dürren Fakten, aber ich habe kein Foto, keinen Brief, kein gar nichts.«

»Ich hab damals alles vernichtet«, sagte Jette, »außerdem weiß dein ...«, sie spuckte das Wort aus, »Erzeuger«, sie sah den Ausdruck in seinen Augen, verbesserte sich, »dein Vater, er weiß doch gar nicht, daß es dich gibt. Er hat uns verlassen. Das ist lange her, es geht uns gut, wir brauchen ihn nicht.« Es klang endgültig.

Benedikt sah seine Mutter an und schwieg. Er schob den Grießbrei mit Most zur Seite, der ihm wie dickes Blut vorkam. Plötzlich hatte er keinen Hunger mehr.

Er holte tief Luft. »Ich will dir nicht weh tun, Mami, aber ich würde meinen Vater gern einmal kennenlernen. Ich habe ein Recht auf ihn. Und er auf mich.«

»Ihr habt ein Recht auf gar nichts!« Jettes Stimme war laut geworden, wütend, an seinen erschrockenen Augen sah sie, daß sie ihn verletzt hatte. Aber sie wollte nicht in alten Gräbern graben, alte, mühsam verheilte Wunden wieder aufreißen. Sie wollte nicht.

»'tschuldigung, Mami«, seine Stimme klang zerknirscht. »Vergiß es einfach. Es ist nicht wichtig.«

Er drehte sich um, sah zum Fenster hinaus. Er sagte nichts, nur seine Schulterblätter hoben und senkten sich, das hatten sie schon getan, als er noch ein ganz kleiner Junge war, so reagierte er seine Emotionen ab, mit dem Rücken zu ihr, um sie nicht zu belasten. Benedikt, dachte Jette, und das Herz wurde ihr schwer, es tut mir so leid, daß du keinen Vater hast. Sie trat einen vorsichtigen Schritt auf ihn zu, legte ihre rechte Hand zwischen seine Schulterblätter, ließ sie dort liegen. Er wandte sich zu ihr um, hatte die Fassung wiedergewonnen.

»Was Maddai angeht«, seine Stimme klang nachdenklich, »vielleicht hätte ich ihr den Gefallen doch tun sollen. Sie wünscht sich so sehnsüchtig ein Kind. Und ich hätte ja nichts damit zu tun gehabt.«

Jette zog scharf die Luft ein. »Und, das hättest du fertiggekriegt, ja? Ein Kind zeugen, dann adios! Bye-bye! Tschüs! Das war's. Es wäre schließlich auch dein Kind gewesen, verdammt.«

Sie mußte die Küche verlassen. Sie ging ins Schlafzimmer, auf den Balkon, atmete tief ein und aus. Was war mit ihrem Leben passiert? Diese verdammte Begegnung hatte sie völlig durcheinandergebracht. Ihr ganzes, so mühsam geordnetes Leben. Alles schien endlich unter Kontrolle – der Partyservice, ihr sporadisches Liebesleben, ihr lebenslustiger, flippiger Sohn, sogar mit dem schmallippigen Menschen vom Finanzamt hatte sie sich geeinigt, der nicht einsehen wollte, daß ihre Küche ein Arbeitsraum war und als solcher steuerlich abgesetzt werden konnte, ihre selbstgedrehten Trüffel hatten ihn schließlich überzeugt … und jetzt …

»Entschuldige, Mami.«

Benedikt war auf den Balkon getreten, schmiegte sich an ihren Rücken, vergrub seine große Nase in ihrer Halsbeuge. Wenn er das tat, war sie verloren. »Ich hab dich ganz furchtbar lieb, du Dummkopf«, sie drehte sich um, weil sie ein bißchen an ihm schnüffeln wollte, an diesem leicht unfrischen Jungmännerduft, den sie so liebte, »und wenn du mich eines Tages zur Großmutter machst, freue ich mich riesig, Betonung liegt auf »eines Tages«, erst mal mußt du einen Beruf lernen, Geld verdienen. Erwachsen werden. Sonst endest du als Penner …«

Gott, sie klang wie Gertrud. So spießig. Aber als Mutter war man spießig. Oder eine pädagogische Katastrophe. Sie war beides.

Benedikt lachte. »Du hast recht, Mams, wie immer. Was schlägst du vor? Da ich zu nichts richtig Lust habe, bin ich für alles offen. Hast du eine reiche Erbin für mich? Jung, schön, blond? Ich bin dabei.«

Jette ging in die Küche zurück, Benedikt folgte ihr. Es mußte etwas passieren in seinem Leben, und sie mußte es passieren lassen. Sie hatte ihn schließlich auf die Welt gebracht, gegen alle Widerstände. Aber was konnte er tun?

Während sie die goldgelbe Mayonnaise über den Berg Kartoffelscheiben schüttete und langsam, um die Scheiben nicht kaputtzumachen, mit einem großen Holzlöffel umrührte, fiel ihr Blick auf die Tageszeitung, die neben der Schüssel lag. Die Seite mit den Stellenanzeigen. Sie ließ die Augen schweifen, blieb plötzlich an einer Anzeige hängen. Ihr Herz klopfte wild, weil sie nicht an Zufälle glaubte. Nur an Schicksal. Sie setzte sich, las die Anzeige noch einmal.

Das war's. Die Lösung. Abwegig! Katastrophal! Grandios!

Jette holte ihr Portemonnaie und ging damit ins Badezimmer. Sie schaute in den Spiegel – ein verschwitztes rotes Gesicht leuchtete ihr entgegen. Sie sah aus wie eine Wahnsinnige. Doch die Wechseljahre? Das konnte ja heiter werden. Nein, nur eine kleine Lebenskrise. Sie setzte sich auf den hellblauen Toilettendeckel, den sie seit Jahren wegen extremer Häßlichkeit auswechseln wollte, und holte ein Markstück aus der Geldbörse. Kopf oder Zahl, Jette. Kopf ist ja, Zahl, vergiß es.

Sie klatschte das Geldstück ein paarmal drehend auf ihre Handfläche, dann drehte sie es ein letztes Mal, dann – *KOPF*. Der liebe Gott hatte entschieden. Daran glaubte sie fest. Er saß dort über den Wolken, umringt von Engeln, und hatte gerade eine Entscheidung getroffen. Die Zeit ist reif, Jette Glücklich. *ICH* bin einverstanden.

Dieser Gedanke machte sie ganz ruhig. Schon als Kind hatte sie auf Zeichen von oben gewartet. Wenn die Wolke jetzt weggeht, dann geb ich Erika den Lolli wieder, sonst behalt ich ihn. Wenn ich jetzt in zehn Minuten drei schwarze VWs auf der anderen Straßenseite sehe, dann mach ich Schluß mit Hans Heinrich aus der Tanzstunde, der mit den verschwitzten Händen und dem häßlichen Pepitaanzug. Sie brauchte diese abergläubischen Rituale, denn der Gedanke, sich womöglich falsch entschieden zu haben und dann niemanden außer sich selbst dafür verantwortlich machen zu können, war fürchterlich.

Als sie in die Küche zurückkam, legte sie Benedikt die Tageszeitung hin. Die Stellenanzeigen waren aufgeschlagen. Sie zeigte mit dem Zeigefinger auf die größte. Benedikt folgte ihrem Zeigefinger, sah sie ratlos an.

»Göhlen Verlag sucht Verlagsvolontäre«, las er vor und runzelte die Stirn. »Ich versteh nicht, Mami. Was soll das?«

Plötzlich kamen die Worte wie von selbst, wie ferngesteuert. »Der Göhlen Verlag ist zwar nur ein mittelgroßes Unternehmen, aber sehr renommiert. Ein Unterhaltungsverlag mit Tradition. Wenn du da ein Volontariat machen kannst, öffnet dir das später alle Türen.«

Sie hielt inne, als sie sein verständnisloses Gesicht sah. Wie redete sie denn? Wie eine Werbebroschüre. Plötzlich fiel ihr auf, daß sie erstaunlich viel wußte über den Göhlen Verlag.

Benedikt war nicht überzeugt.

»Ich les doch gar nicht«, meinte er dann, »vor allem keine Bücher. Was soll ich denn in einem Verlag?«

»Arbeiten lernen«, erwiderte Jette energisch. Das war zumindest die halbe Wahrheit. »Bewirb dich, schau dich um, dann kannst du immer noch absagen. Aber probier's zumindest.«

Sie schaute ihn an, ruhig und fest. Jetzt, wo sie den Zug aus dem Bahnhof geschoben hatte, gab es keine Zweifel mehr. Der Zug lief einem unbekannten Ziel entgegen. »Bitte. Tu's für mich.«

Benedikt steckte sich die letzte gepellte Kartoffel in den Mund und grinste. »Na gut, weil du mich so selten um etwas bittest. Und weil ich gehört habe, daß in Verlagen fast nur Frauen arbeiten. Weißt du übrigens, woran man den schlauen Playboy im Urlaub erkennt?«

»Du wirst es mir gleich sagen«, lächelte Jette. Ihr Sohn hatte ein unglaubliches Faible für Kalauer und schlüpfrige Witze.

»Er sucht sich immer die blassesten Mädchen aus, weil deren Urlaub am längsten dauert. Der Spruch ist übrigens von deinem Lieblingsschauspieler Marcello Masturbini. Und weißt du, was Harald Schmidt gesagt hat? Nein? Es gäbe immer noch Menschen, die fiktiv in zwei Worten schreiben.«

Statt einer Antwort, die er sowieso nicht erwartete, schob sie ihm ihren aufgeklappten Laptop hin, in dem sie alle Rezepte speicherte. »Also, schreib – Sehr geehrte Damen und Herren.«

Sie überlegte. Ein Haus wie der Göhlen Verlag bekam wahrscheinlich auf jede Anzeige Hunderte von Bewerbungen. Man sollte sich also etwas Originelles einfallen lassen.

»Ich hab's«, rief sie. »Ich heiße Benedikt Glücklich …«

Sie schickte ein stummes Dankgebet an ihren Exmann Claus Glücklich, mit dem sie eine halbjährige, unerquickliche Ehe verbunden und dessen Namen sie aus unerfindlichen Gründen behalten hatte. »Und ich bin …«

14

»… und ich bin der wahrscheinlich ungeeignetste Bewerber für ein Verlagsvolontariat.« Personalchef Michael Weißbart legte den Brief zur Seite. Was sich die Leute alles einfallen ließen! Halb verärgert, halb amüsiert las er weiter: »Weil ich seit ungefähr fünfzehn Jahren kein Buch mehr gelesen habe. Aber meine Mutter meint, ich sei mit fünfundzwanzig Jahren und überdurchschnittlich viel Lebenserfahrung (Naturschützer, Schamhaarfriseur) …«

Hier legte Weißbart den Brief zur Seite und rief seine Sekretärin Regina Witz: »Frau Witz, bitte kommen Sie in mein Büro, ich brauche Ihren Rat.«

Frau Witz, eine dralle Mittfünfzigerin mit einer Vorliebe für enge, tigergemusterte Outfits, erschien im Türrahmen, mit einer Zigarette in der Hand. »Wat is, Chef?«

Es hatte ein paar Wochen gedauert, bis der asketisch-intellektuelle Weißbart und die kettenrauchende, heimatfilmliebende Witz, die er von seinem Vorgänger hatte übernehmen müssen, sich aneinander gewöhnt hatten. Aber Regina Witz mochte einen gewöhnungsbedürftigen Geschmack haben, was Äußerlichkeiten anging, für Menschen jedoch hatte sie einen untrüglichen Blick. Sie war die ideale Beraterin für einen Personalchef. Ein Blick genügte meist, dann hob oder senkte sie diskret den Daumen. Und das war für ihn entscheidend. Weißbart wäre gestorben, wenn jemand aus dem Verlag von seiner ungewöhnlichen Personalpolitik erfahren hätte, aber Regina Witz hatte noch nie einen Fehler gemacht.

»Was sagen Sie zu dieser Bewerbung?«

Er schob ihr den Brief hin und wartete. Am liebsten hätte er sie um eine Zigarette gebeten, aber er bildete sich gern ein, ihr ein gesundheitliches Vorbild zu sein, weshalb sie auch in regelmäßigen Abständen versuchte, sich das Rauchen abzugewöhnen, was maximal drei Tage dauerte. Daher rauchte er nur abends. Einmal hatte sie am nächsten Morgen mißtrauisch in seinem Büro herumgeschnüffelt: »Ich rieche Zigaretten, Herr Professor.« Er hatte betont arglos ebenfalls geschnüffelt und gesagt: »In der Tat, das müssen die Türken aus der Putzkolonne gewesen sein.«

Regina Witz las die Bewerbung konzentriert und bewegte lautlos die Lippen dabei. Sie hatte ein sehr lebendiges, sprechendes Gesicht, auch wenn sie nichts sagte. Was selten vorkam. Er mochte dieses Gesicht sehr, die braungefleckten Augen, die immer zu lachen schienen, die lustigen Fältchen, die sie umkränzten »wie Kerzen auf einer Geburtstagstorte«, so beschrieb sie es selbst und die Tatsache, daß sie nicht im Traum daran dachte, sich liften zu lassen. Regina Witz erwärmte sein Herz – und in kleinen, heißen, ungeschützten Augenblicken auch mehr, aber er hütete sich, sie das wissen zu lassen. Es war ihm ja selbst peinlich. Sie räusperte sich und gab ihm den Brief zurück.

»Den Jungen müssen Sie auf jeden Fall kennenlernen«, ihre Stimme klang entschieden, »wer so einen Brief schreibt, muß ein interessanter Mensch sein. Geben Sie ihm eine Chance, Professor.«

»Aber ...«, begann er, sie stand schon in der offenen Tür. »Ich war übrigens auch mal bei einem Schamhaarfriseur«, sie lachte in sein errötendes Gesicht, »sollten Sie auch probieren, macht Spaß.«

Sie ging an ihren Schreibtisch zurück, beugte sich über den Eingangskorb und sortierte die Post. Er konnte sich nicht von ihrem Anblick lösen. In Gedanken zog er den Reißverschluß ihres Tigerkleides herunter ... Schamhaarfriseur ...

»Das sind mindestens zweihundert«, sagte Regina Witz, während sie in den Bewerbungsschreiben wühlte, »soll ich die für Sie vorsortieren?«

Vorsortieren ... keine Frau, jedenfalls keine, die Michael Weißbart kannte, sprach dieses harmlose Wort so sinnlich aus wie ...

Es mußte der Frühling sein. Anders war sein pubertäres Benehmen nicht zu erklären. »Seien Sie so freundlich, Frau Witz«, sagte der Personalchef und ging in sein Büro zurück. Wo er sich vornahm, wieder mehr Sport zu treiben. Und danach kalt zu duschen. Eiskalt.

Wenn ich diesen blödsinnigen Anfang noch ein einziges Mal lesen muß, kriege ich einen Tobsuchtsanfall, dachte in diesem Augenblick Frau Dr. Boysen und nahm sich mißmutig ein UEM vom Stapel. Und da war er auch schon, die beliebte Dilettantenouvertüre: »Der Wecker klingelte. Schon wieder Morgen, dachte Babette Fröhlich, als sie mit schmerzendem Kopf erwachte. Neben ihr grunzte Bruno, ihr Angetrauter. Sie schüttelte ihn, aber er grunzte nur weiter. Und als sie ihren rechten Fuß ausstreckte, an dem der Lack, wie sie mit einem müden Blick feststellte, auch dringend einmal wieder nachgetragen werden mußte ...«

Gereizt warf Dr. Boysen das Manuskript zu Boden. Warum fing jeder, der ein Buch in sich spürte und leider auch herausließ, seine Geschichten im Bett an? Wenn sie den Satz – Der Wecker klingelte/schrillte/riß mich unsanft aus meinen Träumen – ja, was dann? Einmal hatte sie eine Ablehnung in rasender Wut so formuliert: »Ihr Buch wäre ein potentieller Bestseller. Wäre. Wenn Ihr stupider Einstieg nicht wäre. So ist es leider nur Papierkorbfutter. Freundlichst ...« Und leider auch losgeschickt. Die Korrespondenz mit dem verzweifelten Autor, einem pensionierten Lehrer, der ihr hoffnungsfroh einen fürchterlichen Einstiegsvorschlag nach dem anderen schickte, hatte sich über zwei Jahre hingezogen. Seitdem war sie kürzer und bündiger, ließ keine Möglichkeiten mehr offen. Nein, nein und nochmals nein. Anders ging's nicht. Möchtegernautoren waren die hartnäckigsten Kreaturen, die Gott geschaffen hatte. Und alle fingen sie im Bett an.

Im frech-frivolen Beziehungsroman lag natürlich der Ehemann, immer schnarchend, sowie diverse Kinder, immer mit den Füßen in Mamas Gesicht, im Ehebett. Im Krimi/Psychothriller erwachte der übernächtigte Held mit einem riesigen Kater und einer Frau im Bett, an die er sich nicht mehr erinnern konnte. Gern war diese Dame auch tot. Und im großen Liebesroman erwachte die Frau wie eine Katze vor der Sahneschüssel, gut geliebt, gut durchblutet. Sie streckt die Hand zur Seite, um den Geliebten zu streicheln – weg ist der Schuft.

Manchmal hatte Frau Dr. Boysen Probleme, in ihr eigenes Bett zu steigen, so verhaßt war ihr der Gedanke, sie könne womöglich enden wie eine ihrer UEM-Figuren. Obwohl sie ja meist allein dort lag und höchstens an einem einsamen Herzinfarkt sterben würde. So ein Ableben eignete sich nicht für einen Romananfang.

Sie seufzte und griff in ihre Schreibtischschublade, in der sie ihre Schokoladentafeln aufbewahrte. Wenn sie unbeobachtet war, biß sie von der Tafel ab wie von einem Wurstbrot, drei Bissen, fertig. In Gesellschaft beherrschte sie sich und brach die Stücke einzeln ab. Sie wollte gerade genüßlich abbeißen, als ein lautes Klopfen am Türrahmen sie schuldbewußt zusammenschrecken ließ. Sie blickte auf, während sie die Schokolade wieder in der Schublade verschwinden ließ. Ausgerechnet! Die Lieblingsautorin des Chefs, ihre ganz persönliche Magenschleimhautentzündung. Unsere Hera Lind für Arme, wie das weibliche Lektorat sie manchmal gehässig nannte. Die Meisterin des Bett-Einstieges! Ihre Romane liefen zwar wie geschnittenes Brot, aber für Frau Dr. Boysen war es eine Qual, sie zu lektorieren. Allein die überflüssigen Kommas! Sie brauchte, um dies nervlich durchzustehen, mindestens zwei Tafeln Schokolade und drei Goethe-Gedichte täglich.

»Den Sinnen hast du dann zu trauen,
Kein Falsches lassen sie dich schauen,
Wenn dein Verstand dich wach erhält.
Mit frischem Blick bemerke freudig
Und wandle, sicher wie geschmeidig,
Durch Auen reichbegabter Welt.«

Ach Johann Wolfgang!

»Guten Morgen, Frau Braake«, sagte sie ergeben. Einem Duzangebot nach dem ersten Roman hatte sie erfolgreich widerstanden. »Schon fertig mit …?«

Sie hatte doch tatsächlich den neuen Titel vergessen. Sicher irgendwas mit Mann. Mann für gewisse Sekunden? Auf der Bettkante? Aus Samt und Seide?

Warum schrieben eigentlich immer nur Frauen über Männer und nie umgekehrt? Nach Tolstoi und Balzac schien das männliche Interesse am literarischen Weib ausgestorben zu sein. Die Männerliteratur verschwulte, man mußte nur an Karl May denken – wenn diese enge Beziehung zwischen Winnetou und Old Shatterhand nicht eindeutig, wenn auch verschämt homoerotisch geprägt war, dann wollte sie George Sand heißen. Die kannte ja heutzutage auch niemand mehr.

Cleo Braake lächelte und setzte sich ungefragt. Aus ihrer großen Leinentasche holte sie einen Papierstapel, den sie auf Frau Dr. Boysens Schreibtisch legte. Diese plierte vorsichtig. *Sag mir, wo die Männer sind* – hatte sie doch wieder recht gehabt. Sie seufzte. So würde sie nie ihr Traumgewicht erreichen. Aber vielleicht konnte sie in »Wetten, daß ...« auftreten – als Frau, die alle Buchanfänge und Buchtitel der deutschen Frauenliteratur auswendig kannte.

»Schon fertig?« fragte sie statt dessen höflich und warf einen flüchtigen Blick auf den erfreulich dünnen Stapel. Das Ausmerzen der überflüssigen Kommas würde sich also in Grenzen halten. Ein kleiner Trost, aber kein unerheblicher.

Die Autorin lächelte wortlos, ergriff den Stapel und ging damit zum Papierkorb. Mit Schwung warf sie ihn hinein. Dann setzte sie sich wieder. Frau Dr. Boysen wartete ab. Dies war keine neue Seite an Frau Braake, sie war verlagsbekannt für ihre theatralischen Gesten, die keiner mehr ernst nahm.

Einmal hatte sie, drei Wochen vor dem Abgabetermin, im Hinterhof des Verlagsgebäudes ein Feuer angezündet und ihr Manuskript vor der aus den offenen Fenstern gebeugten Verlagsmannschaft verbrannt. »Dies ist Scheiße, darum verbrenne ich sie«, hatte sie fröhlich gerufen, »ich schreib euch jetzt was Besseres.«

Nach diesen Worten hatte sie allen zugewunken und war gegangen. Und hatte tatsächlich in drei Wochen ein neues Buch geschrieben. Verkauf 358550 Exemplare im Taschenbuch. Kleinvieh macht auch Mist, wie sie zu sagen pflegte.

»Nicht zufrieden?« fragte die Lektorin deshalb kühl. Sie würde die Blätter später herausnehmen und aufbewahren.

Cleo Braake sah ihre Lektorin an. Eine Frau Mitte Dreißig, kaum geschminkt, in diesem neutralen Schwarz gekleidet, in dem eine geschmacksunsichere Frau auf Nummer Sicher ging. Eine Frau, die in ihrem Beruf aufging, weil sie kein Privatleben hatte. Die am liebsten auch das Wochenende im Büro verbrachte, weil sie es zu Hause nicht aushielt. Eine Frau wie sie. Ein Gefühl von Mitgefühl und Wärme stieg unerwartet in ihr auf. Ihre Blicke trafen sich. Cleo Braake zuckte die Schultern.

»Ich kann meine eigenen Bücher nicht mehr lesen.« Sie sagte es fest und uneitel. »Mir hängen meine Geschichten, meine Worte, meine Figuren zum Hals heraus. So, jetzt ist es gesagt. Fallen Sie gleich in Ohnmacht?«

Frau Dr. Boysen fehlten die Worte. War dies ein Trick? Wurde sie aufs Glatteis gelockt, weil Cleo Braake lieber mit einer anderen Lektorin arbeiten wollte? Sie mußte vorsichtig sein, durfte sich nichts anmerken lassen.

»So etwas passiert jedem Autor«, fing sie deshalb an. Fast hätte sie »Schreiberling« gesagt. »Sie haben ja noch ein paar Wochen Zeit. Manchmal ist die Batterie einfach leer. Gönnen Sie sich eine Pause.«

Cleo Braake schüttelte nur den Kopf. »Mach mal Pause. Trink Coca-Cola? So einfach ist das nicht. Ich werde nie wieder solche Bücher schreiben. Dies ist ein unumstößlicher Entschluß.«

»Haben Sie darüber schon mit Herrn Benedikt gesprochen?« fragte Frau Dr. Boysen. Der Verlagschef las diese Art Bücher zwar nicht, aber sie waren fester und wichtiger Bestandteil des Verlagsprogramms. *Sag mir, wo die Männer sind* war als Spitzentitel fest eingeplant, die Filmrechte bereits so gut wie verkauft.

»Mit Ma … mit Herrn Benedikt spreche ich noch«, sagte Cleo Braake, »aber ich wollte zunächst Sie als meine Lektorin informieren. Ich habe nämlich bereits ein neues Buch geplant. Etwas völlig anderes.«

»Und das wäre?« fragte Frau Dr. Boysen ahnungsvoll.

Die Autorin lächelte. »Das wiederum möchte ich mit dem Chef selbst besprechen. Sie erfahren es noch früh genug.«

15

»Gut, Ella, bitten Sie sie herein.« Mario Benedikt seufzte und stand auf. Jetzt überfiel sie ihn auch noch während der Bürozeiten. Da stand sie schon im Türrahmen, klein, kompakt, mit leuchtend roten Haaren.

Unwillkürlich spürte er eine warme Regung, die er unterdrückte. Nicht hier, nicht jetzt. Im Grunde gar nicht mehr.

Da seine Sekretärin Ella Malik noch in Hörweite war, blieb er förmlich. »Nett, daß Sie mal vorbeischauen. Schon fertig mit den neuen Bestseller?«

Er schloß die Tür. Nahm Platz. Sie setzte sich ihm gegenüber. Eine Sekunde lang sahen sie sich an. Keiner senkte den Blick. »Übrigens – herzlichen Glückwunsch nachträglich«, sagte sie freundlich. »Danke«, erwiderte er.

»Ich hätte dir gern am Tag selbst gratuliert, aber du warst für mich ja nicht zu sprechen.« Ihre Stimme klang gelassen. Das große Gefühl war im Augenblick vorbei, das kleine gut auszuhalten. Sie fühlte sich fast erleichtert. Sie war sich zu schade, in seiner knappen Freizeit eine noch knappere Nebenrolle zu spielen. Die Gewißheit, daß sie diese Entscheidung ganz ohne Groll und Liebesweh getroffen hatte, stimmte sie versöhnlich. Trotzdem wollte sie ihn noch ein wenig schmoren lassen.

»Du kennst doch meine Situation«, wand er sich voller Unbehagen, »ein bißchen Taktgefühl …«

»… hat noch keiner Geliebten geschadet, meinst du?« Es machte Spaß, ihn so unsicher zu erleben. »Du hast völlig recht.«

Sie schlug die Beine übereinander, und es entging ihr nicht, daß es auch ihm nicht entgangen war. Immerhin, dachte sie, lange wird es nicht mehr dauern, daß mein Beine übereinanderschlagen von Männern noch registriert wird.

»Du sagtest, es sei dringend«, er faltete seine Hände, sah sie auffordernd an. Nichts in Mimik und Gestik deutete mehr darauf hin, daß diese Hände Dinge mit ihrem Körper angestellt hatten, die …

»Ich werde meinen Roman nicht weiterschreiben. Ich habe gerade mein Manuskript in den Papierkorb deiner Lektorin geworfen.« Cleo Braake lächelte. »Und, um deine Frage gleich zu beantworten. Auch die Diskette.«

Er holte Luft und überlegte. Was wollte sie von ihm? Mehr Zeit? Ließe sich, wenn auch mühsam, vielleicht einrichten. Obwohl – erpressen lassen wollte er sich nicht. Mehr Geld? Zehntausend mehr wären möglich.

»Ich will nicht mehr Geld«, sagte sie genau in diesem Moment, als erriete sie seine Gedanken. »Ich will andere Bücher schreiben. Nicht mehr diesen Frauenmist. Ich bin jetzt sechsundvierzig Jahre alt, und es langweilt mich zu Tode, über die Beziehungstragödien von Frauen Anfang Dreißig zu fabulieren. Ich habe keine Kinder, und es schert mich deshalb einen Dreck, wie sich eine Preßwehe anfühlt, ob ein Dammschnitt weh tut und wie scheiße sich eine junge Mutter nach einer durchwachten Nacht fühlt. Ich habe auch keinen Mann in meinem Leben, der mich mit einer Erektion, die so lang und hart ist, daß man ein Handtuch drüberhängen könnte, durch die Wohnung jagt. Ich habe wenig Sex, weil du im Augenblick der einzige Mann in meinem Leben bist und wenig Zeit hast.«

Hier hielt sie inne. Er hatte die Augen niedergeschlagen, konnte sie nicht ansehen. Ihre Offenheit war ihm peinlich.

»Es tut mir leid«, murmelte er, »was kann ich für dich tun?«

Sie lächelte. »Du kannst gar nichts für mich tun«, sagte sie, »nur *ich* kann was für mich tun. Und ich werde damit anfangen, indem ich ein Buch schreibe. Eins für mich.«

»Für dich?« fragte Mario Benedikt ahnungsvoll. »Wovon soll das denn handeln? Die erotischen Abenteuer einer Dichterin?«

Cleo Braake stand auf und trat hinter ihren Verlagschef. Sie hob die Hände, legte sie spielerisch auf seinen Nacken und fing an, ihn zu massieren. Unwillkürlich seufzte er. Wohlig. Blickte dann schuldbewußt zur Tür. Cleo massierte weiter. Er würde ihre Massagen vermissen, das wußte sie. Und das sollte er auch.

»Es handelt vom Leben einer mittelalterlichen Frau«, begann sie und bohrte ihren Handballen in diejenige Stelle seines Rükkens, von der sie wußte, daß sie am verspanntesten war, »einer Frau ohne Mann, ohne Kinder, dafür mit zwei Katern, beide kastriert. Sie ist Journalistin und wurde in der Tageszeitung, in der sie seit fünfzehn Jahren arbeitet, gerade als Ressortleiterin übergangen. Dafür setzt man ihr eine Neunundzwanzigjährige vor die

Nase, die ihr sagt, sie schreibe nicht mehr zeitgemäß. Ihre Mutter ist fünfundsiebzig Jahre alt und hat Alzheimer. Manchmal geht sie deshalb in den Garten, hebt ihren Rock und pinkelt auf die Blumenbeete. Wie sie es als kleines Mädchen getan hat.«

Der Verleger schluckte. »Die frustrierte Frau?« fragte er angewidert.

»Nein, ihre Mutter ... sie ist nämlich auf dem Land groß geworden ...«

Während Cleo Braake mit leuchtenden Augen weitersprach und knetete, hatte Mario Benedikt große Schwierigkeiten, sich zwischen dem Wohlbefinden, das Cleos Hände, und der Panik, die ihre Worte in ihm auslösten, zu entscheiden. Was sie ihm beschrieb, klang grauenhaft. Kassengift. Wer sollte so was lesen? Bestimmt nicht die alleinstehenden Jungfern mit Müttern im Altersheim. Gerade die kauften am liebsten die kleine Flucht, die große Liebe, bestimmt nicht die harte, kalte Realität. Was Cleo vorschlug, war ein sicherer Flop. Da würde auch ein reißerischer Buchumschlag nichts nützen. Er mußte behutsam vorgehen. Und schlau.

»Den Titel hab ich auch schon«, meinte Cleo.

Jetzt massierte sie seinen Kopf, was eine Konzentration auf ihre Wort ganz und gar unmöglich machte. Das Buch wird heißen: »Eine einsame Frau«.

Sie nahm ihre Hände von seinem Kopf. Er drehte sich um. »Du bist wahnsinnig«, sagte er nur, »wer soll so was lesen?«

Sie lachte laut und ging zur Tür.

»Weißt du was, mein Süßer?« Sie öffnete die Tür, drehte sich um, »das ist mir schnurzpiepegal. In sechs Wochen bin ich fertig. Wie versprochen.«

Sie winkte und verschwand.

»Der übliche Vertrag?« Ella Malik stand neben seinem Schreibtisch, er hatte sie nicht kommen hören. Er blickte auf. »Wir warten noch«, sagte Mario Benedikt.

16 Sieben Stunden später stand Cleo Braake vor den Schaufenstern einer Pinneberger Vorortbuchhandlung und musterte stirnrunzelnd die Auslage. Es war halb acht, in einer halben Stunde fing ihre Lesung an. Wo waren ihre Bücher, verdammt? Kein einziges war im Schaufenster ausgelegt. Nur ein kleines Schild klebte an der Ladentür:

»Cleo Bracke liest aus *Ein Mann für gewisse Sekündchen*. Eintritt fünf Mark. Einlaß: 19. 45 Uhr.«

Sie schnaubte ärgerlich, während sie das Handy aus ihrer Handtasche fischte. Wieder einmal war sie auf eine Dilettantenveranstaltung hereingefallen. Für lächerliche fünfhundert Mark Honorar. Die sie auch noch versteuern mußte!

»Kurt? Hier Cleo. Ganz große Scheiße.«

Sie kam gleich zur Sache, was sie sich nach einer heißen Nacht mit dem Pressechef während der Leipziger Buchmesse vor fünf Jahren leisten konnte, zumal er sich, so erinnerte sie sich vage, leider als Viagrafall herausgestellt hatte. »Was habt ihr mir da aufs Auge gedrückt? Wieso liegen meine Bücher nicht im Schaufenster? Wieso hängen keine Plakate aus? Wieso ist noch keine Sau da?«

Kurt Kammfeld wollte gerade nach Hause gehen, als ihn dieser Anruf ereilte. Leider hatte er sein Handy nicht auf Mailbox umgestellt. »Ich ruf gleich mal den Buchhändler an«, versprach er, »ein gewisser Ronaldo Heymann. Eigentlich ein zuverlässiger Mann. Reg dich ab und lies schön. Wir sprechen uns morgen.«

Er legte auf, rief den Händler an, ein alter Schulfreund, der vor einem Jahr nach vier abgebrochenen Studiengängen widerwillig die väterliche Buchhandelskette übernommen hatte, also offensichtlich noch relativ unerfahren in der schwierigen, undankbaren Kunst der Autorenbetreuung war.

»Ronnie? Gott sei Dank, ich erwische dich noch. Wieso bist du nicht in Pinneberg? Vergessen? ... Fahr sofort los ... Unsere Autorin ist sehr, sehr ärgerlich. Wie sie aussieht? Nicht dein Typ. Beeil dich trotzdem.«

Inzwischen war Doris Heinze, eine junge Verkäuferin, aufgetaucht und hatte Cleo eingelassen. Die Buchhandlung war leer, nur sie und Doris waren da.

»Eine ziemlich optimistische Bestuhlung«, bemerkte Cleo Braake und bemühte sich nicht, den Sarkasmus in ihrer Stimme zu unterdrücken. Sie deutete auf die Stuhlreihen vor einem Pult mit Mikrofon, die in der Mitte der chaotischen, überladenen Buchhandlung aufgebaut waren. Drum herum Regale mit Büchern, volle Büchertische, volle Bücherkisten.

Es gab zu viele Bücher, das stellte Cleo immer fest, wenn sie eine Buchhandlung betrat, selten um zu kaufen, meist, um zu sehen, wie ihre Bücher plaziert waren. Dies war üblich unter Schriftstellern, manche schickten Freunde oder Familienmitglieder, sie erledigte dies am liebsten selbst. Der beste Platz für ein Buch war der Tisch direkt am Eingang. Liegen war entschieden besser als im Regal eingeordnet. Der Kunde war faul, hatte keine Lust, sich zu verrenken und ins Regal zu greifen. Das Buch mußte ihn »anspringen.« Cleo Braake war eine Meisterin in der peinlichen Kunst der Eigenvermarktung. Sie kannte buchmäßig keine Scham.

Als ihr Buch *Ehemann auf falscher Bettkante* erschien, hatte sie mit verstellter Stimme bei der größten Buchhandlung angerufen und sich als Deutschlehrerin ausgegeben: »Ich nehme gerade kontemporäre Frauenliteratur durch«, hatte sie geflötet, »bitte bestellen Sie mir fünfzig Bücher der neuen Braake.«

»Der neuen Was?« hatte sich die Buchhändlerin erdreistet, zurückzufragen. Sie hatte sich bezähmt und ihren Namen buchstabiert. BRRR-AA-ke.

Nach einer Woche war sie in der Buchhandlung erschienen, wo ein großer, ungekaufter Stapel ihrer Bücher in einer Ecke lag. Nach dem ersten Stich von Enttäuschung und Wut war sie zur Buchhändlerin geeilt und hatte sehr erfreut getan.

»Ich bin die Autorin«, ließ sie die verdutzte Frau wissen, »und bin extra vorbeigekommen, um mein Werk für Sie zu signieren.«

Ehe die Händlerin es verhindern konnte, denn signierte Bücher konnten nicht remittiert, also dem Verlag nicht zurückgeschickt werden, hatte sie ihren Kugelschreiber gezückt und den Stapel signiert. Manchmal tat sie dies auch heimlich, wenn keiner guckte, denn wenn es um den Verkauf ihrer Bücher ging, war ihr jedes Mittel recht.

Cleo Braake griff ins Regal, wo lächerliche vier ihrer Bücher standen, legte sie auf die Ablage und war gerade dabei, sie zu signieren, als Ronaldo Heymann mit wehenden Rockschößen in die Buchhandlung eilte.

»Liebe Frau Braake«, er drückte ihre Hand, »bitte entschuldigen Sie mich. Dieser Verkehr! Aber wie ich sehe, sind ja inzwischen ...«, er blickte sich um, sie fiel ihm kühl ins Wort: »... ganze elf Besucher da.«

Sie ließ seine Hand fallen wie eine heiße Kartoffel.

»Sind Sie der Chef dieses Jammerladens?«

Ronaldo Heymann seufzte, sein Fehler, er hatte diese Veranstaltung völlig vergessen, das lästige Rühren der Werbetrommel seinen Angestellten überlassen. Kurt hatte unrecht, sie war niedlich, diese kleine, dralle Rothaarige. Unter anderen Umständen ...

Cleo sah ihn kühl an, diesen Buchhändler, obwohl er durchaus ihre optische Duftmarke war. Groß, ihre Männer durften nicht klein sein, das war sie selbst, noch ziemlich volles braunes Haar mit silbernen Sprenkeln, verschmitzte Augen. Trotz ihres Ärgers warf sie einen Blick auf seine rechte Hand. Kein Ehering, hhm. Aber das bedeutete noch gar nichts. Mario trug auch keinen.

»Erwarten Sie, daß ich den ganzen Weg nach Pinneberg«, sie sprach das Wort aus wie eine Beleidigung, mit knallendem P, »gekommen bin, um hier vor ein paar Muttis zu lesen?«

»Das Wetter ist einfach zu schön«, Ronaldo Heymann deutete zum düsteren, regenblinden Hamburger Abendhimmel, »die Leute sitzen heute alle draußen, nehmen Sie es also bitte nicht persönlich ...«

Seine Stimme erstarb unter den bitterbösen Blicken der Autorin. Er verfluchte seinen Schulfreund, der ihn zu dieser Lesung überredet hatte, die er gebrauchen konnte wie einen zweiten Kropf am Hals.

Lesungen, wenn sie nicht gerade von Simmel oder anderen Erfolgsautoren abgehalten wurden, soviel wußte er von seinem Vater, brachten den Buchhandlungen gar nichts. Einen Haufen nicht verkaufter Bücher des lesenden Autors, die ihnen die Verlage kostenlos schickten und die dann im Lager Staub ansetzten, und einen meist sehr überschaubaren Haufen Buchgroupies, fast nur Frauen, nie jünger als vierzig.

Autoren mit oft maßloser Anspruchshaltung, die er hinterher betreuen mußte, zum Essen einladen, nach reichlich genossenem Alkoholgenuß, natürlich auf seine Kosten, ins Taxi verfrachten oder selbst ins Hotel fahren ... es lohnte wirklich nicht. Seine letzte Lesung hatte in einem Eklat geendet, als eine Dichterin aus den neuen Bundesländern bereits volltrunken erschienen war und ihre Gäste dann mit den Worten »Ich mach diesen Scheiß nur, weil ich dringend Geld brauche« begrüßte.

Ein anderer Autor hatte vor der Lesung offensichtlich eine Tonne Bohnen gegessen, und obwohl Ronaldo Heymann alle Fenster aufgerissen hatte, war es unerträglich gewesen. Oder die Verfasserin erotischer Lesbenliteratur, die ihn nach der Lesung, als er sie ins Hotel fuhr, vom Beifahrersitz aus derartig manuell bearbeitete, daß er fast einen Verkehrsunfall verursacht hätte. »Ich wollte mal sehen, ob's noch funktioniert«, waren ihre spöttischen Abschiedsworte gewesen.

»Hast du übrigens Probleme mit deinem zu kleinen Pimmel?« Er hatte sich noch immer nicht von diesem Satz erholt.

Aber Kurt Kammfeld war ein alter Freund, der in jedem Urlaub seinen kranken Hund dogsittete, und er hatte gerade eine Woche Mallorca gebucht. Also hatte er zugestimmt und jetzt einen ungemütlichen Abend vor sich.

»Wo ist mein Büchertisch?« fragte Cleo Braake hartnäckig. »Ich fang nicht an zu lesen, wenn meine Bücher nicht ausgepackt werden.«

Auch das noch!

»Doris?« rief er und sah, daß sie bereits in einer großen Bücherkiste steckte. »Bitte den großen Tisch für die Braake-Bücher freiräumen.«

Er drehte sich wieder zu Cleo um, inzwischen waren fünf weitere Literaturfans aufgetaucht, jetzt waren die drei hinteren Reihen voll. »Alles läuft nach Plan. Darf ich Sie Ihrer Fangemeinde vorstellen?«

Cleo lächelte mit Zitronenmund und wurde von Ronaldo Heymann hinters Pult geführt, auf dem eine Leselampe stand, eine

Flasche Mineralwasser und ein Glas. Sie setzte sich und lächelte die hinteren Stuhlreihen an.

Der Buchhändler stand neben ihr und lächelte ebenfalls. »Ich freue mich sehr, daß Sie alle so zahlreich erschienen sind, um unsere beliebte Autorin Cleo Bracke …«

»Braaaaaake«, zischte die Autorin.

»Braaaaake«, korrigierte er sich schnell und dachte: Für diesen Abend hab ich einen gut, mein lieber Kurt, »unsere beleibte …« Die Stuhlreihen lachten, Cleo lachte nicht. »Unsere beliebte Autorin Cleo Braake zu erleben. Sie wird aus ihrem Buch …«

»Ich werde aus meinem Buch *Ein Mann für gewisse Sekündchen* lesen«, ergriff Cleo energisch das Wort, sie hatte genug, es sollte endlich losgehen und schnell vorbei sein, »aber vorher möchte ich Sie alle bitten, ein bißchen nach vorn zu rücken, sonst hab ich das Gefühl, ich habe Mundgeruch.«

Das war ihr Standardspruch, bei dem immer gelacht wurde. So auch an diesem Abend. Die Teilnehmer rückten vor, Cleo musterte sie schnell. Fast nur ältere Damen, sie würde zensiert lesen müssen, denn einige, ziemlich viele Stellen sogar eigneten sich eindeutig *NICHT* für ältere Damen. Sie seufzte. Ein anstrengender Abend – und das für einen Briefumschlag mit fünf blauen Scheinen. Also los. Sie blätterte in ihrem Buch, stellte fest, daß sie den Inhalt fast vergessen hatte, es war ein unbedeutendes Buch gewesen, das sie schnell und gelangweilt heruntergeklimpert hatte, unerfindlicherweise war es trotzdem eins ihrer erfolgreichsten.

»Ich fange einfach mal an«, verkündete sie und nahm einen großen Schluck Mineralwasser.

»Marie war sechs Jahre mit Christoph verheiratet, also behielt sie beim Sex die Brille auf …« Mist, das fing ja gleich so deftig an, schnell überflog sie die nächsten Sätze, nicht ideal, aber nicht zu ändern. »Früher hatte sie sie beim Küssen gestört, aber sie küßten schon lange nicht mehr so, daß eine Brille gestört hätte. Zungenspiele, Spucke, halber Wahnsinn, das waren die Anfangswochen, als … auch ihr Schlüpfer schon bei dem Gedanken an ihn feucht und klebrig …«, unmöglich, das konnte sie nicht lesen, nicht in dieser Runde … also als … schnell was ausdenken … als …

Sie stockte, blätterte. Es war dunkel geworden, nur die kleine

Lampe auf ihrem Pult brannte, sie konnte zum Glück keines der Gesichter sehen.

»Als sie sich gerade kennenlernten«, schloß sie lahm und spürte am Schweigen ihrer Zuhörerinnen eine gewisse Mißbilligung. Sie blätterte weiter, es war unglaublich, wieviel Schlüpfriges sie in dieses Buch gepackt hatte. Was war denn damals mit ihr los gewesen? Sexuell so ausgehungert, daß sie sich alles erdichten mußte?

Hier war eine vorlesbare Stelle ... Es ging offensichtlich um Kinder, um kleine Babys, Gott sei Dank! ... Sie holte Luft, las weiter: »Jürgen hatte ihr erzählt, daß er einen Kleinen hat. Nicht richtig freakig klein, nicht babyspargelklein, aber kleiner, als ihm lieb war ...«

SCHEISSE – das gab's doch gar nicht, war denn das ganze Buch versaut?

Dann eben nicht. Sie sah hoch, und aus dem Dunkel der Stuhlreihen kam plötzlich ein weiblicher Kicherlaut. Cleo legte das Buch hin, drehte ihre Lampe in Richtung Kichern, direkt in das Gesicht einer alten Dame mit lilagetönten Locken und einer weißen Spitzenbluse. Sie kicherte immer noch. »So war der von meinem Heinrich auch«, sagte sie endlich, »ich hab ihn immer mein kleines Würstchen genannt.«

Da ertönte ein zweites Kichern. Cleo drehte die Lampe nach rechts. Wieder eine alte Dame. »Das war bei meinem Kurt, Gott hab ihn selig, nicht das Problem«, lachte sie, »ganz im Gegenteil. Ich hab immer gesagt – Ach du dicker Hugo.«

Lautes Gelächter.

Cleo spürte ein ungewohnt zärtliches Gefühl für ihre Leserinnen. Ein allumfassendes Frauengefühl. Sie fühlte sich gewärmt und angenommen, sie schlug das Buch wieder auf.

»Ich sehe, daß ich Sie alle unterschätzt habe«, lachte sie, »ich kann also richtig zur Sache gehen.«

Und das tat sie.

Sie las das ganze Buch, drei Stunden lang. Ronaldo Heymann brachte eine zweite Flasche Mineralwasser, dann eine dritte. Um Mitternacht, sie konnte kaum noch sprechen, las sie den letzten Absatz:

»Das Baby ist von meinem Schwager«, flüsterte sie, »ich werde dir alles erklären. Aber vorher mußt du mich küssen.« Es fiel ihm schwer, aber schließlich war er Gentleman. »Du kannst mit Zunge küssen«, lächelte sie schließlich, »das schadet dem Baby nicht.«

Ich habe fertig, dachte sie erschöpft, erleichtert und klappte das Buch zu.

Schweigen. O Gott, hatte sie ihre Leser in den Schlaf gelesen?

Da, ein zartes Klatschen, dann ein zweites, ein drittes. Lauter und lauter. Sie drehte sich um, da kam Ronaldo Heymann auf sie zu, auch er klatschte.

Cleo grinste erfreut. Sie drehte die Lampe, um ihren Lesern zum Abschied noch einmal ins Gesicht zu sehen. Die Damen leuchteten, der einsame Mann war eingeschlafen, aber wenigstens hatte er nicht geschnarcht.

»Danke«, sagte sie und meinte es ehrlich, »es war ein schöner Abend.«

Und das war er wirklich. Noch schöner als insgesamt dreiundvierzig verkaufte Bücher.

Auch Ronaldo Heymann schien dies zu finden. »Ich habe auch eine Filiale in Westerland«, sagte er, während er ihr den Umschlag in die Hand drückte, »wenn Sie Lust haben ...?«

»Lust«, fragte Cleo zurück und sah ihn an, »Lust worauf?«

»Auf mich«, hätte der Buchhändler am liebsten gesagt, aber er traute sich nicht.

Da sagte Cleo: »Ich habe immer Lust ...«, sie lächelte ihm mitten ins Gesicht, »... auf eine Lesung.«

17

Benedikt Glücklich war zehn Minuten zu früh. Er fühlte sich wie bei seinem ersten Schultag. Wie damals vor neunzehn Jahren hatte Jette ihn mit Kakao und Marmeladebrötchen geweckt, hinter seine Ohren geguckt, ob da auch kein schwarzer Trauerrand war, sein Oberhemd gebügelt, seinen Scheitel gerade gezogen. »Und jetzt gehst du los und machst einen guten Eindruck«, hatte sie zum Abschied gesagt und in alter Theatermanier dreimal über seine Schultern gespuckt. »Toi, toi, toi.«

Dann stand sie auf dem Balkon und sah ihm nach. Wenn seine erste Ampel grün war, dann ... Ja, was dann? Sie war aufgeregter als ihr Sohn. Die ganze Tragweite dessen, was sie angezettelt hatte, überfiel sie auf einmal mit Wucht. Ob sich die beiden heute treffen würden? Vielleicht liefen sie sich zufällig über den Weg? Ihr Herz klopfte. Wie damals, als sie vor dem Telefon stand, den Finger schon in der Wählscheibe, und das Gefühl hatte, ihr bodenloser Schmerz und ihre harte Wut würden durch den Finger direkt in das Loch der Scheibe laufen, wie ein heißer, spitzer Stachel. Stundenlang hatte sie so dagestanden, bewegungslos, ein einziger Klumpen Liebeskummer. Aber sie hatte es nicht getan. Sie hatte ihn nicht wieder angerufen.

Jetzt hatte sie es getan.

Das Telefon klingelte. Es war Gundel, wie immer in Eile, wie immer gut gelaunt.

»Morgen, mein Mädel, ich hab einen wunderbaren Lachs geräuchert, und eben kommt die Ansage, daß meine Gesellschaft eine Fischallergie hat. Jetzt liegt er da und fühlt sich ungeliebt. Wenn du vorbeikommst, kannst du mal schnuppern.«

Jette lachte. Das Leben war so herrlich unkompliziert mit Gundel. Ihr Tag war gut, wenn der Hühnerfond für die Bärlauchsuppe gelungen war, und er war schlecht, wenn Ollie, der Lehrling, vergessen hatte, über die Tomatensetzeier, eine besondere Spezialität von ihr, einen Löffel Sahne zu schütten. Diese Einstellung machte die Dinge so einfach. »Kommst du vorbei?« fragte sie jetzt ungeduldig. »Dann bring eine Honigsenfmarinade mit.«

»Benedikt hat sich beim Göhlen Verlag beworben«, erwiderte Jette statt einer Antwort. »O Gottchen«, meinte Gundel nur unbeeindruckt, denn Jette hatte selbst sie nicht eingeweiht. Niemand kannte ihr Geheimnis. »Ich bin ganz aufgeregt«, gestand Jette, und eine winzige Sekunde war sie versucht, die Wahrheit zu sagen. »Wieso das denn?« fragte Gundel. »Die nehmen ihn ja doch nicht.«

Benedikt Glücklich sah auf die Kirchturmuhr. Zwei Minuten vor zehn. Er rückte seinen Krawattenknoten gerade und betrat das Verlagsgebäude. Hinter der Rezeption blickte Dorle Pesch von ihrem Kreuzworträtsel auf.

»Ich habe in einer Minute einen Termin bei Herrn Weißbart«, sagte Benedikt und schenkte ihr seinen »Wenn ich jetzt mit dir allein wär, dann«-Blick«, der sein Ziel nie verfehlte, so auch bei Dorle Pesch, einer aparten, gut erhaltenen Frühsechzigerin nicht. Sie griff zum Telefon, den wohlwollenden Blick unverwandt auf den jungen Mann vor ihr gerichtet.

Wenn sie dagegen an ihren eigenen Sohn dachte, der schon mit dreißig einen Bierbauch vor sich herschob und vom Sofa kaum noch wegzuprügeln war. Ihr Theodor war eine einzige Enttäuschung, arbeitslos nach der zweiten Umschulung zum Bürokaufmann, weil er eine Allergie gegen das spezielle Plastik der Computerkeyboards entwickelt hatte. Keine Hobbies, keine Freundin, dafür eine immer größer werdende Stirnglatze, die auch mit Querkämmen nicht mehr zu vertuschen war. A son only a mother can love, sagte ihre Freundin Sally aus New York immer, wenn sie nach Deutschland zu Besuch kam.

»Herr Weißbart, ein Herr …«, sie blickte auf, Benedikt lächelte. »Benedikt Glücklich.«

»Er sagt, Sie erwarten ihn. Gut. Ich schicke ihn hoch.«

Sie legte den Hörer wieder auf.

»Zweiter Stock links, letzte Tür rechts. Zimmer 245.«

Sie schaute ihm nach, als er die Treppe hochging. Er kam ihr seltsam vertraut vor. Dieser schlaksige Gang, die leicht nach vorn gekrümmten Schultern, das verwirbelte Blondhaar am Hinterkopf. Sie schüttelte den Kopf und vertiefte sich wieder in ihr Kreuzworträtsel. Ein altdeutscher Hexenname mit fünf Buchstaben. Schrieb sich Anthea mit h oder ohne? Falsch, es mußte Attis heißen.

Benedikt ging die Treppen hoch und stellte unwillig fest, daß er tatsächlich ein bißchen aufgeregt war. Vor dem Zimmer 245 blieb er stehen, holte tief Luft und machte den Rücken gerade. Er klopfte, wartete auf das Herein, trat dann ein.

»Sie sind drei Minuten zu spät, junger Mann«, die tigergemusterte Frau im Vorzimmer kam gleich zur Sache, »gehen Sie in Zukunft bitte zuverlässig mit der Zeit anderer Leute um.«

Benedikt errötete. Das fing ja gut an. Wer war dieser Zerberus?

»Ich bin Regina Witz, aber ich bin keiner«, sagte dieser, stand auf, drückte ihm die Hand mit einem Druck, der seine Knöchel fast zerquetschte. »Folgen Sie mir bitte.«

Sie betraten das anschließende Zimmer, in dem ein hagerer Herr mittleren Alters und unbestimmbarer Haar- und Gesichtsfarbe hinter einem riesigen Schreibtisch saß. Benedikt kam es vor, als würde die unbestimmbare Augenfarbe des Herrn aufleuchten, als Frau Witz ihn mit den energischen Worten: »Unser Neuzugang, Herr Weißbart« vor den Schreibtisch schob.

Sie ging.

Benedikt räusperte sich. »Vielen Dank, daß Sie mir die Chance zu einem Gespräch gegeben haben«, sagte er höflich. Diese Worte hatte ihm Jette eingetrichtert. Und sie kamen offensichtlich gut an. »Setzen Sie sich«, sagte der Personalchef aufgeräumt, »erzählen Sie mir von sich. Warum will ausgerechnet ein Nichtleser wie Sie ein Verlagspraktikum bei uns machen?«

Benedikt lächelte sein schönstes, diesmal jedoch erotikfreies Lächeln. »Das war nur ein Werbegag, damit Sie weiterlesen«, gestand er, auch das hatte er mit Jette eingeübt, »ich bin ein Buchfanatiker. Mit vier die ersten Pixibücher. Mit sieben die ersten Karl Mays. Mit der Taschenlampe unter der Bettdecke, sonst hätte meine Mutter mit mir geschimpft. Mein Lieblingsbuch war übrigens Robinson Crusoe.« Das kommt an, hatte Jette gesagt, alle Männer ab vierzig haben früher dieses Buch gelesen. Bist du sicher, Mami? Totsicher, und jetzt rasier dich.

Michael Weißbart lächelte. Er war selbst ein Lesefreak, auf dessen Nachttisch der Bücherstapel von Woche zu Woche höher wurde. Ein Tag ohne Buch war ein vergeudeter Tag für ihn – *Die Entdeckung der Langsamkeit* von Stan Nadolny hatte er sogar zweimal gelesen. »Das freut mich, junger Mann«, erwiderte er jovial, »um so mehr, als es so selten geworden ist in Ihrer Generation. Welches Buch lesen Sie denn gerade?«

Er stellte diese Frage ohne böse Absicht.

Lastendes Schweigen, ein paar heiße Sekunden lang. Benedikt überlegte fieberhaft. Auf diese Fangfrage hatte ihn Jette nicht vorbereitet. Dann lächelte er erleichtert. »Es ist mir fast peinlich«, seine Stimme klang bescheiden, »aber ich bin ein altmodischer Mensch. Ich liebe die Klassiker. Im Augenblick lese ich die Balladen von Schiller.« Er stand auf und holte tief Luft:

Zum Kampf der Wagen und Gesänge,
Der auf Korinthus Landesenge
Der Griechen Stämme froh vereint,
Zog Ibykus, der Götterfreund.
Ihm schenkte des Gesanges Gabe,
Der Lieder süßen Mund Apoll,
So wandert er, an leichtem Stabe,
Aus Regium, des Gottes voll.

Er hielt inne. Es war die einzige Strophe des einzigen Gedichtes, das er auswendig konnte. Michael Weißbart lächelte verklärt und rezitierte, mit geschlossenen Augen:

Schon winkt auf hohem Bergesrücken
Acrocorinth des Wandrers Blicken,
Und in Poseidons Fichtenhain
Tritt er mit frommem Schauder ein.
Nichts regt sich um ihn her, nur Schwärme
Von Kranichen begleiten ihn,
Die fernhin nach des Südens Wärme
In graulichtem Geschwader ziehn.

Die Männer sahen sich an. Dann stand der Personalchef auf und ergriff Benedikts Hand: »Wann können Sie anfangen?«

18 Ella Dohlmayer war sehr ärgerlich. Mit langen, wütenden Schritten ging sie in die Küche, in der ihre Partyköchin Jette Glücklich arglos das Lachsfleisch grob zerteilte und mit Sahne und einem Schuß Zitrone zu einem weichen Brei pürierte, aus dem sie später Lachsklößchen formen wollte.

»Jette!« Ellas schrille Stimme ließ sie zusammenzucken, fast wäre sie mit dem Finger in die scharfen Klingen des Pürierstabes gerutscht. »Das Zitronenparfait paßt ja überhaupt nicht zu meiner Tischdekoration. Ein völlig anderes Gelb! Wie konnten Sie nur! Lassen Sie sich bitte etwas anderes einfallen. Das Auge ißt ja schließlich auch mit.«

Sie verließ die Küche, auf dem Holzparkett klackten ihre hohen, harten Absätze, wurden leiser. Es war elf Uhr morgens, Zeit für ihren Privatmasseur Janos. Es klingelte an der Haustür, das mußte er sein. Ella verschwand in ihren Gemächern, fürs Öffnen war das Personal zuständig.

Jette öffnete die Tür.

»Hi, Janos. Bombenalarm. Massier sie heute bitte besonders gut«, sie zwinkerte ihm zu, »dann kriegst du hinterher auch was Schönes.« Er grinste nur, ließ die Knöchel knacken und verschwand im hochherrschaftlichen Schlafzimmer.

Jette wartete eine Viertelstunde, dann schlich sie sich vor die Schlafzimmertür. Leises Grunzen und Stöhnen drang durchs Türholz. »Jaaa, genauso, ein bißchen tiefer … jaaa.«

Ella Dohlmayers Stimme klang befriedigt. Jette grinste. Sie wußte, daß nach der Massage auch der Gelbton ihres Parfaits kein Diskussionsgegenstand mehr sein würde.

Zurück in der Küche musterte sie den Fischbrei. Irgend etwas fehlte, der Brei sah lasch aus. Dann fiel es ihr ein. Aufgeweichtes Weißbrot! Wo hatte sie ihre Gedanken gehabt? Das Handy, zwischengelagert auf dem Küchentisch unter einem Haufen von Tomaten und Basilikumtöpfen für die Bruschetta, klingelte. Jette leckte ihre Finger ab und fischte das Handy heraus.

»Mami, bist du dran?« Benedikts Stimme verursachte einen lauten Trommelwirbel in ihrer Brust.

»Gute Nachrichten?« fragte Jette atemlos.

»Wie man's nimmt«, meinte Benedikt.

Jette stand nicht der Sinn nach Spielereien.

»Ja oder nein?« fragte sie, während sie in der Speisekammer nach Toastbrot fahndete, fündig wurde und ein paar Scheiben in Wasser einweichte.

»Ich fange nächste Woche an«, verkündete Benedikt, »und weißt du was? Ich glaube, es wird mir Spaß machen. Die Leute hier sind alle ganz lustig.«

Jette holte tief Luft, drückte die quibschigen Scheiben aus und zerbröselte sie über dem Lachsbrei. »Hat man dich denn auch dem Chef vorgestellt?« Diese Frage reichte, um Jette in Schweiß ausbrechen zu lassen. Sie öffnete das Küchenfenster.

»Klar«, sagte ihr Sohn, »der Typ sieht echt scheiße aus, scheint aber ganz nett zu sein. Wir haben gemeinsam *Die Kraniche des Ibykus* zitiert. Nur die ersten beiden Strophen, aber immerhin.«

Aus den Augenwinkeln sah Jette, wie eine gut durchblutete Ella Dohlmayer über den Flur in die Küche wandelte. Sie trug einen gelbseidenen Bademantel, hinter ihr kam Janos, auch er schien gut gelaunt. Jette hätte zu gern gewußt, wie er die chronisch gereizte und verzickte Ella Dohlmayer so massierte, daß sie danach geradezu durch die Wohnung schwebte. Sie konnte es nur ahnen und hatte schon mehrfach überlegt, ob sie sich nicht auch einmal eine Massage von Janos gönnen sollte.

Jette senkte die Stimme. »Wieso sieht der Verlagschef denn Scheiße aus?« fragte sie. Eine alberne, unwürdige Frage, aber eine, die sie einfach stellen mußte.

»Den hab ich noch nicht gesehen, Mami. Die Götter kommen später. Ich spreche vom Personalchef.«

Ella Dohlmayer stand jetzt im Türrahmen. »Wir sehen uns heute abend«, sagte Jette schnell, klappte das Handy zusammen, steckte es vorsichtshalber in die Hosentasche. »Haben wir noch etwas Schönes für Janos?« fragte Ella.

»Etwas Stärkendes?« Also doch, dachte Jette. »Ein Stück Gänseleberpastete?« schlug sie deshalb vor. »Ein paar selbstgemachte Trüffel?«

»Trüffel«, strahlte Janos, »was Süßes!« Das hast du doch gerade gehabt, hätte Jette am liebsten gesagt, aber vielleicht war es scharf oder feurig oder ranzig?

Ella Dohlmayer wandte sich zum Gehen. Ihr Personal-Dresser wartete auf einen Rückruf, wollte wissen, ob ihr das giftgrüne Joop-Ensemble für den heutigen Abend zusagte. Sonst hätte er noch etwas ganz Entzückendes von Escada.

Sie warf einen flüchtigen Blick auf das Küchenchaos, mit dem sie gottlob nichts zu tun hatte. Sie hegte ein tiefes Bedauern für Frauen, die arbeiten mußten. Sie selbst war schlau genug gewesen, ihre eigenen, beruflichen Grenzen zu erkennen und den stinkreichen, deutlich älteren Egon Dohlmayer zu heiraten, der sich eigentlich zur Ruhe setzen wollte, es jedoch nach einer Ehewoche mit ihr vorgezogen hatte, als Berater in seiner alten Im-und Export-Firma weiterzuarbeiten.

So ließen sie sich beide in Frieden, auch im Bett, und führten eine harmonische Ehe. Nur heute abend war gesellschaftliche Ehepflicht angesagt. Er hatte seine Abiturklasse, Jahrgang '42, eingeladen, die leider alle noch lebten. Gattinnen durften nur mitgebracht werden, wenn es sich um die »Erstauswahl« handelte, Zweitpartner nur im Todesfall, Egon war altmodisch. Und ausnahmsweise war sie seiner Meinung. Wenn es etwas noch Schlimmeres gab als alte Männer, dann waren es alte Frauen. Die lebten ja ewig, schon aus Bosheit.

So war Ella Dohlmayer, die ihre Hormone mit Tabletten in jugendlichem Schach hielt, eine kleine Sekunde lang dem lieben Gott zutiefst dankbar, als sie ihre Partyköchin Jette vor einem undefinierbaren rosa Brei sah, der farblich im übrigen wunderbar zu den Vorhängen paßte. Sie beschloß, großherzig zu sein. Kein Grund, es knechtenden Frauen noch schwerer zu machen. »Lassen Sie das Zitronensorbet farblich, wie es ist«, beschied sie freundlich, »wir dimmen die Lampen, und unsere Gäste sehen ja auch nicht mehr so gut.«

Jette hatte mit diesem massagebedingten Stimmungsumschwung gerechnet, aber sie lächelte trotzdem.

»Ich könnte das Sorbet mit einem kleinen Basilikumblatt garnieren«, schlug sie vor, »das nimmt die Farbe ein bißchen weg.«

»Sie sind die Köchin«, hauchte Ella Dohlmayer sanft und entschwand. Jette und Janos sahen sich an.

»Du hast mal wieder gut massiert«, meinte Jette. »Sieht so aus, meine Süße«, lächelte Janos und sah sich suchend in der Küche um, »hattest du nicht außer Trüffel und Pastete noch was Lekkeres für mich? Mein Kühlschrank ist mal wieder mäuseleer.«

»Vielleicht ein kleines Stückchen Brie.«

Jette legte das Käsestück auf den Tisch und schlug ihm auf die Finger. »Stückchen hab ich gesagt, nicht den ganzen.«

Sie wickelt den Brie ein, Janos wickelte ihn gleich wieder aus und biß ein Stück ab.

»Nein, ich habe kein Brot für dich«, kam Jette seiner Frage gleich zuvor, »das brauch ich für das Bruschetta. Aber hinten im Kühli liegt noch ein großes Stück Pflaumenku ...« Janos griff bereits ins Fach und biß ab.

»Hmmm«, machte er, »heirate mich. Und back jeden Tag so einen Kuchen.«

Er trat hinter sie und tätschelte ihren Po. »Stramm wie ein Affenarsch«, lobte er, »und ich kann das beurteilen.«

Jette lachte und klopfte auf seine pflaumenkuchenverschmierten Hände.

»Mach nie Fliege, Schatz, im Gegensatz zu dir muß ich arbeiten.«

Janos lachte laut. »Meinst du, es war keine Arbeit, die gute Ella in Stimmung zu bringen? Knochenarbeit war's.«

»Deine Knochen waren ja wohl weniger involviert«, meinte Jette nur ungerührt »sag mal, bist du nicht eigentlich schwul?«

»Je nachdem«, Janos stellte sich hinter Jette, massierte ihren Nacken, »wie's gefragt ist. Ich kann beides.«

Jette seufzte, dann schob sie ihn energisch weg. »Und tschüs.« Er küßte ihren Hals. »Du bist eine sehr erotische Frau«, er stand bereits im Flur, »nutz die Zeit, die dir noch bleibt.« Weg war er.

Sein hingeworfener Satz blieb hängen. Noch bleibt. Wie viele gute Jahre blieben ihr – noch? Die Zeit raste. Bald würde sie wie Gertrud aussehen. Bald waren ihre Schamlippen weggeschrumpelt. Wenn es dann noch Männer in ihrer Altersklasse gab, würden deren Hoden wie kleine, faltige Kartoffelsä ... Schluß damit! Sie war erst Mitte Vierzig! Genauso alt wie Iris Berben, die gerade wieder zur erotischsten Frau Deutschlands ernannt worden war.

Energisch hackte Jette die Kräuter klein, die sie unter das Klößchenmousse mischen wollte. Konzentrierte sich aufs Naheliegende.

Benedikt fing ein Praktikum im Göhlen Verlag an. Zwangsläufig würde er dort Mario begegnen. Was würde passieren? Der große Weltuntergang oder – gar nichts?

»Schauen Sie mal, vielleicht ist etwas für Sie dabei.«

Ella Dohlmayer stand vor ihr, über dem rechten Arm hing ein papageienbuntes Kleiderpotpourri, »ich habe ein bißchen ausgemistet, und bevor ich es dem Roten Kreuz gebe ...«

»Sie sind zu gütig«, meinte Jette, sprachlos vor Schreck, »aber ich bin ja leider bei weitem nicht so schlank wie Sie. Trotzdem, vielen Dank.«

Dann wandte sie sich wieder dem Fischfond zu. Vielleicht würde sich Dunja, ihre polnische Putzfrau, darüber freuen. Soviel zu Iris Berben.

19

Ernst Scharfmann schob den Brief auf seiner Schreibtischunterlage hin und her, weil er die Vorfreude noch ein wenig auskosten wollte. Ein einfacher Brief, kein Paket, das war, so vermutete er, ein gutes Zeichen. Sie hatten sein Manuskript also offensichtlich behalten. Er holte tief Luft, griff zum Brieföffner, schlitzte den Brief auf.

Mit geschlossenen Augen wartete er, bis sein wild klopfendes Herz sich ein wenig beruhigt hatte. Dann riß er beide Augen auf. Die Zeilen verschwammen ... nur einzelne Worte stachen heraus, spitz und höhnisch, wie Teile eines Stacheldrahts – Bedauern, verändertes Verlagsprogramm, senden wir zurück ...

Er zerknüllte den Brief und warf die Kugel mit Wucht gegen den Schirm des Computers, der auf seinem Schreibtisch stand. Er griff zur Maus, klickte ... die Kundenliste ... Verlagshaus Göhlen ... Kreditantrag ...

20 Mario Benedikt seufzte, als er die Stufen zu Cleo Braakes Dachwohnung hochstieg. Warum gab es in diesen alten Häusern nie Fahrstühle? Als er keuchend vor ihrer Wohnungstür stand, war diese bereits offen. Er seufzte wieder, denn er wußte, was ihn erwartete. Leise Klaviermusik aus allen Lautsprechern, der er bis zu dem Wasserbett in ihrem Schlafzimmer folgen mußte, auf dem sie bereits lag, zu allem bereit.

Der Gedanke an eine allzeit bereite Cleo war eine Anstrengung für ihn, immer gewesen, auch als die Dinge zwischen ihnen noch heißer und frischer waren. Auf Abruf in Stimmung, zwischen zwei Meetings, immer mit dem Blick zur Uhr, und unter ihm eine sich offensichtlich vor Leidenschaft windende Frau, der er zu Diensten zu sein, die er zum Orgasmus zu bringen hatte. Zu möglichst multiplen.

Mario war immer ein Mann gewesen, der nur langsam in Stimmung kam, für den alles stimmen mußte, die Frau, die Tageszeit, seine Verdauung. Die kleinsten Dinge konnten alles für ihn ruinieren. Während er ahnungsvoll Cleos Wohnung betrat, entsann er sich eines Treffens mit ihr in der Anfangsphase. Sie hatte alles perfekt geplant – das leichte Abendessen, denn »voller Bauch kopuliert nicht gern«, hatte sie gelacht und ihm gedünsteten Fisch und einen sommerlichen Salat serviert. Wie sie ihm später gestand, hatte sie das Essen von ihrer Nachbarin zubereiten lassen, weil sie gern vor männlichen Gästen als pralles Renaissanceweib dastehen wollte, nicht nur als blutleere, alleinlebende Dichterin. Der schweizerische Fondant war perfekt, die Lilien in der Bodenvase verströmten vorkoitalen Duft, Cleo selbst trug ein kurzes schwarzes Kleid mit einem rasanten Ausschnitt, sie roch betörend nach »Eternity For Men«. Zu seiner Erleichterung spürte Mario, daß sich seine Säfte langsam regten, als sie sich zu ihm beugte, um etwas Fisch nachzulegen. Und dann sah er es – ein langes, dünnes Haar, das ihr aus dem Hals wuchs. Welcher Schöpfungsplan hatte es da wachsen lassen? Denn es handelte sich nur um ein einziges, nicht etwa ein Büschel Haare. Er hatte dieses Haar angestarrt und zu seinem Entsetzen gespürt, wie seine Säfte wieder zurückflossen, zu einer kleinen Pfütze wurden, zu einem trockenen Fleck. Perdu.

Cleo hatte natürlich von all dem nichts gemerkt. Im Gegenteil. Ihrem feuchten, glitzernden Blick, ihrem geröteten Gesicht sah er an, wie bereit sie war. Überfällig. Ihre kleine, spitze Zunge hatte zwischen ihren weichen Lippen getanzt, jeder andere Mann hätte sich vermutlich voller Wollust auf sie gestürzt. Aber er sah nur dieses verdammte Haar. Es kam ihm vor, als würde es von Sekunde zu Sekunde dicker, länger, dunkler. Ihm war fast schlecht geworden bei dem Gedanken, er würde ihren Hals küssen und dieses Haar würde dabei in seinem Mund …

Das Treffen endete unerfreulich. Er war aufgesprungen, hatte geradezu panisch ihre Wohnung verlassen – und sich vor dem nächsten Treffen richtig gegrault. Was hätte er sagen sollen? »Ich habe Erektionsprobleme, weil mich dein Halshaar stört?«

Als sie eine Woche später mit ihrer Agentin, die sie inzwischen gefeuert hatte, in seinem Büro aufkreuzte – ohne Anmeldung, ein Powerplay, mit dem sie ihm signalisieren wollte: Wehe, du sagst auch nur *EIN* Wort, mein Lieber, dann … –, um ein neues Buch zu besprechen, und er vorsichtig ihren Hals beäugte, da war das Haar weg! Sie war charmant und eisig zugleich gewesen und hatte einen Vorschuß aus ihm herausgelockt, der ihrer Agentin vermutlich die Freudentränen in die Augen trieb.

Danach hatte er einen Monat nichts mehr von ihr gehört. Was ihn einerseits erleichterte, andererseits vage kränkte. Beim nächsten Treffen war sie ganzkörperseidig wie ein Babypo.

Mario ging jetzt über den Flur. Keine Spur von Cleo. Er betrat die Küche. Auch sie war leer. Auf dem Küchentisch stand ein Fliederstrauß, daneben lag ein Manuskript. Unwillkürlich hob er die erste Seite.

»Eine einsame Frau«. Sie hatte also bereits angefangen mit ihrem Trübsinnswerk. Für das er auch noch viel Geld bezahlen sollte. Er setzte sich, in böser Vorahnung, fing an zu lesen, weil er wußte, daß er damit einer von Cleos geplanten Inszenierungen folgte.

»Ich bin eine einsame Frau. Einsam. Das sagt man eigentlich nicht, weil es ein peinliches Wort ist. Es klingt nach Niederlage, nach Nichtgeliebtsein, nach Wochenende in den eigenen vier Wänden. Es klingt nach Katze und zwei Scheiben Käse, die man am Käsestand verlangt, während hinter einem die junge Mutter gleich ein halbes Pfund am Stück kauft. Es klingt nach einem verheirateten Liebhaber, der sich zur Mittagszeit eine knappe Stunde nimmt und dann überstürzt die Wohnung verläßt, weil ihn ein Haar in der Suppe stört. Oder ein Haar am Hals ...«

Ach du heiliger Bimbam, dachte Mario Benedikt, sie hat es gewußt! Er drehte sich um, weil er einen Luftzug spürte. Cleo Braake stand im Türrahmen, splitterfasernackt.

»Ich möchte mich von dir verabschieden«, sagte sie sanft, »denn unsere private Beziehung ist nach dem Orgasmus beendet.« Sie lächelte sanft: »Nach meinem natürlich.«

21

Es strengte Camilla bereits nach drei Minuten an, wenn sich Maria als verwöhnter Hausgast überall breitmachte. Sie hatte es sich als Kind an- und leider als Erwachsene nie wieder abgewöhnt, ihre Sachen, wo sie ging und stand, einfach fallenzulassen. Wo Maria sich aufhielt, mutierte die Umgebung zur Müllgrube. Camilla, ein im Älterwerden immer analerer Mensch, wurde wahnsinnig, wenn sie durch den Komposthaufen waten mußte, der vor dem töchterlichen Besuch einmal ein gepflegtes Heim gewesen war.

Maria schien dies nicht zu stören. Im Gegenteil, sie nannte es gemütlich.

»Nun sei doch nicht so ungemütlich«, das waren ihre Worte, wenn sie als Fleisch gewordene Sofarolle auf dem Diwan lag, Fernbedienung, Süßigkeiten, Zigaretten und Thermoskanne Kaffee in griffbereiter Nähe, und Camilla mit Zitronenmund die Zeitungen vom Boden aufsammelte. »Setz dich zu mir, Mamsi, was hat der Tag dir gebracht? Neue Klamotten? Neue Kerle?«

Der Satz war so dahingesprochen, aber da Camilla an diesem lauen Vorsommertag gerade aus den dichtbehaarten Armen von Brasileiro kam, war ihr eine tiefdunkle Röte ins Gesicht gekrochen. Schnell hatte sie sich nach den Zeitungen gebückt. Erst als sie ihre Gesichtsfarbe wieder unter Kontrolle hatte, setzte sie sich zu ihrer Tochter aufs zerwühlte Sofa, strich unwillkürlich die Kissen glatt. Fast hätte sie einen Knick hineingedrückt.

»Und wie war dein Tag?«

Unter Vermeidung einer Antwort hatte ihre Rückfrage pointiert und leicht resigniert geklungen. Maria durchschaute sie und lachte: »Ich hab nur abgehangen, Mamsi. Das weißt du doch. Ich warte auf mein Erbe. Leider hab ich ja sehr junge Eltern.«

Camilla griff zur Zigarettenschachtel, nahm sich eine Zigarette, sah den erstaunten Gesichtsausdruck ihrer Tochter, steckte sie wieder in die Schachtel zurück.

»Alte Gewohnheit«, murmelte sie. Ihre letzte, heimliche Zigarette lag erst eine Stunde zurück. und sie hatte deren Rauch postkoital entspannt in Brasileiros Brusthaar geblasen, aber das mußte ihre Tochter nun wirklich nicht wissen.

»Du bist meine Mutter, nicht meine Busenfreundin«, hatte Maria sie vor Jahren einmal scharf zurechtgewiesen, als sie während einer Liaison unvermutet das starke Bedürfnis nach Beichte und Absolution überkam. Dieser Satz hatte sich in ihr mütterliches Bewußtsein gegraben, sie war nie wieder rückfällig geworden.

»Du rauchst wieder? Das sag ich Papi.« Marias Stimme klang belustigt.

Camilla sah ihre Tochter an, ihr glattes junges Gesicht, die trotz einiger Jahre intensiven Nachtlebens ungetrübten Augen, in ihnen noch dieses Unsterblichkeitsbewußtsein, das, so wußte sie, noch rund zehn Jahre lang andauern und dann abrupt enden würde, um nie wiederzukommen – plötzlich konnte sie das Leben ihrer Tochter nicht mehr ertragen.

Weil sie es an ihre eigenen ungelebten Träume erinnerte. Sie war eine begabte Journalistin gewesen, hatte große Ambitionen gehabt, als sie Mario kennenlernte. Bücher schreiben wollte sie, Theaterstücke!

Ihr Vater hatte nur gelacht. »Ein Verlegerstöchterlein, das Bücher schreibt? Bitte nicht in meinem Verlag.« Also landete sie nach dem Abitur bei einer »Piefzeitung«, wie sie es nannte, deren Chefredakteur ihre soziale Stellung sofort ausnutzte und sie als Klatschkolumnistin einstellte. Und dann war Mario gekommen … Und vorher? Und jetzt?

Maria sollte anders dastehen. Beruf, Ehemann, Kinder. Alles. Doch außer einem ungetrübten Appetit aufs Leben hatte sie gar nichts. Sie selbst, gestand sich Camilla ehrlich ein, war leider kein Vorbild. Reiche Tochter, jetzt reiche Gattin. Weder Beruf noch Berufung. Ein Leben im Luxus, das sie nicht immer, aber immer öfter, nur noch langweilte. Manchmal wachte sie morgens auf, und der Tag lag mit tausend Nichtigkeiten verplant, trotzdem grausam leer vor ihr. Und am Ende hatte sie nichts gefühlt, nichts bewegt, hatte nur Geld ausgegeben.

Dieses Leben mußte sie ihrer Tochter ersparen. Und einen Ehemann wie Mario, der sie behandelte wie ein edles Möbelstück, höflich, abwesend, unbeteiligt. Maria sollte einen Mann finden, der sie wirklich liebte.

»Du siehst so angestrengt aus, Mamsi. Hast du Blähungen?« Maria rekelte sich auf dem Sofa und stellte den Fernseher leiser. Camilla stand auf. Sie brauchte frische Luft. Sie öffnete das Balkonfenster, drehte sich dann zu ihrer Tochter um, die sich gerade in eins der momentan so beliebten Hurendramen eines Privatsenders vertieft hatte. »Ich möchte, daß du dein Leben änderst«, sagte sie und wunderte sich selbst, wie ruhig, wie undramatisch ihre Stimme klang.

Maria löste die Augen von der Mattscheibe, warf einen verblüfften Blick auf die stille Statue ihrer Mutter.

»Ich finde mein Leben sehr schön so«, meinte sie nur, »ich fliege übrigens nächste Woche nach Ibiza. Ein Typ aus Ghana bietet da einen sehr interessanten Trommelkurs an.«

Camilla trat ans Sofa und nahm ihrer Tochter die Fernbedienung aus der Hand. Stellte den Fernseher ab. »Du fliegst nicht nach Ibiza, mein Schatz«, eröffnete sie Maria, »du hast etwas Besseres vor. Etwas sehr viel Besseres.«

22

Die Montagskonferenz im Göhlen Verlag war diese Woche dem Marketing gewidmet. Das Frühjahrsprogramm fürs nächste Jahr wurde präsentiert, eine wichtige Sitzung, der Konferenzsaal war deshalb brechend voll. Frau Dr. Breithuhn und Frau Dr. Boysen hatten sich die guten Sichtplätze direkt vor den Regalen gesichert, auf denen Cover- und Plakatentwürfe standen, die von der Belegschaft begutachtet und abgesegnet werden sollten. Die Marketingchefin Barbara Loose stand bereits vorn und rückte die Entwürfe zurecht. Sie hatte Lampenfieber, denn in diesen Vorschlägen steckte die Arbeit von drei Monaten, und als Frau wurde sie sowieso von ihren männlichen Untergebenen sehr argwöhnisch beobachtet. Am Vorabend hatte sich eine Besprechung in die Nacht ausgedehnt, ihre Truppe, vierzehn Männer und sie, hatten das Meeting in eine Kneipe verlagert – sie hatte, trotz einigen Unbehagens, zugestimmt und die gesamte Zeit damit verbracht, so zu tun, als würden die permanenten Anspielungen, Schlüpfrigkeiten und Zweideutigkeiten sie genauso amüsieren wie es offenbar die sich in alkoholischer Auflösung befindliche Testosteronriege tat. Ihr Mund hatte vom angestrengten Lächeln richtig weh getan. Doch als dann gegen Mitternacht Kuddel John, der Vertreter Nord, die Runde fragte, warum Blondinen so gern auf einer kaputten Heizung sitzen – »weil die Heizung leckt« –, war sie abrupt aufgestanden, hatte für alle bezahlt und war gegangen. Sie war selbst blond, wenn auch nur gefärbt.

Wie viele Frauen in ihrem Alter, Barbara Loose war neununddreißig Jahre alt, hatte auch sie keinen Mann in ihrem Leben, und meistens war sie sogar froh darüber. Nach einer besonders unglücklichen Beziehung zu einem verheirateten Alkoholiker war sie zu einer Psychologin gegangen, um herauszufinden, warum sie immer wieder in diesen Streßgeschichten landete.

»Liebe Frau Loose«, hatte die Psychologin gesagt, »bevor wir anfangen zu arbeiten, bitte merken Sie sich drei Grundsätze. Erstens – Männer und Frauen leben auf unterschiedlichen Planeten. Zweitens – es gibt Probleme, die lassen sich nicht lösen. Drittens – wenn eine alleinstehende Frau ab vierzig noch regelmäßigen Sex haben will, wird sie entweder Alterslesbe oder sucht sich einen jungen Ausländer.«

Ein bißchen dünn für einhundertzwanzig Mark die Stunde, gute Frau, hatte Barbara Loose damals gedacht, aber jetzt wußte sie, wie recht die Psychologin gehabt hatte. Nach einer kurzen Trauerphase konzentrierte sich Barbara Loose auf ihren Beruf, wurde befördert, wurde Chefin. Auf die halbjährlichen Marketingkonferenzen bereitete sie sich immer ganz besonders gründlich vor, denn wenn ihr Konzept nicht stimmte, wurden weniger Bücher verkauft. Dann war ihr Job in Gefahr. Dann hatte sie weder noch. So einfach war das. Genauso einfach wie ihre Magenschleimhautentzündung, die sie mit Grießbrei kurierte.

Der Konferenzraum füllte sich weiter, während Barbara Loose die Atemübungen gegen Angstattacken machte, die sie von ihrer Psychologin gelernt hatte. Diskret atmete sie tief ein, stieß die Luft aus, hechelte. Sie sah den besorgten Blick von Mario Benedikt und lächelte ihm strahlend zu. Er sieht ein bißchen müde und abgespannt aus, dachte sie, na ja, auch schon fünfzig. Und dem Verlag ging es im Moment nicht so gut, aber die Konkurrenz hatte genauso unter der Rezession zu leiden. Der Deutsche las weniger, und wenn, dann kaufte er ein billiges Taschenbuch, vierzig Mark für ein Hardcover war den meisten zu teuer. Sie blickte auf, gerade nahm ein junges, auffallend schönes Mädchen mit kurzen blonden Haaren neben dem Verleger Platz und raunte ihm etwas ins Ohr. Er lächelte. Frau Loose runzelte die Stirn. Eine neue Freundin? Dafür war sie zu jung, der Verleger liebte die reiferen Jahrgänge. Sie ließ ihren Blick über die Runde schweifen. Lächelte. Die alte Breithuhn hatte wieder ihren kurzsichtigen Liebesblick. Vergiß es, wollte ihr die Marketingchefin am liebsten zurufen, du bist nicht seine sexuelle Duftmarke.

»Sind alle da?« Marios tiefe, leicht rauhe Stimme brachte die Mannschaft zum Schweigen. »Dann wünsche ich uns allen eine erfolgreiche Marketingkonferenz. Frau Loose und ihre Mannschaft haben hart gearbeitet. Ich bitte deshalb um Aufmerksamkeit und Ruhe. Doch vorher darf ich Ihnen noch kurz meine Tochter Maria Benedikt vorstellen, die sich hier bei uns ein bißchen nützlich machen möchte.«

Maria lächelte gezwungen. Sie fühlte die kollektive Mißbilligung, die von den Angestellten ausging, geradezu körperlich, wußte genau, was sie alle dachten – jetzt drückt der Alte seine mißratene, verwöhnte Tochter bei uns rein, weil er sie endlich irgendwo unterbringen will. Und wir müssen es ausbaden.

Augen zu und durch, dachte Maria, erhob sich und lächelte in die eisigen, mißtrauischen Gesichter. Dieses Lächeln kostete sie viel Kraft, aber das Eis mußte jetzt gebrochen werden, nicht später. Außerdem hatte sie keine Lust, es sich unnötig schwer zu machen. »Ich weiß genau, was Sie denken, meine Damen und Herren«, sie strahlte, drückte Liebreiz in ihre Augen, von dem sie wußte, daß er zumindest die Männer sofort entwaffnen würde, »Sie denken, jetzt drückt der Alte seine verwöhnte, mißratene Tochter in den Verlag, weil er sie endlich sinnvoll beschäftigen will. Und – soll ich Ihnen was sagen? Genauso ist es auch.«

In das laute Gelächter hinein sprach sie weiter: »Ich hoffe, wir haben trotzdem jede Menge Spaß zusammen. Ich jedenfalls werde mein Bestes tun.«

Mit diesen Worten setzte sie sich wieder, jetzt lächelten alle sie an. Sie hatte es geschafft. Wieder einmal, dachte Mario und liebte seine einzige Tochter in dieser Sekunde zärtlich, woher hat sie diesen Charme? Wahrscheinlich von einer Urgroßmutter mütterlicherseits.

Maria setzte sich in gut gespielter Verlegenheit. Als sie aufschaute, sah sie in der Tür einen jungen Mann stehen. Er grinste sie an mit diesem leichten Grad von Respektlosigkeit und Unverschämtheit, den sie an attraktiven Männern ziemlich aufregend fand. Und dieser junge Mann war attraktiv, sehr sogar. Rotblonde, leicht wellige Haare. Wie Papa, bevor er grau wurde, dachte sie flüchtig. Schon immer war sie bei Männern eine Haarfetischistin gewesen. Dick mußten sie sein, sich in der Hand wie schwere, seidige Wolle anfühlen. In ihrer frühesten Kindheitserinnerung schmuste sie mit ihrem Vater und wuschelte dabei in seinem Haar.

Was machte so ein Adonis im Verlag ihres Vaters? Wie ein Bücherwurm sah er jedenfalls nicht aus. Ganz und gar nicht.

Sie spürte, daß er sie noch immer ansah. Also ignorierte sie ihn. Er sollte sich nichts einbilden. Nicht, bevor sie herausgefunden hatte, wer er war.

Mario Benedikt klatschte zweimal in die Hände und wies auf Barbara Loose, die schon wieder so merkwürdig vor sich hin atmete. »Frau Loose, wir können beginnen.«

Lieber Gott, bitte gib mir Kraft, betete Barbara Loose, denn sie pflegte einen direkten Draht zum Allmächtigen, mach, daß ich nicht stottere, nicht schwitze, allgemein einen guten Eindruck mache. Dann hör ich vielleicht auch mit dem Trinken auf. Vielleicht. Danke.

Sie ging zu den fünf Dekoaufstellern, auf denen fünf Frauenfotos klebten. Die gerade angesagten Superfrauen – Prinzessin Diana, Uschi Glas, Mutter Teresa, Steffi Graf und Doris Schröder-Köpf. Unter jedem Kopf prangten die Worte FRAUEN LEBEN.

Barbara Loose zeigte mit einem Stock auf das Wort. »Wir haben uns für den Begriff Frauen leben entschieden, weil er doppeldeutig und stark in der Aussage ist«, fing sie an und räusperte sich delikat einen kleinen Kloß aus der Kehle, »eine Serie über starke Frauen, Frauen, die alle interessieren. Wir ...«

»Wieso Frauen leben?« Kurt Kammfelds schneidende Stimme kratzte an Barbara Looses angespannten Nerven wie eine stumpfe Nagelfeile, »bis auf Steffi, Uschi und Zahnfleisch-Doris sind doch alle tot. Frauen sterben wäre demnach passender.«

Die Runde schwieg. Verdammt, er hat recht, das dumme Arschloch. Zehn endlose Sekunden lang fiel die Marketingchefin in ein dunkles Loch. Da drang wie Engelsgeläut die alkoholverkratzte Stimme von Kuddel John an ihr Ohr: »Wie die Chefin schon sagte, der Begriff ist doppeldeutig. Diese Frauen leben – und zwar in uns allen weiter. Und wenn wir alle Worte immer bis zur Wurzel entschlüsseln, verlieren sie ihren Zauber.«

Diesen Satz hatte er irgendwo einmal gelesen und sich gemerkt. Ein sehr nützlicher Satz, der immer starken Eindruck machte. Zum letzten Mal hatte er ihn im Bett mit seiner Dauerverlobten Roswitha benutzt, als er auf ihre dreimal pro Tag gestellte Frage, ob er sie denn wirklich noch liebe, nur ein »Wär ich sonst hier?« geantwortet hatte.

Sie fing an zu schluchzen, er nahm sie in die Arme, sagte nur: »Wenn wir alle Worte immer bis zur Wurzel entschlüsseln, verlieren sie ihren Zauber.« Sie hatte ihn verständnislos, aber besänftigt angesehen. »Daß du so reden kannst, Kuddel.«

Es war noch eine schöne Nacht geworden.

Auch jetzt schien die Runde beeindruckt. Barbara Loose lächelte ihn dankbar an. Er würde bei der nächsten Gehaltsrunde darauf zurückkommen, das wußte sie.

»Mein Kollege hat Sie hoffentlich alle überzeugt«, nahm sie den Faden wieder auf, »wir können unsere Frauenrunde natürlich noch erweitern. Wir haben ja, wie alle wissen, jede Menge Fraunenbios vorrätig. Es geht ja immer wieder darum, unsere Backlist optimal abzubauen.«

Backlist – das hatte nichts mit Buchrücken zu tun, sondern war die euphemistische Bezeichnung für nicht verkaufte Bücher, die in den Lagerhallen verstaubten – das Damoklesschwert jeden Verlages. Da im Augenblick immer weniger Bücher verkauft wurden, wurde die Backlist immer größer. Was tun mit der sich rasant vermehrenden Bücherhalde, die Lager- und Personalkosten auffraß? Ganz einfach – sie unter neuen Titeln, neuen Buchumschlägen, neuen Slogans verpacken wie eine Wundertüte. Dann bestand die berechtigte Hoffnung, daß die Kundin erneut zugriff oder nicht erkannte, daß es sich eigentlich um einen Ladenhüter handelte.

»Also, gibt es Vorschläge, wen von unseren Frauentiteln wir in diese Runde aufnehmen können?«

Alle schwiegen, wie in der Schulklasse.

»Egal aus welcher Zeit?« meldete sich Frau Dr. Boysen zu Wort, und als Barbara Loose nickte: »Dann schlage ich Christiane Vulpius vor.« Wieder Schweigen, jeder überlegte, keiner wollte sich als Literaturbanause outen.

»Die Vulpius? Goethes Bettmaus? Find ich geil.« Marias Stimme klang amüsiert, die Konferenz machte ihr Spaß, es war fast wie im Proseminar Literaturwissenschaft an der Uni, die sie immerhin drei lustige Semester lang auch von innen gesehen hatte.

»Bettmaus? Frau Vulpius hat Goethes Haushalt geführt, später hat er sie sogar geheiratet.« Frau Dr. Boysens Stimme klang sehr indigniert, sie liebte keine Flapsigkeiten auf Kosten ihrer Klassiker. »Und wer es mit Goethe aufnimmt, der darf mit Fug und Recht als starke Frau gelten.«

Mario Benedikt unterdrückte ein kleines Gähnen. »Wir entscheiden darüber in kleinerer Runde«, sagte er, »was für einen Verkaufsslogan haben Sie sich für die Buchhandlungen ausgedacht?«

Das war ein weiteres Problem – einen griffigen Slogan zu finden, der dem Kunden sofort ins Auge und in die Ohrmuschel fiel. Und dort haftenblieb und ihn zum Portemonnaie greifen ließ.

Frauen lieben Göhlen?

Frauen leben Göhlen?

Frauen kaufen Göhlen?

Klang nach Callboy, fand Maria, aber diesmal hielt sie wohlweislich den Mund.

»Wir haben das Problem ausführlich diskutiert«, nahm die Marketingchefin die Gesprächsführung wieder an sich, »und da wir ganz besonders die Geschenkfähigkeit unserer Taschenbücher betonen wollen, dachten wir an ›Erlesene Geschenke‹ – auch wieder ein schöner, doppeldeutiger Slogan.«

»Den hat doch Goldmann schon verbraucht«, in Frau Dr. Breithuhns Stimme schwang deutlich eine Prise Schadenfreude, »außerdem klingt es nach Pralinen.«

Manchmal hätte Barbara Loose einfach nur schreien können. Sie wußte selbst, wie leicht es war, mit flotter Hand andere vom Sockel zu stoßen, aber wußten denn die anderen, wie schwer es war, im Marketing ständig Locken auf der Glatze zu drehen? Immer wieder neu, immer wieder Mai?

Doch sie schrie nicht, sie lächelte. Eine Frau in ihrer Position verlor nicht die Nerven, das hätte in ihrem Alter prämenstruelles Syndrom bedeutet, ein paar Jahre später würden dann Wechseljahrbeschwerden vermutet. Und ein paar Jahre früher Schwangerschaft. Im Gegensatz zu Männern galten weibliche Wesen eigentlich von ihrer ersten Regel an als hormongesteuert, damit mußte man leben als Frau in einer Männerwelt. Flexibilität hieß das Zauberwort. Elefantinnenhaut.

»Was halten Sie denn von ›Geschenke mit Stil‹«, schlug sie deshalb vor, »oder ›Buchflirt‹? Das paßt gut in den Frühling, klingt sexy. Ich hab es mit den Buchhändlern mal angedacht, und die waren auch begeistert.«

»Buchflirt« – dieses Wort brachte die Runde zum Strahlen. Das weckte angenehme Assoziationen. Die Vorschläge prasselten.

Wie sollte das Logo ausssehen? Ein großes Herz mit Buch drin? Ein Herz mit Pfeil? Mit dem Autorenfoto beziehungsweise der Autorin? Das kam leider sehr darauf an, wie die aussahen.

Wie wäre es denn mit einem Flirt von Buchhändler zu Autorin? Oder umgekehrt? Ungeahnte Möglichkeiten taten sich da auf. Bis Kurt Kammfelds spröde Stimme alles zunichte machte: »Ein Buchflirt? Mit Mutter Teresa? Halleluja.«

So also werden Bücher verkauft, dachte Maria und fühlte plötzlich ein leichtes, frühlingshaftes Kribbeln auf ihrer Haut, ein vorsichtiges Züngeln, das sich auf kleiner Flamme immer mehr erhitzte. Sie blickte auf, direkt in Benedikts Augen. Er lächelte, ganz locker, ganz entspannt. Wenn wir beide jetzt allein wären, wüßte ich schon, was wir miteinander anfangen würden, sagte dieser Blick. Eine Unverschämtheit. Sie kannten sich doch gar nicht. Doch als sie ihre Augen, ganz kurz und sofort wieder weg, in seinen versenkte, da hatte sie das untrügliche Gefühl, als kenne sie ihn schon ewig.

Dabei wußte sie, daß sie ihn noch nie gesehen hatte.

»Wer ist dieser Mann?« Sie stupste ihren Vater an, der trotz des Teresa-Einwurfs mit dem Vertriebsleiter über zwanzig Flirttips für Vertreter diskutierte. »Wie wäre es mit einer Flirtreise? Wir schicken natürlich nur unsere hübschen Autorinnen«, meinte er gerade, und nur seine Tochter hörte aus seiner Stimme eine deutliche Prise Ironie heraus. Er fand die Idee lächerlich, das merkte sie ihm an, aber er wußte auch, daß er manchmal altmodisch war und mit der Zeit gehen mußte. »Welcher Mann, mein Schatz?« Mario Benedikt folgte mit den Augen dem Blick seiner Tochter.

Ein großer blonder Mann, Mitte Zwanzig, stand an der Tür, lässig wie ein Cowboy. Er war mit Michael Weißbart in ein offensichtlich angeregtes Gespräch vertieft, beide lachten.

Ein Freund? Über das Privatleben des scheuen, intellektuellen Weißbart wurde im Verlag viel getuschelt, manche hielten ihn für einen verkappten Schwulen, der sich nicht outen mochte. Aber Weißbart war zu unscheinbar für diesen Strahlemann. Vielleicht sein Bruder? Aus gleichem Grunde unwahrscheinlich.

»Ich hab keine Ahnung«, sagte er zu seiner Tochter, »ist es wichtig?« Um seine Augen kringelten sich kleine Lachfältchen, aber sie wußte, diese Lockerheit war nur vorgetäuscht. Er war ein sehr eifersüchtiger Vater.

»Ach was«, sagte sie deshalb, »war nur ’ne Frage.«

»Um so besser«, meinte der Verleger, blickte auf die Uhr und stand auf. »Wir machen eine Pause von dreißig Minuten, dann tagen wir weiter«, ließ er die Runde wissen und ging zur Tür.

Maria folgte ihm, sie fühlte sich sicherer in seinem Dunstkreis, ein ganz ungewohntes Gefühl für sie.

Anfangs hatte sie sich mit Händen und Füßen gegen den Vorschlag gesträubt, im Verlag ihres Vaters ein »bißchen herumzuschnuppern«, wie Camilla es nannte. »Jeder wird von Nepotismus reden, Mami«, hatte sie protestiert. Camilla hatte nur die Augenbrauen hochgezogen und gesagt: »Wie schön, daß bei all dem Geld, das wir für deine Ausbildung ausgegeben haben, wenigstens das eine oder andere Fremdwort hängengeblieben ist.«

Am Abend, als Mario Benedikt nach Hause kam, wurde schärferes Geschütz aufgefahren. Selten waren sich ihre Eltern so einig gewesen. Und leider hatten sie ja irgendwie recht. Sehr viel Produktives, Nützliches konnte sie seit ihrem Abitur auf dem Eliteinternat am Plöner See nicht vorweisen. Viele Länder, viele Männer. Sie sprach sechs Sprachen so gut, daß sie einen Mann damit ins Bett locken und ihn bei Bedarf auch wieder an die Luft setzen konnte. Sie konnte auf einem Kamel reiten, Salsa tanzen und hatte bei mexikanischen Hahnenkämpfen ein untrügliches Gespür für den stärksten Hahn. Das sie leider beim männlichen Geschlecht völlig im Stich ließ. Da hatte sie einen unschlagbaren Riecher für Loser. Künstler mit Dreitagebart und einem gesperrten Überziehungskredit bei der Bank, die phantastisch kochen konnten und viel Spaß in der Horizontalen machten, aber ansonsten durchs Leben schlurften wie die Männer in Fallschirmseide, die sich in der Raucherecke von Krankenhäusern herumdrückten.

»Ich brauche keine Lebensversicherung«, hatte einer von ihnen, ein sogenannter freier Journalist, einmal zu ihr gesagt, »denn ich hoffe sehr, daß du mal meine Lebensversicherung bist. Du oder eine andere Frau.«

Der Mann, das Schneckenhaus auf dem Rücken der Frau. So sah die Situation zur Jahrtausendwende aus. Und sie war leider das beste Beispiel. Woran lag es, daß sie ständig auf diese Schmarotzer hereinfiel? Ihr heißgeliebter Vater war schließlich ein schwer arbeitender Mann. Spätprotest gegen das Elternhaus? So infantil war sie nicht.

Als sie durch die Tür in die Lobby gingen, in der ein Sandwichbuffet und Getränke für die Belegschaft aufgebaut waren, sah sie ihn vor einer Platte stehen und sich ein Thunfischsandwich in den Mund stopfen.

»Ein besonders appetitlicher Esser ist er nicht«, meinte Mario Benedikt, als der junge Mann den Kopf hob, den amüsierten Blick von Vater und Tochter sah und errötete. Was um so niedlicher war, wie Maria fand, als er den Mund voll hatte mit Thunfisch, Weißbrot und Mayo. Eine irrwitzige Sekunde lang verspürte sie die Lust, ihm die Mayo aus dem Mundwinkel zu lecken.

»Entschuldigen Sie, Herr Benedikt«, Michael Weißbart eilte mit einer Coladose auf sie zu, »ich habe unseren Neuzugang noch gar nicht vorgestellt. Dies ist Benedikt Glücklich, unser Volontär. Er wird alle Abteilungen durchlaufen, und wenn wir mit ihm zufrieden sind …«

»… wird er den Verlag übernehmen.« Die Worte waren Maria entschlüpft, ehe sie es verhindern konnte. Alle sahen sie verblüfft an. »Ein kleiner Scherz«, lachte sie und reichte Benedikt die Hand, »ich bin Maria Benedikt, aber im Nachnamen, die Tochter des Chefs und entsprechend unausstehlich. Wir werden uns sicher öfter sehen.«

Sie wirbelte auf dem Absatz herum und ging Richtung Damentoilette. Keiner hat gemerkt, wie aufgeregt ich war, dachte sie, als sie die Tür hinter sich schloß.

Die drei Männer sahen ihr lächelnd nach. Dann drehte sich Mario Benedikt seinem neuen Volontär zu und reichte ihm die Hand: »Herzlich willkommen bei uns, Herr Glücklich. Ich hoffe, Sie lernen viel und fühlen sich wohl bei uns.« Er lächelte mit Augen, die bereits aus der Tür waren, bei einem anderen Termin. Und war verschwunden.

Michael Weißbart räusperte sich.

»Das war der Chef«, erklärte er überflüssigerweise, »und jetzt geht's an die Arbeit. Sie beginnen im Vertrieb. Unser Starvertreter Kuddel John wird Sie morgen mit in die Buchhandlungen nehmen. Bitte in gepflegter Kleidung, keine Jeans, keine Turnschuhe.«

Der Verleger betrat sein Büro und ging ans Fenster. Er hatte keine Lust auf seinen Schreibtisch, er wußte, was dort lag. Ein Problem über dem anderen, von Ella Malik alphabetisch geordnet, so als mache dies die Lage übersichtlicher. Eine Aufstellung der im letzten Quartal gekauften Rechte, viel zu viele, er war im Kaufrausch gewesen, am teuersten war die Lebensbeichte eines Callgirls aus Stuttgart, die angeblich auch den Finanzminister zu ihren Kunden zählte. Leider hatte ihm der amerikanische Präsident mit seiner Zigarre dazwischengefunkt. Das konnte er nicht toppen, das Buch floppte. Eine Zwischenrechnung der Verlegerinkassostelle, das säumige Buchhändler zur Zahlung zwingen sollte.

Vielleicht verkaufe ich, dachte der Verleger nicht zum ersten Mal und schaute den Wolken nach, die grüßend an ihm vorüberzogen. Schließlich hab ich keinen Erben.

Er war müde.

Zur gleichen Zeit sah Frau Dr. Boysen seufzend auf den verdächtig dicken Umschlag, den der Bürobote auf ihren Schreibtisch hievte. »Sieht nach UEM aus«, sagte sie und las die Adresse. Ernst Scharfmann. Der schon wieder! Ärgerlich stieß sie die Luft aus. Ein penetranter Gesell. Sie tat etwas Unverzeihliches. Sie warf das Paket ungelesen in den Papierkorb.

23

Camilla zog sich vorsichtig unter ihrem verschwitzten, selig entschlummerten Brasileiro hervor und ging ins Badezimmer. Warum die Natur es so eingerichtet hatte, daß Männer nach dem Orgasmus am liebsten sofort einschliefen, während Frauen nach ihrem Manchmal-fast-leider-wieder-nicht-Orgasmus entweder vage unbefriedigt oder richtig sauer, in jedem Fall aber hellwach waren, blieb ein ungelöstes Rätsel. Sie trat vor seinen schaum- und zahnpastaverschmierten Spiegel und betrachtete sich. Vorher dimmte sie das Licht. Ihr nackter Anblick befriedigte sie, mehr jedenfalls, als es seine brasilianischen Hände vermocht hatten, die heute irgendwie überall, aber trotzdem an den falschen Stellen gewesen waren. Und sie hatte nicht immer Lust, die sexuelle Lehrmeistern zu spielen, besser gesagt, die Fahrlehrerin: »Und jetzt ein bißchen nach rechts, nein, nicht so weit, ja, jetzt bremsen ...«

Während sie ihre Lippen konturierte und nachzog, die leider im Älterwerden immer blasser wurden – »Sie fransen aus, Frau Benedikt«, hatte Claudio, ihr Friseur, kürzlich verkündet, »dagegen hilft nur eine rote Tätowierung« –, dachte sie darüber nach, warum sie sich eigentlich immer noch die Mühe machte, mit Männern ins Bett zu gehen. Immer öfter blieb sie mit ihren Gefühlen in der Luft hängen, wurde sie nicht befriedigt. Manchmal verspürte sie fast so etwas wie Aggression, wenn sie in die lustverzerrten Gesichter ihrer Liebhaber blickte und sie selbst im Grunde nur leicht gelangweilt war. Sex als Wille und Vorstellung war noch aufregend, nur in der Praxis sah es häufig anders aus. Warum also tat sie es immer noch? Um sich jung zu fühlen? Begehrt? Lebendig? Um sich die Zeit zu vertreiben, an den Tagen, an denen sie nicht ins Fitneßstudio ging?

Aus dem Schlafzimmer war ein leichtes Schnauben zu vernehmen. Sie puderte ihr Gesicht, kurz und geübt, und trat an sein Bett. Er war zusammengerollt wie ein kleines Kind, sein Gesicht ins Kopfkissen gedrückt, seine braune Haut leuchtete wie ein Nougatbrot auf der weißen Bettwäsche. Unwillkürlich zog ihm Camilla die Bettdecke über die Beine, so wie sie es früher bei Maria gemacht hatte. Altersmäßig paßten die beiden sowieso besser zusammen, Brasileiro war gerade einunddreißig Jahre alt geworden.

Als sie sich über ihn beugte und ihn küßte, wußte sie, daß es nichts mehr gab, was sich bei ihm noch zu entdecken lohnte. Es war aus. Der Gedanke stimmte sie melancholisch, aber nicht traurig.

Auf ein neues.

Beim Hinausgehen holte sie ihr Handy aus der Handtasche. »Hallo, Falko, ich bin's, Camilla. Hast du Lust auf einen Kaffee? Bis gleich.«

Sie klappte das Handy zusammen und lächelte. Warum probierte sie es nicht mal wieder mit Falko? Der hatte sich doch schon einmal bewährt. Und warum nicht auch einmal einem älteren Mann eine Chance geben?

24

»Der Buchhändler ist eine sehr widerspenstige Liebste, die es immer wieder zu erobern gilt«, dozierte Kuddel John, als er seinen Mercedes Kombi auf dem Parkplatz hinter der Buchhandlung parkte. Benedikt tat, als verstünde er, wovon der Vertreter sprach. Die Herren trugen Anzüge, Kuddel John ein gestreiftes Hemd, Benedikt ein weißes, von Jette sorgfältig gebügeltes T-Shirt darunter. Sie stiegen aus dem Auto und gingen auf den Hintereingang der Buchhandlung zu, der Ältere so schnell, daß ihm der Jüngere kaum folgen konnte. Als Kuddel sich abrupt umdrehte, stießen die Männer zusammen: »Im allgemeinen gilt die Regel: der Buchhändler wird bis zum Abwinken mit neuen Büchern bombardiert, er hat zuwenig Platz, sie alle unterzubringen. Er versucht deshalb, sich gegen die Bücherflut, die meine Kollegen und ich jeden Tag ankarren, mit allen Mitteln zu stemmen. Auf deutsch und deftig – er hat null Bock auf Bücher, wir vergewaltigen also tagtäglich eine widerspenstige Jungfrau.«

Benedikt Glücklich verdaute diese Information. »Und wie tun wir das?« fragte er, als sie durch den Eingang traten.

»Indem wir zaubern«, grinste Kuddel John, »sperr also Augen und Ohren weit auf, du Grünschnabel.«

Unterdessen stand Jette in ihrer großen Küche und überlegte, ob sich die Damen und Herren der Werbeagentur VIVA zu ihrer alljährlichen Betriebsfeier über Kartoffelsalat mit Pesto und Hacksteaks oder doch mehr über Entenleberpraline in Rieslingsekt-Gelee freuen würden.

»Überraschen Sie uns, Werteste«, hatte Agenturchefin Carmen Körner geflötet, »ich habe genug im Kopf.« Gebratene Gänseleber mit Apfel-Honig-Sauce? Oder Sülze von Nordseefischen mit Algen und Kaviarsahne? All diese wunderbaren Rezepte standen im Kochbuch »Ochsenschwanz und weiße Trüffel«, das ihr guter Freund Peter Hubschmid, Sohn des alten Paul, verfaßt hatte. Seine Rezepte waren kompliziert, aber klar beschrieben, sie kochte gern danach. Zumal sie ihn jederzeit anrufen konnte, wenn sie Probleme hatte. Wie kürzlich, als sie in ihrer Geflügelcurrysuppe die Kokosflocken aus Versehen mit Öl angeröstet hatte und sie pappig und fettig schmeckten. Ein Anruf genügte, und er stand mit einer neuen Tüte vor der Tür. Schade, daß er so glücklich verheiratet war.

Am Küchentisch saß Gundel und las Frauenmagazine. Es war ihr freier Tag, und den verbrachte sie am liebsten in der Küche ihrer besten Freundin. Nichts fand sie gemütlicher, als an einem großen Holztisch zu sitzen, ein Mensch, der nicht sie war, stand am Herd, köchelte vor sich hin, und sie konnte in Ruhe, umweht von köstlichen Gerüchen, die Frauenzeitschriften der letzten Wochen aufarbeiten. »Weißt du, was Anais Nin über Sex schreibt?«

Wie viele Frauen las Gundel mehr, als sie erlebte. »In der Eintönigkeit kann Sexualität nicht gedeihen, nicht ohne Gefühl, Einfälle, Launen, Überraschungen im Bett. Das sexuelle Geschehen muß sich mit Tränen mischen, mit Gelächter, mit Worten, Versprechungen, Szenen, Eifersucht, Neid, allen Gewürzen der Angst, der Reisen in ferne Länder, der neuen Gesichter, der Romane, Geschichten, Träume, Phantasiegebilde, der Musik, des Tanzes, des Opiums, des Weines.«

Die Frauen sahen sich an.

»Ach ja«, seufzte Gundel und wandte sich wieder der Frauenzeitung zu. Und Jette, die sich gerade für Sülze von Nordseefischen mit Algensauce entschieden hatte, dachte plötzlich an die letzte Nacht mit ... ihm und wußte, daß sie so etwas nie wieder erleben würde. Nicht weil sie jetzt ein Vierteljahrhundert älter war, sondern weil diese Art von Gefühl nur mit ihm möglich war. Und weil es ihn nicht mehr gab. Nicht mehr für sie.

Sie hatte seitdem nie wieder einen Mann so geliebt wie ihn. Das war der Fluch, den er zurückgelassen hatte. Schlimm war, daß sie ihn dafür noch nicht einmal hassen konnte. Noch schlimmer das demütigende Gefühl, daß vermutlich ein einziger Anruf, ein Blick, eine Berührung ausreichen würden ...

»Hast du schon mal solchen Sex gehabt?« Gundel schob die Zeitung von sich, griff nach der Teekanne, die vor ihr auf dem Stövchen stand. »Ich noch nie. Oder ich hab's vergessen. Vor ein paar Wochen hab ich auf einer Messe einen Koch aus Burgdorf bei Hannover kennengelernt. Der ist auf mir eingeschlafen.«

Sie lachte, die Vorstellung schien sie zu amüsieren. »Dabei, nicht etwa danach«, prustete sie, »und er war so schwer, daß ich ihn nicht runterkriegte. Ich bin fast unter ihm erstickt.«

Jette stimmte in das Lachen mit ein. »Da hast du ja noch Glück gehabt«, meinte sie und schrieb nebenher ihre Einkaufsliste, Schluß jetzt mit den nutzlosen Gedanken! Sechs bis acht Blatt Gelatine, achthundert Gramm Steinbutt … , »eine Kollegin von mir hatte sich mit ihrem Geliebten im Hotelzimmer verabredet. Es geht zur Sache, wunderbar, auf einmal schnauft er so merkwürdig und verdreht die Augen. Komisch, denkt sie, ich mach doch gar nichts Besonderes, warum flippt er so aus? Dann wurde er ganz still. Scheiße, er ist eingeschlafen, denkt sie und rüttelt ihn, dreht ihn um. Er hat die Augen offen, ganz verdrehte Pupillen, und Schaum läuft aus seinem Mund. Was tun? Wie gesagt, sie war *NICHT* die Ehefrau.«

Gundel lauschte fasziniert. Sie liebte Gruselstories, am liebsten aus dem zwischenmenschlichen Bereich. Schließlich lag sie selbst seit zwei Jahren mit kurzen Unterbrechungen am »Trokkendock«, wie sie es ausdrückte, legte deshalb keinen Wert auf die Glücksgeschichten ihrer Mitmenschen.

»Tot?« fragte sie mit leuchtenden Augen. »Wie schrecklich.«

»Herzinfarkt«, korrigierte Jette und notierte: Fleischtomaten, Lachstatar, Limetten, »kein tödlicher, sie mußte also wenigstens keine Leiche entsorgen, nur einen schwerkranken Mann.«

»Also? …« Gundel steckte sich ein Zigarillo an. »Was hat sie gemacht?«

»Was wohl«, meinte Jette – achthundert Gramm Salicornalgen, Fischfond, Pfefferkörner –, »sie hat das Hotel verlassen und den Notarzt angerufen. Und danach die Ehefrau.«

»Die Ehefrau?«

Gundel verschluckte sich kurzfristig am Rauch.

»Was hat die gesagt?«

»Auf der Beerdigung will ich Sie nicht sehen«, hat die Gattin gesagt, offensichtlich war sie Kummer gewöhnt, »aber wenn er in die Rehaklinik muß, dann können Sie ihn gern besuchen und seinen Rollstuhl schieben.«

Der Buchhändler sah genervt von seinem Mettbrötchen auf, als Kuddel John, gefolgt von einem jungen Mann, mit ausgestreckten Armen auf ihn zukam. »Herr Heymann«, seine Stimme dröhnte wie ein gut gestimmter Baß, »ich habe von Ihrem Hund gehört – mein allerherzlichstes Beileid. Ich fühle mit Ihnen.«

Das Gesicht von Ronaldo Heymann legte sich bei dieser anteilnehmenden Aussage in tiefe Trauerfalten. Er wird doch nicht etwa ..., dachte Benedikt erschrocken. Der Buchhändler wischte sich verstohlen eine nasse Aufwallung aus den Augenwinkeln: »Mein Rauhbauz ...«, die Stimme versagte ihm, Kuddel John trat tröstend einen Schritt näher, legte ihm die Hand sorgend auf die Schulter. »Ich weiß, es ist schwer.« Ein Pastor hätte es nicht besser tremolieren können, John hatte dieses Timbre auch lange mit einer Exfreundin, einer Stimmlehrerin am Theater, geübt.

»Ich habe ihn ... einschläfern lassen müssen«, flüsterte Ronaldo Heymann, als solle ihn der tote Terrier nicht hören, »er hat zum Glück nicht leiden müssen.«

»Wie furchtbar für Sie«, flüsterte Kuddel John ebenfalls, »so ein Tier ist ja wie ein Mensch. Die Trauer ist dieselbe. Als ich damals meine Alma zum Tierarzt bringen mußte und sie in meinen Armen einschlief, da dachte ich, das überstehst du nicht, Kuddel, diesen Schmerz verkraftest du nicht.«

Der Buchhändler nickte heftig. So konzentriert lauschte er der Leidensgeschichte des vermeintlichen Hundebesitzers, der nie einen Hund besessen hatte, im Gegenteil, er haßte Haustiere, aber Kuddel John war schließlich nicht umsonst der bestbezahlteste Vertreter des Göhlen Verlags. Ronald Heymann achtete gar nicht auf den Bücherstapel, den Benedikt inzwischen im Hintergrund aufgebaut hatte.

»Haben Sie auch einen schönen Grabstein?« fragte jetzt Kuddel John, während er mit einem kurzen Nicken in Richtung Benedikt andeutete, daß er den Stapel Bücher noch etwas vergrößern sollte. Sentimentale Buchhändlerstimmungen mußten sofort ausgenutzt werden, sie waren selten und meist kurz.

»Was soll ich mit all dem Krempel da?« Ronaldo Heymann hatte den Bücherstapel leider schon entdeckt und beäugte ihn argwöhnisch. Rauhbauz war vergessen. Er ging hin und hob angewidert ein Buch hoch. »Wohin die Sehnsucht führt« von Lore Loreley. Ein ganz besonders schlecht verkauftes Buch, trotz des halbbekleideten Liebespaares auf dem Cover.

»Alte Kamellen aus der letzten Saison. Die werd ich sowieso nicht los, packen Sie das Zeugs wieder ein.«

Kuddel John lächelte nur. Ein buchgenervter Buchhändler. Eine seiner häufigsten Übungen. Solche Sprüche hörte er tagtäglich. »Die sind doch fürs moderne Antiquariat, keine Sorge. Ich hab übrigens eine Überraschung für Sie«, raunte er verheißungsvoll und verschwand. Benedikt und der Buchhändler waren jetzt allein, schwiegen.

»Haben Sie auch einen Hund?« fragte Heymann gerade, als Kuddel John wieder hereinkam. Über der Schulter trug er ein reichverziertes Holzregal. »Und was soll das?« Der Buchhändler hatte die Frage noch nicht beendet, als das Regal, strategisch günstig gegenüber der Kasse plaziert, den ohnehin übervollen Laden noch voller machte. »Hab ich extra für Sie anfertigen lassen«, strahlte Kuddel John in Bescherlaune und packte das Regal blitzschnell voll mit Göhlen-Büchern, »wie gemacht für Ihren geschmackvollen Laden.«

Der Buchhändler ging zu dem Regal. Musterte es. Nickte. »Und Sie bestehen natürlich darauf ...«

»Nur Bücher aus dem Göhlen Verlag, keine Ausnahme«, unterbrach Kuddel John freundlich, aber bestimmt.

»Und wenn ich eine Reizpartie nehme?« versuchte es der Buchhändler.

»Hundert Stück? Dann kriegen Sie fünfundzwanzig umsonst dazu, das ist doch klar.«

Kuddel John liebte diesen Kuhhandel. Sein wichtigstes Ziel war erfüllt – ein Regal voller Göhlen-Bücher stand mitten im Buchladen, das sollte erst mal ein anderer Vertreter toppen. Vorsichtshalber hatte er die Füße des Regals mit einem durchsichtigen, lang haftenden Klebemittel eingerieben, sie konnten jetzt nur bewegt werden, wenn der Ruin des sich darunter befindlichen Teppichbodens in Kauf genommen wurde.

»Und wenn ich nun auf die fünfundzwanzig verzichte, kann ich dann auch andere ...«

»Nur Göhlen-Bücher«, wiederholte Kuddel John, »das Regal war nicht billig. Extraanfertigung, damit es zu Ihrer Einrichtung paßt.« Daß in einem polnischen Lagerhaus rund zweitausend weitere Regale mit genau dieser Schnörkelverzierung lagen, mußte er dem Händler wirklich nicht auf die Nase binden.

»Haben Sie wenigstens die neue Braake dabei?« fragte Heymann. »Die läuft nämlich am besten.«

Nach der gelungenen Lesung hatte er sie wiederholt angerufen, aber bis jetzt nur ihren Anrufbeantworter erreicht und deshalb gleich wieder aufgelegt. Er haßte diese unpersönlichen »Quatschen«. Aber sie lag auf all seinen Büchertischen. Falls sie vorbeischaute. Alle Autoren waren bestechlich. Lob ihr Buch, und sie taten alles, besonders die Frauen. »Na, wie gefällt Ihnen das Regal?« Kuddel John strahlte wie der Weihnachtsmann persönlich.

Der Buchhändler hatte sich in sein Schicksal ergeben. Voll war sein Laden sowieso, daran hatte er sich gewöhnt.

»Die Braake schreibt noch«, erläuterte John, »diesmal was Anspruchsvolleres, sagt der Chef. Die deutsche Hausfrau wird sich freuen. Übrigens – ich hab noch was für Sie, eine Kleinigkeit.«

Kuddel John warf Benedikt, der stumm neben dem Regal stand, einen aufmunternden Blick zu: »Bring mal rein, mien Jung.«

Fünf Minuten später, die Herren waren bei Kaffee und Cognac angelangt, kam Benedikt ächzend zurück. In beiden Händen hielt er einen großen Stein. »Was ist …?«

Ronaldo Heymann stand auf. »Ein Grabstein für Rauhbauz«, Kuddel John nahm seinem Praktikanten den Stein ab, legte ihn auf den Büchertisch. »Ich hab für … für …«, Scheiße, wie hieß seine virtuelle Töle noch mal? »… für meine Alma auch einen machen lassen.«

Ronaldo Heymann trat vor und las:

> Unvergessen – Rauhbauz
> 1985–1999

Der Buchhändler sah seinen Vertreter an, und der wußte, daß er in diesem kleinen Augenblick alles hätte haben können. Beide Schaufenster, alle guten Tische, sogar den begehrten Platz neben der Kasse. Aber er war ein guter Vertreter, und deshalb nutzte er diesen Moment nicht aus. Während Ronaldo Heymann stumm und ergriffen den Grabstein betrachtete und befühlte, packte er nur schnell noch ein paar Stapel Bücher ins Regal. Denn er wußte ebenfalls, daß der Händler, zumindest bis Gras über den Stein gewachsen war, die Göhlen-Bücher nicht remittieren würde.

»Ich weiß gar nicht, wie ich Ihnen danken soll«, stammelte Ronaldo Heymann ergriffen und legte seine feuchte Hand auf die verschwielte des Vertreters. Der zog sie so schnell wie möglich zurück. »Da nich für«, sagte er, mit Blick auf Benedikt, der sich ebenfalls der Ausgangstür näherte, »und jetzt lass ich Sie allein. Sie haben sicher zu tun.«

Auf dem Weg zur nächsten Buchhandlung herrschte minutenlanges Schweigen. Beide Männer rauchten. »So macht man das«, sagte Kuddel John. »Hast du ordentlich was gelernt?«

»Ich bin schwer beeindruckt«, versicherte Benedikt, »machen Sie es bei den Buchhändlerinnen genauso?«

Der Vertreter Nord lächelte nur. »Der Kavalier genießt und erzählt«, er zündete sich eine neue Zigarette am glühenden Stummel an, inhalierte tief und genüßlich, »aber erst beim nächsten Mal. Jetzt trinken wir beide einen Absacker bei Tante Käthe.«

25

Tante Käthe war eine kleine Kneipe direkt unter der Hochbahnbrücke am Hafen, mit schiefen, postkartenbeklebten Wänden und den besten Frikadellen der Welt. Das jedenfalls behauptete Käthe, eine kleine, drahtige Frühsiebzigerin, die ihr Alter seit Menschengedenken mit Ende Vierzig angab. Zu diesen Frikadellen gab es tintenschwarzen Kaffee und jede Menge Volksweisheiten von Käthe, die sie kostenlos und mit einer permanent glühenden Zigarettenkippe im Mundwinkel auf die Resopaltische knallte. Obwohl sie selbst mit allem Zwischenmenschlichen »nichts mehr am Hut« hatte, liebte sie Männer, am meisten ganz junge, und trank gern Brüderschaft mit ihnen, was diese mit einem kurzen Klaren und einem langen Zungenkuß besiegeln mußten. Mehr wollte sie nicht. Wer als Mann diese Feuertaufe bestanden hatte, hatte bei Käthe für alle Ewigkeiten einen Stein im Brett. Ihr Brett war voller Steine.

Als Kuddel John und Benedikt Glücklich die »Käthe-Stuben« betraten, stand die Wirtin in ihrer winzigen Küche und knetete das Hack für die Frikadellen, die ab mittags ofenwarm serviert wurden. Kuddel schlich sich an und drückte Käthe einen feuchten Kuß auf den Hals. Blitzschnell drehte sie sich um, packte seinen Kopf und küßte ihn mit Schmackes auf die Lippen. Im Gegensatz zu anderen Männern zuckte Kuddel nicht unwillkürlich zurück oder hielt mit zusammengepreßten Lippen still, sondern küßte zurück. So nämlich war ihm die erste, knusprige Frikadelle des Tages sicher.

»Mein Schatz«, strahlte Kuddel und machte sich aus Käthes Umarmung frei. Genug war genug. »You look younger than ever, Miss Sophie.« Dieser Satz aus *Dinner For One* mußte jedesmal fallen, wenn man Käthe begrüßte. Dann lachte sie, sagte: »Das wäre jetzt nicht nötig gewesen, du kleiner Arschkriecher«, und man ging zur Tagesordnung über. »Wer ist der Adonis, der sich hinter dir herumdrückt, Kuddel?« Frischfleisch erspähte Käthe immer sofort. Kuddel John stellte vor: »Das ist Benedikt, mein neuer Assistent. Mach 'n Diener, mien Jung. Und Handkuß, den mag unsere Käthe besonders gern.«

Käthe kicherte, Benedikt verbeugte sich leicht und ergriff ihre ringgeschmückte Hand. »Sehr erfreut«, murmelte er. Käthe schloß genießerisch die Augen, als sie ein zischendes Geräusch aus der Küche zusammenzucken ließ. »Meine Frikadellen!« Wie ein Blitz war sie in ihrer Küche verschwunden.

Kuddel John hatte sich inzwischen den besten Platz am Fenster mit Hafenblick geschnappt. »Setz dich schnell, mien Jung, sonst trinkt Käthe mit dir Brüderschaft.«

Benedikt setzte sich, da kam Käthe auch schon wieder und stellte zwei dampfende Kaffeebecher auf den Tisch. Sie waren die einzigen Gäste, die Mittagsschlacht fing erst in einer halben Stunde an. Dann platzte der Laden vor Bürohengsten, Werbeträgern, Redakteurinnen und Hafenarbeitern aus den Nähten, Käthe war ein Geheimtip, der längst nicht mehr geheim war. Aber jetzt, um elf, war alles noch wunderbar ruhig.

»Zum Wohle, die Herren.«

Käthe nahm unaufgefordert neben Kuddel Platz und legte die Hand auf seinen Oberschenkel. Das tat sie gern. Manchmal streichelte sie ihn ein bißchen, aber heute war sie nicht in Laune. »Hast du mir was Schönes mitgebracht, Kuddel? Für meine einsamen Nächte im Bett?«

Während Kuddel John in die Plastiktüte unter dem Tisch griff, wußte er, welcher Satz jetzt von ihm erwartet wurde, und als ein Mann, der sich automatisch auf alle seine Kundenwünsche einstellte, sagte er gehorsam: »Eine Frau wie du ist nachts doch nicht allein.« Dann legte er einen Stapel buntschillernder Bücher auf den Tisch. »Kitsch und Schund, du bist ein Schatz, Kuddel«, kreischte Käthe begeistert und schlug eines auf, das *Die Lust der Lüge* hieß, aber auch genausogut *Lüge der Lust* heißen konnte, oder »Heiß-kalte Glut«, denn es ging immer um dunkelhaarige, wunderbar rücksichtslose Männer, charmant wie die Teufel und wahnsinnig reich. Das Schicksal führt ihnen ein blondes, armes Trotzköpfchen zu, das einzige weibliche Wesen auf dem gesamten Planeten Erde, das sich nicht in leidenschaftlicher Liebe zu diesem dunklen Teufel verzehrt. Im Gegenteil, Blondie wehrt sich mit Händen und Füßen gegen seine heiß-kalte Glut, während er nur an eines denken kann ... an seidige Haut, zerwühlte Laken und heiße Nächte.

In der Branche wurden diese Bücher »Beißerbücher« genannt, weil auf dem Cover stets eine Frau mit zurückgeworfenem Kopf zu sehen war, über deren Hals sich ein Mann beugte.

Vampirhaft. Beißermäßig.

Käthe war bereits in das oberste Beißerbuch vertieft. Ihre Wangen röteten sich. »Ich hätte jetzt Lust auf eine Frikadelle«, räusperte sich Kuddel, »du auch, Ben?«

Benedikt nickte, er hatte nicht gefrühstückt, sein Magen hing in den Kniekehlen.

»Gleich«, sagte Käthe, »o Gott, ist das schön. Hört mal zu: ›Nur ein einziger Blick in ihre Katzenaugen, und er hatte an das Bett hinter ihr gedacht. Er hatte sie sich nackt unter sich vorgestellt, ihre Beine um seine Hüften geschlungen, während er die weiche Öffnung zwischen ihren Beinen fand und tief ...‹«

Energisch schlug sie das Buch zu. »Entschuldigung, die Herren. Die Frikadellen kommen sofort.«

Sie verschwand in der Küche.

»Mit diesen Büchern verdienen wir ein Vermögen.« Kuddel John tippte mit seinem Finger direkt in den tiefen Ausschnitt einer üppigen Blondine. »Die Autoren sind fast ausnahmslos Engländer oder Amerikaner. Deutsche Schreiber kriegen diese Erotik einfach nicht so gut hin, sie sind zu verklemmt. Die Anglos haben damit weniger Probleme. Schau dir mal die Mutti an ...« Er deutete auf das Autorenfoto, das eine solide Frau mittleren Alters zeigte, dann blätterte er weiter: »Und dann dies: ›Bei ihrem Anblick überkam ihn eine volle, schmerzhafte Erektion. So nah bei ihr konnte er den süßen, lockenden Geruch ihrer Haut riechen. Er fragte sich, ob diese Süße zwischen ihren Beinen noch intensiver wäre.‹«

Die Männer schwiegen und hingen ihren Gedanken nach. Langsam füllte sich der Raum mit Stimmen, Rauchschwaden, Gelächter. Kuddel John legte die Beißerbücher auf die Fensterbank. Die Frikadellen kamen, knusprig, mit leicht gebräunten Zwiebelstücken und einem großen Kleks süßen Senfs. Käthe legte Benedikt ein Extrabrötchen auf den Teller. »Nächstes Mal trinken wir Brüderschaft«, und schon war sie wieder in der Küche verschwunden.

Kuddel John wischte sich genüßlich das Fett von den Lippen. »So, mien Jung«, sagte er und steckte sich eine Zigarre an, der besseren Verdauung wegen, »und jetzt erzähl ich dir, wie du mit den Buchhändlerinnen umgehen mußt.«

26

Cleo Braake focht einen kurzen Kampf vor dem Telefon. Sollte sie? Zum wirklich allerallerletzten Mal? Eigentlich war das Thema ja abgehakt. Aber Gott war mit den Inkonsequenten. Und das Leben war kurz. Und dieser blöde Buchhändler hatte sich auch nicht gemeldet. Nur ein Idiot, der immer wieder auflegte. Und sie hatte solche Lust. Und im Augenblick war sie sowieso leergeschrieben. Sie wählte. Wenn er selbst dran ist, würde sie mit ihm sprechen, wenn seine Sekretärin dran war, gleich wieder auflegen.

»Benedikt.«

Das Schicksal hatte also gesprochen.

»Ich bin's«, sagte sie nur. Wenn er ihr jetzt dumm kam, würde sie sofort auflegen, wenn er aber …

»Was kann ich für dich tun?« Seine Stimme klang freundlich, und er hatte sie geduzt, er war also allein.

»Hast du heute mittag schon was vor?« fragte sie und hoffte, daß sie sich nicht etwa verzweifelt liebebedürftig anhörte, sondern cool, souverän, gleichwertig.

»Nein, noch nicht«, sagte er nur, und daß er sich bei ihrer Frage nicht sofort eine Ausrede überlegt hatte, wertete sie als gutes Zeichen.

»Hast du? …« Sie ließ die Frage ausklingen.

»Ich bin in einer halben Stunde bei dir.« Klack, aufgelegt.

Sie lächelte. Schwachheit, dein Name sei Weib, das hatte schon Shakespeare richtig erkannt. Aber wo waren denn die starken Männer, die eine starke Frau wie sie ertragen konnten? Sie hätte vielleicht doch bei ihren alten, tragikomischen Beziehungsthemen bleiben sollen. Die verkauften sich schließlich bestens. Zu spät. Ihre einsame Frau, die sie inzwischen Hera Hauptmann genannt hatte – wishful thinking? – war bereits auf Seite zweihundertdreißig und hatte gerade den zweiten, erfolglosen Selbstmordversuch hinter sich. Diesmal mit Plastiktüte, die jedoch ein Loch hatte. Das war Lebenstragik, das war Literatur! Das entsprach endlich ihrem Abitursdurchschnitt von 1,3 vor … egal wie vielen Jahren!

Das schrie geradezu nach ausgebuchten Lesereisen vor einsamen Leserinnen, nach Filmrechten, nach Iris Berben oder Hannelore Elsner in der Hauptrolle. Das war garantierter Grimmepreis! Das mußte also zu Ende gedichtet werden. Gott, wie hing ihr trotz allem das Dichten oft zum Halse heraus. Das Leben wollte gelebt, nicht immer nur bedichtet werden. Deshalb war eine kleine, verschwitzte Mittagsnummer mit einer eigentlich beendeten Affäre genau das Richtige, um ihre kreativen Säfte wieder fließen zu lassen.

Da sie ungewaschen und im Bademantel gedichtet hatte, flitzte sie unter die Dusche, rasierte die Beine, dann den Hals, cremte und parfümierte sich. Sie schlüpfte in ein kurzes schwarzes Kleid, im Grunde egal, was sie anhatte, sie würde es nicht lange tragen, da klingelte es auch schon.

Sie riß die Tür auf und erstarrte.

»Guten Tag, ich hoffe, ich komme nicht ungelegen.« Mit einem freundlichen Lächeln betrat Camilla die Wohnung.

»Ich war gerade in der Nachbarschaft, wie man so schön sagt, und da ich Ihre Bücher so gern lese, wollte ich mich gern einmal mit der Autorin unterhalten. Ich bin übrigens Camilla Benedikt.«

Halleluja, dachte Cleo, wenn ich das schreibe, klingt das wie schlechter Kitsch.

Während sie automatisch einen Schritt zur Seite trat, um die Frau ihres Liebhabers hereinzulassen, zuckten kleine, hitzige Gedanken durch ihr Gehirn wie Kurzschlüsse.

»Störe ich?« Camilla stand jetzt im Flur und sah sich ungeniert um. »Sie haben Geschmack«, sagte sie dann, »auch in Einrichtungsdingen.«

Cleo stand im Flur, und ihr Gehirn war absolut einfallsfrei. Mario war immer pünktlich, das hieß, in zehn Minuten würde sich der Schlüssel, den sie ihm nach einer besonders leidenschaftlichen Session gegeben hatte, im Schloß drehen … sie konnte das Darauffolgende nicht zu Ende denken. Sie war panisch. Camilla dagegen wirkte ruhig, gefährlich ruhig.

»Ich hätte Lust auf einen Kaffee«, sagte sie jetzt, ihre Stimme klang seidenweich, ganz entspannt, sie genoß die Situation, das war offensichtlich, »oder vielleicht ein Gläschen Wein. Ich habe Zeit.«

Selten hatte diese drei Worte so bedrohlich geklungen. Da kam Cleo die rettende Idee. »Gern«, sie trompetete einen Stoß gepreßter Luft aus, »ich hab nur weder noch im Hause. Aber ich geh schnell in den Laden um die Ecke. Machen Sie es sich solange gemütlich.«

Ehe Camilla etwas erwidern konnte, war Cleo aus ihrer Wohnung gerannt. Wie von Furien gepeitscht, raste sie die Treppen hinunter. Auf der Straße spähte sie vorsichtig nach links, von dort mußte er kommen, es sei denn, er kam nicht aus dem Verlag. Eine schöne Szene, dachte sie plötzlich, die muß ich im nächsten Buch unbedingt verwenden. Sie sah nach oben, Gott sei Dank, Camilla stand nicht auf dem Balkon, so schlau war sie nicht. Da sah sie sein dunkelblaues Mercedes Cabrio um die Ecke biegen. Sie warf sich förmlich vor das Auto, er bremste mit quietschenden Reifen. Sie trat ans Fenster, das er schnell heruntergekurbelt hatte. »Sag mal, spinnst du?« fragte er wütend. Sie gab ihm einen schnellen Kuß. »Deine Frau ist bei mir, ich muß Kaffee und Prosecco kaufen«, sagte sie, winkte ihm zu und war verschwunden.

Mit sehr gemischten Gefühlen fuhr Mario in den Verlag zurück.

Camilla sah sich in aller Ruhe in Cleos Wohnung um. Sie bereute nicht, ihrer Idee nachgegeben zu haben. Schließlich war sie nicht umsonst Journalistin gewesen, es hatte sie ein paar Minuten an Marios Handy gekostet, das alle Telefonnummern speicherte, ein fingierter Anruf bei der Autorin »Wir machen eine Ausstellung mit den Autogrammen berühmter Schriftsteller«, und sie hatte die Adresse. Ein Kinderspiel. Und dann war die Versuchung einfach unwiderstehlich gewesen, das Leben einmal ganz bewußt gegen den Strich zu bürsten, etwas richtig Verrücktes zu tun.

Sie hatte, so schätzte sie, rund zehn Minuten Zeit für einen Rundgang. Den sie im Schlafzimmer begann. Sie setzte sich aufs Bett, die Matratze war zu weich, davon also kamen seine ständigen Rückenschmerzen! Sie schnüffelte an der Bettwäsche, offensichtlich frisch bezogen, diesen Service erwartete sie von ihren Liebhabern ebenfalls. Einer hatte einmal auf ihre mißtrauische Frage, ob die Laken wirklich frisch seien, nur frech geantwortet: »Da haben nur Frauen draufgelegen, die du kennst, mein Schatz.« Sie war wortlos aufgestanden und gegangen, selbst sein Hinweis, es sei doch der 1. April, ein Aprilscherz, hatte sie nicht umgestimmt. Allein die Vorstellung ... daß ihr Mann also hier ... mit dieser kleinen, fetten, rothaarigen Wachtel ... War sie eifersüchtig? Nein, auf seine sexuellen Aktivitäten erhob sie schon lange keinen Alleinanspruch mehr. Warum war sie dann hier? Um ihrem Leben auf die Spur zu kommen, seinem Sinn und seinen Sinnlosigkeiten? Um ihre Lebenslügen aufzudecken? Vielleicht war's auch nur die pure Langeweile.

Sie wurde dreiundfünfzig in diesem Jahr, wer weiß, wieviel Zeit ihr noch blieb. Das Telefon klingelte. Automatisch meldete sie sich: »Camilla Benedikt. Hallo?«

Es blieb stumm in der Leitung.

»Camilla – Benedikt? Ein Mißverständnis«, die weibliche Stimme am anderen Ende klang konsterniert. »Hier ist Jette Glücklich vom Partyservice Slow Food. Ich möchte bitte Frau Braake sprechen.«

»Meine Freundin Cleo ist im Moment nicht da«, flötete Camilla superfreundlich, »kann ich etwas ausrichten?«

Wieder Schweigen.

»Hallo, sind Sie noch dran? Worum geht es denn?«

»Frau Braake hat einen kleinen Lunch bei mir bestellt, Pasta und Salat. Ich hab nur leider keine Champignons für die Sauce da, kann es auch eine Tomatenpaprikasauce sein?«

Warum klang die Stimme der Partyservicefrau so angestrengt, wunderte sich Camilla, dann kam ihr eine wunderbare Idee.

»Gut, daß Sie anrufen«, sagte sie, »die Pläne meiner Freundin haben sich nämlich geändert. Canceln Sie den Lunch. Dafür bitte ein gesetztes Essen für dreißig Personen. Für heute abend. Punkt halb acht.«

»Heute abend?« fragte Jette erschrocken. »Das ist aber kurzfristig.«

»Es muß nichts Kompliziertes sein«, räumte Camilla großzügig ein, »ich dachte an ein italienisches Buffet – mit Antipasti, danach verschiedene Pasti mit Saucen, einen großen Salat und zum Nachtisch ein paar nette Dolci. Schaffen Sie das?«

Jette, trotz allem Geschäftsfrau, kalkulierte in rasender Geschwindigkeit. Wenn sie günstig einkaufte, Gundel zur Mitarbeit verdonnerte, dann wäre dieser Auftrag stressig, aber lukrativ. »Bis wann, sagten Sie?«

»Halb acht«, erwiderte Camilla und setzte nonchalant hinzu: »Es wäre schön, wenn es klappen würde. Wir feiern nämlich den Geburtstag meines Mannes im privaten Kreise nach. Eine ganz spontane Idee. Und wenn alles gut läuft, dann habe ich sicher auch einmal Verwendung für Sie.«

Sie legte auf und rieb sich die Hände. Dann sah sie auf die Uhr –

gleich würde die rote Wachtel wiederkommen. Mario hatte wirklich einen ganz speziellen Geschmack. Schnell drückte Camilla alle Türen auf, bis sie das Bad fand. Ein Blick in den Badezimmerschrank, da lagen die Tampons. Sie war also noch fruchtbar, theoretisch gesehen konnte sie womöglich noch schwanger werden. Ein amüsanter Gedanke, aber keiner, den Camilla weiter verfolgen wollte.

Sie benutzte die Toilette mit hochgeklappter Brille, halb im Hocken, denn den Ehemann zu teilen war eine, eine unbekannte Klobrille ein gänzlich andere Sache.

Dann verließ sie die Wohnung.

Im Treppenhaus stieß sie mit der Autorin zusammen, die eine volle Plastiktüte schleppte.

»Sie gehen schon?« fragte sie, leicht keuchend, und Camilla hätte schwören können, daß eine leichte Prise Enttäuschung in ihrer Stimme lag.

»Leider«, bedauerte Camilla, »ein andermal.«

Leichtfüßig ging sie die Treppe hinunter. Eine schöne Frau, dachte Cleo, als sie keuchend die Treppe hochstieg. Schöner als ich und auch nicht viel älter. Warum betrügt er sie mit mir?

27

Jette stand in ihrer Küche und schenkte sich einen Whisky ein. Einen doppelten. Sie würde also heute abend für Mario kochen. Der Gedanke stimmte sie kribbelig-nostalgisch. Italienisch, das war schon damals »mein Lieblings«, wie er es nannte. Erinnerungen – Spaghetti mit den Fingern essen und sich dabei die Tomatensauce gegenseitig ablecken – von Händen und Lippen … ob er bei passender Gelegenheit immer noch so aß?

Sie öffnete die Tür zu ihrer Speisekammer und musterte die Vorräte. Pastapackungen gab es reichlich, Thunfisch, Kapern, dicke Bohnen ebenfalls. Für Vorspeise und Pasta war also gesorgt – es fehlten die Zutaten für den Salat … Sie konnte sich nicht konzentrieren …

Ein lauer Sommerabend. Im Garten von Francesco hingen bunte Lampions. An den Holztischen saßen dicht gedrängt die vorwiegend jungen Gäste, viele Studenten, viele Liebespaare. Sie waren beides. Es war ihr erster Abend, und sie war so verliebt in ihn, daß sie ihre Hände nur mit großer Anstrengung bei sich behalten konnte. Es juckte sie richtig, ihn zu berühren, zu streicheln, ihn liebevoll zu kneifen. Er hatte Spaghetti Bolognese bestellt und sich drei große Löffel Parmesankäse darübergestreut. »Nudeln sind mein Lieblings«, hatte er gesagt und sie angegrinst. Sie hatte zurückgelächelt, und dann waren sie beide verstummt und hatten sich nur angesehen, wie betäubt von der Erkenntnis, was sich da gerade zwischen ihnen abspielte. Keiner hatte es in Worte gefaßt, zu kostbar war dieses schwebende, süße Gefühl. Eine Spaghetti hatte sich in seinem rechten Mundwinkel festgesetzt, und sie hatte sich nicht getraut, ihn darauf hinzuweisen. Irgendwann hatte er es selbst gemerkt, und die kleine, feuchte Schlange mit der Zunge entfernt. Sie hätte sterben können, so verführerisch fand sie ihn.

Nach der Rechnung, die sie teilten, standen sie unschlüssig vor seinem verbeulten gelben VW Cabriolet mit den grünen Kotflügeln. Keiner traute sich, bis sie schließlich tief Luft holte: »Hast du zufällig eine Briefmarkensammlung?« Er hatte sie verständnislos angesehen. »Eine Briefmarkensammlung? Nee, wie kommst du denn …« Dann hatte es bei ihm gedämmert, und er war rot geworden. »Klar hab ich eine … Briefmarkensammlung. Wenn du Lust hast …«

Schluß jetzt, Jette, du benimmst dich wie ein albernes Schulmädchen! Sie stellte das Radio an, und wie um sie zu ärgern, spielten sie ein Lied von Roy Orbison. K. D. Lang sang CRYING – Crying over you …

Nach diesem Lied hatten sie auf ihrer ersten Party getanzt, und es paßte keine Luft mehr zwischen sie. Sie wechselte den Sender. Nachrichten, ein Unfall, schlechte Wettermeldungen. Schon besser.

Sie hatte keine Eier mehr für die Mayonnaise und kein Johannisbeergelee für die Dolci. Sie ging zum Telefon: »Gundel? Du darfst dich revanchieren! Ja, subito, meine Süße.«

28 Als Mario Benedikt im Verlag ankam, rechnete er minütlich mit einem Anruf von Camilla oder Cleo. Aber keine der beiden meldete sich. Auch gut. Er beschloß, in Zukunft ganz auf Frauen zu verzichten. Auch auf seine eigene. Im Grunde strebte er die Existenz eines Hagestolzes an. Ein Mann, seine Bücher, eine Haushälterin, die ihn umsorgte. Je älter er wurde, desto weniger verstand er die Frauen. Sie wurden ein immer größeres Rätsel für einen Mann, eins, das er auch immer weniger entwirren wollte. Es war zum Scheitern verurteilt. Und offensichtlich gegen die Natur. Er hatte festgestellt, daß sich Frauen und Männer nur dann angeregt miteinander beschäftigten, wenn die Hormone aktiv waren, sie Sex wollten oder Nachwuchs. Dann redeten und flirteten sie, umwarben und liebten sich. Wenn diese Phase vorbei war, drifteten die Geschlechter automatisch wieder auseinander. Männer redeten mit Männern, Frauen sowieso am liebsten mit Frauen. Wobei Männer oft Frauen sehr viel spannender fanden als umgekehrt.

»Warum nur sind die meisten Männer in unserem Alter so langweilig?« hatte Camilla nach einer Dinnerparty oft gegähnt. »Eine Unterhaltung mit euch ist oft wie Zähneziehen. Unter Frauen läuft das einfach besser.«

Sie hatte recht. Auch er fand Männer seines Alters oft einschläfernd. Entweder mit einer mindestens zwanzig Jahre jüngeren Drittgattin, neben der sie sich, wie sie immer behaupteten, so wahnsinnig jung fühlten, aber meist älter und angestrengter aussahen, als jemals mit der ausgemusterten, gleichaltrigen Erstgattin, besonders, wenn später Nachwuchs, den Camilla spöttisch den B- oder C-Wurf nannte, sie zumindest optisch zu Großvätern machte. Oder sie waren treu geblieben und dabei fett geworden mit der ebenso fetten Gattin, das Leben zog immer kleinere, immer berechenbarere Kreise, und im Zustand alkoholisierter Auflösung jammerten sie über Prostatageschichten. »Das schlimmste am Älterwerden ist, daß alles so langweilig wird«, hatte sein Freund Falko Fuhrmann kürzlich geklagt, »alles schon erlebt, alles schon gesehen. Man ist nicht mehr neugierig, nur noch angeödet. Es gibt keinen Glanz mehr, keine Überraschung.«

Auch Mario Benedikt ging durch sein Leben wie ein Schlafwandler. Wußte blind, wo die Haushälterin seine Wäsche bereitgelegt hatte, welchen sarkastischen Kommentar Camilla machen würde, wenn sie ihn nackt vor dem Spiegel sah, wann es Karotten, wann Orangensaft zum Frühstück gab, welche Ampeln auf dem Weg zum Verlag immer rot waren, wann seine Sekretärin Ella Malik ihre Regel bekam, weil sie dann immer Kopfschmerzen hatte, welche Bücher Geld brachten und welche vermutlich nicht, wer auf welchen Empfängen mit wem redete, wer wen ignorierte.

Es gab nichts, was ihn noch neugierig machte, was ihn noch richtig freute. Eigentlich hätte er tot sein können.

Nachdenklich betrat er sein Büro. Im Vorzimmer saß Ella Malik, neben sich ein Röhrchen Aspirin, und nahm hastig ihre flinken Finger, die sie heute grün lackiert hatte, vom Computerkeyboard. Sie sah nach Kopfschmerzen und vage schuldbewußt aus. War der Monat wieder um? Je älter er wurde, desto mehr raste die Zeit.

»Ein Herr Scharfmann hat mehrfach angerufen«, sagte sie.

»Und?« Er stand schon in der Verbindungstür, drehte sich nicht um. »Er bittet um Rückruf, es geht um ein Manuskript.«

»Kenn ich nicht, will ich nicht«, sagte Mario Benedikt, »dafür ist das Lektorat zuständig. Sie können heute gern früher gehen.« Er hatte das Bedürfnis nach Alleinsein.

Als er am Schreibtisch saß und die Unterschriftenmappe durcharbeitete, die sie ihm, wie immer tadellos getippt und nach Wichtigkeit geordnet, vorgelegt hatte, fiel ihm ein brauner Fleck auf seiner rechten Hand auf. Er zog ihn leicht besorgt auseinander. Hautkrebs? Dann mußte er lachen. Es war ein Altersfleck, sein erster. Weitere würden folgen, in ein paar Jahren würden seine Hände wie die seines Vaters aussehen, eine braunbetupfte Hand voller Wintersprossen. Dann würden auch seine Ohren größer werden beziehungsweise wirken, weil sein Kopf geschrumpft war. Aus demselben Grund würde seine Nase stärker hervortreten. Das hatte Simone de Beauvoir mal in einem Interview gesagt, das er vor rund zwanzig Jahren sehr amüsiert gelesen hatte. Heute, mit fünfzig und dem ersten Altersfleck, amüsierte er sich deutlich weniger.

Er zog den ersten Brief aus der Mappe. Die Absage an einen Agenten aus New York, mit dem er über die Memoiren einer bisexuellen Nonne aus Neufundland verhandelt hatte. Titel: *Gott ist verärgert.* Auf englisch: *God is furious with me.*

Der Agent verlangte zwanzigtausend Dollar für die deutschen Rechte, Mario Benedikt bot die Hälfte. Man kam nicht ins Geschäft. Im Grunde war er froh darüber, denn natürlich kaufte er Bücher, die er selbst nie lesen würde, deren Inhalt er oft langweilig, sogar geschmacklos fand. Er war nicht seine Zielgruppe. Und wie viele Bücher gab es, die einen Verleger stolz machen konnten? Unabhängig von den Verkaufszahlen? Eins im Jahr, wenn er Glück hatte. Im Vorjahr war es die Geschichte eines zwölfjährigen Jungen, dessen Schwester an Krebs erkrankt war, in schlichten Worten erzählt, Titel: *Meine Lieblingswolke.* Ein Achtungserfolg, die Kritiker hatten vor Begeisterung gerast. Der Göhlen Verlag hatte achtundzwanzigtausend im Hardcover verkauft, aber da es ein sogenannter Longseller war, konnten es bis zu fünfzigtausend werden.

Er zog den nächsten Brief aus der Mappe.

Ein Zeitvertrag für den neuen Volontär. Wie hieß er noch? Er blätterte. Benedikt Glücklich, geboren am 14. April 1974. Genau zwei Monate vor Maria.

»Ella?« rief er durch die breite Flügeltür, die sein Büro vom Vorzimmer trennte. Seine Sekretärin erschien, bereits in der Regenjacke. »Ja?« Mehr Worte waren zwischen ihnen nicht nötig, sie waren ein eingespieltes Team. »Bevor Sie gehen – ich möchte kurz den neuen Volontär sprechen. Benedikt Glücklich. Er war heute, glaube ich, mit Kuddel John auf Tour, Sie erreichen ihn also im Vertrieb.«

»Okiedokie«, sagte Ella Malik nur und drehte sich auf dem Absatz um.

Mario Benedikt war noch mit dem braunen Fleck auf seiner rechten Hand beschäftigt, als die Flügeltür auseinandergeschoben wurde und Ella Malik mit den Worten: »Hier ist der junge Mann« Benedikt hineinschob.

Der Verleger legte seine befleckte Hand auf den Schreibtisch und winkte ihn heran. Wie jung er noch war, dachte er, so als stelle er einen Vergleich an. Unwillkürlich wappnete er sich.

»Setzen Sie sich«, sagte er kühl. »Gefällt es Ihnen bei uns?«

»Mehr als ich dachte«, Benedikt lachte, zwei Grübchen vertieften sich rechts und links auf seinen Wangen. »Mehr als Sie dachten?« Mario Benedikt runzelte erstaunt die Stirn. »Warum haben Sie sich dann um dieses Volontariat beworben? Wie ich hörte, hatten wir diesmal sechshundertfünfzig Bewerber.« Er war irritiert, fast ein bißchen verärgert. »Weil meine Mutter darauf bestanden hat«, erwiderte Benedikt ehrlich. »Sie ist der Meinung, ich solle endlich was Ordentliches mit meinem Leben anfangen.«

Der Verleger lächelte. »Eine vernünftige Frau«, sagte er dann. »Hatte sie denn Grund zur Sorge?«

»Ich finde nicht, sie findet ja«, kam die Antwort, die so auch von Maria hätte kommen können, »sie hat eben Angst um meine Zukunft.«

Der Verleger spürte eine Verbundenheit mit dieser ihm unbekannten Mutter, sie hatte offensichtlich ähnliche Sorgen wie er und seine Frau. »Leben Ihre Eltern auch in dieser Stadt?« fragte er, nicht, weil es ihn wirklich interessierte, sondern weil er aus einem ihm unerklärlichen Grund diesen Benedikt Glücklich noch ein paar Minuten länger in seinem Büro festhalten wollte. Er dachte daran, wie gern er immer einen Sohn gehabt hätte. Aber Camilla hatte nach einem Kind genug. »Meine Liebe reicht nicht für zwei«, hatte sie ihre hartnäckige Ablehnung immer begründet, »ich bin kein Muttertier.« Er hatte es bedauert, dann immer weniger daran gedacht, es schließlich vergessen, aber jetzt, an diesem trüben Sommernachmittag, als er seinen Volontär betrachtete, von einem vorwitzigen Sonnenstrahl, der sich durchs Fenster gestohlen hatte, goldgelb befleckt, da wurde er wehmütig. Zu spät, dachte er, zu spät. Auch das.

»In welcher Abteilung werden Sie als nächstes sein?« fragte er und riß sich energisch aus dieser trüben Stimmung. Nichts war unnützer, als Dinge zu bedauern, zu betrauern, die nicht zu ändern waren. Dafür hatte er eine Tochter, die er sehr liebte. Auch wenn sie ihn oft wahnsinnig machte.

»Im Lektorat«, antwortete Benedikt und schaute den Verleger

ruhig an. Woran erinnern mich bloß diese Augen, dachte der, er hat was im Blick, das ich kenne …

Abrupt stand er auf, reichte Benedikt die Hand. »Viel Spaß weiterhin.« Das war ein höflicher Rausschmiß, den dieser verstand. Er erhob sich, ging zur Tür. Der Verleger sah ihm nach. Benedikt gefiel ihm.

29

Es war wieder so ein Moment, in dem Cleo Braake am liebsten eine Heiratsanzeige aufgegeben hätte. »Attr. Fr. Anf. Vrzg. su. netten, wohlh. H. zw. Heir.« Mindestens siebzig, gern älter, am liebsten schon etwas jenseitig, möglichst kinderloser Witwer, der ihr nach kurzer, liebevoller, sexloser Ehe sein Millionenerbe vermachen würde. Sie würde an seinem hoffentlich nicht lange dauernden Krankenlager sitzen, ihm die durchscheinende Greisenhand halten, froh, daß sie nichts anderes Greisenhaftes halten mußte, würde seinem verlöschenden Atem lauschen, während sie seine gichtige rechte Hand um einen teuren Füllfederhalter legen und sie unter sein zu ihren Gunsten neu ausgestelltes Testament halten würde. Dort würde er unterschreiben und sie für den Rest ihres Lebens zur reichen Witwe machen. »Sie hat ihm die letzten Stunden wirklich verschönt«, würden die Leute flüstern, wenn sie schwarz gekleidet an seinem Grab stand und auf seinen massiven Eichensarg, kein Furnier für den geliebten Gatten, ein paar Schäufelchen Erde schütten würde. »Sie verdient jeden Pfennig von seinem dreistelligen Millionenvermögen.« Sie würde lächeln, im Schmerz so schön, so jung, so reich wie nie.

Sie fühlte ein Ziehen in der Blase. Wie immer, wenn sie sich beim Schreiben langweilte, mußte sie pinkeln. Von viertelstündigen Inspektionen des Kühlschrankes gar nicht zu reden. Jedes Buch war wie eine Schwangerschaft, bei der sie mindestens fünfzehn Pfund zunahm. Sie las den letzten Satz: ›Nach all den Flops überlegte sie, auf welche Weise sie sich am sichersten und gleichzeitig am schonendsten umbringen konnte, denn sie wollte auf jeden Fall eine attraktive Leiche sein. Keine mit durchschnittener Kehle, mit womöglich häßlichen Schnittwunden …‹ Cleo seufzte tief. Ihre Heldin lebte immer noch. Beim letzten Versuch war ihr Kopf im Backofen steckengeblieben, wo sie ihn zwecks Suizidgeneralprobe hineingesteckt hatte. Aber laut Buchvertrag mußte sie noch achtzig Seiten leben, denn mit ihrem Tod war ja auch das Buch zu Ende. Am liebsten hätte Cleo ihre Heldin aus dem Fenster geschmissen. Sie ging ihr im Augenblick tierisch auf die Nerven.

Es war sieben Uhr abends, sie hatte die üblichen zehntausend Anschläge geschafft. Um nicht vollends dem schriftstellerischen Schlendrian anheimzufallen, setzte sich Cleo strikte Arbeitszeiten. Sie fing um neun Uhr an, schrieb bis zwölf Uhr. Eine Stunde Mittagspause, dann weiter bis sieben Uhr abends. Danach hatten ihre Synapsen Feierabend. Meistens jedenfalls.

Sie hatte sich gerade ihre erste Zigarette des Tages angezündet und ein Glas Wein eingeschenkt, als es an der Haustür klingelte. Wer konnte das sein? Für Postboten und Kuriere war es zu spät, überraschenden Besuch bekam sie nie. Fast nie, korrigierte sie sich und dachte an Camilla. Wahrscheinlich ein polnischer Messerschleifer. Oder ein Drücker, der ihr seine Elendsgeschichte vorjaulen und ein Zeitschriftenabo aufschwätzen wollte. Sie drückte die Gegensprechanlage: »Hallo?« Es knackte und rauschte, ein weiblicher Singsang: »Hallihallo, ich bring Ihnen was Schönes vom Partyservice Slow Food«. Cleo lächelte. Eine kleine kulinarische Entschuldigung von Mario. Wie nett! Sie drückte auf den Knopf und öffnete die Wohnungstür.

Unten, im Treppenhaus, hörte sie ein Rumpeln und Pumpeln. Sie beugte sich über das Treppengeländer und guckte hinunter. Zwei junge Männer und eine Frau trugen Kisten und Kästen hoch. Fluchen, Gelächter. Was hatte sich Mario da bloß ausgedacht? Lächelnd wartete sie vor ihrer Wohnungstür.

30

Camilla trug das Lächeln einer Katze vor der Sahneschüssel, als Mario an diesem Abend nach Hause kam. Sie empfing ihren Mann vor dem Kamin, ein Cocktailglas in der Hand. »Wie war dein Tag, Schatz?« Sie klang ausgeruht und fröhlich. »Was darf ich dir anbieten?«

Er beschloß, den Ahnungslosen zu spielen, ihr nicht in die Parade zu fahren.

»Nichts Besonderes«, sagte er deshalb, nahm das Glas aus ihrer Hand und setzte sich auf das Sofa. Als er ihr erwartungsvolles Gesicht sah, fragte er höflich: »Und – wie war dein Tag?«

Während ihm der erste Schluck des Drinks durch die Kehle rann, es war einer dieser Cocktails, die er haßte, er zog klare, ungemischte Getränke vor, »ohne Kirsche und Papierschirm«, wurde ihm klar, daß er im Grunde nicht die geringste Ahnung hatte, was die Frau, mit der er seit einem Vierteljahrhundert verheiratet war, tagsüber trieb, während er im Verlag war. Sie hätte ein perfektes Doppelleben führen können, eine andere Ehe, eine andere Familie, sie hätte wie Belle de Jour in einem Bordell anschaffen können oder Mitglied einer terroristischen Vereinigung sein, nichts hätte er gemerkt. Ihr Leben interessierte ihn nicht. Weil ihn seine Frau nicht interessierte. »Du hast dichtgemacht«, hatte sie ihm vor vielen Jahren bereits vorgeworfen, »erklär mir nur, warum. Was hab ich dir getan?«

Er hatte sich mit einer unglaubwürdigen, windigen Erklärung herausgewunden. Denn die Antwort, das war ihm klar, hätte gleichzeitig das Ende seiner Ehe bedeutet. Das Ende seiner beruflichen Karriere. Das Ende seines komfortablen, erfolgreichen Lebens. Denn die Antwort war – Jette …

Der Anblick ihres tränenüberströmten Gesichts, ihrer fassungslosen Augen, ihrer zitternden Oberlippe war in sein Gedächtnis eingebrannt, für immer und ewig. »Aber, wir lieben uns doch«, hatte sie damals geschluchzt, »wieso hast du dann …?«

Ja, wieso hatte er? Sie hatten sich gestritten, eine lächerliche Kleinigkeit, an die er sich nicht mehr erinnern konnte, er war türenknallend weggelaufen, blind durch die Straßen geirrt, wütend, verletzt, war in der erstbesten Kneipe gelandet mit dem festen Vorsatz, sich zu betrinken.

Irgendwann hatte dieses blonde Mädchen neben ihm gestanden. Diese Frau, die ihm jetzt gegenübersaß und ihn forschend betrachtete. »Entschuldige, Schatz«, riß er sich aus seinen Erinnerungen, »du sagtest …«

Camilla haßte es, wenn er mit diesem Gesichtsausdruck »du

sagtest …« sagte. Er hatte also wieder einmal nicht zugehört. Sie war wieder nicht durchgedrungen zu ihm. Wie damals, als sie ihn in dieser pfiffigen Eckkneipe entdeckte. Sie hatte ihn von hinten durch das Lokalfenster gesehen, seinen breiten Rücken, die widerspenstigen rotblonden Haare, die sich weit über den Kragen seines Cordjacketts kringelten, und war einfach hineingegangen, obwohl sie derartige Kaschemmen sonst nie betrat. Doch an diesem Abend ritt sie der Teufel. Sie hatte einen der monatlichen Hausmusikabende im Hause ihrer Eltern hinter sich und sich inmitten der eleganten, gepflegten Menschen derartig gelangweilt, daß sie die Veranstaltung vorzeitig verlassen hatte. Also betrat sie die Kneipe, setzte sich neben ihn und fing an, mit ihm zu flirten.

»Was macht ein so schöner Mann wie Sie allein in dieser Absteige?« Das waren ihre ersten Worte gewesen, und er hatte sie angesehen mit diesen unglaublich intensiven Augen, deren Farbe sie jedoch im Kneipenlicht nicht erkennen konnte, und gesagt: »Eine dumme Frage. Ich betrinke mich.«

Warum war sie nicht aufgestanden und gegangen? Weil ihr sein unverschämter Ton gefallen hatte, ihr, dem verwöhnten Töchterchen aus reichem Hause, dem alle Männer nach dem Mund redeten. Er war anders gewesen. Zumindest hatte sie das damals geglaubt. Wie man sich irren konnte.

Dabei war die erste Begegnung mit ihm eher enttäuschend verlaufen. Warum nur hatte sie ihm das Bierglas aus der Hand genommen? »Sie gehören ins Bett, ich begleite Sie.« Was hatte sie dazu verleitet, das zu sagen, seine Rechnung zu begleichen, ihn zum Studentenheim zu fahren, in sein kleines Zimmerchen zu schleifen, auf sein schmales Bettchen zu legen, sich daneben zu quetschen und …

Sie hatte es doch weiß Gott nicht nötig gehabt, im Gegenteil. Ihre Tanzkarte war immer voll. Was war an diesem fast komatösen Körper, daß sie ihn unbedingt erobern mußte? Vielleicht gerade *weil* er so gleichgültig, so unbeeindruckt von ihr war?

»Mein Tag war ungewöhnlich«, begann sie jetzt und musterte diesen Mann nach all den Jahren noch genauso leidenschaftslos wie damals. Älter, aber noch genauso attraktiv. Nur seine Augen hatten sich verändert. Das Blau war trüber geworden, leuchtete nicht mehr. Als habe jemand das Licht ausgeknipst, dachte sie. War ich das?

»Ich habe deine Geliebte besucht«, fuhr sie fort, »sie war etwas überrascht, aber sehr nett. Nur besonders attraktiv finde ich sie nicht. Dein Frauengeschmack war schon mal besser. Doch ich nehme an, sie ist gut im Bett. Besser als ich. Ist sie das?« Ihre Stimme hatte den Plauderton beibehalten, sie lächelte ihn an. »Ist sie das?« wiederholte sie.

Mario trank sein Glas leer und fühlte, wie ihm eine knochentiefe Erschöpfung in jede Zelle seines Körpers kroch. Er wünschte sich ganz weit weg, überallhin, nur nicht auf dieses Sofa, nur nicht vor dieses heimelig prasselnde Feuer, nur nicht gegenüber dieser sehr schönen Ehefrau, die ihn jetzt aus schmalen Augen ansah wie eine Schlange ihre sichere Beute.

»Es war nie wichtig«, sagte er nur und zog entschuldigend seine breiten Schultern hoch, »wenn es dich wirklich stört, hör ich auf damit.« Seine Stimme klang müde.

Er stand auf und stellte sich vor den Kamin. Sie betrachtete seinen Rücken, wie damals. »Denkst du manchmal noch an unsere erste Nacht?« fragte sie. Erstaunt drehte er sich um. »Im Studentenheim, meinst du?« Er lächelte, aber das Lächeln erreichte seine Augen nicht. Sie waren in die Ferne gerichtet, aus dem Fenster, aus ihrem Leben, wie immer.

»Ziemlich wild, wir beide damals. Oder nicht?« Seine Stimme klang freundlich. Wie sie diese Freundlichkeit manchmal haßte! Wie sie sich nach Wut sehnte, nach Leidenschaft, nach Liebe, nach satten, dunklen, wilden Farben, nicht immer nur nach Beige und Pastell!

»Wild?« fragte sie und merkte, daß sich ein schriller Unterton in ihre Stimme eingeschlichen hatte. »Du warst ja fast bewußtlos.«

»Nicht bewußtlos genug«, die Worte waren ihm entfahren, ehe er sie zurücknehmen konnte. Er sah sie an, plötzlich ganz schutzlos, genau wie sie. »Entschuldige«, seine Stimme klang sanft, »ich hab's nicht so gemeint.«

»Doch, das hast du«, sagte sie leise und traurig und verließ das Zimmer.

Er ging ihr nach. Sie stand bereits vor der Haustür.

»Camilla«, er wollte sie zurückhalten. Mit einer heftigen Bewegung schüttelte sie ihn ab. »Faß mich nicht an«, ihre Augen, ihr Körper sprühten giftige Blitze, »faß mich nie wieder an.«

Dann war sie im Auto.

Mario ging ins Haus zurück und schenkte sich einen Cognac ein. Der Anblick des leeren Wohnzimmers erleichterte ihn. Keine Beziehungsgespräche, keine hysterischen Ehefrauen mehr.

An die erste Nacht mit Camilla konnte er sich tatsächlich nicht mehr erinnern, aber dunkel an den nächsten Morgen. Sein Kopf hatte wie ein schwerer Stein zwischen seinen verkrampften Schultern gelegen. Wer war das blonde Mädchen neben ihm? Sie hatte ihn so merkwürdig angelächelt. Was war passiert? Schemenhaft stiegen Erinnerungsfetzen in ihm auf. O Gott, hatte er gedacht, wie werde ich dieses Mädchen wieder los? »War ich? Haben wir«, hatte er gekrächzt. »Mehr oder weniger«, hatte sie geantwortet.

Sie hatte ihn geküßt, kühl und flüchtig und war gegangen. Auf seinem Tisch lag ein Zettel. »Wir werden uns wiedersehen. Ich ruf dich an.« Kurz, klar, befehlsgewohnt. Damals schon. Und schon damals hatte er sie ein bißchen gefürchtet.

Wo mochte sie jetzt hingefahren sein, nach diesem Streit? Zu ihrem Fitneßtrainer? Er hoffte es. Dann würde sie morgen friedlicher sein, mit dieser ganz leichten Prise Schuldbewußtsein, die das Zusammenleben zwischen ihnen etwas einfacher machte.

31

Die Männer ächzten und schnauften, als sie vor Cleos Wohnungstür standen, silberne Container auf den Schultern und in beiden Armen. »Wohin mit dem Zeugs?« fragte einer und wischte sich mit dem Ärmel den Schweiß aus dem Gesicht. Cleo stellte sich schnell vor ihre Wohnungstür und verschränkte die Arme. »Zu mir bestimmt nicht, meine Herren. Ich wohne hier allein und muß heute abend ganz bestimmt keine Kompanie satt kriegen. Zu wem wollen Sie denn?« Der Mann, ein vierschrötiger Kerl mit Stiernacken, aus dessen Rillen, wie Cleo, die manchmal das Animalische liebte, fasziniert beobachtete, der Schweiß in den

Hemdkragen rann, rief nach unten, wo die Frau auf der Treppe saß und rauchte: »Gundel, zu wem wollen wir?«

»Zu Cleo Braake«, rief Gundel nach oben und drückte schnell die Zigarette aus. Nicht sehr appetitlich, im Treppenhaus zu rauchen, aber wenn sie einen Schmachter hatte, den sie nicht befriedigen konnte, war sie unausstehlich. Das ging ihr mit Männern genauso.

»Zu mir?« rief Cleo Braake erschrocken, gab aber unwillkürlich den Weg in ihre Wohnung frei. »Das muß ein Mißverständnis sein … Was soll ich denn mit all den …«

Sie stand händeringend im Flur, der sich langsam füllte. Inzwischen war auch Gundel hochgekommen und dirigierte die beiden Männer. »Geschirr ins Eßzimmer … wo soll denn hier gegessen werden? Die Saucen gleich in den Kühlschrank, die Pasta in die Küche …«

Sie drehte sich zu Cleo um, die sprachlos vor den Kistenbergen stand. »Wo ist Ihre Küche, Frau Braake? Wir müssen sofort anfangen. Wir haben vorgekocht, aber natürlich noch jede Menge zu tun. Große Töpfe haben wir vorsichtshalber mitgebracht. Nicht jeder ist topfmäßig auf dreißig Leute eingestellt.«

»Für dreißig Personen!« Cleo rang nach Worten, während sie zur Küchentür deutete. »Meine Küche ist winzig«, flüsterte sie und ging, während die Männer »Das kann ja heiter werden« murmelnd mit diversen Containern in der Küche verschwanden, an ihren Giftschrank und genehmigte sich einen Cognac. Ein Mißverständnis? Ein ganz schlechter Scherz? Noch einen Cognac. »Soll auf diesem Tisch eingedeckt werden?« Gundel deutete auf Cleos großen Eßtisch, der noch bedeckt war mit Manuskriptpapier, Disketten und Magazinen. »Und falls ja, würden Sie diesen Tisch dann bitte mal freischaufeln?«

Cleo griff nach Gundels Arm, drehte sie zu sich herum. »Ich will dieses ganze Essen nicht in meiner Wohnung haben«, ihre Stimme hatte sich ein paar Oktaven nach oben geschraubt, »nehmen Sie alles wieder mit. Sofort. Sonst raste ich aus. Ich muß arbeiten, ich bin Autorin.«

Gundel sah sie fassungslos an. »Wollen Sie mich verscheißern?« Auch ihre Stimme hätte jetzt Glas brechen können. Sie hielt Cleo die Auftragsannahme unter die Augen. »Hier. Ihr Name, Ihre Adresse, italienisches Dinner für dreißig Personen.«

Cleo erlaubte sich hier und jetzt einen kleinen Tobsuchtsanfall. Sie stampfte mit dem Fuß auf und schrie dabei: »Ich will nicht. Ich will nicht. Alle raus.«

Gundel war einen Schritt zurückgetreten. Sie drehte sich zur Seite, holte ihr Handy heraus, wählte, flüsterte: »Jette? Mein kleiner Gefallen wächst sich zu einem riesengroßen aus. Ich bin hier in der Wohnung einer Hysterikerin. Sie behauptet, nie etwas bei dir bestellt zu haben.« Gundel lauschte, sah sich vorsichtig nach Cleo um, die sich wieder beruhigt hatte. »Die Chefin sagt, sie habe mit Ihrer Freundin Camilla Benedikt gesprochen und die habe das Lunch für zwei Personen ab- und dafür ein Dinner für dreißig Personen bestellt.«

Cleo stand still und stumm, weil ihr plötzlich alles klar wurde. Camilla! Dieses raffinierte Biest. Das war ihre Rache. Sie fing an zu lachen, laut, schrill, sie konnte sich gar nicht wieder beruhigen. Gundel sah sehr besorgt aus.

In diesem Moment fand Cleo ihren Humor wieder. Das ist meine Strafe, dachte sie selbstironisch, mach ich also das Beste draus. Wie um diesen Entschluß zu bekräftigen, klatschte sie in die Hände, Gundel sah sie an wie eine Irre, die am Verschluß ihrer Zwangsjacke riß. »Alles klar«, rief Cleo, »tun Sie Ihr Werk, meine Damen und Herren, ich räum den Tisch frei, und dann geh ich in die Badewanne.«

Und so lag Cleo, bis zum Hals im Schaum, in ihrer Wanne und telefonierte.

»Hallo, Annette, ja stimmt, long time no speak, ich war halt irrsinnig beschäftigt. Also ... der Grund meines Anrufes ...«

»Hi, Torsten, tja, da staunst du, was? Warum ich mich nie mehr gemeldet habe? Vielleicht weil deine Frau gerade so ungünstig ihr erstes Kind erwartete? Ist ja auch egal. Was machst du heute abend? Nichts Besonderes?«

»Georg? Wer ich bin? Erkennst du meine Stimme nicht mehr? Ich bin's, die Cleo. Ja. Die Cleo. Ich hab mich im »Maritim« einfach verpieselt und dich mit der Rechnung sitzen gelassen? Kann ich mich überhaupt nicht mehr dran erinnern. War ich das überhaupt? Dann würde ich mich gern bei dir revanchieren. Ich weiß ja, wie gern du ißt. Nein, das ist keine Beleidigung, das ist eine Einladung.«

Gundel deckte den Tisch im Eßzimmer und lauschte kopfschüttelnd und mit halbem Ohr den Gesprächsfetzen. Diese Frau kratzte ja wohl ganz dicht am Rande des Wahnsinns. Bestellte Essen für dreißig Leute, kriegte einen Rumpelstilzchenanfall, legte sich in die Badewanne und lud dann erst ihre Gäste ein. Aber sie hatte schon Schlimmeres erlebt. Die Surprise Party zum Beispiel, die ein millionenschwerer Industrieller für den vierzigsten Geburtstag seiner Gattin gegeben hatte. Er hatte alle ihre früheren Liebhaber geladen, natürlich ohne seiner Frau etwas zu verraten. Ahnungslos hatte sie das verdunkelte Lokal betreten, dann *tata!* Licht an! Insgesamt siebenundachtzig Herren mittleren und fortgeschrittenen Alters standen da mit einem Champagnerkelch und Wunderkerze. Der Jüngste war achtunddreißig, der Älteste fünfundachtzig Jahre alt. Das Geburtstagskind hatte fast einen Streßinfarkt bekommen. Gundel hatte sie aus tiefstem Herzen bedauert, denn jede Frau, das war ihre leidvolle Erfahrung, küßte viele, viele Frösche, bevor sie, wenn überhaupt, zu Lebzeiten jemals ihren Prinzen fand. Viele Frauen küßten, bis ihre Lippen vertrockneten, immer nur Frösche, nie einen Prinzen. Diese Frau, daran erinnerte sich Gundel dunkel, hatte für jeden Geschmack etwas dabei. Dünn und dick, groß und klein, haarig und glatzig. Der Gastgeber hatte das schreckverzerrte Gesicht seiner Frau für stille Begeisterung gehalten, oder war er einfach ein ganz besonders perfider Sadist? Jedenfalls hatte er unbeschwert an sein Glas geklopft: »Meine Dame, meine Herren«, er schien viel Spaß zu haben, »ich freue mich, daß Sie alle so zahlreich erschienen sind, und ich hoffe sehr, ich habe keinen von Ihnen ausgelassen. Oder habe ich einen vergessen, Liebling?«

Liebling hatte sich einen Kloß aus dem Hals geräuspert. Hatte gelächelt mit einem Lächeln, das Gundel weh tat. »Was für eine reizende Überraschung, euch alle auf diese Weise einmal wiederzusehen«, ihre Stimme klang gelassen und freundlich, »und ich hoffe, ihr erinnert euch noch genauso gut und genauso gern an mich wie ich mich an euch. Denn jeder einzelne von euch ist mir unvergeßlich geblieben.«

Natürlich war das eine glatte Lüge, aber eine so charmante, daß die Party ein Riesenerfolg wurde. Die Ehe allerdings wurde ein Jahr später geschieden.

Gundel seufzte und strich die Servietten glatt. Aus dem Badezimmer drang gequältes Lachen: »Mutti, ich bin's. Ja, deine Älteste. Keine Blumen zum Muttertag? Entschuldige, ich hab grad Schaum ins Auge ... jaa, ich liege in der Wanne. Willst du heute abend mal zu mir kommen? Nein, wir sind nicht ganz allein.«

Die Tür zum Badezimmer ging auf, Cleo, nackt, wie Gott sie vor sechsundvierzig Jahren geschaffen hatte, spazierte über den Wohnzimmerteppich, eine feuchte Spur von Schaumkronen auf ihm hinterlassend. Sie hatte einen Hang zum Exhibitionistischen, zeigte sich gern im Hautkleid. Fröhlich ging sie in die Küche, wo Jettes Partyköche Guido und Andreas vor zwei Brettern standen, zwei spitze Messer im Anschlag, und Gemüse feinhackten. Blitzschnell gingen ihre Messer auf die Bretter nieder, zack, zack ... »Was köcheln Sie denn Schönes für mich?« Unbemerkt war Cleo eingetreten und hatte sich hinter Guido gestellt, der gerade seine guillotinescharfe Klinge über einer Paprika kreisen ließ. »Nur ein bißchen Gemüse für den ...«, erklärte er und drehte sich halb um, stieß mit dem Ellbogen mitten in Cleos weichen Busen, drehte sich ganz um, zuckte zusammen, ließ das Messer fallen, mit der Spitze auf Cleos Fuß, die aufschrie, ihren Fuß wegzog, an einen Topf stieß, der zum Abkühlen auf einem Stuhl stand, der kippte um, heiße, fettige Brühe floß auf den Fußboden.

»Na, dann will ich Sie mal nicht weiter stören und mir ein Pflaster holen«, flötete Cleo und verließ die Küche.

32

Camilla saß derweil mit ihrer Freundin Erika Wohlrabe bei ihrem Lieblingsitaliener. Eine Stunde lang war sie in der Stadt herumgefahren, wütend, traurig, ratlos. Voll rastloser Energie, die sie nicht los wurde, voll Gefühl, das keiner wollte.

So konnte das Leben nicht weitergehen. Eine kurze Entspannungsnummer mit Brasileiro, trotz aller guten Vorsätze? Sie rief ihn an, er war nicht da. Auch gut. Sie stand an der Ampel, als jemand gegen ihr Fenster klopfte. »Nein«, sagte sie automatisch, während sie die Scheibe herunterkurbelte, »ich hab kein Geld dabei.« Aber es war keiner dieser ungewaschenen Punks, die mit einem dreckigen Lappen über die Autofenster wischten und dafür auch noch Geld wollten, es war ihre alte Schulfreundin Erika. Schlank, schick, raspelkurzes rotes Haar, feuerroter Mund. »Eri«, schrie Camilla begeistert, »du kommst mir wie gerufen.«

Zehn Minuten später stand Luigi, Besitzer des gleichnamigen Italieners, an ihrem Tisch. »Senorine«, viel Zahnfleisch, was er sich in seinem Alter noch leisten konnte, »schöner denn je! Jünger denn je! Was kann ich für Sie tun?«

»Für mich eine Minestrone, danach einen Salat ohne Dressing«, bestellte Erika, »und als Ausgleich eine Flasche Rotwein.« Camilla kniff vorsichtig in ihre Bauchfalte, die stärker war, als ihr lieb war. »Für mich nur Tomaten und Mozzarella, danke, Luigi.« Sie sah ihn prüfend an, war er jung und dunkelhäutig genug? Ein Taxifahrer aus dem Kamerun wäre ihr lieber gewesen, aber Luigi tat es vielleicht auch.

»Luigi?« fragte sie und lächelte ihn an. »Schätz mal, wie alt ich bin.« Eine Schrecksekunde, dann lächelte der Kellner. »Zweiundvierzig, keinen Tag älter«, sagte er in dem Bewußtsein, eine gute Tat vollbracht zu haben, und verschwand.

»Zweiundvierzig?« Camilla war entsetzt. »Seh ich tatsächlich schon wie zweiundvierzig aus? Sag mal was, Erika.« Sie holte einen Spiegel, musterte sich diskret: »Wie kommt der Kerl denn auf zweiundvierzig?«

»Wahrscheinlich ist seine Mutter so alt«, meinte die gleichaltrige Erika ungerührt, »sei doch froh, das ist immer noch zehn Jahre jünger, als du bist. Guck nicht so pikiert, ich bin schließlich genauso alt wie du.«

Camilla lächelte verkniffen. Verdammt, aber Erika hatte recht. Zweiundvierzig war ein wunderbares Alter für eine Frau. Dabei wollte sie bleiben. Die nächsten zehn Jahre zumindest. Dann für die nächsten zehn, ein Sprung auf neunundvierzig. Das war's. Älter würde sie nicht werden.

»Warum sind wir hier?« fragte Erika ohne Umschweife, als Luigi Brot und Wasser auf den Tisch stellte und mit einem »Buon appetito« wieder verschwand. »Ärger mit Mario? Streß mit den Wechseljahren? Macht Maria dich zur Oma? Spuck's aus, mein Schatz.«

Camilla lächelte ihre alte Schulfreundin an und fühlte sich plötzlich leicht und geborgen. Vom Sex abgesehen fühle ich mich mit Frauen einfach wohler, stellte sie fest, und wer weiß? Vielleicht sollte ich es mal probieren, vielleicht gefällt es mir. Sie mußte kichern, verschluckte sich am Brot, Erika klopfte ihr energisch auf den Rücken. Camilla beruhigte sich. »Hättest du Lust, mit mir zu schlafen, Erika?« fragte sie und weidete sich am fassungslosen Gesicht ihrer Freundin.

»Wie, du meinst ... ich versteh nicht ...«

»Findest du mich erotisch, Erika?« Erika Wohlrabe wurde blutrot. »Camilla«, sie setzte sich kerzengerade hin, »ich werde in drei Monaten Großmutter ...«

»Was hat denn das eine mit dem anderen zu tun?«

Dann erlöste sie die verwirrte Erika. »Entspann dich, meine Süße. Es war wirklich nur ein Scherz. Ich hab darüber nachgedacht, ob ich's nicht mal mit Frauen probieren sollte.«

Erika lächelte und streichelte Camillas Arm. »So schlimm mit Mario?«

Camilla nickte. »Auch wenn er da ist, ist er nicht da. Ich bin mit Luft verheiratet. Verstehst du, was ich meine?«

Erika nickte, sie verstand nur allzu gut, obwohl ihr Problem ein anderes war. Sie hatte einen Mann, der zuviel da war. Wolfpeter Wohlrabe, ein Lehrer, zu mehr hatte es nicht gereicht, hatte sich gerade in den vorzeitigen Ruhestand versetzen lassen und trieb sie mit seiner permanenten Anwesenheit zur schieren Verzweiflung. »Ich wünschte, Wolfpeter wäre manchmal Luft«, seufzte sie, »aber er ist immer da. Immer. Und er langweilt sich, weil er keine Hobbies, keine Interessen, keine Schüler mehr zum Triezen hat. Ständig fragt er mich, so wie es früher die Kinder getan haben: Was machen wir jetzt? Manchmal wünsch ich ihm eine Geliebte, damit er was um die Ohren hat.«

Während Luigi Suppe und Salat auf den Tisch stellte, den Brotkorb, den die Frauen bereits geleert hatten, wieder auffüllte, strich sich Camilla automatisch übers Kinn, die »typische Handbewegung einer Frau über Vierzig«, wie ihr Friseur kürzlich bemerkte, weil einer Frau ab diesem Alter überall da Haare wachsen, und zwar einzelne, ganz besonders lange, wo sie überhaupt keine Haare haben will – am Hals, am Kinn, an den Brustwarzen. Bei Camilla waren es Kinn und Hals, und obwohl sie sich jeden Morgen im Gegenlicht prüfte, kam es immer öfter vor, daß sie zufällig an einem Spiegel vorüberging und erschrak. Da war schon wieder eins! Sie sah ja aus wie eine Hexe!

»Du hast da ein langes Haar am Kinn«, meinte Erika bestätigend, »darf ich?« Schwupps, war das Haar ausgerissen, sie hielt es prüfend ans Licht: »Ganz schön langer Oschi. Was guckst du so blöd, Luigi? Noch ein bißchen Kräuterbutter.«

»Pures Hüftgold, meine Damen«, flötete der Kellner, »aber wie Sie wollen.«

Die Frauen sahen ihm nach. »Würde er dich reizen?« fragte Erika. »Nach drei Gläsern Rotwein«, sagte Camilla, »und dich?«

»Wer seit Jahren nur weiche Nudeln serviert kriegt, hat natürlich Appetit auf was Bißfestes«, meinte Erika kryptisch und biß krachend in ein Stück gelbe Paprika, »aber ich hab mir den Gedanken an richtig guten Sex längst abgeschminkt. Nach zwanzig Jahren Ehe ist eine knackige Erektion so selten wie ein vierblättriges Kleeblatt. Da heißt es nachstopfen, wenn überhaupt.«

Camilla lachte, selbst wenn sie dieses Problem, auch bei Mario, noch nicht kannte. »Dabei sind wir doch auf unserem sexuellen Höhepunkt«, sinnierte Erika und zupfte ein Basilikumblättchen von der Tomate, »aber bei unseren Männern ist die Luft raus. Und sie bilden sich ein, wir wären zu alt für sie. Das ist wirklich die totale Ironie.«

Der Wein kam, Luigi entkorkte die Flasche schwungvoll, schnüffelte am Korken, schenkte ein. Beiden Frauen war nach einem leichten alkoholischen Glimmer, einem sanften Nebel, der sich auf die Ecken und Kanten des Lebens senkte. »Ich bin jetzt in der Mitte meines Lebens«, begann Camilla nachdenklich. »Wenn du hundertundvier wirst, hast du recht«, unterbrach Erika und trank ihr Glas leer, schenkte sich gleich nach, »erzähl weiter.« Camilla sah aus dem Fenster. »Ich bin immer nur Ehefrau und Mutter gewesen – und was hab ich vorzuweisen nach all der Zeit? Eine Tochter, die weder einen Beruf noch Kinder hat, und einen Ehemann, der mich mit einer häßlichen, dicken Autorin seines Verlages betrügt. Eine schöne Bilanz.«

»Mit einer häßlichen, dicken Autorin? Wer ist das denn?« Erikas Augen funkelten. Wie gut, daß sie Wolfpeter in seiner Lieblingsposition – schlafend vor dem Fernseher – einfach zurückgelassen hatte, um »Zigaretten zu holen«. Das Leben funkelte, aber nicht in ihrem Wohnzimmer. Nicht mit einem schnarchenden Ehemann. »Cleo Braake«, sagte Camilla, »eine einzige optische Beleidigung. Aber ich habe mich gerächt.«

»Was hast du gemacht?« Erika fand den Abend immer besser. »Das Auto zerkratzt? Lebensmittel vergiftet? Löcher in Marios Kondome gepiekst? Aber für eine ungewollte Schwangerschaft ist sie ja eh zu alt.«

»Besser«, lächelte Camilla, »viel, viel besser.«

33

Die Party war ein voller Erfolg. An der langen Tafel saß eine bunte Melange aus Cleos Leben – Freundinnen, abgelegte Liebhaber, vernachlässigte Verwandtschaft, ihre Friseuse war da, ihr Masseur, ihr Blumenmann. Spontan, gemischt, nichts paßte zusammen – und doch paßte alles wunderbar. Es war eine Party, von der alle Gäste noch Jahre später schwärmen würden. Der Wein floß in Strömen, auf dem Tisch eine kulinarische Massenkarambolage aus Pasta und Vorspeisen, Servietten, Geschirr, Kerzen und Blumen. Cleo hatte die beiden Partyköche Guido und Andreas zum Bleiben überredet, und nun servierten sie, bekleidet mit Cocktailschürze, die Cleo in einer Schrankschublade gefunden hatte, das Essen.

»Wer meine Jungs in den Po kneift, muß fünf Mark in die Kasse tun«, hatte sie zu Beginn des Abends verkündet, »die eine Hälfte ist Trinkgeld, die andere für die Aids-Hilfe. Also, Freunde, kneift – aber mit Gefühl.«

Gegen Mitternacht hatten Guido und Andreas rotgekniffene Pobacken und insgesamt fünfhundertzwanzig Mark Trinkgeld. Cleo war weingelöst und in Hochstimmung, wie immer, wenn sie die Gastgeberin einer gelungenen Party war. Es klingelte, als Cleos Mutter gerade die Hand an Guidos rechter Pobacke hatte. »Mal 'n Moment Ruhe«, schrie Cleo und ging zur Haustür.

Hoffentlich nicht die Polizei, sie hatte vergessen, Fenster und Balkontür zu schließen. Aber das Klingeln klang nach Wohnungstür. Scheiße, bestimmt ein in seiner Ruhe gestörter Nachbar. Sie zauberte ein entschuldigendes Lächeln auf ihr Gesicht, riß schwungvoll die Tür auf: »Ich mach die Mu ...« Der Satz erstarb ihr auf der Zunge. Vor ihr stand Camilla und streckte ihr einen Blumenstrauß entgegen. »Ich war grad in der Nachbarschaft«, sagte sie lächelnd, »und hörte Musik aus Ihrer Wohnung. Und da dachte ich ...«

»Kommen Sie rein«, Cleo riß die Wohnungstür weit auf. Sie ging über den Flur, leicht schwankend. Spielte ihr der Rotwein einen Streich, oder war dies die Ehefrau ihres Geliebten? »Schließlich haben Sie ja diese Party mitverschuldet«, sie drehte sich zu Camilla um und grinste, »das wenigste, was Sie dafür erwarten können, ist doch ein schönes Glas Wein.«

Sie hatten den Flur überquert, standen in der Tür zum Eßzimmer, aus Cleos Radiowecker sang der im Vorjahr verstorbene Rex Gildo: Fiesta Mexikana. Alle sangen mit. Hossa! Hossa! Hossa!

»Sind Sie gestreßt, daß ich hier bin?« fragte Camilla. Sie lächelten sich an. »Im Gegenteil«, sagte Cleo, »können Sie noch ein bißchen bleiben?«

»Mit dem größten Vergnügen«, erwiderte Camilla, während sie ihr Handy aufklappte »Erika? Alles okay. Ich ruf dich morgen an.«

Zwei Stunden später war die Wohnung ein Schlachtfeld, denn Guido und Andreas hatten sich geweigert aufzuräumen und wollten morgen wiederkommen. Die Gäste waren gegangen, Küßchen rechts, Küßchen links, die Treppe hinunter – auf die Straße, hoffentlich nicht in ihre Autos – gepoltert. Nach all der Musik, dem Gelächter, der lauten Stimmung war es plötzlich sehr still. Cleo und Camilla standen in der Küche. Aus dem Radiowecker perlte romantische Nachtmusik. Von der Straße summte leise der Verkehr.

»Sind Sie glücklich mit Mario?« fragte Cleo unvermittelt, denn dies war die Stunde der Wahrheit. »Nein«, antwortete Camilla und sah ihre Nebenbuhlerin an, »schon lange nicht mehr. Eigentlich war ich es nie. Sind Sie es denn?«

Cleo ging zur Kaffeemaschine und schenkte eine Tasse Kaffee ein, die sie ungefragt vor Camilla hinstellte. »Ich hatte ihn ja immer nur geliehen«, sagte sie leise, und in ihrer Stimme schwang so viel unerwartete Traurigkeit, daß Camilla sie ganz überrascht ansah. »Frauen wie Sie werden geheiratet, Frauen wie ich werden Geliebte. Wenn wir schlau sind, leben wir damit und versuchen nicht, es zu ändern.«

Mit einem lauten Knall setzte Camilla ihre Kaffeetasse ab. »Warum müssen wir uns eigentlich damit arrangieren, wie die Männer uns haben wollen?« fragte sie. »Warum machen wir nicht unsere eigenen Regeln?«

Gute Frage, dachte Cleo, leider keine Antwort.

»Wollen Sie heute nacht bei mir schlafen?« fragte sie statt dessen.

Als sie Camillas alarmierten Blick sah, mußte sie lachen. »In allen Ehren natürlich. Aber ich rede so gern im Bett.«

Zehn Minuten später lagen sie auf Cleos Wasserbett und schauten in den sternenbetupften Nachthimmel. »Ich hab früher am liebsten woanders geschlafen«, sagte Camilla träumerisch, »bei uns zu Hause war es immer so langweilig.« Plötzlich mußte sie lachen. »Und jetzt geht's mir wieder genauso.« Cleo drückte sich tiefer in das Kopfkissen. Es war unerwartet gemütlich mit Camilla.

»Glaubst du an Gott?« fragte sie und schloß die Augen. »Glaubst du, daß es ein Wesen über den Wolken gibt, das dein Leben ganz genau verfolgt, über alles Bescheid weiß, all deine Sünden ...« Camilla lachte wie ein kleines Mädchen – und so fühlte sie sich auch, ganz jung, ganz leicht. »Eine schreckliche Vorstellung«, gähnte sie, es war inzwischen vier Uhr morgens, »ich hab ein ganz praktisches Verhältnis zu Gott. Er ist mein Beichtvater, mein Psychiater – je nachdem. Und wenn ich Mist gebaut habe, dann bete ich ganz schnell und entschuldige mich, damit er nicht auf dumme Gedanken kommt und mich bestraft.«

Camilla drehte sich zur Seite, betrachtete die still daliegende Cleo. »Du siehst eigentlich gar nicht so schlecht aus«, sinnierte sie dann, »wenn du dir die Haare ein bißchen färbst, die Wimpern, ein bißchen abnimmst ...«

Sie sagte das so ernsthaft, daß Cleo nicht beleidigt war. »Laß nur«, entgegnete diese friedlich, »ich gefalle den Männern so, wie ich bin. Deinem ja schließlich auch, obwohl du optisch ganz andere Standards gesetzt hast.« Jetzt lachten beide Frauen. »Dabei liebt er weder dich noch mich«, Camilla stopfte sich ein Kissen in den Rücken, »sondern eine Frau, die er vor fünfundzwanzig Jahren zuletzt gesehen hat.«

»Wie romantisch«, seufzte Cleo schlaftrunken, »warum passiert mir so was nie. Ich will jetzt schlafen.« Eine Sekunde später fing sie an zu schnarchen.

Das ist ja heiter, dachte Camilla, da hätte ich ja gleich zu Hause bleiben können.

Und dann schlief auch sie.

34

Die Musik in der Danceteria war ohrenbetäubend, dem englischen Namen nicht entsprechend, nur deutsches Schlagergut. Aus den riesigen Lautsprechern dröhnte gerade der einzige Hit eines Sechziger-Jahre-Sängers namens Bernd Spier:

»Das kannst du mir nicht verbieten,
Dich zu lieben alle Zeit,
Ganz genauso wie heut.
Das kannst du mir nicht verbieten,
No, my darling, tut mir leid.«

Die jungen Gäste, keiner über Achtundzwanzig, kaum einer ungepierct oder mit eigener, gottgegebener Haarfarbe, sangen jedes Wort lauthals mit.

»Wenn du willst, verbrenn das Bild von mir.
Wenn du willst, das letzte Souvenir …
Wenn du willst, vergiß die schöne Zeit …
Doch etwas gibt es, das gelingt dir nie …
Das kannst du mir nicht verbieten …«

Benedikt saß am Tresen und flirtete mit der dunkelhäutigen Bedienung, einer Guatemalteserin namens Leamona. »Darf ich einmal in dich reinbeißen?« fragte er gerade, als sich jemand auf den Barhocker neben ihn quetschte. Das Profil, die blonden Haare, der lange Hals kamen ihm bekannt vor. Woher?

»Wir kennen uns«, sagte das große blonde Mädchen, »ich bin die Cheftochter, du der kleine Volontär.« Sie lachte so entwaffnend, daß er sich nicht beleidigt fühlen konnte. »Und«, sie bestellte einen Caipirinha, wandte sich ihm dann wieder zu, »wie gefällt dir der Verlag? Du jedenfalls gefällst mir gut. Stört dich meine Offenheit? Ich finde, das Leben ist zu kurz, um drum herum zu reden.«

Er sah sie an.

Sie gefiel ihm, sie gefiel ihm sogar sehr. Er hatte schon so viele Spielchen mit Frauen hinter sich – Frauen, die vorgaben, nicht interessiert zu sein, und dann zickig wurden, wenn er sie nicht ständig anrief, umflirtete, belagerte. »Ein Mädchen muß sich rar machen, damit euer Jagdinstinkt erhalten bleibt«, hatte mal eine zu ihm gesagt. Sie hatte den Satz noch nicht ausgesprochen, da wußte er, daß er sich nie wieder bei ihr melden würde. Die Wahrheit war, es strengte ihn an, immer der Jäger zu sein, der Eroberer. Wann war ein Mann ein Mann? Er hatte keine Ahnung. Er wußte nur, daß er Frauen liebte, die ihm eindeutige Zeichen gaben. Die in sich klar waren. Die nicht nein kicherten, wenn sie ja, aber streng dich ein bißchen an, meinten. Die im Bett nicht die Augen schlossen und einen Orgasmus vortäuschten. Die seine Hand nahmen und sie auf ihren Körper legten – und dabei seufzten.

»Du schweigst, überlegst du dir eine höfliche Absage?« Maria sah ihn prüfend an. Benedikt grinste. »Für ein verwöhntes Verlegerstöchterchen hast du ziemlich proletarische Manieren.« Sie lachte schallend, öffnete dabei den Mund so weit, daß er ihre

Zäpfchen sehen konnte, ein Anblick, den er ganz außerordentlich erotisch fand. Assoziativ. Wie alles an ihr. Sie war eine einzige, fleischgewordene Versuchung. Er wollte seine Hand ausstrecken und sie berühren, ihre samtweiche, samtbraune Haut mit den blonden, flaumigen Härchen, diese zärtlich gegen den Strich streicheln. Er blickte hoch – direkt in ihre geradezu schmerzhaft blauen Augen. »Ich weiß, woran du gerade gedacht hast«, sagte sie und ließ seinen Blick nicht los, »aber darauf mußt du noch warten. Ich bin keine Frau für die erste Nacht.« Sie trank ihr Glas mit einem großen Schluck aus, legte einen Geldschein auf den Tresen, rutschte geschmeidig vom Hocker und baute sich direkt vor ihm auf. »Du erinnerst mich an meinen Vater«, sagte sie lächelnd, beugte sich vor und küßte ihn sacht auf die Stirn, »vielleicht bin ich deshalb so scharf auf dich. Töchterlicher Inzest oder so.« Ihm wurde heiß, sehr heiß. »Du willst also nicht …«, er brachte nur ein Krächzen heraus. »Doch«, ihre Stimme klang fest, »ich will. Und wie ich will. Aber nicht heute nacht. Ich will auf dich warten und mich auf dich freuen. Du sollst mich nicht einfach so vernaschen, du sollst Sehnsucht haben nach mir.«

Dann war sie verschwunden. Nur ihr Duft blieb. Er legte seine Finger auf die Stirn, fühlte, was sie vor wenigen Minuten mit ihren Lippen gefühlt hatte. Zum Glück hatte er keine Pickel auf der Stirn. So also fühlte es sich an. So fühlte es sich an, wenn man im Begriff war, sich ganz unerwartet unsterblich zu verlieben.

35

Zwischen Gundel und Jette lagen drei leergerauchte Zigarettenschachteln. Die beiden Frauen saßen sich stumm gegenüber. Alles war ausgetrunken und aufgeraucht, alles war gesagt. Vor ein paar Stunden war Gundel die Treppe hochgerauscht, war in die Wohnung gestürmt und hatte gesagt: »So, und jetzt erzählst du mir, warum du das Catering heute abend nicht selbst gemacht und den ganzen Tag mit diesem Kuhblick in den Augen gekocht hast. Ich wanke und weiche nicht, bis ich alles weiß.«

»War er da?« hatte Jette nur gefragt. »Hat es ihm geschmeckt?«

Gundel sah sie nur an »Du bist reif, meine Liebe, und du weißt es.« Dann setzte sie sich und schwieg, weil sie wußte, daß Jette Schweigen am allerwenigsten aushalten konnte.

Eine Stunde hatte Jette dem Druck standgehalten, den eine stumm rauchende Gundel auf sie ausgeübt hatte, dann setzte sie sich neben sie. »Vor rund fünfundzwanzig Jahren war der schlimmste Tag meines Lebens …«, begann sie …

Die Wochen nach der Party, der Schmerz ein spitzes, scharfes Raubtier, bereit, bei jeder sich bietenden Gelegenheit zuzubeißen. Immer und immer wieder. Die rotgeschwollenen Augen, leergeweint. Die Versuchung, die Schlaftabletten der Mutter aus dem Allibertschränkchen zu holen, aufzulösen und einfach wegzudämmern. Die immer wiederkehrende Übelkeit, die sie mit einer Diät von Kaffee und Zigaretten wegdrückte. Das besorgte Gesicht der Mutter, das sie zur Raserei brachte. Der Gang zum Arzt, als sich die Befürchtung verdichtete, nach einem, zwei, dann drei eindeutigen Ergebnissen aus der Apotheke. Das freundliche Gesicht des Arztes. Herzlichen Glückwunsch, da wird sich Ihr Mann aber freuen. Alles sieht hervorragend aus. Sie war in Tränen ausgebrochen und hatte dem Arzt den Kittel naßgeschluchzt. Der Gang nach Hause, jeder Schritt wie mit Wackersteinen beschwert. Sie sagte nichts, zu niemandem. Hörte sich vorsichtig um. Holland? England? Heiß baden? Stricknadel? Drei Schachteln Antibabypillen schlucken?

Einmal sah sie ihn auf der Straße, von weitem. Er hatte den Arm um ein blondes Mädchen gelegt. Ihre Nachfolgerin. Mit seinem Kind im Bauch. Es hatte sie zerrissen, dieser Anblick. Sie war zum Bahnhof gefahren und hatte eine Fahrkarte nach Groningen in Holland gelöst. Dort gab es einen Geheimtip. Der Arzt war klein mit fettigen Haaren und tiefliegenden Augen, die sie nie vergessen würde. Und seine Fingernägel hatten Trauerränder. Da mußt du durch, Jette, hatte sie sich Mut zugeflüstert, bald ist alles vorbei.

Sie lag schon in seinem kleinen, dunklen Behandlungszimmer, der Arzt schrubbte sich die Hände in einem Waschbecken, als die Tür aufging und ein kleiner Junge seinen Kopf hereinsteckte. Er hatte strohblondes, lockiges Haar und ein kleines Grübchen am Kinn. »Papa?« hatte er gefragt und dann holländisch geredet. Und das Gesicht des Arztes war urplötzlich wie angeknipst. Er war auf den Jungen zugegangen, hatte ihm kurz das Haar verwuschelt und ein paar Worte gesagt, die sie wieder nicht verstehen konnte. Aber sein Ton war so liebevoll, daß der kleine Junge lachte und wieder verschwand.

Dann wandte sich der Arzt ihr zu, und seine Stimme klang kalt und geschäftsmäßig: »So, und jetzt wollen wir Sie von Ihrem Problem befreien.«

Problem? War dieser niedliche blonde Junge ein Problem für ihn? Und das kleine Wesen in ihr, ein schleimiger Zellhaufen nur, wie sie sich einredete, war das ein Problem? Ein nicht lebenswertes Problem?

Mit schmerzhafter Klarheit wußte sie, daß sie es nicht tun konnte. Ihr Kind war sicherlich ein Problem, aber ein überlebenswertes. Sie erhob sich, zog sich an, der Arzt bestand trotzdem auf Barzahlung, achtlos warf sie ihm die Scheine hin.

»So, jetzt weißt du alles.« Jette war erschöpft, wie ausgelaugt. Ihre Lunge schmerzte von zu vielen Zigaretten. »Gut, daß Benedikt keine Ahnung hat. Er würde mir das nie verzeihen.«

»Weiß der Vater ...?« Gundel sah im Gesicht ihrer Freundin, daß sich diese Frage erübrigte. »Der Erzeuger?« Jette stand auf und holte eine Flasche Wein aus dem Kühlschrank. Die dritte. Egal. »Mario ist seit jener Nacht aus meinem Leben verschwunden. In der Zeitung las ich kurz darauf von seiner Hochzeit. Mit einem Foto von ihm und seiner strahlenden Braut. Das Foto hab ich mir ausgeschnitten und ins Portemonnaie gelegt. Immer wenn ich vor Kummer und Sehnsucht und Einsamkeit durchzudrehen glaubte und ihn anrufen wollte, hab ich es mir angesehen. Die strahlenden Gesichter, ihre Hand auf seiner Schulter, besitzergreifend. Das enganliegende Brautkleid, man sah noch nichts. Dann hab ich über meinen Bauch gestrichen und das Bild wieder weggesteckt.«

Gundel saß still und verdaute das Gesagte. »Warum erzählst du mir das jetzt? Warum nicht damals?«

»Weil ich Mario Benedikt aus meinem Leben gestrichen habe.«

»Ach, und deshalb hast du deinen Sohn Benedikt genannt. Und ihm jetzt seinen Sohn zugeführt, wenn auch inkognito. Du spinnst, meine Liebe.«

»Ich bin eine widersprüchliche Frau. Außerdem, du hast schuld. Wenn du mich damals nicht angerufen hättest.« Gundel lachte schallend. »Komm, laß dich drücken, Mutter.«

Sie standen auf und traten engumschlungen ans Fenster. Auf der dunklen Straße glitzerten die Autos wie kleine Wunderkerzen. »Und was jetzt?« fragte Gundel leise. »Willst du den beiden nicht endlich die Wahrheit sagen? Du sitzt auf einem Pulverfaß, meine Liebe.«

»Ich weiß«, sagte Jette.

36

Als Mario Benedikt am nächsten Morgen erwachte und in Camillas Schlafzimmer ging, war ihr Bett unberührt. Sie war also nicht nach Hause gekommen. »Uschi«, rief er, denn um diese Zeit war die Haushälterin immer in Rufnähe. »Wissen Sie, wo meine Frau ist?« Sie steckte den Kopf in die Tür, schüttelte ihn kurz und verschwand. Er ging ins Badezimmer und stellte sich unter die Dusche. Unter dem prasselnden Massagestrahl konnte er am besten nachdenken.

Camilla, schon der Gedanke an sie machte ihn müde und mutlos. Und schuldbewußt. Es waren quälende, lästige Gefühle, die er meist erfolgreich verdrängte. Er hätte sie im Grunde gern geliebt, das Leben wäre für sie beide soviel einfacher gewesen. Aber es war immer eine Sperre da. Selbst wenn sie unter ihm lag, verschwitzt, bereit, erregt, was so gut wie nie mehr vorkam – dann ertappte er sich dabei, daß er ihr diese Lustgefühle fast mißgönnte. Daß er Vergleiche anstellte zu einem anderen hingabebereiten Körper, einem anderen Gesicht voller Lust. Das ihn verfolgte, nach all den Jahren noch. Wenn er ihren Namen nur dachte, fühlte er sein Herz schwer werden. Immer noch, es war geradezu lächerlich. Sicher war sie längst glücklich verheiratet und verschwendete keinen Gedanken mehr an ihn. Er dagegen konnte noch immer nicht loslassen, verklärte die Vergangenheit, verklärte sie. Nostalgische

Seelenblähungen eines älteren Herrn. Von denen zum Glück niemand etwas ahnte.

Er riß den Duschvorhang zur Seite – da stand Camilla und hielt ihm ein Handtuch hin. »Guten Morgen«, sagte sie, »wollen wir das Frühstück auf der Terrasse nehmen? Es ist so ein schöner Tag heute. Das muß man ausnutzen.«

Sie ging vor den leicht beschlagenen Spiegel, wischte ihn sauber und musterte sich, wobei sie kleine Grimassen zog. »Ich sollte vielleicht mal wieder unters Messer«, meinte sie beiläufig und trat vom Spiegel zurück, »die Augen gefallen mir nicht mehr. Was meinst du?«

Er wußte, welche Antwort sie darauf erwartete, und er gab sie: »Du siehst phantastisch aus, laß den Blödsinn.« Er trocknete sich ab, zog die Sachen an, die ihm Uschi gestern abend hingelegt hatte. »Darf ich fragen wo du warst?«

»Dreimal darfst du raten«, es war ein Glucksen in ihrer Stimme, so als verrate sie ihm einen ganz besonders amüsanten Scherz, »los, nun rate schon.«

»Ich hasse diese Spielchen«, wehrte er ab, »sag es mir. Na gut, bei deinem Fitneßtrainer.«

»Kalt«, rief sie, »ganz kalt.«

»Bei deiner Mutter.«

»Noch kälter.«

»Ich geb's auf«, sagte er, insgeheim erleichtert, daß sie ihm nichts mehr nachtrug, ihm keine Szene machte. Manchmal war die Unberechenbarkeit von Frauen sehr angenehm. »Also, wo warst du?« Er bemühte sich, Neugier und Interesse in seine Stimme zu legen. »Ich war bei Cleo.« Er begriff nicht. »Hast du eine neue Freundin? Wie schön für dich.«

Er war jetzt angezogen und wollte das Badezimmer verlassen. »Bei Cleo Braake, deiner Geliebten. Wir haben eine zauberhafte Nacht verbracht.«

Ruckartig drehte er sich um. Sie sah ihn unschuldig an. »Soll das ein schlechter Scherz sein?« Er ging auf sie zu, schüttelte sie leicht. »Oder bist du betrunken?«

Sie lachte nur, lauthals, unbekümmert. »Du hast Geschmack bei Frauen, mein Lieber«, sagte sie, »ich kann das beurteilen, denn ich bin ja schließlich das beste Beispiel dafür. Und deine Cleo gefällt mir. Ich möchte, daß sie in Zukunft meine Freundin ist, nicht mehr deine Geliebte. Einverstanden, Liebling? Schenkst du sie mir?«

Ohne auf sein fassungsloses Gesicht zu achten, verließ sie das Badezimmer. Kurz darauf hörte er sie mit der Haushälterin lachen und scherzen. Jetzt ist sie völlig durchgedreht, dachte er. Und wählte Cleos Nummer.

»Hallo?« Es bereitete ihr Mühe, die vertrockneten Lippen voneinander zu lösen und das Wort herauszukrächzen. Eins von den vielen Weinchen war wohl schlecht gewesen. Sie blickte zur Seite – Camilla war gegangen. »Hallo, Mario.« Aus den Tiefen ihres strapazierten Kopfes wühlte sich der Beginn eines Kopfschmerzes. Mist. »Was kann ich für dich tun?«

Sie lauschte, zu fertig, um ihn zu unterbrechen. »Ob deine Frau hier war?« Für den Bruchteil einer Sekunde war ihr Kopf ganz klar. Ganz klar und sehr amüsiert. »Ja, sie war hier, und wir hatten eine wunderschöne Nacht. Du hast mir nie erzählt, wie niedlich sie im Schlaf aussieht. Wie ein Dornröschen.«

Sie legte den Hörer auf, zog das Kabel raus. Und schlief weiter. Auf dem Tisch neben ihr lag das fertige Manuskript. *Eine einsame Frau.* Mit dicken roten Weinflecken drauf.

»Hast du mit Cleo etwa ...?« Mario stand auf der Terrasse und blickte auf seine Frau herab, die gerade mit einem silbernen Honiglöffel goldklebrigen Honig auf ihr Frühstücksbrötchen träufelte. »Hab ich etwa was? Wovon sprichst du?« Camilla blätterte die Zeitung um, während sie krachend in ihr Brötchen biß. »Du weißt genau, was ich meine«, er riß ihr die Zeitung aus der Hand, sie flatterte zu Boden, »du hast schließlich die Nacht mit ihr verbracht ...«

Sie lachte höhnisch : »Und da geht gleich wieder deine schmuddelige Altmännerphantasie mit dir durch, was?« Sie hob die Zeitung auf, er stand noch immer da, wie eine lächerliche Drohung. »Geh zur Arbeit, mein Schatz, und mach dich nützlich. Ich laß dir dein Leben, und du läßt mir meins. Und jetzt laß mich weiterlesen.«

Er war entlassen. Und fühlte sich wie ein abgekanzelter Schuljunge.

»Cleo sagt, im Schlaf siehst du wie Dornröschen aus«, sagte er plötzlich, drehte sich um und ging zu seinem Wagen.

Camilla sah ihm nach und biß von ihrem Brötchen ab. Eine einzelne, unerwünschte Träne tropfte auf den Honig. Leider hast du mich nie wachgeküßt, dachte sie.

37

Frau Dr. Breithuhn legte den Brief zur Seite und seufzte. »Ich bin ein junger Autor, und dies ist mein erstes Buch«, begann das Schreiben, und als wenn das nicht schon schlimm genug wäre: »... mein Buch zu verlegen erfordert sicher großen verlegerischen Mut ...«

»Frau Dr. Boysen«, rief sie, und ihre Kollegin kam herein. »Ich habe hier ein UEM, das verlegerischen Mut erfordert. Was tippen Sie?«

»Ich tippe auf Seite fünfzehn«, sagte Frau Dr. Boysen, »worum wetten wir diesmal?« Die Cheflektorin überlegte: »Um ein halbes Pfund belgische Trüffel, und ich tippe auf Seite fünfundzwanzig.«

Sie blätterte, runzelte die Stirn, tippte dann auf eine Seite. »Da! Da ist es. Seite achtzehn. Mist. Keiner kriegt die Trüffel.« Sie lachte und fing an zu lesen: »Er sah sie und spürte, wie sich sein Glied versteifte wie ein Regenschirm. Heftig drückte er sich an sie, rieb seine Männlichkeit an ihrem weichen Schoß ...«

Sie lachten und ekelten sich.

Es gehörte zu den immer wiederkehrenden Unbegreiflichkeiten, daß die Verfasser vom UEMs ihre hilflos, aber eindeutig pornographischen Ergüsse immer mit der Floskel ankündigten, sie zu verlegen erfordere verlegerischen Mut. So, als sei dies eine Herausforderung für den Verleger. Ein finanzieller Ansporn. Seht her, Kollegen und Kunden, ich trau mich, diesen dilettantischen Schweinkram zu verlegen. Das macht mir erst mal nach. Die Erfahrung lehrte, daß sich der Schreibneuling meistens rund fünfzehn bis zwanzig Seiten warmschrieb, bevor er dann in die vollen griff.

Als die Tür aufging und Benedikt Glücklich, begleitet von Michael Weißbart, ins Büro trat, schob Frau Dr. Breithuhn schnell das Manuskript unter die Tagespost und tat beschäftigt. Es war einer ihrer vielen kleinen Zwänge, daß es ihr peinlich war, wenn sie auch nur einen Moment lang in einem Zustand angedeuteter Muße angetroffen wurde. Wenn sie nach einem Vierzehn-Stunden-Tag noch am Schreibtisch saß, an einem Schokoladenstückchen knabberte und auf dem Gang die Stimmen des türkischen Reinigungstrupps hörte, schob sie sich automatisch ein Manuskript hin und blätterte blind in ihm herum. Wenn das Telefon klingelte, wartete sie bis zum dritten Klingeln, bis sie sich, leicht atemlos, meldete, selbst wenn sie direkt daneben saß. Und die Bücher in dem Regal hinter ihrem Schreibtisch waren von rechts nach links der Größe nach geordnet, und damit der Abstand ganz gleich war, hatte sie sich eine Schablone angefertigt. Wenn Frau Dr. Boysen sich ungefragt ein Buch herausnahm, ließ es ihr keine Ruhe, bis das Buch in die richtige Lücke zurückgestellt war.

Frau Dr. Breithuhn hatte überlegt, ob dieser Zwang ein harmloser war oder über das normale Maß hinausging, und sich vorsichtshalber einer verhaltenstherapeutischen Gruppe angeschlossen. Und erleichtert gemerkt, wie viel abgründiger die anderen Teilnehmer bemackt waren. Neben ihr saß ein arbeitsloser Koch, der ständig alle Töpfe polieren mußte, daneben eine Hausfrau, die einen Raum, dessen Teppichboden sie gesaugt hatte, nicht mehr betreten konnte. Sie drehte durch, wenn ihre Kinder nach Hause kamen und durch das frisch gesaugte Zimmer liefen. Ein frühpensionierter Lehrer mußte, nachdem er das Licht ausgeschaltet hatte, mindestens eine Viertelstunde im Dunkeln stehen, um ganz sicher zu sein, daß auch keine Glühbirne mehr nachdimmte.

Dagegen war ihr Bedürfnis, alle Kugelschreiber nach Größe geordnet auf den Schreibtisch zu legen, alle Minen, wenn ungenutzt, immer eingefahren, wirklich harmlos.

Außerdem – was war die Menschheit ohne kleine Macken?

Mit einem seufzenden Lächeln, das ein »Ich bin zwar unheimlich beschäftigt, was kann ich trotzdem für euch tun?« andeuten sollte, schob Frau Dr. Breithuhn die verlegerische Herausforderung zur

Seite. »Kommen Sie herein, Herr Weißbart, und Herr … entschuldigen Sie, ich habe Ihren Namen …«

»Benedikt Glücklich, er macht ein Volontariat bei uns.« Der Personalchef sprach laut und langsam, was die Lektorin sehr irritierte. »Die nächsten beiden Monate sind Sie dran. Danach sehen wir weiter. Viel Glück.« Ein kurzes Lächeln, eine Wolke aus leichtem Männerschweiß und Karl Lagerfeld – er war verschwunden.

Frau Dr. Breithuhn bemühte sich, dem Volontär ein aufmunterndes Gesicht zu zeigen, was ihr nicht leichtfiel. Nicht an diesem Morgen, an dem sie ihr erstes graues Haar im Spiegel entdeckt und sofort ausgerupft hatte. An dem der Tierarzt sie angerufen hatte, um ihr mitzuteilen, ihre Katze habe Leukämie. Nicht an diesem Morgen, wo ihre Nerven trotz Trüffelwette so bloß lagen, daß ein Windhauch genügt hätte, um sie explodieren zu lassen, geschweige denn ein junger, vermutlich völlig unbedarfter Volontär, der sich für die Krönung der Schöpfung hielt, weil er mit Sicherheit noch kein einziges graues Haar hatte, aber glaubte, die Weisheit mit Löffeln gefressen zu haben.

Sie hatte manchmal einen richtigen Haß auf die Jugend. Vielleicht, so räumte sie in selbstkritischen Augenblicken ein, lag es daran, daß sie keine eigenen Kinder hatte. Ab dreißig hatte ihre biologische Uhr getickt, zuerst ein kleines Tick, dann ein großes, lautes Ticktack, aber ihre Kontakte mit Männern waren selten, und den Weg zu einer verschwiegenen Spermabank scheute sie. Einmal hatte sie es darauf ankommen lassen, Babyroulette gespielt mit einem jungen Lektor, den sie auf der Frankfurter Buchmesse bei einem Empfang kennengelernt hatte. Den hätte ich gern in klein, hatte sie gedacht und sich neben ihn gestellt. Drei Stunden später lagen sie eng umschlungen in ihrem Hotelzimmer. »Hast du was dabei?« fragte er, von ihrer Leidenschaft überrascht und etwas überfordert. »Wir brauchen nichts«, hatte sie geflüstert und ihn da geküßt, wo es ihn garantiert so ablenkte, daß er keine weiteren Fragen stellte. Drei Wochen später war der Schwangerschaftstest positiv. Frau Dr. Breithuhn hatte das Gefühl, als habe jemand ihr Leben von innen wieder angeknipst. Sie feierte ein kleines Fest mit sich. Ein letztes Glas Champagner, eine Kerze.

Abends rief der Hausarzt ihrer verwitweten Mutter an. »Ich muß Ihnen eine traurige Mitteilung machen. Alzheimer.«

Eine Woche später hatte sie ihre Mutter zu sich genommen und war nicht mehr schwanger. Ein Kollege ihres Frauenarztes, der es selbst nicht machen wollte, hatte das Licht wieder ausgeknipst.

Benedikt stand etwas unbeholfen vor dem Schreibtisch und sah auf die in Gedanken versunkene Cheflektorin herab. Er räusperte sich, sie schreckte zusammen. »Entschuldigen Sie, bitte setzen Sie sich.«

Die alte Dame braucht eine Prise Charme, dachte er sich und strahlte sie an. »Ich hoffe, ich störe Sie nicht bei der Arbeit«, seine Grübchen vertieften sich, »als Cheflektorin sind Sie ja wahrscheinlich immer sehr im Streß.«

Bingo! In diesem Licht ließ sich Frau Dr. Breithuhn nur allzugern sehen. »Sie haben recht«, sagte sie sanft, »Freizeit ist ein Fremdwort für mich.«

Sie stand auf und ging auf einen Stapel UEMs zu, der hinter ihrem Schreibtisch stand. »Helfen Sie mir mal«, forderte sie ihn auf, »ich schaff's nicht allein.«

Gemeinsam wuchteten sie den Manuskriptstapel in das angrenzende Zimmer, in dem ein Tisch, ein Stuhl und ein Aktenschrank standen. Es hatte bewußt mönchischen Charakter und diente den Lektorinnen als ruhiger Leseplatz, wenn sie durch nichts abgelenkt werden wollten. Vor allem nicht durch lästige Autoren. »Lesen Sie sich alles in Ruhe durch und schreiben dann zu jedem Manuskript eine kleine Beurteilung«, es war ein fieser Auftrag, und sie wußte es, aber ein Sprung ins kalte Wasser hatte noch niemandem geschadet, »Ihren ersten Eindruck. Schreiben Sie etwas zu Stil und Sprache des Autors. Schreibt er spannend? Sind die Dialoge gelungen? Glauben Sie, daß das Thema interessant ist und das Buch ein Erfolg werden könnte? Trauen Sie sich ruhig. Wenn Sie Hilfe brauchen, rufen Sie mich.«

Sie lächelte honigsüß und ließ ihn allein. Damit war er zunächst ruhiggestellt und hing nicht unbeschäftigt vor ihrem Schreibtisch herum.

Benedikt zündete sich erst mal eine Zigarette an und pustete den Rauch über die erste Einsendung. »Das war mein Leben – die Erinnerungen einer Dreiundneunzigjährigen, aufgeschrieben von ihrer Enkelin.«

Er war jetzt schon genervt, schon vor dem ersten Satz. Dann las er ihn: ›Ich wurde geboren, dafür konnte ich nichts. Eine Zangengeburt, weil ich nicht kommen wollte. Die Nachgeburt, so erzählte später meine Tante Ottilie, fraß unser Schäferhund. Kurz darauf starb er.‹

Benedikt verschluckte sich. Übelkeit stieg in ihm auf. Er brauchte jetzt einen Kaffee. Da ging die Tür auf. »Hier steckst du also.« Maria kam herein, mit einem Kaffeebecher in der Hand, den sie ungefragt auf den Tisch stellte. »Ein kleiner Koffeinfix für das müde Hirn. Komm ich ungelegen?«

Er griff nach dem Becher und trank ihn in drei großen Schlukken leer. Er war froh, daß sie sein aufdringlich klopfendes Herz unter seinem Hemd nicht sehen konnte. »Dich schickt der liebe Gott«, grinste er und wies auf den großen Stapel, »wenn du nichts Besseres zu tun hast …«

»Hab ich nicht«, sagte sie und schloß die Tür, »du bist das Beste.«

38

Jette stand vor ihrem Telefon. Ihr Tag war bis auf die letzte Minute verplant, ein Geschäftslunch für fünfzig Personen, eine Geburtstagsfeier um neunzehn Uhr – Einkaufslisten, Faxe, das Handy klingelte ununterbrochen –, und sie hatte nur ein einziges, ganz dringendes Bedürfnis, ihn anzurufen, seine Stimme zu hören und nur zu sagen: »Ich habe dir deinen Sohn geschickt, Mario.« Und dann einfach aufzulegen. Dieses Bedürfnis war so stark, daß ihre Finger über der Tastatur förmlich glühten, ihr Herz pochte, sie kleine Schweißtröpfchen auf der Oberlippe mit der Zungenspitze wegleckte. Benedikt hatte ihr das Telefonverzeichnis des Verlages gegeben.

Sie holte tief Luft und wählte, lauschte mit angehaltenem Atem dem Rufzeichen. Dann … »Göhlen Verlag, guten Tag. Was kann ich für Sie tun?«

»Ich möchte gern Herrn Benedikt sprechen.«

»Moment, ich verbinde.«

Die Sekunden tropften heiß und schwer und unwiderruflich durch die Leitung, dann: »Ella Malik, Chefsekretariat.«

»Ich möchte bitte mit Mario Benedikt sprechen.«

»Und wen darf ich melden?« Jette holte tief Luft. »Sagen Sie nur – Jette.«

»Frau Jette?« fragte die Sekretärin nach. »In welcher Angelegenheit bitte, Frau Jette?«

»In rein privater Angelegenheit.«

»Ich schau mal, ob er zu sprechen ist«, die Sekretärin klang leicht pikiert, »warten Sie bitte.«

Jette stand in ihrer vollgestellten Küche und ließ ihren Blick über die dort angesammelten Lebensmittel schweifen. Aber sie nahm alles wie durch einen milchigen Schleier wahr – die Avocados, die farblich einen so reizvollen Kontrast zu den Orangen und den Pampelmusen bildeten, aus denen sie gleich einen leckeren Salat zaubern wollte. Die Baguettes, die neben dem köstlich stinkenden Rohmilchkäse lagen ... die prallroten Tomaten.

»Mario Benedikt.« Seine Stimme. Mein Gott, es war tatsächlich seine Stimme. »Wer spricht da bitte?« Jetzt klang die Stimme ungeduldig. »Ich habe Ihren Namen leider nicht genau verstanden.«

»Hallo, Mario«, brachte sie schließlich heraus, »ich bin's.«

Schweigen. Jettes Herz klopfte jetzt so aufdringlich, daß sie kaum Luft bekam. Ihr war schwindelig. »Jette?« flüsterte er. »Jette?«

»Ich habe dir ein Geschenk gemacht«, sagte sie und legte auf.

Ihr gesamter Körper schmerzte. Seelenkater. Es war zuviel. Zuviel Gefühl. Noch immer zuviel Liebe. Es war nicht auszuhalten.

Sie ging zum Fenster, riß es auf, weit, weit, frische Luft. Sie beugte sich hinaus. Der Wind kühlte ihr knallheißes Gesicht. Was hatte sie getan? Was um Himmels willen hatte sie da getan?

Mario Benedikt hielt den Telefonhörer in der Hand. Auch sein Herz pochte wie rasend. Er hatte ihre Stimme sofort erkannt. Unter Hunderttausenden, unter Millionen hätte er ihre Stimme wiedererkannt. Nach, er rechnete zurück, nach einem Vierteljahrhundert, nach der Hälfte seines bisher gelebten Lebens hatte er ihre Stimme wieder gehört. Und diese Stimme, nur durchs Telefon, nur für ein paar Sekunden, tat wieder genau dieselben Dinge mit ihm, die sie vor fünfundzwanzig Jahren getan hatte. Sie machte ihn weich und aufgelöst und sehnsüchtig. Er ging ins Sekretariat. Ella Malik schaute ihn an und wartete auf eine Anweisung. »Hat die Anruferin eben eine Telefonnummer hinterlassen?« Er bemühte sich, normal zu klingen und nicht wie ein übereifriger, bis über beide Ohren verliebter Pennäler. »Nein«, sagte die Sekretärin, »hätte ich sie fragen sollen? Sie sagte nur, es sei privat, da dachte ich …«

Sie ließ den Satz unvollendet, ganz diskrete Sekretärin. »Schon gut«, meinte Mario und war auf unbestimmte Weise verärgert, »schauen Sie doch mal im Telefonbuch nach.« Er ging in sein Büro zurück, Ella Malik zog resigniert das dicke Telefonbuch unter ihrem Schreibtisch hervor. Sie leckte ihren Zeigefinger und blätterte. H I J … Da war's … Jespen, Jetter, Jette …

39

Das Gekicher aus dem kleinen Lesezimmer war bis auf den Gang zu hören. »Was ist denn da los?« fragte Frau Dr. Boysen, von einem Lunch mit einer anstrengenden Altautorin namens Marielouise Bruckner zurück, die sich, wie es so freundlich in der Branche hieß, »längst ausgeschrieben hatte«, dies aber einfach nicht wahrhaben wollte und jedes Jahr ein neues Achthundert-Seiten-Manuskript vorlegte. Da sie, so munkelte man, in ihrer Jugendblüte die langjährige Geliebte von Göhlen senior gewesen war, genoß sie im Verlag einen gewissen Heimvorteil, das heißt, ihre Bücher wurden verlegt, in immer kleinerer Auflage zwar und meistens von einer geplagten Frau Dr. Boysen völlig umgeschrieben, aber gedruckt wurden sie und lagen dann in den hinteren Regalen der Buchhandlungen, wo sie von der Autorin diskret, aber hartnäckig wieder nach vorn gelegt wurden. Beim Lunch hatte Marielouise Bruckner über mögliche Pressetermine und Lesungen diskutiert – ein heikles Thema für Frau Dr. Boysen, denn es gab weder ein Medien- noch ein Buchhändlerinteresse an der Autorin. »Dann strengen Sie sich ein bißchen an«, hatte diese gefordert und einen zweiten Nachtisch bestellt, »als dienstälteste Erfolgsschriftstellerin des Göhlen Verlages kann ich das schließlich erwarten.«

Dermaßen autorengeplagt erwischte sie das Gekicher aus der Lektorenkammer auf dem falschen Fuß.

»Unsere beiden Praktikanten lesen UEMs«, murmelte Frau Dr. Breithuhn, sah flüchtig hoch von einem Manuskript über die Liebesaffäre eines Sikhs mit einem blonden Partygirl. Es sollte *Eine unmögliche Liebe* heißen, und genauso war es leider auch. »Bruckner-Streß?« fragte sie nur.

Frau Dr. Boysen verdrehte die Augen. »Die Autorin will ein Porträt in *Spiegel*, *Stern* und *Zeit* und natürlich eine Besprechung im ›Literarischen Quartett‹.«

Die Unfähigkeit vieler Autoren, einzusehen, wann die Dichterbatterie ausgelaufen war, hatte in diesem Büro schon zu vielen unerfreulichen Szenen geführt. Der schwule Reisedichter, der bis weit über seinen neunzigsten Geburtstag hinaus noch jedes Jahr ein einfach wahrhaftig nicht zu publizierendes Opus vorlegte und mit Selbstmord drohte, wenn es nicht gedruckt wurde. Die literarische Entdeckung des Jahres 1963, eine inzwischen sechsundfünfzigjährige Alkoholikerin, die nach ihrem hochgelobten Erstling *Ich bin eine Wolke* von einer Schreibhemmung heimgesucht wurde, die immer noch andauerte – die Liste war lang. An der Bürotür des Lektorats klebte deshalb nur ein Satz. »Wer soll das alles lesen?«

Frau Dr. Boysen griff gereizt zur Nervennahrung in ihrer Schreibtischschublade – eine Tafel Doppelnuß –, als erneutes Gekicher aus dem Lesezimmer drang. Sie öffnete die Tür schwungvoll, als wolle sie ein Statement abgeben. »Spaß bei der Arbeit?« Sie hörte selbst, wie altmütterlich ihre Stimme klang. Aber auch eine Prise Neid schwang mit. Zwei rote Köpfe fuhren auseinander.

»Es ist zu komisch«, Maria strich sich eine blonde Haarsträhne aus der Stirn. »Hier schreibt einer: ›Dicke Männer haben auch im Gesicht einen Bauch. Später liest man in den Zeitungen, daß dicke Männer einsam sterben. Dicke Männer hinterlassen viele Witwen.‹« Sie sah Frau Dr. Boysen an und kicherte: »So ein Schwachsinn, was, Benny?«

Die Lektorin sah das lachende Mädchen an, dann den jungen Mann, der sie mit diesem Blick gefühlsmäßiger Auflösung von der Seite ansah, mit dem Frau Dr. Boysen auch zu gern einmal wieder betrachtet worden wäre, und sie dachte plötzlich – wie ähnlich sich diese beiden doch sind. Beneidenswert jung. Blond und blauäugig. Siegeraugen. Sie könnten Geschwister sein. Was sie ganz offensichtlich nicht waren.

»Das war kein Schwachsinn, Frau Benedikt«, korrigierte sie etwas spitz, »das war ein Zitat von Wolf Wondratschek. Und zwar aus seinem Buch *Früher begann der Tag mit einer Schußwunde*.«

Maria lachte, nicht im mindesten zerknirscht. »Ups«, sagte sie nur und knuffte Benedikt in die Seite, »ich find's trotzdem blöd. Wer ist Wolf Wondratschek?«

Wie alle intelligenten Männer hatte Benedikt Glücklich keine Neigung, sich in die Front zwischen zwei Frauen zu begeben. Er lächelte die Lektorin an und zuckte die Schultern: »Mein Geschmack ist es auch nicht«, meinte er sanft, »aber ich bin ja, wie gesagt, auch eher ein Fan der Klassiker.«

»Der Klassiker?« Frau Dr. Boysens Augen fingen an zu leuchten. »Das freut mich aber sehr. So selten bei Menschen Ihren Alters. Haben Sie da bestimmte Vorlieben?«

Den ungläubig-spöttischen Blick von Maria ignorierend, holte Benedikt tief Luft, die Augen seinerseits fest auf die gespannte Lektorin gerichtet:

»Zum Kampf der Wagen und Gesänge,
Der auf Korinthus Landesenge
Der Griechen Stämme froh vereint,
Zog Ibykus, der Götterfreund,
Ihm schenkte des Gesanges Gabe,
Der Lieder süßen Mund Apoll,
So wandert er, an leichtem Stabe
Aus Regium, des Gottes voll.«

Verblüfftes Schweigen. Maria klatschte, Frau Dr. Boysen öffnete die Augen, die sie kurz geschlossen hatte. »Darf ich mit Goethe kontern?« fragte sie und schloß die Augen wieder. Ihre Stimme hatte einen sehnsüchtigen, fast entrückten Klang, Maria und Benedikt sahen sich an und unterdrückten ein unangebrachtes Kichern. »Wir bitten darum«, sagte Benedikt endlich.

Frau Dr. Boysen hielt ihre Augen weiterhin fest geschlossen. So war der Genuß ungetrübter.

»Ich nenne mich zwar keusch und rein,
Und rein von bösen Fehlen,
Doch muß ich hier gefangen sein,
Und muß mich einsam quälen.
Du bist mir zwar ein schönes Bild
Von mancher Jungfrau, rein und mild,
Doch weiß ich noch was Liebers.«

Sie öffnete die Augen, wie aus einem schönen Traum erwacht.

»Das ist aus Goethes Gedicht *Das Blümlein Wunderschön*«, sagte sie. Die beiden Zuhörer nickten.

»Ich kenn auch ein Gedicht von Goethe«, sagte Maria plötzlich.

»Gern der Zeiten gedenk ich,
da noch die Glieder gelenkig,
bis auf eins.
Diese Zeit kommt nicht wieder,
steif sind nun die Glieder,
bis auf eins.«

Frau Dr. Boysen drehte sich auf dem Absatz um und ging.

»Das war wohl nichts«, meinte Benedikt achselzuckend. »Versteh ich nicht«, auch Maria war ratlos, »war doch schließlich auch von Goethe.«

»Ein ziemliches Ferkel, der alte Sack.« Sie lachten.

Dieses Lachen traf Frau Dr. Boysen wie ein Dolchstoß. Sie fühlte sich gekränkt, veralbert, lächerlich gemacht. Sie selbst verübelte ja dem verehrten Meister dieses Abrutschen in fast pornographisch zu nennende Niederungen! Die Tür öffnete sich, und ihre Lieblingsautorin, die Verfasserin zahlreicher Verblödungsepen, kam herein. Vielen Dank für diesen wunderbaren Tag, lieber Gott, betete sie ein kleines, böses Stoßgebet Richtung Himmel, was hast du sonst noch für mich in petto?

»Ich habe fertig.« Cleo Braake trug ihr dickes Manuskript, das sie mit einer roten Schleife umwickelt hatte, wie einen Täufling zum überfüllten Schreibtisch der Lektorin. »Keine Diskette?« fragte die Lektorin. »Disketten sind unsinnlich«, lächelte die Autorin, »wünsche angenehmes Lesevergnügen.« Mit diesen Worten war sie wieder verschwunden.

»Das neue Baby?« Frau Dr. Breithuhn war aus ihrem Zimmer aufgetaucht und hob das umfangreiche Paket hoch. »Alle Achtung, schwer ist es jedenfalls. Und heißt wie?« Sie schob die Schleife zur Seite: *Eine einsame Frau.*

Die beiden Lektorinnen schwiegen. Sie fühlten sich angesprochen, auf fast unangenehm intime, aufdringliche Weise. »Ich bin froh, daß Sie dieses Buch lektorieren«, sagte Frau Dr. Breithuhn endlich, »haben Sie ein Stück Schokolade für mich?«

»Aber immer«, lächelte Frau Dr. Boysen und griff in ihre Schreibtischschublade.

Und dann begann sie zu lesen.

40

»Ich habe zwei Jettes hier«, Ella Malik legte ihrem Chef einen Zettel mit zwei Telefonnummern auf den Schreibtisch, »scheint ein ungewöhnlicher Name zu sein.«

Der Verleger runzelte unwillig die Stirn. Günter Jette, Vera Jette las er. »Das sind ja Nachnamen«, rief er durch die halb geöffnete Tür, er klang leicht gereizt, Frau Malik steckte besorgt ihren gut gefönten Kopf herein. »Jette ist doch der Vorname. Hat denn die Dame keinen Nachnamen genannt?« Die Sekretärin schüttelte den Kopf. »Tut mir leid«, sagte sie, »ich habe leider auch keine Telefonnummer.«

Kopfschüttelnd setzte sie sich wieder vor ihren Computer. Was war denn bloß mit dem Chef los? So hatte sie ihn noch nie erlebt. Und woher wußte er, daß Jette ein Vor- und kein Nachname war?

Hinter seinem Schreibtisch war Mario Benedikt unfähig, sich

weiterhin auf einen komplizierten Lizenzvertrag zu konzentrieren. Buchstaben und Zahlen verschwammen vor seinen Augen. Jette. Er konnte an nichts anderes denken. Warum fiel ihm ihr verdammter Nachname nicht ein? Warum hatte sie ihn angerufen? Was für ein Geschenk hatte sie gemeint?

»Papsilein?« Die Stimme seiner Tochter riß ihn aus seinen Grübeleien. Maria stand vor ihm, mit leuchtenden Augen. Alles an ihr schien zu glühen. »Ich bin verliebt.« Sie hatte die Tür geschlossen und die Stimme gesenkt. »Es hat mich so erwischt, Papsilein, daß ich glaub, ich muß platzen.« Jetzt saß sie auf seinem Schoß und schnüffelte in seinem Haar herum, wie früher, als sie ein kleines Mädchen war und genau wußte, wie sie ihn wehrlos machte.

Die Wirkung blieb auch diesmal nicht aus, obwohl sich bereits in das Wohlbehagen, sie so selten nah und ganz körperlich bei sich zu haben, eine kleine nagende Eifersucht mischte. »Wen willst du diesmal unglücklich machen?« fragte er mit bemühter Leichtigkeit. Sie seufzte und schmiegte sich noch dichter an ihn. »Diesmal fühlt es sich ernst an«, flüsterte sie an seinem Ohr, ihr heißer, süßer Atem kringelte sich in seiner Ohrmuschel, ein wohliges Gefühl. »Kenn ich ihn?« fragte Mario Benedikt leicht beunruhigt, obwohl es sich für seine Einzige schon des öfteren ernst angefühlt hatte. Eigentlich fast jedesmal. »Es ist Benedikt Glücklich, der neue Volontär«, Maria flüsterte noch immer, fast als traue sie sich nicht, den Namen laut zu sagen. »Ein Volontär.« Die väterliche Stimme klang streng. »Der Junge hat ja noch gar keine Ausbildung. Also, ich weiß nicht …«

»Aber ich weiß«, jetzt flüsterte sie nicht mehr. Sie war etwas von ihm abgerückt und sah träumerisch aus dem Fenster. »Er ist es, Paps. Der Mann, mit dem ich leben möchte. Ich bin ganz sicher. So sicher wie noch nie. Ach Paps«, sie stand auf und stand vor ihm, mit weit ausgebreiteten Armen, »ich bin so superglücklich.«

Mario trat ans Fenster. »Weiß der junge Mann schon von seinem Glück?« fragte er, denn er kannte seine ungestüme Tochter. Sie lachte. »Noch nicht so richtig. Ich lass mir diesmal Zeit mit der Eroberung. Ich wollte nur, daß du Bescheid weißt.« Sie ging zur Tür, auf langen, geraden Beinen, das blonde Haar wippte auf ihrem leicht gebräunten Rücken. Wie Camilla, dachte Mario plötzlich, ganz genauso hat sie auch ausgesehen …

»Ich lad ihn mal ein.« Mit diesen Worten war Maria weg.

»Ich möchte dich einladen, mein Vater will dich kennenlernen.« Camilla hatte genauso entschieden, genauso verliebt geklungen, als sie ohne Vorwarnung wieder in seinem kleinen Studentenzimmer aufgetaucht war. Er hatte gerade einen unbeholfenen Entschuldigungsbrief an Jette komponiert, den er schnell unter seine Examensarbeit schob. »Ein unerwarteter Besuch.« Er hatte genauso unwillig und sperrig geklungen, wie er sich gefühlt hatte.

»Morgen abend, Punkt acht Uhr«, sie hatte dabei gelächelt, »wir haben dir etwas Wichtiges zu sagen, mein Vater und ich. Sei bitte pünktlich.«

Er hatte genickt, neugierig und ärgerlich auf Jette, die sich nach einem Streit nicht mehr bei ihm gemeldet hatte.

Als er am nächsten Abend um fünf Minuten vor acht durch den parkähnlichen Garten ging, der zu der Göhlen-Villa führte, war er sehr bemüht, sich nicht anmerken zu lassen, wie beeindruckt er war. Er ging die kleine Treppe zum großen Holzportal hinauf. Die Tür wurde aufgerissen, bevor er klingeln konnte. Vor ihm stand ein Butler, wie im Kino. »Sie werden erwartet, Herr Benedikt«, sagte dieser mit undurchdringlicher Buster-Keaton-Miene und trat zur Seite. »Hallo, Mario«, Camilla war aus dem Dunkel einer riesigen Vorhalle aufgetaucht und kam strahlend auf ihn zu, »schön, daß du da bist, mein Vater erwartet dich schon im Salon.«

Er erinnerte sich noch genau an das Gefühl der Beklommenheit, das ihn beschlichen hatte, als er ihr durch die dunkle Halle, an Familienporträts in dicken Goldrahmen und einer wandhohen Großvateruhr vorbei in den Salon folgte. »Worum geht es eigentlich?« hatte er ihr zugeflüstert, doch sie hatte nur gelächelt und ihm die Salontür geöffnet. Sie traten ein, und aus einem riesigen Ohrsessel erhob sich ein großer, hagerer Mann mit schlohweißem, dichtem Haar. Günter Göhlen, Chef des Göhlen Verlages, war ein ebenso geachteter wie gefürchteter Mann. Seine Autoren liebten und haßten ihn gleichermaßen, weil er sowohl mit Vorschüssen großzügig als auch in seiner Kritik vernichtend war. Sein

Urteil war unbestechlich, wer als Autor bei Göhlen unter Vertrag war, gehörte einer literarischen Elite an. Und genau das war das Problem. Im Zeitalter von Fernsehen und Taschenbüchern verkaufte sich anspruchsvolle Literatur immer weniger. »Die Leute wollen sich nicht bilden, wenn sie geschafft von der Maloche nach Hause kommen, sie wollen sich unterhalten«, hatte der Verlagsgründer Emmanuel Göhlen seinem hartleibigen Sohn immer wieder an den Kopf geworfen und war schließlich voller Wut, unversöhnt nach seinem dritten Herzinfarkt verstorben.

Die Herzschwäche lag in der Familie, auch Günter Göhlen hatte mit Vierzig bereits einen sehr heftigen Infarkt hinter sich. Also musterte er den jungen Mann, mit dem seine einzige Tochter jetzt auf ihn zukam, voller Interesse, und was er sah, gefiel ihm. »Guten Abend«, sagte er mit mehr Herzlichkeit in der Stimme, als seine Umgebung normalerweise erhielt, »was ist dran an Ihnen, daß meine Tochter so von Ihnen schwärmt?«

Noch nach über einem Vierteljahrhundert erinnerte sich Mario Benedikt an das Unwohlsein, das er unter dem forschenden Blick seines zukünftigen Schwiegervaters gespürt hatte. Und seine Antwort hatte entsprechend ungeschickt geklungen. »Ich habe keine Ahnung«, hatte er geantwortet und verkrampft gelächelt. Der Alte hatte das Lächeln nicht erwidert. Sie hatten sich gesetzt und einen Cognac getrunken, an dem er sich fast verschluckt hatte.

»Soll ich vielleicht die Auskunft anrufen oder das Einwohnermeldeamt? Aber ohne Nachnamen ...« Ella Malik musterte ihn besorgt. Er zuckte wie ertappt zusammen. »Nein, lassen Sie«, wehrte er schroff ab, »es war nicht so wichtig. Sie können jetzt gehen, ich brauche Sie nicht mehr.«

Schweigend drehte sie sich um und ging.

»Meine Tochter erwartet ein Kind von Ihnen, Herr Benedikt.« Noch heute spürte er bei der Erinnerung an diese knappen Worte die eisige Klammer, die sich damals um sein Herz gelegt hatte. Er hatte sich umdrehen, rauslaufen wollen, weit weg, aber der kühle, prüfende Blick des Alten hatte ihn wie festgebannt. So hatte er nur trocken geschluckt, während er versuchte, den harten Kloß in seiner Kehle herunterzuwürgen. »Es war doch nur ... ein paarmal ...«, hatte er sagen wollen, aber aus Rücksicht auf den Verleger den Satz nicht beendet. »Ich bin, ich ...«, er konnte nicht weitersprechen.

»Was ist, freuen Sie sich nicht? *Ich* freue mich sehr auf mein erstes Enkelkind«, Günter Göhlen schaffte es, in eine absurde Erwartung seine ganze unangebrachte Entrüstung zu legen. Mario fühlte sich völlig überfordert.

Wie sollte er sich auf ein Kind freuen, das auf diese Weise entstanden war? Camilla hatte gar nichts gesagt, aber er spürte ihre Augen. Wie kalte, nasse Steine lagen sie auf ihm. Warteten auf seine Reaktion. Was zum Kuckuck wollte sie von ihm? Ihm ein Kind aufs Auge drücken? War es denn überhaupt sein Kind?

»Das ist wirklich, also das kommt unerwartet«, hatte er schließlich gestammelt. Der Alte hatte ihm noch einen Cognac eingeschenkt. Der nichts zu seiner Entspannung beigetragen hatte, im Gegenteil. Er fühlte sich außerstande, ein Gefühl zu heucheln, das er auch nicht im entferntesten empfand.

»Ich werde dieses Kind bekommen, egal, ob du dazu stehst oder nicht«, Camillas Stimme klang schrill und tränenreich. Der Alte stand auf und legte seinen Arm um die Schulter seiner Tochter. Sie schmiegte sich an ihn, so standen sie da, eine undurchdringliche Einheit. »Ich erwarte, daß Sie meine Tochter heiraten«, das war ein Befehl, »es soll Ihr Schade nicht sein, junger Mann ...«

Mario stand am Fenster. Der Abend nach einem ungewöhnlich schönen Frühherbsttag dämmerte über der Stadt und färbte den Himmel in fast unverschämten Orange- und Rosatönen. Und ganz plötzlich, ohne Vorwarnung, drückte ihm die Sehnsucht nach der Zeit von gestern fast das Herz ab. Die Zeit mit Jette, nicht seine frühen Ehejahre. Aber diese Zeit war unwiederbringlich vergangen. Und es war ja tatsächlich nicht sein Schade gewesen ... er hatte einen Verlag, eine attraktive Frau und vor allem eine Tochter, die er über alles liebte. Und jetzt war sie schon wieder verliebt. Hoffentlich nichts Ernstes. Er hatte noch keine Lust, den Schwiegervater zu geben. Er wollte noch ein Weilchen der wichtigste Mann in ihrem Leben bleiben.

Das Telefon auf seinem Schreibtisch klingelte. Er wartete, dann fiel ihm ein, daß er seine Sekretärin ja nach Hause geschickt hatte. »Ja?«

»Hast du schon gelesen, Mario?«

Er brauchte eine Sekunde, um zu begreifen, daß dies seine Autorin Cleo Braake war, die wissen wollte, ob er ihr Manuskript über menstruierende Frauen, oder waren es menopausale oder einsame? Egal. Alles war gleich fürchterlich. »Ich hab deine Bücher doch noch nie gelesen«, sagte er brutal, »warum sollte ich es jetzt tun?« Schweigen. Er hörte, wie sie die Luft einzog. »Weil in diesem Buch sehr viel von mir vorkommt«, erwiderte sie, »und sehr viel von dir.«

Ein kurzes, kaltes Grauen schnürte ihm für Sekunden die Brust zusammen. Eine Horrorvorstellung, von seiner Geliebten, die im Begriff war, Ex zu werden, literarisch geoutet zu werden.

»Ich hab dich natürlich leicht verfremdet«, sie schien sich sehr zu amüsieren, und er war äußerst verärgert, »nur wer dich gut kennt, wird dich wiedererkennen.« Er holte tief Luft. »Was ist los mit dir? Willst du dich an mir rächen, mich lächerlich machen?« Sie kicherte, ein leises, heiseres, zutiefst vergnügtes Kichern. »Ach Schätzelchen«, sagte sie, »nimm dich doch nicht so wichtig. Das Buch ist gut, glaub mir. Ein Bestseller. Lies es und entspann dich.« Sie legte auf, er hielt den Hörer in der Hand. Hatte sich denn die gesamte Welt gegen ihn verschworen? Zumindest was den weiblichen Teil betraf, sah es danach aus. Das Telefon klingelte erneut. Er wußte, daß sie es nochmals war. »Ich werde es lesen«, versprach er.

»Das erwarte ich auch«, riet sie ihm mit leicht scharfem Ton, »sonst gibt es nämlich auch noch andere Verlage, mein Schatz. Du weißt, ich bin eine umworbene Frau. Vielleicht nicht privat, aber beruflich.«

»Willst du mir drohen?« Er war fassungslos. »Vielleicht keine schlechte Idee«, sagte sie nur und legte auf.

Plötzlich hatte er Lust auf eine Männerrunde. Sich mit Falko sinnlos zu besaufen, dreckige Witze zu erzählen oder über Auto und Fußball zu dumpfen. Nur Bier und Männerschweiß und Testosteron. Der Leber zeigen, wer Herr im Haus war. Abstürzen.

Er wählte die Nummer seines Freundes. »Falko? ›Feuchte Ecke‹? Um acht?«

Morgen würde er Cleos Buch lesen. Früh genug für einen Herzinfarkt.

41

»Du mußt unter Leute, du siehst Scheiße aus.« Gundel konnte sich diese deutliche Ausdrucksweise leisten, sie war die dienstälteste Freundin, jede Seelen- und Körperfalte von Jette war ihr vertraut. Die beiden Frauen waren jenseits von Beleidigtsein, von Taktgefühl, das machte ihre Freundschaft so wertvoll, so unersetzlich. Jette seufzte und streckte ihren Fuß noch tiefer in Waltrauds Schoß, die sich gerade dem Ballen widmete und dabei etwas von »dein Darmbereich, der ist tierisch verspannt« murmelte, was Jette auch nicht weiterhalf, aber es war trotzdem ein schönes Gefühl. »Ich will nur noch ins Bett«, murmelte sie. »Laken küssen, ein bißchen lesen, Fernseher an, dabei einschlafen. Schlafen ist die Erotik des Alters, das weißt du doch.«

»Nein, das weiß ich nicht«, sagte Gundel energisch, »ich weiß nur, daß wir beide in zwanzig Minuten an einem Tresen sitzen und zumindest mit dem schwulen Barkeeper flirten werden. Also, Waltraud, gib Jette ihren Fuß zurück. Wenn du willst, kannst du auch mitkommen. Beim ersten Vino verrate ich euch mein Lieblingsspiel.«

»Was ist denn nun dein Lieblingsspiel?« Drei mittelalterliche, ziemlich attraktive Frauen saßen tatsächlich zwanzig Minuten später am Tresen einer Kneipe, jede eine Weinschorle vor sich, weil sie am nächsten Morgen früh raus mußten, an jedem Glas ein Lippenstiftabdruck, sie hatten kurz nachgelegt … weil, man weiß ja nie …

»Also«, fing Gundel an und ließ ihren Blick über die anwesenden Männer schweifen, die ausnahmsweise in der Mehrzahl waren, was bei einer Kneipe, die »Feuchte Ecke« hieß, auch nicht verwunderlich war, »jede von uns sucht sich einen Typen raus, den sie gern kennenlernen würde, und eine von uns spricht ihn an.

Wer es schafft, daß sich der Typ zu uns setzt, kriegt einen Gratisdrink.«

Waltraud und Jette sahen sie an, als hätte sie den Verstand verloren. Gundel lachte nur. »Los, Mädels, seid keine Spielverderberinnen. Wir sind doch jenseits von Schamgefühl, einer der Vorteile des Mittelalters. Du fängst an, Waltraud. Welcher Mann gefällt dir?« Waltraud spitzte die Lippen, ihre Augen fingen an zu glänzen, während sie ihren Blick über das Männerangebot gleiten ließ. An einem Dunkelhaarigen, Mitte Vierzig, der allein am Tisch saß und eine Patience legte, blieben ihre Augen hängen. »Den will ich«, sagte sie, »also, Gundel, zeig, was du kannst.«

Gundel erhob sich und ging auf den Tisch zu. Jette und Waltraud nippten an ihrer Schorle, während sie die Freundin nicht aus den Augen ließen. Die saß inzwischen am Tisch des Herrn, der seine Karten zur Seite geschoben hatte und ihr offensichtlich aufmerksam lauschte. »Wehe, sie staubt ihn für sich ab«, murmelte Waltraud etwas beunruhigt. Der Mann lachte, beide erhoben sich und gingen auf den Tresen zu, hinter dem sich Waltraud jetzt doch am liebsten aufgelöst hätte. Der Mann stand lächelnd vor ihr. »Gern«, sagte er nur. Waltraud sah ihn an wie eine Fata Morgana. »Gern was?« fragte sie und kam sich unglaublich albern vor. »Gern lasse ich mir von Ihnen eine Fußsohlenreflexmassage machen. Wann paßt es Ihnen?«

»Oh«, hauchte Waltraud, »jederzeit.« Sie griff in ihre Handtasche, kramte aus deren Untiefen eine Visitenkarte hervor. »Rufen Sie mich an, dann machen wir einen Termin aus.« Mit diesen Worten wandte sie sich ab.

Es war zuviel, sie fühlte sich gehemmt in ihrem Flirtbemühen, wenn zwei sensationslüsterne Frauenaugenpaare auf ihr ruhten. Der Mann sah sie an, offensichtlich enttäuscht. »Es wird Ihnen gefallen«, strahlte sie ihn deshalb vielversprechend an, »ich bin sehr gut.«

Jetzt lächelte er. »Ich melde mich.« Er drehte sich um und ging.

Gundel rieb sich die Hände. »Na, ihr Ungläubigen«, ihre Stimme klang triumphierend, »hab ich's euch nicht gesagt. Das könnte was werden. Jetzt du.«

Jette trank die Schorle und bestellte dann Weißwein pur. Das Spiel begann ihr Spaß zu machen. »Ich nehm den kleinen Dicken mit der Stirnglatze.« Diskret zeigte sie auf einen Mann mit kurzen grauen Haaren, der in angeheiterter Herrenrunde gerade einen Skat drosch. »Waltraud, du bist dran.« Waltraud zog noch einmal kräftig an ihrer Zigarette und atmete dann tief durch. »Also, auf in den Krampf«, rief sie und steuerte direkt auf den Tisch zu. Die Herren waren so vertieft, daß ein kleines Räuspern aus ihrer plötzlich wie zugewachsenen Kehle nicht genügte. »Meine Herren«, sagte sie deshalb etwas lauter. Halb gestört, halb interessiert schaute die Männerrunde sie an, Karten verdeckt in der Hand, »wir beobachten Sie seit einer halben Stunde und haben uns einstimmig einen Mann aus Ihrem Kreise erwählt, mit dem eine von uns gern die Nacht verbringen möchte. Bevor ich Ihnen sage, welcher von Ihnen das Große Los gezogen hat, raten Sie einmal selbst. Welcher in dieser an attraktiven Bettgefährten reichen Runde ist der Begehrenswerteste?« Verblüfftes Schweigen. »Sind Sie von der Versteckten Kamera?« fragte einer, der es leider nicht sein konnte, denn er hatte ein kleines, vernarbtes Gesicht, an dessen Kinn ein Sauerkrautbart wie zum Trotze üppig wucherte, auf dem Kopf wuchs nichts mehr. Waltraud lächelte und schüttelte den Kopf. Es war ein unerwartet lustiger Abend. Die Herren blickten ratlos drein.

»Ich mach Ihnen einen Vorschlag«, sagte sie. »Sie suchen einen Mann aus, wenn es der richtige ist, geben wir eine Runde aus, beim falschen sind Sie dran.« Die Herren grölten. Das war ja fast aufregender als ein Grand mit Vieren. »Wir sind gespannt«, sagte Waltraud und kehrte zum Tresen zurück.

Dort erzählte sie von ihrem Spiel und bestellte drei doppelte Whiskys. »Auf einen unvergeßlichen Abend«, prostete sie Jette und Gundel zu, die beide gleichzeitig ihre Gläser hoben. »Keine Zacken, Kopf in Nacken«, kicherten sie und tranken. Als sie die Gläser absetzten, stand ein großer, sehr durchtrainierter Mann vor ihnen, der so unverschämt gut aussah, daß sie ihn nur fassungslos anstarrten. »Meine Freunde schicken mich«, sagte er verlegen lächelnd, was ihn nur noch unwiderstehlicher machte, »ich hab keine Ahnung, worum es geht, weil ich gerade auf dem Klo war ... also?«

Gundel und Waltraud sahen Jette auffordernd an. Nun mach schon, hieß dieser Blick, so eine Sahneschnitte hast du nicht jeden Tag auf dem Kuchenteller. Das Schicksal winkt mit einem ganzen Zaun! Jette riskierte noch einen kurzen Blick auf den Grauhaarigen, dann auf den großen Blonden, dann nickte sie: »Sagen Sie Ihren Freunden, die Runde geht auf uns.«

Er zuckte ratlos die Schultern und ging zu dem Männertisch zurück, von dem jetzt lautes Gegröle und Gelächter erschallte. Dann wurden dem Ahnungslosen die Spielregeln erklärt. Er drehte sich um, die Frauen winkten ihm zu. Jette hatte das Gefühl, als zöge er seinen Kopf in den Nacken wie eine Schnecke, die sich unsichtbar machen möchte. Offensichtlich war ihm die Sache furchtbar peinlich. »Spiel zu Ende«, verkündete sie deshalb, aber die beiden anderen winkten nur ab. »Kommt nicht in Frage.« Gundel hatte jetzt dieses Funkeln im Auge, von dem Jette aus Erfahrung wußte, daß der Abend lang und feucht werden würde. Plötzlich bereute sie, mitgekommen zu sein.

»Welche von den Damen hat unseren Kumpel denn nun auserkoren?« Unerwartet stand der Grauhaarige vor ihr. Kleine Schweißperlen glitzerten auf seiner rotglänzenden Stirn. Wat soll's, dachte Jette. »Ich«, sagte sie und stand auf.

»Denk dran, das Leben ist kurz«, flüsterte Gundel ihr zu, aber das war überflüssig. Sie wußte auch so, wann sie das letzte Mal Sex gehabt hatte. Vor genau neun Wochen. Eine Frustnummer, schnell vorbei, schnell vergessen. Und am nächsten Morgen hatte sie noch Brötchen zum Frühstück geholt. Nicht nur Liebe ging durch den Magen, auch sexueller Frust.

Jetzt stand sie vor dem Blonden und lächelte ihn an. »Gehen wir?« fragte sie. »Bei mir gibt's auch Brötchen zum Frühstück.« Er schüttelte den Kopf, als könne er nicht glauben, was ihm da passierte. »Oder bist du verheiratet?« Er schüttelte erneut den Kopf. Und stand auf. »Also dann«, sagte er, und seine Stimme gefiel ihr. Bei flüchtiger Betrachtung auch sein Gesicht, besonders die Augen, um die ein Netz von kleinen Falten lag. Später würde sie ihn genauer betrachten ...

Sie hatte das starke Bedürfnis, die »Feuchte Ecke« zu verlassen.

Sie nahm ihre Wahl an die Hand und zog ihn in Richtung Ausgang. »Ihr Parfüm gefällt mir«, sagte er plötzlich und schnüffelte an ihrem Hals, »was nehmen Sie?«

»Poivre«, flüsterte ihm Jette ins Ohr, »ein alter französischer Duft aus den zwanziger Jahren.«

Sie standen auf dem matt beleuchteten Parkplatz. Sahen sich unschlüssig an. »Wir können den Abend hier beenden.« Jette wollte es ihm leichtmachen. »Keiner wird etwas merken.« Wieder schüttelte er den Kopf. »Ich heiße Rainer«, sagte er nur, »wo steht dein Auto?«

»Ich heiße Jette.« Sie stiegen ein und waren in der engen Autokapsel plötzlich befangen. »Wir müssen nicht«, meinte Jette noch einmal und stellte das Autoradio an. »Aber wir werden«, sagte er lächelnd.

Während Jette mit rückwärts gewandtem, leicht umnebeltem Kopf, deshalb hochkonzentriert, aus der Parklücke rangierte und jede Zelle ihres Körpers diesen unbekannten Mann registrierte, der wie ein Geschenk des Himmels auf dem Beifahrersitz saß und allerhand erfreuliche Phantasien in ihr freisetzte, hielt ein Mercedes vor ihnen, Blinker raus, und wollte offensichtlich in ihre Parklücke. Jette haßte das, es machte sie nervös. Sie würgte den Gang ab, gab zuviel Gas, der Wagen machte einen kleinen Bocksprung nach hinten. »Soll ich lieber fahren?« Rainers Stimme klang besorgt, wie die meisten Männer war er ungern auf dem Beifahrersitz, wenn eine Frau am Steuer saß. »Danke«, preßte Jette heraus, »ich schaff das schon.«

Sie holte tief Luft, legte den Rückwärtsgang wieder ein, fuhr eine elegante Rückwärtskurve, dann an diesem verdammten Mercedes vorbei. Sie nahm die beiden Gesichter nur schemenhaft wahr, zu groß war die Erleichterung, endlich nach Hause fahren zu können. »Geschafft«, sagte sie und sah jung und erwartungsfroh aus. Rainer sah sie von der Seite an und dachte: was für ein Glück, daß ich heute abend nicht zum Squash gefahren bin.

»Sag mal, wie lange braucht denn diese Tussi, um aus der Parklücke rauszukommen?« Falko Fuhrmann trommelte ungeduldig auf dem Lenkrad, hupte einmal kurz, diese Person erdreistete sich, zurückzuhupen. Mario hielt sein Handy ans Ohr und sprach eine Nachricht auf Cleos Anrufbeantworter »Nein, ich hab's noch nicht gelesen. Gib mir noch zwei Tage. Ich melde mich. Ganz bestimmt.«

Er klappte es zusammen und seufzte. Irgendwie hatte er von seinem momentanen Leben genug. »Na endlich, Mutti hat's geschafft.« Falko kurbelte das Fenster herunter. Der Kleinwagen fuhr jetzt schwungvoll im Rückwärtsgang auf sie zu. »Fuß vom Gas, Mutti«, rief Falko aus dem Fenster. Die Frau am Steuer zeigte nur den Stinkefinger, legte den ersten Gang ein, fuhr langsam an ihnen vorbei, mit ebenfalls heruntergekurbeltem Fenster. Die Fahrerin, deren dichtes, rotlockiges Haar sich leicht im Nachtwind blähte, beugte sich heraus. »Laß gut sein, kleiner Mann«, rief sie und schüttelte ihre Mähne, »und schönen Abend noch.«

Mario war stocksteif geworden. Diese Stimme, rauchig, mit diesem kleinen, vibrierenden Unterton. Vor ein paar Stunden hatte er sie am Telefon gehört. *JETTE!* Er verrenkte den Kopf, sie fuhr gerade aus dem Parkplatz.

»Los, fahr hinterher«, er schrie, er schüttelte seinen Freund, er war völlig außer sich. »Sag mal, spinnst du?« sagte der nur und fuhr in die Parklücke. Mario sprang aus dem Wagen, lief über den Parkplatz – sah nur noch die Schlußlichter des Wagens. Trotzdem lief er weiter, auf die Straße, blind, taub, nur von einem einzigen Wunsch besessen – sie zu sehen, sie endlich wiederzusehen, sie zu umarmen, zu berühren, überall, überall. »Jette«, rief er, während ihm der Atem knapp und die Brust eng wurde, »Jette, Jette, Jette.«

Er lief über die Straße, die Autos bremsten, hupten, er lief weiter.

Doch es war zu spät.

Wieder einmal.

Als er zum Parkplatz zurückkehrte, saß Falko auf dem Kofferraum und rauchte kopfschüttelnd. »Für die Midlife-Krise bist du doch schon zu alt«, meinte er trocken, als sich Mario schwer atmend neben ihn setzte. »Das war Jette«, sagte er tonlos. »Jette?« Falko verdaute diese Nachricht. »Du meinst: *die* Jette?«

»Ich bin mir ganz sicher«, entgegnete Mario heftig, »sie hat mich heute übrigens angerufen.« Falko verstand die Welt nicht mehr, seinen besten Freund noch weniger. »Was wollte sie denn … nach all der Zeit?«

»Sie hat mir ein Geschenk gemacht.«

»Was denn für ein Geschenk?«

»Keine Ahnung, nach dem einen Satz hat sie aufgelegt. Und jetzt hab ich sie hier wiedergesehen. Verdammt, Falko, das ist Schicksal! Ich muß sie finden, ich muß.«

Falko fühlte eine gewisse Besorgnis, als er seinen alten Freund in dieser Aufregung sah. So hatte er ihn noch nie erlebt, er kannte ihn fast ausschließlich kühl, beherrscht, leicht sarkastisch. »Ich will mich jetzt mit dir besaufen«, sein Ton schloß jeden Widerspruch aus, »und zwar bis zur Bewußtlosigkeit. Komm.«

Sie betraten die Kneipe, die bis auf ein paar Unverwüstliche leer und alkoholverdünstet war. Mario trat durch die Tür und blieb stehen. »Riechst du das?« Er schnüffelte in der abgestandenen Luft wie ein Trüffelschwein am Waldboden. »Ich rieche nichts.« Falko drängte sich an ihm vorbei und steuerte auf den Tresen zu. Er brauchte ein Bier, und zwar pronto. Er bestellte, Mario stand immer noch wie angewurzelt da. »Das ist Poivre«, sagte er träumerisch, »sie ist hiergewesen.«

»Noch 'n Bier«, sagte Falko zum Tresenmann, »mein Kumpel ist verrückt geworden.«

42

Während Mario Benedikt sich sinnlos betrank, lag Jette Glücklich erschöpft und sehr zufrieden auf ihrem Bett und hatte den dritten Orgasmus. Sie waren schweigend aus dem Wagen gestiegen und auf ihr Haus zugegangen. In der Tür hatte sie sich ihm zugewandt: »Also einverstanden. Wir werden eine wunderbare Nacht miteinander verbringen, und es gibt nichts, was wir uns versprechen oder vorlügen müßten. Wir wollen nur Spaß haben.«

Und den hatten sie. Rainer entpuppte sich als wunderbarer Liebhaber. Er war zärtlich, reagierte auf jeden leisen Wink, war ausdauernd, solange sie Ausdauer brauchte, war ein weicher, erfahrener Küsser mit angenehm gebremstem Speichelfluß, wußte mit seinen Händen das Richtige anzufangen, kurzum, er war ein Traum. Und auch sie lief mit, unter und über ihm zu einer Hochform auf, die sie längst verloren geglaubt hatte. Alles war heiß und flüssig zwischen ihnen, die Choreographie perfekt. »Du bist zu gut, um wahr zu sein«, seufzte Jette am frühen Morgen erschöpft, gut durchblutet, friedlich. »Das sagt meine Freundin auch immer«, murmelte er und schlief ein. Trotz ihrer Worte in der Haustür durchzuckte Jette ein kleiner, spitzer Stachel der Enttäuschung. Es wäre schön gewesen, seine Visitenkarte in die kleine silberne Schüssel legen zu können, sie ab und zu herauszukramen und ihn dann anzurufen. Aber der Gedanke an eine Freundin bremste sie sofort. Sie selbst hatte unter einem treulosen Mann gelitten, eine andere sollte es durch ihr Verschulden nicht tun müssen. Rainer hatte sich ins Kissen vergraben, leise Schnarchtöne ertönten aus den Daunen. Sie streichelte ihn zärtlich, fast ein wenig mütterlich.

»Danke für die wunderschöne Nacht«, flüsterte sie, als das Telefon klingelte. Sie wußte natürlich, wer dran war. »Nein, jetzt nicht«, sagte sie nur und legte wieder auf.

»Es hat geklappt.« Gundel steckte ihr Handy weg und prostete Waltraud zu, die schwach zurückprostete. Sie war völlig fertig. Gundel hatte eine Ausdauer, mit der sie nicht Schritt halten konnte. Magen, Leber, Lunge, alles rebellierte, eine Woche Kräutertee und Quark war angesagt. Sie saßen immer noch in der »Feuchten Ecke«, der Wirt polierte bereits die Gläser, hatte alle Stühle hochgestellt, sich mehrfach mit einem »So, die Damen« an ihrem Tisch geräuspert, aber Gundel schaute ihn nur treuherzig an und bestellte eine weitere Runde. Hinten, in der Ecke, saßen noch zwei Herren, einer hatte bereits den Kopf auf dem Tisch, der andere ein leeres Glas an den Lippen, in das er traumverloren hineinsah. »Es gibt nichts mehr«, rief der Wirt, dem der Blick nicht entgangen war. »Feierabend, Zapfenstreich. Ich will ins Bett, Freunde.«

»Ich auch.« Waltraud stand auf, die schnelle Bewegung machte sie schwindelig, sie schwankte. So besoffen war ich lange nicht mehr, dachte sie, bloß raus hier. Sie warf einen Schein auf den Tisch, von dem sie erst zu Hause feststellen würde, daß es fünfhundert Mark waren, und zerrte Gundel Richtung Tür. Sie gingen ganz dicht an den beiden Männern vorbei.

»Ich finde, du hast eine ganz wunderbare Frau«, sagte Falko gerade, »gib sie mir, ich mach sie glücklicher als du. Schließlich kenne ich sie genauso lange wie du.« Mario stierte auf den Bierdeckel vor sich »Und, wie heißt sie noch … Gina?« Falko seufzte »Dicht vorbei ist auch daneben. Junge Frauen und alte Männer – das paßt nicht zusammen. Beim nächsten Mal nehm ich mir wieder 'ne Alte. So eine wie die …« Er zeigte auf Waltraud und Gundel, die beide leicht schwankend an ihnen vorbeigingen.

»Der Linke mit dem Silberhaar könnte mir auch gefallen«, nuschelte Gundel, denn inzwischen war auch ihre Zunge schwer. Aber da sie ihre Kontaktlinsen in jener Nacht nicht trug, konnte sie nicht erkennen, daß es Mario Benedikt war, der dort am Tisch vor seinem Bierglas saß. Jette hatte ihr sein Bild in der Zeitung gezeigt. Deshalb war es zu spät, die kommenden Entwicklungen aufzuhalten.

So ging sie blau und blind aus der Tür und steuerte direkt auf ihr Auto zu. Sie öffnete die Tür und legte sich auf die Rückbank. Dort schlief sie sofort ein. Waltraud setzte sich auf den Bordstein und wurde dort drei Stunden später von den orangebehosten Männern der Stadtreinigung geweckt. Leider war keiner dabei, der ihr gefallen hätte.

43

Jette stand singend unter der Dusche, als der Vorhang zur Seite geschoben wurde und Rainer zu ihr stieg. Ganz offensichtlich bereits wieder in Stimmung. Warum nicht, dachte Jette, als sie ihn an sich zog, naß wie sie war, wer weiß, wann es das nächste Mal passiert. »Ich würde dich gern wiedersehen«, flüsterte er an ihrem Ohr, während er gekonnt in sie eindrang. »Du machst mir ganz unerwartet viel Spaß.«

»Und deine Freundin?« murmelte sie, schon nicht mehr ganz da. »Die muß es ja nicht wissen«, sagte er und leckte ihren Hals, »du bist eine ungeheuer erotische Frau, weißt du das?« Jette focht einen kurzen, schwächlichen Kampf, dann siegte die Lust auf ein bißchen Morgenspaß über ihr schlechtes Gewissen einer unbekannten Frau gegenüber. »Komm«, flüsterte sie, zog ihn herunter, »mach mich schwach.«

Und das tat er.

Mario Benedikt legte *Eine einsame Frau* auf den Schreibtisch und versuchte, gegen das beklommene Gefühl, das sich beim Lesen von Seite zu Seite verstärkt hatte, wegzuatmen. Es war starker Tobak, ohne Zweifel, der Schrei einer einsamen, ungeliebten, alternden Frau, dreihundertzwanzig Seiten lang. Gut geschrieben, stellenweise sogar brillant, nur – wer wollte das lesen? Superfrauen mit Superkarrieren bestimmt nicht und mittelalterliche Frustfrauen lasen lieber Rosamunde Pilcher oder Christian Pfannenschmidt. Am meisten störte ihn die männliche Hauptfigur, die Cleo Bernhard Marian genannt und ihm derart auffällig zwei Fünftel nachempfunden hatte, daß er mit aufsteigendem Grauen alle diesbezüglichen Textpassagen übersprang. Ein schwacher, feiger Frauenheld mit mehr als angedeutetem Bauchansatz, Versicherungsvertreter, ein Beruf, der auch mit V begann, Cleo liebte diese kleinen Scherze. Ein nachlässiger Vater, fremdgehender Ehemann, der aber auch bei seiner Geliebten Cleophilia nicht mit einer Viagra auskam, sondern zwei nehmen mußte. »Wenn du gehen mußt, dann geh«, las der Verleger mit schmalen Lippen, nur weil er es versprochen hatte, »ich halte dich nicht.«

Was die einsame Frau dazu verleitet, einen ihrer vielen vereitelten Selbstmorde zu versuchen.

Er fand den Roman so abstoßend, so überflüssig, daß ihm richtig elend war. Eine zusätzliche Komplikation in seiner an Schwierigkeiten im Augenblick wahrlich nicht armen Lebensphase. Cleo würde rasen, sie hing an diesem Menopausendrama. Kurz fragte er sich, ob sie die einsame Frau war, womöglich dazu neigte, aus Liebeskummer Tabletten zu schlucken. Das hätte ihm gerade noch gefehlt – eine tote Bestsellerautorin mit einem unveröffentlichten Manuskript in der kalten Hand. Obwohl – er zwang sich, diesen morbiden Gedanken abzubrechen.

»Frau Braake, ich stelle durch«, die kühle Stimme von Ella Malik, die er mit irgendwas – aber was? – vergrätzt haben mußte. Normalerweise fragte sie, bevor sie durchstellte. Nun gut. Vor diesem Anruf konnte er sich nicht drücken, das wußte er. »Hallo, Cleo, wie geht es dir?« Doch die war nicht gesonnen, sich mit Small talk aufzuhalten. »Und?« fragte sie und war nach all ihren Büchern immer noch so aufgeregt wie beim ersten. »Und was?« Mario schloß kurz die Augen, wo, verdammt, waren die Aspirin? »Keine Spielchen, Mario. Wie findest du mein Buch?«

Er seufzte tief. Er haßte Autorengespräche.

»Sehr gut geschrieben«, begann er vorsichtig. »Aber?« Sie kannte ihn gut. »Wieviel willst du davon verkaufen?« Ihre Antwort kam wie aus der Pistole geschossen: »Mindestens einhunderttausend?«

»Du meinst hoffentlich als Taschenbuch?«

Sie lachte. »Eine Unverschämtheit«, sie war sich ihrer Sache sehr sicher, »natürlich meine ich Hardcover.«

Er schwieg.

»Ich weiß, daß mein Buch riskant ist«, sie sprach leise und ruhig, »ich riskiere, meine Mutti-Fans damit zu vergraulen. Aber ich riskiere es bewußt. Und du? Willst du nicht einmal in deinem Leben auch etwas riskieren? Nur ein einziges Mal?«

Sie konnte nicht ahnen, wie sehr sie mit dieser Frage an seinen empfindlichsten Punkt rührte. Es stimmte, er hatte noch nie in seinem Leben etwas riskiert. Nur die große Liebe seines Lebens. Aber hier stand nicht sein Privatleben zur Diskussion, sondern sein Verlag. »Ich kann das Buch nicht machen«, sagte er deshalb, »es ist sicher ein gutes Buch, aber es paßt weder in unser Verlagsprogramm noch paßt es zu dir.«

Sie schwieg. Dieses Schweigen machte ihn nervöser als ihr gewohnter Redeschwall. »Du hast eine so treue Fangemeinde«, seine Stimme klang schmeichelnd, beschwörend, »aber die wollen eine echte Braake, kein deprimierendes Problemepos. Warum willst du dir deinen Geldhahn mutwillig abdrehen?«

»Ich habe genug Geld«, sie sagte es trotzig, »es geht nicht um meine Finanzen, das weißt du ganz genau. Du hast Angst, daß deine Milchkuh sich nicht mehr so schön melken läßt.«

Jetzt schwieg er, weil er wußte, daß sie recht hatte und dies auch wußte.

»Du willst es also nicht?« fragte sie schließlich. »Ich soll damit zu einem anderen Verlag gehen. Willst du das?«

Ein widerliches Gefühl, so in der Klemme zu stecken. Mario spürte den Druck bis zum Kropf, unwillkürlich griff er zum Kragenknopf und öffnete ihn. »Natürlich will ich das nicht«, bellte er in den Hörer, besann sich dann, »du bist schließlich ...«

»... unser Goldesel«, vollendete sie den Satz und sprach weiter, bevor er sie unterbrechen konnte, »und möchte als solcher pfleglich behandelt werden. Wenn schon nicht im Bett, dann wenigstens am Verhandlungstisch.«

Mario suchte nach Worten, mit denen er dieses unerfreuliche Gespräch endlich beenden konnte. »Laß mir Zeit«, bat er, »ich will es noch einmal ganz lesen.«

»Wie lange brauchst du dafür?« Trotz aller Genervtheit bewunderte er sie für diese Hartnäckigkeit. »Eine Woche«, versprach er. Da konnte viel passieren. Hoffte er. »Keine Sekunde länger.« Sie legte auf.

Mario ging ins Vorzimmer. Frau Malik war nicht am Platz. Er stand vor ihrem Computer, als sie wieder hereinkam. »Herr Benedikt«, sagte sie panisch, als sie sich blitzschnell setzte und aufs Keyboard drückte, »ich war nur kurz. Was kann ich für Sie tun?« Er schüttelte den Kopf. »Ein paar Aspirin bitte«, und verschwand in seinem Büro. Mit fahrigen Bewegungen griff Ella Malik in ihre Schreibtischschublade und holte die Tabletten heraus. Das war knapp.

Der Verleger stand am Fenster und dachte nach. »Die einsame Frau« war zwar ein Buch, das er nie freiwillig lesen würde, und er fürchtete, daß es anderen genauso gehen würde, aber es war brillant geschrieben. Erstaunlich, was in dem Gehirn dieser kompaktkleinen Rothaarigen steckte, die ihm eine Zeitlang soviel Spaß bereitet hatte. Rothaarig, Locken ... er schweifte ab. Schaute sehnsüchtig in den dunklen Nachthimmel.

Die Tür ging auf, Frau Dr. Boysen kam zögernd näher, so, als habe sie ihn bei einer unzüchtigen Tat erwischt. »Störe ich?« fragte sie. Er winkte sie heran, als er ein Manuskript in ihrer Hand sah. »Keineswegs«, erwiderte er, erfreut über die Ablenkung, »was gibt es?«

Sie setzte sich, sah auf und dachte, wie aus heiterem Himmel: Wie er wohl nackt aussieht? Der Gedanke ließ sie erröten. Sie räusperte sich. »Frau Braake war kürzlich bei mir«, begann sie, und Mario schob alarmiert seinen Stuhl zurück, wie sprungbereit. »Sie hatte einen ihrer, nun ja, also einen ihrer etwas dramatischen Auftritte.« Er lächelte erleichtert. »Geben Sie her«, sagte er und streckte die Hand nach dem Manuskript aus. »Wie ist es?«

»Das Übliche«, meinte die Lektorin knapp, »Frau betrügt Mann mit ihrem Schwiegervater, weil ihr Mann seit einem Unfall impotent ist.«

Er hätte sie küssen können. »Wunderbar«, sagte er erleichtert. »Lassen Sie ihr ein paar Blumen schicken.«

»Wozu denn das?« Der Verleger hätte schwören können, daß in Frau Dr. Boysens Stimme eine Prise Eifersucht schwang. »Sie hat das Buch doch weggeworfen. Sie will es nicht zu Ende schreiben. Sie sagt, es sei das schlechteste, das sie je geschrieben habe.« Und das will wirklich etwas heißen, verkniff sich die Lektorin hinzuzufügen.

Er gönnte ihr eine halbe Minute lang den Bannstrahl seines Charmes. Sah sie so bezwingend an, daß sie wie gelähmt war vor Anbetung. »Das weiß ich doch auch, Frau Dr. Boysen.« Er hatte die Stimme bewußt vertraulich gesenkt, auch ihm waren ihre schwärmerischen Augen nicht entgangen. »Leider hat sich unsere Starautorin in ein anderes Genre vorgewagt …«

»Sie meinen ›Die einsame Frau‹?« lächelte die Lektorin. »Beachtlich, finden Sie nicht? Mir hat's gefallen. Besonders die männliche Hauptfigur, die …«

Mir nicht, du blutleere Kuh, dachte Mario in einer plötzlichen Anwandlung von wütender Gereiztheit. Höchste Zeit, in diesem Emanzennest eine härtere Gangart anzuschlagen. »Ich möchte, daß Frau Braake ihr angefangenes Buch zu Ende schreibt.« Er hörte den Befehlston, aber er änderte ihn nicht. »Danach, und ich betone, danach können wir weiterreden.« Er stand auf, sah auf sie hinab. »Setzen Sie bitte Ihren bekanntlich guten Einfluß auf die Autorin ein«, er reichte ihr die Hand, sie war verabschiedet, »ich verlasse mich auf Sie.«

Sie ging zur Tür, das Manuskript lag auf dem Schreibtisch, wie eine kleine Friedensfahne. In der Tür drehte sie sich um. »Rosen für die Starautorin?« fragte sie, und er hätte schwören können, daß sie alles wußte.

Er überlegte kurz, dann nickte er. »Rote Rosen. Hundert Stück.«

Auf dem Weg zurück in ihr Büro dachte Frau Dr. Boysen: im nächsten Leben werde ich schlechte Bücher schreiben. Tut mir leid, Johann Wolfgang.

44

Cleo lag in der Badewanne, schaumgekrönt, schäumte innerlich und äußerlich. Das Gespräch mit Mario hatte sie so wütend gemacht, daß sie eine Stunde lang durch ihre Wohnung gerast war und Rachepläne geschmiedet hatte. Auto zerkratzen? Zu kindisch, außerdem war er vollkaskoversichert. Rhizinusöl ins Essen schmuggeln? Noch alberner. Sie griff zum Handy. »Hubertus? Seid ihr immer noch an mir interessiert?«

Sie hörte zu, und während sie den weichen Strom seiner Schmeichelworte an sich vorüberrauschen ließ, wurde ihr langsam wohler. »Mein Vorschuß müßte natürlich verdoppelt werden«, sagte sie, hob einen Fuß aus dem Wasser, der mußte auch wieder nachlackiert werden, »und auch über die Prozente müssen wir reden. Film-, Fernseh- und Taschenbuchrechte bleiben natürlich bei mir.« Sie legte mit dem leicht kribbelnden Bewußtsein auf, ein kleines, nettes Zeitbömbchen gezündet zu haben. Es klingelte. Mario? Camilla? Beides war möglich. Ihr Leben hatte im Augenblick wirklich seine ironischen Reize.

Das Klingeln wurde lauter, ungeduldig. Sie stieg aus der Wanne, naß schlüpfte sie in den Bademantel. Dann ging sie zur Tür und drückte auf die Gegensprechanlage. »Hallo?«

»Blumen für Frau Braake, sind Sie das?«

Fünf Minuten später stellte Cleo Braake fest, daß dies mit Abstand der größte Blumenstrauß ihres Lebens war. Natürlich hatte es auch in ihrem männerprallen Leben den einen oder anderen Blumenstrauß gegeben. Vor dem ersten Mal. Von Ehemännern. Nach dem letzten Mal. Dito. Aber noch nie hatte sie so einen Strauß bekommen wie der, vor dem sie jetzt saß und die Blumen zählte. Es waren hundert. Auch bevor sie die Karte mit den Worten fand »Danke für dein Verständnis. M.«, ahnte sie, von wem und aus welchem Grund sie solch einen Wahnsinnsstrauß erhalten hatte.

Und plötzlich, für sie selbst ganz überraschend, legte Cleo den Kopf auf die Tischplatte und fing an zu weinen.

45

Es war Benedikts dritter und vorletzter Monat als Volontär und war wie im Fluge vergangen. Heute morgen hatte ihn Michael Weißbart in die Presseabteilung geschickt, in der vor ihm Maria ihr Unwesen getrieben hatte. Kurt Kammfeld, der Pressechef, sah deshalb etwas unwillig hoch, als Benedikt vor seinem Schreibtisch Platz nahm.

»Ich weiß, daß sich Ihr Durchschnittsleser nicht für Literatur interessiert, sondern sich nur im Internet herumtreibt, aber die Autorin hat eine wirklich außergewöhnliche Geschichte zu bieten.« Er legte die Hand auf die Muschel. »Ich telefoniere gerade. Wenn Sie bitte draußen warten würden …« Benedikt erhob sich. »… ob sie jung ist? Blutjung, höchstens Anfang Dreißig. Zu alt? Vielleicht ist sie auch erst Ende Zwanzig, auf jeden Fall hat sie ihr Psychologiestudium mit Telefonsex verdient. Natürlich gibt sie Ihnen eine orale Kostprobe …« Der Pressechef steckte seinen rechten Zeigefinger in den Mund und machte ein angedeutetes Kotzgeräusch. »Nur zwanzig Zeilen max? Aber dann bitte mit Foto. Auch recht. Hauptsache, Sie schreiben den Namen richtig.« Er legte auf. »Ungebildete Schreibhanseln zu einem Autoreninterview zu überreden, meine Vorstellung von der Vorhölle, kommen Sie rein. Wenn Sie so rumstehen, machen Sie mich nur nervös.«

Kammfeld musterte ihn aus zusammengekniffenen Augen.

»Wie können Sie mir nützlich sein?« fragte er barsch. »Oder sitzen Sie hier nur Ihre Zeit ab, weil Sie sonst nichts Besseres zu tun haben?« Auch wieder so ein Angestellter mit Profilneurose, dachte Benedikt, die scheint es in Verlagen ja reichlich zu geben. Wenn ich hier Chef wäre, würde ich die Mannschaft öfter mal wechseln, bevor sie Moos am Hintern haben. Klugerweise behielt er diesen jugendlichen Gedanken für sich.

»Ich habe sehr viel Überzeugungskraft«, sagte er statt dessen in gut geheuchelter Bescheidenheit, »geben Sie mir ein paar hartnäckige Fälle mit ein paar schwierigen Autoren, dann probier ich mein Glück.«

Kammfelds Augen verengten sich noch mehr. Junge Klugscheißer, die auch noch besser aussahen als er, hatte er gefressen. Doch dann fiel ihm etwas ein, was diesen Mr. Größenwahn wieder auf ein Normalmaß zurechtstutzen konnte. »Da hätte ich sogar etwas für Sie«, seine Stimme klang seidenweich, »unsere Hausautorin Cleo Braake hätte gern ein Interview im *Stern* – ein sogenanntes *Stern*-Gespräch. Und zwar unabhängig von irgendeiner Neuerscheinung, was die Sache schwieriger macht. Bislang hat sich die Redaktion geweigert. Kein Platz, gerade Amelie Fried drin gehabt, das Übliche. Anyway, ich geb Ihnen mal die Nummer der zuständigen Redakteurin, eine häßliche, garstige Person. Versuchen Sie Ihr Glück.«

In der Datei auf seinem Computer suchte er nach der Adresse. »Sie werden es sowieso nicht schaffen«, grummelte er vor sich hin, während er die Telefonnummer aufschrieb und Benedikt hinschob. »Ursula Ruppschnitt ist ein harter Brocken. Zum Glück kenne ich sie nicht persönlich.«

Benedikt lächelte. »Wetten, daß?« fragte er. Er klang jung und siegessicher. »Hochmut kommt vor dem Fall, mein Freund.« Klammfeld hörte selbst, wie humorlos er klang, und ärgerte sich. Er zwang sich ein lässiges Grinsen ab. »Gut. Wetten wir. Wer verliert, lädt die Frau zum Essen ein. Der Gewinner kriegt zwei Karten für das Rolling-Stones-Konzert.«

»Die Stones? Diese Gruftiecombo?« meinte Benedikt ungläubig. »Wer will die denn noch sehen?« Kammfeld unterdrückte das starke Bedürfnis, diesem Grünschnabel, dem vermutlich noch die Eierschalen hinter den Ohren klebten, eine Ohrfeige zu verpassen. Statt dessen beugte er sich wieder über seine Unterlagen. »Frau Witz wird Ihnen zeigen, wo Sie in Ruhe telefonieren können. Lassen Sie sich bitte von meiner Sekretärin die Bücher von Cleo Braake geben. Es schadet nie, wenn man die Bücher auch gelesen hat, die man verkaufen will.«

Folgsam saß Benedikt Glücklich kurz darauf in einem kleinen, fensterlosen Raum, dem Büro für Praktikanten und Volontäre, und blätterte in Cleos zahlreichen Büchern. Alle bunt, alle mit Mann im Titel, alle schrecklich. Nach Cleos Romanen zu urteilen, waren Frauen zwar von Männern besessen und dachten an nichts anderes als daran, wie sie sie entweder ins Bett oder vors Standesamt schleifen konnten. Gleichzeitig jedoch hielten sie sie für arme, impotente Würstchen, glanzlos, dumm, langweilig. Diese Bücher auch nur querzulesen hatte für ihn, einen jungen, noch potenten Mann den Charme einer Pediküre mit stumpfer Nagelschere. Er litt und dachte kurz an seine Mutter, die ihm diese Arbeit aufs Auge gedrückt hatte.

»Na, wie gefallen Ihnen die Bücher?« Er hatte Kammfeld nicht kommen hören und zuckte zusammen, was dieser erstaunt als Zeichen höchster Konzentriertheit fehldeutete. »Schon eine Idee, wie wir sie der Presse schmackhaft machen können?« Der satte Spott entging Benedikt nicht. »Hat die Autorin denn nichts anderes geschrieben? Nur diesen …?« Rechtzeitig verkniff er sich den Restsatz, den der Pressechef auch so verstanden hatte. »Nein, nur diesen …«, er räusperte sich delikat, wandte sich zum Gehen, »dann wünsche ich Ihnen noch viel Spaß. Wenn Sie fertig sind, melden Sie sich bei mir.«

Seufzend schlug Benedikt das Buch »Der Seidenmann – Memoiren eines Crossdressers« auf und fing lustlos an zu lesen: »Ein richtiger Crossdresser hat immer ein Sieb dabei, weil er sich auf öffentlichen Toiletten sonst durch männlich hartes Pinkeln verraten würde. Frauen pinkeln weicher, gestreuter, wie durch ein Sieb halt.«

Angewidert klappte er das Buch wieder zu, als ihm eine Plastikhülle auffiel, die unter den Büchern lag. Er zog sie heran, ein dicker Stapel Papier, er las das Titelblatt: »Eine einsame Frau« von Cleo Braake. Offensichtlich ein unveröffentlichtes Manuskript. Klang auch nicht gerade vielversprechend, aber sicher angenehmer, als weiter etwas über Siebpinkeln lesen zu müssen.

Er zündete sich eine Zigarette an und blätterte weiter:

»Das Telefon hatte den ganzen Tag nicht geklingelt, also war ich nicht aufgestanden, sondern hatte ihn im Bett verbracht. Ich hatte es vor vielen Jahren gekauft, es war groß, weil ich nicht damit gerechnet hatte, allein in ihm zu schlafen. Aber das tat ich nun schon fast zehn Jahre lang ... von meinem Kater Miko einmal abgesehen, aber der war kastriert ... Normalerweise kochte ich jeden Tag, auch wenn ich keine Gäste hatte, deckte den Tisch für mich allein, Kerze, Stoffserviette ... ich brauchte keinen Mann, um gut zu essen.«

Benedikt ließ das Blatt sinken und starrte an die Wand. Jette. Ein Bild löste sich aus den Tiefen seines Gedächtnisses – er war von Oma Gertrud nach Hause gekommen, müde, verschwitzt. Mama, wo bist du? Hier bin ich. Sie saß in der Küche vor einem festlich gedeckten Tisch. Haben wir Besuch? Nein, hatte sie gesagt, das ist nur für mich.

Eine einsame Frau. War Jette auch so einsam? Auch wenn sie keinen Eunuchenkater hatte, sondern einen unkastrierten Sohn?

Er las vier Stunden lang, dann rief er Ursula Ruppschnitt an. Aber schon nach der Einleitung »Guten Tag, ich bin Benedikt Glücklich vom GöhlenVerlag und ich ...« unterbrach sie ihn mit einem extrem genervten Seufzer: »Bitte, nicht schon wieder ein literarischer Staubsaugervertreter. Sie bemustern mich, das reicht, ich entscheide selbst, was mir gefällt, was nicht. Im Bedarfsfall rufe *Ich* den Verlag an.«

Benedikt kannte harte Frauenstimmen wie diese. Hilfe, riefen diese Stimmen ihm zu, ich möchte gestreichelt und geküßt werden, ich bin eigentlich gar nicht so. »Wissen Sie, daß Sie eine ungeheuer erotische Stimme haben«, versuchte er es deshalb und wartete. Einige Sekunden des Erstaunens schwieg Ursula Ruppschnitt. »Sind Sie ein Sittenstrolch?« fragte sie streng, aber er hörte den klitzekleinen Unterton von Geschmeicheltsein heraus.

»Nein, ich bin neu im Verlag«, sagte er, »und arbeite gerade in der Presseabteilung. Deshalb gibt man mir die leichteren Fälle.«

»Aha«, kam es trocken, jedoch schon deutlich amüsiert, »ich gelte also als leichter Fall?« Benedikt überlegte kurz, wie er jetzt am besten taktierte, entschloß sich dann für eine Dosis Glücklich-Charme. »Ich glaube, wer Sie richtig anspricht, hat es leicht mit Ihnen«, sagte er, »und ich hoffe sehr, daß es mir gelingt, denn Sie sind mein erstes Versuchskaninchen.« Kleine Pause. Dann lachte Frau Ruppschnitt.

»Und welches verkannte Genie, welche dichtende Großmutter wollten Sie mir aufs Auge drücken?«

Benedikt blätterte in dem Manuskript. »Ein neuer Roman von Cleo Braake«, sagte er und hielt den Hörer ein Stück vom Ohr, denn aus der Muschel drang lautes Schnauben.

»Alle Jahre wieder«, Ursula Ruppschnitt klang angeödet, fast enttäuscht, »diese kecke Muttchenprosa langweilt mich zu Tode, guten Tag.« Sie legte auf, er wählte neu. »Ich will nicht«, sagte sie wie ein trotziges kleines Mädchen. »Das Buch heißt ›Eine einsame Frau‹«, versuchte es Benedikt weiter, »es ist wirklich ganz anders als die anderen Braake-Bücher. Nur eine Sekunde bitte.«

Dann las er wahllos eine Stelle aus dem Buch vor:

»Als sie Bernhard Marian küßte, wußte sie, daß es das letzte Mal sein würde. Er würde der letzte Mann in ihrem Leben sein, denn sie würde nie wieder einen Mann so sehr lieben können wie ihn. Sie würde einsam bleiben, ungeküßt und ungeliebt. Denn er hatte ihr nie gehört. Sie hatte ihn nur geliehen.«

Gottchen, was für ein schmalziges Teil, dachte er, als er am anderen Ende des Hörers ein langes Seufzen hörte. Er wartete. Dann kam ein Schneuzen. »Woher wissen Sie?« fragte Ursula Ruppschnitt nur. »Er ist Ihrer nicht wert«, sagte er ins Blinde. Dieser Satz paßte bei jeder Frau. »Sie haben ja so recht«, ihre Stimme zitterte, »und das hat Cleo Braake wirklich geschrieben? Soviel Feinfühligkeit hätte ich ihr gar nicht zugetraut.«

»Was halten Sie von einem *Stern*-Gespräch mit unserer Autorin?« Benedikt beschloß, die Kuh bei den Hörnern zu packen. »Ein offenes, ehrliches Gespräch von Frau zu Frau, unabhängig von dem Buch?«

Sie seufzte wieder. »Sie sind ein ungewöhnlicher Mann«, meinte Ursula Ruppschnitt endlich, »wie alt sind Sie?« Er räusperte sich. »Zweiunddreißig«, sagte er dann, um sie nicht zu frustrieren. »Gott, wie jung!« Sie klang enttäuscht. Er wartete. »Unter der Bedingung, daß mir das Buch so gut gefällt wie das Gespräch mit Ihnen«, meinte sie dann, »und bei der Gelegenheit würde ich gern einmal Ihren Chef kennenlernen. Es interessiert mich, ob sich hinter seiner arroganten Stimme ein menschliches Wesen verbirgt.«

Benedikt grinste ins Telefon. Fast hätte er kleine Küßchen auf die Muschel gedrückt. Er hatte es eben drauf.

»Ich schicke einen Kurier«, versprach er, ganz der Verlagsprofi. »Sie haben das Manuskript in einer Stunde auf Ihrem Schreibtisch.«

»Ich melde mich.« Jetzt war ihr Ton geschäftsmäßig, als fürchtete sie, zuviel von sich preisgegeben zu haben. Aufgelegt.

Die Tür ging auf, Maria steckte den Kopf herein. Ohne Vorwarnung raste sein Puls in die Höhe. »Du grinst wie ein Honigkuchenpferd«, sagte sie und trat näher, wie von einem unsichtbaren Magneten angezogen. Den auch er spürte. »Ich arbeite«, murmelte er und versuchte dabei energisch, das hartnäckige Puckern in seinem Unterleib zu überhören. »Und selbst? Man hört Gemischtes aus den Abteilungen über dich.« Sie lachte und setzte sich auf den Schreibtisch. »Ich war eben mit einem sehr netten Vertreter bei einem Buchhändler, dem wir mit einem neuen Wellnessbuch, ›So entspanne ich mich richtig‹, ein eingeschweißtes Päckchen Duschgel geliefert haben. Sollte ein Knüller sein, war schweineteuer, wie mein Daddy sagt, ist leider geplatzt und hat eine Riesenschweinerei verursacht. Ich mußte mit, um ihn zu beschwichtigen.«

Blödsinnigerweise verspürte Benedikt einen kleinen Anflug von Eifersucht. »Und, hast du?« fragte er. »Hab ich was?« fragte sie zurück und fuhr ihm wie spielerisch durchs Haar, wobei sie einen elektrischen Strom erzeugte, der ihn bis in die Fußsohlen kitzelte. »Ihn beschwichtigt«, brummte er, aber er zweifelte daran. Sie beschwichtigte nicht, sie beunruhigte. Sehr sogar.

»Der Mann fraß schließlich Kreide, als wir wieder gingen«, sagte sie mit breitem Grinsen, »allerdings hat er hundert Bücher umsonst gekriegt. Und einen potthäßlichen Aufsteller. Und meine Telefonnummer.« Sie gluckste laut, als sie sein Gesicht sah. »Meine Handynummer. Da ist sowieso immer nur die Mailbox an. Übrigens …« Sie setzte sich gerade hin und warf die Haare zurück. »Hast du morgen abend schon was vor?« Er beschloß, den Kühlen zu mimen. Offen gezeigte Eifersucht brachte ihn nicht weiter. Hatte er auch nicht nötig.

»Du fragst, weil …«

»Weil mein Daddy dich gern näher kennenlernen möchte. Es gibt ein kleines Dinner bei uns, nur so fünfundzwanzig bis dreißig Leute. Wenn du willst, kannst du auch deine Eltern mitbringen.«

»Meine Eltern?« Er glaubte, sich verhört zu haben. »Was ist das, ein Vorstellungsgespräch? Ein Anstandsbesuch? Wir kennen uns doch kaum.«

Es war ihr plötzlich unangenehm, sich so weit vorgewagt zu haben. Aber die Idee war ganz spontan gewesen, und sie hatte ihren spontanen Ideen immer nachgegeben. Für Reue war ihrer Meinung nach das Leben viel zu kurz.

»Sorry, war vielleicht voreilig«, entschuldigte sie sich, »vergiß es. Komm allein. Oder komm gar nicht.« Er sah ihre verletzten Augen. »Ich habe keinen Vater«, erklärte er, »nur eine Mutter. Und die frag ich gern.«

»Gestorben?« Er sah sie an. »Dein Vater.« Sein Lachen klang böse. »Für mich schon«, sagte er dann. »Er hat meine Mutter verlassen, als sie schwanger war, weil eine andere Frau ein Kind von ihm erwartete.«

»Männer sind Schweine …«, sang sie, »… hat deine Mutter nicht wieder geheiratet?«

»Nein, nie«, er stand auf, »wir haben immer allein gelebt, sie und ich.«

Maria hatte das Gefühl, sich auf vermintes Gebiet begeben zu haben. Sie stellte sich hinter ihn, umfaßte seine Taille. »Darf ich?« fragte sie überflüssigerweise. »Ich hab einfach Lust, dich anzufassen.« Er drehte sich um und sank direkt in ihre Arme hinein. Aber er schob sie zurück, denn wie ein Geist aus der Untiefe tauchte plötzlich der Gedanke an Maddai wieder auf. Auch eine Frau, die zuviel von ihm wollte. Ehe, Kind, ein ganzes Leben. Und jetzt diese Einladung von Maria, Vorstellung bei Papi. Eine böse Vorahnung verengte ihm die Brust. Maria sah in seine umwölkten Augen und deutete sie richtig. »Ich lade ständig neue Leute ein«, meinte sie lässig, »bild dir also nichts darauf ein. Und wenn du nicht willst, frag ich jemand anders. Kein Problem.«

»Echt nicht?« fragte er und strich ihr übers Haar, das unter seinen Händen zu knistern begann. Sie stand stockstill. »Ich komm gern«, sagte er, »mit oder ohne meine Mutter.«

Sie trat zurück, ein nicht zu deutender Ausdruck lag in ihren Augen. »Wenn's geht, nicht in Jeans.« Sie lächelte und war verschwunden, ganz das höhere Töchterlein.

46

Jette stand in ihrer Küche, inmitten eines kulinarischen Chaos, im Radio spielten sie Hits von gestern, sie sang laut mit, während sie für Stubenküken mit Physalis die feinen Kapstachelbeeren vorsichtig auslöste und halbierte. Ein feines Geschäftslunch, acht Personen, im Vorstandsbüro einer Bank, anspruchsvolle Anzugträger – eine ihrer einfachsten Übungen. Es sollte exotisch, aber nicht allzu abenteuerlich sein. Kein Froschhodenschaum an Rattenaugengelee. Keine gerösteten Termiten. Einen Hauch Abenteuer auf dem Teller, aber nicht die volle Ladung.

Die Kombination von Küken und Physalis hatte sie sich nach einem Bildungsurlaub in Südafrika ausgedacht, an dem sie mit einer Gruppe abenteuerlustiger Partyköche teilgenommen hatte. Die Reise selbst entglitt schnell in süffigem Kapwein, in wunderschöner Landschaft, in flirtbereiten Südafrikanern. Nur Jette hatte fleißig Rezepte gesammelt, und dieses hatte ihr am besten gefallen. Die Kombination aus knusprigem Küken und fruchtiger Säure der Physalis, leicht bestäubt mit Zimt, ihr ganz persönlicher Touch, dazu Frühlingszwiebeln und geröstete Pinienkerne – sie steckte sich eine halbe Physalis in den Mund und war, wie immer, wenn sie kochen konnte, wunschlos glücklich. Nichts beruhigte und entspannte sie mehr, als ihre Hände schneidend, knetend, rührend in Lebensmitteln zu betätigen. Und immer kam etwas Freudespendendes dabei heraus.

»Schuld war nur der Bossanova«, sie drehte das Radio lauter, sang mit, während sie alles anbriet, Olivenöl und Geflügelfond dazugab.

»Als die kleine Jane gerade achtzehn war, führte sie der Jim in eine Dancingbahar …« Sie war auch achtzehn gewesen, damals, als …

Sie hörte ihn erst, als er ihr auf die Schulter klopfte. »Hi, Mamsi.«

Sie schreckte zusammen. »Benny, hast du mich erschrocken.« Sie lächelte, dann sah sie genauer hin. »Was ist los mit dir? Du siehst völlig verschwitzt aus.« Er zuckte die Schultern, wollte das Thema offensichtlich nicht vertiefen. Außerdem – hätte er ihr sagen sollen, wie innig sich Maria von ihm verabschiedet hatte? Seine Lippen brannten.

»Wir sind morgen abend eingeladen«, er nahm am Küchentisch Platz, ergriff ein Messer, schnitt automatisch die Frühlingszwiebeln klein, »beim Verleger persönlich.«

Ihr Herz setzte aus, einen kleinen Schlag lang, dann konnte sie wieder atmen. »Was verschafft uns die Ehre?« brachte sie schließlich heraus. Er lachte, und sie hörte die Verlegenheit in seiner Stimme, was sie sofort alarmierte. Wieder zuckte er die Schultern.

»Er möchte mich halt kennenlernen«, er schob die Zwiebelringe zu einem Haufen zusammen, »das heißt, seine Tochter möchte …«

»Seine Tochter?« fragte sie scharf, zu scharf, wie sie selber merkte und nicht verhindern konnte. »Was soll das heißen? Fängst du wieder irgendwelche Frauengeschichten an? Du sollst endlich arbeiten, einen Beruf erlernen. Das Leben ist nicht nur Spiel und Tanz. Verdammt, wirst du denn nie erwachsen?«

Er sah sie an, in seinen Augen lag tiefe Verwunderung. »Eine mütterliche Gardinenpredigt? Was ist denn los mit dir?« Er sagte es ganz leise, fast rücksichtsvoll, so wie er es als kleiner Junge getan hatte, wenn er merkte, daß sie mit ihrer Kraft am Ende war.

Und das war sie jetzt. Ihr Herz klopfte schmerzhaft, jeder Schlag ein quälender Gedanke. »Hast du was mit ihr?« Sie mußte es wissen.

»Nein«, lachte er, ganz entspannt, ganz ahnungslos, »noch nicht. Aber sie reizt mich.«

»Was reizt dich denn an ihr«, sie fragte es, um Zeit zu gewinnen, um zu überlegen, denn ihre Gedanken waren wie ein wirres Wollknäuel. »Alles«, erwiderte er, und in seinen Augen lag ein träumerischer, etwas entrückter Ausdruck, der sie wahnsinnig machte vor Angst, »sie sieht toll aus, groß, blond, sie hat Witz und Humor, sie ist ...«

»Sie ist eine reiche Erbin«, unterbrach sie ihn scharf, »ist es das, was dich reizt?« Fassungslose Stille. Dann stand er auf. »Hat es einen bestimmten Grund, daß du so mit mir sprichst? Dann sagst du ihn mir entweder sofort, oder ich gehe.« Er stand vor ihr, sah sie an. Verdammt, dachte sie, er sieht ihm so schrecklich ähnlich. Daß sie es beide nicht spüren, diese Dickschädel!

Ganz kurz überlegte sie, ob sie ihm alles sagen sollte. Die ganze komplizierte und doch so schlichte Wahrheit. Er ist dein Vater, Benny, Maria ist deshalb deine ... sie traute sich nicht.

Dieses beklemmende Gefühl in der Herzgegend. Aber es war ja noch nichts passiert. Jugend war flatterhaft. »Dieses Volontariat war vielleicht keine so gute Idee. Vielleicht solltest du lieber als Partner in mein Geschäft einsteigen.« Er lachte nur ungläubig: »Du hast mir doch immer gepredigt, ich müsse was Eigenes finden.« Benedikt schnappte sich einen Stubenkükenschenkel aus der Pfanne, schob ihn in den Mund: »Thanks Mami but no thanks. Der Verlag macht mir richtig Spaß. Ich les jetzt freiwillig. Hätte ich nie gedacht.«

Sie sah ihm an, daß er sich jetzt verdrücken wollte. Ihre Aufregung verwirrte und nervte ihn. Wahrscheinlich schob er es auf die Irrungen und Widersprüchlichkeiten der weiblichen Psyche, die zu erklären er längst aufgegeben, so er es denn irgendwann einmal versucht hatte. »Du kommst also morgen nicht mit?« Es war eine Feststellung, keine Frage. »Ich hab sowieso keine Zeit«, antwortete sie und wandte sich wieder ihren Töpfen zu, »und du laß bitte die Finger von ...«

»Ich weiß nicht, wovon du sprichst«, er grinste, die Tür fiel ins Schloß.

Sie war allein. Automatisch kochte sie weiter. Als Appetizer sollte es Bruschetta mit Walnußcreme geben. Sie hackte die Walnußkerne, röstete sie an, gab Sahnequark, zerlassene Butter, zehn gepreßte Knoblauchzehen, Pfeffer, Salz und gehackte Persilie dazu, rührte alles durcheinander und sah und hörte und roch gar nichts mehr.

Sie mußte mit ihm sprechen. Es war kindisch gewesen, unüberlegt und verantwortungslos, daß sie Benedikt in den Göhlen Verlag geschickt hatte. Sie hatte damit ein Drama heraufbeschworen, das sie jetzt nicht mehr verhindern konnte. Was hatte sie erreichen wollen mit ihrer Schicksalsspielerei? Die Geister, die sie rief …

Es qualmte aus der Pfanne, sie riß sie von der Herdplatte, hob den Pfannendeckel. Alle Küken waren verbrannt. »Scheiße«, schrie sie, »Scheiße.«

Das Telefon klingelte. »Sind Sie der Partyservice Slow Food?« Die Stimme kam Jette unangenehm bekannt vor. »Ja?« kam es sehr vorsichtig von Jette. »Entschuldigen Sie, daß ich Sie so überfalle, aber es ist ein Notfall. Ich brauche Sie morgen abend, mein Caterer ist krank geworden, ein Abendessen für achtundzwanzig Personen …« Woher, verflucht, kannte sie diese Stimme? »Ich bin ziemlich ausgebucht«, zögerte Jette, »ist es denn privat oder geschäftlich?« Die Stimme seufzte. »Privat – bei Familie Benedikt, Parkstraße zwanzig. Bedienungspersonal müssen Sie nicht mitbringen.«

Jette holte tief Luft. »Danke, aber ich bin total ausgebucht«, sagte sie und legte auf. Hatte sich denn alles gegen sie verschworen? Diese Frage ließ sich im Augenblick nicht beantworten. Aber eine andere – wo bekam sie auf die Schnelle neue Stubenküken her? Handy. »Gundel? Ich bin's, deine allerallerbeste Freundin. Natürlich will ich was von dir …«

47

Kurt Kammfeld saß am Telefon, und die Ohrmuschel tat ihm weh. Seit drei Stunden hing er ununterbrochen am Telefon und versuchte, die Preise für die Fernsehrechte für *Sag mir, wo die Männer sind* hochzutreiben, die Cleo Braake in einer schweinewütenden Woche wie rasend heruntergetippt und dem Verleger dann mit den Worten: »Habe fertig. Und jetzt bist du dran« vor die Füße geworfen hatte. Es war das beste und witzigste Buch, das sie je geschrieben hatte, der Verlag verschickte sofort die Fahnen an die Produktionsfirmen, die Telefone liefen heiß, alle wollten die Rechte. Kammfelds Ohr brannte, seine Nerven ebenso.

Die letzten drei Tage hatte er damit verbracht, die interessierten Produktionsfirmen gegeneinander hochzutreiben. Eine Tätigkeit, in der er ungekrönter Meister war. Außerdem hatte ihm der Chef dieses Produkt besonders ans Herz gelegt. Kammfeld wußte, warum, und ärgerte sich. Liebesdienste für die Exgeliebte. Trotzdem strengte er sich an.

»Sie bieten mir fünfzigtausend für die Fernsehrechte? Da müssen Sie wohl noch ein bißchen was drauflegen. Die Konkurrenz bietet mehr. Wieviel mehr? Mein kleines Geheimnis. Also – sechzigtausend ist Ihr letztes Angebot? Gut, Sie hören von mir.« Er grinste, als er auflegte, gleich wieder neu wählte: »Kammfeld hier. Wie sieht's aus? Also – für fünfundfünfzigtausend ist nichts mehr drin. Tut mir leid. Aber die Konkurrenz schläft nicht. Fünfundsechzigtausend, und wir sind im Geschäft. Bei Buyout natürlich mehr.«

Buyout wurde bei den privaten Sendern praktiziert, die im Gegensatz zu den öffentlich-rechtlichen Sendern kein Geld für Wiederholungen bezahlen müssen. Auflegen. Wiederwählen.

»Ich tippe auf achtzigtausend«, sagte er zu Frau Dr. Boysen, die gerade ihren Kopf zur Tür hereinstreckte. »Nun werd nicht größenwahnsinnig, Kurt.« Der Kopf war wieder weg:

»Nicht mehr bleibest du umfangen,
In der Finsternis Beschattung,
Und dich reißet neu Verlangen,
Auf zu höherer Begattung«

murmelte sie vor sich hin, während sie einen Stapel Manuskripte auf den Schreibtisch der erstaunten Sekretärin legte. »Goethe«, erklärte sie, »aus der Elegie *Selige Sehnsucht*. Mir war gerade danach.«

Die Sekretärin hielt ihre Finger über die Tasten und sagte gar nichts. Als Frau Dr. Boysen das Büro verließ, überlegte sie, wonach ihr gerade war. Goethe war's bestimmt nicht.

48

Die Autorin, deren Rechte gerade meistbietend verscherbelt wurden, lag auf ihrem Wasserbett und lackierte sich die Fußnägel in Regenbogenfarben. Es war das schönste Gefühl der Welt, schöner als jeder Streß mit einem Mann, wenn ein Buch fertig und der Verlag für alles Weitere zuständig war. »Er liebte nicht zu schreiben, er liebte, geschrieben zu haben«, hatte sie einmal über ihr großes Vorbild Tom Wolfe gelesen, und genauso ging es ihr auch. Schreiben war die mühsamste Sache der Welt und die einsamste.

Aber wenn der Roman erst geschrieben war, wenn es um Klappentexte, Buchumschläge, Fernsehrechte und Lesungen ging, dann war das Buch die schönste und aufregendste Sache der Welt. Bis der Glanz verblaßte und ein neues Buch am Horizont winkte. Das war das Schreckliche am Bücherschreiben. Nie konnte man sich auf seinen Lorbeeren ausruhen. Es gab immer einen nächsten Satz, der geschrieben werden wollte. Dann saß man panisch, mit klopfendem Herzen und der Sicherheit, daß einem nie wieder etwas einfallen würde, vor dem Bildschirm ... aber sie war ja in einer besonderen Situation. Sie hatte ja noch ein Brötchen im Ofen, ein einsames zwar, ein vom Verleger ungeliebtes, sie würde also zu schärferen Waffen greifen müssen. Welche waren das in ihrem Fall? Verstärkter Körpereinsatz? Verlagswechsel?

Doch im Augenblick wollte sie nicht daran denken, sondern den Erfolg genießen ... Sie hatte Lust auf ein kleines Schäferstündchen, allerdings nach Camillas Besuch kam Mario leider nicht mehr in Frage, wen gab es sonst noch? Dieser halbverklemmte, aber nicht uninteressante Buchhändler fiel ihr wieder ein, wie hieß er noch? Heymann. Das war's. Zudem war ihr Männerkonto ansonsten mäuseleer, ihre Ansprüche mußten sich also in Grenzen halten.

Sie griff zum Handy, das in diesem Augenblick klingelte.

Automatisch schraubte sie ihre Stimme eine Oktave tiefer. »Hallo? Ach, du bist es, Camilla, das ist aber eine … nette Überraschung. Jetzt gleich? Gut, komm vorbei. Dann sind auch meine Nägel trocken.«

Cleo wählte erneut und überlegte sich dabei, ob sie ganz direkt und ehrlich vorgehen oder auf bekannte weibliche Schliche zurückgreifen wollte. Sie entschloß sich zur Ehrlichkeit, alles andere war ihr zu mühsam.

»Buchhandlung Heymann.« Er war nicht der Schönste, aber seine Stimme klang wunderbar. »Hier ist Cleo Braake«, sagte sie schnell, ehe sie der Mut verließ, »haben Sie Lust, auf ein Stündchen bei mir vorbeizukommen?« Schweigen. War sie nicht deutlich genug gewesen? »Bringen Sie Champagner mit, für den Rest sorge ich«, fügte sie hinzu, um jeden Zweifel auszuschließen. »Das Angebot klingt reizvoll, aber ich habe Ihren Namen nicht verstanden«, die Person am anderen Ende der Leitung schien sich sehr zu amüsieren. Cleo schluckte. »Wir kriegen hier nämlich jede Menge verrückter Anrufe …«, fuhr die Stimme fort, »… deshalb …« Da hatte sie schon aufgelegt. Gott, wie konnte sie nur! Hoffentlich hatte er ihre Stimme nicht erkannt. War sie denn vom Hahn gehackt?

Es klingelte wieder. Scheiße, dachte Cleo, aber sie griff trotzdem danach. »Ja?« krächzte sie. »Oh, hab ich Sie beim Mittagsschlaf gestört?« In der Stimme des Pressechefs lag ein gutgelaunter Vorwurf. »Ich habe wunderbare Nachrichten für Sie. Colonia Film hat den Zuschlag bekommen. Siebzigtausend für die Rechte hab ich herausgeschlagen. Buyout. Für neunzig Minuten. Falls es ein Zweiteiler wird, werden weitere fünfunddreißig fällig. Na, was sagen Sie?«

Cleo hatte sich blitzschnell beruhigt. »Wie lang ist die Option?« fragte sie, nicht, weil es sie interessierte, wann die Rechte wieder frei wurden, sondern weil sie gern einen Hauch von Fachfraulichkeit vortäuschen wollte. »Nur sechs Monate«, sagte Kurt Kammfeld, »dann tarocken wir nach.«

Cleo empfand einen Moment reinsten Glücks, als sie ihre perfekt bemalten Nägel betrachtete. »Das Drehbuch schreibe ich diesmal selbst«, verkündete sie und hob ein Bein in die Luft, »sagen Sie das bitte den Herren von der Produktion. Nicht, daß es da Ärger gibt.« Sie wußte, daß es den sowieso geben würde, denn in der Branche galt das Vorurteil, daß eine Schriftstellerin in der Regel nicht die geeignete Drehbuchautorin ihrer eigenen Werke war. Zu eng am Stoff, zu unwillig, sich von Figuren zu trennen, zu besitzergreifend. »Haben Sie denn schon einmal ...«, begann der Pressechef vorsichtig, denn er wollte seinen Deal auf keinen Fall gefährden. »Ich habe noch nicht, aber ich möchte«, sagte Cleo sonnig und legte auf.

Heute gehörte ihr die Welt. Endlich einmal. Es kam selten genug vor. Und dauerte sowieso nicht lange.

Wieder klingelte das Handy. »Ich bin in drei Minuten bei dir«, Camillas befehlsgewohnte Stimme, die Cleo so sexy fand, »schick bitte den Fahrstuhl runter, ich hab keine Lust auf Treppensteigen. Soll ich noch was mitbringen?«

»Nur dich«, sagte Cleo, »ich hab sonst alles im Hause«, setzte sie hinzu.

Als sie drei Minuten später die Wohnungstür öffnete und Camilla hereinließ, dachte sie, wie wunderbar das Leben doch ohne Männer sein konnte. Berufliche Höhepunkte waren eh die besten. »Ich will nur einen Milchkaffee oder einen Viagra con Latte, wie man heute so schön sagt«, lachte Camilla und ging so zielstrebig auf die Küche zu, als fühle sie sich wie zu Hause, mit dem Unterschied, daß sie ihre eigene Küche nur sehr selten betrat, »dann muß ich gleich nach Hause. Heute abend hab ich leider ein Dinner.«

Plötzlich kam ihr eine Idee. »Willst du nicht auch kommen?« fragte sie, während Cleo die Milch aufschäumte. »Als Überraschungsgast? Mal sehen, was unser Mann für Augen macht?«

Cleo überlegte. Hatte sie Lust? Zumindest hatte sie nichts Besseres vor.

»Was soll ich anziehen?« fragte sie. »Das heißeste Stück, das du im Schrank hast«, lächelte Camilla, »ich hab heute Lust auf Hochspannung.«

Das Telefon. Cleo ging nicht ran. Sie wußte, wer es war. Sie stellte den Anrufbeantworter leise.

Als Camilla gegangen war, stellte sie lauter und hörte ihn ab. »Natürlich weiß ich, wer Sie sind, Frau Braake. Ich habe mich sehr über Ihren Anruf gefreut. Den Champagner habe ich bereits kaltgestellt. Bitte melden Sie sich.«

Was für ein wunderbarer Tag. Warum war nicht jeder so?

49

Maria stand im Eßzimmer der elterlichen Villa und betrachtete die lange, damastgedeckte Tafel. Sie hätte das Dinner gern etwas weniger formal gehabt, gemütlicher, entspannter, aber Camilla hatte darauf bestanden. »Wenn du es lässig willst, geh in die Kneipe«, hatte sie gekontert und war wieder in die Küche abgerauscht, wo sie einer schwer strapazierten Cateringcrew die letzten Anweisungen gab. Die Hausfrau war bekannt für ihre exakten Vorstellungen, die sie so und keinen Deut anders umgesetzt haben wollte. Für dieses Dinner wollte sie einen »frühherbstlichen Geist, Luft, Licht, Sonne, Gold- und Erdfarben und federleichte, gut verdauliche Küche.«

Doch der Anblick der Salate hatte sie zum Explodieren gebracht. »Crevetten?« rief sie entgeistert, »Lachs? Noch nie etwas von hormongefütterten Fischbeständen in Alaska gehört?«

»Der Fisch kommt aus Norwegen und wurde von Naturschützern geprüft«, hatte der Partychef einzuwenden gewagt. »Interessiert mich nicht«, Camilla wollte nicht beschwichtigt werden, ihr stand der Sinn nach Drama, »nehmen Sie die Hormonbomber wieder aus meinen Salaten. Es ist mir egal, daß in einer Stunde die Gäste kommen.« Sie entschwand, die Crew sah sich ratlos an. »Mir scheint, die Alte hat zuwenig Hormone statt zuviel«, murrte die Köchin und fischte vorsichtig die Crevetten aus dem Salat, »aber wer sonst keine Probleme im Leben hat, der macht sich eben welche.«

Camilla hörte diese Worte nicht, denn sie stand jetzt neben ihrer Tochter und zupfte ein trockenes Blatt aus einem der bunten Herbststräuße. »Ich bin gespannt auf deinen neuen Galan«, sagte sie, während sie um den Tisch herumging, »wie sieht er eigentlich aus?«

»Ein bißchen so wie Papa«, meinte Maria, und ihrer Mutter entging nicht, wie träumerisch sie dabei aussah. »Ein Fall von erlaubtem Inzest also?« Camilla küßte ihre Tochter kurz aufs Haar und warf die trockenen Blätter in einen der Papierkörbe. »So ungefähr«, lächelte Maria, »ich weiß nur, daß ich noch nie so verliebt war.«

»Das sagst du jedesmal«, entgegnete Camilla nüchtern. »Aber diesmal meine ich es auch«, sagte Maria ernst, »er ist es, Mami, ich weiß es einfach. Er ist mein Lebensmensch. Den und keinen anderen hat der liebe Gott für mich gebacken. Hast du dieses Gefühl bei Papi auch gehabt?«

Ja, dachte Camilla traurig, das habe ich auch gehabt. Aber leider hat er es nie gehabt. Sie lächelte. »Hätte ich ihn sonst geheiratet?«

Eine Stunde später saß Benedikt Glücklich in seinem rostig zerbeulten Fiat Panda, er war männlich genug, dieses Auto nicht als unmännlich zu empfinden, und traute sich nicht ins Haus. Sein geliehener Smoking saß zwar einwandfrei, und er hatte sich im verschmierten Rückspiegel überzeugt, daß er optisch den Ansprüchen auch einer gehobenen Dinnerrunde durchaus genügte, trotzdem fühlte er sich unwohl. Lampenfieber. Er hatte keine Ahnung, was ihn erwartete. Von Maria. Von ihrem Vater, dem großen Verleger. Er fand die Tochter ausgesprochen interessant, man konnte sogar von einem nicht unerheblichen Verliebtheitsgefühl sprechen, aber er fühlte sich noch nicht so weit, sich mit ihrem Vater über mögliche Enkelnamen zu unterhalten. Schließlich war er gerade bei Maddai von der Eheschippe gesprungen. Und vor sogenannten intakten Familien hatte er seit früher Jugend einen Horror. Sie kamen ihm immer wie ein stummer Vorwurf an seine Mutter vor. Wieso hatten andere Frauen, die dümmer und häßlicher als sie waren, das geschafft?

Und wieso saß er hier, auf der Straße vor der intakten Familienvilla, denn um ein Haus genannt zu werden, war sie zu groß, zu prächtig, zu königweiß gestrichen, zu einschüchternd. Geparkt wie ein Kuckucksei zwischen Edelkarrossen, teilweise mit Chauffeuren, die, nachdem die Herrschaft ausgestiegen war, rauchend an den Kotflügeln lehnten und sich unterhielten, stand sein Auto da. Reichtum, Erfolg, Eleganz – so lässig, so selbstverständlich, daß er sich kaum aus seiner Klapperkiste traute.

Er war heilfroh, daß seine Mutter nicht dabei war, sie hätte ihn nur noch unsicherer gemacht – sie mit ihren superwachen Augen, ihren spitzen Bemerkungen, das konnte er jetzt nicht gebrauchen. »Auf in die Krampfadern«, machte er sich mit einem Kalauer Mut und stieg aus. Während er sein Auto abschloß und durch das schwere Eisengitter auf das Haus zuging, fühlte er die, wie er meinte, abschätzigen Blicke der Chauffeure wie kleine, spitze Messer – aber als er sich am Portal noch einmal umdrehte, waren die Männer längst in ein Kartenspiel vertieft. Keiner achtete auf ihn.

Bevor er klingeln konnte, wurde die Tür aufgerissen. »Benedikt.« Marias Stimme klang so aufgeregt wie die eines ganz kleinen Mädchens. Sie merkte es selbst und dämpfte sie, aber mit sichtbarer Anstrengung. »Schön, daß du gekommen bist. Ohne Anhang?« Sie strahlte, umarmte ihn, zog ihn in die große Halle. Sie waren allein, denn er war der letzte Gast, die anderen saßen bereits im Salon, aus dem gedämpftes Stimmengemurmel und Gelächter drangen. »Meine Mutter war verhindert«, sagte er, während er bemüht war, sich von den Antiquitäten, den Ölgemälden der Vorfahren an der Wand, den fast meterhohen Lilien in großen Vasen, all der so dezent zur Schau gestellten Üppigkeit, nicht allzu beeindruckt zu zeigen. Wen interessierte es in dieser wohlhabenden, sorglosen Welt, daß seine Mutter immer noch Rabattmarken bei Budnikowski klebte, daß sie die beste Kunststopferin der nördlichen Hemisphäre war und ihr Knoblauchkartoffelmus das leckerste der Welt? Warum dachte er ausgerechnet jetzt an seine Mutter? Weil sie ihn so traurig verabschiedet hatte. »Ich werde dir keine Schande machen, Mami«, hatte er ihr versprochen, aber ihr Gesicht war noch trauriger geworden.

»Ihre Mutter war verhindert?« Mario Benedikt hatte die letzten

Worte seines jungen Volontärs gehört, während er die Halle auf der Suche nach seiner Brille, auf die er leider immer weniger verzichten konnte, durchquerte.

Jetzt trat er auf Benedikt zu und ergriff seine Hand. Stellte fest, daß der junge Mann einen erfreulich festen Händedruck hatte. Nichts haßte er mehr als lasche, weiche Hände, die sich kraftlos in seine schoben und dort klebenblieben wie welke Salatblätter. »Ich freue mich, daß Sie gekommen sind«, sagte er nur. »Vielen Dank für die Einladung.« Benedikt drückte noch einmal zu, die Hände trennten sich. Sie sehen gut aus zusammen, dachte Maria, und ein zärtliches Gefühl beschlich sie. Fast wie Vater und Sohn. »Meine Mutter bedauert, aber sie muß heute abend eine gesamte Fußballmannschaft bekochen«, erklärte Benedikt und setzte hinzu: »Sie hat nämlich einen Partyservice.«

»Aha«, meinte Mario desinteressiert, »wie heißt der denn?«

»Slow-Food«, antwortete Benedikt, während Maria ihn unterhakte und dabei alle Nervenenden auf seiner Haut zu einem kleinen, glühenden Ball drückte, »meine Mutter findet, alles, was Spaß macht, muß langsam gehen. Sonst ist es ein vergeudeter Genuß.«

»Aha«, meinte der Verleger mit undurchdringlicher Miene ein zweites Mal, »da hat sie sicher recht. Sie haben übrigens einen sehr schönen Nachnamen. Ist das ein Künstlername, oder heißen Ihre Eltern auch so?«

»Meine Mutter heißt so, einen Vater gibt es nicht«, sagte Benedikt und wollte noch hinzusetzen: »Das ist der Name ihres Geschiedenen, der mich netterweise adoptiert hat, eigentlich heißt sie Nordhaus, Jette Nordhaus«, aber da hatte der Verleger seine Brille entdeckt und war wieder im Salon verschwunden. Maria und Benedikt folgten ihm. »Du siehst so angespannt aus«, flüsterte sie ihm ins Ohr. Auch ihr warmer Atem war wie ein kleiner, elektrischer Schlag, der ihn vorübergehend wieder leicht betäubte. Oder war es der schwere Duft der Blumen, das teure Parfüm der Frauen, die ihm Maria vorstellte? Er fühlte sich saumäßig. »Das macht die Aufregung«, scherzte er. »Meinet- oder ihretwegen?« fragte sie, auf die Gäste deutend, und er spürte, daß ihr seine Antwort wichtig war. Sie sah ihn so forschend an. »Du siehst toll aus«, sagte er schnell und merkte an dem Ausdruck in ihren Augen, daß es nicht die Antwort war, auf die sie gehofft hatte.

Aus den Augenwinkeln sah er eine attraktive, weizenblonde Frau, die zielstrebig auf ihn zukam. »Das ist Mami«, raunte ihm Maria zu, »sie ist heute abend auf dem Kriegspfad.« Da stand sie schon neben ihm. »Sie müssen der Benedikt sein, von dem meine Tochter ...«

»Mami ...«, Marias Stimme klang warnend, sehr warnend, »das ist Benedikt Glücklich, und er möchte nicht gleich verschreckt werden. Und das ...«, sie legte den Arm um die mütterliche Schulter, »... ist meine Mutter, Camilla Benedikt.«

»So viele Benedikts«, sagte Benedikt und merkte gleich, daß dies eine blöde Verlegenheitsfloskel war, aber er war auch verlegen, unter den himmelblauen, durchdringenden Augen der Gastgeberin fühlte er sich wie ein aufgespießter Schmetterling. »Freut mich, junger Mann«, sagte Camilla, wandte sich ab und ihren Gastgeberpflichten zu, die darin bestanden, die Gäste an den Tisch zu bitten, wobei Tisch ein zu profaner Ausdruck war. Es war eine Tafel – eine Tafel à la Camilla, mit duftenden Blumen und nichttropfenden Kerzen, in deren Licht besonders die weiblichen Gäste weich und jung und schön aussahen, das Porzellan schimmerte, das Silber auch – ein Gesamtkunstwerk, vor dem die Gäste ehrfürchtig standen und staunten und sich erst auf Camillas Zuruf: »Nun setzen Sie sich doch« trauten, vorsichtig Platz zu nehmen, die steifen Servietten aus den auf Hochglanz polierten Serviettenringen zu nehmen, auf ihre Schöße zu legen und erwartungsfroh auf die Gläserparade zu schauen, die die Teller umkränzte wie wachsame Soldaten.

Der Tisch war A-Klasse, obwohl die heutigen Gäste eindeutig »B-Crowd« waren, wie Camilla ihre Gästerunde in Ermangelung eines deutschen Begriffs nannte, das hieß, mittelwichtige Leute, denen sie seit Jahrzehnten eine Rückeinladung schuldete. Ihr Internist Dr. Hans Bückling mit seiner reizenden Ehefrau Andrea, Falko Fuhrmann mit seiner wie immer schmollenden Drittfrau Gina, er war in jeder »Crowd« dabei, weil er im Hause Benedikt seit Jahren die Rolle des ergebenen Hausfreundes spielte; Nora Dormagen, die frisch geliftete Klatschkolumnistin der Tageszeitung, damit der Verlag mal wieder positive Presse hatte, weitere Menschen aus Presse und Werbung, Marias neuester Schwarm, der Camilla vage beunruhigte. Vielleicht, weil auch sie gern … Und ihren ganz speziellen Gast, den sie für später eingeladen hatte, um ihm einen optimalen Auftritt zu garantieren.

Camilla liebte Gästemischmasch, nichts auf der Welt war langweiliger als ein Dinnerabend mit Eheleuten, die sich seit Jahrzehnten gegenseitig einluden. Bei einem ganz besonders verschnarchten Abend, Mario hielt in einer Sofaecke bereits ein kleines Nickerchen, hatte sie einmal aus einer Laune heraus ans Glas geklopft. »Ich hab eine Idee«, hatte sie gesagt, »wir tauschen mal. Jeder sucht sich einen anderen Partner und nimmt ihn mit nach Hause. Nur für eine Nacht. Und zum Frühstück treffen wir uns wieder und erzählen uns, wie es war.«

Eine Viertelstunde später hatte sie mit einem gähnenden Ehemann im Auto gesessen. »Da können wir uns nie wieder blicken lassen«, sagte er, »aber es ist kein besonderer Verlust.«

Es war einer der wenigen Momente ihrer Ehe, in denen sie sich einig waren.

Jetzt stand sie am Ende der Tafel, groß, blond, elegant, die perfekte Gastgeberin, und wunderte sich selbst über diese diebische, heimtückische Vorfreude, die sie bei dem Gedanken empfand, daß es gleich zu einer für Mario sehr unangenehmen Begegnung kommen würde. Waren diese kleinen, ehefraulichen Inszenierungen vielleicht nur ihre kindische Form der Ersatzbefriedigung für eine sinnlose Ehe, ein langweilig gewordenes Leben? Legte sie, da sonst nichts mehr brannte, ihre eigenen kleinen Brandsätze? Sie beschloß, diesem deprimierenden Gedanken nicht weiter nachzugehen.

»Ich freue mich sehr, Sie bei einem unserer kleinen …«, hier legte Camilla eine Kunstpause ein, wartete den höflichen Applaus ab, der immer an dieser Stelle kam, »… Abendessen hier bei uns begrüßen zu dürfen. Ich habe Ihnen ein leichtes, herbstliches Menü zusammengestellt und hoffe, der Wein und die Gespräche passen dazu. Ich wünsche uns allen einen unterhaltsamen Abend.«

Während sie dem Kellner diskret zunickte und dieser mit einer umwickelten Flasche Champagner an den Tisch trat und den Gästen einschenkte, ging Camilla in die Küche, um nach dem Rechten zu sehen. Sie verstand rein gar nichts von allem, was sich in Küchen abspielte, sie war auch keine besonders genußreiche Esserin. Aber sie spielte die verhinderte Köchin vorzüglich. »Lassen Sie mal sehen«, sie hob den Deckel von einem der Töpfe, in dem eine Minestrone vor sich hin brodelte. »Sieht gut aus, vielleicht noch ein bißchen Oregano«, lächelte sie und ging wieder. Die Partyköche rollten die Augen und ignorierten ihren Hinweis.

Vor der Tür zum großen Salon blieb sie stehen und sah auf die Standuhr. Viertel vor neun, wo blieb Cleo? Hatte sie es sich anders überlegt? Aus dem Salon drang das Stimmengewirr von Gästen, die sich gut unterhielten. Klirrende Gläser, lautes Gelächter. Man schien sich auch ohne sie glänzend zu amüsieren. Normalerweise betrachtete sie dies als gastgeberischen Erfolg, heute deprimierte sie das. Also auch hier im Grunde überflüssig. Sie trat ein und setzte sich. Plötzlich fühlte sie sich wie auf einer falschen Bühne. Was tat sie hier?

»Wir lassen eine ganze Generation über die Klinge springen, weil wir den Altenberg nicht abbauen.« Das war Hans Bückling, bekannt für deftige Witze und provokante Sprüche. Mario lachte dröhnend, Hans war, genau wie Falko, ein alter Internatsfreund, gehörte zum eingeschweißten Männerbund, mit dem sich der Verleger gelegentlich gern umgab. Und Männerdingen nachging, die seine Frau verabscheute. Kneipenbesuche, Tennis bis zum Abwinken, jedes Jahr ein Segeltörn, nach dem er meistens wie ein Puma stank, weil er es genoß, nicht jeden Tag duschen zu müssen. Er brauchte das. Männer waren seltsame Kreaturen.

Die von Camilla handverlesenen Kellner, alle blutjung, alle attraktiv, trugen die erste Vorspeise auf, ein Stück Lachsspinat in Blätterteig eingelegt, »umrahmt von frischen Gartengemüsen«, wie es auf den handschriftlichen Menüs stand, worüber Maria gelacht hatte, denn sollte es etwa »unfrisches Treibhausgemüse« heißen?

»Ich wünsche guten Appetit.« Mario Benedikt hatte sich erhoben und prostete seinen Gästen zu. Eigentlich strengten ihn diese halboffiziellen Abende an, aber im Kreise seiner alten Freunde waren sie gerade noch auszuhalten, und da seiner chronisch unzufriedenen Ehefrau die Gastgeberinnenrolle Spaß zu machen schien, machte er gute Miene zum bösen Spiel. Falkos Gesicht ließ erkennen, daß er bereits vor Stunden angefangen hatte zu trinken. Der Konsum würde sich im Laufe des Abends noch deutlich steigern, aber Falkos Leber war Kummer gewohnt. In dem gelangweilten Blick der jungen Gattin Gina deutete er die Sehnsucht sicher richtig, ganz weit weg, in den Armen eines ganz anderen Mannes zu liegen. Maria und Benedikt hatten einen unsichtbaren Kreis um sich gezogen, sie redeten, sie berührten sich, sie lachten. Die Augen der anwesenden Ehefrauen ruhten voller Neid auf diesem eindeutig vorehelichen Glück. »So warst du auch mal.« Andrea Bückling stupste ihren Gatten an, dessen Augen gerade in Marias Dekolleté krochen. »Hans«, rief in diesem Augenblick Mario Benedikt vom anderen Tischende, denn er langweilte sich mit seiner Gesprächspartnerin, einer Heilpraktikerin namens Herlinde Wagenbiel-Schilowski, zu Tode. Wo um Himmels willen hatte Camilla diese Trulla bloß aufgegabelt, war sie etwa bei ihr in Behandlung, hatte sich womöglich bei ihr den Darm spiegeln lassen, eine Prozedur, die ihm Frau Herlinde Wagenbiel-Schilowski in aller Ausführlichkeit, sie waren inzwischen bei der Minestrone, erläutert hatte. Bei den Worten: »Da geht dann wirklich alles ab« hatte er sie bremsen können. Intimgeschichten ertrug er nur von Männern.

»Hans«, jetzt hatte Mario Blickkontakt mit seinem alten Kumpel, sie zwinkerten sich zu. »Wie geht's in der Praxis?« fragte er und hoffte auf eine nette Anekdote. Er wurde nicht enttäuscht. »Der Patient im letzten Stadium der Leberzirrhose?« fragte Hans Bückling hoffnungsfroh. Er liebte es, vor allem bei Tisch, unappetitliche Episoden von seinen Patienten preiszugeben. Würgegeräusche, erblassende Gesichter, aus dem Zimmer stürzende Gäste belebten seiner Meinung nach jede Feier. »Bitte nicht jetzt, Hans.« Andrea legte die Hand sacht auf den Arm ihres Mannes, denn gerade wurde der Hauptgang, Lobster mit Farfalle, umlegt von diesmal marktfrischen Paprikatomatenpüree aufgetragen, die große Schüssel dampfte köstlich, sie wollte das Essen in Ruhe genießen. Doch Dr. Bückling war nicht zu halten, denn inzwischen hatten die anderen Gäste ihr bereits erhobenes Besteck teils erwartungsfroh, teils angeekelt, zur Seite gelegt. Über anderer Leute Alkoholprobleme hörten sie gern etwas.

Hans blähte ein wenig den Brustkorb, sah sich kurz in der Runde um. Betrat seine Erzählerbühne. »Der Mann ist siebzig, alter Lokführer, seit fünfzig Jahren harter Säufer«, die Gäste griffen zum Weinglas, tranken einen Schluck, »nun ist er im letzten Stadium einer Leberzirrhose. Er hat einen Bauch wie im neunten Monat einer Zwillingsschwangerschaft, weil das venöse Blut des Bauchraumes durch die Leber fließen muß, um durch die untere Hohlvene zur rechten Herzkammer zu fließen. Eine kaputte Leber verhindert das. Ein Teil des Blutes wird so in den freien Bauchraum gefiltert. Man nennt dies«, er blickte um sich, seine Zuhörer waren, durch die medizinischen Details gelangweilt, in andere Gespräche vertieft, deshalb hob er die Stimme, »man nennt dies auch Bauchwassersucht.«

Andreas Handauflegen hatte sich zu einem Kneifen verstärkt, Hans reagierte nicht, sie hatte ihn im Laufe vieler Einladungen schon zu oft gekniffen. »Also mache ich eine Bauchpunktur bei ihm, ein Eingriff, den sich die meisten Ärzte nicht zutrauen. Seine Frau hält die Kuchenschüssel drunter, das Bauchwasser läuft rein …«

»Es reicht, Hans«, Camilla sah ihre Lobster und die allgemeine Stimmung kalt werden, »den Rest der Bauchflüssigkeit nehmen wir zum Dessert.« Es klingelte. Das war sie. Camilla lächelte ihren Gatten an.

»Mario, gehst du bitte?« Ihre Stimme klang honigsüß. Sie sah ihm nach. Endlich würde es spannend werden.

»Cleo!« Unwillkürlich blieb Mario hinter der geöffneten Tür stehen, als wolle er sein Haus vor ihrem Zugriff schützen. »Was treibt dich …«

»Die Einladung deiner Frau«, erwiderte sie mit breitem Lächeln, das ihre zunehmende Unsicherheit kaschieren sollte. Doch keine so gute Idee, hier einfach hereinzuplatzen. Welcher Teufel hatte sie geritten? Besser gefragt – welche Teufelin?

»Cleo, hast du es doch noch geschafft. Wie schön.« Camilla hatte es nicht ausgehalten, sie stand jetzt hinter Mario, der unwillkürlich einen Schritt zur Seite getreten war. »Laß unseren Gast doch bitte eintreten, Schatz.«

Die Frauen umarmten sich, Mario stand daneben und kam sich vor wie in einer schlechten Inszenierung, dessen der Lächerlichkeit preisgegebener Hauptdarsteller er war. Wortlos drehte er sich um und ging ins Eßzimmer. An der Tür hätte er fast den Kellner mit dem Hummernachschub umgerissen.

»Soll ich wieder gehen?« fragte Cleo besorgt. Schließlich war Mario ihr langjähriger Verleger, und vielleicht war es nicht so gut, ihn so öffentlich zu verärgern. Zumal sie ein kleines Gefecht mit ihm noch nicht ausgestanden hatte. Und an der»einsamen Frau« lag ihr viel.

»Kommt gar nicht in Frage.« Camilla zog Cleo mit sich und schob die Flügeltür auseinander. Dr. Bückling war gerade bei dem Rhabarber angelangt, den sein Leberzirrhotiker mit körpereigenem Dung bestreut hatte, was laut Schrebergartenverordung nicht erlaubt war. »Wußten Sie das?« Die Gäste, bei dem zwischen den Gängen gereichten Basilikumsorbet angelangt, schüttelten den Kopf, jetzt ließ sich keiner mehr beim Essen stören, auch nicht, als Dr. Bückling weiter davon berichtete, wie riesengroß der Rhabarber geworden war, daß nur leider die Rhabarberkonfitüre diesen leicht metallischen Beigeschmack gehabt hatte und man zu spät erfahren hatte, daß man bei Eigendung die erste Ernte immer wegschmeißen mußte. Nora Dormagen hatte als einzige ihre Serviette als Mundschutz vor ihre Lippen gepreßt, so als fürchte sie, man würde sie jeden Augenblick mit Rhabarbermarmelade zwangsfüttern wollen.

»Darf ich Ihnen und euch unseren letzten Gast vorstellen? Cleo Braake, Starautorin in Marios Verlag. Ihr neuestes Buch ›Sag mir, wo die Männer sind‹ wird dem Verlag viel Geld bringen, was dieser ja, wie Sie alle wissen, dringend gebrauchen kann. Außerdem war Frau Braake bis vor kurzem die Geliebte meines Mannes. Jetzt habe ich sie als meine beste Freundin übernommen. Cleo, setz dich neben den Hausherrn. Mario, zeig dich von deiner besten Seite, sonst geht sie zur Konkurrenz.«

In der erstaunten, lastenden Stille war nach einer Schrecksekunde nur Marios Hüsteln zu hören. Das verzeihe ich ihr nie, dachte er. Auch Cleo schien wie gelähmt. Ihre Augen waren während Camillas Vorstellung auf den Boden gerutscht, jetzt traute sie sich vorsichtig in die Gesichter der Gäste zu blicken. Deren Ausdruck war so blöd und fassungslos, daß sie plötzlich diesen extrem unangebrachten Lachreiz spürte, der sie das letzte Mal auf der Beerdigung ihres Friseurs überfallen und absolut wehrlos gemacht hatte. Panisch spürte sie, wie er unaufhaltsam in ihr hochkroch …

»Tja, meine Frau weiß, wie man seine Gäste nicht nur kulinarisch gut unterhält, das macht ihr so schnell keiner nach …« Marios Stimme klang so hilflos, daß Cleo es nicht mehr aushielt. Das Lachen explodierte in ihr wie ein Urknall. Sie lachte so, daß sie zu ersticken glaubte. »Das Leben kann komisch sein, liebe Leute«, prustete sie, als sie endlich wieder Luft bekam, »aber Camilla hat recht. Ich hoffe, daß meine Anwesenheit Ihnen nicht den Appetit verdirbt.«

»Aber ganz im Gegenteil«, rief Nora Dormagen mit leuchtenden Augen und zückte ihren Spiralblock, »setzen Sie sich doch zu mir.« Doch da hatte Mario seine Fassung wiedergefunden. »Frau Braake sitzt natürlich neben mir«, auch seine Stimme klang fest, »bitte ein neues Gedeck.« Er rückte zur Seite, Cleo setzte sich. »Böse?« flüsterte sie »Ich hatte keine Ahnung …« Sie hielt inne, weil sie Camilla gegenüber nicht unsolidarisch sein wollte. Mario winkte ab. »Morgen stehen wir in der Zeitung, gute Werbung für dein Buch.« Er hatte Nora Dormagens Blick und ihr hastiges Gekritzel aus den Augenwinkeln bemerkt, sich kurz überlegt, ob er nicht zumindest den Einkauf eines neuen, sehr vielversprechenden Autors aus Lettland erwähnen sollte, der in seinem Heimatland seit Monaten mit der Liebesgeschichte zwischen einer Eintagsfliege und einem gelähmten Mann auf den Bestsellerlisten stand … entschloß sich dann dagegen. Was scherte es den Königslöwen, wenn sich die Wildsau an ihm kratzte? »Gratulation übrigens zu dem Verkauf der Filmrechte«, fuhr der Verleger fort, »wer schreibt das Drehbuch?«

»Ich«, sagte Cleo. Er zog die Brauen hoch, skeptisch. »Kannst du denn das?«

»Ich kann alles«, lachte sie, »das weißt du doch.«

Dann wandte sie sich ihrem Tischnachbarn zu. »Und Sie sind?« Ihre Hand lag zur Begrüßung bereits in seiner. »Der neue Volontär«, lächelte er, »ich bin gerade in der Presseabteilung und habe Ihnen das *Stern*-Gespräch verschafft.«

»Sie waren das?« fragte Cleo ungläubig, denn sie kannte die Hartleibigkeit von Ursula Ruppschnitt. »Wie günstig, daß ich gerade ein kleines Buch fertig habe. Hat es Ihnen gefallen?«

Er nickte ernsthaft: »Es ist ein ganz großartiges Buch«, sagte er, »und es gefällt mir deshalb ganz besonders gut, weil es mich an meine Mutter erinnert.« Cleo stutzte, aber sie nahm die Komplimente, wie sie kamen. »Sie ist also auf Männersuche?« fragte sie im leichten Konversationston, spürte an seinem leicht geneigten Kopf, daß Mario mit halbem Ohr das Gespräch verfolgte. Benedikt lachte. »Nicht direkt«, er griff zum Brot, fast so lecker wie Jettes Selbstgebackenes, »eigentlich hält sie nicht viel von Männern, weil ihre erste große Liebe ein Schweinehund war, der sie verlassen hat.«

Das Gespräch begann Cleo Spaß zu machen. Vielleicht sprang bei diesem merkwürdigen Abend sogar eine neue Romanidee heraus. »Ihr Vater?« tippte sie auf gut Glück und hielt Mario dabei ihr Weinglas hin. »Den Roten bitte.« Maria hatte den Arm um Benedikts Schultern gelegt und vorsorglich ein bißchen an seiner Halsbeuge gezutscht. Die Alte war zwar jenseits von Konkurrenz, aber man wußte ja nie …

»Mein Erzeuger«, korrigierte Benedikt, »wie es der dumme Zufall wollte, hatte er gerade eine andere Frau geschwängert …«

Cleo beschloß, ihren nächsten Roman »Die Sünden der Väter« zu nennen. »Mario«, sie drehte sich um, die Heilpraktikerin erläuterte ihm gerade mit hektischen roten Flecken im Gesicht, daß schwere Schlafstörungen oft auf unauskurierte Geschlechtskrankheiten der Mütter zurückzuführen seien. »Ich schlafe gut«, sagte er schwach und sah gepeinigt aus, »und ich bin ganz sicher, daß meine Mutter …«

»Man kann nie sicher sein.«

Cleo wandte sich wieder an Benedikt. »Also – Sie haben meinen Schmachtfetzen unter die Leute gebracht«, grinste sie jovial. Er runzelte die Stirn. »So würde ich ›Die einsame Frau‹ nicht nennen«, seine Stimme klang streng, »ich halte es für ein literarisch sehr anspruchsvolles Buch.«

»Sie haben was?« Cleo verstand gar nichts mehr.

»Ich habe das Manus gelesen. Das ist doch Ihr letztes Buch?« Er sah sie an.

Und plötzlich begriff Cleo. Dem lieben Gott, der sie in letzter Zeit sowohl männer- als auch karrieremäßig ein bißchen vernachlässigt hatte, war es in seiner allmächtigen Weisheit eingefallen, diesem jungen Menschen ihr unveröffentlichtes Manuskript in die Hände zu spielen. Und gleichzeitig für sie ein *Stern*-Interview zu organisieren. Ha! Sie wußte, was sie zu tun hatte. Auch ein bißchen Göttin spielen.

»Herr Kammfeld hat angedeutet ...«, sagte sie. Benedikt lachte nur.

Es war klar, was der Presseschef angedeutet hatte. Natürlich hatte er das Interview als seinen Erfolg ausgegeben. »Der Verlierer muß die Dame zum Essen ausführen«, erklärte er, »wie ich gehört habe, hat Herr Kammfeld schon eine Reservierung gemacht.« Sie grinsten sich an. Maria sah dies und warf Cleo einen vorsorglich langen Blick zu. Schon gut, dachte Cleo, behalt dein Küken, ist sowieso zu jung für mich.

Außerdem hatte sie ja den verklemmten Buchhändler auf ihrer Telefonliste.

»Was planen Sie denn nach dem Volontariat?« fragte sie. »Falls Ihnen nichts einfällt – ich suche einen neuen Agenten, den ich reich und glücklich machen kann.« Sie lachte und wandte sich wieder Mario zu, der scheinbar aufmerksam den Ausführungen eines kleinen dicken Mannes am anderen Tischende lauschte: »Man unterscheidet ja zwischen groß- und kleinknotiger Leberzirrhose.« Die Dame daneben, sie trug diese genervte Miene zur Schau, die sie sofort als langjährige Ehefrau auswies, hatte resigniert ihre Kneifhand wieder zurückgezogen, sie wußte, jetzt kam der gesegnete Schluß: »Mein Patient hat die großknotige, und weil er die weiblichen Hormone, die ja jeder Mann auch bildet, nicht mehr abbauen kann ...«

Ob ich auch mal so unappetitlich werde, wenn ich alt bin, dachte

Maria und legte eine Hand ganz sacht auf Benedikts Oberschenkel, der hart und stramm war, wie sie es liebte. Sie ließ ihre Hand dort liegen, tat, als wäre nichts, auch Benedikt schien dem Hormonvortrag fasziniert zu lauschen. Dabei brannte die Stelle, die ihre Hand so sanft berührte, wie Feuer. Ich bin ganz unglaublich heiß auf sie, dachte er, sah auf sein Bein, wurde noch heißer, sah hoch – direkt in die stahlblauen Augen ihres Vaters. Er schluckte, rückte unwillkürlich ein Stück zur Seite.

»Ich höre, es gefällt Ihnen bei uns«, begann der Verleger das Gespräch, und daß das höfliche, aber keineswegs überschwengliche Lächeln des Volontärs seine Ursache in dessen körperlichem Unwohlsein hatte und nicht etwa ein Zeichen von jugendlicher Rotzigkeit war, konnte er nicht wissen. Er ahnte nichts von dieser Welle von Übelkeit und Schmerz, die Benedikt Glücklich in diesem Moment geradezu heroisch unterdrücken konnte.

Ziemlich selbstbewußt, dieser junge Mann, ging ihm durch den Kopf, nicht schlecht für meine verwöhnte Tochter. Meinte sie es wirklich ernst mit ihm? Oder nur Maria-ernst? Er liebte seine Tochter sehr, aber er hielt sie insgeheim für flatterhaft und ein bißchen oberflächlich, was seiner Liebe keinen Abbruch tat, ihm vielmehr manchmal Sorgen machte. »Was werden Sie machen, wenn Ihre Zeit bei uns vorbei ist?« fragte er. Die Antwort war ihm wichtig. Marias wegen. Und weil ihm dieser seltsam gelassene junge Mann auf ganz unbestimmte Weise gut gefiel. Es war etwas an ihm … an den graublauen Augen, der hohen Stirn, dem mühsam gelgebändigten blonden Haar, das ihn … das ihn … ja woran … das ihn an sich selbst in jungen Jahren erinnerte. Er schüttelte verwundert den Kopf. Wie kam er auf diese abstruse Idee? Zu diesen, wie sollte er es nennen … blödsinnig … zu diesen fast väterlichen Gefühlen? Dabei kannte er diesen Menschen überhaupt nicht. Mario sah eher befremdet, wie sehnsüchtig seine sonst so umschwärmte Tochter diesen coolen Typen anhimmelte, was ihn wurmte, denn es war ihm lieber, wenn Männer sie zu sehr liebten, nicht umgekehrt.

Er fühlte sich entthront.

»Was ich tun werde? Am liebsten weitermachen«, sagte Benedikt jetzt, »ich glaube, ich könnte mal …«

»Ein guter Verleger werden?« Es klang spöttisch, von oben herab, Mario Benedikt merkte es selbst, er lächelte: »Die Welt der Bücher reizt Sie also?« Benedikt Glücklich lächelte ganz unbefangen zurück. »Erstaunlicherweise ja. Mal sehen, was sich so ergibt. Ich bin ja noch jung.«

»Wie alt sind Sie denn?« fragte Mario streng, diese Unsitte der Jugend, sich bis ins Mittelalter jung und ungebunden zu fühlen, lehnte er strikt ab.

»Ich werde im Oktober fünfundzwanzig«, immer noch dieser gelassen-freundliche Blick, ein Blick, in dem die ganze Überlegenheit von einem Vierteljahrhundert unbeschwert verbrachter Jahre lag. Der Verleger kam sich plötzlich alt vor. Uralt.

»Da sind manche Männer schon Familienväter.« Diese wirklich altfränksche Bemerkung war Mario entschlüpft, und er sah sofort, wie grämlich sie bei Benedikt ankam. »Ich warte eben auf das Besondere«, Benedikt war nicht aus der Ruhe zu bringen, »im Berufs- und im Privatleben.«

»Und das haben Sie offensichtlich noch nicht gefunden?«

Die Blicke der Männer verhakten sich. Ein unsichtbares Kräftemessen. Maria, die sich notgedrungen mit Andrea Bückling über eine neue Ayurveda-Klinik auf Sri Lanka unterhielt, weil deren Ehemann inzwischen bei den Vorteilen einer regelmäßigen Wurmkur von Hunden angelangt war, was Frau Wagenbiel-Schilowsky nur sehr enthusiastisch bestätigen konnte, hatte die Frage ihres Vaters gehört und wartete mit angehaltenem Atem auf Benedikts Antwort.

Benedikt lächelte, während er fieberhaft nach einem passenden Satz suchte. Er spürte die Anspannung von beiden Seiten, fühlte sich richtig in die Gefühlsmangel genommen. »Ich ...«, begann er und wußte immer noch nicht, wie er den Satz beenden sollte.

»Darf ich die Herrschaften ins Wohnzimmer bitten«, Camilla war aufgestanden, »zu Kaffee und Cognac ...«

Die Gäste erhoben sich. »Mein Buch wird übrigens ein Hit«, sagte Cleo, als sie an Mario vorbei auf Camilla zuging. »Diese Woche auf Platz achtzehn.«

Maria und Benedikt saßen nebeneinander auf dem Sofa. Eng nebeneinander.

»Ein schönes Paar«, flüsterte Cleo der Gastgeberin zu, »sie könnten fast Geschwister sein.«

»Du hast recht«, flüsterte Camilla zurück, »sie sehen aus wie Zwillinge.«

50

Natürlich war Jette schwach geworden, als Rainer sie nach einer Woche wieder anrief. Sieben Tage hatten gereicht, um sie nach einer heißen Nacht daran zu erinnern, was sie alles im Leben versäumte, wenn sie nicht wenigstens ab und zu ihre Prinzipien über Bord warf. »Aber nur ins Restaurant«, hatte sie gesagt, als er sie um ein Wiedersehen bat, »und anschließend kein Kaffee bei mir.«

»Alles klar«, erwiderte er und legte voller Vorfreude den Hörer auf.

Zwei Stunden nach einem schmackhaften, sündhaft teuren Sushi-Essen lagen sie ineinandergesteckt auf ihrem Bett und dampften postcoital entspannt in die sternenklare Nachtluft.

»Du fühlst dich saugut an«, flüsterte er, leckte ihre Armhöhle und versetzte sie damit in wohlige Schauder, »laß uns so einschlafen.«

Er grunzte zufrieden, sie hatte plötzlich eine kleine, perverse Phantasie, die sie ihm mitteilen mußte. »Was würde passieren, wenn ich jetzt einen Scheidenkrampf bekommen würde?« fragte sie. »Ich könnte zwar mit dem Handy den Notruf anrufen, aber wie käme ich dann zur Tür?« Er grunzte wieder, schon zu weggedämmert, um sich mit dieser Frage zu beschäftigen. Doch Jette war jetzt hellwach.

»Oder du kriegst einen Herzinfarkt und verröchelst hier, in mir drin?« Kleine Pause – sie fühlte, wie er weich und weicher wurde, rausflutschte. Rainer wälzte sich auf die Seite, griff zur Zigarettenschachtel. »Mann, du kannst einem wirklich die Stimmung versauen«, sagte er und inhalierte tief, »ich bin völlig gesund, topfit.«

»So ein Infarkt kommt oft ohne Ankündigung«, meinte Jette, »gib mir auch eine.« Sie rauchten eine Weile, er war jetzt wieder wach geworden. Richtig wach, wie sie feststellte, als sie die Bettdecke lüpfte.

»Hast du was dagegen, wenn ich ausprobiere, wie fit du bist?« murmelte sie, als sie ihren Kopf zwischen seine Beine steckte. Er seufzte und legte sich wieder hin. »Nicht das mindeste«, er stöhnte genußvoll, »nicht das allermindeste ...«

Und während sie das Allermindeste zwischen ihre feuchten Lippen schob, dachte sie: Ob Mario endlich etwas merkt?

Verleger und Verlegersgattin standen in der Toreinfahrt und winkten den Gästen nach. Er war erleichtert, sie erschöpft. Beide waren froh, daß es vorbei war. »Warum tun wir uns das an?« fragte Mario. »Gute Frage, keine Antwort«, antwortete Camilla unwirsch, weil sie dachte, er meinte ihre Ehe. »Warum lassen wir uns nicht einfach scheiden?« Sie ging ins Haus, er sah ihr verblüfft nach. Er verstand sie immer weniger. Der Abend war doch ihre Idee gewesen. Und Cleo ebenfalls.

Seufzend, unendlich müde, betrat er das Schlafzimmer. Er zog seine Hose aus und legte sich ins Bett, halb angezogen, zu müde für die gewohnten Abendrituale. Sein Blick fiel auf den Nachttisch, auf dem ein Buch lag, seine Lesebrille und eine Packung Tempotaschentücher ... und plötzlich, ohne Vorwarnung, kamen die Erinnerungen wieder ...

Sie hatte nie ein Taschentuch dabeigehabt, nie. Im Kino, wenn er neben ihr saß, ihre Hand hielt und sich nur mühsam auf den Film konzentrieren konnte, weinte sie oft und mit Genuß, und immer kam dann die Frage: »Hast du mal ein Taschentuch?« Wenn er keins hatte, wischte sie ihre feuchten Augen einfach an seiner Schulter ab. Wann immer ihr etwas Trauriges oder Rührendes widerfuhr, traf es ihre tropfende Nase, ihre tränenden Augen unvorbereitet. Wie oft hatte er ihr eine Packung Tempos in die Handtasche gesteckt, sie löste sich regelmäßig in Luft auf.

So war auch das letzte, was er mitnahm in ein Leben ohne sie, ihr tränenüberströmtes Gesicht im Garten ihrer Mutter, der blinde Griff in die Jeanstaschen, von dem er wußte, daß er vergeblich war, das resolute Schnaufen ihrer geröteten Nase. Er hatte es so eilig gehabt, wegzukommen, bevor sie zusammenbrach oder eine

Szene machte, daß er auf dem Kiesweg gestolpert war und sich Hose und Bein aufratschte. Als er sich aufrappelte, stand sie immer noch am selben Fleck und sah ihm nach. Als könne sie nicht glauben, was da mit ihr geschah, wie erbarmungswürdig, wie feige sich der Mann benahm, der ihre große Liebe war. Er war davongestürzt, die Hose aufgerissen, das Bein blutig. Die Narbe hatte er immer noch.

Er setzte sich auf und betrachtete sie. Lange war sie blutrot geblieben, erst zwei Jahre nach jener Nacht zu einem dünnen weißen Faden geworden. Er fuhr mit der Hand darüber … und griff mit der anderen zum Handy, wählte die Auskunft. Plötzlich war ihr Name wieder da. »Nordhaus, Marietta Nordhaus.«

»Einen Moment«, sagte eine unpersönliche Frauenstimme, »Nordhaus, sagten Sie? Wir haben eine Gerda Nordhaus und einen Joachim Nordhaus.«

»Es gibt also keine Marietta Nordhaus? Danke.« Er legte auf. Es wäre ja auch ein zu alberner Zufall gewesen. Sicher wohnte sie längst woanders, war verheiratet, vielleicht auf Heimatbesuch. Erlaubte sich einen dummen Scherz mit einem nicht vorhandenen Geschenk. Vielleicht eine Briefbombe nach all den Jahren?

Unwillkürlich mußte er grinsen. Nein, das war nicht ihr Stil.

Er legte er auf. »Wer ist Marietta Nordhaus?« Er hatte Camilla nicht kommen hören. »Eine neue Dame, nachdem ich dir die alte vergrault habe?«

Sie war abgeschminkt, sah blaß und müde und zweiundfünfzigjährig aus. Er fand sie wunderschön in diesem Augenblick.

Er klopfte auf sein Bett. »Komm, setz dich«, sagte er, und als sie seiner Aufforderung nachkam, nahm er sie in die Arme. »Es war ein schöner Abend, vielen Dank.« Er klang so aufrichtig, daß sie sich gegen das sehr zärtliche Gefühl wehren mußte, das auf einmal in ihr hochkroch. Aber sie wußte ja, wie er es meinte. Freundlich. Mehr nicht. Deshalb erhob sie sich wieder.

»Du hast meine Frage nicht beantwortet«, bemerkte sie kühl.

»Keine neue Dame, sondern eine ganz alte.«

»Wie alt?« fragte sie mißtrauisch. »Du bist doch jetzt in dem

Alter, wo du deine schwindende Manneskraft mit einer jungen Gefährtin, maximal dreißig, wieder aufpeppen willst.«

»Eine uralte Jugendfreundin«, sagte er, »sie hat mich heute angerufen und nach einem sehr merkwürdigen Satz wieder aufgelegt. Ich hab sie seit fünfundzwanzig Jahren nicht gesehen.«

»Und was war das für ein Satz?« Camilla hob skeptisch eine sorgfältig gezupfte Augenbraue. »Sie sagt, sie habe mir ein Geschenk gemacht.«

»Ein Geschenk? Hoffentlich keine Briefbombe«, meinte sie, »hegt denn diese Jugendfreundin noch einen Groll gegen dich?«

»Sie hat mich sehr geliebt, und ich habe sie verlassen.«

Er sagte dies ganz ruhig, trotzdem stand dieser Satz plötzlich wie ein Vorwurf zwischen ihnen. »Warum hast du sie verlassen?« fragte Camilla, genauso ruhig, weil sie die Antwort kannte.

»Weil du ein Kind erwartet hast«, er wandte sich brüsk ab und löschte das Licht. »Willst du heute nacht bei mir bleiben?« Es klang nicht nach einer Einladung.

»Thanks but no thanks«, sie stand vor dem Bett, sah seine dunklen Umrisse, fühlte ihr Herz, schmerzhafter denn je. »War meine Schwangerschaft der einzige Grund, warum du mich geheiratet hast? Oder der Verlag? Du kannst ganz ehrlich sein, es ändert nichts mehr zwischen uns.«

In der Dunkelheit hörte sie ihn seufzen, ein ganz stilles, bedrückendes Geräusch. »Ich weiß es nicht mehr«, wich er aus, »es ist alles schon so lange her.«

Aber sie wußte es. Sie beugte sich über ihn, küßte ihn. »Schlaf gut.«

Als sie die Tür schloß, wußte er, daß dies eine schlaflose Nacht werden würde. So gut konnte selbst er nicht verdrängen.

Auch Camilla lag wach. Erinnerungen, die sie längst verschüttet glaubte, kamen mit einer Wucht wieder hoch, die sie aus dem Bett, auf die Terrasse, in den Garten trieben. Sie stand barfuß auf dem feuchten Gras, das im Vollmondlicht silbern schimmerte. »Jette«, flüsterte sie, »was willst du von ihm? Ich hatte gehofft, du seist längst tot.«

51 Sie hatte das Foto von Jette in Marios Brieftasche gefunden, einen Tag vor der Hochzeit. Gefunden war vielleicht nicht der richtige Ausdruck; sie hatte es sich zur Gewohnheit gemacht, ganz diskret seine Taschen umzukrempeln, den Inhalt zu sichten und wieder zurückzustecken. Nie hatte sie etwas Verdächtiges gefunden, eine Telefonnummer hatte sich als die eines griechisches Restaurants entpuppt, eine Adresse als die neue seines kürzlich umgezogenen Schulfreundes Falko. Aber an jenem Tag, als er sie im Hause ihrer Eltern zu einer Party abholen wollte und er ihr Zimmer nicht betreten durfte, weil ihr Hochzeitskleid, sehr dezent mit Bauchraum für ihre viermonatige Schwangerschaft, bereits ausgebreitet auf ihrem Bett lag, da war sie auf das Foto gestoßen. Camilla war abergläubisch genug gewesen, ihre Tür fest verschlossen zu halten. Es brachte Unglück, wenn der Bräutigam das Brautkleid vor der Trauung sah. »Warte im Salon«, hatte sie ihm zugerufen, »ich komme gleich.« Zehn Minuten später war sie zurück, aber er war nicht da, nur sein Jackett lag über einer Stuhllehne. Merkwürdig, daß sie sich noch immer an jede Klitzekleinigkeit erinnerte, an die Farbe des Jacketts (weinrot), an die Beschaffenheit der Jackentasche (leicht sandig) und an das Foto. Ihre Hände hatten gezittert, als sie es sorgsam betrachtete, denn welchen Grund konnte es haben, daß er dieses Bild mit sich herumtrug, außer, daß ihm das Mädchen darauf noch immer sehr wichtig war? Sie hatte es betrachtet, bebend vor Angst und Wut, am liebsten hätte sie das in die Kamera lachende Gesicht, die vom Wind zerzausten Haare, die es teilweise verdeckten, mit kleinen, spitzen Voodoonadeln zerstochen, alles zerstört, zerlöchert. Sie hatte das Bild umgedreht. *Für Mario – ich hab dich so lieb – deine Jette* stand darauf.

Das Foto brannte wie Feuer in ihrer Hand, sie stand da, wie angewurzelt, als er hereinkam und mit großen Schritten auf sie zuging. »Was soll das?« Er hatte ärgerlich geklungen, als er ihr das Bild aus der Hand nahm und es wieder in sein Jackett steckte. »Wer ist das?« Gott, wie erbärmlich klang sie, aber sie hatte sich so klein, so mickrig, so ungeliebt gefühlt, mit ihrem um den Bauch geweiteten Hochzeitskleid einen Stock höher, mit ihrem liebessehnsüchtigen Herzen! »Das ist eine Freundin«, barsch klang das, eisig und distanziert. »Und sie ist …?« Wie hatte sie das bloß durchgestanden, mit seinem Kind im Bauch, die riesige Hochzeitsfeier vor sich … Aber sie hatte. »Und sie ist …?« hatte sie wiederholt.

»Sie bedeutet mir nichts mehr«, er stand am Fenster, sah in den Garten hinaus. Seine Schwiegereltern waren in ein offensichtlich amüsantes Gespräch mit dem Pfarrer vertieft, der sie morgen trauen sollte. Ihr Gelächter drang durchs offene Fenster. »Wirklich nicht?« Sie klang so bedrückt, daß er sich umdrehte und sie in die Arme nahm. »Ich heirate ja dich, nicht sie«, flüsterte er, »laß die Sache ruhen.«

»Zerreiß das Bild«, sagte sie, »sonst heirate ich dich nicht.«

Er sah sie erstaunt, dann ärgerlich, dann resigniert an. Stummes Kräftemessen. Dann lächelte er, aber das Lächeln erreichte seine Augen nicht. »Wenn es dir so wichtig ist …« Er war mit dem Foto an den Papierkorb getreten und hatte das Bild zerfetzt. »Zufrieden?« Sie hatte genickt, weit davon entfernt. Aber es war vielleicht ein Anfang …

Am nächsten Tag hatten sie vor dem liliengeschmückten Altar gestanden. Hand in Hand. Ihre war klitschnaß vor Aufregung, seine knochentrocken. Ein Omen ihrer Ehe, nachträglich gedeutet.

»Gelobst du diesem Mann die Treue in guten wie in schlechten Zeiten?« Die Stimme des Pastors war von weit her gekommen.

»Ich gelobe es«, hatte sie geantwortet und ihn dabei nicht angesehen. Auch er hatte es gelobt. Sie hatte dieses Gelöbnis immerhin drei Jahre lang durchgehalten. Bis sie ihn überraschend auf der Buchmesse besuchte. An der Rezeption hatte sie nach Herrn Benedikt gefragt, und die Antwort des Hotelangestellten war wie aus einem schlechten Film: »Die Herrschaften sind in der Bar.« Wie in Trance war sie in die Bar gegangen, wo sie ihn sofort entdeckte, obwohl sein Kopf nur von hinten zu sehen war, denn sein Gesicht hatte er im Ausschnitt einer jungen Autorin vergraben. Sie hatte sich umgedreht und war ins nächstbeste Taxi gestiegen. Der Fahrer war ein junger Grieche, der in Deutschland Zahnmedizin studierte. »Wohin?« hatte er gefragt, und sie hatte geantwortet: »Fahren Sie mich einfach durch die Stadt.«

Nach zwanzig Minuten, in denen wüste erotische Szenarien

durch ihren Kopf geisterten, in denen sie leider keine Rolle spielte, sondern ihr Mann und die Autorin, hatte sie es nicht mehr ausgehalten und den Taxifahrer ins Industrieviertel gelockt, von dem sie wußte, daß sich dort brünstige Lastwagenfahrer und billige Nutten ihr Stelldichein gaben. »Sie wollen zum Job?« hatte er mit Blick in den Rückspiegel gefragt. »Nein, ich will mit Ihnen schlafen«, hatte sie geantwortet, »und hier kennt mich garantiert niemand.«

Er hatte den Wagen wunschgemäß in einer dunklen Ecke geparkt und sich zu ihr auf den Rücksitz gelegt. »Ich liebe deutsche Frauen«, mit diesen Worten schob er seine Hände unter ihre Bluse, und sie weinte und ließ sich alles gefallen. »Du kannst die Uhr ruhig laufen lassen«, sagte sie. Das tat er auch.

So viele alte Erinnerungen. Camilla reckte ihre Arme zum Mond. »Mach mich glücklich, Mond«, flüsterte, rief, dann schrie sie es: »*Mach mich endlich glücklich, Mond.*«

Sie sah seinen Schatten erst, als er vor ihr stand und sie am Arm packte. »Komm sofort ins Haus«, sagte Mario und zog sie über die Terrasse, »du klingst wie eine Mondsüchtige.«

»Das bin ich doch auch«, sagte sie leise.

52

Maria und Benedikt lagen auf der Alsterwiese und küßten sich. »Ich werde dich nur küssen und nichts anderes, bis du völlig verrückt nach mir bist«, flüsterte sie auf seinem Mund, »du darfst mich nicht anfassen, bis du vor Leidenschaft wahnsinnig bist.«

»Das bin ich doch schon«, sagte er rauh und wollte ihre Hand an die Körperstelle legen, die seinen Wahnsinn am deutlichsten betonte, aber sie zog sie energisch zurück. »Das meine ich nicht«, sie hob die Lippen einen Millimeter, ließ ihre Zunge zwischen seine Zähne gleiten, »das kommt ja automatisch. Ich meine dies«, sie legte ihre Hand auf seine Brust, streichelte seine Brustwarzen, »ich meine dein Herz. Ich meine deine Seele. Ich will richtig von dir geliebt werden.«

Er war so erregt, daß er ihr alles versprochen hätte. Gehörte sie zu den Frauen, die es nicht ohne Liebeserklärung taten? Sollte sie haben. »Ich liebe dich«, sagte er, aber er fühlte sich erpreßt. Sie merkte es sofort und setzte sich auf. Ihre Lippen waren wundgeküßt. »Nein, du liebst mich nicht«, sagte sie kühl, »fahr mich bitte nach Hause.«

Als sie im Auto saßen, war er verärgert und überreizt. Warum mußten Weiber immer so kompliziert sein, warum konnten sie nicht einfach den Augenblick genießen?

Er blickte zur Seite, wo sie stumm eine Zigarette rauchte. »Glaubst du eigentlich an Engel?« fragte sie plötzlich und sah ihn forschend an. »An Engel?« Er war völlig konsterniert über diesen Themenwechsel. »Keine Ahnung. Du?«

»Ja«, erwiderte sie, »besonders an Schutzengel. Ich glaube, daß jeder Mensch einen Schutzengel hat.«

»Einen Schutzengel?« Er mußte lachen. »Im weißen Hemd, mit Flügeln?« Sie ließ sich nicht irritieren. »Genau so. Aber wie die Menschen, auf die sie aufpassen, sind auch die Schutzengel ganz verschieden gestrickt. Es gibt sehr aufmerksame Engel und richtig schlampige, und wenn du das Pech hast, von so einem Chaotenengel beschützt zu werden, dann passiert dir ständig was. Unfälle, Liebeskummer, Mord und Totschlag.«

Sie glaubt diesen Scheiß wirklich, dachte er erstaunt und war gleichzeitig fasziniert. »Was für einen Schutzengel hast du denn?« fragte er. Sie schwieg einen Augenblick. »Bis jetzt hatte ich einen Superengel«, sagte sie und legte ihre Hand auf seinen Oberarm, »aber manchmal gibt es auch einen Wachwechsel, dann kriegt man einen anderen Engel.«

»Weil der alte keine Lust mehr hat?« Benedikts Stimme klang amüsiert. »Es gibt verschiedene Gründe«, sagte sie und nahm ihre Hand weg, was er mit vagem Bedauern registrierte. »Manche Engel sind tatsächlich ihrer Menschen überdrüssig oder langweilen oder ärgern sich. Dann bitten sie den lieben Gott um einen anderen Menschen. Ich glaube, daß die spannendsten Engel die sind, die nicht immer beim gleichen Menschen bleiben wollen.«

»Oder die untreuesten«, lachte er, »wenn man davon ausgeht, daß Engel immer männlich sind.«

»Quatsch«, sagte sie, »Engel sind Engel. Mit Männern üüüüberhaupt nicht zu vergleichen.«

Sie waren vor der Villa Benedikt angelangt. Er hielt an. »Es war ein schöner Abend«, sagte er und stieg aus, um die Beifahrertür zu öffnen. Jette hatte ihn gut erzogen. Sie stieg aus, sie standen voreinander. Sahen sich nur an. Machten Liebe mit den Augen, ein paar Sekunden lang.

Dann wandte sie sich ab und ging aufs Haus zu. Er sah ihr nach, wartete darauf, daß sie sich in der Tür noch einmal umdrehte, um ihm zuzuwinken.

»Bei mir ist übrigens gerade Wachwechsel.« Sie winkte und verschwand im Haus.

Als Benedikt durch die nachtdunklen Straßen in seine kleine Wohnung fuhr, sein arbeitsloser Freund war, vorübergehend, wie er betonte, zu seiner Freundin gezogen, war er sehr verwirrt. Zu Hause blinkte sein Anrufbeantworter. Es war Jette. Ein Satz nur. »Wie war's, mein Sohn?« Aufgelegt. Er beschloß, sie aus den nächsten Entwicklungen komplett herauszuhalten. Es war Zeit, daß er erwachsen wurde.

Als Maria ins Haus ging, sah sie Licht auf der Veranda. Mario stand auf dem Rasen, hatte den Kopf zurückgelehnt und sah in den Himmel. Sie ging auf ihn zu, legte ihre Arme um seine Taille, schmiegte sich an ihn. »Was tust du hier um diese Zeit?« fragte sie zärtlich. »Bellst du den Mond an?«

»So ähnlich«, sagte er, »ich habe gerade an früher gedacht.«

»An was Bestimmtes?«

»An etwas sehr Bestimmtes«, sagte er, »er gefällt mir übrigens, dein junger Mann.«

Er küßte sie und ging ins Haus.

53 Das Gespräch mit Ursula Ruppschnitt lag hinter ihr, ein weiteres mit Wolfgang Held, dem Producer der Produktionsfirma, die die Rechte von »Sag mir, wo die Männer sind« optioniert hatten, vor ihr. Für Frau Ruppschnitt hatte Cleo Jeans und weiße Bluse gewählt, denn sie kannte die Journalistin als strenge, humorlose Frau, die jede Art von »textilen Kinkerlitzchen«, wie sie es nannte, sofort in ihren Artikeln vermerken würde. »Sie hat trotz ihres Alters noch immer eine fatale Schwäche für tief Ausgeschnittenes, Körperbetonendes«, hatte sie einmal über eine Autorin geschrieben, die es gewagt hatte, in einem dezenten Dekolleté zum Interview zu erscheinen, »ob sie glaubt, ihre anrüchige, mit Zweideutigkeiten und Schmutzeleien gespickte Prosa reiche nicht, um Aufmerksamkeit in der Öffentlichkeit zu erreichen? Anderseits ist er zu bewundern, dieser Mut zur optischen Überreife.«

Das wollte Cleo sich ersparen. Also bat sie die Hyäne in die Höhle der Löwin, empfing sie ungeschminkt bei Kaffee und Kuchen und bot sich dar als empfindsame Frau in mittleren Jahren, die Einsamkeit kannte und Depressionen. Frau Ruppschnitt war entzückt. Eine verwandte Seele, eine Frau ihres Alters – endlich! Es war so demoralisierend, immer und überall die Älteste zu sein. Immer nur jüngere Frauen zu interviewen, immer nur erfolgreichere und schönere! Es entspannte sie total, eine offensichtlich gleichaltrige Frau zu befragen, mittelgroß, ein bißchen füllig, die grauen Haare dezent rötlich getönt. So weit von Claudia Schiffer entfernt wie sie – herrlich! Fast hätte sie es dieser Cleo Braake gesagt, doch sie beherrschte sich rechtzeitig, die professionelle Distanz mußte gewahrt bleiben, aber das Gespräch verlief auch so zur beiderseitigen Zufriedenheit, besonders als Cleo ihr unter dem »Siegel der Verschwiegenheit«, von dem sie genau wußte, daß die Journalistin es sofort brechen würde, anvertraute, sie habe seit drei Jahren keinen Sex mehr gehabt. »Ich schon seit fünf nicht mehr«, gestand Ursula Ruppschnitt enthusiastisch und beschloß, bei ihrem Chefredakteur, einem verklemmten Misogyniker, der Frauen jenseits der Dreißig für scheintot hielt, für mehr Platz zu kämpfen.

Als die Redakteurin nach fünf Stunden – zwei waren geplant –

endlich ging, war Cleo schweißgebadet. Hoffentlich hatte sich der Einsatz gelohnt. Die Geschichte war für nächste Woche fest eingeplant, hatte Ursula Ruppschnitt versprochen.

Sie griff zum Deostick, zum Duschen war keine Zeit mehr, und schlüpfte in ein kniefreies Schwarzes mit kleinem Nachmittagsdekolleté, wie sie es nannte. Abends trug sie mehr bzw. weniger. Je nach Mann.

Es klingelte. Hoffentlich kam der Producer nicht direkt aus der Sandkiste. Sie zauberte ein zähnebleckendes Begrüßungslächeln auf ihren frisch geschminkten Mund und riß die Wohnungstür auf.

»Camilla.« Überrascht ließ Cleo ihre neue Freundin eintreten. »Komm rein, aber du kannst nicht bleiben. Ich erwarte Geschäftsbesuch. Ein Produzent kommt, der mein neues Buch verfilmen will.«

»Stör ich dabei?« Camilla klang nicht gut, sie sah auch entsprechend aus, wie Cleo mit schnellem Blick feststellte. »Ehezoff?« fragte sie. »Ehegarnichts«, sagte Camilla, »ich brauch was ...«, sie betrat den Flur, breitete die Arme aus, »irgendwas Neues ... aber was?«

Cleo seufzte. Diese verwöhnten Frauen ohne Beruf fand sie manchmal anstrengend. Jammern auf hohem Niveau war etwas, was sie sich nicht leisten konnte.

»Meinetwegen bleib«, sagte sie nur und zog im Flurspiegel ihre Lippen nach, »aber enthalte dich jeden Kommentars.«

Eine Stunde später knirschte Cleo Braake innerlich mit den Zähnen. Wolfgang Held war einer dieser smarten Alerties, die sie gefressen hatte. Jung zu Geld und kleiner Macht gekommen, hielt er sich für Steven Spielberg. Mindestens für Dieter Wedel. »Wir dürfen die Heldin natürlich nicht zu alt besetzen«, war sein Einstiegssatz gewesen. »Was ist zu alt?« hatte Cleo gefragt. »Im Buch ist meine Heldin Ende Vierzig.«

»Ach Gottchen«, Wolfgang Helds Adamsapfel wölbte sich, als habe er eine Kröte verschluckt, »daran ist ja gar nicht zu denken! Wir müssen doch auch an unsere Zielgruppe denken, liebe Frau Braake, achtzehn bis fünfundzwanzig, für die werden die meisten Werbezeiten gebucht.«

»Hannelore Hoger kommt also nicht in Frage?«

»Die Hoger?« Der Jungproduzent verschluckte sich am Kaffee, »Ich hab Marie Bäumer im Auge, maximal Jennifer Nitsch.« Cleos Faust krachte auf den Eßzimmertisch. »Diese Junghühner können Sie gleich wieder vergessen! Ich hab ein Mitbestimmungsrecht bei der Besetzung, wie Sie wissen. Und ich will eine reife, eine gestandene Schauspielerin mit einem gelebten Gesicht, keinen glattgeleckten Jungstar.«

Cleo sah den Produzenten an, und seine Gedanken waren glasklar hinter seiner faltenlosen Stirn zu lesen. Jetzt muß ich mich doch tatsächlich schon wieder mit so einem Menopausenweib herumplagen – und ihr in den faltigen Arsch kriechen – *SCHEISSE!* »Wen außer der Hoger könnten Sie sich denn vorstellen?« Er hatte jetzt Kreide gefressen, giftige Kreide. »Und außer der Berben und der Elsner? Die sind einfach zu durchge ...« Rechtzeitig bremste er sich.

Camilla, die am anderen Tischende scheinbar hochkonzentriert ein Kreuzworträtsel gelöst hatte, sah plötzlich hoch, direkt in Cleos undurchdringliche Augen. Sie lächelte. Was hatte Cleo vor?

»Das werden wir Ihnen zu gegebener Zeit mitteilen, junger Mann«, sagte diese und weidete sich an dem angespannten Gesicht dieses jungen Menschen, der, manchmal war Gott gerecht, trotz seiner Jugend schon deutliche Ansätze zur Halbglatze aufwies. »Wir, werte Frau Braake? Ich verstehe nicht.«

Doch Camilla verstand.

»Frau Braake spricht von mir.« Camillas Herz klopfte zum Zerspringen, aber sie sah kühl und gelassen aus. »Ich bin, ähem, ich bin ebenfalls Autorin.«

»Sie schreiben? Was hat man denn zuletzt von Ihnen gelesen, gnädige Frau?« Wolfgang Held bemühte sich redlich, aber seine Stimme verriet ihn. Sie war höher geworden, mühsamer.

»Camilla Benedikt hat eine kleine kreative Pause eingelegt, um sich mehr den repräsentativen Aufgaben im Verlag ihres Gatten zu widmen«, sagte Cleo, ohne auszuführen, daß diese Pause fast dreißig Jahre gedauert hatte. »Sie ist Mitbesitzerin des Göhlen Verlages.« Sie ließ die Worte sinken, und sie sanken deutlich. »Aber jetzt ...«

»… hätte ich wieder Lust zu arbeiten«, führte Camilla den Satz weiter, »natürlich nur, wenn die Geschichte lohnt.«

»Das wird sie«, versprach Cleo und sah ihre Freundin innig an, »denn wir werden das Drehbuch zusammen schreiben.«

Wolfgang Held verschluckte sich.

54

Mario Benedikt fand Benedikt Glücklich in der Herstellung, wo er neben dem Herstellungsleiter Roger Zahn vor einem riesigen Computer saß. »Wir nennen es Desktop publishing, nicht mehr Setzerei«, erklärte er gerade, als er den Verleger in der Tür sah und sofort aufsprang. »Ich versuche …«, haspelte er in vorauseilendem Gehorsam, den er seit einer dreijährigen Arbeitslosigkeit nicht mehr ablegen konnte, »ich …«

»Bleiben Sie sitzen.« Ängstliches Verhalten machte Mario nervös, Benedikt war sitzen geblieben, wie er unwillkürlich registrierte. »Ich wollte nur mal sehen, was der Nachwuchs so treibt.«

Benedikt lächelte den Verleger an, der plötzlich ein warmes, weiches Gefühl in der Brust spürte. Schade, daß ich keinen Sohn habe, dachte er, einen Sohn wie ihn. »Wissen Sie, was ein Schimmelbogen ist, junger Mann?« fragte er, betont sachlich. »Noch nicht«, sagte Benedikt. »Eine leere Seite«, erklärte der Verleger, »und ein Hurenkind?« Ich bin eins, hätte Benedikt fast gescherzt.

»Man nennt es Hurenkind, wenn die Zeile oben abgeschnitten ist«, beeilte sich Roger Zahn, sein Fachwissen vor dem Verleger auszubreiten, »ein Schusterjunge ist dasselbe, nur für die untere Zeile …«

»Ich sehe, Sie sind in kompetenten Händen«, Mario wandte sich zum Gehen, blieb dann, als fiele ihm gerade etwas ein, stehen. »Spielen Sie Tennis?« fragte er.

»Ziemlich gut«, lächelte Benedikt. »Morgen früh, sieben Uhr auf meinem Platz.« Mit diesen Worten war der Verleger verschwunden und die Zurückbleibenden sprachlos.

»Tja also«, räusperte sich Roger Zahn, »wenn ich Ihre Aufmerksamkeit vielleicht auf unsere beliebtesten Schriften richten darf? Jeder Text braucht ja eine passende Schrift. Und jede hat einen ganz besonderen Charakter. Die Optima, zum Beispiel, schauen Sie …«, er klickte auf seinem Computer, »… hier mit den angedeuteten Serifen, wunderbar altmodisch, die ist natürlich gar nichts für einen Psychothriller, da würde sich die Century Old Style oder die Fritz Quadrata sehr gut eignen, die ist sehr aggressiv.«

Benedikt Glücklich lächelte versonnen. »Und welche Schrift eignet sich gut für ein Liebesgedicht?« fragte er.

»Entweder die Goudy, weil sie so schön rund ist, die Souvenir oder die Waldbaum«, die Antwort kam wie aus der Pistole geschossen. »Warum interessiert Sie das?«

»Weil man über schöne Schriften nie genug wissen kann«, meinte Benedikt.

»Da haben Sie ja so recht«, der Herstellungsleiter empfand eine Sekunde lang tiefes Glück, »und jetzt zeige ich Ihnen die schöne Fritz Quadrata, das ist meine Lieblingsschrift.«

55

Jette checkte ihren Anrufbeantworter. Nur Gertrud, ihre Mutter. Die immer erst dreimal auflegte, bevor sie beim viertenmal endlich ihre Nachricht hinterließ. Wenn Jette ihr das vorhielt, sagte sie nur: »Ich will doch dich erreichen, mein Kind, nicht diese blöde Maschine.« Es war der übliche, nervige Muttervorwurf, den Jette gleich vorspulte … hier ist die Stimme deiner alten … schlurp … lange nichts ge … schlurp … was macht mein mißratener En … schlurp. Keine Nachricht von Benedikt. Sie überlegte, ob sie ihn einfach überfallen sollte, denn die Unruhe machte sie so kribbelig, daß ihre Zabaglione, die sich eine Schauspielerin zu ihrem vierzigsten Geburtstag ausdrücklich bestellt hatte, flüssig und ungenießbar war und nur mühsam mit Obst angedickt werden konnte …

Sie mußte ihn warnen, ihm alles erzählen … von seinem Vater, seiner … seiner, o Gott, sie konnte es nicht zu Ende denken … sonst geschah ein Unglück.

Also saß sie auf seiner Fußmatte, als Benedikt und Maria engumschlungen die Treppe hochstiegen. Sie hörte das Kichern, leise, dann immer lauter werdend, wünschte sich ganz weit weg, aber sie mußte bleiben, mußte das Rad des Schicksals, das sie selbst angestoßen hatte, aus Leichtsinn, aus Liebe, aus Wahnsinn, wieder anhalten. Gott, wie pathetisch das klang.

»Was machst du denn hier?« Er klang sehr ungeduldig und gereizt, ihr Sohn, als sie sich jetzt mit etwas steifen Beinen von der Fußmatte erhob und vor ihm stand, unschlüssig und verlegen. »Ich muß mit dir sprechen, dringend.« Sie wußte, wie sie auf die beiden wirkte, sah in Benedikts Augen, was für eine peinliche, unverständliche Figur sie abgab. »Darf ich vorstellen?« preßte er heraus, seine Augen blitzten ärgerlich. »Meine Mutter, Jette Glücklich – Maria Benedikt.« Die Frauen reichten sich die Hände, Maria warm, spontan, Jette vorsichtig, als sei eine Kröte drin oder ein gefährliches Gift.

»Angenehm«, murmelte Jette und zog ihre Hand schnell wieder zurück. »Es ist wirklich wichtig«, wiederholte sie und ignorierte die mühsam unterdrückte Gereiztheit, die sie in jeder Zelle, jeder Pore von ihm spürte. Sie war ihm lästig, ärgerlich – er tat ihr weh in seiner rigiden Ablehnung, aber es mußte sein. Es mußte.

»Kann ich bitte mit meinem Sohn allein sprechen?« Zum ersten Mal sah sie Maria genauer an. Sie sieht ihm überhaupt nicht ähnlich, dachte sie, seltsam getröstet, wahrscheinlich kommt sie nach Camilla. Maria zuckte die Schultern, sah Benedikt unschlüssig an. »Soll ich?« fragte sie. Ganz offensichtlich nahm sie die Mutter nicht ganz ernst. Benedikt legte den Arm um ihre Schultern, sah Jette herausfordernd an. »Du störst, Mami«, sagte er kalt, »bitte geh und ruf mich später an. Sehr viel später.«

Er wollte die Tür aufschließen, sie fiel ihm in den Arm. »Bitte«, flehte sie und spürte zu ihrem Entsetzen, wie ihre Augen naß wurden. »Bitte schick sie weg.«

Er schüttelte ihren Arm ab. »Was soll das?« Seine Stimme war eisig. »Du gibst eine peinliche Figur ab, Mutter. Geh nach Hause. Wir reden später.«

Sein Tonfall und mehr noch der Gebrauch der ungewohnten Anrede »Mutter« ließen sie stocksteif werden. Maria sah tief verwirrt von einem zum anderen. »Ich glaub, ich geh lieber«, sie wandte sich zum Gehen, er hielt sie am Arm fest. »Nein, du bleibst«, er zog sie in die jetzt aufgeschlossene Tür, ohne sich noch einmal umzusehen.

Mit einem dumpfen Knall fiel die Tür ins Schloß.

Jette stand davor und sah den Spion an, der sie wie ein höhnisches Auge betrachtete. Im Türrahmen lehnte ein Tennisschläger. Es war seiner, ihr vorletztes Geburtstagsgeschenk. Sie überlegte, ob sie klingeln sollte, aber sie traute sich nicht. Stand statt dessen da, weinte und schniefte.

Griff in die Hosentasche. Kein Taschentuch. Dann wußte sie, was zu tun war. Sie drehte sich um und ging die Treppe hinunter.

Es war zu spät.

56

Camilla und Cleo waren bei der dritten Flasche Prosecco angelangt und in jenem angenehm beschwipsten, feuchtfriedlichen Zustand, in dem alles möglich schien, der Himmel rosablümchenblau, die Möglichkeiten grenzenlos und so greifbar wie saftige Kirschen an einem Junibaum.

»Du bist wahnsinnig.« Camilla wiederholte es zum hunderttausendsten Mal, jedesmal klang es wie eine Liebeserklärung. »Ich trau mir das nicht zu. Schließlich hab ich über zwanzig Jahre nicht mehr professionell geschrieben. Es wird der totale Reinfall.«

Cleo sah sie an und dachte: Warum liebt Mario diese Frau nicht mehr? Ich finde sie ganz wunderbar ... wenn ich ein Mann wäre ... Sie schenkte ihr Glas wieder voll und verbot sich energisch jede Art von fraulicher Phantasie. Von lesbischer Phantasie, um genau zu sein. Sie hatte gar nicht gewußt, wie erotisch Frauen auf sie wirken konnten. Oder vielleicht war's nur Camilla, die jetzt, weingelöst, leicht abgehoben am Eßzimmertisch saß? Ihre muskulösen Tennisarme lagen angewinkelt auf dem Tisch, und Cleos Blick blieb an den feinen, fast weißen Härchen auf ihren leicht gebräunten Armen haften. Sie hätte diese Härchen sehr gern gestreichelt. Sollte sie? Sich einfach trauen?

»Du wirst großartig sein.« Cleo riß ihren Blick von den Härchen und sah Camilla in die Augen. Sie hatte ihre Freundin noch nie so zufrieden gesehen. Richtig verklärt sah sie aus.

»Meinst du wirklich, Cleo? Meinst du, daß ich dir eine Hilfe bin?« Ganz ungewohnt bescheiden klang ihre Stimme. »Ich bin fest davon überzeugt«, sagte Cleo, »mit Losern arbeite ich nicht.« Camilla lachte geschmeichelt.

»Du bist eine gute Freundin«, sagte sie, »mein Mann hat Geschmack.« Cleo lächelte. »Das stimmt nur bedingt ... hätte er dich sonst ...« Sie hielt inne, es war klar, sie hatte die falschen Worte gewählt, denn Camillas Augen hatten sich sofort verdüstert. »Mario ist ein Idiot«, sagte sie statt dessen, »aber ein guter Verleger«, fügte sie schnell hinzu, denn sie war abergläubisch und wollte das Schicksal nicht herausfordern. »Wann fangen wir mit dem Drehbuch an?« fragte Camilla, und plötzlich konnte sie es gar nicht mehr abwarten. Cleo verstand. »Sofort«, sagte sie. »Unsere Heldin und ihr verheirateter Liebhaber liegen im Bett, sie ist total verliebt, er schaut auf die Uhr und steht auf. Sie macht ihm eine Szene.«

»Das übliche Klischee«, bemerkte Camilla trocken, »bei mir ist es meistens umgekehrt. Ich werd die Kerle hinterher nicht mehr los.«

»Du bist ja auch verheiratet, da fühlen sie sich sicher«, Cleos Stimme klang spitzer, als sie wollte. Erstaunt sah Camilla sie an. »Wärst du das nicht auch am liebsten?« Die Frauen sahen sich an. »Ich weiß nicht«, Cleo überlegte, »wenn ich dich so betrachte ...« Sie stockte. Das war taktlos, aber Camilla lachte. »Schon gut, laß uns anfangen, aber ich fände es besser, wenn der Ehemann gleich in der ersten Szene auf einmal impotent wird ...« Sie lachten. »Eine ausgezeichnete Idee«, Cleo klappte ihren Laptop auf, »steht zwar nicht im Buch, aber ...«

»Ist aber besser«, sagte Camilla, »hat eigentlich Mario bei dir mal?«

»Bei mir mal was?«

»Du weißt schon ...«

»Einmal, und bei dir?«

Sie kicherten.

57 »Haben Sie einen Termin?« Die Rezeptionistin Dorle Pesch musterte die Frau mit den wirren Locken, dem aufgelösten Gesichtsausdruck und beschloß, sie möglichst unauffällig wieder aus der Lobby zu entfernen. »Ich muß ganz dringend mit Herrn Benedikt sprechen.« Jettes Herz klopfte so hart gegen ihre Rippen, daß es sich anfühlte, als würde es jeden Moment herausspringen und mit einem lauten Knall auf dem dezent gemusterten Teppichboden landen. »Es ist wirklich dringend«, wiederholte sie, was die Rezeptionistin nicht zu beeindrucken schien. »Ohne Termin kann ich gar nichts für Sie tun«, sagte sie sehr entschieden, ihre Finger kreisten über dem Alarmknopf, der diskret unter ihrem Schreibtisch angebracht war und bei Bedarf, so hatte es jedenfalls die Firma Security versprochen, innerhalb von fünf Minuten jemand schicken würde. »Versuchen Sie es bitte«, flehte Jette, sie wollte es endlich hinter sich haben, schlimmer als jetzt konnte sie sich nicht fühlen. »Wenn Sie darauf bestehen.« Die Rezeptionistin wählte eine Nummer, ließ zweimal läuten, legte wieder auf. »Er ist nicht im Hause«, log sie, »Sie können aber eine Nachricht hinterlassen. Dann wird er sich bei Ihnen melden.«

Jette holte tief Luft und gab nach. Die Rezeptionistin schob ihr einen Block hin, Jette zögerte. Was sollte sie schreiben? Dann griff sie zum Kugelschreiber : »Wir müssen reden. Ich wohne in der Fasanenstraße zwölf. Jette. Ich heiße jetzt Glücklich.« Sie schob den Block zurück. »Es ist wirklich wichtig«, sagte sie nochmals und verließ das Gebäude.

»Das war knapp«, seufzte Frau Pesch, warf einen kurzen Blick auf den Zettel, schüttelte den Kopf und warf ihn in den Papierkorb.

Sie lagen engumschlungen auf dem Bett, der Morgenwind streichelte ihre hitzigen Körper, sie rauchten entspannt eine gemeinsame postcoitale Zigarette. »Es war schön mit dir«, sagte er versonnen, hob den Kopf und blies einen Rauchkringel in ihren Bauchnabel, »warum hast du deine Meinung geändert?«

»Hhmmm«, meinte sie nur, denn sie wollte jetzt nicht reden. Sie wollte nur dasein. »Du hast gesagt, du schläfst nur mit mir, wenn ich dich liebe«, sagte er, »und jetzt hast du es doch getan.« Er ließ seinen Kopf auf ihrem Bauch liegen.

Ruckartig setzte sie sich auf. Ihr Wohlgefühl war schlagartig verflogen. »Was willst du damit sagen?« fragte sie ernüchtert und verletzt. »Daß du mir gar keine Gelegenheit gegeben hast«, schmunzelte er, »du bist ja gleich über mich hergefallen. Sonst hätte ich es dir natürlich längst gesagt.«

Sie wurde ganz still. Die Freude überfiel sie so schlagartig, machte ihr Brust und Kehle so eng, daß sie nichts sagen, nur schweigen und schlucken konnte.

»Du liebst mich?« fragte sie endlich.

Er küßte ihren Bauchnabel. »Na, klar doch«, murmelte er, und als nichts kam, wußte er, daß er verbal noch etwas nachlegen mußte. »Ich liebe dich«, sagte er und sah ihr dabei in die Augen, »ich liebe dich.«

»Ich war kurz beim Arzt.« Ella Malik eilte mit offenem Mantel an Dorle Pesch vorbei. »War was für mich?«

»Nee«, meinte diese, »nur eine Verrückte, die unbedingt den Chef sprechen wollte.«

Die Sekretärin war schon auf dem Weg zum Aufzug. »Ein Verlagsgroupie?« fragte sie amüsiert. Nach jedem Fernsehinterview des Verlegers mußten sie ihn erstmal abschirmen, tonnenweise kam Post, scharenweise tauchten Damen, meist mittleren und höheren Alters, auf, die ihn unbedingt kennenlernen wollten. »So sah sie jedenfalls aus«, meinte Frau Pesch, »ich hab sie pro forma eine Nachricht an den Chef schreiben lassen, damit sie Ruhe gibt.«

»Gut gemacht«, lobte Ella Malik. Sie war jetzt am Fahrstuhl, drückte den Knopf, die Tür öffnete sich. Die Rezeptionistin hatte sich wieder über ihr Kreuzworträtsel gebeugt – Weltwunder mit acht Buchstaben, ihre leichteste Übung, Taj Mahal natürlich –, da stand Ella Malik wieder vor ihr. »Hast du den Zettel noch?« fragte sie. Die Rezeptionistin schrieb, beugte sich dann etwas unwillig über den Papierkorb. Wühlte, fluchte, legte endlich einen zerkrumpelten Zettel auf die Rezeption. Strich ihn glatt, schob ihn zu Ella Malik herüber. »Fasanenstraße zwölf. Jette«, las diese halblaut, »was war da noch?«

Die Chefsekrekretärin saß wieder an ihrem Computer, als es ihr einfiel. *JETTE*. Die Frauenstimme mit dem ominösen Geschenk. Mario Benedikt war auf einer Verlegertagung in Schottland. Wegen der schönen Golfplätze, wie diejenigen argwöhnten, die nicht dabei waren. Sie seufzte und rief ihren Chef auf seiner Handynummer an. Dies durfte sie nur in äußersten Notfällen tun. »Momentarily not available – vorübergehend nicht erreichbar.« Sie seufzte ärgerlich, wollte aber diesen Vorgang erledigen, um ihn vergessen und in Ruhe den Feierabend beginnen zu können. Und diese Jette war offensichtlich wichtig für den Chef, das war ihr klar. Sie würde eine E-Mail schicken, Mario Benedikt hatte seinen Laptop immer dabei, checkte ihn regelmäßig auf elektronische Nachrichten.

Also klickte sie das Internet an. »Lieber Herr Benedikt, alles in Ordnung hier im Verlag. Eine gewisse Jette wollte Sie heute sprechen. Es sei dringend. Sie hat leider nur ihre Adresse hinterlassen.«

»Sie haben Post«, las der Verleger abends um sieben Uhr, als er nach einem langen Verhandlungstag durchgeregnet und kaputt in sein Hotelzimmer zurückkam und pflichtbewußt seinen Laptop einschaltete. »Fasanenstraße zwölf« – er klickte und las … und rief die Fluglinie an.

58

Jette saß an ihrem Küchentisch und betrank sich. Neben ihr stand ein lauwarmer Grießbrei, normalerweise ein zuverlässiger Seelentröster. Ihre Gedanken kreisten wie wirre Vögel in ihrem zugenebelten Hirn, sie wußte nicht, wohin mit sich. Sie rauchte, rauchte, bis ihre Lunge weh tat, sie stellte die Musik so laut, daß die Nachbarn mit dem Besenstiel an die Wände klopften, sie wäre rausgerannt in die Nacht, wenn ihre Beine nicht so schwer gewesen wären … so schwer … so schrecklich schwer …

Es klingelte an der Haustür, und sie hörte dieses Klingeln wie durch einen Wattebausch. Das Klingeln wurde lauter, hörte gar nicht wieder auf. Benedikt! dachte sie und stemmte sich vom

Tisch hoch, rannte auf die Tür zu, stolperte, fiel der Länge nach hin, rappelte sich auf, drückte auf die Gegensprechanlage und krächzte: »Hallo?«

»Jette, bist du es?«

Er war es. Schlagartig nüchtern, fing ihr Herz wie rasend an zu hämmern. Gleichzeitig fühlte sie sich wie in einem Traum, der einer anderen passierte. Ganz nah und sternenweit. Sie räusperte sich, kein Ton kam heraus.

»Ich bin's, Mario«, seine Stimme klang klar und fest, wie von einem anderen Planeten, »mach bitte die Tür auf.«

O Gott, er war es wirklich. Und sie sah aus wie ein Stück Scheiße! Sie schüttelte den Kopf, um nüchtern zu werden, und trat mit hämmerndem Herzen vor den Flurspiegel. Trotz des abgedimmten Lichtes sah sie verheerend aus. Wirre Haare, mascaraverschmierte Augen, rotfleckige Haut. Hektisch wischte sie in ihrem Gesicht herum – da hörte sie Schritte im Treppenhaus. Am liebsten hätte sie sich im Bett versteckt, Decke überm Kopf, einfach nicht aufgemacht. Sie holte tief Luft, biß sich einen Hauch Farbe auf die blassen Lippen und öffnete vorsichtig die Tür.

Er stand vor ihr, groß, schlank, in einem eleganten Regenmantel, ein Bild des Reichtums und Erfolgs. »Hallo, Mario.« Die Stimme gehorchte ihr nicht, sie räusperte sich verzweifelt, aber der verdammte Kloß blieb stecken. »Komm rein.«

»Hallo, Jette«, sagte er und wandte den Blick nicht von ihr, während er eintrat. Wenn sie gewußt hätte, wie angespannt und nervös auch er war und daß er ihr die Hand nicht zur Begrüßung gab, weil sie heiß und feucht dampfte vor Aufregung, hätte sie sich vermutlich viel gelassener gefühlt. Aber sie ahnte es nicht, sie sah nur ihn, alles andere verschwamm. Sie standen voreinander, schauten sich an, keiner fand das erste Wort.

Sie hat sich kaum verändert, dachte er, ganz genauso ist sie jahrelang durch meine Träume gegeistert, diese nicht zu bändigenden roten Haare, diese großen braunen Augen, diese kleine energische Person. Wie hatte er all die Zeit ohne sie leben können?

Jette starrte zurück und war unfähig, irgend etwas anderes zu tun als – ihn anzuschauen, sich alles wieder in Erinnerung zu rufen, alles, was sie so gequält und verflucht und wonach sie sich so gesehnt hatte – die hohe Stirn, jetzt mit tiefen Furchen, die ihn nur noch attraktiver und männlicher machten, die buschigen Augenbrauen, wie damals schon hatte die linke ein kleines Loch, sie hatte es seinerzeit mit Mascara zugemalt, er hatte ihr Kopfkissen völlig verschmiert ...

Er hüstelte leise. Sie erwachte wie aus einem langen Traum. Sie standen immer noch im Flur. »Entschuldige«, sagte sie mit rauher Stimme, »komm rein.«

»Ich bin doch schon drin«, erwiderte er, und in dieser Sekunde fiel beiden ein, daß er genau diesen Satz damals schon, wenn auch in anderer Situation, gesagt und sie gekichert hatte: »Ich mag's, wenn du drin bist.«

Er lachte nervös. Diese Erinnerungen paßten wirklich nicht hierher. »Das hast du schon mal gesagt«, meinte Jette jetzt. Ihre Augen trafen sich. »Ich weiß«, sagte er und wurde noch nervöser. »Bei mir sieht's furchtbar aus«, Jette betrat die Küche, verfluchte die Unordnung, sie hatte gekocht, alle Töpfe standen noch auf dem Herd, der Tisch war voller Zutaten, automatisch wischte sie alles zur Seite, stellte eine Flasche Wein hin, holte Gläser, spürte seine Blicke, schenkte ein, obwohl Alkohol wirklich das letzte war, was ihr jetzt guttat, egal. »Prost«, sagte sie, und er hob ebenfalls sein Glas, aber er trank nicht. »Warum?« fragte er nur und stellte das Glas wieder ab. »Warum höre ich jetzt von dir? Nach all den Jahren?«

Sie stand auf und ging zum Herd. »Willst du einen Teller Suppe?« fragte sie und dachte, auf einmal abergläubisch, wenn er Suppe will, lieber Gott, dann wird alles gut, wenn nicht, dann ... »Gern«, meinte er, weil ihm einfiel, daß Kochen sie entspannte und er angespannt genug für beide war.

Sie stellte ihm den duftenden Teller hin, setzte sich ihm gegenüber und zündete sich eine Zigarette an. Ihre Lungenflügel vibrierten schmerzhaft, auch das war jetzt gleichgültig. »Du siehst gut aus«, sagte sie. Er verschluckte sich an der heißen Suppe. »Du auch«, meinte er dann, »geht's dir auch gut?«

Schweigen, sie formulierte die Antwort. »Ich habe einen Sohn«, sie sah ihn an, mit bohrenden Augen.

»Und ich habe eine Tochter«, entgegnete er daraufhin.

»Mein Sohn heißt Benedikt«, fuhr sie fort, »Benedikt Glücklich.«

Mit einem Ruck schob er den Teller zurück, die Suppe schwappte auf den Tisch: »Benedikt ist dein Sohn? Aber er heißt doch …«

»Er heißt wie mein geschiedener Mann«, erklärte sie, »der ihn netterweise adoptiert hat.«

Er begriff noch immer nicht. »Und warum hast du ihn dann zu mir …?«

Sie schwieg. Sie hatte diese Situation nicht vorausgeplant, es gab kein Drehbuch. Sie holte tief Luft. »Weil Benedikt auch dein Sohn ist«, brachte sie endlich heraus, »ich wollte, daß er seinen Vater kennenlernt.«

Endlich begriff er. Ließ den Löffel fallen: »Dann sind also meine Tochter und dein Sohn …«

»Und unser Sohn«, korrigierte sie sanft, »ja. Deshalb hab ich mich wieder bei dir gemeldet.«

Seine Gedanken rasten. Automatisch griff er zum Handy, drückte, sah, daß er eine Nachricht auf der Mailbox hatte. »Entschuldige«, murmelte er und drückte. Maria. Gott sei Dank. Vielleicht war es noch nicht zu spät. »Meine Tochter«, sagte er und lauschte. »Hi, Papsilein.« Die Fröhlichkeit in ihrer Stimme zerriß sein Herz. »Ich wollte mich nur bei dir abmelden. Mami weiß Bescheid. Ich fahr ein bißchen weg mit Benny. Keine Ahnung, wohin. Ich melde mich. Ich hab dich lieb.« Aufgelegt.

Jette und Mario sahen sich an. Langsam sickerten ihre Worte in sein Bewußtsein. Er hatte einen Sohn. *Er hatte einen Sohn*. Der gerade mit seiner Tochter …

»Und jetzt?« fragte er benommen.

»Noch ein bißchen Wein?« fragte sie zurück, weil auch sie keine Antwort wußte. »Danke«, er trank einen Schluck, setzte das Glas ab, seufzte.

Das war also ihr Wiedersehen nach fünfundzwanzig Jahren

»Hast du nichts gemerkt?« fragte sie nach einer langen Weile.

»Was gemerkt?«

»Daß er dir wie aus dem Gesicht geschnitten ist.« Er überlegte, verdaute ihre Worte, lächelte. »Jetzt, wo du es sagst ... er sieht sehr gut aus ...«

Sie lächelten sich an. Ihre Augen ließen sich nicht mehr los, verhakten sich.

»Du hast dich kaum verändert«, sagte er schließlich leise.

»In unserem Alter ein ganz besonderes Kompliment.« Sie wollte nicht in dieser gefährlichen Stimmung versinken, wollte es leicht halten, unverbindlich. Sie hatten andere Sorgen. Wußte, daß es nicht möglich war. Nicht mit ihr und Mario.

»In deinem Fall ein ganz besonderes.« Seine Stimme klang so zärtlich, daß es ihr weh tat. Mit großer Anstrengung bemühte sie sich um eine Beherrschung, die ihr von Sekunde zu Sekunde mehr entglitt. »Weiß deine Ehefrau, daß du hier bist?«

»Was glaubst du?«

»Ich glaube nein.«

»Du hast recht.«

Es ist unglaublich, dachte Jette und mußte aufstehen und das Küchenfenster öffnen, weil sie seine Nähe nicht mehr aushielt, daß nach all der Zeit alles wieder da ist. Alles. Es war wie ein böser Zauber.

»Ich habe oft an dich gedacht, Jette«, sagte Mario jetzt und konnte sie dabei nicht ansehen. »Ich weiß, ich habe dir großes Unrecht getan. Wenn ich gewußt hätte ...« Sie hielt sich am Fensterbrett fest, denn ein leichtes Schwindelgefühl ergriff sie. »Wenn du was gewußt hättest, Mario?« Sie war laut geworden, ärgerlich, die jahrelang aufgestaute Wut kam hoch, ohne Ankündigung. »Wenn du gewußt hättest, daß du zwei Frauen zur gleichen Zeit geschwängert hast? Weil wir uns gestritten hatten und du sofort – *SOFORT* – eine andere Frau brauchtest?« Und plötzlich brach der Damm.

»Wo warst du, als ich damals so verzweifelt war, daß ich die Tablettenröhre mit den Schlaftabletten schon halb geleert hatte«, sie schrie jetzt, »und wir nur deshalb noch leben, Benny und ich, weil meine Mutter zufällig vorbeikam und mir sofort einen Finger in den Hals gesteckt hat? Wo warst du, als ich im Wochenbett lag, als dein Sohn jede Nacht durchgebrüllt hat, als sein Blinddarm vereiterte und ich dachte, er kommt nicht durch, er schafft es nicht, als er in der Pubertät war und anfing zu haschen und ich Angst hatte, er steigt um auf härtere Drogen, als er …«

»Warum hast du mir nie etwas gesagt?« Er sah sie an, ruhig und ernst. »Ich wäre sofort gekommen, wenn du mich gerufen hättest.«

Sie schwieg, und der Schmerz der vergangenen Jahre, der unwiederbringlichen Zeit des für immer verlorenen Glücks bohrten sich in ihr Herz wie ein vergifteter Pfeil. »Und dann«, fragte sie, »hätte ich ihn dir sonntags vorbeischicken sollen, dir und deiner Ehefrau? Wäre er als Zaungast bei euch geduldet worden, einmal im Jahr im Urlaub? Mein Sohn gehört mir.« Sie merkte, wie theatralisch ihre Worte klangen, ärgerte sich, konnte es nicht ändern.

»Und warum jetzt, warum überhaupt?« Er saß still, nur das Zittern seiner um das Weinglas verkrampften Hände verriet ihn.

»Weil ich dich wiedergesehen habe. An deinem fünfzigsten Geburtstag. Ich habe meiner Freundin geholfen, die im Hotel als Köchin arbeitet.«

»Und warum hast du nicht gleich …?«

»Was gleich? Hallo sagen, nach einen Vierteljahrhundert? Außerdem kam deine Frau gerade aus der Damentoilette.«

Das war so typisch Jette, das Dramatische und Alltägliche in einem Satz, in einer Person. Das war's, was er so an ihr geliebt hatte. Gottfried Benn zitieren mit einer Bockwurst in der Hand. Ihm während des Gottesdienstes einen schlüpfrigen Witz erzählen. Einmal hatten sie sich auf dem Friedhof geliebt, Jette hatte den Grabstein genau ausgewählt. Es war ein Mann, der lange gelebt hatte, fast neunzig Jahre. Ein gutes Zeichen, hatte sie geflüstert, als sie seine Hose aufknüpfte. Danach gab es Gertruds Kartoffelsalat auf der Friedhofsbank. Jede Minute mit Jette war spannend gewesen, nie hatte er sich mit ihr gelangweilt, jedes Wort von ihr hatte ihn interessiert. Gott, wie jung war er damals, wie lebendig hatte er sich gefühlt!

»Hast du noch Hunger?« fragte sie, wie um seine Gedanken in die Tat umzusetzen. »Ich hab noch Vitello Tonnato von der letzten Party da und ein Stück Karottenkuchen.« Sie sah seinen Blick und setzte hinzu: »Nervennahrung, Mario. Ändern können wir im Augenblick sowieso nichts.«

Er liebte sie so sehr in diesem Augenblick, daß ihm alles weh tat. Wie gut tat ihm ihre Fähigkeit, schwierige Dinge und Situationen zu deeskalieren, ganz im Gegensatz zu seiner kapriziösen Ehefrau, die dazu neigte, aus jeder Mücke eine ganze Elefantenherde zu machen. Außerdem konnte er sich noch gut an ihre Kochkünste erinnern.

»Gern«, sagte er deshalb und spürte zu seiner Überraschung, wie hungrig er war. Wie wohl er sich bei ihr fühlte, trotz der unmöglichen Situation.

Sie tischte auf, schnitt ein Baguette in dicke Scheiben, stellte Kräuterbutter und einen Salat dazu und zündete sich wieder eine Zigarette an. »Wir müssen den Tatsachen nüchtern ins Auge sehen«, begann sie, »in diesem Augenblick verkehren im allerschlimmsten Fall zwei Halbgeschwister sexuell miteinander. Außer uns weiß das keiner. Also müssen wir sie so schnell wie möglich finden und es ihnen sagen. Sie werden ärgerlich sein, Liebeskummer haben, aber in ihrem Alter hoffentlich irgendwann darüber hinwegkommen.«

Ihm war bei ihren sachlichen Worten der Appetit vergangen. Mit einem Gefühl der Übelkeit ließ er den Teller stehen. Dieser Abend hatte ihm einen emotionalen Doppelwhopper beschert. Einen Sohn, von dem er nichts gewußt hatte, und die böse Vermutung, daß dieser Sohn mit seiner Tochter …

Die Vorstellung, daß seine beiden Kinder … wenn das jemand wußte, war er geliefert, konnte er sofort seinen Hut nehmen. Er sah Nora Dormagens Schlagzeilen vor sich – Verleger in Inzestskandal verwickelt. Sohn und Tochter des Verlegers – ein Liebespaar. Er mußte mit Camilla reden. Zu seinem Erstaunen stellte er fest, daß er sie völlig vergessen hatte.

»Ich müßte eigentlich gehen«, sagte er und erhob sich zögernd.

»Das mußt du wohl«, sagte Jette und folgte ihm auf den Flur.

»Erzähl mir von meinem Sohn«, bat er. »Er ist dir sehr ähnlich«, erwiderte sie, »was die Sache für mich nicht leichter gemacht hat.« Ihre Worte waren bewußt doppeldeutig gewählt.

»Ich weiß«, murmelte er nur und hätte sie gern in die Arme genommen. Aber er traute sich nicht.

»Wir können nur warten.« Sie strich sich die wilden Locken aus dem Gesicht, ein vorwitziges Schweineschwänzchen ringelte sich trotzdem auf ihrer linken Wange. »Laß uns in Kontakt bleiben«, sie sah seinen Blick, »unserer Kinder wegen ...«, fügte sie schnell hinzu.

Sie standen im Flur, beide unschlüssig und unsicher. »Na, dann geh ich mal«, sagte er endlich und verharrte.

»Das ist sicher das beste«, meinte sie, aber sie blieb vor der geschlossenen Wohnungstür stehen.

»Jette, ich ...«, er hob die Hand.

»Geh jetzt«, sie trat einen Schritt näher.

»Ich ... ach Jette ...«

»Gute Nacht«, sie öffnete die Tür, trat zurück, »grüß deine Frau.«

Dann stand er im kalten Treppenhaus.

59

Cleo saß an ihrem Computer, und ihre Finger tanzten über die Tasten wie ferngesteuert. Sie hatte diesen Produzentenjüngling, diesen Wolfgang Held, so lange bearbeitet, bis er Camilla hochoffiziell mit in den Drehbuchvertrag für »Sag mir, wo die Männer sind« aufnahm. Nur ein kleines Aufmucken hatte es produktionsintern gegeben, als Uschi Glas Interesse an der Rolle geäußert hatte. Sie wolle endlich mal weg von den Tierärztinnen und Supermamis – wolle rollenmäßig mal gegen den Strich gebürstet werden und eine richtig versaute Frau spielen – so jedenfalls ihr Agent. Und die Uschi, so hatte Wolfgang Held gefleht, sei trotz ihres Alters eine garantierte Quotenbringerin, jede deutsche Hausfrau schalte da ein. Aber Cleo war hart geblieben. Zu Uschi schön und gut, aber da fiel Cleo einfach nicht viel ein. Nur Zewa Wisch und Weg. Und Tosca. Aber die Besetzung war nicht vordringlich. Und in der Zwischenzeit wollte sie mit Camilla jede Menge Spaß haben.

Das Telefon klingelte, als sie kurz nach der Regieanweisung –

Fabienne (nackt) und Mattes (freier Oberkörper) liegen auf dem Wasserbett und sehen fern – zögerte. Sollten die beiden wirklich fernsehen? Im Buch hatten sie es wild getrieben, aber die Verfilmung war fürs Hauptabendprogramm, sie mußte sich leider etwas zügeln. Sie griff nach dem Hörer. »Ich bin's«, sagte sie nur.

»Ich hasse es, wenn du dich so meldest.« Mario klang so verärgert, wie sie ihn noch nie gehört hatte. Sie wußte warum. Ihr Blick schweifte zum Tisch, auf dem das neueste Exemplar des *Stern* lag. »Und dir auch einen schönen Tag«, sagte sie, um Zeit zu gewinnen. »Wie konnte das passieren?« bellte er. Sie hielt den Hörer etwas vom Ohr weg und blätterte mit der rechten Hand die Geschichte auf. Eine Doppelseite nur sie. Und gar nicht mal so übel. Kein Ansatz von Doppelkinn. Gute Retuscheure hatten sie beim *Stern*. »Die einsame Frau« stand in fetten Lettern quer über ihrem Busen, »Cleo Braake betritt literarisches Neuland«.

»Keine Ahnung«, log sie frech, weil ihr beim besten Willen keine Ausrede einfiel, »wir haben zwar darüber geredet, aber ...«

»Der *Stern* schreibt eine Buchkritik über ein Buch, das noch gar nicht erschienen ist«, tobte er.

»Keine Kritik, eine Hymne«, korrigierte sie ihn sanft.

»Und das auch nicht erscheinen wird, end of discussion!« Er legte auf.

Kopfschüttelnd stand Cleo vor dem Telefon. Diese emotionale Explosion paßte so gar nicht zu ihm. Er war doch sonst ein kühler Rechner. Und etwas Besseres konnte ihm als Verleger doch gar nicht passieren als eine positive Kritik vor Erscheinen eines Buches. Oder war's einfach tumb-männliche Dickköpfigkeit? Sie wählte seine Nummer. »Das Buch könnte in vier Wochen auf dem Markt sein«, sagte sie versöhnlich. »Komm, gib dir einen Ruck. Dann schreib ich dir auch wieder was Schmalziges.« Klack, er hatte aufgelegt. Was machte ihn derartig gereizt? Die Wechseljahre?

Nachdenklich ging sie an den Kühlschrank und holte sich ein Joghurt, weil sie von einem Hundertjährigen aus Rußland gelesen hatte, der seine Langlebigkeit dem täglichen Genuß von Joghurt zu verdanken glaubte. Cleo glaubte solche Sachen, aber nur kurzfristig. Den täglichen Genuß von Apfelessig hatte sie abgebrochen, obwohl eine Fernsehärztin behauptet hatte, er mache jung, faltenfrei, entgiftet. Leider hatte sie selbst davon Pickel bekommen, und die lästige Nasenwurzelfalte war auch immer noch da. Seit zwei Wochen erwog sie eine Eigenfettbehandlung, Camilla hatte eine gute Adresse, die sie auch aufsuchen wollte, aber erst als Belohnung nach Fertigstellung des Drehbuches. Ein herrlicher Gedanke, Fett von Po und Bauch absaugen und in die Falten spritzen zu lassen. Zwei Fliegen mit einer Klappe.

Das Telefon klingelte. Diesmal ließ sie den Anrufbeantworter anspringen. »Gute Nachrichten«, flötete die Stimme des Pressechefs Kammfeld, »wir haben insgesamt fünfundfünfzigtausend verkauft, drucken gerade eine neue Auflage. Und die GALA will eine Modestrecke *Fit mit Fifty* mit Ihnen machen. Melden Sie sich, Werteste.« Bevor er auflegen konnte, grabschte sie nach dem Hörer: »Sag den Leuten, ich mach höchstens *Fit mit Forty*, eine Unverschämtheit.« Sie knallte den Hörer auf.

Dann löffelte sie ihr lebensverlängerndes Joghurt und überlegte. »Die einsame Frau« vergessen, um ihren alten Verleger nicht zu verärgern? Das kam nun wirklich nicht in Frage. Ein paar Konkurrenten anrufen, die kleinen Fühlerchen ausstrecken, ein paar Angebote einholen? Abwechslung konnte nie schaden. Benedikt Glücklich fiel ihr ein, der junge Mann auf Marios Party. Der hatte was, das spürte sie. Der würde es mal weit bringen. Der war jung und unverbraucht und hatte noch keine Verlegerallüren wie ein gewisser Herr, der ihr im Augenblick schwer auf den Keks ging. Undankbarer Kerl. Die Nase hatte sie ihm vergoldet, den Schwanz hatte sie ihm gestreichelt, und was hatte sie davon?

Sie würde ihn wieder anrufen und ihm die Pistole auf die Brust setzen.

Doch jetzt hatte sie Lust auf ein anderes Gespräch.

Deshalb wählte sie eine Nummer, die sie aus unerfindlichen Gründen auswendig kannte. »Sind Sie es selbst? Ich bin es auch selbst. Ist der Champagner noch kalt?«

60 Es gab Tage, da kratzte der Chef an Ella Maliks Nerven wie ein kaputter Fingernagel auf der Schiefertafel. So ein Tag war heute. Er machte sie schier wahnsinnig. Rastlos ging er in seinem Büro auf und ab, auf und ab. Es konnte nicht nur der STERN sein, den er vor ihren Augen in den Papierkorb geworfen hatte. Einmal hatte sie den Kopf vorsichtig in die Tür gesteckt. »Kann ich was für Sie tun, Herr Benedikt?«

»Nein«, hatte er geantwortet, laut und ungeduldig, so sprach er sonst nie mit ihr, »ich rufe Sie, wenn ich Sie brauche, bis dahin machen Sie sich bitte unsichtbar.«

Sie hatte sich zurückgezogen, gekränkt und verwundert. Rainer Maria Rilke fiel ihr bei seinem Anblick ein, ihr Lieblingsgedicht vom Panther im Zoo.

Sein Blick war vom Vorübergehn der Stäbe,
so müd geworden, daß er nichts mehr hält.
Ihm ist, als ob es tausend Stäbe gäbe,
und hinter tausend Stäben keine Welt.

So kam er ihr vor, wie ein gefangener Panther. Ob es Probleme gegeben hatte bei der Vorstandssitzung in Schottland? Sie wußte, daß der Verlag in keinem guten Zustand war, daß die Verkäufe rückläufig waren – war das der Grund? Oder ihre E-Mail? Diese, wie hieß sie noch – Jette?

Der weiche Gang geschmeidig starker Schritte,
der sich im allerkleinsten Kreise dreht,
ist wie ein Tanz von Kraft um eine Mitte,
in der betäubt ein großer Wille steht …
Nur manchmal …

Verdammt, wie ging es weiter?

Nur manchmal läuft, nein, das war's nicht, nur manchmal rennt …

Es lag Ella Malik auf der Zunge, aber da blieb es leider auch.

Mario Benedikt war ans Fenster getreten. Er sah auf die Straße, auf die Autos, aus dieser Höhe so klein wie Spielzeuge, auf die Menschen, winzig und emsig wie Ameisen. Das Gespräch mit Cleo hatte er längst vergessen, sie war ein Nebenkriegsschauplatz. Mit jeder Faser seines völlig übermüdeten Körpers wartete er auf den Anruf seiner Tochter. Obwohl ihm andererseits davor graute wie vor nichts sonst in seinem Leben. Eine Schuld, die er nicht verdrängen konnte, lag auf seiner Brust wie ein Stein, obwohl ... er hatte ja nichts davon gewußt, weder damals noch heute, er hatte Schwierigkeit zu atmen ... Wie damals ...

»Ich weiß, du mußt dich an den Gedanken erst gewöhnen«, hatte Camilla gesagt, »ich wollte es auch nicht, es ist eben passiert.« Er erinnerte sich noch genau an das Grauen, das er bei ihren Worten empfand, das beklemmende Gefühl, eine schwere Eisentür falle hinter ihm ins Schloß. Er hatte sich nach jener ersten, betrunkenen Nacht nicht wieder bei ihr gemeldet, sondern seinen Kater mit Rollmöpsen und viel Kaffee gepflegt und war danach zu Jette gefahren, um sich zu entschuldigen. Am liebsten hätte er die vergangene Nacht ausradiert, nie hatte er sich mehr nach Jette gesehnt als am Morgen danach, als alles in seinem Bett und auf seiner Haut noch nach Camilla roch. Doch sie war nicht zu Hause gewesen, und Gertrud hatte ihn weggeschickt. Auch in den nächsten Tagen ließ sie sich verleugnen. Dann kam Camilla wieder.

Sie hatte »Ich liebe dich« geflüstert, er hatte es nicht ernst genommen, denn wie konnte sie ihn lieben nach so kurzer Zeit? Er liebte sie schließlich auch nicht. Dieses schale Gefühl direkt nach dem Höhepunkt, dieser Wunsch, sie wieder loszuwerden, und dieser hartnäckige Druck, wenn er an Jette dachte. Camilla, ganz befehlsgewohnte Verlegertochter, ignorierte seine Zurückhaltung. Sie kam, sie siegte, sie eroberte, sie überschüttete ihn mit Geschenken. Er ließ sich alles gefallen. Sie war ja nur ein kurzes Zwischenspiel, bis er sich mit Jette wieder versöhnte.

Und so waren die Wochen vergangen. Keine Zeit, an die er gern zurückdachte. Er hatte es noch einmal probiert. Jettes Nummer gewählt.

»Ich habe Sehnsucht nach dir, Jette«, hatte er nur gesagt und sich umgedreht, denn er hatte ein Geräusch gehört. Der Türknopf drehte sich, Camilla stattete ihm einen ihrer Überraschungsbesuche ab. »Guten Morgen, mein Schatz.« Gott, war ihre Stimme laut.

Sein Herz klopfte ärgerlich. »Setz dich«, er hatte sich bemüht, seine Stimme sachlich klingen zu lassen, damit Camilla, die sich jetzt auf den einzigen Stuhl vor seinem Schreibtisch gesetzt hatte, ihm nicht womöglich eine Szene machte. Als er den Hörer wieder aufnahm, hatte Jette aufgelegt.

»Ich arbeite.« Er sah auf, direkt in Camillas strahlende Augen.

»Und ich liebe dich, Mario.«

Als das Telefon endlich klingelte, schreckte der Verleger zusammen. Es war seine private Leitung, die Nummer kannten nur eine Handvoll Leute. Er nahm ab, sein Herz klopfte unangenehm. »Hallo?«

»Papsilein.« Wie immer sprach sie so laut, daß er unwillkürlich den Hörer ein Stück vom Ohr hielt, »ich wollte mich nur kurz mal bei dir melden.«

»Wie geht es dir, mein Schatz?« brachte er mühsam hervor, verzweifelt suchte er nach den passenden Worten, »ich muß ...« Sie lachte, unbekümmert, fröhlich. »Es geht mir gut, Papsilein, richtig gut. Hast du was dagegen, wenn wir noch ein paar Tage bleiben? Ich weiß, daß ich strenggenommen keinen Urlaub habe. Bitte mach 'ne Ausnahme.«

Er schwieg, rang mit ungesagten Worten. »Danke dir«, rief sie, denn sie hielt sein Schweigen für Zustimmung, »ich melde mich.« Klack. Aufgelegt.

»Ella«, er öffnete die große Flügeltür zum Sekretariat, wo Ella Malik gerade schuldbewußt ein Privatgespräch abwürgte, jedenfalls legte sie sofort den Hörer auf, als sie ihren Chef sah, »haben Sie zufällig ein Aspirin für mich? Ich habe wahnsinnige Kopfschmerzen.« Er lächelte sie an, sie lächelte dankbar zurück, froh, daß seine schlechte Laune nichts mit ihr zu tun hatte.

Er drehte sich um und ging, und endlich fiel ihr auch die letzte Strophe wieder ein ...

Nur manchmal schiebt der Vorhang der Pupille
sich lautlos auf –.
Dann geht ein Bild hinein.
Geht durch der Glieder angespannte Stille –
Und hört im Herzen auf zu sein.

Ella Malik seufzte glücklich und betrachtete ihre perfekt grün lackierten Fingernägel. Je bunter, desto jünger fühlte sie sich. Und hört im Herzen auf zu sein, jedesmal, wenn sie diese Worte las, spürte sie einen Kloß im Hals. So schön. Was Rilke wohl für ein Mann gewesen war? Bestimmt war er homosexuell gewesen, normale Männer konnten so nicht schreiben, da mußte sie nur an ihren eigenen denken, an Horst Malik, den Frührentner, der ihr mit seiner ständigen Anwesenheit so auf den Wecker ging, daß sie jetzt freiwillig Überstunden machte. Im Büro war's entspannter, zu Hause wartete ein hungriger Mann, der gefüttert, ein leerer Kühlschrank, der gefüllt, eine Wohnung, die geputzt werden wollte.

Und hört im Herzen auf zu sein …

Sie wußte nicht genau, was Rilke damit meinte. War der Panther tot? Oder nur innerlich abgestorben wie ihr Horst, der schon seit Jahren kein Buch mehr, geschweige denn ein Gedicht gelesen hatte? Das Telefon. Sie seufzte.

»Herr Scharfmann?« sie lächelte bedauernd. »Leider im Moment nicht da. Kann ich etwas ausrichten?« Sie wartete auf seine Antwort. »Gut, ich sag's ihm. Auf Wiedersehen.« Sie legte auf. Gott, war dieser Mann hartnäckig.

Vorsichtig öffnete sie die Verbindungstür und erschrak. Mario Benedikt hatte seine Arme auf den Schreibtisch gestützt, sein Gesicht lag in den Händen. »Herr Benedikt?« fragte sie leise, um ihn nicht zu erschrecken. Er sah hoch mit einem Blick, der durch sie hindurchging. »Sie sollten nach Hause gehen«, meinte sie sanft, »und sich mit einer Wärmflasche ins Bett legen. Morgen sieht dann alles viel heller aus.«

Er sagte nichts, seufzte nur. »Sie haben recht, Frau Malik«, sagte er endlich, »ich bin heute zu nichts mehr zu gebrauchen. Sagen Sie alle Termine ab, ich geh nach Hause.«

Aber das tat er nicht. Er fuhr in die Fasanenstraße Nr. zwölf. Eine halbe Stunde blieb er im Auto sitzen und traute sich nicht. Dann stieg er aus.

61 Jette lag in der Badewanne und trank einen Kakao mit Cointreau und Sahnehaube, einer ihrer zuverlässigsten Seelentröster, als sie das Klingeln hörte. Nein, nein, nein, dachte sie erschöpft, ich will jetzt keinen sehen, ich will nicht reden. Es klingelte wieder. »Verdammt«, fluchte sie, stand auf, wickelte sich, naß und voller Schaum, in ihren Bademantel und drückte auf die Gegensprechanlage: »Ja?« Es kam wie ein Peitschenknall. Kurzes Schweigen. Sie wiederholte: »Jaha?« Ein Klingelstreich, dachte sie, halb erleichtert, halb enttäuscht, und wollte ins Badezimmer zurückgehen. Da hörte sie die Stimme, blieb wie angewurzelt stehen: »Ich bin's, Mario. Mach mir bitte auf.«

Wie in Trance ging sie zurück und drückte auf. Trat in den Hausflur und blickte hinunter. Sah ihm von oben auf den Kopf, der immer höher kam. Und auf das kleine rosa Fleckchen, das zwischen seinen Haaren durchschimmerte. Dieser ungeschützte Anblick rührte sie zutiefst.

»Hallo«, rief sie auf sein rosa Stückchen, und er wandte den Kopf und lächelte. Dann stand er vor ihr, und ihr wurde plötzlich bewußt, wie sie auf ihn wirken mußte – tropfend in einem rosaverblaßten Bademantel, der auch noch halb offen war. »Und sie sahen, daß sie nackt waren, und sie schämten sich«, murmelte sie den Schöpfungsanfang und zog den Bademantel fest zu.

»Ich wollte dich sehen«, sagte er nur, und sie nickte und ging vor ihm in die Wohnung.

Als sie den Flur betraten, klingelte das Telefon. Jette nahm ab. »Hallo, Bennie«, sagte sie atemlos und sah Mario an, der abwartend vor ihr stand. Sie deutete zur Küchentür, sie wollte allein mit ihrem Sohn sprechen.

Also wartete Mario am Küchentisch, hörte ihre gedämpfte Stimme, ihren Streß … »Bitte komm nach Hause, ich kann und will es dir nicht am Telefon erklären, bitte …«

Sie setzte sich zu ihm, griff automatisch nach seiner Hand, das hatte sie früher auch immer gemacht, nur damals hatte sie mit ihrer spitzen Zunge kleine Kreise in seiner Handfläche geleckt, so lange, bis er ihr seine Hand entrissen hatte, weil er es nicht mehr aushielt. »Er hat einfach aufgelegt«, sagte sie und sah ihn an, »und am Telefon konnte ich es ihm wirklich nicht sagen.«

Sie schwiegen, seine Hand in ihrer – und wie früher schon konnten sie gut zusammen schweigen. Und wie früher schon reichte seine Nähe, um sich verwirrt und abgelenkt zu fühlen. »So hab ich mir unser Wiedersehen nicht vorgestellt«, murmelte sie endlich und zog ihre Hand zurück.

»Bist du glücklich, Jette Glücklich?« fragte er zärtlich und vermißte ihre Hand. Sie zuckte die Schultern »Was ist Glück?« fragte sie zurück. »Ein intensiver, aber vorübergehender Zustand. Ich bin zufrieden. Und du?« Er überlegte. »Ich bin … tja, was bin ich?«

»Du bist verheiratet.«

»Stimmt«, sagte er kurz und wollte es gern dabei bewenden lassen. »Glücklich verheiratet?« Natürlich ließ sie ihn nicht. »Nicht so, wie ich mit dir gewesen wäre«, er stand auf, weil er es nicht mehr aushielt. »Komm«, sagte er nur, »bitte.« Und sie kam.

62

Kopfschüttelnd klappte Benedikt Glücklich sein Handy wieder zusammen. »Sag mal, spinnen die Alten?«

»Keine Ahnung, und es ist mir auch scheißegal«, lachte Maria, zog ihn an sich und küßte ihn. Gott, war sie happy. Es war alles so einfach mit ihm und trotzdem so ungeheuer erotisch. Noch nie hatte sie sich mit einem Mann so entspannt gefühlt. Noch nie hatte sie bei einem Mann das Bedürfnis gehabt, ihr gesamtes Inneres nach außen zu stülpen, sich völlig zu entblößen, körperlich und seelisch. Sie konnte nicht genug von ihm bekommen. Sie konnte ihm nicht genug von sich geben. Es war wie eine Sucht, aber wie eine sehr bekömmliche.

Sie lagen in einem Hotelzimmer in Iserlohn, weil es egal war, wo sie waren. Also waren sie einfach von der Autobahn nach Düsseldorf abgebogen, hatten vor dem erstbesten Hotel gehalten, einer optischen Verhunzung aus den siebziger Jahren, waren Hand in Hand vor die Rezeption getreten, hatten ein Zimmer verlangt, waren die Treppe zum dritten Stock hochgelaufen, der Fahrstuhl war ihnen zu langsam, der Schlüssel klemmte, endlich ging die Tür auf ... sie stürzten aufs Bett und übereinander ... die rosa Frotteewäsche, der Knick im Kopfkissen, die Plastikblumen auf dem Fensterbrett, der süßliche Deogeruch aus der kleinen Waschzeile, egal. Irgendwann, es dämmerte bereits, sie hatten vergessen, die Vorhänge zuzuziehen, klopfte es, sie waren zu vertieft, es war die Zimmerdame, die einen sehnsüchtigen Blick auf dieses aller Welt entrückte Menschenknäuel warf, zwei After Eight auf den nächstgelegenen Nachttisch legte und die Tür leise wieder hinter sich schloß. »Wat grinste so, Erika?« fragte der Zimmerkellner, der ihr mit einem verwüsteten Tablett (ein Staubsaugervertreter auf Abwegen) entgegenkam. »Ach nichts«, sagte die Zimmerdame, »nur zwei, die sich liebhaben.«

63

Cleo saß auf ihrem Lifecycle-Fitneßrad, strampelte und dachte über die wichtigste Szene ihres Drehbuchs nach. Ihre kapriziöse Titelheldin lag im Roman im Bett und schluckte Schlaftabletten, weil ihr junger Lover sie mit ihrer Enkelin betrogen hatte, einer frühreifen Dreizehnjährigen, die aussah wie siebzehn, eine Szene, die sie selbst sehr originell, der Produzent Wolfgang Held jedoch zu langweilig, zu »wirklich tausendmal gesehen, Frau Braake« fand. »Ein bißchen mehr Exotik, liebe Kollegin«, hatte er verlangt, »auf dem Dach, im Auto, mit einem Dildo, was Sie wollen, aber nicht im Bett. Das hat der Zuschauer alles schon bis zur Verblödung gehabt.«

Cleo wischte sich den Schweiß von der Stirn, kniff sich in den Bauch, immer noch ein Röllchen, warum nur war der Speck am

Bauch immer so hartnäckig, warum nicht am Busen? Der rutschte immer weiter südwärts, ohne ihre Einwilligung. Vielleicht im Park, mit einem schönen Schweizer Messer? Und im Gebüsch die Schwulen und merken nichts – das war's.

Strampel, strampel. Und der Polizist, der sie findet, könnte das ihre große Mittelaltersliebe werden? Eine tolle Rolle für Heinz Hoenig, aber dann würde sie sie weiter ausbauen müssen. Für Kleinvieh gab der sich nicht mehr her.

Cleo spürte ihre kreativen Säfte rauschen, es waren, superstreng genommen, wieder sehr triviale Säfte, aber das störte sie nicht. Fürs Fernsehen reichte es.

Ronaldo Heymann, der Gute, hatte ihr Buch ins Fenster gelegt, gleich stapelweise, und nicht im Frauenständer zwischen Sandra, Utta und Gaby versteckt. Der Anblick ihrer so prominent plazierten Bücher hatte sie, delikat formuliert, sehr vorfreudig gestimmt. Wenn er gewollt hätte, er hätte sie sofort haben können, direkt hinter ihrem Bücherstapel.

Außerdem war es ein unerwartet guter Champagner gewesen, den er ihr im Büro seiner Buchhandlung kredenzt hatte. Hinter seinem natürlich bücherüberladenen Schreibtisch stand ein Aquarium. »Ich hab keine Ahnung von Fischen«, hatte sie gestanden und ihn damit sehr glücklich gemacht. »Kommen Sie«, er hatte sie herangewunken und auf einen flinken, silbrigen Fisch gezeigt. »Mein Lieblingsfisch. Ein Fadenfischweibchen. Ein heißer Feger, ganz unüblich für weibliche Fische. Es treibt die Männchen in die Enge …« Bei diesen Worten hatte er sie beziehungsreich angeblickt und auf das Fischmännchen gedeutet, das in der Tat etwas ängstlich in die Aquariumsecke zu flüchten schien. »Das Männchen stellt sich quer, versucht, sie durch Schwanzschläge einzuschüchtern. Aber sie preßt sich an ihn, läßt ihn nicht in Ruhe.« Hier fand es Cleo doch geboten, ihr Champagnerglas abzusetzen und sich freundlich zu verabschieden. Sie hatte nämlich beschlossen, mit Ronaldo Heymann die Langsamkeit zu entdecken.

»Ich muß dann mal …« Ihre Stimme hatte diese Mischung von Bedauern und Versprechen, für deren korrekte Deutung er jedoch zu Mann war. Enttäuscht hatte er sie deshalb verabschiedet. »Wenn Sie noch eine Stunde gewartet hätten …«

»Dann was?« hatte sie gefragt, schon in Hut und Mantel. »Dann hätte sich das Männchen ergeben. Die Eier werden ausgestoßen und gemeinsam aufgegessen. Dann folgt die nächste Paarung, weil jetzt das Fischmännchen richtig in Stimmung ist.«

»Auf Wiedersehen«, ihr Händedruck war fest und schmerzhaft, »und das Schaufenster mit meinen Büchern gefällt mir gut. Nur die anderen Autoren stören.«

Er lächelte. »Ich werde sie wegräumen«, versprach er. Sie lächelte zurück. »Haben Sie Interesse an einem noch unveröffentlichten Manuskript von mir?« Er nickte, sie griff in ihre große Tasche, »Ihre Meinung würde mich sehr interessieren.«

Sie lagen nebeneinander und sagten kein Wort. Ihre Hand lag in seiner. Als sie zur Seite blickte, sah sie, daß er die Augen geschlossen hatte.

»Ich liebe dich, Jette«, sagte er. Einfach so.

»Ich dich auch, Mario«, erwiderte sie.

Auch einfach so.

»Aber ich kann Camilla nicht verlassen«, seine Stimme war tieftraurig.

»Ich weiß«, flüsterte sie, »und ich bereue trotzdem nichts.«

64

Ärgerlich stand Ronaldo Heymann drei Tage später vor einem Paket Bücher, aus denen kleingedrückte Spaghettireste rieselten. »Frau Soli, würden Sie bitte mit einem Staubsauger kommen?« rief er ins Ladeninnere, wo die slowenische Putzfrau mit den valiumgetränkten Bewegungen gerade ihre Utensilien verstaute. Mit spitzen Fingern hob er eines der pastaverstaubten Bücher hoch. Es handelte sich um Kochbücher aus Italien, der Verlag hatte als sogenanntes »*GIVE*« eine kleine Tüte mit bunten Spaghetti eingelegt, die im Transport leider völlig atomisiert worden waren. Heymann, der Bücher über alles liebte, haßte diesen neumodischen Trend, der alleinigen Kraft des Buches nicht mehr zu vertrauen und ihnen alles mögliche beizulegen bzw. die Händler oder die Verkäufer mit oft unmöglichem Schnickschnack zu belästigen. Da schickten die Kochbuchverleger Schürzen und Gewürze, die Hersteller von Fitneßbüchern dachten sich witzige Sprüche auf peppigen T-Shirts aus. »Love me read me do me.« Kürzlich hatte er die Wiederauflage eines Liebesgedichtbandes von Erich Fried bestellt und die Bücher unter einer riesigen, herzförmigen Glitzeroblate gar nicht wiedererkannt.

Als das Telefon klingelte, war er deshalb unwirsch und gereizt. Doch beim Klang ihrer rauhen, heiseren Stimme spürte er, wie sich der Streß löste und einem warmen, unbegründet erwartungsfrohen Gefühl Platz machte. Ihre Stimme bewirkte die erstaunlichsten Dinge bei ihm, zum Glück wußte sie nichts davon. »Frau Braake«, gab er seiner Stimme einen seriösen, geschäftsmäßigen Ton, »was kann ich für Sie tun?«

Cleo überlegte kurz. Der Anruf, so kurz nach ihrem letzten Besuch, war spontan gewesen. Was genau konnte er für sie tun? »Soll ich noch ein paar Bücher für Sie signieren?« fragte sie und kam sich gleich darauf höchst albern vor. Ein Gefühl, das bestätigt wurde, als sie den Buchhändler am anderen Ende leise lachen hörte. »Sie waren doch gerade da und haben ganze hundert Exemplare signiert.«

»Die sind doch hoffentlich alle verkauft?« sagte sie streng. Er lachte, lauter. »Noch nicht alle, liebe Frau Braake, obwohl wir sehr zufrieden sind.« Sie schwiegen, wußten beide nicht weiter. »Aber vielleicht möchten Sie ein bißchen umsortieren?« schlug er vor. »Das wäre eine Idee«, erwiderte sie, stimmte in sein Lachen ein und fühlte sich wie ein Teenager. Ein keineswegs unangenehmes Gefühl.

»Ich bin so schnell wie möglich da«, sagte sie und legte auf.

Sie trat vor den Flurspiegel und musterte sich kritisch. Gern hätte sie jetzt ein bißchen Pospeck in ihre blöden Mundfalten gespritzt.

Ronaldo Heymann drehte sich zu den rieselnden Bücherpaketen um, die er plötzlich sehr lustig fand. »Frau Soli, ist noch Kaffee da?« rief er nach hinten, es ertönte ein knurrendes Geräusch, das er als Bejahung interpretierte. Sie putzte und redete nicht so gern, aber sie war zuverlässig und beklaute ihn nicht wie ihre Vorgängerin Paulina, deren lange Finger sich jedoch erstaunlicherweise nicht in seine Kasse verirrten. Paulina klaute Erstausgaben, teure Bildbände. Sie alimentierte einen bildungsbeflissenen Arbeitslosen. Ehrenwert, aber leider mußte er sie trotzdem feuern. Aber er gab ihr als Abfindung einen dicken Bildband von Gunter Sachs mit.

Der Buchhändler beugte sich über den letzten Karton und griff ins Weiche. Was war das jetzt wieder? Es war ein rundes braunes Kissen mit dem eingestickten Logo des Göhlen Verlags. Und dem beziehungsreichen Satz: Die Nacht ist nicht allein zum Schlafen da! Er ahnte, was kam. Ein Haufen schlecht verkäuflicher Kriminalromane, die der Verlag mit neuen Covern und einem süffigen Sammelbegriff versehen hatte. Weil diese Verlagshanseln natürlich wußten, wie übersättigt mit Büchern die Händler waren, würde im allerletzten Karton noch ein zusätzliches Verlagsgeschenk sein, das den unwilligen Händler gnädig stimmen sollte. Er öffnete es – ohhhh, wie originell, dachte er, eine kleine Nachteule war's, eine Billiglampe, die man ans Buch oder Kopfkissen klemmen konnte! Sie hatten recht daran getan, diese häßliche Eule in ein Paket zu stecken und sie nicht von einem ihrer Vertreter, wie sonst üblich, persönlich überreichen zu lassen – er hätte sie sonst vielleicht aus purem Überdruß auf Kuddel Johns Halbglatze zerdrückt.

Die Ladenglocke bimmelte, er sah auf, sie war es schon. Wie jedesmal, wenn er sie sah, setzte sein sonst sehr regelmäßiger Herzschlag eine kleine, heiße Sekunde aus, um dann um so heftiger weiterzuschlagen. Er fand sie zu sexy, aber ihm war klar, wie sehr sie das selber wußte und für ihre Ziele und Zwecke einsetzte. Und daß sie ihn, wenn er kein erfolgreicher Buchhändler mit acht großen Läden gewesen wäre, nicht so zuckersüß angelächelt hätte. Trotzdem spürte er diese süße Gliederschwäche in den Kniekehlen, die nur sie in ihm auslöste. »Frau Braake«, er ergriff ihre Hände, die ihm Gegensatz zu seinen knochentrocken waren, aber sehr warm, immerhin, »haben Sie Lust auf einen Kaffee? Ihr Tantrabuch ist übrigens heute auch mitgekommen.«

»Hallo, Herr Heymann«, sagte sie, und nur sie schaffte es, seinem Nachnamen einen eindeutig zweideutigen Touch zu geben, »ich schau mich nur schnell einmal um. Deswegen bin ich ja schließlich hier.« Zielsicher steuerte sie auf den hinteren Regalbereich zu, senkte ihren Blick auf die Autoren mit B … Blahmann, Blobel, Braake … »Ich bin ja schon wieder im Regal, Ronaldo …« Ein Griff, die Bücher lagen auf dem Display davor, dann drehte sie sich um und legte einen weiteren Stapel auf den größten Büchertisch. »Ihr müßt leider ein bißchen Platz machen, ihr Süßen«, hauchte sie, während sie die Konkurrenzwerke energisch zusammenschob und übereinanderstapelte. Der Buchhändler stand hinter ihr und beobachtete sie schmunzelnd. Diese Chuzpe hätte ich auch gern, dachte er und beobachtete, wie sich ihre zarten Schulterblätter, die sich unter ihrem dünnen T-Shirt abzeichneten, hin- und herschoben wie bei einem Scherenschnitt. Sie hatte Ronaldo zu ihm gesagt, diese Vertraulichkeit hatte sie sich noch nie erlaubt. Und die Bücher konnte er schließlich wieder umräumen. Was er in ihrem Fall nicht tun würde.

»Mein Fadenfischweibchen ist übrigens vorgestern gestorben«, sagte er plötzlich. Sie drehte sich um, und es war nicht klar, ob ihr klar war, daß er dies nicht mit jedem teilte. »Haben Sie es wenigstens würdig bestatten können?« fragte sie, und am Aufleuchten seiner braungesprenkelten Augen sah sie, daß dies die richtige Frage war. »In der Alster«, lächelte er, »Carmelita war schließlich ein Binnenfisch.« Er spinnt total, dachte Cleo sehr zärtlich. Dann warf sie einen letzten Blick auf den Büchertisch, auf dem »Sag mir, wo die Männer sind« jetzt in der Mitte auf dem höchsten Stapel lag. Sie drehte sich um, setzte ihr verführerischstes Lächeln auf. »Und jetzt hab ich Lust auf einen Kaffee«, meinte sie und als Nachtisch Lust auf dich, du fischversessener Bücherwurm, dachte sie. Du bist fällig.

Während sie zur Kaffeeküche gingen, ließ sie Ronaldo Heymann einmal kurz in ihren vom Fitneßrad geröteten Ausschnitt blicken. Dann sagte sie, wie beiläufig: »Hat Ihnen mein Verlag eigentlich schon mitgeteilt, daß er einen Sammelband meiner alten Reportagen herausgibt? Er heißt: ›Geschichten, die das Leben schrieb‹, und ich weiß auch schon genau, wo der in Ihrer Buchhandlung ideal plaziert wäre. Da …«, sie zeigte auf die Kasse, »direkt daneben, was meinen Sie?«

Er meinte Größenwahn, denn der Platz neben der Kasse war die absolute Krönung, die er sich, natürlich sehr diskret, weil unerlaubt, von den Verlagen lukrativ entschädigen ließ. Natürlich wußte Cleo Braake das. Also sagte er nichts. Ließ das Schweigen auf sie wirken. »Wollen wir das bei einem weiteren Kaffee besprechen?« fragte er höflich. »Oder bei einem Glas Wein?« konterte Cleo, der dieses Spielchen gefiel. Es steckte doch mehr Saft in dieser Buchhändlereiche, als sie bisher geglaubt hatte. »Eine gute Idee«, er schien spielfreudig, »ich habe übrigens Ihr Manuskript schon fast durch …«

»Und …?« fragte sie und spürte überrascht, wie wichtig ihr seine Reaktion war. »Ein sehr gutes Buch«, mehr sagte er nicht, aber sie strahlte. »Wann darf ich dafür meine Fenster leerräumen?«

»Bald«, erwiderte sie und ließ wie zufällig ihre Hand auf seinem Knie liegen, »und dann werde ich viele Lesungen machen.«

Es klang wie eine Drohung. Oder wie ein Versprechen.

65

Sie standen im Flur und konnten sich nicht trennen. Ein Zentimeter Luft lag zwischen ihn. »Ich muß gehen«, sagte er endlich und blieb stehen. »Ich weiß.« Jetzt war kein Zentimeter mehr zwischen ihnen, nur noch so viel Gefühl, daß sie nicht mehr atmen konnten. Sie wußten beide, daß jedes Wort, jeder Kuß, jede Berührung alles nur noch schlimmer machen würde. Die Sehnsucht nach etwas, das in wenigen Augenblicken mit ihm diese Wohnung verlassen würde, um nie wiederzukommen, würde so groß werden, daß Jette jetzt schon die Traurigkeit spürte, die sie von nun an begleiten würde. Jede Stunde, jeden Tag.

»Geh jetzt«, flüsterte sie.

Doch er ging nicht. Stand noch immer vor ihr und sah sie an.

»Werde ich dich wiedersehen?« fragte er.

Sie schüttelte den Kopf. »Das wäre zu billig«, sagte sie.

»Küß mich«, bat er, »damit ich davon träumen kann.«

Also küßte sie ihn, und der Kuß war so, daß sie beide nicht aufhören konnten. Eine süße Ewigkeit.

Dann ging er.

Camilla lag im Bett, ein Ort, an den sie sich gern zurückzog, wenn es draußen und drinnen grau und ungemütlich war, mit Wärmflasche, Kuschelrock und einem Glas süffigem Rotwein auf dem Nachttisch.

Auf ihren hochgestellten Knien stand der Laptop. Zu ihrer großen Freude war sie ins Schreiben zurückgeschlüpft wie in einen kuscheligen Lieblingspulli. Mühelos. Die Figur des jungen Liebhabers aus *Sag mir, wo die Männer sind* gefiel ihr nicht, er war zu lieb, zu verständnisvoll, zu intelligent. So waren Männer nicht, die ihre Frauen betrogen, das wußte sie besser.

»Ich würde so gern bei dir bleiben, aber meine kranke Tochter braucht mich«, hatte ihn Cleo tatsächlich sagen lassen, und ihre Heldin erwiderte: »Damit kann ich leider nicht konkurrieren. Ich bin kerngesund.«

Camilla gefiel dieser Dialog nicht. Es fehlte an Gefühl, Drama, Leidenschaft. Sie kaute am Bleistift. Es bereitete ihr ganz unerwartet ungeheuer viel Spaß. »Ich würde meine Frau verlassen, wenn sie nicht so schwach wäre.« Das klang besser, fieser. »Du nennst sie schwach? Keine Frau ist schwach, die dich achtundzwanzig Jahre lang ertragen konnte.« Ja, so lief es.

Ein Geräusch an der Tür ließ sie aufhorchen. Wer störte sie in ihrer kreativen Schaffensphase?

Es war Maria. Camilla freute sich, bedingt. Ihre Tochter brachte immer jede Menge Trubel mit, den sie jetzt gar nicht gebrauchen konnte. »Hallo, mein Kind.« Maria schien es nicht zu stören, daß dies nicht sonderlich überzeugend klang. Sie strahlte.

»Hallo, Mami«, sie setzte sich auf den Bettrand, nahm einen großen Schluck aus dem Weinglas. »Hast du dir Sorgen um mich gemacht, Mamsilein? Wie du siehst, geht es mir gut, sehr gut.« Sie beugte sich über ihre Mutter und küßte sie aufs Haar. Camilla lächelte. »Ich hab nicht einen halben Gedanken an dich verschwendet«, log sie, »aber dein Vater hat mich ganz verrückt gemacht. Er ist außer sich vor Sorge. Schließlich warst du vier Wochen weg.«

Maria runzelte unwillig die Stirn. Eltern nervten. »Ich versteh das nicht«, sagte sie, griff wieder zum Rotweinglas, trank es halb leer, wischte sich den Mund ab, »er hat doch sonst nie Theater gemacht. Ausgerechnet bei Benedikt.« Sie lächelte verträumt, Camilla betrachtete das Lächeln ihrer Tochter ein bißchen sehnsüchtig, ein bißchen nostalgisch. So hatte sie vor langer Zeit auch einmal geschmachtet. Tempi passati. »Wie war's?« fragte sie. Maria stand auf, und ohne ein weiteres Wort zog sie sich blitzschnell aus, schlüpfte zu ihrer Mutter unter die Bettdecke, so wie sie es als Kind oft getan hatte. Camilla legte den Arm um ihre Tochter, so lagen sie da, wohlig und vertraut. »Versprich mir, daß du nicht ausrastest«, sagte Maria.

Camilla setzte sich auf, leicht alarmiert. »So was sagst du nur, wenn ich Grund habe, auszurasten.« Maria überlegte. »Nun spuck's schon aus«, forderte Camilla ungeduldig. »Versprich's mir«, wiederholte Maria.

Camilla seufzte. »Gut, ich versprech es. Nun sag schon.«

»Du wirst Oma«, lachte Maria und verschwand unter der Decke.

Als sie wieder auftauchte, saß ihre Mutter wie angewurzelt, um Fassung bemüht, im Bett. »Bist du dir sicher?« fragte sie. »Könnte es nicht hoffentlich auch ein falscher Alarm sein?«

»Ich hab einen Test gemacht, zweimal. Beide positiv«, erwiderte Maria. Dann fragte sie leise und ängstlich: »Bist du böse, Mami?«

»Aber ganz im Gegenteil«, Camillas Stimme war weich. Maria spürte, wie sich ihr Herz dehnte. »Du hast auch schon so was Omihaftes im Gesicht, Mami«, neckte sie, um, als sie Camillas entsetzten Gesichtsausdruck sah, schnell hinzuzufügen, »ich verspreche dir auch, daß mein Kind dich nicht Oma nennen wird. Oder Großmutter. Wir denken uns was ganz Witziges für dich aus.«

Camilla lachte. »Du wirst es mir nicht glauben, aber ich werde gern Großmutter«, sagte sie, »im Zweifel kann ich ja immer behaupten, es sei mein Kind. Spätgebärende gibt es ja genug. Komm her, meine Kleine. Laß dich umarmen.«

So standen sie da, Mutter und Tochter, beide groß, schlank, blond, flachbäuchig. Noch. Camilla legte eine Hand auf den Bauch ihrer Tochter, der ganz warm war. »Wann ist es denn soweit?« fragte sie. »Ende April«, erwiderte Maria, »ob Paps sich auch ein bißchen freuen wird?«

Camilla zögerte, eine Sekunde. »Er wird sich riesig freuen«, meinte sie dann bestimmt, »da bin ich ganz sicher.«

Als Mario Benedikt in die Toreinfahrt fuhr und vor seinem großen, prächtigen Stadthaus parkte, blieb er einen Moment im Auto sitzen. Er konnte noch nicht aussteigen, konnte Camilla noch nicht gegenübertreten, nicht mit dem Geruch von Jette auf der Haut. Er hob seine Hand und roch daran – und spürte sofort so viel Sehnsucht nach ihr, daß sich alles in ihm verkrampfte und er plötzlich wußte – ich kann es nicht aushalten ohne sie.

Aber ich muß, dachte er und stieg aus.

Er schloß die Haustür auf und hörte bereits in der Halle, daß Maria wieder zurück war. Ihr lautes, unbekümmertes Lachen, in das Camilla leise und heiser mit einstimmte, drang durch die geschlossene Wohnzimmertür. Er blieb stehen und lauschte, versuchte, sich vorzustellen, wie ihre Stimmen sich verändern, schluchzend oder wutkreischend werden, wenn er eintreten und sie mit der Wahrheit konfrontieren würde.

Er legte sich Worte zurecht, Worte der Erklärung und Vernunft, die ihn sofort wieder verließen. Als er seinen Mantel auszog und ihn an die Garderobe hängen wollte, trat die Haushälterin Uschi aus der Küchentür. »Guten Abend, Herr Benedikt.« Sie nahm ihm den Mantel ab, ein allabendliches Ritual, das ihn normalerweise entspannte. Heute zuckte er zurück, wie von einer Tarantel gestochen. »Lassen Sie«, meinte er scharf, sie musterte ihn erstaunt. Er war kein Mann, der seine Launen am Personal ausließ, jedenfalls nicht im häuslichen Bereich. »Einen schlechten Tag gehabt«, bemerkte sie nur und erwartete keine Antwort, als sie den Mantel aufhängte, ihn automatisch glattstrich und von Haaren und Schmutz befreite.

»Einen sehr schlechten Tag, tut mir leid, Uschi«, sagte er reumütig. »Seit wann ist meine Tochter wieder da?« Er stand schon an der Wohnzimmertür, drehte sich nicht mehr um, als die Haushälterin »seit heute nachmittag« antwortete.

Auf in den Kampf, Mario, machte er sich Mut und spürte richtig, wie ihm sein schweres Herz die Luft abdrückte. Die Haushälterin stand noch immer in der Halle, er fühlte ihren Blick wie einen stummen Vorwurf. »Sie können gehen«, sagte er, am liebsten hätte er verdammt gesagt, so angespannt war er, und endlich verschwand sie wieder in der Küche.

Er öffnete die Wohnzimmertür, und zwei blonde Köpfe drehten sich gleichzeitig nach ihm um. »Papsilein«, Maria sprang vom Sofa hoch, auf dem sie mit Camilla gesessen und Wein getrunken hatte, die Kissen fielen zu Boden, »ich freu mich so, dich wiederzusehen, ich ...«

Er wußte nicht, wie er sich den dicken Kloß von der Seele räuspern konnte, der bei ihren Worten schwerer und schwerer wurde, also trat er einen Schritt zurück, um tief Luft zu holen. Doch das Luftholen erleichterte ihn nicht, im Gegenteil, ihr Anblick schnürte ihm richtig den Sauerstoff ab. »Schön, daß du wieder da bist«, sagte er, nur um überhaupt irgend etwas zu sagen, um dem prüfenden Blick seiner Frau zu entgehen, die ihn musterte, als seziere sie ein Insekt. Sah man ihm denn alles an – jede Umarmung, jeden Kuß von Jette, jede geflüsterte Zärtlichkeit?

»Laß doch die albernen Formalitäten.« Camilla stand auf, stellte sich neben ihre Tochter, legte den Arm um sie – eine einheitliche, weibliche Front, die ihn, so schien es, subtil ausgrenzen sollte. Es ist meine Tochter, sagte dieser Arm, der besitzergreifend um Marias Schultern lag, und was immer du auch in meinem Leben anrichten wirst, sie bleibt mir. »Maria hat dir etwas zu sagen.« Zum ersten Mal, seit er das Wohnzimmer betreten hatte, lächelte sie, ein Lächeln, das nicht ihm galt.

»Es ist eine gute, eine sehr gute Nachricht«, fuhr sie fort und griff zu einer halbleeren Champagnerflasche, die im Kühler stand, »trotzdem solltest du dich setzen.«

Sie wollte Benedikt heiraten, etwas anderes konnte es nicht sein! Ein Gefühl von Angst und Ohnmacht ergriff ihn. Die Gesichter vor ihm verschwammen kurzfristig zu einer verzerrten Masse. Seine über alles geliebte Tochter, sein einziges Kind, gleich mußte er ihr Lebensglück zerstechen wie einen großen, schimmernden Ballon, gleich würde er das Leuchten in ihren Augen löschen, und Scham würde ihr Gesicht verdunkeln, Scham über etwas, das sie nicht verschuldet hatte, sondern er, ganz allein er. Die Sünde des Vaters.

Er setzte sich neben Camilla, die wie unbewußt oder wie beabsichtigt ein Kissen zwischen sie schob. »Champagne everyone«, rief Maria, noch funkelten ihre Augen, noch war sie das glücklichste Mädchen der Welt. »Bitte mach's nichts so spannend, Schatz«, es kostete Mario eine fast übermenschliche Anstrengung, diese Worte locker und freundlich hervorzubringen, denn alles, was er eigentlich machen wollte, war, sie hochzureißen, sie in Sicherheit zu bringen, sie …

»Ich bekomme ein Kind, Papsilein«, Maria hatte ihre Champagnerflöte erhoben, Camilla ebenfalls, »ihr werdet Großeltern. Ist das nicht wunderbar?«

Er hörte seinen eigenen Aufschrei erst, als er das Blut sah, ein dunkelrotes Rinnsal, das aus seinem Handballen auf den weißen Teppich tropfte. Der Schmerz war mörderisch.

»Du hast einen Glassplitter in der Hand.« Camilla legte seine Hand auf ihre und zog mit unbewegter Miene ein daumengroßes Stück Glas aus dem Ballenfleisch, er hielt den Flötenstiel noch in der anderen Hand. »Die Wunde muß genäht werden. Daß dich der Gedanke, Großvater zu werden, so aufregt …« Sie beließ es dabei und ging zum Telefon, rief die Notarztpraxis in der Stresemannstraße an. »Natürlich sind wir privat versichert«, hörte er sie sagen mit ihrer Widerspruch-ist-zwecklos-Stimme, »so privat, daß wir nicht lange warten wollen. In zehn Minuten sind wir da.«

66

Als sie zum Auto gingen, fiel ihm auf, daß seine Tochter kein einziges Wort gesagt hatte. »Es tut mir leid«, er versuchte zu lächeln, aber ein pochender, hämmernder Schmerz ließ diesen Versuch zur Grimasse werden, »aber …«

»Ist es so schlimm für dich, Opa zu werden?« Ihre Stimme war ganz ungewohnt leise, wie bereits besiegt, obwohl sie ja noch gar nichts wußte.

»Ist es von ...«, noch gab es eine kleine Hoffnung, Beständigkeit war bisher nie ihre Stärke gewesen. »Es ist von Benedikt«, lächelte sie, und es gelang ihr, in diese vier Worte so viel Innigkeit zu legen, daß er sich fast schämte, an dieser Liebe je gezweifelt zu haben.

»Bist du wirklich ganz sicher?« Er stellte die Frage mit so viel Verzweiflung, daß sie ihn besorgt ansah, als sie sich neben ihn auf die Rückbank setzte, seine verletzte Hand vorsichtig auf ihre warme, leicht gebräunte Mädchenhand legte. »Ich finde ja auch, daß es noch zu früh ist«, sagte sie und sah auf einmal so erwachsen aus, so fraulich, daß er es kaum aushalten konnte vor Liebe und Angst, »aber ich kann doch ein kleines Baby nicht in den Mülleimer werfen, nur weil ich nicht aufgepaßt habe.«

»Nein, natürlich nicht«, beeilte er sich zu sagen, aber er hörte selbst, wie wenig überzeugt er klang, wie schwach. »Wir sind da«, Camillas Stimme war gelassen, nur an ihrem sehr abrupten Bremsen merkte er, wie wütend sie auf ihn war, wie wenig sie ihn verstand. Aber wie sollte sie auch?

Das Wartezimmer der Notaufnahme war brechend voll, Betrunkene mit Platzwunden, fiebrige Kinder mit besorgten Müttern und genervten Vätern, ein Drogie, der der älteren Frau neben sich seine vereiterten, verkrusteten Einstiche zeigte. Keiner sagte ein Wort. Camilla warf einen angeekelten Blick auf dieses ungewohnte soziale Umfeld und ging strammen Schrittes auf die Rezeption zu, Mario im Schlepptau, aus dessen Handballen es dunkelrot und dicktröpfig auf den Boden blutete. »Ich habe angerufen«, sagte Camilla und legte, ungeachtet seines kleinen Aufschreis, Marios tropfende, zuckende Hand auf den Tresen, »mein Mann hat sich an einem Glas«, bewußt verzichtete sie hier auf die korrektere Bezeichnung »Champagnerflöte«, »verletzt, der Splitter ist schon draußen, er muß nur genäht werden.«

»Ihre Personalien.« Weiter kam die Rezeptionistin, eine blonde Mittvierzigerin mit dunklem Ansatz, nicht, denn Camilla wedelte mit der Hand ihres Mannes auf dem Tresen hin und her, kleine

Blutströpfchen spritzten auf die weißen Unterlagen. »Erst nähen, dann kriegen Sie alles.« Camilla senkte ihre Augen in die der Rezeptionistin, das hatte sie lange geübt und zeigte auch hier die gewünschte Wirkung. »Zimmer drei«, sagte diese matt und griff zur Kleenexpackung, »dritte Tür rechts.«

»Das machst du toll, Mami«, flüsterte Maria, »wir hätten sonst Stunden warten müssen.« Sie betraten das Behandlungszimmer, Mario setzte sich auf den einzigen Stuhl, ihm war plötzlich hundeelend. Die Tür ging auf, ein junger Arzt kam herein, durften jetzt schon Erstsemester praktizieren, wunderte sich Mario, und kam nach einem kurzen Blick auf die verletzte Hand gleich zur Sache. »Wissen Sie, daß neunzig Prozent krankenhausreifer Unfälle im Haushalt passieren?« fragte er, ohne eine Antwort abzuwarten,während er die Wunde desinfizierte, mit einem Spray betäubte und dann mit geübten Stichen zunähte. »Vor drei Wochen mußte ich einem Mann sogar einen Totenschein ausstellen. Er hatte eine Glühbirne auswechseln wollen und war auf der Trittleiter ausgerutscht – Atlasbruch. Aus die Maus.«

Er lächelte in die schweigenden Gesichter, die offenbar in diesem Moment seinen Humor nicht teilten, klebte einen Verband über sein Stichwerk. »Oder die Nachbarin meiner Eltern, die nach einer feuchtfröhlichen Silvesterfeier auf ihrer Türschwelle ausgerutscht ist – Rollstuhl. So ...«, er ging zum Waschbecken, wusch sich die Hände, »... passen Sie beim nächsten Mal besser auf, wenn Sie ein Glas in der Hand haben. Worauf haben Sie denn ...«

In diesem Moment ging die Tür auf.

»Oh«, sagte Jette, »falsche Tür.«

67

Als sie nach Hause kam, saß Benedikt auf dem Sofa und erwartete sie. »Na endlich«, rief er, stand auf und umarmte sie, »dein blöder Flaschenöffner ist kaputt, und ich hab keinen anderen gefunden.« Erst jetzt bemerkte sie die Flasche Wein, ordentlich in einem Weinkühler, die ungeöffnet auf dem Tisch stand. »Worauf stoßen wir an?« fragte sie und legte sich Worte zurecht, die sie sofort wieder vergaß. »Auf die Liebe«, strahlte er und hob die Flasche, »sie hat mich erwischt, und wer weiß, vielleicht hast du ja auch ...« Er sah ihr Gesicht. »Sorry, Mamsi, das war jetzt taktlos, aber ich bin einfach ... ich weiß auch nicht ...« Er breitete die Arme aus, unwillkürlich trat sie auf ihn zu und schlüpfte hinein. Fühlte ihr Herz neben seinem klopfen. Wie sag ich's meinem Kinde, dachte sie, während ihre feinsinnige Nase einen unbekannten Duft an ihm wahrnahm. Einen eindeutig weiblichen nach Moschus und Maiglöckchen. Den Duft seiner Halbschwester. Ihr wurde übel, sie schob ihn von sich. Es mußte sein. Kein Aufschub.

»Du bist also verliebt«, fing sie an, um endlich, endlich Klarheit zu schaffen. Und großen Kummer. »Das bin ich«, bekräftigte er, »so verliebt wie noch nie in meinem Leben.« Sie schwieg, weil sie verzweifelt nach Worten suchte. Und noch immer keine fand. »Benny«, begann sie, aber er ließ sie nicht ausreden. »Mami, hör mir zu«, er stopfte sich ein Kissen in den Rücken, eine Angewohnheit von ihr, die er übernommen hatte, schenkte geschickt zwei Gläser voll, gab ihr eins. »Ich hab keinen Champagner gefunden«, er hob sein Glas, »also, auf die Liebe.« Sie trank einen Schluck, der für sie wie Essig schmeckte, und stellte das Glas auf den Tisch.

Benedikts Oberlippe zierte ein kleiner Weinbläschenbart, und ihre Hand zuckte, um ihn zärtlich wegzuwischen, aber sie fühlte, daß er sich ein Stück von ihr entfernt hatte, daß diese mütterliche Geste jetzt nicht willkommen war.

»Maria hat mich erwachsen gemacht, Mami.« Sie zuckte zusammen, jedes Wort von ihm tat ihr weh. »Ich weiß, daß ich mich bis jetzt wie ein Spätpubertierender aufgeführt und dir einigen Kummer gemacht habe, aber das wird sich ändern.«

»Bennie«, setzte sie wieder an. Er winkte ab. »Ich bin noch nicht fertig, Mami«, sagte er, und seine Stimme klang auf einmal genau wie die seines Vaters, »wir werden heiraten, Maria und ich, und dann werde ich in den Verlag ihres Vaters einsteigen. Wir haben uns alles schon genau überlegt, Mamsi ...« Er lächelte, er leuchtete, er war sternenweit von ihr entfernt. »Du kannst sie nicht heiraten«, nie waren ihr Worte schwerer gefallen, »es geht nicht.«

Er lächelte noch immer. »Eifersüchtig, Mami, weil dein Sohn eine andere Frau hat?« Sie lächelte nicht zurück. »Du kannst sie nicht heiraten, Benedikt.« Jette stand auf und ging zum Fenster, eine letzte Sekunde Aufschub. Gib mir Kraft, lieber Gott, betete sie inbrünstig, laß mich die richtigen Worte finden. Er stand auf und trat hinter sie, legte seinen Kopf an ihren. Das hatte er lange nicht mehr getan, und diese liebevolle Jungengeste verstärkte ihren Schmerz. Er griff in seine hintere Hosentasche und holte ein kleines Paket heraus. »Willst du ein Stück?« fragte er. »Türkischer Honig von Maria. Ganz süß. Nervennahrung. Ich glaub, die brauchst du jetzt.«

Ohne ihre Antwort abzuwarten, brach er ein Stück ab und gab es ihr. Er selbst schob sich das andere Stück in den Mund, kaute, sprach mit vollem Mund weiter: »Schmeckt merkwürdig ... was wolltest du eben sagen?«

Der Türkenhonig klebte in ihrer Hand, sie holte tief Luft: »Du kannst sie nicht heiraten, weil ...«

»Zu spät, Mamsilein«, er drückte seinen Kopf stärker an ihren, sie spürte seinen mahlenden Kiefer, merkte, wie angespannt auch er war, »sie ist nämlich schwanger.«

Sekundenlang blieben sie so stehen. Kopf an Kopf, während sich Jettes Gehirn weigerte, diesen Satz aufzunehmen und zu verarbeiten. Es konnte nicht, es durfte nicht wahr sein. Gleich würde er lachen, etwas von »ein Scherz, tut mir leid, Mamsi« murmeln, und alles wäre wieder gut. »Und ich freue mich sehr auf das Kind«, sie spürte an der leichten Bewegung seines Kopfes, daß er jetzt lächelte, »ich bin selbst erstaunt über mich. Hätte ich nicht gedacht, so kurz nach Maddai. Es wird schwierig, aber wir werden es schaffen. Maria wird zu Hause bleiben, ich werde arbeiten. So richtig schön spießig.«

Jette konnte seine Berührung nicht ertragen. »Was sagen denn ... ihre Eltern dazu?« Es war lächerlich und feige, wie sie sich immer noch ein bißchen Aufschub verschaffte. »Sie erzählt es ihnen gerade«, sagte er, »ich bin sicher, sie werden sich freuen. Mehr jedenfalls als du.«

Sie hörte, wie verletzt er war, sie konnte es nicht ändern. Im Gegenteil, gleich würde sie ihn noch viel mehr verletzen. »Benny, ich muß dir jetzt etwas sagen, das ...« Sie konnte nicht weiterreden, die Worte kamen ihr einfach nicht über die Lippen. Er sah sie an, verständnislos, abwartend, ahnungslos. Sein Gesicht war heißer geworden, röter. Er wischte sich über die Stirn.

»Spuck's aus, Mamsi, sonst erstickst du dran«, auch er klang jetzt angestrengt, »oder verweigerst du mir dein Einverständnis? Dann muß ich dich leider daran erinnern, daß ich seit sieben Jahren voll ...«

»Maria ist deine Halbschwester.« Sie mußte sich zwingen, ihn bei diesen Worten anzusehen. Zwingen wie vor vielen Jahren, als ihm als winziges Baby Blut abgenommen wurde und sie ihn festhielt, während die dünne Nadel seine Venen suchte. Er hatte gebrüllt wie am Spieß, sie selbst dabei Rotz und Wasser geheult.

Jetzt schrie er nicht, er sah sie nur an, mit klaren, ungläubigen Augen, und fast wünschte sie, er würde schreien. Nichts war schlimmer als diese Augen.

Riesengroß waren sie, wäßrig und rot. Weinte er?

»Mario Benedikt ist dein Vater.« Endlich war es geschafft, aber sie empfand keine Erleichterung dabei. Sie fühlte nur Schuld und Scham und Angst, weil er noch immer nichts sagte. »Sag doch was«, flehte sie, »bitte sag doch was.«

Er sah sie an, dann drehte er sich um, als könne er ihren Anblick nicht länger ertragen. »Na dann, schieß mal los«, sagte er nur, und sie hörte an seiner gepreßten Stimme, wie sehr er sich quälte. Er schwankte, hielt sich an ihr fest. Hatte er getrunken? Sein Gesicht wurde immer röter. »Ist was mit dir?« fragte sie. »Nein«, keuchte er, »mach schnell, damit ich's hinter mir hab.«

Und so erzählte sie, ihre heiseren, geflüsterten Worte auf seinen stummen Rücken gerichtet. Erzählte von ihrer großen Liebe, ihrem lächerlichen Streit, von der Kneipe, in der sich Mario betrunken und die er mit Camilla verlassen hatte, von ihrer Gartenparty, von ihrem letzten Gespräch.

Sein Griff wurde fester und fester, plötzlich sackte er zusammen. »Ich krieg keine Luft mehr.« Dann wurde er ohnmächtig.

68 Sie brachte ihn selbst in die Notaufnahme. »Betrunken«, die Rezeptionistin legte den Telefonhörer zur Seite und musterte die Frau, die einen schlafenden jungen Mann hinter sich herzog, mit hochgezogenen Augenbrauen, »oder Schlägerei?«

»Ich will sofort einen Arzt sehen«, aus Jettes Augen schossen so durchdringende Blitze, daß die Frau entschuldigend die Schultern zuckte. »Also weder noch. Na, dann sagen Sie mal, was los ist mit dem jungen Mann.«

»Mein Sohn hatte einen unerklärlichen Ohnmachtsanfall«, sagte Jette, »außerdem ist sein Gesicht ganz rot, und er kriegt keine Luft mehr.« Benedikt war auf einem Stuhl zusammengesackt. »Zimmer drei müßte frei sein«, sagte die Rezeptionistin, »schauen Sie am besten selbst mal nach, ich komm hier nicht weg.«

Ohne ein weiteres Wort ging Jette den Praxisflur entlang. Weiße Kittel eilten an ihr vorbei, aus einem Raum kam lautes Stöhnen. Am Ende des Ganges – Zimmer drei. Ohne anzuklopfen, öffnete sie die Tür.

Es war wie ein Traum, ein schlechter Traum, als reichten die bisherigen Ereignisse nicht, als wolle das Schicksal sein gesamtes Füllhorn von Katastrophen über ihr ausschütten – Mario saß auf einer Liege und hielt seine verbundene Hand, Camilla und Maria unterhielten sich mit dem Arzt, drehten sich um …

Jette stand in der Tür und sagte: »Oh, falsche Tür«, dann schloß sie sie schnell hinter sich und eilte den Flur entlang. Weg, nur weg, nur weg. Hinter sich hörte sie Schritte. Sie ging weiter. »Jette, so warte doch …« Sie drehte sich um, schwer atmend stand er hinter ihr. »Ich muß zu meinem Sohn«, sagte sie, »es geht ihm nicht gut.«

»Hast du es ihm gesagt?« fragte er, und sie nickte nur. »Aber das ist nicht der Grund, warum wir hier sind«, sie sah ihn an, »ich mach mir große Sorgen um …«, sie zögerte, dann sprach sie es aus, zum ersten Mal, »… um deinen Sohn«, fuhr sie fort, und es entging ihr nicht, daß er zusammenzuckte. »Aber das ist ja nicht dein Problem«, sagte sie abweisend, »das war ja nie dein Problem.« Sie drehte sich weg, er hielt sie zurück. »Meine Tochter erwartet ein Kind ...«, fing er an, und sie beendete den Satz für ihn, grausam und ehrlich. »Ich weiß. Deine Tochter erwartet ein Kind von deinem Sohn. Weiß sie es schon?«

Er schüttelte den Kopf. »Camilla kommt«, murmelte er, und da stand sie schon neben ihm, eine kühle, blonde Flamme, und reichte Jette die Hand. »Maria ist noch zur Toilette«, sagte sie zu Mario. »Ich bin Camilla Benedikt, und ich weiß, wer Sie sind.« Die Frauen sahen sich an, versuchten zu lächeln. »Es tut mir leid«, flüsterte Jette.

»Was tut Ihnen leid?« fragte Camilla höflich und verschluckte sich an den Worten, die ihr auf der Zunge lagen. Was tut dir leid, du Nutte? Daß mein Mann mich nie geliebt hat, weil immer nur du es warst, die sein Herz besaß, immer nur du, vom Aufgehen der Sonne bis zu ihrem Untergang, sei verflucht der Name des Herrn Benedikt. Was hast du, was ich nicht habe, du kleine, spiddelige Frau mit wilden Haaren? Bist du gut im Bett? So gut wie ich kannst du gar nicht sein, du dumme Nuß, tausend Männer haben mir gesagt, daß ich eine Kanone im Bett bin, daß ich ...

»... daß unsere Kinder ...«

»... sich ineinander verliebt haben und heiraten wollen?« sagte sie statt dessen. »Ich finde das großartig. Ein wenig überraschend, zugegeben, und ich werde meinem Enkelkind ganz sicher verbieten, mich Oma zu nennen oder Großmu ...«

»Da kommt ja Maria.« Mario hatte den Arm seiner Frau ergriffen und zog sie zur Ausgangstür. Er blickte zurück ... Jette war verschwunden, Benedikt ebenfalls. »Das war knapp«, Maria drängte sich zwischen ihre Eltern und hakte sie unter, »mir stand schon das Gelbe im Auge. Seit ich schwanger bin, arbeitet meine Sextanerblase auf Hochtouren.«

»Erspar uns die unappetitlichen Details.« Lachend zog Camilla ihre Tochter durch die Glastür ins Freie. Mario blickte sich noch einmal suchend um, aber Jette und Benedikt waren nicht zu sehen. Sie wußte es also schon, und er auch, sein einziger Sohn, der im Begriff war, sein Schwiegersohn zu werden. Einen Autor, der ihm diese Geschichte als Roman anböte, würde er rausschmeißen.

»Ach Papi«, Maria breitete die Arme aus, als wolle sie den Nachthimmel umarmen, mit allen Sternen, »ich kann dir gar nicht sagen, wie glücklich ich bin. Ich bin die glücklichste Frau der Welt.«

Nein, dachte er, das stimmt nicht. Du bist die unglücklichste. Camilla schloß den Wagen auf und sah ihren Mann von der Seite an. »Nun reiß dich aber mal zusammen«, sagte sie scharf, »du bist nicht der erste Vater, dessen Tochter heiratet. Jeder wird mal entthront. Lern damit zu leben.«

Er stieg ein, bewußt auf den Rücksitz, weil er die Blicke von Frau und Tochter jetzt nicht ertragen hätte.

Schweigend fuhren sie nach Hause. Als sie an einer roten Ampel hielten, fühlte er trotzdem den mißbilligenden Blick von Camilla, die ihn im Autospiegel musterte. »Das gibt's doch nicht«, Marias jubelnde Stimme durchdrang die Stille wie ein Peitschenknall, »mein Baby hat sich eben bewegt.« Mario fühlte, wie ihn die Aussichtslosigkeit seiner Lage in die Rückbank preßte, als wäre er ein Sack mit einem Wackerstein drin, den jemand ins Wasser geworfen hatte. Er fiel und fiel, bodenlos. Ein fast pervers angenehmes Gefühl.

Camilla lachte »Das bildest du dir ein«, ihre Hand zerwuschelte das Haar ihrer Tochter, »dafür ist es noch viel zu früh.«

Ich kann es ihr nicht sagen, dachte Mario verzweifelt, ich kann es einfach nicht. Es wird sie umbringen.

69

Benedikt lag mit geschlossenen Augen auf einer Liege, der junge Notarzt, der Jette vorkam wie ein Schuljunge, warf nur einen kurzen Blick auf das pustelige Gesicht unter ihm, dann stellte er die Diagnose: »Ich tippe auf Lebensmittelallergie.« Er sah Jette an, die nervös auf einem Stuhl Platz genommen hatte. »Hat er was Ungewöhnliches gegessen?« Sie hob ratlos die Schultern. »Nicht, daß ich wüßte, wir haben Wein getrunken.« Der Arzt wandte sich an die Krankenschwester, die gerade hereinkam: »Generalisierte Nesselsucht, anaphylaktischer Schock – ich will ein Gramm Hydrocortison schießen, dann setzen Sie den Tropf mit Adrena …«

»Er hat türkischen Honig gegessen«, fiel ihr plötzlich ein. »… lin«, sprach der Arzt den Satz zu Ende, wandte sich dann wieder Jette zu. »Das muß es gewesen sein, manche Menschen reagieren extrem allergisch auf dieses Zeugs, vor ein paar Wochen wäre mir einer fast daran krepiert. Sie sind gerade noch rechtzeitig gekommen.«

Die Krankenschwester klopfte Benedikts Vene auf, damit der Tropf besser gelegt werden konnte. »Intubieren?« fragte sie mit Blick auf den noch immer röchelnden Patienten. »Das Cortison wird reichen«, meinte der Arzt, schrieb in die Krankenakte und verabschiedete sich: »In zwei Stunden können Sie ihn wieder mit nach Hause nehmen. Und kein türkischer Honig mehr.«

Jette und Benedikt blieben allein zurück. Er schlug die Augen auf. »Erzähl weiter«, er krächzte noch, »erzähl mir alles.« Dann schloß er die Augen wieder. Jette nahm seine Hand, die heiß und klebrig war, und erzählte den Rest. Den alten Rest, nicht den neuen. Denn der durfte nie passiert sein. Als sie fertig war, war er eingeschlafen.

70

Es war ein unerwartet schöner Abend, und Cleo Braake wußte, daß er noch viel schöner werden würde. Sie saß mit Ronaldo Heymann bei seinem Geheimtip, einem leicht angeschmuddelten Italiener namens Francesco, der das Lokal seit zwanzig Jahren betrieb und die Inneneinrichtung seit der Eröffnung nicht mehr geändert hatte. Freunde von braunen Wänden und Strohlampen, von Tropfkerzen in bauchigen Weinflaschen kamen hier auf ihre nostalgischen Kosten. Aber auch die Liebhaber der deftigen toskanischen Küche, denn Mirabella, Francescos Ehefrau, war eine Frau, die wie Jette fürs Kochen geboren war. Von morgens bis abends stand sie in der kleinen Küche neben den Gästetoiletten, auf dem Herd mit sechs Platten brutzelte und brodelte, zischte und köchelte es, und sie sang und tauchte ihren fleischigen, immer feuchten Zeigefinger in die Töpfe, lutschte und schmeckte und zerrieb Gewürze – und nichts, was aus den schimmernden Kupfertöpfen auf die Teller kam, ging wieder zurück, jeder Bissen, jeder Krümel landete in den Bäuchen der zufriedenen Gäste. Es ging der Scherz, daß Francesco eigentlich seine Geschirrspülmaschine abschaffen konnte, weil die Teller sowieso saubergeleckt wieder zurückkamen.

»Alles zufrieden?« Francesco stand am Tisch von Ronaldo und Cleo und blickte auf die leeren Teller, den ihrigen hatte sie in der Tat vor einer Sekunde schnell und genüßlich abgeschleckt. Ronaldo hatte derweil seinen obersten Hosenknopf geöffnet, ganz diskret, aber er hatte so viel gegessen, daß er schlecht Luft bekam. »Ein bißchen Nachtisch, Dolce, Zuppa Inglese, schöne Eiskrem?«

Er drehte sich um, denn ein Luftzug von der Tür kündigte neue Gäste an. Ein Mann und eine Frau betraten das Restaurant. Kurt Kammfeld in weiblicher Begleitung.

»Das gibt's doch nicht.« Cleo reckte den Hals und winkte: »Hallo, Ursula, was für ein Zufall.« Ursula Ruppschnitt winkte zurück, aber das intime Szenario erkennend, machte sie keine Anstalten, sich dazuzusetzen. Francesco führte sie zu einem Ecktisch. »Als Frau sitzen Sie sicher am liebsten mit dem Rücken zur Wand«, sagte Kammfeld, »ich kenne jedenfalls keine Frau, die sich mit dem Gesicht dazu setzt.« Ursula lächelte, setzte sich, beschloß, viel Wein zu sich zu nehmen und sich den etwas griesgrämigen, aber durchaus annehmbaren Herrn vor sich schönzutrinken. »Ein Liter offenen Weißwein«, rief sie deshalb Francesco zu, »kein Wasser.« Donnerwetter, dachte der Pressechef und musterte die Redakteurin genauer, in dieser alten Eiche steckt ja mehr Saft, als ich dachte.

»Liter Wein, keine Wasser.« Francesco stellte die Karaffe auf den Tisch, schenkte ein. »Prost«, Ursula hob ihr Glas, Kurt ebenfalls, »auf gute Zusammenarbeit, Herr Kammfeld.« Er beschloß, die Gelegenheit beim Schopf zu ergreifen: »Wo wir hier gerade so nett ...«, fing er an. »Nur wirklich außergewöhnliche Autoren«, unterbrach sie ihn, leerte ihr Glas in einem Zug, schenkte nach, »nur das ganz Besondere.« Kammfeld lächelte siegesfroh:

»Wie wäre es dann mit den Bekenntnissen eines notorischen Fremdgängers? Titel: ›Wat mut dat mut‹.«

»Getürkt?« Kammfeld hob die Schultern. »Aber gut geschrieben. Der Autor ist ein Bauer aus Scharnebek, steht für Interviews jederzeit zur Verfügung.«

»Was sagt seine Frau dazu?«

»Er war nie verheiratet.«

»Klingt schräg.«

»Ist auch schräg«, er hob sein Glas, »auf gute Zusammenarbeit.«

Am Nebentisch lächelte Cleo ihren Ronaldo an. Voller Bauch kopuliert nicht gern, dachte sie und mußte kichern. »Für mich nur einen Espresso, aber es war köstlich, Francesco. Ein echter Geheimtip.«

»Große Glück, daß Tip nicht mehr geheim«, Francesco fand diese mittelalterliche Rothaarige mit dem üppigen Busen und dem dazu passenden Appetit äußerst attraktiv, und wäre da nicht Mirabella mit den schweren Suppenlöffeln, nicht zu vergessen den scharfen Küchenmessern gewesen, die in ihrer Hand ganz leicht zu Tatwerkzeugen werden konnten, dann hätte er vielleicht ... gar nichts hätte er. Er war glücklich verheiratet, vor einer Woche war sein dritter Enkel geboren worden, außerdem war Ronaldo ein Stammkunde. »Due espressi«, bestellte dieser jetzt wie aufs Stichwort, und während der Wirt mit einem »Subito« in der Küche verschwand, blieb die Frage wieder ungelöst, warum seine deutschen Gäste, alle des fließenden Italienisch unmächtig, bis auf maximal zehn Worte, diese jedoch mit Gusto in seinem Lokal zur Schau stellten. Buon giorno, per favor, grazie. Er fand es total lächerlich, sein Deutsch war gut genug, sie mußten nicht italienisch kauderwelschen und ihn mit harten rrrs und harten gs piesacken. Aber es machte sie glücklich, also ertrug er es, sprach alle weiblichen Gäste mit Senorina an, dann lachten sie und tippten ihn großzügig, sonst ja leider keine typisch deutsche Eigenschaft.

Als er mit zwei kleinen Espressotassen wiederkam, sah er als alter Experte sofort, daß sich die beiden nähergekommen waren. Noch näher. Das war ungewöhnlich für Ronaldo Heymann, den er seit fünfzehn Jahren kannte, der jeden Freitag kam, immer allein oder mit seiner inzwischen leider verstorbenen alten Mutter. Er hatte schon vermutet, daß Ronaldo mit Frauen nicht viel anfangen konnte, nur mit Hunden, aber die Anwesenheit dieser reizenden Cleo bewies das Gegenteil. Cleo hatte jetzt, ganz diskret, eine Hand auf Ronaldos Oberschenkel plaziert, Francesco sah die Hand nicht, aber die Röte, die in Ronaldos Gesicht kroch, eine heftige Überraschung und fast auch Überforderung ausdrückende Röte verriet ihn auf eine sehr charmante Weise.

»Due espressi«, flüsterte er und verschwand, um das junge Glück nicht länger zu stören.

»Ist es Ihnen unangenehm, wenn ich meine Hand hier habe«, fragte Cleo und sah Ronaldo ins erhitzte Gesicht, »falls ja, nehme ich sie sofort wieder weg. Sie müssen es nur sagen.« Aber er sagte nichts, er atmete nur. Sie bewegte ihre Finger hin und her, dann ging sie mit der Hand ein wenig höher. »Ist Ihnen dies unangenehm, Ronaldo?« Streichel, streichel. Der Espresso wurde lauwarm, dann kalt. Ronaldo wischte sich mit der Serviette den Schweiß vom Gesicht. »Keineswegs«, flüsterte er heiser. »Soll ich weitermachen?« flüsterte Cleo zurück, »dann sagen Sie es.«

»Vielleicht ist hier nicht der richtige Ort«, meinte er und sah sich um, aber sie waren die vorletzten Gäste, bis auf ein mittelalterliches Liebespaar war der Raum leer. »Haben Sie einen Gegenvorschlag?« Cleo fand es außerordentlich reizvoll, daß sie sich noch siezten, das und die Tatsache, inzwischen mit ihrer Hand an einer Körperstelle angekommen zu sein, wo strenggenommen kein Bein mehr war ... aber etwas sehr Interessantes, leicht Pulsierendes ... Der Buchhändler sah sie nur an, aufgewühlt, verschwitzt, unfähig, in diesem hormonell aufgepeitschten Zustand eine Entscheidung zu treffen. »Haben Sie ... Lust?« Er sah sie an, hypnotisiert, sprachlos. Ach Gottchen, dachte Cleo, da muß Mutti ja doch wieder alles allein machen. Er nickte. »Zu Ihnen oder ...?«

Eine Stunde später lag Cleo im Junggesellenbett von Ronaldo Heymann. Auf einer so schmalen Liege hatte sie seit ihrer Teenagerzeit nicht mehr gelegen, ganz offensichtlich hatte er wenig Damenbesuch. Über ihr schwitzte Ronaldo, und während er sich leicht schnaufend von ihr abrollte, dachte sie – Ansätze sind vorhanden, aber da muß noch kräftig nachgeholfen werden. Es war ein netter Beischlaf gewesen, sogar ein kleiner Orgasmus war für sie dabei herausgesprungen, aber ihre erotische Spürnase verriet ihr, daß in Ronaldo mehr steckte. Viel mehr. Gut angeleitet hätte er das Zeug zu einem richtig guten Liebhaber. Stellte sich die Frage, ob sie Zeit und Lust hatte, ihm sexuell auf die Sprünge zu helfen, damit er nach vollendeter Lehrzeit womöglich von der Klinge sprang und andere Damen beglückte.

»War ich, also, war's in Ordnung so?« Seine Stimme klang ängstlich. Ein Witz fiel ihr ein. Was sagt der Ossie nach dem Beischlaf? War doch nicht alles schlecht, oder? Sie grinste, drehte sich zu ihm, jetzt lagen sie Seite an Seite wie zwei klebrige Ölsardinen. Er sah niedlich aus, so postcoital zerzaust, selbst seine Anzughose, die sie nur mit Bügelfalte kannte, lag achtlos zerknüllt am Boden. Meine gute Tat für heute, dachte Cleo Braake und nahm seine Hand. »Ich zeig dir mal was«, murmelte sie und legte seine Hand auf die Stelle ihres Körpers, wo sie es besonders gern hatte, »und jetzt hier, genau, da ist es gut, du bist wunderbar ... und jetzt hier noch mal und dann, wo du willst ...«

Bingo, dachte sie, bis sie nicht mehr denken konnte. Nur noch fühlen und genießen ...

71

Camilla stellte den Motor ab und ging mit schnellen Schritten ins Haus. Der Tag war lang und anstrengend gewesen, sie wollte nur noch ins Bett. Vor dem Einschlafen vielleicht ein kleiner Rückfallanruf bei Brasileiro, dann den Kopf ins Kissen drücken und schlafen. Das Drehbuch von »Sag mir, wo die Männer sind« lag halb fertig auf ihrem Nachttisch, aber selbst dazu hatte sie keine Lust mehr. Dennoch, sie durfte sich jetzt nicht gehenlassen, so eine Chance bekam sie nie wieder. Sie, eine zweiundfünfzigjährige Ehefrau, seit zehn Jahren aus dem Beruf und nun nur wieder drin, weil sich eine Freundin stark gemacht hatte, eine, die pikanterweise vorher den Ehemann weich gemacht hatte. Wie alles im Leben nur geschenkt, nicht selbst erworben, nichts selbst verdient. Alles auf Sand gebaut. Sie beschloß, diesen Gedanken nicht zu vertiefen.

Sie schloß die Haustür auf, hinter sich hörte sie die Schritte von Mario und Maria. »Mami, warte«, rief ihre Tochter wie früher schon, wenn sie mit ihren kleinen Kinderbeinen nicht Schritt halten konnte mit ihrer langbeinigen Mutter. Camilla betrat die Halle und zog den Mantel aus. »Mami, warte, hab ich gesagt«, wieder Marias Kinderstimme. »Ich warte doch«, sagte Camilla ungeduldig. Ehemann und Tochter standen vor ihr, Maria hatte ihren Arm um die väterliche Schulter gelegt und stützte ihn. »Papa hat noch Schmerzen«, sagte Maria vorwurfsvoll, »lauf doch nicht weg.«

Camilla sah ihren Mann an, und es kam ihr vor, als würde er sie bewußt nicht ansehen. Sie kannte das seit Jahren und war seiner von Herzen überdrüssig. Eins seiner zahlreichen Verhältnisse, das ihm ein schlechtes Gewissen machte? Er betrog sie doch schon so lange. Wieder ein dunkles Geheimnis, eine neue Wahrheit, die sie nicht wissen wollte?

»Ich hol Aspirin, was Stärkeres haben wir nicht im Haus«, sagte sie und ging ins Badezimmer. Vor dem Spiegel blieb sie stehen. Sie sah schlecht aus, müde und alt. Mario trat hinter sie. Auch er wirkte an diesem Abend wie erloschen. Da er den Verschluß mit seinem kaputten Arm nicht einhändig aufdrehen konnte, öffnete sie die Flasche und schüttete ihm drei Aspirin auf die Handfläche. »Es gibt übrigens noch eine gute Nachricht.« Er schwieg, sie wartete. Dann fuhr sie fort: »Ich hab wieder einen Job.« Er sah sie an, verständnislos. »In einem Fernsehfilm«, fuhr sie fort, »›Sag mir, wo die Männer sind‹ von Cleo Braake wird verfilmt …«

»Das weiß ich doch«, unterbrach er sie ungeduldig, sie hatten im Augenblick weiß Gott andere Probleme, » was hast du damit zu tun?«

»Ich bin Koautorin des Drehbuchs«, sagte sie und schraubte das Aspirinfläschchen wieder zu. »Cleo hat Mitspracherecht, und sie hat darauf bestanden, daß ich ihr helfe. Ich hab als Ehefrau ja viel Erfahrung mit Beziehungen.« Sie wartete. Auf eine Reaktion. Eine Verwunderung. Ein Lebenszeichen. Auf Godot.

»Schön für dich«, er klang gänzlich desinteressiert. »Das finde ich auch«, entgegnete sie, entschlossen, sein Desinteresse diesmal nicht an sich heranzulassen.

»Unsere Tochter wird ...« Er setzte sich auf den Badewannenrand, die Anstrengungen dieses Tages machten ihn plötzlich so schwach, daß er nicht mehr stehen konnte. »Unsere Tochter wird Ehefrau und Mutter«, fuhr sie fort, »und ich freue mich für sie. Ich kann einfach nicht begreifen, warum du so ein Drama daraus machst. Mein Gott, reiß dich doch ein bißchen zusammen. Du wirst Opa, na und? Das haben andere Männer auch bewältigt, ohne gleich die große Krise zu bekommen.«

Jetzt, dachte er, jetzt ist der Augenblick der Wahrheit. Ich habe einen Sohn, meine Liebe, denn kurz bevor ich dich geschwängert habe ... habe ich ...

»Leg dich lieber hin«, plötzlich hörte sie sich besorgt an, »du siehst aus, als wenn du jeden Moment in Ohnmacht fällst.«

Ach ja, dachte er, das wäre was. Eine Ohnmacht. Nie wieder aufwachen. Gemütlich auf einer Wolke schweben und die irdischen Irrungen und Wirrungen von ganz weit oben betrachten.

Sofort verbot er sich diese morbiden Gedanken. »Camilla«, fing er an und räusperte sich, »wir müssen reden.«

Sie drehte sich so plötzlich um, daß sie mit dem Arm eine Reihe teurer Cremetiegel von der Glasplatte wischte. Es krachte und splitterte, sie achtete nicht darauf. »Reden? Wir beide? Auf einmal?« Sie stand jetzt vor ihm, eine lodernde Flamme der Wut. »Nach all der Zeit, nach all dem jahrelangen Schweigen? Worüber sollten wir jetzt noch reden, verdammt noch mal. Es ist alles gesagt. Jetzt ist unsere Tochter dran. Sie soll es mal besser haben als ich. Sie soll geliebt werden.«

Es waren theatralische, aber auch ehrliche Worte, mit denen Camilla das Badezimmer verließ. Gern hätte sie ein Zahnputzglas in den Spiegel geschmissen, eine Orgie von Scherben hinterlassen, aber ihre Zahnputzbecher waren aus Plastik.

»Streitet ihr euch meinetwegen?« Maria war bereits im Bademantel, sie sah sehr jung und sehr verletzlich aus. Camilla schüttelte den Kopf »Dein Vater wollte auf einmal keine Aspirin nehmen. Du kennst die Männer ja, jammern wollen sie, aber keine Pillen schlucken.« Es war eine lausige Ausrede, aber Maria schluckte sie. »Ich muß Benny noch gute Nacht sagen.« Sie griff zum Telefon, wählte, lauschte. »Hi, hier ist Maria. Benedikt soll mich bitte anrufen.« Sie legte auf, drehte sich zur Mutter um, die konzentriert eine teure Nachtcreme auf die beiden Falten zwischen ihren Augenbrauen rieb. »Bennys Erzeuger hat seine Mutter übrigens vor der Geburt verlassen. Auch so ein Vater, der den Namen nicht verdient.«

Ein kurzer, boshafter Gedanke schoß durch Camillas Hirn. Irgendwas machst du wohl falsch, Fräulein Jette, daß alle Männer dich verlassen. Sie ging auf ihre Tochter zu und küßte sie. »Schlaf gut, mein Schatz.«

Maria ging in ihr Mädchenzimmer, das immer noch so teenagerhaft möbliert war wie vor neun Jahren, als sie es sechzehnjährig verlassen hatte. Sogar die Michael-Jackson-Bravoposter klebten noch über dem Bett. Camilla war dieses Zimmer ein Dorn im Designerauge, aber Maria hatte auf Nichtänderung bestanden. »Guck einfach nicht rein, Mami«, schlug sie vor. »Aber ich weiß doch, wie es hinter der verschlossenen Tür aussieht«, widersprach Camilla, aber die Bravoposter blieben, die orange-pinken Schleiflackmöbel, der purpurne Strohteppich. Jetzt lag Maria auf ihrem Wasserbett, das sie sich zu ihrem zwölften Geburtstag ertrotzt hatte. »Leg dich zu mir, Mami.« Sie klopfte auf die schwabbelnde Matratze neben sich, Camilla setzte sich vorsichtig. Sie traute Wasserbetten nicht. »Fühl mal«, Maria nahm die Hand ihrer Mutter und legte sie auf ihren flachen Bauch, »hier wächst dein Enkelkind.« Camilla war keine Frau, die Sentimentalitäten leicht an sich heranließ, aber hier, auf dem Wasserbett, die Hand auf dem Bauch ihrer Tochter, fühlte sie, wie etwas heiß und feucht in ihren Augen hochstieg. Ein Gefühl von mütterlicher Rührung überkam sie. Es war also doch nicht alles kalt und sinnlos in ihrem Leben.

Schnell zog sie ihre Hand zurück. »Ich möchte Omilla genannt werden«, dieser Name war ihr plötzlich eingefallen, »sag das deinem Baby.« Maria kicherte mit geschlossenen Augen, während sie auf der gluckernden Matratze auf und ab wippte. »Okay, Omilla«, sagte sie und schaukelte weiter »So muß es sich im Uterus anfühlen, Mami.«

Camilla beugte sich über ihre Tochter und küßte sie auf die Stirn. »Mach noch mal wie früher«, bat Maria und kräuselte die Nase. Als wolle sie noch einmal kleines Mädchen sein, bevor sie endgültig zur Mutter wurde. »Willst du einen Kuß auf die Nase oder auf die Maria?« fragte Camilla zärtlich. »Auf die Maria«, flüsterte Maria, und Camilla beugte sich über das Gesicht ihrer Tochter und küßte sie aufs ganze Gesicht.

Beim Ohrläppchen war Maria eingeschlafen.

Leise verließ Camilla das Zimmer und empfand einen Augenblick tiefer Sehnsucht nach ihrer eigenen Zeit von gestern. Als sie eine junge Mutter und Maria das niedlichste Baby der Welt gewesen war. Sie spürte diese Liebe auch jetzt noch, dieses ziehende, drückende Gefühl auf dem Herzen, diese Woge von Glück, wenn sie an ihre Tochter nur dachte. So war es von Anfang an, so war es manchmal jetzt noch. Sie waren eine verschworene Einheit gewesen, Mutter und Tochter, von dem Moment an, wo ihr die Hebamme das schleimige, schreiende Bündel auf den Bauch legte. »Sie haben eine gesunde Tochter«, hatte der Arzt gesagt, und sie hatte ungeduldig zur Tür geblickt. Wo war Mario? Er war den ganzen Tag nicht gekommen, erst spät abends, mit einem riesigen Blumenstrauß. »Termine, Termine«, hatte er gesagt, »einer muß ja schließlich das Geld verdienen.« Sie erinnerte sich, daß sie auch damals, noch halb benommen von der Geburt, seine Worte als so taktlos empfunden hatte, daß sie sie ignorieren mußte. Oder wollte er seine Tochter gar nicht sehen, den Grund für ihre überstürzte Hochzeit, für ihre erpreßte Ehe? War dies seine Art, sich ganz subtil an ihr zu rächen für ein Leben, das sie ihm aufgezwungen hatte durch das Vorhandensein dieses kleinen rosa Wesens? Obwohl – er hatte ihr Maria sofort von der Brust genommen, an der sie nach dem Stillen eingeschlafen war, sie hochgehalten und bestaunt. »Sie hat überhaupt nichts von mir«, hatte er gesagt, und obwohl er recht hatte, war sie verletzt. »Magst du sie leiden?« fragte sie auf einmal voller Angst, denn er kannte ja ihr dunkles Geheimnis nicht. Wenn er wüßte …

Er lächelte das winzige Wesen auf seinem Arm zärtlich an und hielt sie mit leuchtenden Vateraugen in die Luft. »Wie klein sie ist«, sagte er leise, ganz verliebt, so sprach er nie mit ihr, »und trotzdem ist alles dran. Es ist wie ein Wunder.« Er legte Maria auf ihren Bauch zurück, und statt Erleichterung spürte sie fast ein Gefühl von Eifersucht. Sie ahnte plötzlich, daß Mario zwar ihre Tochter lieben würde, wie ein Vater seine Tochter liebt – sie jedoch nie wie ein Mann, der seine Frau liebt. An diesem Gefühl hatte sich im Laufe ihrer Ehe nichts geändert. Sie war nie geliebt worden.

Nur damals von … aber das war lange her.

72

Benedikt lag auf dem Sofa seiner Mutter und langweilte sich, aber Jette hatte darauf bestanden, daß er sich nach seinem allergischen Abenteuer noch ein bißchen schonte. Sie war bei ihrer Freundin Gundel im »Hamburger Renaissance Hotel« und half ihr bei der Vorbereitung eines thailändischen Menüs für dreihundert Personen, denn die sonst so versierte Köchin Gundel Groth hatte keinen Zugang zur »fitzeligen asiatischen« Küche, konnte Genag Keow Wan Gai (Chickencurry mit Reis) nicht von Tom Yam Koong (süß-saure Shrimpsoup mit Zitronengras und Cilantro) unterscheiden, was für Jette ein Vergnügen war. »Du bleibst liegen«, hatte sie ihrem Sohn befohlen und ihm eine Thermoskanne mit Salbeitee in Griffweite gestellt, »lies und schlaf, und höchstens eine Stunde Fernsehen.«

Schweren Herzens hatte sie ihn allein gelassen, andererseits war alles gesagt, und sie ahnte, daß ihre Anwesenheit im Augenblick nichts zu seinem seelischen Wohl beitrug. Im Gegenteil. Es war besser, wenn sie ihm jetzt ein wenig Abstand einräumte. »Laß mal«, winkte sie ab, als sie beim Shrimpsausweiden Gundels besorgten Blick auf sie spürte, »sei froh, daß du keine Kinder hast.«

Benedikt hatte alle Morgenzeitungen durchgeblättert. Und nichts gelesen. Das Telefon klingelte, er ging nicht ran, wartete mit klopfendem Herzen, bis der Anrufbeantworter ansprang. »Benny? Ich bin's. Was ist denn los? Warum meldest du dich nicht? Bist du sauer auf mich?«

Ihre Stimme klang panisch. Wie angewurzelt blieb er vor dem Telefon stehen. Er schwitzte. Streckte die Hand zum Hörer aus, zog sie wieder zurück.

Sie wußte es noch nicht.

Dann stürzte er, wie von Furien gehetzt, aus der Wohnung, rannte auf die Straße, rannte, rannte.

In seinem großen Büro saß der Verleger hinter seinem Schreibtisch, die Hand am Telefonhörer. Hallo, hier ist Mario Benedikt, und wie ich seit kurzem weiß, bin ich Ihr … bin ich dein Vater. Ich finde deshalb, wir sollten mal miteinander reden. Quatsch, so ging das nicht. Also, Sie sind sicher genauso überrascht wie ich, daß wir beide … und dann gibt es ja leider noch eine weitere Komplikation in Form meiner Tochter, die Sie, die du …

Er schob seinen Stuhl vom Schreibtisch weg und schaute zum Fenster hinaus. Der Himmel war fast höhnisch blau, betupft mit weißen Schäfchenwolken. Siehst du, schien er ihm zuzurufen, es kann doch alles so schön sein, warum müßt ihr Menschen denn immer alles verderben?

Er ging zum Telefon zurück. Ich freue mich trotz allem, daß Sie mein Sohn sind, obwohl es dadurch natürlich mit meiner Tochter …

Krachend fuhr die Verlegerfaust auf die Schreibtischplatte.

Ella Malik nahm ihre lilagoldgepunkteten Nägel vom Computerkeyboard und lauschte, aber nach dem einmaligen Krachen blieb es still.

Dann tippte sie weiter: »… paßt ›Nur der Schrubber hört mein Schluchzen‹ leider nicht in unser momentanes Verlagsprogramm. Mit freundlichen Grüßen.«

Das Telefon. Sie meldete sich, schwieg eine Sekunde, nachdem die Anruferin sich gemeldet hatte. »Ich schau mal, ob er da ist.« Zu spät fiel ihr auf, daß dies eine ganz dumme Ausrede war, denn wenn einer zu wissen hatte, ob er da war oder nicht, dann seine Sekretärin. Vorsichtig öffnete sie die Verbindungstür. Der Chef stand am Fenster, als sie eintrat. »Frau Braake, sie sagt, es ist dringend.«

»Ich bin für niemanden zu sprechen«, er drehte sich nicht um,

»für niemanden.« Wortlos wollte sie sein Büro wieder verlassen. »Nur für Benedikt Glücklich«, sie stutzte, aber er beließ es dabei.

Kopfschüttelnd ging sie zum Telefon. »Tut mir leid ...«, begann sie. Klick. Beleidigt, die Dame.

73

»Mensch, du Idi, paß doch auf ...« Cleo krümmte sich vor dem jungen Mann, der blind und blöd vor ihrem Lieblingsbäcker in ihren Bauch hineingerast war ... hielt ihn am Arm fest ... »Du bist doch ... Sie sind doch ...« Sie musterte den zitternden jungen Mann, ihre mütterlichen Instinkte erwachten: »Komm mit, mien Jung, ich weiß, was du jetzt brauchst.«

Eine halbe Stunde später saßen sie bei »Tante Käthe« unter der Hochbahnbrücke. »Die Frikadellen brutzeln noch, ihr Seuten«, die Stimme der alten Dame klang wie immer, wie hundert Filterlose täglich, »heute mit Bratkartoffeln und Salzgurke.« Cleo sah aus dem fleckigen Fenster und in der Ferne die Elbkähne, ein Anblick, der sie friedlich stimmte. Sie schüttete drei Liter Kaffeesahne in ihren tintenschwarzen Kaffee, nur so trank sie ihn, und ließ drei Stücke Würfelzucker in die Tasse plumpsen. Benedikt beobachtete sie angewidert, er trank seinen Kaffee männlich schwarz. »Was werden Sie denn jetzt mit Ihrem jungen Leben anfangen«, sie musterte ihn, er sah nicht fröhlich aus, »bleiben Sie im Verlag, hat der Verleger Sie ...?« Er schob seine Kaffeetasse so heftig von sich, daß die heiße Flüssigkeit über die Plastiktischdecke lief. »Danke, kein Bedarf«, sagte er.

»Ich denke, es hat Ihnen Spaß gemacht.« Cleo sah aus den Augenwinkeln, wie Käthe mit einem Teller voller Frikadellen an den Tisch kam, und fühlte, wie ihr voller Vorfreude das Wasser im Mund zusammenlief. »Drei, mindestens«, verlangte sie und griff nach den fetttriefenden, warmen Klöpsen, schob einen davon gleich in ihren kirschrot geschminkten Mund, »bring Nachschub, meine Süße.« Sie legte Benedikt eine besonders knusprige Frikadelle auf seine Untertasse.

»Hat es auch«, erwiderte er einsilbig. Sie wartete, weil sie aus langjähriger Erfahrung wußte, daß man Männer nie durch Nachbohren, immer nur durch Schweigen zum Reden bringen konnte.

»Persönliche Gründe«, er biß von seiner Frikadelle ab, das Fett rann ihm übers Kinn, ein appetitlicher Anblick, fand Cleo und hätte die kleine Fettrinne gern abgeleckt, nur so, ohne Hintergedanken, aber sie beherrschte sich.

»Eine Frau?« tat Cleo gänzlich unbeteiligt.

»Mann«, er sah sie an, sie sah ihn an. »Nu, sag schon, Junge«, platzte es aus ihr heraus, »wer hat dich geärgert? Wen muß Tante Cleo verhauen?«

Meinen Vater, hätte Benedikt gern gesagt, nur um zu sehen, wie die Bombe platzte, aber er hielt sich zurück. Sie gehörte nicht zur Familie, das ging sie nichts an. Was dachte er da? Keiner gehörte zu irgendeiner Familie. »Der Verleger und ich haben unterschiedliche Auffassungen«, es klang sehr gespreizt, aber ihm fiel nichts anderes ein, »mal sehen, ob ich bei einem anderen Verlag unterkomme.«

Eine kleine Weile schmatzten sie friedlich vor sich hin, während Cleo diesen jungen Mann an ihrem Tisch nachdenklich betrachtete. Fürs Bett zu jung, eindeutig, außerdem hatte sie ja jetzt Ronaldo, aber vielleicht ... »Hätten Sie Lust, mein Agent zu werden?« Sie wischte sich eine krosse Zwiebel aus dem Mundwinkel. »Und meine ›einsame Frau‹ an einen anderen Verlag zu verhökern? Als Gesellenstück sozusagen.«

Überrascht hob er den Kopf, sein Mund war leicht geöffnet, was den Blick freigab auf kleine Zwiebelreste in einer oberen Zahnlücke. So was können sich auch nur sehr junge, sehr hübsche Männer leisten, dachte Cleo flüchtig, bei Älteren sieht's tierisch unappetitlich aus. »Herr Benedikt ist nämlich nicht interessiert an diesem Buch«, fuhr sie fort, »aber da ich es gut finde und Sie auch ...«

Plötzlich lachte er. Einen kurzen Augenblick vergaß er seine Probleme.

»Ich werde darüber nachdenken«, er stand auf, griff automatisch in die Hosentasche. »Laß stecken«, sagte Cleo, »und denk nicht zu lange nach, ich bin eine ungeduldige Frau.«

Er ging, sie sah ihm nach. Dann griff sie zum Handy.

»Ich weiß, daß er nicht zu sprechen ist. Sagen Sie ihm nur einen Satz. Ich habe einen anderen Verlag. Und tschüs.«

Sie grinste. Den hatte sie zwar noch nicht, aber sie war zuversichtlich. Dieser Benedikt würde ihr Glück bringen, umsonst hieß er nicht so.

»Na, mien Deern«, mit einer Zigarette im rechten Mundwinkel nahm Käthe Platz, »du siehst gut aus, wer durchblutet dich? Gib mir mal seine Nummer.«

Cleo grinste. »Tut mir leid, den teil ich nicht. Du kannst den Verleger haben, den brauch ich nicht mehr.« Käthe schnaubte: »Nee nee, da hab ich ganz schlechte Erinnerungen dran …«

»Du hast mal mit ihm?« Käthe wischte mit dem Zeigefinger über den fettigen Teller und leckte ihn ab. Machte ein leichtes, zustimmendes Schmatzgeräusch. »Wann war das? Wie war das?«

Käthe erhob sich ächzend. »Schon sehr lange her.« Schürzewedelnd verschwand sie in der Küche.

74

Ernst Scharfmann sah leider aus, wie er hieß. Streng gescheiteltes Haar über einer hohen, fliehenden Stirn, eine scharfe, gerade Nase, schmale Lippen. Ein Mann, den die Frauen nicht mochten, weil er so aussah, als würde er keinen Spaß machen. Das war Ernst Scharfmann völlig egal. Sein Spaß im Leben waren Zahlen, rote Zahlen, sein Spaß war die Bank, für die er seit dem Abitur arbeitete, erst als Azubi, seit zwei Jahren endlich als Leiter einer Abteilung, die hauptsächlich für die Finanzierung von Verlagshäusern und Buchverlagen zuständig war. In dieser Eigenschaft hatte er an diesem Morgen ein unerfreuliches Gespräch vor sich. Unerfreulich für den Göhlen Verlag bzw. für dessen Geschäftsführer Mario Benedikt, außerordentlich erfreulich für Ernst Scharfmann, der bereits morgens mit einem Glücksgefühl unter der Dusche stand. Es sah nicht gut aus für Herrn Benedikt, man würde über neue Modalitäten sprechen müssen. Neue Finanzierungsmodalitäten. Daumenschrauben waren angesagt, und nichts tat Ernst Scharfmann lieber, als diese bei Männern anzulegen, denen er auf allen anderen Gebieten unterlegen war. Mario

Benedikt war so ein Mann. Ein Mann, neben dem er an allen anderen Orten unsichtbar war. Nur heute morgen nicht, nur bei dem vor ihm liegenden Gespräch in dessen großen, fensterumkränzten Büro mit den superteuren Philippe-Starck-Möbeln nicht. Er hatte sich sorgfältig angezogen, neuer Leinenanzug, weißes Hemd. Seine Mappe mit den Unterlagen unter dem Arm, der zu seinem Ärger bereits auf dem Weg zum Verlag zerknitterte, ein Lächeln auf seinen schmalen Lippen, die zur Trockenheit neigten und die er deshalb mit einem Labellostift eingefettet hatte. Für seine Verhältnisse sah er sehr gut aus, mehr war nicht drin, das wußte er. Dafür sprachen die Unterlagen in seiner Mappe ihre eigene, überzeugende Sprache.

»Ich möchte zu Herrn Benedikt.« Dorle Pesch sah ihn gerade an. Er lächelte, leckte sich leicht über die Lippen. »Sind Sie angemeldet?« fragte diese, unbeeindruckt ob seines teuren Leinenanzugs, seiner souveränen Erfolgsmiene. Da sie keine Brille trug, mußten ihre Kontaktlinsen beschlagen sein. Sonst hätte sie ihn devoter behandelt. »Herr Benedikt erwartet mich«, erwiderte er – kühl, klar, befehlsgewohnt. Leider mußte er sich vorher einen kleinen Kloß aus dem Hals räuspern. Die Rezeptionistin griff gelangweilt zum Telefon. »Ein Herr …«, sie sah ihn fragend an. »Ernst Scharfmann. Von der Vereinsbank«, sagte er laut. »Ein Herr Schaffmann von einer Bank …«, wiederholte die Rezeptionistin und lauschte. »Er ist noch nicht im Hause«, sagte sie dann, »aber Sie dürfen bei seiner Sekretärin warten.«

»Wie außerordentlich zuvorkommend von Ihnen«, zischte er, aber sein Sarkasmus war verschwendet. Die Rezeptionistin lächelte und deutete zur Aufzugstür »Vierter Stock, letztes Zimmer auf der linken Seite.« Er öffnete seinen leicht labelloverklebten Mund, aber sie war bereits in ein Buch vertieft, dessen Umschlag eine Frau mit wallenden schwarzen Haaren zierte, in deren Hals sich ein blonder Kerl vergraben hatte. Also ging er zum Aufzug. Die neuen Finanzierungsbedingungen, die er dem Verlag anbieten wollte, waren vielleicht doch zu großzügig.

Ella Malik erkannte sofort, daß hier ein Gewitter andräute. »Herr …«, schneller Blick auf ihr Adreßbuch, »… Scharfmann, schön, Sie wieder einmal bei uns begrüßen zu dürfen …« Sie erhob sich hinter ihrem Schreibtisch, schnappte blitzschnell ihren Rock zu, den sie der Entspannung halber geöffnet hatte, und reichte dem Abteilungsleiter die Hand, die er fest drückte. Da seine weich und glitschig war, geriet Ella Maliks strahlendes Lächeln zur strahlend angestrengten Maske. Aber sie hielt durch. Endlich ließ er los. »Herr Benedikt ist noch auf einem Auswärtstermin«, log sie schnell, es war halb elf, und sie hatte keine Ahnung, wo der Chef war, »aber wenn Sie warten wollen.«

Ernst Scharfmann sah Ella Malik an. In der Bank erwartete ihn der Kreditantrag eines kleinen Kochbuchverlages mit wenig Aussicht auf finanziellen Erfolg, neben dem Schreibtisch dieser Nicht-gerade-Cindy-Crawford, aber recht respektablen Frau Malik gluckerte gerade duftender Kaffee in die Kaffeemaschine. »Ich warte«, sagte er und sah die Maschine an. Ella Malik stand auf und holte eine weitere Tasse aus dem Schrank. »Milch und Zucker?« fragte sie. »Schwarz«, entgegnete er, »Sie haben übrigens außerordentlich gut geformte Beine, Frau Malik.«

O Gott, dachte die Sekretärin, bitte nicht. Auch für die Firma nicht. »Herr Scharf …«, begann sie, während sie ihm eine Tasse hinstellte, aber er unterbrach. »Ich kenne mich mit Rassetieren aus«, lächelte er, »ich bin nämlich Vorsitzender des Schäferhundevereins.« Er trank seinen Kaffee, Ella Malik wandte sich lächelnd ihrem Computer zu. »Dies ist das merkwürdigste Kompliment, das mir je ein Mann gemacht hat«, sagte sie mit dem Rücken zu ihm, »danke trotzdem.«

Hinter ihrem Rücken räusperte sich der Abteilungsleiter Ernst Scharfmann. Er langweilt sich, dachte Ella Malik und rief zum wiederholten Mal sämtliche Nummern ihres Chefs an. Eines der Errungenschaften des ausklingenden Jahrtausends waren die zahlreichen Nummern, unter denen der Erfolgsmensch von heute zu erreichen war. Telefon im Büro, zu Hause, im Auto. Handy. E-Mail. Fax. Viele Nummern, viele Anrufbeantworter, viele Mailboxen. Man sprach nicht mehr miteinander, man faxte oder e-mailte oder mailboxte sich. Aber man erreichte sich nie. Nach der letzten, vergeblich angewählten Nummer drehte sie sich seufzend um. »Der Termin von Herrn Benedikt dauert wohl doch etwas länger.«

»Guten Morgen, Frau Malik …«, sie drehte sich um, Mario Benedikt ging mit einem Lächeln an ihr vorbei, das auch nicht aufhörte, als er vor dem Abteilungsleiter stehenblieb, der unwillkürlich aufgesprungen war. »Herr Scharfmann«, die Stimme des Verlegers klang so erfreut, als begrüße er einen alten Schulfreund, »kommen Sie doch herein. Entschuldigen Sie die Verspätung. Termine, Termine … Nehmen Sie Ihren Kaffee ruhig mit.«

Folgsam wie ein Schuljunge war Ernst Scharfmann aufgestanden und dem Verleger in sein Büro gefolgt. Setzte sich auf den Besucherstuhl vor dem wuchtigen Schreibtisch, merkte zu spät, daß dieser so tiefgelegen war, daß Mario Benedikt, auch im Sitzen, über ihm thronte wie ein wuchtiger Gott vor dem armen Sünderlein. Er beugte sich vor, knackte mit den Fingern, eine Geste, die er für männlich und überlegen hielt. »Was führt Sie zu mir?« Benedikts Stimme war jovial, aber mit jenem leichten Unterton, den der Abteilungsleiter als Ungeduld erkannte. Als unangebrachte Ungeduld, wie sich Ernst Scharfmann ins Gedächtnis rief. »Diese Frage kann ich kurz und schmerzlos beantworten«, fing er an und verkniff sich den lahmen Scherz, daß schmerzhaft wohl das richtigere Wort sei, »ich bin hier, um über die bilanziellen Probleme des Göhlen Verlags mit Ihnen zu sprechen … die sehr erheblichen bilanziellen Probleme …«

Er ließ diesen Satz genüßlich ausklingen und legte sein rechtes Bein über das linke, stellte mißbilligend fest, daß der teure Leinenanzug in den Kniekehlen bereits völlig verknittert war. »Erhebliche Probleme, Herr Scharfmann?« Mario Benedikt war aufgestanden und ging vor dem Bankmenschen auf und ab, was dieser haßte, weil es ihn schwindelig machte, aber er konnte es dem Verleger schließlich nicht verbieten. »Wir haben im letzten Geschäftsjahr eine Positivbilanz von einhundertdreiundsechzig Millionen«, sagte er, »in diesem Jahr haben wir insgesamt achtundvierzig neue Autoren gewinnen und unsere alten Erfolgsträger halten können. Verstehen Sie deshalb bitte meine Verwunderung.«

Natürlich war Mario Benedikt nicht verwundert, im Gegenteil. Er kannte die Bücher, er las Bilanzen, er hatte den Besuch seines Bankmenschen seit Wochen erwartet und gefürchtet. Aber der

Löwe frißt sein Opfer nur, wenn es Angst zeigt, das wußte er. Auch, daß es kein gutes Zeichen war, daß Bankchef Dr. Wolfgang Wölden sich nicht selbst bemüht hatte, sondern seinen Adlatus, diesen lippenverschmierten Widerling Ernst Scharfmann, in der Branche auch als »Scharfrichter« berüchtigt, geschickt hatte. Er zwang sich zu einem Lächeln. Scharfmann lächelte haifischartig zurück. »Dann lassen Sie mich Ihrem Gedächtnis ein wenig auf die Sprünge helfen.« Der Abteilungsleiter widerstand dem Impuls, etwas Labello nachzulegen, weil ihm diese Geste in der Öffentlichkeit, so fürchtete er, als zu feminin ausgelegt werden könnte, und öffnete sein Aktenköfferchen, legte die Unterlagen mit einem leicht knallenden Geräusch auf den Schreibtisch.

»Hier sind die Deckungsbeitragsrechnungen Ihrer Autoren des vergangenen Geschäftsjahres«, er zeigte die ausführlichen Bilanzen, die der Verlag über jeden einzelnen Autor anlegte, indem er dessen Einstandskosten wie Vorschüsse etc. gegen dessen Erlöse – Buchverkäufe, Filmrechte – gegeneinander aufrechnete. Diese DBRs machten es möglich, den genauen Wert, den ein Autor für seinen Verlag darstellte, nach einem Mausklicken festzustellen.

Der Verleger warf einen Blick auf die Computerbögen und zuckte die Schultern. »Ich habe meine Lesebrille nicht auf, aber ich glaube Ihnen«, sagte er, und wieder hörte der Abteilungsleiter, der sich diskret über seine trockenen Lippen leckte, einen Ton von Ungeduld heraus. Und von Arroganz. »Hier noch eine Extraauflistung der Deckungsbeiträge«, fuhr Ernst Scharfmann ungerührt fort, klammheimlich erfreut, daß er gleich ein paar sehr unerfreuliche Nachrichten für diesen überheblichen Verleger bereithielt. »Sie meinen die Erfolgsrechnungen der Titel?« Gott, wie gern hätte er jetzt einen Cognac getrunken, aber er wußte, daß dieser schmalbrüstige Scharfrichter ihm dies sofort als Schwäche auslegen würde. »Genau die meine ich«, bestätigte dieser. »Und wenn ich diese Liste durchlese, dann bin ich wirklich sehr beeindruckt, Herr Benedikt.«

Das Gespräch näherte sich seinem Höhepunkt, Ernst Scharfmanns Lippen entfuhr ein kleiner Schmatzer der Vorfreude. »Der Kredit, mein lieber Herr Benedikt, den wir Ihnen eingeräumt haben, ein Kredit über fünfzig Millionen Mark ...«

»Ich weiß, wie hoch der Kredit ist ...«, endlich verlor sein Opfer die Gelassenheit, »... ich habe ihn ja selbst unterzeichnet.«

»Wir haben ihn ebenfalls unterzeichnet«, ergänzte der Abteilungsleiter, »fünfzig Millionen gegen den Wert Ihrer Bücher, den Sie ebenfalls mit fünfzig Millionen angeben ...«

»Was soll das heißen?« Der Verleger wußte genau, worauf dieser Bankmensch abzielte, aber er hielt es für taktisch klüger, dies nicht zuzugeben. »Wir hatten im vergangenen Jahr insgesamt dreiundzwanzig Titel auf der SPIEGEL-Bestsellerliste ...«

»Von der wir beide wissen, wie manipuliert diese Liste ist ...« Es war fast ein richtiger Orgasmus, dieses Häppchen Herrschaftswissen vor dem Verleger auszubreiten. »Die Buchhändler geben oft nicht die Titel an, die gut laufen, sondern gerade die, die es nicht tun. Wenn dann ein Titel auf der Bestsellerliste landet, verkauft er sich natürlich besser.«

»Wenn ich ausreden darf ... dreiundzwanzig Titel auf der Liste.«

Es wurde immer besser. Ernst Scharfmann strich seine verknitterten Hosenbeine glatt und nahm sich die Freiheit, den mächtigen Verleger zu unterbrechen. »Sie mögen dreiundzwanzig Titel auf der Liste haben«, sagte er mit kreideweicher Stimme, Gott sei Dank ohne Kloß im Hals, »aber andere Bücher des Verlages, besonders die Frauen- und, wenn Sie mir den Ausdruck gestatten, die Schwulenliteratur, liegt wie Blei. Hier, der Titel ›Der Samt- und Seiden-Mann, Bekenntnisse eines Crossdressers‹, insgesamt sechsundvierzigtausend verkaufte Exemplare ...«

»Was für einen unbekannten Autor viel ist«, unterbrach der Verleger. »Mag sein, aber wenn ich die Erlöse aller Ihrer Bücher addiere, selbst die von Ihrer Erfolgsautorin Braake, die einzige, die noch richtig etwas einbringt, dann komme ich auf eine Gesamtsumme von rund neununddreißig Millionen. Elf Millionen weniger, das heißt also nach Adam Riese, daß Ihre Bücher ...«, er schaute auf einen kleinen Zettel, »... wertberichtigt werden müssen. Ein Großteil Ihres Bestandes ist leider nicht so erfolgreich, wie bei den Kreditverhandlungen angegeben.«

Er schwieg und sonnte sich in diesem Schweigen, das ihm verriet, daß Mario Benedikt trotz seines superb geschneiderten Anzugs von Hugo Boss, trotz seiner sehr gepflegten Hände, deren perfekte Nägel auf regelmäßige Maniküre hinwiesen, trotz dieses Ambientes von Reichtum und Macht, das ihn umgab, innerlich und angestrengt nach Worten rang und ihn, den mittleren Angestellten einer Bank, der um jede Gehaltserhöhung, um jeden Extratag Urlaub kämpfen mußte, zum Teufel wünschte, ihn also als Gegner ernst nahm. Das waren die Momente, für die Ernst Scharfmann lebte. Er legte Besorgnis in seine Miene, als er weitersprach: »Wie werden Sie dieses Problem lösen, Herr Benedikt?«

Und jetzt knackte er doch mit den Fingern, seine Anspannung war zu groß. Der Verleger schien es nicht gehört zu haben. »Ich werde darüber nachdenken und Ihnen Bescheid sagen«, seine Stimme klang eisig und abwehrend. Er stand auf, das Gespräch war für ihn beendet. Für ihn, nicht für Ernst Scharfmann. Er erhob sich ebenfalls, zu spät merkte er, daß sich, in direkter Konfrontation mit dem längeren Verleger, seine Augen auf dessen Halshöhe befanden. Sofort war der Kloß wieder da. »Die Bank erwartet die Wertberichtigung des Verlages in zwei Wochen«, räusperte er sich wütend, endlich war er weg, »da Ihr Kredit in drei Monaten ausläuft, haben wir somit genügend Zeit, Ihre«, er machte eine Kunstpause, »Sicherheiten neu zu diskutieren.«

»Eine ausgezeichnete Idee.« Benedikt ergriff die Hand des Abteilungsleiters und drückte sie schmerzhaft. Knöchelknackend. Scharfmann hielt durch. Lächelnd. In der Tür drehte er sich noch einmal um, der Verleger war über seinen Schreibtisch gebeugt, er war abgemeldet. Jetzt oder nie, dachte Scharfmann und griff in sein Aktenköfferchen. »Ich habe übrigens eine gute Buchidee für Sie«, mit diesen Worten legte er eine Diskette auf den Tisch, »die bislang leider weder bei Ihrer Lektorin noch bei Ihnen auf Interesse stoßen konnte. Vielleicht sehen Sie die Dinge nach unserem Gespräch jetzt in einem anderen Licht. Außerdem: Bestseller haben einem Verlag in finanziellen, sagen wir mal, Schwierigkeiten, noch nie geschadet.«

Er war verschwunden, als Mario Benedikt verblüfft aufsah. Nur der Duft eines mittelpreisigen Herrenparfüms hing in der Luft. Der Verleger schüttelte den Kopf und ging zu seiner Sekretärin, die zusammenzuckte, als er sich hinter sie stellte, ihre Hand unwillkürlich über den Bildschirm legte. »Sie … Sie haben mich erschreckt«, sagte sie und nahm die Diskette aus seiner ausgestreckten Hand, »soll ich das ausdrucken?« Er lächelte. »Das sollen Sie lesen, Frau Malik«, sagte er, »ein UEM von unserem Herrn Scharfmann. Ihre Meinung als erste.«

»O mei«, stöhnte sie und schob die Diskette hinein.

75

Falko Fuhrmann lag auf dem Bauch mit einem Gerät im Anus, das er sich nur aus den Augenwinkeln vorsichtig zu betrachten traute. Ein ekelhaftes, entwürdigendes Gefühl war es, so dazuliegen, während ein anderer Mann neben ihm stand, der auch noch die Frechheit besaß, auf seine Pobacken zu klopfen und zu sagen: »Entspannen, entspannen, Herr Fuhrmann, und gleich kommt mein Finger.« Er schloß die Augen, hörte das Schnappen der Gummihandschuhe, sein Herz klopfte wie ein Preßlufthammer, er fühlte, wie die Luft aus ihm wich wie aus einem angepiekssten Ballon. »Locker lassen, sonst kann ich nichts fühlen«, bildete er es sich ein, oder klang die Stimme seines Internisten Dr. Hans Melderis heute morgen ganz besonders fröhlich, geradezu schadenfroh? Er haßte ihn, diesen jüngeren Menschen, dessen Prostata sicherlich noch klein und straff war. Während die behandschuhten Finger von Dr. Melderis ihre peinvolle Aufgabe erledigten, versuchte Falko Fuhrmann gedanklich in weite, weite Fernen zu driften. Auf eine einsame Insel, er allein unter lauter Frauen, jungen Frauen, willigen Frauen, die alle nur eins vom Leben wollten – ihn glücklich machen. »Fertig«, er hörte erneut dieses Schnappen, Dr. Melderis hatte seine Gummihandschuhe abgestreift. Unten ohne mit baumelnden Beinen kam er sich zwar lächerlich vor, aber er blieb sitzen, obwohl ihm alles weh tat. »Alles in Ordnung?« Noch nie war Falko Fuhrmann seine eigene, sonst sehr sonore Stimme so hoch und dünn vorgekommen. Dr. Melderis hatte hinter seinem Schreibtisch Platz genommen. »Wie alt sind Sie?« fragte er, was Falko Fuhrmann ärgerte, erstens ärgerte ihn diese Frage generell, zweitens lag ja seine Akte vor dem

Arzt. »Ich bin zweiundfünfzig«, sagte er knapp und stand jetzt doch auf, um seine Unterhose anzuziehen. »So fühlt sich Ihre Prostata auch an«, stellte Dr. Melderis unbarmherzig fest. Falko zog seine Boxershorts hoch. Er war sich noch nie so alt vorgekommen. Er haßte dieses Gefühl. »Soll heißen?« fragte er und beschloß, den Arzt zu wechseln. Er brauchte einen anderen. Einen Arzt mit einer noch älteren Prostata. »Ihre Prostata ist eindeutig vergrößert«, hörte er jetzt den Internisten sagen, »und hat sich bereits ein wenig vor die Harnröhre geschoben.«

Das Gespräch ging Falko Fuhrmann an die Nieren. Die hoffentlich nicht auch noch vergrößert waren. »Ist das ... irgendwie bedrohlich?« Er hustete, damit seine Stimme wieder normal wurde. »Noch nicht ...« Die geschäftsmäßige Stimme des Arztes klang unbeteiligt, wahrscheinlich verkündete er dreimal am Tag irgendwelchen verängstigten Männern, daß sich ihre Prostata bereits vor ihrer Harnröhre breitgemacht hatte und davor lag wie ein dickes, gefräßiges Tier. »Wie sieht es mit Ihrem Harndrang aus, Herr Fuhrmann? Ganz ehrlich bitte, es hat keinen Zweck, wenn Sie drum herum reden. Dieseln Sie nach?«

Falko Fuhrmann legte seine Stirn in Dackelfalten, als weigerte er sich, mit einem Begriff wie »nachdieseln« überhaupt etwas zu tun zu haben, aber er wußte genau, was dieser Arzt meinte. Er dieselte bereits seit Jahren nach. »Sie meinen, ob ich ...«, fragte er. »Ich frage, ob Sie ständig einen Harnreiz verspüren, aber Ihre Blase nie ganz entleeren können.«

Falko Fuhrmann war jetzt angezogen und saß vor dem Schreibtisch. Er nickte. Gott sei Dank war wenigstens keine junge Sprechstundenhilfe anwesend. »So ungefähr«, murmelte er beschämt. »Das nennt man eine Überlaufblase.«

Dr. Melderis kritzelte etwas auf einen Rezeptblock, während er weitersprach. »Die vergrößerte Drüse verhindert einen vollständigen Harnabfluß. Deshalb geht bei älteren Männern immer öfter etwas in die Hose. Gluckert es manchmal in Ihrem Unterbauch? Haben Sie ein Gefühl von Schwangersein?«

Falko Fuhrmann wollte dieses unerfreuliche Gespräch beenden. »Ich bin ein *Mann*, Herr Dr. Melderis«, sagte er scharf, endlich war seine tiefe, männliche Stimme wieder da, »ich kenne keine

Schwangerschaftsgefühle. Ich mag nachdieseln, aber ich gluckere nicht.«

Der Arzt kritzelte weiter. »Noch nicht«, meinte er ungerührt, »Sie sind rechtzeitig zur Vorsorge gekommen. Ich schreibe Ihnen mal ein pflanzliches Mittel auf, das Drüse und Blase beruhigt und entspannt. Und in einem halben Jahr möchte ich Sie wiedersehen. Spätestens. Sonst steuert Ihre Prostata zielgerade auf eine benigne Hypertrophie zu. Sie wissen, was das ist?«

Falko Fuhrmann nickte ahnungslos, riß dem Arzt das Rezept aus der Hand und ging so schnell zur Tür, als habe er Angst, er würde zurückgehalten und zu Studienzwecken für Erstsemester auf der Liege festgebunden. »Und hier, sehr verehrte Kollegen und Kolleginnen, sehen Sie das ganz besonders gelungene Exemplar einer vergrößerten Vorsteherdrüse. Ihr Besitzer ist ein stadtbekannter Nachdiesler.«

Er riß die Tür des Behandlungszimmers auf und ging ins Wartezimmer, wo Gina, seine Angetraute saß. So jung, so ahnungslos, so enervierend unbedarft. »Alles okay, Schatzilein?« Sie legte die Zeitschrift zur Seite und stand auf. »Hast du dir Viagra verschreiben lassen?« Verdammt, das hatte er vergessen. Aller Augen im Wartezimmer ruhten auf ihm. »Nächstes Mal«, sagte er und zerrte sie hinaus. »Aber deswegen waren wir doch hier«, protestierte sie, »damit es endlich mal wieder Spaß ...«

»Halt die Klappe«, zischte er. Raus, nur raus, nur raus. Als er die Praxistür aufriß, kam eine Frau mit einem jungen Mann herein, der ihm seltsam bekannt vorkam. Das Gesicht, die blonden Haare. Dunkel fiel es ihm wieder ein. Der junge Volontär von Mario. Der auf dem Dinner mit Maria auf Tuchfühlung gegangen war. Er fühlte die Gereiztheit wieder, die er damals empfunden hatte, als er diesen jungen Mann bei Maria gesehen hatte. So, als sei sie seine eigene Tochter. Lächerlich.

Er nickte den beiden kurz zu und verließ mit Gina die Praxis.

Auf der Straße atmete er tief durch. Sie standen vor einer Apotheke, deren Schaufenster mit einem großen Pappschild dekoriert war. ›Depends‹ stand darauf, der Nässeschutz für die späteren Jahre.

Er holte sein Handy aus der Tasche. Es reichte ihm für heute.

»Mario, ich bin's. Falko. Laß uns heute abend mal wieder unter Männern. Bis dann.« Er lächelte Gina zu und gab ihr seine Kreditkarte. »Kauf dir was Schönes, Schatz«, und schob sie von sich weg. Er konnte ihre Jugend im Augenblick nicht ertragen. Ihm stand der Sinn nach Gleichaltrigen, nach Nachdieslern und zukünftigen Windelträgern.

76

Drei Stunden vorher lag Benedikt in der Badewanne und schwieg so eisern, daß Jette, die in der Küche stand und einen Kamillentee aufkochte, sich zitternd die Hände verbrühte. Sie fühlte sich so hilflos wie nie in ihrem Leben. Alles war gesagt, alles war erklärt, nichts konnte geändert werden. Alle waren schuldlos verstrickt.

So viele Ängste. Und es gab niemanden, mit dem sie reden konnte. Den einen, den es gab, konnte sie nicht anrufen. Der saß wahrscheinlich gerade mit seiner Frau zusammen und durchlitt sein eigenes Drama. Das leider auch ihres war. Bin ich schuldig? dachte sie und kühlte ihre verbrannten Finger unter dem Wasserhahn. Aber wie hätte ich denn ahnen können, daß sich die beiden ineinander verlieben?

Sie hielt es nicht mehr aus und ging ins Badezimmer. Er lag mit geschlossenen Augen im Wasser, Schaum lehnte er ab, so konnte sie sehen, daß er offensichtlich abgenommen hatte. Sie setzte sich auf den Badewannenrand.

»Es tut mir so unendlich leid.« Benedikt öffnete die Augen, sah sie an, mit einem Blick, als sei sie gar nicht vorhanden. »Man kann ihr doch das Baby nicht wieder wegnehmen«, sagte er, »sie freut sich so sehr.«

Jette fühlte seine Trostlosigkeit wie eine dunkle, schwere Wolke. »Aber du mußt«, rief sie, »sie kann das Baby nicht bekommen. Ihr seid …« Sie schaffte das Wort nicht. »Wir sind Halbgeschwister«, sagte er tonlos, er war Lichtjahre von ihr entfernt, war in seiner eigenen Hölle, zu der sie keinen Zugang hatte. Das hatte sie sich verscherzt. »Sie muß es durch dich erfahren«, wiederholte sie, »du kannst dich nicht länger davor drücken.«

Die Worte standen im Raum, schwer und still. Dann seufzte er. »Du hast wahrscheinlich recht«, er stand auf, naß wie er war, ging an ihr vorbei zum Telefon, »laß mich bitte allein.«

Sie verließ das Wohnzimmer und ging in die Küche zurück. Setzte sich an den großen Holztisch und zündete sich eine Zigarette an. Gern hätte sie geweint, geschrien, sich diese enorme, drückende Anspannung von der Seele geschoben, aber es ging nicht. Der Schmerz war verkapselt, ein böser, kalter Stein. Als sie es nicht mehr aushalten konnte, ging sie ins Wohnzimmer. Er saß da, tropfend, mit dem Hörer in der Hand. »Sie kommt morgen zum Frühstück«, er sah sie nicht an, »laß mich jetzt bitte allein.«

Das Telefon klingelte. Sie nahm den Hörer ab, der ihr noch nie so schwer vorgekommen war. »Ja?« Die männliche Stimme am anderen Ende lachte. »Erwischt man dich endlich mal, meine Zuckerschnute, soll ich gleich vorbeikommen?«

Sie erkannte seine Stimme auch ohne Namensnennung, und unwillkürlich verzogen sich ihre Mundwinkel nach oben. Es war Rainer, ihr Kneipenflirt von vor tausend Jahren, in offensichtlich beischlafbedürftiger Stimmung. »Mein Sohn ist bei mir«, sagte sie, fast etwas bedauernd, denn Rainers unbekümmerte Stimme war wie ein geöffnetes Fenster in einem stickigen Krankenhauszimmer. Ein Unbeteiligter ihres Familiendramas. »Mich stört er nicht«, meinte Rainer, und sie sah sein Gesicht vor sich, die leicht schmollende Unterlippe, das Kinn mit einem Hauch von Bartstoppeln, blitzende Zähne. Sie hätte ihn jetzt gern geküßt, nur ein bißchen, nur zur Abwechslung, aber es ging wirklich nicht. »Ein anderes Mal«, bedauerte sie, und an seinem Schweigen hörte sie, daß er leicht beleidigt war. Ein Mann mit so teuren Jacketkronen war es vermutlich nicht gewöhnt, daß eine Frau sein erotisches Angebot ablehnte. »Ich melde mich.« Sie wollte dieses Gespräch beenden, einen Rotwein trinken, eine Melatonin dazu, damit sie besser schlafen konnte. »Morgen?« Er war hartnäckig, was sie rührte. »Ich komm auf einen Kaffee vorbei«, versprach sie, »und jetzt geh spielen, Schatz.«

Als sie wieder ins Wohnzimmer trat, hatte sich Benedikt bereits in sein altes Kinderzimmer zurückgezogen. In seine Wohnung konnte er nicht, sein Kumpel hauste dort wieder, diesmal mit Freundin. Sie traute sich nicht, ihm einen Gutenachtkuß zu geben, blieb in der Tür stehen.

»Liebst du mich noch?« Sie wußte, wie kindisch diese Frage war. Das hatte er sie immer gefragt, wenn er etwas angestellt hatte. Liebst du mich noch, Mama? Und immer hatte sie ja gesagt.

Er sagte nichts, sein ihr zugedrehter Rücken sagte alles. Nein.

Traurig ging sie ins Badezimmer.

Bis morgen kann viel passieren, machte sie sich Mut, während sie brav die Zahnseide zwischen ihre Zähne klemmte, eine Prozedur, die sie haßte. Fünf Minuten ohne Pause, dann wird alles wieder gut, dachte sie und zwängte die Seide in ihre Zahnzwischenräume, bis es blutete. Mit der Zahnseide in der Hand, sie durfte sie nicht weglegen, sonst wirkte die Beschwörung nicht, ging sie in die Küche. Geschafft.

Alles würde gut. Der Tag in Holland fiel ihr plötzlich wieder ein. »Medizinisch ein Klacks«, hatte sie der Arzt in gebrochenem Deutsch verabschiedet, »aber hier …«, er zeigte auf sein Herz, »… da wird es immer weh tun.«

Das Problem, von dem sie so inbrünstig hoffte, daß es wegging, war schließlich … war schließlich … ihr Enkelkind. Ihres und Marios.

Ich sehe dein Herz klopfen, hatte er gesagt und seine Hand auf ihre Brust gelegt, es pocht ganz schnell und aufgeregt. Wundert dich das, hatte sie gefragt, du bist doch da.

77

»Der Alte sieht ja aus wie Schifferscheiße.« Die Marketingchefin Barbara Loose konnte sich diese deftigen Worten erlauben, denn es hörte sie nur Kuddel John, der gerade einen kritischen, einen sehr kritischen Blick auf einen riesigen Bücherstapel warf, den der Verlag unter dem euphemistischen Begriff modernes Antiquariat an die Buchhandlungen verhökern wollte.

Es war der letzte Versuch, die Bücher mit aufgehobenem Ladenpreis, also spottbillig, aus den überquellenden Lagern zu bekommen. Die meisten Buchhändler waren genervt, weil sie, wie einer sagte, »bis über die Schmerzgrenze hinaus mit Büchern übersättigt waren«, stellten aber, wenn sie gut überredet wurden, widerwillig ein paar Tische auf. »Es sind auch ein paar Braake-Titel dabei«, grinste Barbara Loose, »die wirst du wahrscheinlich problemlos bei Heymann los.«

Kuddel John legte einen Stapel Beißerbücher zur Seite, die er seiner Bekannten als Urlaubslektüre mitbringen wollte, und sah seine Kollegin erstaunt an »Ronaldo Heymann? Der haßt MAs wie Pest und Cholera zusammen.«

»Mag sein, aber ich hab die beiden bei Francesco gesehen.«

»Welche beiden?«

»Ronaldo Heymann und Cleo Braake. Sie hatte die Hand auf seinem Oberschenkel.«

»Na und? Das heißt bei der Braake doch noch gar nichts.« Gottchen, dachte Barbara Loose ungeduldig, Männer können wirklich so was von begriffsstutzig sein. »Sehr hoch oben auf dem Oberschenkel, und ihre Zunge war in seiner Ohrmuschel. Was könnte das bedeuten?« fragte sie süffisant und legte ihm einen weiteren Stapel Braake-Bücher in die Arme. »Wenn sich in deinem dumpfen Männerhirn eine Ahnung formt, sagst du Tante Barbara Bescheid.«

»Habt Ihr den Chef gesehen?« Frau Dr. Boysen steckte den Kopf zur Tür herein. »In zehn Minuten ist Coverpräsentation, da brauchen wir ihn.« Die Kollegen Loose und John hoben ratlos die Schultern, Frau Dr. Boysen verzog sich wieder. »Die könnte auch mal richtig ...«, fing der Vertreter Nord an. »Kuddel ...«, die Marketingchefin sah ihn strafend an, »... keine frauenfeindlichen Sprüche in meinem ...«

»Gekämmt werden, wollte ich sagen«, grinste Kuddel John und verschwand ebenfalls.

Die Marketingchefin schüttelte den Kopf.

Daß die Welt, in der Produkte hergestellt wurden, die fast ausschließlich von Frauen benutzt wurden, nämlich Bücher, noch immer eine so hartnäckige Männerbastion war, wunderte Barbara Loose immer wieder. Sosehr sie Männer privat auch mochte, beruflich fand sie sie oft unerträglich. Dieses eitle Gespreize auf Konferenzen und Meetings, dieses ständige Ichhabdendickstenlängstengrößten. Männer waren ununterbrochen damit beschäftigt, ihre Kräfte zu messen, hörten selbst in der Hotelbar nicht damit auf. Einen Doppelten? Für mich den Dreifachen! Mercedes? Ich hab 'n Porsche. Porsche? Ich hab 'n Ferrari Testeronossa.

Anstrengend, wie irritierend es für viele Männer noch immer war, »unter« einer Frau zu arbeiten, wie sie es nannten. Eine Formulierung, die natürlich auch zu dreckigen Kalauern Anlaß bot. Als sie diesen Job antrat, hatte sie anfangs das kleine Frauchen gespielt, um ihre Leute nicht zu verärgern, und das hatte zu einem saublöden Fehler geführt, der sie beinahe ihre Karriere gekostet hätte. Der Fehler hieß Schorse, war groß, blond, grünäugig und der beste Vertreter West, den der Verlag jemals hatte. Der Knacker, so wurde er ehrfürchtig genannt, einer, der jede Buchhändlerin mit seinem Charme so zu knacken verstand, daß noch Wochen nach seinem Besuch alle Göhlen-Bücher, auch die Ladenhüter, die Sonnenplätze in den Buchhandlungen hatten. Die erst wieder weggeräumt wurden, wenn die Buchhändlerinnen bei ihm zu Hause anriefen; im Verlag ließ er sich verleugnen und seine kleine Tochter mit süßem Stimmchen mitteilen, der Papi sei nicht da.

Sie war mit Schorse auf einer Vertretertagung versackt, obwohl sie die Stimme seiner Tochter gut kannte, aber er hatte sie so nachhaltig mit seinen Witzen, seiner tiefen, heiseren Stimme, seinen großen, warmen Händen verzaubert, daß sie am nächsten Morgen mit einem verräterisch idiotischen Grinsen zum Frühstück erschienen war, schlauerweise fünf Minuten nach ihm, was nichts nützte. Alle wußten Bescheid, alle feixten.

Die Affäre dauerte zwei Monate, dann rief Mario Benedikt sie zu sich. »Sie gehen heute abend mit Ihrem verheirateten Liebhaber essen und beenden die Sache«, hatte er gesagt, »da das Essen zum Wohle des Verlages erfolgt, geht die Rechnung auf Spesen.«

Es war ihr schwergefallen. Aber es kam nie wieder vor. Schorse war jetzt für die Konkurrenz tätig. Und natürlich immer noch verheiratet.

Mit einem Lächeln auf den Lippen betrat Barbara Loose das Konferenzzimmer. Eigentlich mußte sie in die Grafik, die Aufsteller für die Buchmesse begutachten, aber sie war immer gern dabei, wenn sich der Chef zeigte. Und damit bei den Buchumschlägen keine Katastrophen passierten, war Marketingpräsenz erforderlich.

Der Platz des Verlegers war leer. Das war merkwürdig, denn er gehörte zu den Superpünktlichen, die selbst eine Minimalverspätung von fünf Minuten für eine Form von extremer Unhöflichkeit hielten.

Aber das Lektorat war vollständig da sowie Grafikchef Ludger Mann, der mit zwei aufgeregten jungen Männern sprach, dem aushäusigen Grafikteam, die zum ersten Mal für den Verlag tätig waren. Sie stellten sich als Mick und Jack vor, und so sahen sie auch aus. Wie junge Grafiker eben.

»Entschuldigung«, Ella Malik steckte ihren Kopf durch die Konferenztür, »Herr Benedikt läßt sich entschuldigen. Er ist in einer wichtigen Besprechung. Sie möchten bitte schon anfangen.« Erstauntes Schweigen. Das war noch nie vorgekommen.

Frau Dr. Breithuhn ergriff das Wort. »Darf ich dann unsere beiden jungen Herren bitten«, sie nickte Mick und Jack zu, die schwarz gekleidet auf das wandlange Regal zugingen, auf dem die Umschlagvorschläge der kommenden Herbstsaison aufgereiht waren wie buntgekleidete Mädchen in der Tanzschule.

Mike nahm einen Stock zur Hand, mit dem er auf das erste Cover zeigte. Seine Hand zitterte etwas, eine Tatsache, die von den anwesenden Damen mit einem Anflug von Rührung registriert wurde. »Ich fange an mit dem ersten Buch«, sagte Mike. »Womit denn auch sonst«, murmelte Ludger Mann. Mike räusperte sich nervös. »Hier haben wir vier Vorschläge für den Titel ›Am Anfang war die Erinnerung‹«, begann er und zeigte auf den ersten, ganz in Grau gehaltenen Umschlag, »wir haben uns für eine Wolkenseelandschaft entschieden, die unserer Meinung nach der Stimmung des Buches am besten …«

»Haben Sie das Buch gelesen?« fuhr Dr. Breithuhn dazwischen. »Mit Wolken und See hat es nämlich nichts zu tun.«

Mike sah die strenge, bebrillte Frau an wie ein waidwundes Reh.

Warum machte sie es ihm so schwer? So frühe Einwürfe überforderten ihn. »Es war ja auch mehr symbolisch gemeint«, meinte er etwas steif, »außerdem – Wolken und Seen passen doch irgendwie immer.« Die Lektorin schwieg, in ihrem Schweigen lag Mißbilligung. Stockend fuhr er fort: »Der zweite Titelvorschlag ist noch abstrakter … Es geht, wie noch nicht gesagt, um die Erinnerungen einer Klosterschülerin, die von ihrem Priester sexuell mißbraucht worden ist …« Sein Blick schweifte über die Anwesenden. »Eine … eine Wortmeldung …«

»Allerdings, eine Wortmeldung, junger Mann.« Frau Dr. Breithuhn war aufgestanden und hatte die Pappcover hochgenommen.

»Wir suchen ein passendes Cover für das Buch einer jungen Klosterschülerin, einer Frau, die Gott gesucht und statt dessen einen brutalen Priester gefunden hat, der sie aufs übelste mißbraucht. Ein wichtiges Buch also, ein hochdramatisches Buch, eins, so hoffen wir, das Literaturgeschichte macht. Und was haben wir hier?« Sie hielt die Cover hoch und machte eine dramatische Pause: »Wolken, See, Banalität. Deutscher Wetterbericht. Und hier? Graues Nirwana, diffuse Nebel. Was, so frage ich, will der Grafiker damit sagen? Erklären Sie mir das!«

Sie klang jetzt wie eine Lehrerin kurz vor der Zwangspensionierung, aber das war ihr gleichgültig. Öfter, als sie zählen konnte, waren sorgfältig lektorierte Bücher durch schlechte Buchumschläge ruiniert worden. Voller Grauen erinnerte sie sich an die Memoiren einer finnischen Pastorenwitwe. »Gott war mein zweiter Mann« hieß es, und der damalige Hausgrafiker hatte eine Frau gezeichnet, die strahlend zwischen zwei Männern stand. Daß es sich bei dem einen um Gott handelte, war nur an einem kleinen Heiligenschein über seinem graulockigen Kopf zu erkennen. Die Buchhändler, die wie meist das Buch nicht gelesen hatten, hielten es für eine frivole Komödie, die Käufer brachten es aus dem gleichen Grund enttäuscht zurück, es war ein Superflop, einer, der ihr schlaflose Nächte und ein hartnäckiges Magengeschwür eingebracht hatte. Nie wieder, hatte sie damals geschworen und sich seitdem kräftig, zum Unwillen aller Verlagsgrafiker, in die Umschlagsfrage eingemischt. »Wir hören, junger Mann«, wiederholte sie deshalb. Mike schwieg, sah fragend zu Jack, der zögernd vortrat. »Wir haben lange über dieses Cover diskutiert«, begann er und wischte sich über die glatte, feuchte Stirn. Niedlich, dachte Barbara Loose – schade, daß er so offensichtlich nichts mit Frauen anfangen kann. Obwohl, heutzutage wußte man ja nie. Junge Männer trugen Nagellack und Springerstiefel, färbten sich die Haare, piercten sich. Stop it, Barbara, rief sie sich zur Ordnung, denk jetzt an Fachliches. An Buchumschläge. Vorn, am Regal, legte Jack gerade seine jugendliche Stirn in kummervolle Falten, weil ihn die erwartungsvolle Stille extrem anstrengte. »Und wir waren alle der Meinung, daß man dieses Ding mit dem sexuellen Mißbrauch nicht unnötig hochspielen …«

»Dieses Ding«, rief Frau Dr. Breithuhn, »ich höre wohl nicht recht!«

»Wir wollten einen stillen Umschlag machen«, Mike hatte endlich das richtige, seriös nichtssagende Wort gefunden, »ich als Mann …« Er ignorierte das amüsierte Schweigen und fuhr lauter fort: »Also, ich als Mann finde, man hat genug gehört und gelesen zu diesem leidigen Thema. Deshalb haben wir die Cover bewußt neutral …«

»Buchumschlag und Inhalt müssen zueinander passen«, kam Kurt Kammfeld seiner Lektorenkollegin zu Hilfe. Auch er hatte das Pastorinnendesaster noch in guter Erinnerung, »sonst täuschen wir die Leser«.

»Und das wollen wir schließlich nicht.« Unbemerkt von allen hatte Mario Benedikt den Konferenzraum betreten. Die Kollegen zuckten zusammen wie eine Schulklasse, die der Direktor bei einem Streich erwischt. »Ich persönlich finde das abstrakte Cover gut, dem Thema angemessen, und jetzt bitte zum nächsten Vorschlag.«

Keiner der Anwesenden, weder die Cheflektorin, die sich mit zusammengepreßten Lippen ein scharfes Pfefferminz in den Mund schob, noch die Marketingchefin, die ein kleines, schadenfrohes Grinsen nicht unterdrücken konnte, sie hielt das »breite Huhn«, wie sie ihre Kollegin heimlich nannte, für eine oft penetrante Besserwisserin, der es guttat, wenn sie gelegentlich eins auf den Deckel bekam, keiner von ihnen hatte auch nur die leiseste Ahnung, auch die erleichterten Grafiker nicht, was für eine Anstrengung es den Verlagschef an diesem wolkenverhangenen Vormittag kostete, sich nichts anmerken zu lassen von der Katastrophe, die auf seine Familie zukam, unaufhaltsam wie eine Schneelawine. Keiner spürte seine Angst, seine Panik, seine Hilflosigkeit. Auf sie wirkte er wie immer. Sein Anzug saß perfekt, sein oberster Hemdknopf und nur der oberste unter einer dezent graublau-weiß gemusterten Krawatte war geöffnet, das einzige Zugeständnis textiler Lässigkeit, das er sich im Verlag erlaubte. Sein volles graublondes Haar war straff nach hinten gebürstet, sein Kinn glatt rasiert, bis auf einen winzigen Schnitt, der bereits verschorfte. Er sah gelassen und erfolgreich aus, ein befehlsgewohnter Mann, ein Verleger. Seine nassen Handflächen, sein unregelmäßig klopfendes Herz sah zum Glück niemand.

»Wir müssen kurz über Größe und Gestaltung von Romantiteln und Autorennamen reden«, Mario Benedikt hatte sich ans Kopfende des Konferenztisches gesetzt, »viele unserer Autoren haben sich bei mir persönlich beschwert, daß ihre Namen zu klein gedruckt werden.«

Er ließ seinen Blick über die Runde schweifen, aber die Gesichter verschwammen vor seinen Augen.

Jette, dachte er, was machst du? Wie geht es dir? Ich möchte bei dir sein, ich möchte mit meinem Sohn … Stille. Offensichtlich sollte er jetzt sprechen, keiner sagte etwas. Alle sahen ihn an. Wo war er stehengeblieben? »Autorennamen …«, kam ihm sein Assistent zu Hilfe. »Ah ja, natürlich. Also die Größe des Namens ist natürlich abhängig vom Bekanntheitsgrad des Autors. Wenn also Inge Meysel ihre Memoiren schreibt und auf dem Titel ›Erinnerungen einer großen Schauspielerin‹ besteht, dann bringen wir den Namen groß, den Buchtitel so klein wie möglich. Wenn dagegen ein junger, unbekannter Autor die russische Mafia infiltriert und sein Buch, sagen wir, ›Drei Leichen pro Tag, minimum‹ nennt, dann …«

»Kommt der Name klein, der Titel groß«, beendete Kurt Kammfeld eilfertig den Satz.

»Genau«, sagte Mario Benedikt und fühlte, wie eine knieweiche Erschöpfung ihn am Aufstehen zu hindern drohte.

Die letzte Nacht hatte er nicht geschlafen, es hatte ihn nicht im

Bett gehalten, er war herumgegeistert, das Handy in der Hand. Gegen drei Uhr nachts hatte er sie angerufen. »Hmmmm?« Offensichtlich konnte sie besser schlafen als er. »Ich bin's«, hatte er nur gesagt, und sofort war ihre Stimme hellwach geworden. »Ach Mario«, er hörte ihr Seufzen, sah ihr sorgenvolles Gesicht vor sich, »was machen wir bloß? Benny ist völlig fertig, ich mach mir große Sorgen um ihn. Weiß es deine Tochter schon?« Er spürte einen Luftzug, drehte sich um. Camilla stand in der Tür, sagte nichts, sah ihn nur an. »Nein«, sagte er deshalb nur und legte auf. »Falsche Nummer.« Camilla hob die Augenbrauen. »Ich hab kein Klingeln gehört«, sagte sie nur und verschwand in ihrem Schlafzimmer. Er folgte ihr. »Wir müssen reden, Camilla«, seine Stimme klang beschwörend. »Du hast zwanzig Jahre nicht mit mir geredet«, sagte sie und wies zur Tür, »jetzt bestimme ich, wann wir reden. Schlaf gut.« Ihr Ton war so kompromißlos gewesen, daß er sich zum Gehen wandte. »Wenn du willst, kannst du jetzt deine falsche Nummer wieder anrufen.« Sie legte sich hin, drehte ihm den Rücken zu, machte das Licht aus. »Unsere Tochter erwartet ein Kind«, fing er an, »von ihrem Halbbruder« hatte er hinzufügen wollen, aber sie hatte ihm den Satz abgeschnitten. »Das weiß ich, und das freut mich, und jetzt geh.«

Kurz darauf lag er im Bett und rief noch einmal an. Ihr Anrufbeantworter, verdammt. »Ich bin nicht da, ich komme wieder. Nachrichten nach dem Pfeifton.« Er sagte nur: »Ich liebe dich« und legte wieder auf.

»Herr Benedikt?« Wie ertappt zuckte er zusammen. Besorgte Augen ruhten auf ihm, er mußte, er *MUSSTE* sich in den Griff kriegen. Contenance bewahren. Und er mußte raus hier, aus diesem stickigen Raum, weg von diesen neugierigen Blicken. »Entschuldigen Sie.« Wenigstens seine Stimme hatte er im Griff. »Ich habe jetzt leider eine Verabredung. Der Rest geht sicher ohne mich.« Ohne mögliche Einwände abzuwarten, schob er seinen Stuhl zurück und verließ das Konferenzzimmer. Nur wer sehr genau hinsah, bemerkte, daß er beim Hinausgehen leicht schwankte.

»Ob der Alte getrunken hat?« flüsterte Kuddel John seinem Kollegen Andreas Schnute zu. Aber er flüsterte es nur. Die Wände hatten Ohren.

Als Mario Benedikt sein Vorzimmer betrat, nahm Ella Malik die heute rosélackierten Finger wie ertappt von ihrem Computerkeyboard. Sie war gerade in einen sehr spannenden Onlinechat mit einem Internetpartner vertieft, der sich Wilder Willy nannte. Natürlich war der Name ausgedacht, sie selbst hatte sich an einem langweiligen Bürotag, der Chef war auf einer Dienstreise, den Codenamen »Easy Lay« gegeben. Offensichtlich war Willy des Englischen mächtig, denn er hatte sofort und ziemlich eindeutig geantwortet. Auf seine heutige Frage, was sie denn anhabe, hatte sie gerade mit »ein enges schwarzes, tief ausgeschnittenes Kleid« geantwortet, und auf seine blitzartige Nachfrage »Und was darunter?« wollte sie gerade mit »nichts« antworten, da kam der Chef, und sie mußte ihren wilden Willy leider wegdrücken. »Herr Glücklich wartet auf Sie, ich konnte ihn nicht abwimmeln«, sagte sie entschuldigend, während sie sich über das Keyboard lehnte, als habe sie Angst, der Verleger würde, was er noch nie getan hatte, über ihre Schulter und auf den Monitor blicken. »Danke, Ella«, an nichts war Mario im Augenblick weniger interessiert als an dem Onlinebuddy seiner Sekretärin. Er ging an ihr vorbei, ohne sie eines Blicks zu würdigen, betrat sein Büro und schloß die Tür hinter sich.

Erleichtert klickte sie den Computer wieder an. »Hier ist Easy Lay«, verkündete sie, und als sich Wilder Willy meldete, in Sekundenschnelle, teilte sie ihm mit, während ihr Blick an ihrer blickdichten Strumpfhose hinunterglitt, an ihrem dezent geschnittenen dunkelgrauen Kostüm, an der einwandfrei gebügelten altrosa Bluse, daß sie unter ihrem schwarzen Kleid nichts trüge, gar nichts, nur schwarze Strapse. »Und was trägst du, Wilder Willy?« fragte sie und lächelte, als seine Antwort über ihren Monitor flashte. »Ich liege nackt im Bett und denke an dich, mein Schatz. Du bist eine richtig scharfe Frau, und mein wilder Willy ist total geil auf dich.«

Ach wie gut, dachte Ella Malik und fühlte sich herrlich verrucht, wie gut, daß er meine dicke Laufmasche jetzt nicht sehen kann. Und meine solide Baumwollunterhose.

78 Benedikt saß auf dem Besuchersofa und erhob sich sofort, als Mario sein Büro betrat. »Entschuldigen Sie, daß ich so hereinplatze«, sagte er und blieb abwartend stehen, als der Verleger zögernd auf ihn zuging. »Das ist völlig in Ordnung«, erwiderte er und wußte nicht weiter.

Sie standen einander wortlos gegenüber. Dieselbe Größe, dieselben dichten, hie blond, da graublonden, verwirbelten Haare, dieselben blaugrauen Augen. Jetzt, wo er es wußte, war es Mario unbegreiflich, daß er seinen Sohn nicht sofort erkannt hatte. Sie waren ein Fleisch und Blut, es war kein Zweifel möglich.

Beklommen, ihn so fertig, so erwachsen, so kühl zum ersten Mal als Vater zu sehen, ohne die Erinnerung an weiche Babyjahre, an eine kleinere Version, an ein Gefühl für seinen Jungenkörper, seinen Geruch, seine Vergangenheit. Gefühle, wirr und unentschlüsselt, waren da, aber er traute sich nicht, sie zuzulassen, er wußte noch nicht einmal, wie er ihn ansprechen sollte, seinen neuen Sohn.

Benedikt fand als erster die Sprache wieder. »Sie sind also mein Vater«, begann er, und Mario nickte. »So sieht es aus«, dürftige Worte, aber die einzigen, wenn auch unzureichenden, die ihm einfielen. »Eine Tatsache, über die ich mich nicht freue«, fuhr Benedikt fort. Mario wartete. War er eigentlich froh darüber?

»Sie haben meine Mutter schweinemäßig behandelt.« Eine Feststellung, keine Frage. Mario nickte wieder. »Das weiß ich«, sagte er leise und ging zum Fenster, weil er dieses Gespräch nicht anders aushielt. Mit dem Rücken zu seinem Ankläger sprach er weiter, hinaus in den graublauen Himmel, durch dessen Wolken sich gerade eine Boeing schob, »aber ich war jung und dumm damals, und ich wußte nicht, daß Jette …«

»Sie wußten nicht, daß Sie zwei Frauen gleichzeitig geschwängert haben, war's das, was Sie sagen wollten?« Benedikt Glücklich fing an zu lachen, ein lautes, böses Lachen, »Ihr potentes Verlegersperma hat gleich doppelt zugeschlagen, gratuliere.«

Mario drehte sich um und ging auf seinen Sohn zu. Seine Schritte waren schwer und schleppend, er fühlte sich wie ein alter Mann. »Es tut mir so leid«, begann er und wollte die Hände auf die Schultern seines Sohnes legen, hatte auf einmal den vermutlich nicht willkommenen Wunsch, ihn zu umarmen, ihn dicht an sich zu drücken, all das nachzuholen an Zärtlichkeit und Körperlichkeit, was er verpaßt hatte. »Ich hätte dich so gern als kleinen Jungen gekannt«, entfuhr es ihm fast unfreiwillig, aber Benedikt riß sich los und funkelte ihn an, mit einer solchen Wut, einer solchen Verachtung, daß der Verleger unwillkürlich einen Schritt zurücktrat.

»Du willst mein Vater sein, du dummer, feiger Hund«, er sagte es leise, aber die Worte hatten so viel Gewicht, als hätte er sie laut herausgeschrien, »du bist doch immer den Weg des geringsten Widerstandes gegangen, hast es dir immer leichtgemacht ...« Mario wollte ihn unterbrechen, wollte einlenken, fühlte sich ganz unangebracht getröstet, daß Benedikt ihn zum allerersten Mal duzte, wußte gleichzeitig, daß er dies instinktiv nur tat, weil er so aus noch geringerer Distanz schießen und seinen Vater verletzen konnte. Er schwieg.

»Bist du ganz sicher, daß du deine Frau nur geheiratet hast, weil sie ein Kind von dir erwartet hat? Daß nicht auch die Tatsache, daß Camilla Göhlen eine reiche Verlegerstochter ist und du durch sie in eine sehr einflußreiche Familie ...«

»Schweig«, brüllte Mario und zog seine Hand aus der Hosentasche, die er zur Faust geballt hatte, »sonst lass ich dich aus meinem Büro entfernen.«

»Du drohst mir? Ein Feigling wie du?« Benedikt hatte die Hand erhoben, unwillkürlich trat Mario einen Schritt zurück. »Sag doch dem ganzen Verlag Bescheid, was für ein armseliger Wicht du bist. Nur zu, hol deine Sicherheitsleute, mach doch, wenn du dich schon selbst nicht traust ...«

Mario ließ ihn ausreden, es gab nichts mehr zu sagen, keine Erklärung, keine Entschuldigung. Als Benedikt den Türgriff in der Hand hatte, fragte Mario leise: »Habt ihr... habt ihr schon geredet?«

Der Sohn musterte seinen Vater mit kalten Augen. »Das geht Sie nichts mehr an«, sagte er, »ich verlasse hiermit den Verlag und auch Ihr Leben.« Mit diesen hochtrabenden Worten ging er.

Soviel Wut, dachte der Verleger fast zärtlich, soviel Gefühl. Das hatte ich auch mal. Das hab ich immer noch.

Ella Malik nahm ihre flinken Finger vom Keyboard und lauschte. Sie stand auf und ging an die massive Zwischentür, aber die Stimmen waren jetzt gedämpft. Sie schüttelte den Kopf, überlegte kurz, ob sie unter einem Vorwand anklopfen und nach dem Rechten sehen sollte, entschloß sich dann dagegen. Willy wartete. »Ich muß mein Höschen wieder anziehen«, tippte sie mit einem schuldbewußten Blick auf den Stapel unerledigter Post, »mein Chef ruft mich. Aber wer weiß, vielleicht werde ich es gleich wieder ausziehen und es ihm auf seinem Schreibtisch besorgen. Bis morgen. Easy Lay.«

Sie hatte gerade auf »Beenden« gedrückt, als die Tür aufgerissen wurde und der junge Volontär herausstürmte. Sein Gesicht glich einer Gewitterwolke. »Kann ich …«, fing sie an, da war er schon zur Tür heraus. Wenn er die jetzt zuknallt, zieh ich ihm die Ohren lang, dachte sie grimmig, denn sie fand sein Verhalten rüde und unverschämt. Er tat es nicht. Sein Glück. Ihr dunkelgraues Karrierekostüm zurechtzupfend, betrat sie das Allerheiligste.

»Herr Benedikt …« Vorsichtig schaute sie sich um. Er saß hinter seinem Schreibtisch, das Gesicht in den Händen verborgen. Beklommen blieb sie stehen, so hatte sie ihn noch nie erlebt. »Geht es Ihnen nicht gut?« Sie hatte leise gesprochen, trotzdem zuckte er zusammen. »Eine Aspirin?« Das war normalerweise sein Allheilmittel, »Kaffee, Tee?« Fast hätte sie den albernen Stewardessenwitz »Coffee, Tea or me, Sir?« angewendet, doch rechtzeitig biß sie sich auf die Zunge. Die Chats mit Willy mußten aufhören, sie war eine pflichtbewußte Chefsekretärin jenseits der Wechseljahre, sie war kein hormongebeutelter Teenager mehr. Nichts war in ihrer eigenen Vorstellung erbarmungswürdiger als eine sexbesessene ältere Frau. Das war sie zwar, aber nur als Easy Lay. »Ich möchte allein sein«, sagte Mario Benedikt, und auch seine Stimme klang anders, kleiner und erschöpft. Sie trat hinter ihn und nahm sich eine Freiheit heraus, die sie sich unter normalen Umständen nie getraut hätte – sie legte ihre rechte Hand auf seinen Kopf. Ließ sie liegen und ihre Hitze wie eine Wärmflasche auf Haare und Kopfhaut wirken. »Wird schon wieder«, murmelte sie und bewegte die Finger ein wenig, »nichts ist ewig. Morgen geht eine neue Tür auf.«

79 Sie war sofort am Telefon, wahrscheinlich erwartete sie spannendere Anrufe als ausgerechnet ihren eigenen Ehemann. Ihm fiel eine Jägermeister-Werbung aus den siebziger Jahren ein. »Ich trinke Jägermeister«, hieß sie, »weil der einzige Mann, der sich auf meine Kontaktanzeige gemeldet hat, mein eigener ist.«

»Hallo?« meldete sie sich erwartungsvoll. »Ich bin's, Mario«, sagte er schnell. »Was willst du?« Sie klang nicht unfreundlich. »Ich muß mit dir reden«, er sagte es schnell, um ihr keine Zeit für eine Absage zu geben, »es ist wirklich wichtig. Wir treffen uns in der Brasserie.« Er legte auf und verließ sein Büro.

»Ich bin für eine Stunde weg.« Mit diesen Worten war er bereits draußen. Er wollte jetzt niemanden sehen, niemanden hören, er wollte nur dieses Gespräch hinter sich bringen.

»Keine Ahnung, was er von mir will«, Camilla lenkte ihr Cabrio mit der einen Hand, mit der anderen rief sie Cleo an, »er ist umwölkt von seltsamen Stimmungen, seit er erfahren hat, daß er Großvater wird. Späte Midlife-Krise oder früher Alterswahnsinn, vermute ich, Panik vor diesem Meilenstein, der signalisiert, daß der Horizont nicht mehr endlos ist. Ich weiß leider, wovon ich rede.«

»Soll ich Händchen halten?« Cleo zwinkerte dem jungen Producer Wolfgang Held zu, mit dem sie die fünfte Drehbuchfassung durcharbeitete, er zwinkerte beflissen zurück, obwohl er keine Ahnung hatte, worum es ging. Aber das hatte er selten, wie Cleo leidvoll erfahren hatte. Er war genauso jung wie dumm, ein von elterlichen Beziehungen – Daddy war einflußreicher Banker – hochgespülter Dünnbrettbohrer, mit dem sie sich herumärgern mußte. Die betrogene ältere Ehefrau wurde immer lebenslustiger und männermordender. Vor allem immer jünger. »Eine Frau, die am Vorabend ihrer Silberhochzeit erfährt, daß ihr Mann eine junge Geliebte hat, kann nicht zweiunddreißig sein«, hatte Cleo protestiert. Vergeblich. »Eine Kinderehe«, so der ungerührte Kommentar des jungen Held, »der Zuschauer rechnet nicht nach.«

Cleo und Camilla kämpften, aber da sie als Drehbuchautorinnen den schmalen Grat zwischen Beflissenheit und Durchsetzungsvermögen wandern mußten, frei nach dem Motto: Wie frau es macht, ist es verkehrt, nahm das Buch eine Form an, unter die Cleo und Camilla nur ihren Namen setzen würden, weil sie genauso eitel und bestechlich waren wie alle anderen. Darin lag ein kleiner Trost.

»Mein Händchen oder das von Mario?« fragte Camilla zurück, und Cleo stellte wieder einmal fest, wie schlagfertig und witzig ihre neue Freundin geworden war. »Deins natürlich«, entgegnete sie, »sei nett zu ihm. Er kann doch nichts dafür, daß er nur ein Mann ist. Unser Produzent ist übrigens begeistert von unserer fünften Fassung. Er meint nur, unsere Heldin sollte statt Hormontabletten lieber Antibabypillen schlucken. Für die jüngeren Zuschauer. Ich hab gesagt, wir diskutieren es.«

Sie legte auf und lächelte ihren Produzenten an. Der lächelte mit Zitronenmund zurück, ein Ausdruck, der ihm ganz besonders schlecht zu Gesichte stand. Er hielt dabei ein Fax hoch, auf dem sie das Logo ZDF erkannte. Die Änderungswünsche des Senders, genauer gesagt, des zuständigen Abteilungsleiters Peter Wünsche, intern Sprossenfenster-Wünsche genannt, weil er zwar ständig den Anspruch formulierte, »unserem Kukidentimage entgegenzutreten«, wie er die mittel- bis hochmittelalte Zielgruppe des Senders nannte, es jedoch schaffte, in jedem der ihm angebotenen Drehbücher »die kleinen Schmutzpünktchen«, sein Ausdruck, auszumerzen. Jedes Wort, das also auf Sexualität hinwies, wurde ersetzt. Penis wurde zum Zauberstab, Beischlaf zum Liebesakt.

Und bei Cleo und Camilla gab es viel auszumerzen. »Ich rate mal«, Cleo nahm dem Producer die unerfreulich lange Faxschlange aus der Hand, »Wünsches Wünsche«, las sie laut und runzelte die Stirn. Cleo, dachte sie tief durchatmend, bleib ganz ruhig. Klar doch, die Masturbationsszene war gestrichen, dramaturgisch war sie, darin waren sich alle außer Wünsche einig, von zentraler Bedeutung, zeigte doch dieser autoerotische Akt am deutlichsten die Einsamkeit der Hauptfigur. »Keine Sexanleitungen zur besten Sendezeit«, forderte der Abteilungsleiter, »ich schlage vor, sie geht statt dessen an der Alster spazieren. Dann haben wir gleich ein bißchen Hamburg-Kolorit dabei.«

»Ich hasse diesen Mann«, murmelte Cleo.

»Ich auch«, stimmte Wolfgang Held zu. Er grinste frech, was ihm richtig gut stand. »Wie wär's, wenn sie an der Alster masturbiert? Im Mondschein?«

Sie lachten. »Schön wär's ja«, seufzte Cleo. Dann griff sie zum Handy: »Scheiße, schon wieder deine Mailbox. Benedikt. Ich e-maile dir mal ein paar Verlage, die ich interessant finde, und die entsprechenden Ansprechpartner dazu. Versuch dein Glück, mein Süßer.«

Die »Brasserie« war das Hotelrestaurant des »Interconti«, und zu dieser frühnachmittäglichen Stunde kaum besucht. Als Camilla den Raum betrat, eilte der Maître mit wedelnden Rockschößen auf sie zu. »Eine Freude, eine Freude, Frau Benedikt«, flötete er, »der Herr Gemahl ist schon da. Er hat seinen Stammplatz« und trippelte in Fensterrichtung, während Camilla feststellte, daß sie keine Ahnung mehr hatte, wo sein Stammplatz in seinem Lieblingsrestaurant eigentlich war. Sie hatten schon Ewigkeiten nicht mehr zusammen geluncht. »Sie sehen phantastisch aus, wie immer«, trillerte der Maître. »Danke«, erwiderte sie dieses oft gehörte Kompliment, das sie schon längst nicht mehr erfreute.

Da saß er und schaute durch die Glasscheibe auf die Terrasse. Er sah sie und stand auf. Der vollendete Kavalier, selbst bei seiner ungeliebten Ehefrau, dachte sie spöttisch und setzte sich. »Ein stilles Wasser«, rief sie in Richtung Maître, obwohl ihr eigentlich eher nach einem Wein zumute war. Aber etwas in den Augen ihres Mannes warnte sie, daß es besser war, bei diesem Gespräch nüchtern zu bleiben. »Ich bin ganz Ohr«, sagte sie und nahm sich ein Stück Brot aus dem Silberkorb vor ihr, irgend etwas mußte sie in der Hand halten und Zigaretten hatte sie sich gerade wieder abgewöhnt. »Schieß los, Opa.«

Sie lächelte, mitten in sein todernstes Gesicht hinein. »Nun mach's doch nicht so spannend, verdammt.« Das Lächeln wich aus ihren Augen, sie trank einen großen Schluck aus dem Glas, das der Kellner vor sie hingestellt hatte, verschluckte sich.

»Der Grund, warum ich gegen eine Ehe bin, hat nichts mit väterlicher Eifersucht zu tun«, begann er, und etwas in seiner

Stimme ließ ihr Herz schneller schlagen. Sie verknäulte ihre Hände unter dem Tisch und schwieg. »Ich gönne meiner Tochter alles, das weißt du, und am allermeisten gönne ich ihr, daß sie einen Mann findet, der sie glücklich macht.«

»Glücklicher als du mich?« fragte sie. »Ja«, erwiderte er einfach, und in diesem einen Wort lag die Entschuldigung für ein Vierteljahrhundert mißglückter Ehe, für all die lieblosen Jahre, an denen er sich hauptschuldig fühlte, die Verletzungen, die Lügen, die anderen Frauen. Und mit einem einfachen »Danke« akzeptierte sie. Jedenfalls für diesen Augenblick.

»Ich bin gegen diese Ehe und vor allem gegen ein gemeinsames Kind, weil ...« Er sah sie an, und sie schrak vor seinem Blick zurück. »Weil?« flüsterte sie voll böser Vorahnung. »Weil?«

»Weil Benedikt mein Sohn ist.«

Es war vollbracht. Camilla sagte nichts. Hatte sie ihn womöglich nicht verstanden? »Sie sind Halbgeschwister, weil es beides meine Kinder sind«, ergänzte er deshalb und nahm ihre Hand, was sie sich auch widerstandslos gefallen ließ, ein Zeichen dafür, wie benommen sie war.

»Camilla«, seine Stimme drang wie durch Watte zu ihr vor, »Camilla?«

O mein Gott, dachte sie verzweifelt, jetzt holt mich mein verdammtes Schicksal doch noch ein.

»Mario«, begann sie, »ich ...«

»Entschuldigen Sie die Störung, « der Maître stand mit einem Handy an ihrem Tisch, »Telefon für Herrn Benedikt.«

»Hier ist Ursula Rasch«, der Name sagte ihm nichts, bis er die Stimme seiner Haushälterin Uschi erkannte, »bitte kommen Sie sofort nach Hause, Ihre Tochter ...«

Sie brauchten zehn Minuten für einen Weg, der bei normalem Verkehr eine halbe Stunde dauerte. Die Haushälterin stand bereits in der offenen Tür. In der Hand hielt sie einen Briefbogen. »Ich konnte sie nicht aufhalten«, stammelte sie und gab Camilla den Brief, »sie war völlig außer sich. So hab ich sie noch nie erlebt. Der Brief lag auf ihrem Bett.«

Marias Schlafzimmer sah aus wie ein Schlachtfeld nach einem nuklearen Angriff. Schubladen und Schränke waren offen, Bügel,

Kleidungsstücke, Bücher lagen verstreut auf dem Boden. »Gib mir den Brief, Uschi«, sagte Camilla tonlos.

»Liebe Eltern«, begann er, und Camilla und Mario fühlten beide, wie sich ihr Herz schmerzhaft zusammenzog. So förmlich war ihre Tochter nie. »Ich weiß jetzt Bescheid, Benedikt hat mir alles erklärt. Wir haben unheimlich geweint und uns ganz doll festgehalten …« Camillas Stimme stockte: »Lies weiter«, flüsterte sie und reichte ihm den Brief. Die vertraute, noch immer kindlich runde Handschrift war wie ein stummer Vorwurf, »aber es hilft ja nichts, wir sind Geschwister. Natürlich würde es uns helfen, wenn es einen Schuldigen geben würde, aber ich habe lange darüber nachgedacht und finde, es gibt ihn nicht. Du nicht, Papa, weil Du Mami nicht mit mir im Bauch im Stich lassen wolltest, Benedikts Mutter Jette nicht, sie hat genug durchgemacht. Nur eine Frage – gab es damals noch keine Kondome, keine Antibabypillen? Dann wären wir beide nicht auf der Welt, und uns wäre viel erspart geblieben. Wie gesagt, keiner hat schuld. Keiner. Auch mein Baby nicht. Das am allerwenigsten. Wißt ihr, daß ich es bereits in mir fühle? Ich bin ganz sicher, auch wenn mein Arzt meint, es sei noch zu früh. Es tut mir wahnsinnig leid für Euch, aber ich weiß nicht, ob ich mein Baby abtreiben kann. Ich brauche Zeit zum Nachdenken, auch wenn die Uhr tickt. Deshalb gehe ich weg. Allein. Niemand weiß, wo ich bin, auch Benedikt nicht. Wenn ich einen Entschluß gefaßt habe, melde ich mich bei Euch.

Ich hab euch lieb

M.«

Mario ließ den Brief sinken. »Ich muß zu Benedikt«, sagte er, »ich muß zu meinem Sohn.«

Camilla sah ihm nach, wie er mit großen Schritten, ohne sich umzusehen, das Haus verließ. Er war schon im Garten, als sie die Haustür aufriß. »Warte«, rief sie, »ich …« Er winkte ihr kurz zu und verschwand in seinem Auto. Er hatte sie nicht mehr gehört. Oder nicht mehr hören wollen. Der Motor heulte auf, er legte den Rückwärtsgang ein und fuhr los. Zu seinem Sohn, zu Jette.

Sie stand da und sah ihm nach, und die Tränen liefen ihr übers Gesicht.

»Komm zurück«, flüsterte sie, »geh jetzt nicht weg.«

Aber er kam nicht.

Sie ging direkt zum Telefon: »Ich bin's. Camilla. Ich brauch dich jetzt«, sagte sie und schniefte: »Bist du allein? In zehn Minuten bin da.«

Als sie im Auto saß, griff sie blind ins Handschuhfach. Die Zigarettenschachtel lag unter den Straßenkarten wohl verborgen. Sie inhalierte tief. Mieser als sie sich in diesem Augenblick fühlte, da ihre Tochter allein und verzweifelt über eine Abtreibung nachdachte, ihr Ehemann bei seinem unehelichen Sohn war und sie auf dem Wege zu ihrem brasilianischen Liebhaber, konnte sie sich nicht fühlen. Da kam es auf eine verdammte Zigarette wirklich nicht mehr an.

Sie wählte. »Hallo, Gina, wie geht's? Nein, kein bestimmter Grund. Ist Falko da? Bei seiner sogenannten Skatrunde? Da wird er schon sein. Eine Frau wie dich betrügt man doch nicht. Nein, bestell ihm nichts. Hat sich schon erledigt.« Sie legte auf. Ich bin wirklich allein, dachte sie, ganz allein. Und seltsamerweise fühlte sie fast etwas wie Befreiung. Sie war ganz unten. Schlimmer konnte es nicht werden.

80

Nach dem Gespräch mit Maria war Benedikt auf dem Sofa zusammengesunken. Wachsbleich, mit tiefen Augenschatten lag er da, aß nichts, trank nichts, war stumm und kalt. Jette hatte neben ihm gesessen und seine Hand gehalten. »Sie will also das Baby behalten?« fragte sie behutsam, und er zog sofort seine Hand weg. »Laß mich«, murmelte er, und die Tatsache, daß er so leise sprach, sie nicht anschrie, beunruhigte sie mehr als alles andere. »Vielleicht kann man ja ein erbbiologisches Gutachten machen«, er hatte es nur geflüstert, aber seine Worte wirkten trotzdem wie ein Peitschenschlag. »Ein Gutachten?« Zum tausendsten Mal verfluchte Jette ihren unüberlegten, spontanen Entschluß, ihren Sohn zu seinem Vater zu schicken. Was für eine Problemlawine hatte sie damit ausgelöst. »Vielleicht ist das Baby ja gar nicht geschädigt«, meinte Benedikt. Jedes Wort strengte ihn an. »Das Kind muß es ja nicht wissen, daß seine Eltern ...«

»Wollt ihr denn mit einer Lüge leben?« Schon während sie es aussprach, wußte sie, was er antworten würde. »Na und?« erwiderte er auch prompt. »Das habt ihr doch auch ganz wunderbar getan.«

Sie schwiegen.

Als es fünf Minuten später klingelte, rannte sie fast zur Gegensprechanlage. Das würde der Gemüsegroßhändler sein, der ihr die dreißig Pfund Tomaten für eine Bruschetta-Platte liefern würde. »Hallo«, rief sie in die Anlage, »fünfter Stock links. Hallo?«

»Ich bin's«, sagte Mario nur.

Sie drückte automatisch, ohne nachzudenken. Während Mario Benedikt die ausgetretenen Holzstufen zur ihrer Wohnung im fünften Stock immer kurzatmiger hochstieg, dachte er kurz, daß es ihr trotz Schufterei finanziell nicht besonders gutgehen konnte. Das Treppenhaus roch ungelüftet, nach Schweiß und Küchendünsten, die Wandfarbe, ein stumpfes Graubeige, blätterte ab.

Sie stand in der Tür und wartete auf ihn, und trotz der widrigen Umstände, trotz der Katastrophen, die sich gerade in seinem und in ihrem Leben abspielten, trotz seiner bleiernen Müdigkeit und den pochenden Kopfschmerzen, Vorboten, so wußte er, einer üblen Migräne, trotz allem fühlte er eine solche Freude, sie zu sehen, eine solche Sehnsucht, sie zu spüren, daß sekundenlang alles andere vergessen war.

»Jette«, sagte er und traute sich nicht.

»Komm rein«, ihre Stimme war kaum hörbar, »komm rein und halt mich fest.«

Sie standen im Flur, engumschlungen, ein paar Sekunden lang war alles vergessen, bis sie die harte, kalte Stimme traf wie ein Peitschenknall. »Lassen Sie sofort meine Mutter los.« Benedikt stand vor ihnen, wie ein Racheengel.

»Bennie«, flehte Jette, »laß dir doch erklären …« Er schnaubte: »Ich bin zwar unehelich, aber nicht blöd. Ich seh doch, was gespielt wird. Schämt ihr euch nicht? Hat euch eine Katastrophe nicht gereicht?«

Er riß die Wohnungstür auf, schmetterte sie mit einem Knall wieder zu. Mario und Jette sahen sich an. »Das Temperament hat er von dir«, meinte er.

81 Camilla kam unangemeldet. Cleo öffnete die Tür, unter dem Bademantel nackt. »Komm rein«, sagte sie nur, als sie das Gesicht ihrer Freundin sah und zu Recht als Katastrophenmeldung deutete, »er kommt erst in einer Stunde. Ich bin verknallt und gut gelaunt. Und ein wunderbarer Chardonnay aus Chile wartet auf uns im Weinkühler.«

Camilla trat ein und ging schnurstracks auf den Küchentisch zu, der jetzt fengshuigerecht schräg vor dem Fenster stand und noch übersät war von Cleos und Ronaldos Liebesmahl. Ohne wie sonst den chaotischen Zustand von Cleos umarrangierten Räumlichkeiten zu kommentieren, setzte sie sich und griff zur Weinflasche, hob sie an den Mund und trank. Dies war ein so ungewöhnliches Verhalten für Camilla, daß sich Cleo besorgt zu ihr setzte. »Was ist los?« fragte sie leise, so als wolle sie sie nicht verschrecken. Camilla setzte sie Flasche ab. »Ich habe etwas Schreckliches getan«, sagte sie, »ich ersticke, wenn ich nicht mit jemandem darüber reden kann.«

Cleo fühlte ihr Herz in ängstlicher Vorahnung herumflattern. »Was hast du getan, meine Süße?« Sie gab ihrer Stimme einen betont burschikosen Tonfall, »Mord, Totschlag, Bankraub?«

Camilla sah sie an. »Ich habe das Leben meiner Tochter zerstört«, sagte sie.

82 Ronaldo Heymann stand zwei Stunden später nackt bis auf die weißen Socken in Cleos Küche und schmeckte eine Tomatensauce ab, und sie saß am Tisch, rauchte, trank und dachte, wie unendlich angenehm, daß sich die großen Katastrophen nicht in meiner Küche abspielen. Und wenn schon ein nackter Mann mit nichts als weißen Socken an, lieber Gott, dann bitte Ronaldo. Er tat ihr so gut, daß sie sich jeden Morgen kniff und ein Stoßgebet zum Himmel schickte. Und nach nur einer einzigen Unterrichtsstunde hatte sich dieser mittelalterliche Buchhändler zu einer horizontalen Granate gemausert. »Wo ist der frische Pfeffer, Schatz?« fragte er und drehte sich um. »Ich lieb dich richtig, Ronaldo«, die Worte waren ihr entschlüpft, ehe sie es verhin-

dern konnte, »ist das nicht pervers?« Sie sahen sich an, verwundert. »Der Pfeffer steht auf dem Fensterbrett«, sagte sie. »Ich liebe dich auch, Cleo«, er sagte es sachlich, völlig selbstverständlich, nahm die Pfeffermühle vom Fensterbrett und pfefferte in den Saucentopf. »Ich habe dich schon immer geliebt«, fuhr er fort, während er umrührte, abschmeckte, Basilikumblätter kleinzupfte und dazutat, »von deiner fünften Lesung an. Hast du dich nicht gewundert, warum ich dich ständig zu Lesungen gebeten habe?«

In der Tat, es hatte sie gewundert. Aber sie war seinen Einladungen gefolgt, obwohl sie beim dritten und vierten Mal kaum noch Bücher verkaufte. Seine Klientel war restlos ausgeschöpft. Seiner fünften Einladung war sie deshalb nur sehr widerstrebend gefolgt.

»Wo sind die tiefen Teller?« Ronaldo, ihr Geschenk, das rechtzeitig vor den Wechseljahren in ihrem Bett gelandet war und dort auch bleiben sollte, hatte ihr Kopfnicken richtig gedeutet und die Teller auf den Tisch gestellt.

»Ich hab übrigens meine Paperbacks schon wieder in den Regalen und nicht auf den Tischen entdeckt«, informierte sie ihn, während er die Teller füllte. Er war ein genußreicher Esser, auch das war so wunderbar an ihm. Nichts fand sie unerotischer als Männer, die auf ihr Gewicht achten mußten.

»Deine Paperbacks sind acht Jahre alt, mein Schatz.« Ronaldo schob sich ungerührt eine Gabel in den Mund, um die er geschickt eine Riesenportion Spaghetti gerollt hatte. »Ich bin die einzige Buchhandlung, die alle deine Bücher auf Lager hat. Ein bißchen Dankbarkeit, wenn ich bitten darf.«

»Wann soll ich dir meine Dankbarkeit zeigen«, gurrte sie, »vor oder nach dem Dessert?« Er grinste: »Sowohl als auch. Was macht übrigens deine ›einsame Frau‹? Für die in meinen Geschäften schon eine Riesenlücke im Belletristik-Bereich freigeräumt worden ist.«

Sie sah ihn an, wie er nackt dasaß, Spaghettisauce rann über sein stoppeliges Kinn, und ihr ging das Herz auf. Alles meins, dachte sie. Die Knorpelknie, die kalten Füße, die ich immer wärmen muß, die großen Ohrläppchen, der kleine Schwabbelbauch. »Ich habe einen neuen Agenten, einen jungen Mann«, ließ sie ihn wissen, »mal sehen, was der für mich tun kann.« Dann stand sie auf und setzte sich auf seinen Schoß. Keine Lust mehr auf Beruf. Auch das war neu für sie. Daß es nicht mehr das Wichtigste auf der Welt für sie war, wie hoch der Vorschuß, der Platz auf der Bestsellerliste war. Ein so befreiendes Gefühl.

Das Handy. Mist, dachte Cleo, aber sie war zu neugierig, um nicht zu antworten. »Hej, Benedikt«, sie ruckelte ein bißchen auf Ronaldos Schoß hin und her, der unter ihr immer sehr schnell in Wallung geriet, »wie geht's?« Ihre Stimme klang besorgt, rechtzeitig fiel ihr ein, daß sie ja offiziell gar nichts wußte. Marios Sohn. Das war schon eine kleine Bombe, diese Nachricht.

Das wäre eine nette kleine Rache gewesen, wenn sie tatsächlich … »Danke«, seine Stimme klang normal, aber was hatte sie erwartet? Schluchzen, Zusammenbruch? Er war schließlich Marios Sohn. Ein Cowboy, der keine Gefühle zeigte. »Ich treffe mich übrigens morgen mit …«

Er hatte also bei den Verlagen angerufen. Ihren Test bestanden. Mehr wollte sie im Augenblick nicht wissen, denn sie war abgelenkt. Sehr abgelenkt.

»Danke, wunderbar, ich melde mich«, flötete sie, legte auf, seufzte. »Komm endlich«, flüsterte Ronaldo.

Sie drehte sich um, damit sie ihn umarmen konnte. Ein paar heiße Minuten atmeten und streichelten sie sich nur. Dann schob er sie zurück: »Hast du übrigens den Spiegel umgehängt?« fragte er. »Ja«, seufzte sie, »in die Südostecke, wie du es mir geraten hast.«

Ronaldo war als Anhänger von Feng Shui, der chinesischen Harmonie- und Gestaltungslehre, entsetzt gewesen, als er ihre Wohnung zum ersten Mal betrat. »Hier ist ja alles falsch.« Schon stand er neben ihrem Bett, das gegenüber der Tür stand; und schob es in die Ecke. »Zu schneller Energiefluß, liebe Cleo, aber so was weiß man doch.« Hatte sie noch nie bemerkt, wie unruhig sie schlief, weil nachts ihre Seele wanderte? Hatte sie nicht, aber sie ließ ihn gewähren. Nun waren alle ihre Möbel nach energetischen Strömungslinien aufgestellt. Auch der Spiegel hing südöstlich, das sollte Geld bringen, hatte Ronaldo versprochen.

Sie lächelte ihn an. »Wenn du meine Paperbacks ins Fenster legst, komm ich mit zum Briefkasten, heute ist Vollmond«, versprach sie. »Deal«, sagte er nur.

»Du hast schon eine ganz schöne Meise«, sie sagte es liebevoll, denn sie fand seine diversen Spinnereien ausgesprochen niedlich. Wie sein Hobby, das Beantworten von Preisausschreiben, die er vorher mit einem Glücksstein bestrich. Sechshundert Mal hatte er deshalb schon gewonnen, in seiner Wohnung stapelten sich, streng energetisch angeordnet, Fernseher, Porzellansets und Plüschtiere. Er steckte seine Teilnehmerkarten nur bei Vollmond in seinen speziellen Glücksbriefkasten. Den er regelmäßig polierte und besprach.

Und da Cleo ihren Ronaldo liebte, stand sie zwei Stunden später mit ihm vor seinem Glücksbriefkasten und polierte ihn, »mach uns glücklich, mein Süßer« murmelnd. Das durfte sie, weil sie sein Talisman war. Dann warf Ronaldo die Teilnehmerkarte ein.

Und wurde einen Monat später glücklicher Gewinner eines dreizehnten Fernsehers. Den er seiner Putzfrau schenkte, weil er mit dreizehn nichts zu tun haben wollte.

83

»Was sollen wir tun?« fragte Mario, und Jette spürte diesen leisen Hauch von Ungeduld, wie immer, wenn sie mit einem hilflosen männlichen Wesen zu tun hatte. Mit einem Jungkoch zum Beispiel, der beim Lachs alle bräunlichen Stellen dranließ, weil er nicht wußte, daß die am ehesten ranzig schmecken können. Mit ihrem damals kleinen Sohn, wenn sie ihm zum Millionsten Mal erklärte hatte, wie man sich am besten die Zähne putzt. Wie jetzt mit Mario, der vor ihr saß und nicht weiterwußte, der nur in den Arm genommen und getröstet werden, oder noch lieber, aufwachen wollte, und alles stellte sich nur als ein böser Traum heraus.

Wie er da so saß, mit hochgekrempelten Ärmeln und einem angetrockneten Milchbart auf der Oberlippe, er hatte auf einer Tasse heißer Milch mit Honig bestanden, sah er wie ein kleiner Junge aus, mit dem Finger im Marmeladentopf. Mama, ich war's nicht, hau mich bitte nicht. Doch genau das mußte sie tun. Sie mußte vernünftig und erwachsen für sie beide sein. »Wir dürfen uns nicht mehr sehen, Mario«, sagte sie, und an dem entsetzten Ausdruck in seinen Augen erkannte sie, daß er keine Ahnung hatte, wie schwer ihr dieser Satz fiel. »Es ist die einzige Lösung«, fuhr sie fort und verzichtete auf den Impuls, nach seiner Hand zu greifen, seine Haut zu spüren, noch ein letztes Mal. »Ein klarer Schnitt, eine saubere Trennung. Was immer mit Maria geschieht, Benedikt kann und darf nicht mehr Teil ihres Lebens sein. Es war damals nicht möglich und ist es heute auch nicht.«

Er blieb sitzen, als sei ihm jede Anstrengung zuviel. Das Telefon klingelte. »Oh, Frau Pfannenschmidt, Sie haben Ihre Dessertwünsche geändert«, sagte sie und lauschte. Mario sah, wie sich ihr Gesicht langsam veränderte, ihre Augen glänzten, sich ihre Wangen färbten, sie konzentriert an der Unterlippe nagte. Sie sah wie ein Schulmädchen aus. »Gut, dann also keine Quarkknödel mit kandierten Früchten, sondern Quarktaschen mit Mohnfüllung, kein Problem.«

Sie legte auf und ging auf den Tisch zu, an dem der Mann saß, der ihr soviel Kummer zugefügt hatte wie nie ein anderer zuvor und den sie trotz allem so sehr liebte wie nie einen anderen danach. »Geh jetzt.« Sie sagte es ganz leise und sehr zärtlich, und er stand sofort auf und legte die Arme um sie. Ein letztes Mal. So standen sie, bis es an der Haustür klingelte. »Das ist Benedikt«, flüsterte sie. Er sollte jetzt gehen und aus ihrem Leben verschwinden. Es war besser so.

Er küßte sie. Seine Lippen waren weich und schmeckten nach Salz. Weinte er? »Weinst du?« fragte sie und hätte es fast selbst getan. »Quatsch«, er räusperte sich. Einmal, zweimal. »Bis dann.« Er war im Treppenhaus verschwunden, kein Abschied. Auch das war gut so.

Mario war im dritten Stock, als Benedikt ihm entgegenkam. Der Hausflur war nur schummerig beleuchtet, also entgingen dem Verleger seine rotgeweinten Augen.

Sie blieben stehen. »Was machen Sie denn immer noch bei meiner Mutter?« Die Stimme seines Sohnes klang feindselig. »Ich habe mich nur von ihr verabschiedet«, sagte Mario und reichte ihm die Hand, die Benedikt unwillkürlich ergriff, »und das möchte ich jetzt auch von dir.« Ihre Hände lagen ineinander, nur eine kleine Sekunde. Zum ersten Mal hatten sie sich berührt.

»Wenn du irgend etwas brauchst ...«, Mario wußte, wie banal dieser Satz klang. »Dann wende ich mich an meine Mutter«, erwiderte Benedikt und wandte sich zum Gehen, »das habe ich schließlich mein Leben lang getan.«

Er ging die Treppen hoch. Der Vater hätte ihm gern nachgeschaut, aber er traute sich nicht. Sonst hätte er gesehen, wie sein Sohn stehengeblieben war und ihm nachschaute. Vielleicht hätte es ihn getröstet.

84

Als Mario sein Haus betrat, empfing ihn Totenstille. Die Haushälterin war gegangen, Camilla hatte offensichtlich einen ihrer aushäusigen Termine. Er hätte einen seiner vielen Geschäftsfreunde oder lockeren Bekannten anrufen und sich in einem Spesenlokal zum Abendessen verabreden können, aber er hatte keine Lust dazu. Er hatte zu nichts Lust.

Nur zu einem. Sich sinnlos zu betrinken Er betrat die leere Küche, die Uschi wie immer aufgeräumt und mit einem Zettel am Küchentisch verlassen hatte. Er öffnete den amerikanischen Kühlschrank, vollgestopft mit Lebensmitteln und Flaschen, holte sich eine Flasche Bier, öffnete sie wie früher mit den Zähnen und stellte die sinnlose Betrachtung an, für wen in aller Welt die diversen Käse unter der Käseglocke, die vielen Joghurts, saure und süße Sahnen, Kräuter, Essensreste wohl gedacht waren. Sie waren selten zu Hause, aßen meist in Restaurants. Ob die gute Uschi heimlich eine Armee von Arbeitslosen damit versorgte? Oder den Kühlschrankinhalt Stück für Stück mit zu sich nahm? Wahrscheinlicher war, daß sie es als Haushälterin richtig und schicklich fand, jederzeit für einen Ansturm von hungrigen Gästen gewappnet zu sein. Er klammerte sich an diesem Thema fest, weil er sein müdes Gehirn mit etwas Lächerlichem beschäftigen wollte.

Während er trank, ging er auf den Tisch zu und las Uschis Zettel.

Wünsche eine gute Nacht.
Ihre Uschi
P. S. Ihre Tochter hat sich heute nicht gemeldet.

Er zerknüllte den Zettel. Er wußte nicht, was er mit sich anfangen sollte. Das Haus kam ihm leblos, fast feindselig vor. Es war so groß, so aufgeräumt, wie ein Museum. Ein Museum ohne Besucher. Und es würden immer weniger werden, seine Tochter hatte ihn verlassen, sein Enkel durfte nicht geboren werden, seine Frau hatte sich schon vor Jahren verabschiedet, sie war nur noch ein kühler, höflicher Schatten in seinem Leben. Und Jette? Jette war auch nicht da. Er war ganz allein.

Er setzte sich auf das große Sofa mit den vielen steifen Kissen, schaltete den Fernseher an, ließ ohne Ton die bunten Bilder laufen, kämpfte vergebens gegen die Bilder im Kopf. Sie waren hartnäckig, ließen sich nicht vertreiben.

Jette und er, ein glückliches Ehepaar, vier Kinder. Sie saßen in einer großen Küche, an einem Holztisch, Jette kochte. Alle redeten, lachten, tranken Wein, die Enkel, so viele, daß er zu zählen aufgehört hatte, spielten Hündchen unterm Tisch und wurden mit den Vorspeisen gefüttert. Jette kam mit einem großen Topf, aus dem es köstlich duftete. »Heiß, heiß, heiß«, rief sie, und alle wichen zurück, und sie stellte den Topf mitten auf den Tisch. Dann wischte sie sich den Schweiß von der Stirn und setzte sich auf seinen Schoß. Und während seine Kinder die Suppe schlürften, küßte er seine Frau, und dann fütterte sie ihn.

Einen kurzen Augenblick war er sehr glücklich. Dann wachte er auf. Aber seine Sehnsucht nach den Bildern war so heftig, daß es ihn auf dem Sofa, inmitten der steifen Paradekissen, nicht mehr hielt. Sein Wunsch, sie anzurufen, war übermächtig.

Er hatte die Hand bereits am Telefon, als es klingelte.

»Ich bin's«, so hatte sich Camilla immer schon gemeldet, als gäbe es für niemanden auf der Welt einen Zweifel an ihrer Stimme, »ich bin bei meinem Lover. Geht's dir gut?«

Ihre Frage kam ihm so albern vor, daß er nicht antwortete.

»Mir auch nicht«, sagte Camilla und wartete. Dann hörte er ihr Seufzen.

»Soll ich kommen?«

»Nein«, sagte er.

85

»Es tut mir wirklich leid, ich weiß auch nicht, wo sie steckt.« Camilla schob ihre Diskette in den Laptop und seufzte. Der Sohn ihres Mannes, der Vater ihres zukünftigen Enkelkindes war hartnäckig, aber sie konnte ihm nicht helfen.

Keiner wußte, wo Maria sich aufhielt, wie sie sich fühlte, ob sie bereits eine Entscheidung getroffen hatte. Aber er rief immer wieder an. Jetzt hatte er Camilla bei der vorläufig vorletzten Drehbuchfassung erwischt.

»Ich muß zu ihr«, Benedikt gab nicht auf. »Nein, das müssen Sie nicht«, sagte Camilla, und sie gab sich Mühe, ihre Stimme scharf und spitz klingen zu lassen, wie ein geschliffenes Messer. »Es ist vorbei. Vergessen Sie Maria.«

Sie legte auf, ihr Herz klopfte schuldbewußt und wie verrückt. Du bist genauso feige wie Mario, dachte sie, schon wieder eine Gelegenheit verpaßt.

Im Kühlschrank fand sie eine Schüssel Grießpudding, mit der sie in den Garten trat, sich ins Gras setzte und den Brei von ihren Fingern leckte. Der Anblick ihres von drei Gärtnern zweimal wöchentlich gepflegten Gartens machte sie normalerweise glücklich, gab ihr das Gefühl, auch ihr Leben sei so geordnet, so blühend, so ewig, wie ihre Rhododendronbüsche, wie ihr gänsenblümchenbetupfter Rasen, wie die Heckenröschen, die sich um den weißen Holzzaun rankten. Doch an diesem Tag versagte ihr der Garten seinen gewohnten Trost. Alles vergeht, schien er ihr zuzuraunen, alles verwelkt, verblüht. Das Handy klingelte, sie fluchte. Dieses Immer-erreichbar-Sein war manchmal schrecklich. »Camilla«, der Producer hatte sie von Anfang an geduzt, was sie frech, aber auch schmeichelhaft fand, »ich mag die fünfte Fassung. Nur noch ein paar klitzekleine Senderwünsche, die ich hiermit an dich faxen werde, dann sind wir im grünen Bereich.«

»Kein Problem«, sie lächelte und legte auf, und ihre Gedanken waren weit weg, spazierten über den Himmel, hinter die Wolken.

Hallo, Gott, schickte Camilla einen Gruß nach oben, was für ein merkwürdiges Spielchen treibst Du hier mit mir? Hast Du Dich gelangweilt, zwischen all den Engeln und den Gutmenschen und wolltest ein bißchen Unfrieden stiften? Hast Dir gedacht, dieser Mario ist zwar mit Camilla verheiratet, spielt aber heimlich an dieser Cleo herum, das wird mir jetzt zu langweilig. Ich bring die beiden Damen mal zusammen, schlag ein paar Funken. Es hatte Funken gegeben, der große Puppenmeister hatte recht gehabt, aber aus diesen Funken war eine Freundschaft entstanden, kostbar wie ein völlig unerwartetes Geschenk.

Camilla faltete die Hände und blickte in den wolkenverhangenen Himmel. Ein zartrosa Schimmer hinter einer etwas weniger grauen Wolke zeigte einen Sonnenuntergang, der leider keine Chance hatte, sich in all seiner Pracht zu entfalten. Er würde unbemerkt stattfinden, dann würde es dunkel werden. Wie ich, dachte Camilla, ich werde wohl auch ganz unbemerkt dunkel werden, bevor ich untergehe. Ich danke Dir da oben hinter der Wolke trotzdem für die Freundschaft zu Cleo. Ich habe nie eine richtige Freundin gehabt, weil ich Frauen immer mißtraut habe, und daß ich jetzt eine in der ehemaligen Geliebten meines Mannes finde, entbehrt sicher nicht einer gewissen Ironie, aber ich habe immer schon gewußt, daß Du Humor hast.

Sie holte tief Luft und stand auf. Dann sah sie wieder in den Himmel. Die große, dunkle Wolke stand jetzt direkt über ihr, und Camilla fühlte eine Präsenz, ganz nah, die ihr aufmerksam zuhörte. Und bitte kümmere Dich um meine Tochter, sprach sie ihr stummes Gebet weiter, steh ihr bei, wo immer sie jetzt ist. Und bitte mach, daß sie sich bei mir meldet. Damit ich mit ihr reden, ihr alles erzählen kann. Damit das Baby gerettet wird.

So versunken war sie in ihre Konversation, daß sie das ferne Grollen, das langsam näher kam, erst wahrnahm, als es plötzlich aufhörte. Die große schwarze Wolke hatte sich nicht bewegt, obwohl ein scharfer Wind aufgekommen war und die anderen Wolken in alle Richtungen wirbelte. Da – es knallte, es rollte, die Wolke teilte sich und gab einen langen, gezackten Blitz frei. Camilla schrie auf, der Blitz fuhr direkt an ihr vorbei in den Boden, sie war taghell erleuchtet, eine grelle Flamme. Dann – Stille. Der Blitz verschwand, die schwarze Wolke löste sich in viele Einzelwolken auf, ein Windstoß, weg waren sie.

War das jetzt ein göttliches Zeichen? fragte Camilla, während sie leicht benommen ins Haus zurückging. An der Terrassentür drehte sie sich noch einmal um und musterte den Nachthimmel.

Er schwieg.

Hör mir zu, Gott, flüsterte Camilla und warf einen letzten, bittenden Blick auf die Wolke, die nicht mehr vorhanden war. Laß das Telefon klingeln. Laß es meine Tochter sein. Dann will ich auch nie wieder was von Dir.

Aber das Telefon schwieg. Gott ist schließlich auch nur ein Mann.

86 Die Stimme kam Ella Malik unerfreulich bekannt vor. »Sie sind?« fragte sie dennoch höflich. »Ich habe Ihren Namen akustisch nicht verstanden.«

Sie lauschte. »Einen Augenblick, ich schau mal, ob ich ihn erwische.« Sie öffnete die Zwischentür. »Ein Herr Scharfmann von der Vereinsbank möchte wissen, was mit seinem Manuskript passiert.«

Kurz und erfolgreich unterdrückte Mario Benedikt den Impuls, mit einem Handkantenschlag seinen Schreibtisch zu zerlegen. »Sagen Sie ihm, wunderbar, er hört von uns.« Seine Augen schoben sie aus der Tür. Nach drei Minuten stand sie wieder da. »Was ist denn...«, fragte er gereizt. »Herr Scharfmann läßt ausrichten, wenn alles zu seiner Zufriedenheit verliefe, würde er den besprochenen Termin um zwei Wochen verschieben können.«

Ihr Blick, der forschend auf ihm ruhte, sagte mehr als tausend Worte. Sie wußte Bescheid.

»Schicken Sie mir bitte Frau Dr. Boysen«, sagte er.

87 »Er erwartet mich«, sagte Cleo, lächelte die Sekretärin an und drückte die schwere Tür auf. »Guten Morgen«, flötete sie, gut gelaunt, gut durchblutet, und freute sich auf das kleine Spielchen, das sie gleich mit ihm spielen würde. Er saß hinter seinem wuchtigen Männerschreibtisch, die Brille saß auf seiner ebenfalls wuchtigen Nase. »Setz dich«, er wies auf den Besucherstuhl vor dem Schreibtisch, »was kann ich für dich tun?«

Sie lachte, so absurd fand sie seine Frage. »Das weißt du doch genau.« Sie schug die Beine übereinander, und zum ersten Mal, seit sie ihn kannte, war es ihr vollkommen egal, ob er ihnen auch den nötigen Tribut zollte. »Ich will jetzt definitiv wissen, ob…«

»Nein…«, unterbrach er sie rüde, »ich will das Buch nicht. Es gefällt mir nicht.«

»Hast du es denn ganz gelesen?« fragte sie, weil sie wußte, daß er Bücher, wenn überhaupt, sowieso nur querlas. Er grunzte, was auch eine Antwort war. »Stört dich der Titel?« fragte sie und ärgerte sich gleichzeitig, daß sie diese versöhnliche Frage überhaupt stellte.

Er antwortete nicht, schien mit seinen Gedanken ganz weit weg.

Es reichte ihr.

»Keine Antwort ist auch eine Antwort«, sagte sie und stand auf. Da er sitzen blieb, was ungewöhnlich war, weil er eigentlich ein sehr höflicher Mensch war, konnte sie ihm auf den Kopf schauen und entdeckte dort eine kleine, kahle Stelle, die er sorgfältig übergekämmt hatte. Der Anblick rührte und erschreckte sie zugleich. »Laß doch die Hysterie«, seine Stimme klang gleichzeitig schroff und erschöpft, »wir haben doch immer gut zusammengearbeitet. Warum ….«

»Du hast völlig recht«, unterbrach sie ihn ebenso schroff, »wir haben gut gearbeitet, mittelmäßig gevögelt und sehr viel Geld verdient.« Unwillkürlich mußte er lachen. Mitten in ihre funkelnden braunen Augen hinein. Sie war schon eine Granate. »Mittelmäßig, eine Frechheit. Ich hab das anders in Erinnerung.«

Aber sie lächelte nicht zurück. »Ich hab deinen verdammten Mittelklasseverlag jahrelang gefüttert. Ich bin eure einzige deutschsprachige Bestsellerautorin. Und jetzt dieser Undank!«

Er runzelte unwillig die Stirn: »Darf ich dich ganz vorsichtig daran erinnern, daß du bei deinem ersten Manuskript siebenundzwanzig Absagen von anderen Verlagen bekommen hast und wir die ersten …«

»Tempi passati«, schnaubte sie, ungern an ihre unrühmliche Vergangenheit erinnert, »jetzt rennen mir die Verleger die Bude ein.« Er lächelte maliziös: »Wie ich dich kenne, wirst du ihnen sicher gern die Tür öffnen.«

Sie wußte genau, wie er das meinte, aber er hatte keine Macht mehr, sie damit zu verletzen. »Das habe ich bereits getan«, sie sah ihn an und stellte voller heimlicher Freude fest, daß er sie endlich, endlich wahrnahm. »Könntest du bitte ...?«

»Deutlicher werden?« vollendete sie seinen Satz. »Aber gern. Ich habe einen Verlag für meine ›einsame Frau‹. Unsere Zusammenarbeit ist hiermit beendet. Denn natürlich werde ich auch meine zukünftigen Bücher nicht mehr für einen Verlag schreiben, der mich und meine Arbeit nicht zu schätzen weiß.«

Sie stand auf und ging mit langsamen Schritten zur Tür, denn sie erwartete, daß er noch etwas sagen würde. Als sie vor der Tür stand, mit dem Rücken zu ihm, schwieg er immer noch. Sie drehte sich um und erschrak. Er hatte den Kopf auf die Hände gestützt und sah auf die Tischplatte. »Alles in Ordnung?« fragte sie erschrocken. War ihr dramatischer Abgang schuld an seinem seltsamen Verhalten? »Kann ich was für dich tun?« Sie trat einen Schritt näher. Er sah auf, seine Augen waren gerötet, das Gesicht sah verquollen aus. Sie unterdrückte den Impuls, ihre Hände auf seinen Kopf zu legen. Auf die kleine, kahle Stelle, um ihn zu trösten. Sie zog die Hände zurück.

Er ging sie nichts mehr an.

Als sie an Ella Malik vorbeiging und ihren forschenden Blick spürte, vibrierte ihr Handy in der Handtasche. »Ja?« Sie lauschte, es war Ronaldo, aber das mußte dieser aufgetakelte Vorzimmerspion ja nicht wissen. »Einverstanden. Schicken Sie mir den Vertrag nach Hause.«

Dumme Pute, dachte die Sekretärin, die gelauscht hatte, und wartete schweigend, bis Cleo Braake an ihr vorbeigestöckelt war. Gern hätte sie ihr ein Bein gestellt.

Dann ging sie zur Verbindungstür und legte ihr rechtes Auge ans Schlüsselloch. Und sah, wie der Verleger vor seinem Schreibtisch stand und weinte.

88 Es bedeutete nichts Gutes, völlig unerwartet zum Verleger zitiert zu werden, denn er war ein sehr organisierter Mensch, der nur im Notfall von seinem Terminkalender abwich. Frau Dr. Boysen zog sich deshalb die Lippen nach, putzte die Brille und ging mit gemischten Gefühlen ins Allerheiligste. Als sie das Vorzimmer betrat, drehte sich Ella Malik ruckartig von der Verbindungstür herum. »Frau Dr. Boysen«, rief sie, beim Lauschen ertappt, wie die Lektorin ahnte, »einen Augenblick, bitte.«

Sie klopfte an die Tür, ohne einzutreten. »Herr Benedikt«, rief sie, lauter als sonst, »Frau Dr. Boysen ist hier. Wollen Sie…«

»Schicken Sie sie herein«, die Verlegerstimme klang gedämpft, aber klar.

Ella Malik drehte sich zur Lektorin herum, die sie erstaunt ansah.

»Sie können gleich reingehen. Herr Benedikt erwartet Sie.«

»Was Bestimmtes?« Es gelang der Lektorin nicht, ihrer Stimme jene Beiläufigkeit zu geben, die eine professionelle Kraft wie sie zu haben hatte, sie klang, wie sie sich fühlte. Beklommen. »Nichts Schlimmes«, beruhigte die Chefsekretärin, und Frau Dr. Boysen fiel bei diesen schlichten Worten ein Wackerstein von der Seele. Daß sie immer noch so leicht zu verunsichern war, nach all den Jahren. Aber sie war es. Beschwingt betrat sie das Chefbüro.

»Sie haben mich …« Erschrocken hielt sie inne, als sie vor dem Verleger stand. Er sah aus wie ein Geist. Tiefe Augenschatten, und seine Augen leuchteten wie schimmernde Kohlen. »… gerufen.« Sie setzte sich ihm gegenüber und lächelte. Er schob ein Manuskript über den Schreibtisch und seufzte tief. »Ein Uem?« Schlagartig war ihre gute Laune verflogen. Er nickte. »Von einem gewissen Ernst Scharfmann.«

»Ach Gott«, seufzte sie. »Er ist Abteilungsleiter bei meiner Bank«, erklärte er. Sie schwieg. »Zuständig für Kredite.« Sie verdaute diese Information. »Ich kenne ›Leben zwischen Sex und Saldo‹«, sagte sie endlich, »haben Sie es schon gelesen?« Er nickte. »Quergelesen.«

»Und?«

»Es ist schrecklich.« Sie schob ihren Stuhl vom Schreibtisch, das Manuskript von sich weg. »Warum rufen Sie mich dann?«

Er sah sie an. Sein Verlegerblick war wieder da. »Weil wir dieses Buch machen werden. Und Sie werden es lektorieren, liebe Frau Dr. Boysen. Ich wüßte keine Bessere.«

Das Kompliment war für Dumme, und beide wußten es. »Lektorieren?« fragte sie spöttisch. »Sie meinen neu schreiben?«

Als sie in der Tür stand, wütend, desillusioniert, hilflos, hörte sie ihn sagen: »Als Belohnung kaufe ich dann für Sie die neue Goethe-Biografie aus Turkmenistan.«

Frau Dr. Boysen sagte nichts und ging wieder ins Büro zurück. Auf der Treppe las sie den ersten Satz: »Meine erste Freundin war einundzwanzig und in unserem kleinen Dorf als Schulschiff bekannt.«

Nachbarin, Euer Fläschchen, dachte sie.

Goethe hatte zum Glück für jede Lebenslage die richtigen Worte.

89

Maria ging am Strand von Braderup spazieren, ohne Gefühle, ohne Gedanken. Obwohl ein kalter Wind blies, ging sie barfuß, weil sie den kalten Sand unter ihren Füßen spüren wollte. Sie war jetzt zwei Wochen hier, in einer kleinen Pension direkt hinter einer Düne gelegen. Der Sommer war vorbei, die Insel gehörte wieder sich und atmete auf. Keine goldbeschwerten Düsseldorfer Gattinnen mehr, die bei »Gosch« aiolitriefende Scampis hinter ihre Jacketkronen schoben, keine Tagestouristen mehr mit dem deutschen Horroroutfit – zu kurze Shorts, Socken und Sandalen –, die Strände waren leer, in den Restaurants bedienten wieder die Einheimischen und keine unerfahrenen Aushilfskräfte. Der Himmel war klar, das Wetter frisch, mit einer Andeutung von Winter in der Luft.

Maria stand spät auf, weil sie nachts nicht schlafen konnte. Sie war immer die letzte im Frühstücksraum, was ihr nur recht war, denn seit Beginn ihrer Schwangerschaft aß sie nicht, sie fraß regelrecht. Sie war über sich selbst erschrocken, so kannte sie sich gar nicht. So heißhungrig auf Dinge, die sie vorher angewidert hätten. Auf Schwarzbrot mit Rollmops und Banane zum Beispiel. Jeden

Vormittag wiederholte sich dasselbe Ritual. »Kann ich bitte«, fing sie an, und die reizende Pensionswirtin Marte Holler, eine robuste Siebzigerin mit schwarz gefärbten Haaren und echter brauner Lederhaut, ging bereitweillig auf ihre kulinarischen Extrawürste ein. »Ich muß es ja nicht essen«, sagte sie, verschwand und stellte drei Minuten später wortlos einen Teller mit zwei Rollmöpsen und zwei Bananen vor ihren Gast hin. »Guten Appetit.« Mit rollenden Augen verschwand sie wieder. Der Anblick verdarb ihr den Appetit.

Nach dem Frühstück ging Maria spazieren, stundenlang, ohne Ziel. Irgendwo aß sie ein Rollmopsbrötchen mit Banane und trank eine Cola dazu, die sie nicht schwanger ebenfalls verabscheut hatte. Sie las keine Zeitung, kein Buch, sie rief niemanden an. Sie spürte auch ihr Baby nicht mehr, es war, als hätte sich das kleine Wesen in ihr unsichtbar und unfühlbar gemacht, damit es nicht weiter auffiel. Sie hatte noch drei Wochen Zeit, dann wurde es kompliziert mit einer Abtreibung.

Gelegentlich dachte sie an Benedikt, aber sie versuchte, ihn sofort und energisch zu verdrängen. Zu sehr mit Scham beschmutzt waren jetzt die Erinnerungen an ihn. Jede Berührung, jedes zärtliche Wort von ihm erfüllten sie mit Ekel. »Du widerst mich an, ich könnte kotzen, wenn ich an uns denke«, hatte sie ihm zum Abschied entgegengeschleudert und war weggelaufen. Er hatte bleich ausgesehen, totenbleich, aber das war ja kein Wunder, wahrscheinlich fühlte er einen ähnlichen Widerwillen wie sie.

Wenn sie doch alles rückgängig machen könnte! Diese verfluchte Zeugungsnacht.

Sie hatten *L. A. Confidential* gesehen, das heißt, nur gehört, so sehr waren sie miteinander beschäftigt, er wollte ihr seine Wohnung zeigen, aber auch von der hatte sie nicht viel gesehen, denn er schloß die Tür auf, trug sie über die Schwelle und ließ sie ohne ein weiteres Wort auf die Matratze plumpsen, die das Mobiliar seines ansonsten möbelfreien Schlafzimmers ausmachte.

Und auf dieser Matratze waren sie geblieben, bis zum nächsten Morgen. Und irgendwann in dieser Nacht war etwas in ihr zusammengeschmolzen, das sie jetzt aus Selbstschutz zu einer Anhäufung kranker Zellen, fast einer Art Tumor umgedeutet hatte, der entfernt werden mußte. Sie wußte selbst nicht, warum sie überhaupt noch zögerte, warum sie nicht längst beim Arzt war und diesen bösartigen Tumor entfernen ließ. Dann würde sie wieder nach Amerika gehen, oder nach Australien oder Neuguinea, jedenfalls weit, weit weg.

Hasta la vista, Baby.

90

»Ich bin ja immer noch der Meinung, daß der Ehemann zu gut wegkommt«, Camilla saß vor ihrem PowerBook, das sie nach vielen Nachhilfestunden ihres Brasileiros, der nicht nur ein Fitneß-, sondern auch ein Computerfreak war, so gut beherrschte wie seinen in letzter Zeit wieder häufiger benutzten Körper, »ich bin einfach immer noch zu männerfixiert. Lies mal.« Sie druckte eine Seite aus, reichte sie Cleo, die ihren Finger aus der Peanutbutter zog und las.

Bild 34 Wohnzimmer innen – Tag

Michael Jürgensen geht unruhig in dem gutbürgerlichen Wohnzimmer auf und ab. Er raucht. Drückt die Zigarette in einem Aschenbecher aus, der auf dem Glascouchtisch steht und bereits vor Kippen überquillt. Dann schenkt er sich aus eine halbvollen Cognacflasche ein Glas ein, das er in einem gierigen Zug austrinkt.
GELIEBTER
– aus dem Fenster schauend –
Sie hat mich verlassen. Sie ist einfach weg. Ohne ein Wort, ohne einen Abschiedsbrief auf dem Küchentisch.
Im Hintergrund ist ein Rascheln zu hören. Der Geliebte dreht sich um, seine Mutter steht im Nachtgewand in der Tür.
MUTTER
Hast du sie eigentlich geliebt, mein Sohn?
GELIEBTER
– ungeduldig –

Natürlich hab ich sie geliebt. Hätte ich sonst zwei kostbare Jahre meines Lebens mit ihr verbracht?
MUTTER
– nachsichtig –
Was für ein dummer Männersatz, mein Kind.
Warum hast du nicht ganz einfach mit »Ja, ich liebe sie« geantwortet?

Cleo legte die Seite weg und lächelte. »Weißt du, daß Mario genau diesen Satz auch zu mir einmal gesagt hat?« Camilla überlegte, ob sie Einzelheiten wissen wollte. Aber die Affäre war vorbei, und pikante Details aus dem Liebesleben ihres Nochgatten würden sie von ihrer privaten Misere ablenken. Und von dem nervösen Lauern auf jedes Telefonklingeln. Und nie war sie es .»Erzähl«, sagte sie deshalb. »Es war nach einer besonders schönen Mittagspause«, begann Cleo und sah ihre Freundin noch einmal prüfend an, aber Camilla schien so entspannt wie bei einer Fußreflexzonenmassage. »Wir rauchten eine gemeinsame Zigarette, bei dir durfte er ja nicht mehr…«

»Wie meinst du …«, unterbrach Camilla. »Ich meine das Rauchen«, grinste Cleo, »was dachtest du denn?«

»Ach so, erzähl weiter.«

»Und ich weiß noch, wie ich in diesem Moment dachte – ich liebe diesen Mann, wie ich noch nie einen Mann geliebt habe.«

»Gott, wie pathetisch«, sagte Camilla, »wenn wir das in einem Drehbuch schreiben würden, der Producer würde sich schütteln.«

»Egal, so hab ich mich jedenfalls gefühlt. Weißt du eigentlich, wie gut dein Mann nach dem Sex aussieht?« Camilla überlegte. Wußte sie das? Hatte sie jemals darauf geachtet? Sie lachte, aber es war ein trauriges Lachen. »Ich hab immer direkt danach das Licht ausgemacht«, sagte sie endlich, »also – wie sieht er aus, nachdem du ihn glücklich gemacht hast?«

Sie konnte ihn sagen, diesen so kaltschnäuzig klingenden Satz, weil sie sich innerlich schon von Mario verabschiedet hatte. Nie war ihr das so klar geworden wie in diesem Augenblick, als sie Cleos überraschten Blick auf sich ruhen fühlte. Wenn sich Maria wieder meldete, wenn die endgültige Wahrheit ans Licht kam, dann würde sie gehen. Sie würde ihn nicht länger festhalten. Das war sie ihm schuldig, das war sie vor allem sich selbst schuldig. Keine Lügen mehr. Wie aus weiter Ferne drangen Cleos Worte an ihr Ohr: »Er hat diesen rosigen Schimmer, und zwar überall. Von den Ohrläppchen bis zum großen Zeh, alles ist rosa. Gut durchblutet. Und sein ganzer Körper ist mit einem leichten Schweißfilm...«

Sie stockte, denn sie wurde sich der Absurdität ihres Gesprächs bewußt. »Ich hör sofort auf«, sagte sie verlegen, »schließlich ist er immer noch dein Mann.«

»Willst du ihn, wenn ich ihn nicht mehr will?« fragte Camilla, und Cleo hörte an ihrer ruhigen Stimme, daß dies kein schlechter Scherz, sondern eine echte Frage war. »Willst du ihn, Cleo?« Cleo schüttelte den Kopf.»Er hat mir doch nie gehört. Nicht eine einzige Minute.«

»Mir hat er auch nicht gehört«, meinte Camilla, »nicht eine einzige Sekunde.«

Die Frauen schwiegen. Dann sagte Camilla: »Hat dich das auch so verrückt gemacht bei ihm, diese Unerreichbarkeit? Du schwimmst und schwimmst, und wenn du denkst, endlich bist du am Ufer, endlich am Ziel, schwupps, kommt eine Riesenwelle und ...« Cleo erhob und streckte sich. »Genug gequatscht. Glaubst du eigentlich, daß Männer sich auch nur einen Bruchteil so oft und so lange über uns unterhalten wie umgekehrt? Die haben Besseres zu reden. Frauen lieben, Männer müssen zwischendurch arbeiten. Also – Thema Ende. Unser Ehemann bleibt ein mieser kleiner Dreckfleck, der wird nicht literarisch erhöht. Auch durch seine Mutter nicht.« Die Frauen lachten. »Einmal um die Alster?« lockte Cleo. »Und dann ein Rieseneis bei ›Daniele‹. Wär doch schade um die mühsam abgestrampelten Kalorien.«

91

Sie waren ein seltsames Gespann, die beiden um die Alster keuchenden Frauen. Das heißt, nur die kleine Dicke keuchte, die große Schlanke sprintete mit durchtrainierten Läuferbeinen vor ihr her, trippelte, damit sie nicht zu schnell wurde, auf der Stelle, wie ein treues Hündchen, das auf sein altes Herrchen wartet. »Ich hasse dich«, Cleo blieb neben der trippelnden Camilla stehen, vornübergebeugt, schwer atmend, »wieso bist du so widerlich fit, du blöde Kuh? Das bißchen Tennis, was du spielst...«

Camilla lachte und rannte weiter, und gegen dieses Argument war Cleo machtlos. Sie spürte jetzt schon ihren untrainierten Körper in jedem ungenutzten Muskel, wie würde sie sich erst morgen fühlen, wenn der Muskelkater dazukam? Zum tausendsten Mal nahm sie sich vor, regelmäßig Sport zu treiben, bis mittags nur Obst zu essen – eine gruselige Vorstellung, aber angeblich sehr gesund, keine Zigaretten mehr, kein Alkohol, keine Schokolade, dafür zweimal täglich Yoga. Aber der Gedanke, diese Vorsätze tatsächlich umzusetzen, stimmte sie so trübe, ihr Leben erschien ihr dann so sinnentleert, so trostlos, so ohne jede Freude, denn so wunderbar er auch war, der Sex mit Ronaldo, ohne die Zigarette danach, das Glas Wein zwischendurch, war er nur dreiviertel so schön. Sieben Achtel. Außerdem verbrauchte man ja auch dabei Kalorien, in ihrem Fall sicher mehr als sonst. Sie sah keuchend nach vorn und zu ihrer allergrößten Erleichterung, daß Camilla netterweise auf einer Parkbank saß und wartete. Schweißüberströmt, ein Bild unsportlichen Elends, sank Cleo neben Camilla, die so kühl und gepflegt aussah, als ginge sie zu einem Cocktailempfang. »Warum sind die irdischen Güter so ungerecht verteilt«, sinnierte Cleo, während ihr Atem langsam ruhiger wurde, »was hab ich als Ausgleich für meine dicken Oberschenkel, meine zu kleinen Titten, die vielen Sommersprossen, mein mittelmäßiges Schreibtalent. Sag's mir, du Schöne, was hab ich, was du nicht hast?«

Die Frage war halb scherzhaft gedacht, als leichte Plauderbrükke, um Camilla noch ein wenig auf der Parkbank festzuhalten, aber diese schien die Frage ernst zu nehmen. »Was hab ich denn, Cleo, um das du mich beneiden könntest? Mein Aussehen verdanke ich meinen Eltern und einem guten Chirurgen, meine neue Arbeit, die mir großen Spaß macht, verdanke ich dir.«

Cleo hatte ihre uralten Turnschuhe von ihren heißen Füßen gepellt und musterte besorgt eine sich entwickelnde Blase. Sie hob den Kopf, Camilla hatte Tränen in den Augen. »Ach Cleo«, schniefte sie, »hast du mal ein Taschentuch?« Natürlich hatte Cleo keins, in den entscheidenden Momenten ihres Lebens, da ging es ihr wie Scarlett O'Hara, die auch keins dabeihatte, als Rhett Butler sich von ihr verabschiedete. »Nimm das«, sagte sie und zog ihr Stirnband vom Kopf, »los, mach schon. Keiner sieht dich.«

Also schnupfte Camilla in Cleos Stirnband. »Hat sie sich noch immer nicht gemeldet?« Die Frage war natürlich überflüssig, aber strategisch geschickt, weil sie ablenkte. Camilla schüttelte den Kopf. »Ich weiß nicht, was schlimmer ist, die Ungewißheit oder ...«

»Du mußt es ihr sagen, auch wenn sie das Kind abtreibt«, sagte Cleo sehr ernst, »sie hat ein Recht auf die Wahrheit.« Camilla stopfte das feuchte Stirnband in die Hosentasche und seufzte »Ich weiß, daß ich mit ihr reden muß. Mir graut nur so davor.« Cleo legte ihren Kopf auf die Schulter der größeren, schlankeren, schöneren, reicheren, unglücklicheren Freundin. So blieben sie sitzen, Pat und Patachon, Worte waren nicht nötig. »Ach Cleo, ich hab solche Angst«, sagte Camilla endlich, »versprich mir, daß du immer bei mir bleibst.«

»Bis daß der Tod uns scheidet «, versprach Cleo. »Das bringt Unglück«, rief Camilla, sprang auf und klopfte dreimal auf die Parkbank. »Zum Glück ist die Bank aus Holz.«

Als sie aufs Auto zujoggten, drehte sich Camilla zu ihrer triefenden Begleitung um. Und obwohl Cleo verschwitzt, zerzauselt und nicht besonders appetitlich aussah, verspürte Camilla, sonst so bazillenfeindlich und übersauber, kein Gefühl von Widerwillen. Im Gegenteil. Cleo konnte sich alles erlauben. Sie lächelte: »Ich hab übrigens eine gute Idee für den Selbstmord. Tabletten sind langweilig. Warum springt sie nicht aus dem Fenster? Sie könnte die Gardine mit in den Abgrund reißen. Die wickelt sich dann um sie, und wenn sie dann wie eine Mumie auf dem Boden landet, sieht das doch sehr malerisch aus.«

Das bewundere ich an ihr, dachte Cleo, als sie ins Auto stieg, Tränen die eine, Drehbuchideen die nächste Minute. Wir Frauen sind doch unschlagbar. Die Unschlagbare schloß gerade ihr Auto auf, als ihr jemand auf die Schulter klopfte. »Hallo, schöne Frau«, meinte eine männliche Stimme. Sie drehte sich um. »Falko«, sie ließ ihre Augen an seiner in Sportkleidung gehüllten Figur rauf- und runtergleiten, dachte flüchtig, daß der Freund ihres Mannes leider nicht für Radlerhosen und enge T-Shirts gemacht war, lächelte dann, wie entschuldigend: »Seit wann joggst du denn, Falko? Du siehst, du siehst…«

»Bescheiden aus«, vollendete er ihren Satz, und sie lachten beide. »Witzig, wollte ich sagen.«

»Was in meinem Fall ein und dieselbe Sache ist.«

Ich jogge, seit ich mir Sorgen um meine verdammte Prostata machen muß, hätte er sagen können, und mir dadurch meine Sterblichkeit sehr viel bewußter geworden ist. Ich jogge, weil mir meine junge Frau so auf die Nerven geht, daß ich für jeden Grund dankbar bin, der mich aus dem Haus läßt. Weil ich jedesmal, wenn meine junge Frau, und aus einem mir nicht verständlichen Anfall von Masochismus nenne ich sie nicht meine Frau, sondern immer meine junge Frau, dieses Funkeln in die Augen bekommt und Sätze sagt wie: »Ich könnte mal wieder, Schatz. Oder – Wie geht's, wie steht er, mein Süßer«, einen akuten Panikanfall bekomme. Ich habe ständig Kopfschmerzen. Ich fühle mich alt und krank und depressiv. Wenn ich Viagra nehme, hab ich Lust, aber nicht auf sie. Deshalb jogge ich.

Natürlich sagte er diese Sätze nicht. Statt dessen lächelte er. »Ich jogge, damit ich so hübsche Frauen wie dich treffe«, und sie lächelte zurück, ihre Augen verhakten sich, eine unerwartete Sekunde länger, als schicklich war, dann räusperte sich Cleo, die abwartend vor der Beifahrertür gestanden hatte. »Wir müssen los«, sagte Camilla und fühlte sich wie ertappt. »Ich schreibe ein Drehbuch«, erklärte sie dem erstaunten Falko, »du weißt doch, daß ich vor meiner Ehe Journalistin war. Jetzt hab ich meine Talente wieder aufgewärmt.« Falko sah sie an, und was er sah, gefiel ihm plötzlich gut. Was ihn wunderte, denn er gehörte eigentlich zu den Männern, deren Frauen mit zunehmendem Alter immer jünger werden mußten. Alt bin ich selbst, pflegte er zu sagen, wenn ich morgens die Augen aufmache, will ich was Junges sehen. Nur zögernd war die Ahnung deutlicher geworden, daß es im Leben mehr gab als die bewundernden Blicke anderer Männer, wenn er mit seiner jungen Frau ein Restaurant betrat. Nämlich den Moment, wenn er mit dieser jungen Frau wieder nach Hause kam, sich nach seinem Bett sehnte, nach Schlaf, und sie unruhig war, nörgelig, in einen Club wollte, in die Disco, unter Leute. Er war ihr nicht genug, zumal wenn sich nach erstem zögerlichem Vorspiel nichts mehr regte, wenn sie sich stumm und ärgerlich auf ihre Bettseite zurückzog und er nicht schlafen konnte, weil er wußte, auch sie schlief nicht, auch sie war nicht befriedigt, auch sie war unglücklich.

Camilla schloß die Fahrertür auf und sah ihn an. »Falko?« Ihre Stimme schreckte ihn aus seinen Grübeleien. »Ist was?« Der blöde Spruch ihrer Mutter fiel ihr ein: »Unter jedem Dach ein Ach.« Was konnte es bei ihm sein? Er sah gut aus, seine Frau war babyjung, er selbst schweinereich.

»Ich bin unglücklich in meiner Ehe.« Der Satz fiel so unerwartet, daß keiner etwas sagte. Auch Cleo nicht, die gerade einsteigen wollte und bei dieser Mitteilung neugierig wieder auftauchte. Doch Falko hatte sich schon abgewandt. »Vergiß es«, sagte er, winkte flüchtig und joggte davon. Die Frauen sahen ihm verblüfft nach. »Nicht schlecht, wenn man auf alte Kerle steht«, sagte Cleo, »aber das tust du ja leider nicht. Los, komm dichten. Die einsame Frau soll endlich aus dem Fenster springen. .Aber ohne Gardine.«

»Mit Gardine«, lachte Camilla. Sie stiegen ein, sie gab Gas. »Ich bin schließlich Koautorin.« Sie sah Cleo herausfordernd an. Die lachte »Wenn ich dich so höre, muß ich an Goethe denken«, sagte sie. »Ah ja«, Camillas Stimme klang geschmeichelt, »eine Nummer kleiner darf's gern sein.«

»An den ›Zauberlehrling‹ « fuhr Cleo fort, »die Geister, die ich rief…«

»Stimmt«, lachte Camilla, »mich wirst du nie wieder los.«

»Gut so«, sagte Cleo, als das Autotelefon klingelte. »In meiner Tasche«, rief Camilla aufgeregt, »gib her.« Aber in Camillas Tasche war es nicht, unter den Autositzen nicht, und während Camilla weiterfuhr, denn halten konnte sie nicht, der Verkehr war zu dicht und hektisch, kroch Cleo durchs Auto, angetrieben von Camilla. »Das wird Maria sein, beeil dich.« Es klingelte weiter, und endlich fand Cleo das verdammte Teil, es hatte sich hinter die Rückbank geklemmt, sie zog es heraus. Es hörte auf zu klingeln.

»Verdammt noch mal«, schrie Camilla, »das war meine Tochter. Ich weiß, daß sie es war.« Die Ampel stand auf Rot, sie legte ihren Kopf aufs Lenkrad und fing an zu weinen.

Der Regen prasselte auf die Telefonzelle, deren Scheiben sich naß beschlugen. Maria legte den Hörer wieder auf die Gabel und blieb in der Zelle stehen. Sie wußte jetzt, was sie zu tun hatte, und es war im Grunde besser, daß sie ihre Mutter nicht erreicht hatte. Sie nahm den Hörer wieder hoch und wählte. »Dr. Falkenstein bitte. Ja, ich bin privat versichert.« Während sie auf eine Verbindung wartete, legte sie unwillkürlich die rechte Hand auf ihren Bauch. Bis auf eine ganz leichte Wölbung war er noch immer straff und glatt, das Leben darunter nur zu ahnen. »Dr. Falkenstein? Hier ist Maria Benedikt. Ich hätte gern einen Termin bei Ihnen.«

92

Daß der liebe Gott sich nicht schämte, dachte Frau Dr. Boysen, und solche Männer gleich nach ihrer Erschaffung wieder in den Ascheneimer warf. Wie konnte ein Mann wie Ernst Scharfmann frei und ungestraft herumlaufen? Er war genauso unattraktiv wie sein unredigiertes Manuskript. »Ich bin entsetzt, gute Frau!« Mit diesen Worten hatte er sich ohne Aufforderung gesetzt und seine Bügelfalten glattgestrichen. Aus seinem schmalen Gesicht stach die große Nase wie eine Waffe. »Dr. Boysen, bitte«, sagte sie mit sehr forcierter Sanftheit, »und dann sagen Sie mir, was Ihnen an meinen Änderungsvorschlägen nicht gefällt.« Unter dem Schreibtisch hatte sie ein Stück Schokolade abgebrochen und sich diskret in den Mund geschoben. Nervennahrung. So gestärkt konnte sie sogar lächeln: »Wir ziehen doch an einem Strang, Herr Scharfmann. Wir wollen doch beide, daß ›Leben zwischen Sex und Saldo‹ ein Erfolg wird.«

Diese Worte schienen ihn zu besänftigen. Er lächelte, seine Zähne schimmerten wie Kaugummikissen.

»Aber die Szene, wie ich im Traum mit der Frau meines Chefs.« Wie blöd kann ein einzelner Mann bloß sein, dachte die Lektorin erschöpft, war ihm denn sein Arbeitsplatz gar nichts wert? »Lassen wir drin«, versprach sie, »nur die Szene auf dem Bauernhof, wie Sie mit dieser Ziege …« Delikat ließ sie den Satz ausklingen. Der Autor runzelte die Stirn »Aber gerade diese Szene erfordert verlegerischen Mut …«, begann er. »Nein«, sagte Frau Dr. Boysen, »nein.«

Sie sahen sich an. Wütend sieht sie richtig gut aus, dachte er, wenn sie jetzt noch die häßliche Brille abnehmen würde. »Gut«, lenkte er ein, »keine Ziege, aber die Szene mit den beiden Buchhalterinnen, darauf bestehe ich …«

93

Jette stand in der Küche und betrachtete die hellbeigen Hühnerbrüste, die auf dem Holzcounter vor ihr lagen. Für ein Ladylunch hatte sich eine Zahnarztgattin etwas Leichtes, Gesundes gewünscht. Die Damen waren diätbewußt, keine schwere Saucen also. Jette hatte sich für »Hühnerbrust in Sherryessig mit Mandeloliven entschieden, also schnitt sie die Brüste schräg an, halbierte sie, entfernte Fett und Sehnen, sehr gründlich, denn keine Kundin war nörgeliger als eine verwöhnte Ehefrau, die selbst in der Küche gestanden hatte, bevor der Ehemann zu Geld kam und sie sich eine Köchin leisten konnte.

Jette seufzte, während sie die Brüste anbriet und in einem leichten Sirup – ihr Geheimrezept – aus Honig, Essig und Sherry angarte. Sie war froh, daß dieser Auftrag sie ein bißchen ablenkte, denn bei nichts konnte sie ihre Probleme so schnell vergessen wie beim Kochen. Sie bestäubte den Bratfond mit einem Hauch Mehl, gab Sherry, Essig, Sahne dazu, ließ das Ganze kochen, bis die Sauce sämig wurde. Als sie den Finger zum Probieren in die Sauce steckte, hörte sie, wie der Wohnungsschlüssel umgedreht wurde. Ihr Herz fing an zu klopfen. Benedikt!

»Hallo«, er trat ein, und zum ersten Mal fiel ihr auf, daß er auch ihr ähnlich sah. Wahrscheinlich, weil sie beide Spuren desselben Kummers im Gesicht trugen. Tiefe, dunkle Augenringe, blasse Lippen. »Du siehst richtig Scheiße aus, Mamsi«, sagte er. » Du auch«, erwiderte sie, »willst du Tee oder Hühnersuppe?«

Sie gingen in die Küche, die noch appetitlich nach gebratenen Hühnerbrüstchen roch.

»Sorry.« Jette öffnete das Küchenfenster, trat kurz auf den Balkon, um für das vor ihr liegende Gespräch Mut einzuatmen. Sie blickte auf die Straße, auf blinkende Autodächer, auf junge Mütter mit Kinderkarren, auf ältere Männer mit Glatze oder Hut, die ihre Hunde spazierenführten, auf das ganz normale Leben. Einen kurzen, intensiven Augenblick kam es ihr so vor, als wären alle anderen Menschen glücklich und unbelastet, nur sie und Benny nicht. An die andere Familie wollte sie jetzt nicht denken.

»Hühnersuppe«, entschied sie für ihn und stellte den Topf mit der Suppe auf den Herd.

Benedikt saß am Küchentisch und schien vertieft in die Tageszeitung. »Clinton hat Deutschunterricht genommen«, sagte er, ohne hochzublicken, » weißt du, welches deutsche Wort er zuerst gelernt hat? Dortmund.«

Sie setzte sich zu ihm und nahm ihm die Zeitung aus der Hand. »Laß die blöde Kalauerei«, bat sie, » du kannst deinen Kummer nicht wegwitzeln, also versuch's erst gar nicht.«

Er schwieg, und an seinen fest verschlossenen Lippen, seinen dichten Augenbrauen, die er über der Nasenwurzel zusammengezogen hatte, erkannte sie, daß er es ihr schwermachen würde.

»Benny, sieh mich an«, sagte Jette, und als er es nicht tat, sondern starr und angestrengt an ihr vorbeisah, nahm sie sein Gesicht in ihre Hände, behutsam, aber bestimmt, und drehte es zu sich herum. Er leistete keinen Widerstand, aber seine Augen waren kalt und abweisend. »Keiner kann etwas dafür. Keiner.« Ihre Stimme flehte. »Was hast du an diesem Scheißkerl so geliebt?« Er fragte es ruhig, scheinbar ohne Aggressionen, aber Jette spürte den Haß und er tat ihr weh. »Er ist ...« Er unterbrach sie: »Doch. Er ist ... ein Scheißkerl. Allerdings mit Supersperma.«

»Hör auf«, jetzt schrie sie, »mach dich doch nicht so billig.«

Heftig sprang er auf, stand vor ihr, eine lodernde Flamme der Wut. »Billig? Das sagst ausgerechnet du zu mir? Billig ist nur die Art und Weise, wie ich entstanden bin. Hingewichst zwischen

Tür und Angel, der Erzeuger mit offener Hose auf dem Weg zur nächsten ... Laß mich ausreden ... und du hast nichts Besseres zu tun, als dich diesem Mann wieder an den Hals zu schmeißen wie eine billige ...«

Ihre Handfläche knallte auf seine Wange, hinterließ dort eine rote, ärgerliche Spur. Sie bereute es nicht, auch nicht, als sie den Ausdruck in seinen Augen sah, als er erschrocken die Hand zur Abwehr hob. Die Ohrfeige schien ihn auf merkwürdige Weise beruhigt zu haben. Er sank auf den Küchenstuhl zurück. »Warum?« fragte er leise. »Warum hast du diesen Mann so geliebt? Warum liebst du ihn immer noch?«

Jette setzte sich, traute sich nicht, seine Hand zu nehmen, sondern legte statt dessen ihre Hand auf seinen Arm. »Weil ich mit ihm die bin, die ich gerne sein möchte«, sagte sie, »weil ich mich mit ihm vollständig fühle. Und geborgen. Im reinen mit mir und der Welt. Weil ich mit ihm lachen kann und mir jede Minute, die wir zusammen sind, Spaß macht. Weil ich ihn auch dann nicht verlassen würde, wenn er blind und taub und lahm und verfault im Bett liegen würde. Es ist, was es ist, sagt die Liebe. Leider nicht von mir.«

»Erich Fried ist ein sentimentaler Schwachkopf«, bemerkte Benedikt und stand auf, ging zur Tür. »So hab ich Maria auch geliebt«, sagte er, ohne sie anzusehen, und ging aus der Küche.

Als sie die Tür ins Schloß fallen hörte, ging sie zum Wohnzimmerschrank und holte eine Flasche Whisky heraus. Schenkte sich ein Glas ein und trank einen großen Schluck.

Es klingelte an der Tür. Mario! Sofort fing ihr Herz an zu rasen. Es war extrem anstrengend, so zu lieben. Und extrem frustrierend. Müde, überdreht, drückte sie auf die Gegensprechanlage. »Hallo?« Die Frauenstimme kannte sie nicht. »Ich bin Cleo Braake und möchte eigentlich Ihren Sohn sprechen. Kann ich bitte heraufkommen?«

Jette drehte sich zu ihrem Sohn: »Wer ist Cleo Braake?«

»Meine ... ja was eigentlich? Kundin? Patientin, Mandantin? Klientin?«

Jetzt ist er übergeschnappt, dachte Jette und drückte auf den Klingelknopf.

Als sie ans Treppengeländer trat und hinunterspähte, drehte die kleine Frau, die schwer atmend die Treppe hochstieg, so schnell ihren Kopf nach oben, daß Jette ihren nicht mehr zurückziehen konnte: »Sie haben ja auch rote Haare.« Eine laute Frauenstimme, voller Lebenslust und Selbstbewußtsein.

Dann standen sie beide vor der Wohnungstür. Zwei Rotschöpfe. Von weitem betrachtet sahen sie wie Schwestern aus. »Ich bin Cleo Braake«, ihre Hand war warm, ihr Händedruck fest, »die ehemalige Geliebte Ihres Kindsvaters. Ihr Sohn soll mein Agent werden.«

Mit diesen erklärenden Worten trat sie ein, Jette folgte ihr leicht benommen.

»Benny«, rief sie schwach, aber er stand schon im Flur. Mit ausgebreiteten Armen ging er auf Cleo Braake zu, schob sie ins Wohnzimmer. Drehte sich kurz um: »Wir möchten allein sein«, die Tür fiel zu, Jette stand im Flur. Aus dem Wohnzimmer drang lautes Lachen.

Eine Geliebte von Mario, dachte Jette und spürte ein Ziehen in der Herzgegend. Sicher hatten sie viel Spaß miteinander gehabt.

94

»Wie kommen Sie auf mich?« fragte der Arzt, und seine Stimme klang mißtrauisch, als er sich über sie beugte und gynäkologisch untersuchte. »Mundpropaganda«, sagte Maria. »Ich lebe nicht hier, falls Sie das beruhigt.«

Dies schien den Arzt tatsächlich zu entspannen, denn er lächelte, als er sein Folterinstrument zur Seite legte und die Gummihandschuhe abstreifte. »Sie sind tatsächlich schwanger«, sagte er, und Maria hielt dies für die unverschämteste, überflüssigste Bemerkung, die sie je aus dem Mund eines Mannes gehört hatte. »Deswegen bin ich ja hier«, sagte sie nur und verbiß sich jede Bemerkung, »und weil ich es nicht länger sein möchte.«

»Schon klar«, murmelte der Arzt, »ich möchte nur nicht, daß Sie mich in dieser Sache weiterempfehlen. Sylt ist überschaubar, und ich möchte auf der Insel nicht als Abtreibungsarzt bekannt werden. Warum wollen Sie überhaupt abtreiben, wenn Sie mir diese Frage gestatten? Sie sind im perfekten Alter, gesund, intelligent ...«

Maria war aufgestanden, weil sie sich mit diesem Schwachkopf nicht im Liegen unterhalten wollte. Es machte ihr nichts aus, daß er schwachköpfig war, im Gegenteil, dieser unerfreuliche Eingriff sollte ruhig von einem unsympathischen Arzt vollzogen werden. Als kleine Strafe für eine dumme Fastmutter. »Ich kann dieses Kind nicht bekommen, weil ich mit dem Vater nicht leben kann«, sagte sie und zog den Reißverschluß ihrer Jeans hoch. Wenn sie die Luft anhielt, paßten sie immer noch. »Und warum nicht?« Der Arzt musterte sie mit mokant verzogenen Mundwinkeln, was ihn in ihren Augen äußerst lächerlich aussehen ließ. Sie entschloß sich zu einer verbalen Keule: »Weil der Vater meines Kindes mein Bruder ist«, fast genoß sie es, sein fassungsloses Gesicht zu sehen. Er rang nach Worten, aber er rang vergeblich. Wie ein Frosch, der nach Luft schnappt, sieht er aus, dachte Maria, aber der Gedanke amüsierte sie nicht. »Wann ist der Termin? Ich möchte es hinter mich bringen.«

»Übermorgen um elf Uhr«, der Arzt hatte seine Sprache wiedergefunden, »bitte nüchtern kommen.«

»Ich werde dasein«, sagte Maria und verließ die Praxis.

95

Als Cleo die kleine Buchhandlung betrat, wußte sie sofort, daß diese Lesung wieder die reinste Zeitverschwendung sein würde. Es war eine dieser Buchhandlungen, die gleichzeitg Schreibwaren, Spielzeug und Geschenkartikel verkaufen, das heißt, jeder Quadratzentimeter war vollgestopft. Platzangst machte sich breit, wenn man zwischen den übervollen Regalen stand und sich zwischen einem Kochbuch und einer Malibu-Barbie nicht entscheiden konnte. Aber dieser kleine Schrummelladen war die neueste Errungenschaft von Ronaldo, der die »potentiell lesehungrigen Inselbewohner«, wie er hoffte, besser befriedigen konnte als sein Vorgänger, der sich mit dem Erlös der Buchhandlung »südlich des Äquators zu Tode saufen wollte«. »Ich werde den Laden ›Sylter Perle‹ nennen, der ganze sonstige Krempel kommt raus, nur noch Bücher, und du kriegst alle guten Tische«, hatte er Cleo versprochen, als sie vor vier Wochen die Rumpelbude besichtigten, »aber du mußt auch mal lesen Ich brauch ein bißchen Prominenz.«

Frisch verliebt hatte sie nur genickt, weil sie ihn so schnell wie möglich wieder in die Horizontale kriegen wollte. »Ich mach alles für dich, Schatz«, hatte sie geflötet, und nun stand sie hier. Der versoffene Buchhändler war längst in Namibia, Fachverkäuferin Elke Bunse, die Ronaldo übernommen hatte, wischte gerade die rosa und orangebunten Plastikponys, wer dachte sich derartig häßliches Spielzeug aus, vom Tisch, um einen kleinen Stapel »Eine einsame Frau« aufzubauen, als sie die Autorin leibhaftig vor sich sah und einen schrillen Schrei ausstieß. »Frau Braake«, sie stürzte auf Cleo zu, blieb einen Millimeter Luftlinie von ihr entfernt schwer atmend stehen. »Ich bin eine große Verehrerin von Ihnen, alles habe ich gelesen, den Mann für gewisse Minuten, den Mann, der am Bettzipfel kaut, den Mann aus Samt und Bimsstein …« Cleo musterte sie kühl, aber nicht unfreundlich, denn an Elke Bunses feuerrotem Gesicht, glänzend wie eine Speckschwarte, erkannte sie, zum Glück nur aufgrund von Zeuginnenberichten, noch nicht aufgrund eigener Erfahrungen, daß die Ärmste gerade einen Hot Flash durchlitt. Gegen den es, wie ihre Mutter, Gott hab sie selig, immer sagte, nur ein einziges Mittel gab: »Nackt vor den Kühlschrank stellen.« Leider war dies eine Buchhandlung, eine schlecht belüftete außerdem. »Freut mich, Frau Bunse«, sagte sie mit einem Blick auf das Namensschild an der Buchhändlerinnenbluse, »aber diese Bücher sind von Eva Holzig, nicht von mir. Und mit dieser Autorin möchte ich nicht verglichen werden.«

»Oh, entschuldigen Sie«, Frau Bunse mutierte jetzt endgültig zu einer Lavakugel, »wie konnte …« Zu ihrem Entsetzen brach sie in Tränen aus. »Es wächst mir einfach alles über den Kopf.« Cleo sah, daß dicke Tränen direkt auf ihre Bücher zu tropfen drohten, und schob die aufgelöste Buchhändlerin schnell zur Seite. »Sie haben ja noch ein paar Jahre Zeit …« Cleo brauchte nicht »Wofür?« zu fragen, sie war sechsundvierzig, sie wußte, wovon die Geplagte sprach. Statt ihr zu antworten, griff sie in ihre Handtasche und holte ein Erfrischungstuch heraus. »Hier«, sie reichte es der dankbaren Buchhändlerin, die sich damit das Gesicht abrieb, »und jetzt zum Zweck meines Hierseins. Ich möchte signieren. Und zwar mit einem roten Filzstift.«

96

Maria saß in ihrem Pensionszimmer vor einem Teller mit eingelegter roter Beete und starrte das Telefon an. Ihre Wirtin Marte Holler hatte die geriffelten Scheiben auf ihren ausdrücklichen Wunsch mit Schokoladenbröseln bestreut und mit angewidertem Gesicht und der Bemerkung »Na dann – guten Appetit« auf den Nachttisch ihres jungen Gastes gestellt. In der Tür hatte sie kurz gezögert. »Wenn ich … wenn Sie …« Maria kaute bereits. »Danke, ich brauche nichts mehr.« Marte Holler war verabschiedet.

Sie machte sich so ihre Gedanken über dieses schweigsame Mädchen, das nie über ihren Zustand sprach. Wollte dieses Kind kein Kind? Vorgestern war sie einem leisen Gemurmel gefolgt, das aus ihrem Zimmer drang. Sie wollte gerade anklopfen, fragen, ob alles in Ordung sei, dann tat sie etwas Unverzeihliches. Sie preßte ihr Ohr an die Tür und lauschte. Die Stimme ihres Gastes klang beschwörend, fast verzweifelt, sie konnte nur Bruchstücke verstehen: »Ich würd doch so gern, aber ich kann nicht, es wäre auch nicht gut für dich, mein Baby …«

Offensichtlich ein Liebesdrama, hatte die Wirtin gedacht und sich wieder zum Gehen gewandt. Gott sei Dank, kein Thema mehr für mich. Sie hatte ihren sechzigsten Geburtstag vor einigen Jahren groß gefeiert, auf die Einladungskarten ein knalliges Herz gemalt, und mittendrein den Satz »No more sex!« »Ich verabschiede mich an diesem Geburtstag von einem Thema, das mich vier Jahrzehnte lang beschäftigt und besessen hat«, erklärte sie ihren erstaunten Gästen zu Beginn eines zwölfgängigen Festmahls, »und zwar vom Thema Sexualität. Ich habe tolle Männer und tollen Sex mit ihnen gehabt. Daran werde ich immer gern denken. Jetzt werde ich sechzig und ich will dieses wunderschöne Thema nicht als kröppelige Alte ausklingen lassen, die ihre Zellulitis, ihren Hängebusen und ihren faltigen Ziehharmonikabauch nur noch im Stockdunkeln ihrem gichtigen Altlover präsentieren mag, der es sowieso nur noch mit Hilfe von Viagrapillen schafft. Prost.« Betretenes Schweigen, dann donnernder Applaus.

Sie hatte ihr Versprechen gehalten, aber es war ihr auch, wie sie sich leider eingestehen mußte, nicht schwergemacht worden. Ein einziges Mal hatte ihr ein attraktiver Kurschatten einen sogar ernstgemeinten Antrag gemacht, die paar Minuten, die es dauerte, bis sie den von ihm spendierten »Pimms« ausgetrunken, hatte sie auch kurz gezögert. Und lag dann doch allein in ihrem frisch bezogenen Bett und war froh.

Maria wartete, bis Marte Holler das Zimmer wieder verlassen hatte. Dann nahm sie ihre Hände vom Bauch, griff zum Telefon, wählte. Wartete. Ihr Herz klopfte so stark, daß ihr richtig übel wurde. »Glücklich.« Mist, es war seine Mutter. »Kann ich bitte mit Benedikt sprechen?« Eine anstrengende Sekunde lang herrschte Schweigen, dann: »Bist du es, Maria?«

»Ist er da?« fragte Maria, und wieder kam nur dieses ominöse Schweigen. »Er ist im Augenblick nicht da …«

Jette fand es nicht angebracht, dieses, wie sie fand, etwas impertinente Mädchen am Telefon über die delikate Befindlichkeit ihres Sohnes aufzuklären. »Kann ich etwas ausrichten?« Er läßt sich verleugnen, der Feigling, dachte Maria. »Bestellen Sie ihm, das Problem hat sich erledigt.« Sie legte auf. Ohne es zu merken, streichelte sie ihren Bauch.

97

Die Bücher lagen in bunten, einladenden Stapeln auf den Tischen. Elke Bunse schüttelte der ersten Besucherin so erfreut die Hand, daß diese sie ganz erschrocken wieder zurückzog und sich in die allerletzte Reihe setzte. Nach und nach füllten sich die Stuhlreihen. Obwohl Cleo Braake die Lesungen, die sie absolviert hatte, nicht mehr zählen konnte, die Mittelklassehotels mit den abgewetzten Teppichböden und den Frühstücksbuffets, bei denen alles portioniert war, Butter, Marmelade, Leberwürstchen, der Käse, das Brot, hatte sie trotzdem vor jeder Lesung

Lampenfieber. Um so mehr, als sie jetzt eine Lesebrille brauchte und bei schlechter Beleuchtung selbst damit oft nur mühsam lesen konnte. Nie würde sie die Lesung in Warnemünde vergessen, wo sie die verdammte Brille neu gekauft und deshalb vergessen hatte. Sie hatte aus ihrem Buch »Männer wie Sand am Meer« gelesen, und die Buchstaben waren zu einem unleserlichen Schleier verschwommen. Eine Panikminute lang hatte sie versucht, aus dem Gedächtnis zu lesen, dann mit dem Mut der Verzweiflung in die stumme, abwartende Runde: »Hat jemand vielleicht eine Lesebrille für mich?« gefragt.

Sekunden später hatten zweiundzwanzig Brillen vor ihr gelegen. Sie war buchstäblich zu Tränen gerührt gewesen. »Jetzt brauch ich auch noch ein Taschentuch«, hatte sie geschnieft. Die Lesung wurde ein Riesenerfolg.

Apropos – sie tastete nach ihrer Brille, Gott sei Dank. Setzte sie auf, jetzt, wo sie mit klarem Blick in die erwartungsvollen Gesichter schaute, wurde das Herzklopfen stärker. Sie nahm an dem kleinen Pult Platz, das Frau Bunse vor der Bestuhlung aufgebaut hatte. »Eine Flasche Wasser bitte«, raunte sie der Buchhändlerin zu, die daraufhin hektisch im hinteren Bereich des Ladens verschwand. Kurz darauf stand eine Tasse mit Leitungswasser vor ihr. Ein letzter Blick über die Stuhlreihen, die erste wie immer leer, aber sie würde heute den Mund halten, nicht gleich mit der lehrerinnenhaften Aufforderung anfangen, man möge sich doch bitte nähern, sie beiße schließlich nicht. Auf dem Pult stand eine Leselampe, deren Schein sie direkt auf ihr Buch richtete, damit die Besucherinnen im Dunkeln blieben. Kurz bedauerte sie, daß Ronaldo nicht bei ihr war, seine Eltern feierten goldene Hochzeit, sie war froh, daß ihr das erspart blieb, doch dann fand sie es eher erleichternd, diese Trübsinnslesung ohne private Zuschauer hinter sich zu bringen. Außerdem hätte er sich mit Sicherheit über seine neue Kraft Elke Bunse aufgeregt, die jetzt, wie sie aus den Augenwinkeln registrierte, die Scheine in der Kasse nachzählte. Hoffentlich bekam sie fünfhundert müde Deutsche Mark zusammen, denn knisternde Scheine, wenn auch wenige, waren oft der einzige Höhepunkt einer desolaten Lesung. Cleo haßte es, wenn ihr Geld nicht bereitlag, einmal hatte der Buchhändler es vergessen und mußte alle Angestellten bitten, ihre Portemonnaies zu leeren, damit er das Honorar zusammenbekam. Cleo hatte danebengestanden wie eine Pennerin auf der Brücke.

Diskret steckte die Buchhändlerin die Scheine in einen Umschlag und trat neben die Autorin, denn die Qual einer kleinen, launigen Ansprache war ihr zugefallen, nervös knetete sie die Hände. Cleo nickte ihr aufmunternd zu. »Ich darf Sie alle ganz herzlich zu dieser Lesung von Cleo Bal…« hilfesuchend sah Frau Bunse zur Seite, in das mühsam lächelnde Gesicht der Autorin, deren Name ihr gerade entschlüpft war. Lieber Gott, bitte erschieß mich, bevor ich in die Wechseljahre komme, dachte diese und strahlte in die dunklen Reihen: »Mein Name ist *Ihnen* aber doch hoffentlich nicht unbekannt«, sagte sie, »und für einige vielleicht sogar der Grund, warum sie hier sind …« Schweigen, eine Stecknadel fiel. Nichts fand Cleo tödlicher als ein Lesepublikum, das sich derart offensichtlich im Koma befand. Sie drehte ihre Leselampe herum, deren Schein jetzt auf ihr Publikum fiel. Eine Pfütze von Gesichtern, in denen sich nichts regte. Weder Neugier noch Interesse, weder Langeweile noch Erwartung. Warum sind die hier, diese Blödies, fragte sich Cleo voller Wut. Und stand auf.

»Darf ich fragen, warum Sie gekommen sind?« fragte sie und ging auf die Stühle zu, die sich, so kam es ihr vor, ängstlich vor ihr zurückzuziehen schienen. »Warum sind Sie hier?« Sie stand vor einer mittelalten Frau mit blondgesträhntem Pagenkopf, die wie ertappt zusammenzuckte »Ich?«

»Ja, Sie, warum sind Sie hier?«

»Weil es keine Kinokarten mehr gab.« Cleo unterdrückte den Impuls, der Frau an die Kehle zu springen und einmal kräftig zuzudrücken. »Und Sie?« Vor ihr saß ein unerwarteter Mann. »Ich?« Nein, der neunschwänzige Drache, der auf deinem Schoß sitzt. »Kennen Sie meine Bücher?« Cleo war jetzt nicht mehr zu bremsen, Buchhändlerin Bunse erlitt gerade ihren zweiten Hot Flash, sie verschwand und kam mit einem Eiswürfel wieder, den sie diskret in ihrem Ausschnitt verschwinden ließ. »Ich kenne alle Ihre Bücher«, sagte der Mann, und das war so unerwartet, daß Cleo die Sprache wegblieb. Ihre Wut löste sich in leichte, warme

Luft auf. »Ach ja, das freut mich aber«, gurrte sie, »welches meiner Werke ist denn Ihr Lieblingsbuch?« Der Mann blickte zur Seite, dort saß offensichtlich seine Ehefrau, eine energische Vollschlanke mit rotgefärbten Haaren und langen Fingernägeln. »Was ist mein Lieblingsbuch, Mami?« fragte er und wandte sich wieder an die Autorin: »Meine Frau liest mir Ihre Bücher immer vor. Weil ich unter Schlafstörungen leide und dabei so gut einschlafen kann.«

Cleo erstarrte. Am liebsten wäre sie aus der Buchhandlung gestürzt, in die nächste Bar, auf den nächsten Mann … aber das ging ja jetzt nicht mehr. Sie vögelte den Buchhändler, dem dieser wunderbare Laden gehörte, in dem sie sich jetzt beleidigen lassen mußte.

Wenn sie sich also hier danebenbenahm, würde sich das rasend schnell herumsprechen, die Leute würden den Laden boykottieren, Ronaldo pleite gehen und sie verantwortlich machen, er würde sie verlassen und sie einsam sterben, einsam und sehr schlecht durchblutet. Ihre blühende Phantasie war manchmal ein Fluch. »Soll ich anfangen, meine Damen, mein einzelner Herr«, fragte sie deshalb sirupsüß, »und Sie alle durch meine Prosa in einen sanften Schlummer lesen?«

Auf dem Vorderteil von Elke Bunses Bluse hatte sich ein großer nasser Fleck gebildet. Da keine Antwort kam, fing Cleo Braake an zu lesen. Das ist eine dreistündige Rückenmassage wert, mein lieber Ronaldo, dachte sie, wenn nicht mehr. Wenn nicht wesentlich mehr.

»Die unfreiwillige Singlefrau stand auf ihrer amerikanischen Personenwaage und wartete auf die elektronische Stimme, die ihr das Urteil des Tages verkünden sollte. Sie hatte sich diese Personenwaage bei einem Singleurlaub in Florida gekauft, weil sie es angenehmer fand, von einer wenn auch roboterhaft knarzenden Stimme auf ihre Gewichtszunahme aufmerksam gemacht zu werden, denn es war immer eine Zu-, nie eine Abnahme, die ihr diese Stimme teilnahmslos verkündete, als stumm über ihren leichten Bauchansatz hinweg auf feindliche Ziffern zu schielen.«

Cleo ließ das Buch sinken und blickte ins Dunkle, fragte ins Dunkle: »Wer von Ihnen kennt das?« Da fing es an, zuerst nur ein-, dann zwei-, dann dreistimmig, dann fing das gesamte Dunkle an zu kichern, zu glucksen, zu lachen. Aus dem Chor der kreischenden Frauenstimmen klang eine besonders laut – die von Elke Bunse. Die mittlerweile versöhnlich gestimmte Autorin entschloß sich, ein bißchen Öl auf die Wogen zu gießen: »Wer von Ihnen sieht sein Schamhaar, wenn er steht? Ohne eingekniffenen Bauch?« Sie erhob sich und stellte sich hin, schob ihren Rock hoch, sah den panischen Blick von Frau Bunse, lachte, sah an sich herunter und sagte: »Ich seh leider nichts.«

In das sich fast überschlagende Gelächter, das Cleo zu Recht als Zustimmung erkannte, setzte sie sich wieder und las weiter. Und freute sich jetzt schon darauf, Ronaldo von dieser Lesung zu berichten. Aber erst – nach einer ausführlichen Begrüßung. Manchmal war es wunderbar, eine Buchautorin zu sein. Wenn nur diese lästige Schreiberei nicht wäre.

98

Sie konnte nicht schlafen, weil morgen der Termin war, und sie wußte, es war das einzig Richtige, und trotzdem – sie würde diese richtige Entscheidung ihr Leben lang bereuen, es würde sie ganz unerwartet stechen, dieser versteckte, hartnäckige Schmerz, und sie daran erinnern – schwangere Mütter, Babys, kleine Kinder, Schulkinder … Sie würde diesen Schmerz und diese Reue mit sich herumtragen bis ins Grab. Aber es mußte sein, *ES MUSSTE SEIN.*

Sie wälzte sich hin und her, dann stand sie auf und zog sich an. In dem kleinen Zimmer mit seinen weißgestrichenen Möbeln, den bunten Blumenkissen, den lieblichen Landschaftsbildern, fühlte sie sich auf einmal wie in einem Gefängnis. Sie mußte raus, unter Leute, ein Glas Wein trinken, eine Zigarette rauchen. Auf das B… auf den Zellhaufen in sich mußte sie schließlich keine Rücksicht mehr nehmen.

Als sie in die nächtliche Dunkelheit eines spätherbstlichen Sylt trat, merkte sie, daß es nicht so einfach war, um diese Zeit noch eine offene Bar zu finden. Alles war geschlossen, wer um diese Zeit auf der Insel Urlaub machte, ging offensichtlich früh ins Bett.

Sie war ganz allein auf den gepflegten Straßen, von denen ihre Mutter einmal gesagt hatte, sie seien so sauber wie von polnischen Dienstmädchen abgeleckt. Dies natürlich nur im allerkleinsten Kreise, sie war schließlich diskreter als Harald Schmidt. Der Spaziergang tat ihr gut, die Eisenklammer, die ihr Herz gefangenhielt, schien sich ein wenig zu lösen. Ein Glas Wein würde sein übriges tun. In der Ferne blinkte ein Leuchtschild, eine kleine Eckkneipe war noch geöffnet. Sie ging schneller.

»Deine Eltern wollen sich trennen? Zur goldenen Hochzeit?« Cleo stand vor dem Männerklo, aus dem es penetrant nach süßlichem Desinfektionsmittel stank, und klemmte sich den Hörer hinters Ohr. Eigentlich wollte sie nur seine Stimme hören, ein bißchen gurren und übers Telefon kuscheln, dann einen Absacker in dieser schrecklichen Kneipe, in der sie offensichtlich der einzige Gast war, dann ins Hotel. Und nun dies. Nun die verzweifelte Stimme ihres Liebsten, und sie war nicht bei ihm, um ihn zu trösten. »Erzähl«, sagte sie, obwohl sie dringend aufs Klo mußte. Also stand sie da, mit verbrezelten Beinen, und hörte zu. Es gab offensichtlich keine dritte Person, was sich Cleo bei zwei fast Achtzigjährigen auch bei aller Liebe nicht vorstellen mochte. Es gab auch sonst keinen triftigen Grund. Es gab nur abgrundtiefen Überdruß. Es gab nur keine Liebe mehr. Und Ronaldos Mutter Mathilde Heymann, sehr rüstige achtundsiebzig Jahre, hatte einen Tag vor der großen Feier zu ihrem neunundsiebzigjährigen Ehemann Ernst Wilhelm gesagt: »Ich mag nicht mehr, Ernstie.«

Daraufhin hatte sein Vater sich ins Bett gelegt. War nicht mehr zu bewegen, aufzustehen und seine Gäste zu begrüßen, die inzwischen in Erwartung einer rauschenden Feier angereist waren. »Mein Vater weint im Ehebett, meine Mutter sitzt mit ihren Freundinnen in der Küche, ich renne zwischen den beiden hin und her.« Weint Ronaldo etwa, dachte Cleo, und ihr menschliches Bedürfnis wurde jetzt übermächtig. »Ronaldo, Schatz, ich …« Sie trat von einem Bein aufs andere. »Ich bin völlig fertig«, er weinte wirklich, seine Stimme klang ganz fremd, sie hatte ihn noch nie so aufgelöst erlebt, es ging ihr durch Mark und Bein. »Ich brauch dich …«, schluchzte er, aber es ging nicht mehr, Cleo ließ den Hörer baumeln, stürzte ins Klo, Männer stand drauf, es roch wie eine vollgepißte Löwengrube, egal, ein alter Kellner, der vor dem Pissoir stand, drehte sich erschrocken um, auch egal.

Sie erleichterte sich, wusch sich nicht die Hände, raste wieder raus, griff zum baumelnden Hörer. »Schatz?« keuchte sie und hörte fast erleichtert, daß er nicht aufgelegt hatte, sondern noch immer heulte. »Wo soll denn Vater nach der Scheidung hin?« schniefte er gerade, und eine kleine Schrecksekunde fürchtete sie, er wolle ihn zu sich nehmen. Der alte Mann war rüstig und sehr zänkisch, außerdem ein heimlicher Pokneifer. »Ich hab eine gute Idee«, sagte sie und fingerte in ihrer Handtasche nach einer Zigarette. »Das Haus ist doch groß genug. Warum zieht dein Vater nicht in den ersten und deine Mutter in den zweiten Stock? Baut einen Fahrstuhl ein oder so einen Treppenlift wie in dem Film *Zeugin der Anklage.*« Cleo hoffte, daß das Ausbleiben des Schnaufgeräusches eine Art Erleichterung bedeutete. »Du bist ein Engel«, Ronaldo klang dankbar, »das werde ich den beiden vorschlagen. Ich drück dich.« Er legte auf, geschafft. Mehr denn je hatte Cleo das Bedürfnis nach einem Absacker und betrat in dem Augenblick den verräucherten Kneipenraum, als Maria den dicken Vorhang hinter der Eingangstür zur Seite schob und ebenfalls eintrat.

Maria hatte Cleo nie gesehen, aber Cleo kannte sie von Fotos. Und da sie ein sauschlechtes Gedächtnis für Namen und Zahlen, aber ein fast fotografisches für Gesichter hatte, stutzte sie sofort, als Maria sich kurz umsah, dem Wirt hinterm Tresen zunickte und sich setzte. Sie hatte wenig gemein mit der strahlenden Reiterin, die hoch zu Roß in dem dicken Goldrahmen auf Camillas Nachttisch steckte, sie sah älter, müder, eindeutig weniger glamourös aus, doch für Cleo gab es keinen Zweifel. Die fast unecht schimmernden goldblonden Haare, die schrägen Augenbrauen, der volle Mund, den Camilla liebevoll die »töchterliche Negerlippe« nannte, Marias Gesicht war trotz aller offensichtlichen Erschöpfung so apart, so ungewöhnlich, daß Cleo ganz sicher war. Sie setzte sich an einen Tisch, von dem aus sie einen guten Überblick über die schäbige Ansammlung des Kneipenmobiliars hatte, musterte die junge Frau diskret, aber da sie saß, konnte sie nicht feststellen, ob es schon zu spät war für …

Der Wirt, deutlich mißgestimmt, daß er noch nicht Feierabend machen konnte, rief hinter dem Tresen hervor: »Was soll's sein, die Damen? Die Küche ist geschlossen, der Weinkeller ...«, bei diesen Worten schnaubte er belustigt durch die dicht behaarten, inneren Nasenflügel, »... auch.«

Cleo und Maria sahen sich an. Beide grinsten. »In diesem Fall, ein großes Bier bitte«, rief Cleo. »Für mich auch«, rief Maria, stand auf und trat vor Cleos Tisch. »Entschuldigen Sie, aber ich trinke ungern allein«, sagte sie, »kann ich mich zu Ihnen setzen?« Cleo nickte. »Aber gern. Mir geht's genauso.« Das Bier kam, soll heißen, der Wirt stellte es mit so aggressivem Schwung vor sie hin, daß die Gläser in zwei kleinen Pfützen standen.

»Tja, der Insulaner, der hatte schon immer diesen ganz besonderen Charme ...«, murmelte Cleo und beschloß, den Stier bei den Hörnern zu packen. »Ich komme gerade von einer Lesung«, begann sie das Gespräch. »Warum haben Sie sich das angetan?« fragte Maria freundlich und steckte sich eine Zigarette an, hielt die Packung hoch. »Die sind doch immer stinklangweilig. Finden Sie nicht auch?«

Doch Cleo litt an diesem späten Abend bereits an einer kleinen Nikotinvergiftung und schüttelte den Kopf. »Weil ich leider die Autorin bin«, erklärte sie und ignorierte die aufkommende Verlegenheit in Marias Augen großzügig, »die meisten sind schrecklich, stimmt. Aber Bücher müssen ja unter die Leute.« Maria zog an ihrer Zigarette, hüllte sich in Rauch, schwieg. Cleo betrachtete sie ungeniert und dachte, wenn ich nur einmal so aussehen würde, nur einen Tag, nur eine Stunde, so elegant, so anstrengungslos schön und geheimnisvoll, so sündig cool, ich würde ... Weiter kam sie nicht, weil sie nicht wußte, was sie dafür eintauschen sollte. Ihre Schönheit, ihre Jugend, ihr Geld, ihr Schreibtalent? Ha! Ein toller Tausch.

»Und, was treibt Sie hierher?« Ein unauffälliger Plauderton, während sie das Telefon neben den Toiletten im Auge behielt. Sie mußte Camilla anrufen. »Ich ... erhole mich ...« Maria trank ihr Glas in einem Zug leer, sah dann die Frau an, die ihr ganz offensichtlich nicht glaubte. »Das ist natürlich nur die halbe Wahrheit«, begann sie. Cleo schwieg, weil sie wußte, wann Schweigen klüger war als Nachbohren. »Ich … ich bin schwanger …« Maria stoppte, hin- und hergerissen von dem Wunsch, sich bei einer völlig Fremden ihr ganzes Problem von der Seele zu laden, und dem Bedürfnis, es mit sich allein zu lösen. Zumal es ja nicht mehr lange dauern würde. »Ist das … ein Problem?« fragte Cleo delikat. »Ja«, mehr wollte Maria nicht sagen. Die Frauen schwiegen, und dieses Schweigen wurde langsam ungemütlich. »Wollen wir über etwas anderes reden?« fragte Cleo, und dieses taktvolle Angebot öffnete Marias Schleusen, weil es ihr die Wahl ließ. Daß dies einer von Cleos uralten Journalistentricks war, konnte sie schließlich nicht wissen. »Noch ein Bier«, rief sie Richtung Tresen, hinter dem der Wirt die Gläser polierte. »Zwei bitte«, rief Cleo und wartete ab. Ihr Blick schweifte zum Telefon. Wenn Camilla den ersten Autozug nahm …

»Das … also diese Schwangerschaft«, noch immer konnte Maria nicht Baby sagen, »ist von einem Mann, mit dem ich nicht leben kann.« Sie sah Cleo an. »Morgen habe ich einen Termin.«

»Und ohne Mann?« fragte Cleo und legte ihre Hand auf Marias, die kalt und klamm war. »Es gibt einen Grund, einen sehr triftigen, sehr traurigen Grund«, Maria hielt inne, schüttelte den Kopf, »wechseln wir das Thema.«

»Gut«, sagte Cleo und griff ungefragt nach Marias Zigaretten, »reden wir von meiner letzten Abtreibung.«

»Sie auch?« Erleichterung schwang in Marias Stimme. »Tut es weh?«

»Nein«, erwiderte Cleo wehmütig, »es ist schnell vorbei und wenig schmerzhaft, nur hier …«, sie zeigte auf ihr Herz, »… hier tut es unglaublich weh. Eigentlich wäre ich vierfache Mutter …«, Cleo ließ diesen Satz ausklingen, »… aber ich bin allein. Meine Kinder, wenn ich sie nicht abgetrieben hätte, wären jetzt siebenundzwanzig, neunzehn, zehn und acht Jahre alt. Ihre vier Väter habe ich längst vergessen, an meine nicht geborenen Kinder denke ich oft. Da ich eine morbide Frau bin, haben sie sogar Namen. Sie heißen …«

»Hören Sie auf, ich will nichts wissen …« Maria hielt sich die Ohren zu. Cleo sprach weiter, während Marias Hände langsam wieder von ihren Ohren glitten. »Ich bin jetzt mit einem Mann sehr glücklich, und unser Herzenswunsch wäre ein gemeinsames Kind, aber es ist zu spät. Und das ist für mich das Allerschlimmste. Dieses Wissen, daß es zu spät ist. Unwiderruflich zu spät. Wenn ich am Ende meines Lebens gefragt werde, was ich erreicht habe, dann kann ich zwar auf meine vielen Bücher zeigen, aber die sind bis dahin wahrscheinlich längst vergessen. Aber ich werde ohne Kinder sterben, obwohl ich viermal die Gelegenheit hatte, Mutter zu werden. Genug gepredigt«, sagte sie mit Blick auf Maria, deren Gesicht aschfahl geworden war. »Sie haben sicher gute Gründe.«

»Gute Gründe?« Wie zum Trotz steckte sich Maria eine weitere Zigarette an, blies einen gekonnten Rauchkringel über ihr Bierglas. »Könnte man so sagen, ja.«

»Wollen Sie aber nicht?« fragte Cleo.

»Nein, will ich nicht«, sagte Maria. Cleo fühlte sich plötzlich hundemüde. Der Tag war lang und von Widrigkeiten und Anstrengungen gespickt gewesen, das Hotelbett lockte. Ronaldo konnte sie zum Glück nicht mehr anrufen, weil seine Eltern zwar betagt, aber noch sehr hellhörig waren. Und sie hatte sowieso nicht mehr die Kraft für ein aufbauendes Gespräch. Aber eine gute Idee, wie sie ihren Schatz trösten konnte. Eine kuschelige Überraschung.

»Das Baby ist von meinem Bruder«, sagte Maria und drückte ihre Zigarette aus, und obwohl dies Cleo ja nicht unbekannt war, zuckte sie zusammen. »Jetzt sind Sie schockiert«, sagte Maria. Cleo überlegte sich ihre Worte, sie wollte später nicht als Lügnerin dastehen. »Wie konnte das …«

»Wie das passieren konnte, wollen Sie wissen? Ich hatte keine Ahnung …«

»Wie im Doppelten Lottchen?« fragte Cleo, die das junge Mädchen am liebsten in die Arme genommen hätte. Maria lachte. »Strenggenommen ist er auch nur mein Halbbruder, trotzdem …« Ihre Stimme wurde leiser, verebbte, sie flüsterte, obwohl der Wirt ihnen keinen Blick mehr schenkte. »Mein Vater hat die Mutter meines Halbbruders verlassen, als sie schwanger war. Durch einen blöden Zufall sind wir uns jetzt begegnet, durch einen noch blöderen hab ich mich in ihn verliebt.« Sie blickte auf, direkt in Cleos mitfühlende Augen.

Ich muß Camilla anrufen, jetzt, sofort. Dieser Gedanke war vorherrschend. »Wo wohnen Sie hier?« fragte sie, während sie nach Marias Hand griff und sie sanft streichelte. »Im ›Hopfengarten‹«, erwiderte das Mädchen automatisch, »warum interessiert Sie das?«

»Alte Journalistenmacke«, wich Cleo geschickt aus, »wissen denn Ihre Eltern Bescheid?«

»Die haben nichts damit zu tun«, Maria stand auf und legte einen Geldschein auf den Tisch, in der lässigen Geste reicher Leute, die keine Zeit hatten, auf die Rechnung zu warten. Cleo, Kind kleinbürgerlicher Eltern, die sich nur sonntags Butter leisten konnten, sonst Margarine, registrierte und bewunderte insgeheim diese reichen Gesten. »Danke fürs Gespräch«, Maria wickelte sich einen breiten Schal um den Hals, den Cleo unschwer als sündhaft teuren Cashmere erkannte. »Wünschen Sie mir alles Gute. Morgen hab ich's überstanden.« Ehe Cleo etwas erwidern konnte, hatte sie sich umgedreht und war verschwunden.

»Ich möchte zahlen«, rief Cleo in die nachtstille Kneipe. Niemand antwortete, aber ein leises, knarzendes Geräusch drang hinter dem Tresen hervor. Cleo stand auf und folgte ihm. Der Wirt lag auf dem Fußboden und schnarchte. »Zahlen«, wiederholte Cleo laut und stubste ihn mit dem Fuß an. Das Schnarchen wurde lauter, brach dann abrupt ab, um in einem tösenden, schnorchelnden, schrecklichen Ton seinen vorläufigen Höhepunkt zu finden. Nichts fand Cleo lächerlicher und unerotischer als einen schnarchenden Mann. Selbst einen in Unterhosen und Socken nicht. Angewidert wandte sie sich ab. Marias Geldschein reichte für sie beide.

Sie trat auf die Straße. Camilla! Sie drehte sich um und ging wieder zurück. Warum war sie der einzige Mensch auf Gottes Erdboden, der noch kein Handy hatte?

Der Wirt schnarchte immer noch, als sie am Telefon stand und mit Herzklopfen die Telefonnummer ihrer Freundin wählte. Das Freizeichen klopfte auf ihre angespannten Nerven wie der spitze Hammer, mit dem ihr Arzt ihre Reflexe prüfte. Ping, ping, ping.

»Hallo?« Camillas Stimme war rauh und schlafschwer. »Ich bin's«, sagte Cleo. »Cleo?« Ein leichtes Rascheln verriet ihr, daß sich Camilla jetzt aufsetzte und eins ihrer Kissen in den Rücken stopfte. »Wo steckst du?« Cleo mußte lachen. »Weißt du, warum du meine beste Freundin bist?« fragte sie. »Warum?« Camillas Stimme klang etwas wacher. »Weil es fast ein Uhr ist und du kein Wort darüber verlierst.«

»Ich bin nächtliche Anrufe gewohnt«, erwiderte Camilla und beließ es dabei. »Schieß los.«

»Ich hab deine Tochter gesehen«, sagte Cleo. »Maria?«

»Hast du noch eine?« flachste Cleo, aber sie wußte, daß Camilla jetzt nicht in der Stimmung für Scherze war. »Ich bin nach meiner Lesung noch in eine Kneipe gegangen, und da hab ich sie getroffen«, fügte sie deshalb schnell hinzu. »Sie trinkt, in ihrem Zustand? Oder hat sie schon ...«, Camilla wußte, wie lächerlich ihre Entrüstung war. »Sie wird diesen Zustand morgen beenden.« Cleo schwieg. Camilla atmete schwer. »Sie wohnt übrigens im ›Hopfengarten‹. Der erste Autozug geht um halb sieben.«

Als Cleo Braake eine halbe Stunde später in ihrem weißgestärkten Hotelbett lag, zu müde zum Zähneputzen und Abschminken, eine Todsünde, die sie sich nur in Ausnahmesituationen gestattete, dachte sie zum ersten Mal, daß es auch erhebliche Vorteile hatte, keine Kinder zu haben. Sie warf sich hin und her, unbefriedigt, plötzlich hellwach. Sollte sie? Nein, es war zu spät. Und es war unwürdig, in ihrem Alter noch so ungebremst den Lüsten nachzugeben. Aber sie brauchte ihn, jetzt, in dieser Sekunde. Und Ronaldo war schließlich nicht da, er würde es verstehen. Also griff sie seufzend in die Nachttischschublade – und holte einen Schokoriegel heraus.

99

Ich muß dich sehen, hatte er gesagt, und wie in Trance hatte sie sich angezogen und die Wohnung verlassen. Es war sechs Uhr morgens, kurz vor Beginn des Berufsverkehrs. Die Straßen waren noch friedlich, die Papierkörbe leer, die Gesichter der Leute, die ihre Hunde spazierenführten, schlafverquollen. Vor einer Ascheimerreihe randalierte ein Betrunkener. Endlich hatte er es geschafft, ein Eimer kippte Jette einen Schwall von

Müll vor die Füße. Geschickt wich sie zur Seite. Bis zum Hauptbahnhof waren es zwanzig Minuten, die wollte sie zu Fuß gehen. Kopf und Körper auslüften. Mit großen Schritten ging sie durch die erwachende Stadt. Nach einer Viertelstunde sah sie den Hauptbahnhof in der Ferne, und während sie ihre Schritte unwillkürlich beschleunigten, überlegte sie, wie sie sich verhalten, wie sie sich gegen ihn und seine Macht über sie wappnen sollte. Sie erinnerte sich an das Gedicht von ihrem Lieblingsdichter Erich Fried, das sie damals nach ihrer Trennung auswendig gelernt hatte, weil es so gnadenlos zu ihrer damaligen Situation paßte.

Trennung
Der erste Tag war leicht,
der zweite Tag war schwerer.
Der dritte Tag war schwerer als der zweite.
Von Tag zu Tag schwerer.
Der siebente Tag war so schwer,
daß es schien, er sei nicht zu ertragen.
Nach diesem siebenten Tag
sehne ich mich
schon zurück.

Sie betrat den Bahnhof und sah ihn sofort. Er saß am Fenster, mit dem Rücken zu ihr, und las die Zeitung. Das Frühstückscafé lag am Anfang der Wandelhalle, in der zu dieser frühen Morgenstunde nur wenige Reisende unterwegs waren, dafür die Gestalten der Nacht, wie Gundel sie nannte. Schwarzafrikanische Drogenkuriere, flink wie Gazellen, gegen die die behäbige Polizei völlig machtlos war, pubertätspicklige Stricher mit leeren, kalten Augen, die sich an die Freier heranpirschten, mittelalterliche, oft gutbürgerliche Männer mit ihren diskret in einer Seitenstraße geparkten Volvos, deren Kindersitze sie dann zur Seite schoben, damit sie Platz fanden mit ihrer jungen Beute auf dem Rücksitz. Es war Hamburg von seiner Verliererseite, die sich dem Ankommenden dreist und gleichgültig präsentierte, und Jette als überzeugte Lokalpatriotin hatte manchmal das Bedürfnis, einem dieser Reisenden »Hamburg ist sonst wunderschön. Fünf Minuten weiter ist die Alster« zuzurufen. Einmal hatte sie dies auch gemacht, und der Mann, den sie derart ansprach, ein rüstiger Greis mit knallroter, zerklüfteter Nase, hatte nur abgewunken: »Nich nötig, mien Deern, ich bin alter Hamburger.«

Sie stand jetzt direkt hinter ihm, nur die Glasscheibe trennte sie. Er trug einen hellgrauen Rollkragenpullover, der ihm gut stand. So gut, daß sie kurz überlegte, einfach umzukehren. Ihr Leben war kompliziert genug. Doch dann drehte er sich um. Einen Augenblick sahen sie sich an, durch die Scheibe. Keiner bewegte sich. Dann lächelte er, und wie wehrlos betrat sie das Café. Als sie auf den Ecktisch zuging, wußte sie noch immer nicht, warum sie seiner Aufforderung gefolgt war. Wider die Vernunft, wider besseres Wissen. Aber der Wunsch, ihn zu sehen, war größer. Diese Einsicht erschreckte sie.

»Hallo, Mario«, sagte sie, um einen kühlen Tonfall bemüht, und setzte sich, ohne seine ausgestreckte Hand zu ergreifen. »Wie geht's?« Sie erwartete keine Antwort. Aber sie bekam eine. »Es geht mir so schlecht wie noch nie in meinem Leben«, er nahm ihre Hand, jetzt doch, und sie ließ ihn gewähren. Er fühlte sich an wie Benedikt, kalt und klamm, dachte sie und unwillkürlich streichelte sie ihn mit ihren warmen Fingern. Ein Seufzer entfuhr ihm, und er legte seine andere Hand auf ihre. »Ich kann deine Berührungen kaum ertragen«, sagte er leise, »du gehst mir so durch und durch, daß es fast schmerzhaft ist.«

»Soll ich lieber ...«, fing sie an, aber er hielt ihre Hände fest. »Nein«, sagte er, »dein Schmerz ist mir lieber als alles andere ...«

Sie schwiegen, bis das Schweigen zwischen ihnen so intensiv, so sehnsüchtig geworden war, daß Jette es nicht mehr aushalten konnte. Energisch zog sie ihre Hand zurück. »Gib sie mir wieder«, bat er.

»Was darf's sein?« Ein Kellner mit fleckiger Jacke stand vor ihnen und sah an ihnen vorbei auf einen Punkt in der Ferne, wo wahrscheinlich sein Bett stand. »Kaffee, Tee, Frühstück?« Jette und Mario sahen sich an, schüttelten den Kopf. Keiner hatte Hunger. »Zwei Kaffee bitte«, bestellte Jette dann und hätte dem übernächtigten Kellner gern über den Kopf gestreichelt, so kaputt stand er da, »und bitte mit richtiger Milch, keine Kaffeesahne.«

Wortlos wandte sich der Kellner ab. Würde er je wiederkommen oder sich einfach in Luft auflösen? Seinem schlurfenden Gang nach wahrscheinlich letzteres. »Das erinnerst du noch?« fragte Mario, und während er seine Hand unter ihrer herauszog, um sie streicheln zu können, fühlte er sich eine Sekunde lang sehr glücklich. Jette war bei ihm. Alles war gut. Doch die Sekunde verging.

»Zwei Kaffee«, der Kellner war tatsächlich mit einem Tablett zurückgekehrt und stellte zwei Kännchen so zwischen sie, daß sich ihre Hände trennen mußten. »Warum hast du mich angerufen?« Sie zwang ihre Stimme zur Sachlichkeit. »Gibt es neue Entwicklungen?« Sie schenkte ein, ließ dann ein Stückchen Zucker in seine Tasse plumpsen, goß Milch nach, genau die richtige Menge. »Du hast wirklich nichts vergessen«, staunte Mario. »Nichts«, entgegnete sie und sah an ihm vorbei aus dem Fenster, wo ein Familienvater gerade einen männlichen Teenager umarmte, der ganz offensichtlich nicht mit ihm verwandt war. »Ich habe nichts vergessen. Leider. Also, was willst du?«

»Ich möchte mit dir leben«, sagte er einfach. Der Satz stand im Raum. Sie sah ihn an, sagte nichts.

»Ich bin jetzt fünfzig«, fuhr er fort, »davon die Hälfte mit einer Frau verheiratet, die ich nicht geliebt habe. Meine Schuld, nicht ihre ...«

»Sie hat sich nur von dir schwängern lassen«, Jettes Stimme klang verbitterter, als ihr lieb war, »dazu gehören meines Wissens zwei. Wie ich aus Erfahrung weiß.«

»Was hätte ich denn tun sollen?« Er winkte dem Kellner für ein zweites Kännchen, sein übermüdeter Körper brauchte dringend Koffein, von dem er jetzt schon wußte, daß es seinem Magen nicht bekommen würde. »Ich bin so erzogen worden, daß ich Verantwortung übernehme für die Frau, die ich schwängere. Auch wenn ich sie nicht liebe. Ich wußte ja nicht ...«

»Nein, du wußtest nicht«, plötzlich war Jette müde, wollte wieder nach Hause, »und es ist jetzt auch egal.«

»Es ist nicht egal, Jette«, er stand auf, setze sich neben sie, als wisse er, wie überzeugend seine körperliche Nähe auf sie wirkte, »unsere Kinder sind groß, wir haben ein Recht ...«

»Ein Recht worauf?« fragte sie scharf und schob ihren Stuhl zur Seite. »Ein Recht auf uns. Auf Liebe. Auf Glück. Ach Jette ...«

Doch sie rückte weiter hinaus, aus der Gefahrenzone seines Körpers, seines Geruchs, der sie so wehrlos machte, selbst wenn er so ungewaschen, so leicht mümmelig war wie an diesem Morgen. »Nein, Mario«, ihre Stimme war klar und fest, »wir haben keine Rechte mehr. Unseren Kindern geht es schlecht, Mario. Sauschlecht. Mein Sohn haßt dich ...«

»Er ist auch mein Sohn.«

»Gut – *dein* Sohn haßt dich, Mario. Es mag irrational sein, weil du von seiner Existenz ja nichts gewußt hast, aber dadurch wird sein Haß nicht kleiner. Er ist ohne Vater aufgewachsen, und jetzt, wo er eine Familie gründen will, nehmen wir ihm die Frau, die er liebt.«

Sie schwiegen, weil es nichts zu sagen gab. »Wie geht es Benedikt?« fragte er schließlich. Sie überlegte. »Den Umständen entsprechend«, sagte sie, »er ist übrigens der neue Agent von deiner ehemaligen Geliebten.« Ihre Stimme klang spitzer, als sie wollte. Er sah sie ratlos an. »Von Cleo Braake«, erklärte sie und fügte dann großzügig hinzu: »Eine witzige Frau. Ich bekoche sie jetzt manchmal. Und Ihren neuen Lover, einen gewissen Ronaldo.«

»Den Buchhändler?« fragte er ungläubig. »Ich dachte, der sei schwul.«

»Ist er offensichtlich nicht«, sagte sie, »eifersüchtig?« Er schüttelte den Kopf. »Du?«

Jettes Gesicht verfärbte sich rosa. Er freute sich, ein paar Minuten abgelenkt von seinem Familiendrama. »Und Benedikt ist Cleos Agent? Hat er denn ...«, seine Stimme klang besorgt. »Er ist sehr fleißig«, meinte Cleo unverbindlich, »mehr weiß ich auch nicht. Und wie geht es deiner Tochter?« fragte sie, um ihn abzulenken, denn natürlich wußte sie, daß die Vertragsverhandlungen mit dem neuen Verlag kurz vor dem Abschluß standen.

»Ich habe keine Ahnung«, gestand Mario, »sie hat sich noch nicht gemeldet. Ich hoffe ...«

»Du hoffst, daß sich das Problem gelöst hat«, sagte sie und sah ihn an, »unter anderen Umständen wäre es unser gemeinsames Enkelkind geworden. Ich will nach Hause.« Sie stand auf und ging.

Vor McDonald's hatte er sie eingeholt. »Jette«, er keuchte, sie war schnell gegangen, »sag mir, daß es nicht vorbei ist.« Sie nahm all ihre Kraft zusammen, um dieses hartnäckige und so schmerzhafte Gefühl für ihn, das jetzt, bei diesen Worten und seinem Anblick, mit Gewalt an die Oberfläche wollte, wegschieben, so weit weg, daß sie einen kurzen Augenblick kühl und gefühllos werden konnte. Weinen konnte sie später.

»Doch, Mario«, vor ihrem kalten Blick senkte er die Augen, »es ist vorbei.« Statt einer Antwort nahm er sie in die Arme und küßte sie. Der Kuß war brutal und so überraschend, daß sie sich nicht wehren konnte. Dann ließ er sie los, abrupt, sie taumelte. »Nichts ist vorbei«, sagte er leise, »gar nichts. Und das weißt du.«

Er drehte sich um. Sekunden später hatte ihn das Gewühl verschluckt.

100

»Privat oder Kasse?« Die junge Rezeptionistin sah nicht hoch, als Maria pünktlich um neun vor ihr stand. »Privat«, sagte Maria, die nichts gegessen hatte und sich jetzt flau und schwach fühlte. »Nehmen Sie bitte im Wartezimmer Platz«, sagte die Rezeptionistin, »der Doktor wird sich etwas verspäten, ein unerwarteter Notfall.«

Maria ging ins Wartezimmer, das den Charme aller Wartezimmer verströmte. Die meisten Ärzte steckten ihren Verdienst offensichtlich in teure Geräte, für eine gemütliche Möblierung der Praxis blieb nichts übrig. Häßliche, stachlige Kakteen welkten in weißen Plastikübertöpfen auf dem Fensterbrett, vor dem eine gelbstichige, großlöchrige Spitzengardine hing. Maria setzte sich und griff zu den Zeitschriften, die auf dem messingumrahmten Glastisch lagen. Eine Lesemappe, drei Wochen alt, zu mehr hatte es nicht gereicht. Sie ärgerte sich. Konnte er sich nicht vorstellen, dieser Arzt, daß man sich unwohl fühlte, daß man aufgeregt war, abgelenkt werden wollte – von einer aktuellen Zeitschrift? Egal, in zwei Stunden war alles vorbei. Das Ticket nach Australien hatte sie bei einem Reisebüro in Westerland gebucht, übermorgen war sie in Sydney. Der Gedanke befreite sie. Keiner kannte sie dort, bis auf ihre alte Schulfreundin Mareile, die dort seit dem Abitur lebte; keiner wußte, was sie in zwei Stunden hinter sich haben würde, und das würde auch so bleiben. Die nächsten Stunden würden für immer ihr Geheimnis bleiben. Ausradiert, ungeschehen, wenn sie diese Praxis verlassen würde.

»Frau Benedikt«, der Arzt stand im Türrahmen, »entschuldigen Sie die Verspätung. Eine Frühgeburt. Bitte kommen Sie mit.« Sie folgte ihm in den kleinen Untersuchungsraum, in dem eine Liege und ein Ultraschallgerät standen. »Bitte freimachen.« Die Stimme des Arztes klang geschäftlich, das war ihr nur recht so. Alles sollte kühl und sachlich bleiben, bloß kein störendes Gefühl. Sie zog sich aus, legte sich hin. Er untersuchte sie kurz, und wie sie zu spüren meinte, eine Spur widerwillig, aber wahrscheinlich war sie überempfindlich. »Jetzt piekst es etwas«, sie hörte kaum hin, konzentrierte sich auf ihre Vorstellung von Australien, Sydney mußte eine tolle Stadt sein, die Männer sportlich und unkompliziert, Neue-Welt-mäßig … »dann werden Sie ein schabendes Geräusch hören, ein Ziehen spüren … aber es wird nicht lange dauern. Fünf Minuten etwa. Versuchen Sie, sich zu entspannen.«

Strand, blauer Himmel. In Sydney war jetzt Frühling. Ihre Freundin wohnte direkt am Ozean, hatte vor einem Monat ihren Bodybuilder-Boyfriend rausgeschmissen, deshalb genügend Platz. Spaß würden sie haben, viel Spaß. Barbecue im Sonnenuntergang, Surfen, Sex … Um endlich alles zu vergessen, ihn zu vergessen …

»Jetzt …«, sagte der Arzt, wie aus weiter, weiter Ferne, und gab ihr die Spritze, ein kurzer, brennender Schmerz, eine willkommene Benommenheit. Endlich, dachte Maria, endlich. Und nahm Abschied. Da ging die Tür auf. »Ich muß ganz kurz unterbrechen«, eine junge Sprechstundenhilfe steckte ihren Kopf herein, »aber es ist dringend.«

»Ich kann jetzt nicht«, mit der Spritze in der Hand drehte der Arzt sich um. Die Sprechstundenhilfe flüsterte ihm etwas ins Ohr. »Um Gottes willen, ich komme sofort«, er legte die Spritze zur Seite und verließ den Raum. Merkwürdige Praxis, dachte Maria und ließ sich fallen in dieses wolkenreiche Gefühl, hoffentlich kommt er wieder, bevor die Betäubung nachläßt.

Sie surfte gerade mit ihrer Freundin im Ozean, eine riesige

Welle, die sie souverän durchritt, dann noch eine ... als die Tür wieder aufging und leise wieder geschlossen wurde. Fußtritte, die vor ihrer Liege stoppten.

»Endlich«, nuschelte Maria mit geschlossenen Augen, »jetzt aber ohne Störung. Ich will's hinter mir haben.« Sie fühlte, wie sich jemand auf die Liege setzte, ihre Hand nahm und streichelte. Scheiße, der Typ nutzt die Lage aus, dachte Maria, plötzlich klar und panisch, und riß die Augen auf.

»Mama?« Ihr Herz fing an zu klopfen, hart und unangenehm. »Was machst du denn«, sie sank zurück, »hier?«

Camilla atmete tief ein. »Wir müssen reden«, sagte sie, »es geht um dich und um mich. Und um dein Baby. Komm nach Hause.«

101

Sie spürte den Kuß noch Stunden danach. Jette Glücklich war, als wenn es tausend Küsse gäbe und hinter tausend Küssen keine Welt. Rilke? Mario.

Wie in Trance ging sie nach Hause. Als sie leise die Tür aufschloß, schlief Benedikt noch. Sie war erleichtert, denn sie war sich sicher, daß man ihr alles ansah. Sie zog die Kleider aus und ging, eine Spur von Klamotten hinter sich herziehend, ins Badezimmer, stellte sich unter die Dusche. Der scharfe Wasserstrahl entspannte sie. Für den Bruchteil der Sekunde, den es dauerte, bis sie wieder seinen Kuß spürte. Tausend Stecknadeln pieksten sie, ihr Herz flatterte in einem unregelmäßig aufgeregten Rhythmus. Sie haßte es, ihren Gefühlen so ausgeliefert zu sein, zu lange hatte sie gebraucht, um sie unter Kontrolle zu zwingen, eine nüchterne, praktische Person zu werden, die nicht jedes kleine Gefühlsflämmchen aus der Bahn warf. Ja, so war sie gewesen, bis sie ihn wiedergesehen hatte – eine alleinstehende Mutter und Geschäftsfrau, die ihr Leben im Griff hatte, die sich Männer nahm, wenn sie ihr guttaten, und sich wieder trennte, wenn es vorbei war. Diese Unabhängigkeit, die sie als Freiheit empfand, war ihr seelisches Rückgrat gewesen, stabil und unverzichtbar. Aber sie war kein junges Mädchen mehr. Sie war eine reife Frau. Leider klopfte ihr Herz so jung.

Sie stellte die Dusche ab und trocknete sich ab. Meistens tat sie dies schnell und ruppig, verschwendete keine unnötige Sekunde. Heute, sein Kuß noch auf ihren Lippen – sie hatte tatsächlich ihr Gesicht nicht gewaschen –, ließ sie das Handtuch fallen und trat vor den großen Spiegel. Musterte sich kritisch. Ihr Busen war klein und fest, die braunroten Nippel bedeckten fast die Hälfte. Männer liebten ihre großen Brustwarzen, die sie selbst so peinlich fand. Männer waren sowieso viel unkritischer, was den weiblichen Körper anging, Zellulitis, weicher Bauch, hängender Busen, dünne Haare, all das nahmen sie, die Schlichten, meistens gar nicht wahr. »Ich liebe jedes Pfund an dir«, hatte ihr einmal ein Mann zugeraunt, mit dem sie einen Three-Night-Stand hatte. »Ich bin doch viel zu dick«, diese typisch weibliche Unsicherheit. Er hatte gelacht: »Jedes Pfund an dir ist ein Grund mehr, dich zu lieben.« Sie hatte dieses Bekenntnis so liebenswert gefunden, daß sie, obwohl er ein lausiger Liebhaber war, der mit feuchten Fingern die garantiert falschen Knöpfe drückte, ein zweites und drittes Mal mit ihm geschlafen hatte. Frauen haben ein Rad an der Waffel, und diese Waffel heißt Mann, sagte Gundel immer. Sie hatte recht. Sie schaute nach unten.

Ihr Bauch war leider ein sehr hartnäckiger Gefährte. Sie hatte immer eine leichte Wölbung gehabt, »konvexe« Formen. Keine Diät, kein Fitneßprogramm dieser Welt konnten ihren Bauch »konkav« machen. Aber auch dieser Bauch, der sie so sehr störte, hatte noch nie einem Mann abgeturnt. Noch nie hatte sich einer von ihr oder unter ihr erhoben und gesagt »Gott, dieser Bauch, tut mir leid, ich kann nicht, wenn ich dieses weiße, weiche Fett fühle.« Es war ihre Macke, aber eine hartnäckige.

Aber an diesem Morgen kam ihr der blöde Bauch richtig schlank und schmal vor. Sie stellte sich seitwärts, eine gute Silhouette, sie kniff hinein, kaum was in der Hand. Ob Mario ihr Körper immer noch gefiel? Nicht halb betrunken im Bett, sondern nüchtern im grellen Morgenlicht.

Ihr Bauch jedenfalls war fast perfekt, ein vorübergehender Zustand, das ahnte sie. Es mußte der Streß der letzten Wochen sein, der an ihr zehrte, zum Glück gehörte sie nicht zu den weiblichen Frustesserinnen. Im Gegenteil, jedes Problem schnürte ihren Magen zu. Dafür rauchte sie wieder. Bis alles vorbei ist, nahm sie sich bei jeder Zigarette vor, bis ich wieder normal bin, dann hör ich endgültig auf.

102 Sie lagen nebeneinander auf Camillas Bett und noch nie hatten sie sich einander so nahe gefühlt. »Danke, daß du gekommen bist«, flüsterte Maria, »ich weiß, was es dich gekostet hat.«

»Wenn ich nicht gekommen wäre, hätte es dich dein Baby gekostet«, Camilla spürte einen tiefen Frieden, als sie sich an ihre Tochter schmiegte und die Hand auf ihren Bauch legte. »Mein erstes Enkelkind«, sie sagte es fast ehrfürchtig und setzte hinzu: »Ich möchte übrigens doch, daß es mich Oma nennt.«

Sie lachten. Das Zuschlagen der Autotür ließ sie zusammenzucken. »Das ist ... Papi«, sagte Maria und sah ihre Mutter ängstlich an. »Was werden wir ihm sagen?« Camilla stand auf und zog sich ihren Rock glatt. »Die Wahrheit«, sagte sie schlicht, »und nichts als die Wahrheit. «

Maria ging zum Fenster und sah auf den Hof. Mario Benedikt hatte seinen Wagen verlassen und ging über den Kiesweg auf das Haus zu. Selbst aus dieser Entfernung sah sie, wie traurig und müde er aussah, als trüge er an einer unsichtbaren Last, an einem Alptraum. Das Mitleid mit ihm überfiel sie mit einer Heftigkeit, die ihr fast die Luft abschnürte. Papsi dachte sie, voller Traurigkeit, werde ich dich je wieder so nennen dürfen? Vor der Haustür blieb er stehen. Ein kleiner Ruck ging durch seinen Körper, dann betrat er das Haus. Camilla stand im Flur.

»Du bist zu Hause?« Er hatte gehofft, Camilla nicht vorzufinden, allein sein zu dürfen, um über alles nachzudenken. »Maria ist wieder da«, sagte sie nur und hielt seinen Blick fest, »wir müssen dir etwas Wichtiges sagen. Bitte komm ins Wohnzimmer.«

»Hat sie?« Er sprach nicht weiter, aber sie wußte auch so, was er meinte. »Nein, sie hat nicht abgetrieben«, sie behielt die Türklinke in der Hand, drehte sich nicht um, als sie ihm eröffnete, *»ich* habe sie davon abgehalten. «

Maria sprang vom Sofa auf, als Mario das Wohnzimmer betrat. »Papi«, rief sie und warf sich in seine Arme, klammerte sich an ihm fest, drückte ihn, küßte ihn. »Ich hab dich so lieb, so lieb.« Lächelnd schob er sie von sich. »Meine Güte, Kind, du tust ja grade so, als sei ich von den Toten auferstanden.« Camilla stand am Fenster, mit dem Rücken zu ihnen. In ihren Augen verwischten Tränen der Angst und Anspannung die Aussicht auf den Garten. Energisch wischte sie sich das Gesicht trocken und drehte sich um.

Vater und Tochter – Vater und Tochter? – standen eng umschlungen vor dem Sofa. »Setzt euch bitte«, bat Camilla und blieb stehen. »Soll ich lieber …«, fragte Maria, sie hätte sich gern verdrückt, aber Camilla schüttelte den Kopf.

Beide setzten sich. Maria hatte ihren Kopf auf Marios Schultern gelegt, als suche sie Schutz bei ihm. Sie waren immer ein zärtliches Paar gewesen, die beiden, von Anfang an. Er hatte sie hochgehoben, geburtsverschmiert, verschrumpelt und sie an sein weißgestärktes Hemd gepreßt. Und da war sie zu finden, wann immer er zu Hause war. Als gäbe es eine unsichtbare Nabelschnur, die sie verband. In den ersten Jahren hatte sie das schlechte Gewissen so gewürgt, daß sie Tag und Nacht nur daran dachte, jeden seiner Blicke, jede seiner Bewegungen ängstlich registrierte. Jede Liebkosung ein Damoklesschwert. Daß es fallen würde, war ihr klar, es war nur eine Frage – wann?

Im Laufe der Jahre waren ihre Skrupel erträglicher geworden, aufgeweicht, irgendwann waren sie weg. Sie erinnerte sich an einen sonnigen Morgen, Marias erster Schultag, Mario und sie saßen auf der Terrasse und aßen Frühstück. Es war ein harmonischer Morgen gewesen, alle Wolken schienen weit weg. »Mama, Papa«, sie hatten von ihren Zeitungen aufgeschaut und gelächelt. Maria stand vor ihnen, mit ihrer Schultüte, der größten und buntesten, die die Haushälterin hatte finden können. Sie reichte Maria bis zur Schulter. Camilla sah ihren Mann an, der aufgestanden war und mit seiner Tochter in die Tüte schaute. Und in dieser Sekunde war ihr, als hebe sich das schwere Gewicht, das sie sechs Jahre lang mit sich herumgetragen hatte, plötzlich und unerwartet von ihrem Herzen. Ein Gefühl von Leichtigkeit und tiefer Freude breitete sich in ihr aus wie ein warmes Feuer. Alles wird gut, dachte sie. Niemand wird es je erfahren.

Sie schreckte aus ihren Gedanken, als sie die Stille spürte. Mann und Tochter sahen sie an. Keiner sagte ein Wort. Es war soweit.

»Fangen wir mit den guten Nachrichten an«, sagte sie und hatte das Gefühl, als käme ihre Stimme von weit weg ... »Unsere .... Tochter ist noch schwanger, sie bekommt ein Baby.«

»Wieso ist das eine gute Nachricht«, Mario stand auf, sah Frau und Tochter an, »ich verstehe nicht ... habt ihr ein gentechnisches Gutachten machen lassen? Aber selbst wenn ... « Er sah den Blick zwischen Mutter und Tochter und wußte, daß etwas sehr Unangenehmes auf ihn zukam. Was konnte es sein? Vierlinge? Ein behindertes Baby, das sie trotzdem austragen wollte? Er wappnete sich. Nach den streßintensiven Ereignissen der letzten Wochen konnte es nicht schlimmer werden. Aus den Augenwinkeln sah er, wie Camilla auf ihn zukam. Vorsichtig, wie auf einen gefährlichen Löwen, der seine Pranke durchs Käfiggitter steckte. »Mario«, ihre Stimme klang so weich und liebevoll wie schon lange nicht mehr, »Maria kann das Baby bekommen, weil Benedikt nicht ihr Bruder ist ...«

Der Satz stand im Raum wie ein schweres Gewicht. Mario schüttelte den Kopf. »Benedikt nicht ihr Bruder? Woher wißt ihr das? Hat ... hat Jette mit euch gesprochen?« Die Frauen schwiegen. Maria verließ das Wohnzimmer, sie hielt es nicht aus. Draußen, vor der Tür, wurde ihr schwindelig. Sie stützte sich auf die schmale Konsole in der Halle, riß dabei die große Vase mit den roten Gladiolen herunter, ein kurzes, knirschendes Geräusch, ein Knall, ein Scherbensee. Sie sank davor zusammen und fing an zu weinen. »Maria«, die Haushälterin stand bereits mit einem Kehrblech hinter ihr, »komm von den Scherben weg, das bringt Unglück.«

»Zu spät, Uschi«, Maria lächelte unter Tränen, »schlimmer kann's nicht werden.«

Die Haushälterin war keine neugierige Frau, also fragte sie nicht nach. Aber sie war praktisch veranlagt. »Komm in die Küche«, sie zog das Mädchen mit sich, »ihr beide braucht jetzt Nervennahrung.«

»Ihr … Du weißt Bescheid?« Maria ließ sich folgsam in die Küche ziehen, sank am Küchentisch zusammen. »Ich hab Augen im Kopf«, sagte Uschi nur und stellte eine Tasse Kakao mit Sahnehaube vor Maria hin, »und ich freu mich auf den Familienzuwachs.«

Mario sah Camilla fragend an. »Ich verstehe nicht …«

»Benedikt ist dein Sohn …« entgegnete Camilla ruhig und zwang sich dazu, ihrem Mann bei diesem Satz in die Augen zu sehen. Es war ein fast unangenehm intensiver Moment, ein Gefühl von Verbundenheit, der beide in Fesseln legte, die sie längst abgestreift hatten. Für den kurzen Moment ihres Geständnisses kam sie wieder zurück. Um danach, das ahnten beide, für immer zu verschwinden. »Das heißt …« Mario sprach nicht weiter, weil sich sein Gehirn weigerte, den Satz zu Ende zu denken. Geschweige denn, ihn auszusprechen und damit offiziell zu machen. »Das heißt«, Camilla flüsterte, als nehme dies den Worten ihr schreckliches Gewicht, »daß Maria nicht deine Tochter ist.«

Die Wucht dieser Aussage nahm ihm einen kurzen Augenblick die Luft. Es war, als krampfe sich eine Eisenkralle um alle seine inneren Organe. Er fühlte nichts, nur Druck, nur Atemlosigkeit. Weigerte sich, dieses Wissen aufzunehmen. Er lachte. »Heute ist nicht der erste April, meine Liebe, also spar dir deine geschmacklosen Scherze«, doch noch während er sprach, wußte er, daß sie nichts erwidern würde, kein bissiges Bonmot, keine süffisante Ironie. Daß dies die endgültige Antwort war.

»Sag, daß es nicht wahr ist«, er stand vor ihr, schüttelte sie hart, rücksichtslos. Sie wehrte sich nicht, ließ sich schütteln, wie eine Stoffpuppe. In ihren Augen erkannte er Mitleid. Mit einer Anstrengung, von der sie nie erfahren würde, was sie ihn kostete, drückte er seine Gefühle zu einem harten, unbeweglichen Paket und holte Luft. Als er seine Stimme hörte, war er erstaunt, wie gelassen sie klang.

»Ich glaube, du bist mir eine Erklärung schuldig, meine Liebe.« Er setzte sich aufs Sofa, wies auf den Sessel, der auf der anderen Seite des Couchtisches stand, in sicherer Entfernung. Näher hätte er sie nicht ertragen. Sie nahm Platz, die Beine in elegant schräger Parallele ausgestreckt, selbst in dieser Situation noch von ausgesuchter Eleganz. »Ich habe dich sehr geliebt, Mario, das weißt du …«, ihre Stimme klang weich und freundlich, aber so distanziert, daß er selbst die Vergangenheitsform ihres Gefühles nicht mehr glaubte. Aber das war jetzt unwichtig. »Das weiß ich«, antwortete er, und es bedeutete ihm nichts mehr, gar nichts. »Ich habe dich geliebt vom ersten Augenblick«, fuhr sie fort, »mein Herz tat richtig weh vor Liebe, wenn ich dich nur ansah.«

»Spar dir deine Kitschtöne«, fuhr er sie an, »ich will wissen, mit wem du mich betrogen hast. Ich will wissen, wer der Vater meiner Tochter ist …«

Camilla ließ sich nicht beirren. Sie wußte, dies war das letzte Gespräch mit ihrem Mann, danach war es vorbei. Endgültig. Sie hatte nichts mehr zu befürchten, das Schlimmste war bereits passiert. Sie würden ihre Anwälte einschalten, es würde häßlich werden. »Mir war klar, daß du mich nie geliebt hast, Mario«, sagte sie deshalb und wollte aufstehen, sich neben ihn setzen, aber eine abrupte, herrische Abwehrbewegung seiner Hände ließ sie in den Sessel zurückfallen. »Bleib sitzen«, sagte er nur. Sie sprach trotzdem weiter. »Ich wußte ja von Jette, ich hatte ihr Bild in deinem Jackett gefunden. Aber das war mir egal. Ich habe tatsächlich mal geglaubt, daß ich ohne dich nicht leben könnte. So als würdest nur du Farbe in mein Leben bringen, das ohne dich schwarzweiß wäre. « Sie stand auf, ging zur Terrassentür und sprach in den blühenden Garten. »Kaum noch vorstellbar, aber wahr.«

Er betrachtete ihren geraden Rücken, und etwas regte sich in ihm, trotz allem. Ein vages, fast vergessenes Gefühl von Zuneigung und Reue, ein warmes, zögerliches Flattern. Sie drehte sich um und wiederholte: »Kaum noch vorstellbar. Aber die erste Nacht mit dir hab ich nie vergessen. Sie war die schönste, die erotischste Nacht meines Lebens. Ich habe nach dir andere Männer gehabt, das weißt du. Aber mit keinem war es so wie mit dir in unserer ersten Nacht. Ich dachte, ich müsse sterben vor Glück.«

»Camilla …« Mit einer Handbewegung bedeutete sie ihm zu schweigen. »Als ich nach dieser Nacht zu dir kam, zitternd vor Liebe und Angst, da wolltest du mit mir Schluß machen …« Er erinnerte sich, dunkel. Ihre Tränen, ihr feuchtes Gesicht, ihre Liebesschwüre. Alles war ihm damals zuviel gewesen. Streit mit Jette,

Streß im Studium, Camilla war ein One-Night-Stand, ohne Bedeutung, eine nette Abwechslung. Und dann das. Es war schon so lange her. Warum zerrte sie alles wieder hervor, warum quälte sie ihn mit diesem Schnee von gestern?

»Als ich dein Zimmer verließ, besser gesagt, als du mich rausgeschmissen hattest, traf ich ...«, sie holte tief Luft und schloß die Augen, »... traf ich einen Kommilitonen von dir.«

»Was hat das mit uns zu tun?« Unwillkürlich wappnete er sich, denn er wußte, jetzt kam es. »Er sah meine Tränen ...«

»Und spielte den Ritter der traurigen Gestalt.«

»Ja«, sagte Camilla einfach, »genauso war es. Es war nur ein einziges Mal. Und dabei ist es passiert.«

Es hielt ihn nicht mehr auf dem weichen Sofa. Er brauchte jetzt etwas Hartes, Kantiges, Spürbares. Einen Aschenbecher, den er werfen, dessen spitze Scherben er sich in die Hand drücken konnte. Von draußen war ein dumpfer Knall zu hören, dann Uschis Stimme, sie reagierten nicht.

»Wer war es?« fragte er nur. Schwieg, sah sie an. Haßte sie, noch bevor der Name fiel. Es hatte viele Kommilitonen gegeben, es war ein recht fideles Studentenheim gewesen. Er hatte keine Ahnung.

»Es war Falko«, sagte sie, »und nur ein einziges Mal.«

»Falko? Mein bester Freund?« Und während er den Haß, die ohnmächtige Wut in seinen Worten hörte, war ihm klar, daß es nicht der Betrug mit seiner Frau war, den er seinem Freund nie würde verzeihen können, sondern die Tatsache, daß er der Vater seiner Tochter war. Der Verlust, den er jetzt spürte, war so massiv, so ungeheuerlich, daß er Mordgelüste hatte.

»Warum bist du dann, verflucht noch mal, nicht bei Falko geblieben?« Endlich konnte er schreien. Es war wie eine Befreiung. »Warum nicht, du verdammes Miststück?«

»Weil ich dich geliebt habe, Mario«, sagte sie, »ich weiß, welche Schuld ich auf mich geladen habe. Und ich entschuldige mich bei dir. Verzeih, wenn du kannst.«

Ihre Worte kamen ihm absurd vor, unverschämt in ihrem Verlangen. »Dir verzeihen?« Seine Stimme brach: »Bist du jetzt völlig ausgerastet? Ich werde dir nie verzeihen. Nie.«

»Ich habe dir eine Tochter geschenkt«, sagte sie, »die du sehr liebst. Daran hat sich nichts geändert.«

Sein Handy klingelte, automatisch griff er danach. »Hallo«, es konnte nicht sein, nicht ausgerechnet in diesem Augenblick. »Falko, nein, du störst überhaupt nicht ...« Er fühlte die aufmerksamen Augen seiner Frau, zwang sich zu einem freundlichen Lachen. »Camilla und ich plaudern gerade über alte Zeiten. Sehr erheiternd ...«

Falko lachte, klang völlig entspannt. Er sprach so laut, daß auch Camilla ihn verstehen konnte. Mario hätte ihn erwürgen können, aber er zwang sich zu einem kurzen Lachen: »Tja, du hast recht, lang ist's her, aber manches ist doch frisch wie gestern, findest du nicht?« Schweigen, Falko war offensichtlich ratlos, was er darauf sagen sollte. »Ich wollte eigentlich nur wissen, wann du mal wieder ein Stündchen Tennis für mich freischaufeln kannst«, sagte er, »mein Tennispartner hat einen Meniskusriß, fällt also aus.«

»Einen Meniskus, wie ärgerlich ...«, wiederholte Mario, und die Situation kam ihm plötzlich so absurd vor, daß er laut zu lachen anfing. Laut und böse. »Ich kann leider nicht. Aber meine Frau hat sicher Lust. Sie ist ja sowieso die bessere Tennisspielerin.« Ohne eine Antwort abzuwarten, gab er sein Handy weiter. »Viel Spaß«, sagte er nur.

»Dicke Luft«, fragte Falko, »oder ist dein Mann in den Wechseljahren?« Trotz allem mußte Camilla lächeln. Sie hatte Falko immer gemocht, seine unverantwortliche Art dem Leben und besonders den Frauen gegenüber, die sie immer wieder darin bestätigte, den richtigen Vater für ihre Tochter gewählt zu haben. Falko war ein zufällig gealtertes Bübchen, ein Mann, der gerne spielte, am liebsten mit wechselnden Spielzeugen, daran änderte auch eine vergrößerte Prostata nichts.

»Er ist ein bißchen angespannt in der letzten Zeit«, sagte sie nur. »Vielleicht ist es die Prostata«, meinte Falko hoffnungsvoll. Es hätte ihn getröstet, wenn sein bester Freund dieses Problem mit ihm teilen würde. »Soviel ich weiß, ist seine Prostata noch in Ordnung«, meinte Camilla kryptisch, und Falko lachte: »Schade. Spielst du dann mit mir Tennis?«

Sie legte auf. Ihr Ehemann stand vor ihr, mit einem undeutbaren Ausdruck im Gesicht. Trauer? Eifersucht? Wut? »Weiß er es?« fragte er. »Nein«, erwiderte sie, »ich wollte die Dinge nicht verkomplizieren.« Er lachte höhnisch »Das ist dir wahrlich gelungen.« Mit diesen Worten verließ er das Wohnzimmer.

Maria stand im Flur und wartete auf ihn. »Papa?« Ihre Augen waren riesengroß. »Papa?« Er ging an ihr vorbei, ohne sie anzusehen. Er konnte ihren Anblick nicht ertragen.

103

Er stand an dem weit geöffneten Fenster seines Büros und schaute hinunter auf die menschenwimmelnde Straße. Mein Leben liegt in Scherben, dachte er und zählte innerlich die Scherben auf, ruhig und nüchtern, wie eine Zahlenkolonne. Seine Ehe mit Camilla – schon seit Jahren eine Farce, eigentlich fast immer eine gewesen. Seine Tochter, seine vermeintliche Tochter ... ein Klumpen formte sich in ihm, hart und spitz, voller Haß und Wut und Ohnmacht. Liebte er sie noch, trotz allem? Sie konnte ja nichts dafür, sie war ja immer noch ... nein, sie war es eben nicht mehr! Sie gehörte jetzt Falko.

Wie in Trance griff er zum Telefon. »Falko, ich bin's. Ich muß dir etwas Wichtiges sagen. Komm am besten gleich bei mir im Büro vorbei. Nein, ich kann es dir nicht am Telefon sagen.« Er legte auf, nicht getröstet.

Cleo, seine erfolgreichste Autorin, die zuverlässigste Milchkuh des Verlages, würde ihn verlassen. Ihre Verträge bezogen sich stets nur auf ein Buch, sie konnte also jederzeit aussteigen. Seine Umsatzahlen waren lausig, in Kürze würde dieser Scharfrichter von der Bank vor ihm sitzen, um neue, ungünstigere Kreditbedingungen zu diktieren. Sein Sohn ... er konnte nicht weiterdenken, der Klumpen wurde übermächtig, drohte plötzlich, ihm die Luft abzuschnüren. Jette. Jette! Jette?

Er beugte sich aus dem Fenster, weit hinaus. Wie es wohl wäre, wenn er sich jetzt einfach fallen ließe – ein kurzes Wirbeln durch die Luft, ein harter Aufprall, ein rascher Tod.

Er hielt seinen Kopf in den Wind und fing an zu schreien. Er schrie und schrie, bis er heiser war, bis ihm schwindelig war von soviel Luft und Leid. Und Liebe.

»Mensch, Junge, was ist denn hier los?« Falko war mit Riesenschritten ans Fenster geeilt und riß seinen Freund zurück. »Wolltest du etwa …« Schnell schloß er das Fenster und schob Mario auf seinen Stuhl. Ging zum Schrank und holte eine Whiskyflasche heraus. Flößte seinem Freund die brennende Flüssigkeit ein, wie Medizin. Mario hustete und spuckte, aber es kam wieder Farbe in sein totenbleiches Gesicht. »Falko?« Er holte tief Luft. »Was ist los, alter Krieger?« Falko nahm die Flasche und nahm ebenfalls einen kräftigen Schluck. Mario schwieg und konzentrierte sich auf Falkos Gesicht und auf eine Entscheidung. »Was ist los?« fragte sein ältester Freund, der ihn in all den Jahren ihrer Freundschaft noch nie belogen, noch nie betrogen, noch nie enttäuscht hatte. Bis auf dieses eine Mal. Das entscheidende Mal.

»Nun sag schon«, drängte Falko.

104

Cleo saß auf der häßlicheren der beiden gewonnenen Couchgarnituren ihres Liebsten und blickte ungeduldig auf ihre Armbanduhr. Warum klingelte es nicht, verdammt? Es war doch alles ganz genau abgesprochen. »Mit oder ohne Sahne, Schätzelchen?« rief Ronaldo aus der Küche, aus der sie vorige Woche wenigstens den dritten Kühlschrank in den Keller hatte verbannen können. »Mit«, rief sie, »ich liebe fette Männerkörper.« Es klingelte, endlich. Ihr Herz schlug schneller. »Gehst du mal?«

»Nein, geh du«, sagte sie, »es ist sowieso nicht für mich.«

Sie stand auf und ging langsam auf den Flur zu. Seine Fußtritte näherten sich der Wohnungstür. Sie ging weiter. Er öffnete sie. Sie ertrug es nicht länger, trat hinter ihn.

»Was …«, weiter kam er nicht. Von der Fußmatte ertönte zaghaftes Fiepsen. Aus einem kleinen Korb lugte das winzige Köpfchen eines Airdale-Terriers. »Cleo …«, Ronaldo drehte sich um, in seinen Augen schimmerten Tränen, »… du hast doch nicht …« Cleo lächelte, fast hätte sie vor Rührung mitgeheult. »Ich habe.

Du brauchst wieder einen Hund. Und da wir für Babys schon zu alt sind …«

Ronaldo ging in die Knie und öffnete das Körbchen. Der Hund war noch so klein, daß er gut auf seine Handfläche paßte. »Weißt du, daß du die tollste Frau der Welt bist?« flüsterte er. Sie lächelte verliebt. »Ich möchte, daß du ihn Cäsar nennst«, sagte sie. »Dein Wunsch ist mir Befehl, Cleopatra«, erwiderte er.

105

»Ich bin außerordentlich zufrieden mit Ihnen«, sagte Ernst Scharfmann, und es ärgerte Frau Dr. Boysen, daß sie es bei diesen Worten warm und rot in sich aufwallen spürte, war sie denn noch immer so süchtig nach Lob? Deshalb war ihre Antwort betont kühl: »Es war auch sehr viel Arbeit, Herr Scharfmann, und ich hoffe sehr, sie hat sich gelohnt.«

»Da bin ich sicher«, Ernst Scharfmann hatte sich für das Gespräch in einen sehr teuren italienischen Zwirn gehüllt, dessen Güteklasse diese hartleibige Lektorin offensichtlich nicht beeindruckte. »Unser Buch wird ein Riesenerfolg.«

Es war der so selbstverständliche Gebrauch der beiden Wörtchen »unser Buch«, die den Autor, dessen silbern schimmernden Anzug sie lächerlich, dessen rotglänzendes Gesicht sie eigentlich unappetitlich fand und dessen Buch ihr eine Gewichtszunahme von vier Kilo beschert hatte, in den Augen der Lektorin vom optischen Ärgernis zur hellen Lichtgestalt mutieren ließ. Unser Buch hatte er gesagt, Worte, die ihr Herz umhüllten wie ein Cashmerepulli, ein sechsfädriger. Worte, in denen sie baden konnte.

Endlich ein Autor, der ihre Arbeit anerkannte, der sie nicht als penetrante Grammatikfuchserin und besserwisserische Einmischerin ablehnte, ihr die Arbeit schwermachte, sich beim Chef beschwerte. Unser Buch.

»Was werden Sie als nächstes schreiben?« fragte sie und nahm sich vor, bis dahin die vier Kilo wieder abzuspecken. »Ich werde Sie zum Essen einladen«, eine Feststellung, keine Frage, aber Frau Dr. Boysen störte es nicht, im Gegenteil.

»Im Vorgefühl von solchem hohen Glück
genieß ich jetzt den höchsten Augenblick.«

Er sagte es wie nebenbei.

Die Lektorin fühlte, wie ihr Herz sich weitete. Gefährlich weitete. »Sie kennen Goethe?« Er lächelte. »Aber selbstverständlich.«

»Geselle meiner Liebesqual,
Ich scheide.
Du murmelst mir vielleicht einmal,
Zur Freude.
Geh, sag ihr gleich, und sag ihr oft,
Was still der Knabe wünscht und hofft.«

Sie sahen sich an. »Ich liebe thailändische Küche«, sagte sie.

106

Die Geburt dauerte dreiundzwanzig Stunden, und als sich der kleine rote, verklebte Babykopf endlich aus der erschöpften Maria herausquälte, war der Vater vor Übermüdung eingeschlafen. Die Kinderärztin hielt das schreiende Baby hoch, das noch per Nabelschnur mit der Mutter verbunden war, und musterte den schnarchenden Vater, der auf dem Fußende der Krankenliege lag. »Und wer durchtrennt die Nabelschnur?«

Maria sank in die Kissen zurück und schob den Kindsvater vorsichtig mit dem Fuß ein Stück zurück. »Mein Vater«, sagte sie, »er wartet draußen.«

Die Ärztin nickte dem Krankenpfleger zu, der wortlos verschwand.

Sie rauchten alle, Camilla, Mario, Jette und Falko. Als die Tür aufging, zuckten sie zusammen wie ertappte Schulkinder. »Da der Kindsvater leider eingeschlafen ist, bittet die Mutter ihren Vater, die Nabelschnur zu durchtrennen«, sagte der Krankenpfleger und wunderte sich, warum diese vier Menschen, die er für die Großeltern hielt, eine kurze, lastende Sekunde schwiegen. Dann ging Camilla auf Mario zu und legte ihre Hand auf seine Schulter: »Viel Glück«, flüsterte sie. Er lächelte und sah Falko an. »Viel Glück«, sagte er.

Alte Menschen können wirklich kompliziert sein, dachte der Krankenpfleger, als er dem Großvater die Tür aufhielt.

107

Sie kämpfte, sie keuchte, aber Falko war besser. Im Tennis, aber immerhin. »Du mußt öfter mit mir spielen. Ich bin ein guter Lehrmeister«, lachte er, als sie über den Platz gingen, verschwitzt, zufrieden. »Was macht deine Frau?« fragte sie, weil sie sich in seiner Gegenwart so unerlaubt wohl fühlte. »Ich bin sicher, es geht ihr gut«, er sah sie prüfend von der Seite an, »sie hat mich verlassen, Camilla. Wir sind jetzt beide frei.«

Sie verdaute diese Nachricht schweigend und erfreut. »Wie geht es denn deiner Tochter?« Er warf einen Ball in die Luft, fing ihn auf. »Was macht das junge Mutterglück?«

Sie überlegte kurz. Sollte sie? Es war die letzte Gelegenheit. »Blendend«, ihre Stimme klang beiläufig, »obwohl der kleine Felix alle Nächte durchschreit.« Sie sah ihn an und glaubte, in seinen Augen einen Anflug von Wehmut zu erkennen. »Und Mario?« Er warf den Ball wieder, diesmal hoch in die Luft. »Ist er ein glücklicher Großvater?«

Camilla nahm seine Hand, die warm war und angenehm vertraut. »Ein sehr glücklicher«, sie sagte es sanft, aber bestimmt, »er liebt seinen Enkel über alles.«

108

Einen Monat später.

Sie saßen nebeneinander auf den Fitneßrädern, strampelten, schwitzten und freuten sich schon, wenn es endlich vorbei sein und sie mit gutem Gewissen einen zuckersüßen Cappuccino trinken würden. »Ich hasse Sport«, keuchte Cleo. »Aber das Gefühl danach«, seufzte Jette, »hast du schon unterschrieben?«

Cleo wußte genau, was sie meinte. Den Vertrag mit dem neuen Verlag.

»Noch nicht«, meinte sie, » aber dein Sohn hat gute Arbeit geleistet, so viele Nebenrechte hatte ich bei Mario nie.«

Jette strampelte verbissen weiter: »Mario wäre jetzt doch bereit, ›Eine einsame Frau‹ …« Cleo unterbrach sie kichernd: »Ach ja, hast du den alten Mann im Bett ein bißchen bearbeitet?« Jette hielt inne. »Und wenn es so wäre«, lachte sie, »ist doch alles für einen guten Zweck. Guck mal, wer da kommt.«

Camilla, vor einer Woche von einem Besuch aus Brasilien zurück, der ihr so gut getan hatte, daß beide Augenlider und ihre Stirn straff waren wie ein Babypopo, schwang sich auf das Nebenrad, fing an zu treten, schnell, immer schneller, was ihren Atem im Gegensatz zu den beiden anderen nur geringfügig beschleunigte. »Na, Mädels«, fragte sie gut gelaunt, »habt ihr gehofft, ich komme nicht, damit ihr früher aufhören könnt? «

Jette und Cleo schwiegen ertappt. »Was macht mein Mann?« fragte Camilla. »Behandelst du ihn gut?« Jette sah sie an. »Er beklagt sich nicht«, sagte sie, eine Spur befangen.

Cleo blickte von einer Frau zur anderen und klatschte in die Hände: »Auf uns«, rief sie, » auf unsere Kerle. Mal sehen, wie lange es gutgeht.«

– ENDE –